RAGNAR HOVLAND

Über den Wassern schweben /
Doktor Munks Vermächtnis

RAGNAR HOVLAND

DER HIMMEL IST LEER

Zwei Romane

Aus dem Norwegischen
von Wolfgang Butt

Rogner & Bernhard
bei Zweitausendeins

1. Auflage, Februar 1999

Die Originalausgaben wurden für die deutsche Ausgaber leicht gekürzt.
ISBN 3-8077-0182-6

Lektorat: Paul Berf, Köln.
Umschlaggestaltung: Philippa Walz, Böblingen.
Herstellung: Eberhard Delius, Berlin.
Satz: Offizin Götz Gorissen, Berlin.
Druck: Wagner GmbH, Nördlingen.
Einband: G. Lachenmaier, Reutlingen.
Printed in Germany.

Dieses Buch gibt es nur bei Zweitausendeins im Versand, Postfach, D-60381 Frankfurt am Main, Telefon 01805-23 2001 oder 069-420 8000, Fax 01805-24 2001 oder 069-415 003.
Internet www.zweitausendeins.de, E-Mail info@zweitausendeins.de.
Oder in den Zweitausendeins-Läden in Berlin, Düsseldorf, Essen, Frankfurt, Freiburg, 2x inHamburg, in Köln, Mannheim, München, Nürnberg, Saarbrücken, Stuttgart.

In der Schweiz über buch 2000
Postfach 89, CH-8910 Affoltern a. A.

ERSTER ROMAN

ÜBER DEN WASSERN SCHWEBEN

»Geschieht etwas, von dem man sagen könnte: ›Sieh, das ist neu‹? Es ist längst vorher auch geschehen in den Zeiten, die vor uns gewesen sind.«

Der Prediger Salomo, I,10

Jedermann kann eine unbestimmte Anzahl Personen, die scheinbar wirklich sind, wie eine Gänseschar über eine weite Heide auf einer beliebigen Anzahl von Seiten oder in einer Reihe von Kapiteln vor sich hertreiben. Das Ergebnis, wie es auch beschaffen sein mag, ist immer ein Roman.

Raymond Queneau

I

JUST BECAUSE YOU'RE NOBODY IT DOESN'T MEAN THAT YOU'RE NO GOOD

B. Goldberg / J. Dammers / The Specials

PENNIES FROM HEAVEN

Der rote Bus blaffte die Leute nicht an. Ohne zu hupen kam er still daher, an einem bewölkten, regnerischen Tag auf der Grenze zwischen Sommer und Herbst, um mich in dieser Stadt abzusetzen. Hier wollte ich bleiben. Jedenfalls für eine Weile.

Es hatte angefangen zu regnen, als ich mit meinen Koffern aus dem Bus stieg, und das machte mir einen dicken Strich durch die Rechnung, denn ich hatte gute Sachen an. Das Hemd zumindest war nicht übel. Die Hose war an den Knien allerdings etwas verschlissen. Der Fahrer kam auch heraus, denn ich war die letzte verlorene Seele, die hier auf dem Busbahnhof in Bergen ausstieg. Ich blickte zu dem Regen auf, der auf uns herabrieselte. So also sah er aus.

»Tja, das hier ist Bergen«, sagte der Fahrer, als hätte ich daran gezweifelt. Er stand hinter mir, einen Zigarettenstummel im Mund, den er jetzt anzünden durfte.

»Sind das *Pennies from Heaven*, die es hier regnet, oder ist es was anderes?« fragte ich, um zu zeigen, daß ich nicht von gestern war, auch wenn ich vom Land und aus einer Kleinbauernfamilie kam.

»Das ist ganz normaler Regen, wenn du mich fragst«, erwiderte der Fahrer, blickte aber dennoch auf, als müsse er sich vergewissern, daß es auch wirklich stimmte, und nicht so war, wie ich es sagte.

Ich nahm einen Koffer in jede Hand, trat in die Stadt hinaus und war auf das Schlimmste gefaßt.

MY MELANCHOLY BABY

Bevor dies geschah, war Sommer gewesen. Ein warmer und heller und verrückter Sommer von der guten Sorte, der dir ein Kribbeln im Bauch und Herzflimmern verursachte, und er hatte mehrere Monate gedauert. Jetzt pfiff er aus dem letzten Loch, und es regnete auf mein feines, geblümtes Hemd und auf meine alten Koffer.

Während des Sommers war ich mit einem Mädchen zusammengewesen. Wir waren noch so jung, fanden wir, daß wir ebensogut eine Weile zusammensein und das Beste aus allem machen konnten.

Eine Zeitlang lagen wir draußen am Meer und wurden braun und schläfrig. Dabei redeten wir über Dinge, die uns wichtig waren.

Sie konnte z.B. fragen: »Was meinst du, wie es mit der Musik weitergeht?«

»Mit der Musik?« sagte ich und betrachtete ihren geblümten Bikini.

»Du hast doch gehört, was ich gesagt habe.«

»Tja, mit der Musik wird alles bestens«, erwiderte ich. »Was anderes kann ich mir nicht vorstellen.«

Ich zog eine Mundharmonika aus der Badehose. Die, und nicht etwas anderes, wie man vielleicht glauben könnte, hatte da so ausgebeult. Ich setzte sie an den Mund und spielte eine Melodie. Ich konnte hören, daß Fische aus dem Meer hochsprangen, um zu sehen, wer da spielte. Sie waren sicher ein wenig enttäuscht, als sie sahen, daß es nur ich war.

»Weißt du, was das für eine Melodie war?« fragte ich.

»Welche?«

»Na, die ich gerade gespielt habe.«

Jetzt zog sie zur Abwechslung mal den kürzeren.

»Nein, weiß ich nicht.«

»Das war *My Melancholy Baby.*«

»Das war aber nicht leicht zu hören.«

»Wirklich?« sagte ich. Ich nahm es nicht so schwer. Dafür war es zu warm. Ich steckte die Mundharmonika wieder an ihren Platz und sang statt dessen ein wenig.

»Come to me, my melancholy baby«, sang ich und hoffte inständig, das melancholische Baby würde meiner Aufforderung folgen.

Aber der Sommer fing allmählich an, unruhig auf seinem Platz herumzurutschen, sich zu winden und die Schenkel zu kratzen, und wir begriffen, daß er sich bereit machte, über alle Berge zu verschwinden und sich dahin zurückzuziehen, woher er gekommen war. Wie sie auch. Mit Bus und allem drum und dran. Sie wollte nur im Sommer mit mir zusammensein. Mit wem sie den Rest des Jahres zusammen war, wußte ich jedenfalls nicht.

Eines Tages stand sie da, neben dem Bus, und wartete darauf, daß er abführe. Vor ihr stand ich und wußte nicht, wohin mit meinen Armen. Sie waren doch sonst nicht so im Weg gewesen.

Sie trug eine Art herbstlich grünbraunes Kostüm, wie um ganz klarzustellen, was Sache war, was allerdings nicht nötig gewesen wäre. Da standen wir jetzt und sahen einander an und wußten, es war das letzte Mal. Der Bus stand auch da und schüttelte sich ein wenig, als wolle er zeigen, daß er keine ganz unwesentliche Rolle spielte. Wäre er ein bißchen leiser gewesen, hätten wir sicher ein leises Rauschen in den Bäumen hören können. Es wäre sicher schön gewesen, aber so hörten wir nichts.

»Du«, sagte ich.

»Laß uns nicht wieder damit anfangen«, sagte sie.

»Aber vielleicht…«

»Nein.«

Dann sagte der Fahrer, der sich auch ins Bild gedrängt hatte, daß sie sich jetzt ranhalten müsse, falls sie vorhabe mitzufahren. Das hatte sie. Und das melancholy baby war am Ende ich.

EINE SCHAR KATZEN

Im Herbst nach Bergen zu gehen, kam mir nicht erst da in den Sinn. Die Idee hatte mir schon den ganzen Sommer über im Kopf herumgespukt. Jetzt aber begann sie, ziemlich laut darin zu poltern.

Ich mußte endlich etwas tun. Nach dem Gymnasium war eine Zeitlang nichts mit mir losgewesen. Ein Jahr hatte ich im Heringsöl gearbeitet, bis ich so stank, daß eine Schar Katzen mir auf Schritt und Tritt folgte und ich mir allmählich wie der große Katzenfänger von Hameln vorkam. Mich rettete, ehe mein Ruf völlig ruiniert war (das bißchen, das noch übrig war), daß sie den ganzen Laden dichtmachten. Der Betriebsrat wurde ins Büro bestellt und davon in Kenntnis gesetzt, daß sie diese Fabrik, die sich nicht mehr rentierte, stillegen würden. Es würde uns doch sicher nicht schwerfallen, woanders Arbeit zu finden?

Ich ging nach Hause und nahm ein Bad mit zahllosen Einseifungen. Nicht, daß es auf Anhieb half. Obwohl der Geruch fast verschwunden war, liefen die Katzen mir genauso bescheuert nach wie vorher, aus alter Gewohnheit. Ich mußte leicht wiederzuerkennen sein. Sie hielten mich anscheinend für eine Art geistlichen Führer, der sie trockenen Fußes durch die Wüste geleiten würde.

Doch ich hatte trotz allem höhere Ambitionen als Katzenführer zu sein, mochten es auch noch so viele sein. Ich fand, sie müßten das eigentlich verstehen. Glücklicherweise begann sich eines Tages die eine oder andere zu fragen, warum in aller Welt sie eigentlich Tag für Tag diesem Kerl hinterherliefen. So weit her war es mit seinem Charme denn doch nicht.

So fielen sie nach und nach vom Glauben ab, schwach im Fleische, wie Katzen nun einmal sind. Vielleicht fanden sie einen anderen, der ihnen den Weg weisen konnte.

Schließlich war nur noch ein kleiner Teufel übrig, der nicht von mir ablassen wollte. Eine treue und schwarze kleine Seele mit ein bißchen Weiß an den Vorderpfoten. Sie war wirklich gefestigt im Glauben. Das Ende der Geschichte war, daß ich sie in einer Kiste an meine Tante in Høyanger schickte. Ich bat sie, die Katze gut zu pflegen und ihr genug Milch zu geben.

So wurde ich endlich wieder ein freier Mann. Zum Glück waren die Katzen verschwunden, bevor das Mädchen auftauchte.

Aber jetzt war sie also auch verschwunden, und Bergen war angesagt. Ein Typ hatte zu mir gesagt: Warum gehst du nicht an die Uni? Da kannst du Jahr um Jahr verbringen und trotzdem nichts werden, wenn du fertig bist.

Das gab den Ausschlag. Ich brauchte eine Beschäftigung, aber werden wollte ich nichts. Ich war schließlich ein Typ mit Selbstrespekt.

Meine alten und grauen Eltern, die mich in der letzten Zeit sonderbar von der Seite angesehen hatten, waren jetzt etwas aufgeblüht. Sie rochen, daß ich nach Bergen wollte, obwohl ich noch kein Wort gesagt hatte. Es lag wohl in der Luft. Ständig kamen sie mit kleinen Anspielungen, damit ich nicht im letzten Augenblick vom rechten Wege abkam. So konnte zufällig ein Stadtplan von Bergen auf dem Tisch liegen, wenn ich mich abends vor meinen Fischauflauf setzte, oder mein Vater konnte dastehen und nach dem Wetter sehen und sagen: »Möchte ja mal wissen, wie das Wetter in Bergen jetzt ist.«

»Wahrscheinlich nicht anders als hier«, sagte ich.

»Oh, zwischen Bergen und hier drinnen kann ein himmelweiter Unterschied sein.«

»Bist du sicher, daß du Bergen meinst und nicht Tokio?«

Er durfte ruhig auch mal was einstecken.

Als die letzte Augustwoche anbrach, sagte ich: »Ich geh wahrscheinlich für den Herbst nach Bergen.«

Sie taten überrascht.

»Nach Bergen, sagst du?« fragte mein Vater. »Meinst du, daß du da zurechtkommst?«

»Wenn du nach Bergen willst, mußt du den Schirm und deine Stiefel mitnehmen«, sagte meine Mutter.

»Meine Stiefel haben Löcher«, sagte ich listig.

»Dann brauchst du neue«, erklärte Mutter.

Darauf hatte ich nur gewartet. Es war nicht schlecht, wenn ich mit neuen Stiefeln in die Stadt kam, dann blamierte ich mich nicht gleich.

Ich ging in mein Zimmer und setzte mich aufs Bett. Ich hatte das Bedürfnis, mit mir allein zu sein, und ich hatte das Bedürfnis, Hose und Hemd auszuziehen. So, jetzt saß ich nur in der Unterhose da und merkte, wie ich immer ruhiger wurde. Ich betrachtete die Dinge um mich her. Ich war gewachsen, aber die Dinge waren im Grunde so, wie sie immer gewesen waren. Und jetzt würde ich fortreisen und sie zurücklassen. Da war es nur natürlich, zuvor noch ein stilles Stündchen miteinander zu verbringen. Da der alte Lehnstuhl mit rotem, verschlissenen Bezug und einer langen Feder. Dort der Schrank mit den wenigen Klamotten, die ich hatte. Der verschmierte Tisch und der harte Stuhl mit der hohen Lehne. Das Bücherregal mit den Davy-Crockett-Büchern und der ganzen Fünf-Freunde-Serie von Enid Blyton und das winzige Schränkchen mit meinem ganzen Kleinkram, von dem ich mich nicht trennen konnte. Und hier schließlich der Nachttisch mit dem alten Radio und mein Bett mit dem Teddy am Fußende. Ich hätte gern alles mitgenommen, aber das ging ja nicht.

Ich öffnete das Fenster und sog die süßliche Augustluft ein, die noch nach Mädchen und Butterblumen duftete, nach Marienkäfern und Kühen, nach See und Johannisfeuer und Krokanteis. Diesen Duft würde ich mitnehmen und immer dann ein bißchen davon rauslassen, wenn ich es brauchte.

INGER

Die einzige von meinen Bekannten, von der ich mich verabschieden wollte, war Inger. Es war nur so ein Einfall. Ich hatte sie ewig nicht gesehen oder mit ihr gesprochen. Vielleicht ging ich auch zu ihr, weil sie so nahe wohnte, so daß ich mich nicht anstrengen mußte, um hinzukommen. Ich brauchte nicht einmal über den Zaun zu klettern wie früher. Eine Kuhherde hatte den ganzen Scheiß niedergetrampelt, und niemand hatte sich die Mühe gemacht, ihn wieder aufzurichten. Wahrlich gesetzlose Zustände waren eingekehrt. Höchste Zeit abzuhauen, allem Anschein nach.

»Ist Inger da?« fragte ich ihren Vater in der Türöffnung. Er sah muffig und vergrätzt aus. Ich mußte ihn aus dem Mittagsschlaf gerissen haben.

»Wer?« fragte er. »Ach so, Inger? Nein, die ist nicht im Haus.«

»Darf ich fragen, wo sie ist?«

»Hinter der Scheune, denk ich.«

Was für ein Stinkstiefel. Und Inger hinter der Scheune? Es würde mich nicht wundern, wenn er sie da an einen Pfahl gefesselt hätte.

Sie hatte Gras geharkt. Das konnte ich an dem winzigen

Grashaufen und dem fast zahnlosen Rechen sehen, der daneben lag. Aber jetzt saß Inger mit geschlossenen Augen auf der Erde und versuchte, die letzten Strahlen der Nachmittagssonne dazu zu bringen, sich auf ihrem Gesicht zu sammeln. Es gelang ihr nicht ganz, aber viel fehlte nicht.

»Gott segne die Arbeit«, sagte ich.

»Das ist ja mal ein verdammt feiner Besuch«, sagte Inger und blinzelte mir entgegen, als sei ich die Sonne.

»Du willst in die Stadt, hab ich gehört.«

»Von wem hast du das denn?« Ich konnte mich nicht erinnern, es jemandem erzählt zu haben.

»Ach, weiß nicht. Vielleicht habe ich es geträumt, oder vielleicht hat es mir ein Vogel gesungen, als ich hier saß.«

»Tja, ich versuch mal mein Glück«, sagte ich. »Auf jeden Fall bleibe ich den Herbst über. Deswegen bin ich hergekommen.«

»Und was wird aus all den Katzen, mit denen du rumgezogen bist, nimmst du die mit?«

»Nein, die sind schon lange weg. Sie sind von mir abgefallen. Ihr Glaube war nicht stark genug.«

Inger trug eine alte Jeans und ein kariertes Hemd, die drei oberen Knöpfe waren offen. Sie hatte zugelegt, seit ich sie zuletzt gesehen hatte, und war hier und da ordentlich rund geworden. Ich dagegen hatte abgenommen. Das hatte der Sommer bei mir gemacht.

»Du darfst dich auch setzen«, sagte Inger. »Platz ist genug. Viel anbieten kann ich dir nicht, aber.«

»Ein echter Grashang ist nicht zu verachten.«

»Bleibst du den ganzen Herbst weg?«

»Ich komme wohl mal am Wochenende her.«

»Sind jetzt nicht mehr viele hier von denen, die noch nicht völlig verkalkt sind. Wenn du fährst, bin ich so ungefähr die einzige, die noch hier rumsitzt wie ein Idiot. Und für mich gibt es wenig Hoffnung. Solange die Sonne scheint, geht es ja noch.«

»Hast du denn keine Lust wegzufahren?«

Ich saß da und kaute auf einem alten Grashalm. Er hatte nicht mehr viel Geschmack, hatte wohl seit Juni da gelegen.

»Hab ich schon. Aber wohin sollte ich denn fahren?«

»Auf irgendeine Schule?«

»Hör mir auf.«

Ich spuckte den Halm aus. Ich hatte ihm das letzte Fünkchen Leben ausgesaugt.

»Wenn du Grashalme willst, findest du bei denen, die ich heute zusammengeharkt habe, sicher frischere. Bedien dich nur.«

»Danke«, sagte ich und nahm einen neuen Halm.

»Du, Steinar«, sagte ich, »was ist eigentlich aus dem geworden? Ich habe ihn seit Jahr und Tag nicht mehr gesehen.«

»Nee, der fährt zur See.«

»Steinar fährt zur See? Das ist das letzte.«

»Der und der Olav auch.«

»Von Olav, das habe ich gewußt, aber Steinar.«

»Das war im letzten Herbst. Seitdem hat keiner was von ihm gehört.«

»Und Peder ist immer noch im Knast?«

»Der ist wohl ziemlich heiß darauf, rauszukommen und große Dinger zu drehen. Und Butter aufs Brot zu kriegen.«

»War ja auch 'ne aussichtslose Geschichte, sich hier die Bank vorzunehmen. Der war doch 'n ziemlicher Amateur. Aber er hat sich wohl für was anderes gehalten.«

»Und weißt du, wo Mari abgeblieben ist?«

Ich wußte es auch nicht, befürchtete aber das Schlimmste.

»Ist sie vielleicht verheiratet?« versuchte ich. »Ein Schicksal schlimmer als der Tod.«

»Mit einem Penner aus Bergen. Sie hatte ein Kind mit einem anderen.«

»Ja, an das Theater kann ich mich erinnern.«

»Die war ganz schön verrückt, die Mari.«

Schon komisch, wie es uns ergangen war, und dabei waren wir einmal so super draufgewesen. Unsere ganze Clique war auf einem mehr menschlichen Niveau gelandet. Und das war wohl auch gut so.

Inger fing an, auf dem Hintern herumzurutschen. Das hatte was zu bedeuten.

»Ich kann hier nicht mehr sitzen«, sagte sie. »Komm, wir gehen ein Stück.«

Wir gingen am Kartoffelacker entlang und auf der anderen Seite den Hang hinunter zum Bach.

»Viel Kartoffeln habt ihr ja noch nicht rausgeholt«, sagte ich.

»Vater glaubt, daß sie besser und dicker werden, je länger sie in der Erde sind. Wenn es dann auf Weihnachten zugeht, kriegt er einen Rappel und meint, jetzt müssen alle raus, mit Haut und Haar und Mann und Maus, damit wir zu Weihnachten neue Kartoffeln haben. Im späten Ausmachen von Kartoffeln ist er wahrscheinlich Weltmeister.«

Ein sanfter Lufthauch strich um unsere Schenkel. Kleine Schwärme fetter Fliegen summten hier und da. Es mußten die letzten Fliegen des Sommers sein. Wenn es nicht die ersten Herbstfliegen waren. Weil sie nicht mit den Jahreszeiten die Farbe wechselten, war das schwer zu sagen.

Wir gingen über die kleine Steinbrücke und sahen hinunter in den Bach. Darin hatte ich einmal meine erste Forelle gefangen. Die Forellen hatten bestimmt ihre Freude daran, daß ich nun nicht mehr hier war.

Wir waren zu dem flachen Stück mit hohem, hartem Gras und grünem, undurchdringlichem Farn gekommen, wo der Bach breiter wird und gleichzeitig einen Bogen macht, um dann zwischen den Kiefern zu verschwinden. Ich weiß nicht, wo er bleibt. Er geht seiner eigenen Wege, wo es schwer wird, ihm zu folgen.

Als hätten wir uns abgesprochen, blieben wir zwischen den Farnen stehen, und ich streichelte Inger kameradschaftlich über den Rücken. Wir waren schließlich alte Bekannte, und ich würde am nächsten Tag abreisen. Sie reagierte damit, daß sie mir das Haar zerzauste. Wir umarmten uns, blieben so stehen und fühlten unsere Körper. Ingers Körper war weich, während meiner härter und kantiger sein mußte.

Es war unvermeidlich. Unsere Lippen trafen sich, und sofort steckte ihre Zunge tief in meinem Rachen. So gehörte sich das! Wir zogen einander zwischen den Farnen zu Boden, und meine Hände waren schon dabei, ihren BH aufzuhaken.

Er sprang beim ersten Versuch auf. Im Nu hatte ich zwei Brüste zwischen den Händen, und sie waren groß und schwer.

»Zieh dich aus!« flüsterte Inger atemlos, und wir rissen uns die Sachen vom Körper, Hemden, Hosen, Unterhosen und alles, was wir fanden. Ich spürte eine feste Hand zwischen meinen Schenkeln, und als nächstes saß ich tief in der Falle und stieß zu, so fest ich konnte. Ich hätte Inger so gern in die Augen gesehen, aber sie hatte sie geschlossen. Oh, welche Wonne für Leib und Seele! Dies war es, wovor meine Sonntagsschullehrer mich immer gewarnt hatten, und jetzt sah man, wieviel es genützt hatte. Aber ich würde es nicht lange aushalten, es war ziemlich lange her seit dem letzten Mal, und der Druck im Behälter war enorm. Zum Glück war es bei ihr nicht anders. Wir explodierten gleichzeitig, mit einem Stöhnen, das Gras und Laub erzittern ließ, und ich hatte das Gefühl, den Bach weit über die Ufer schwappen zu hören.

Es dauerte eine ganze Weile, bis wir uns wieder gefangen hatten.

»Das hat sich gelohnt«, sagte ich.

»Ja, das hat es«, sagte Inger.

»Das war nötig.«

»Ja«, erwiderte Inger. »Warum sind wir nicht früher darauf gekommen? Dann hätten wir Zeit und Kräfte gespart.«

Ich streichelte ihren Hintern.

»Da hab ich's reichlich. Ich werde zu fett. Das hab' ich davon, daß ich hier im Tal hocke und vergammel. Und wenn du jetzt fährst, wird es noch schlimmer. In einem Monat sehe ich aus wie Elisabeth Grannemann und sitz die Bank durch, wenn ich mit dem Bus fahre.«

»Tust du nicht. Du siehst prima aus. Ich habe schon nicht mehr so große Lust wegzufahren.«

»Was für ein Kompliment.«

»Ich meine es ernst. Ich wünschte, ich könnte heute nacht bei dir bleiben.«

»Dagegen hätte ich nichts. Aber es geht ja wohl nicht.«

»Nein, das geht wohl nicht.«

Wir lagen noch eine Weile eng beieinander. Dann fing es

überall an zu jucken. Es schien sich um eine besonders bösartige Farnart zu handeln. Und jemand, der sich auf so etwas verstand, hatte bestimmt einen Schwarm Mücken auf uns losgelassen. Also wandten wir unsere Gedanken den Kleidungsstücken zu, die um uns herum verstreut lagen.

Wir zogen uns an, und ich fühlte mich leer und gut. Ich würde auf einen erfüllten Tag zurückblicken können, egal, was noch geschah. Aber meine eine Socke fand ich nicht wieder. Ich mußte sie in den Bach geworfen haben.

Als wir wieder angezogen waren, war alles anders. Als hätten wir das, was wir getan hatten, vor langer Zeit in einem Film gesehen, als sie noch solche Filme machten. Wir lächelten vorsichtig und wußten nicht, was wir sagen sollten.

»Erinnerst du dich noch an früher«, sagte ich, »die Scheißschlager, die es damals gab? Und die wir immer gesungen haben. Was war das noch alles? Oooh, weinende Wolke und Liebst du mich noch, Karl Johan und Der Tag, an dem du nein gesagt. Ein Wunder, daß wir überhaupt erwachsen geworden sind!«

»Ach, ich weiß nicht, ob es jetzt soviel besser ist«, sagte Inger. »Und du warst doch der Schlimmste mit den Schlagern. Du hast bei allen möglichen Wunschkonzerten vor dem Radio gehangen, und am Tag danach konntest du uns das ganze Programm vorsingen, vom Kleinen Eichhörnchen über Die Macht der gefalteten Hände bis Lappland mit Finn Eriksen.«

»Konnte ich das wirklich?« Ich war beeindruckt von mir selbst.

»Das war eine der wenigen Sachen, die du konntest«, sagte Inger. »Weißt du noch, Greenfields? Das war eine von deinen Paradenummern.«

»Und ob«, sagte ich. »Einmal habe ich Greenfields gehört, als ich gerade ein Spiegelei aß, und dabei streute ich mir viel zuviel Salz aufs Ei. Ich mußte den ganzen Scheiß ins Klo schmeißen. Seitdem esse ich nie mehr Salz aufs Ei. Die hatten Wahnsinnsharmonien, die Brothers Four.

»Heute ist wohl unser sentimentaler Tag«, sagte Inger.

»Das macht nichts. Es ist ja auch ein besonderer Tag. Aber ich erinnere mich auch an eine Sache, mit dir.«

»Habe ich was getan?«

»Allerdings, du warst das erste Mädchen, das mir seine Unterhose gezeigt hat. Es war hinter eurem Hühnerhaus, und ich vergesse es nie.«

»Das muß ja ein tolles Erlebnis gewesen sein.«

»Kann man wohl sagen. Es war wie die erste Begegnung mit dem Heiligen. Eine neue Tür zum Leben, die sich öffnete.«

»Und jetzt bist du einen Schritt weiter gekommen.«

»Ja. Aber das Mysterium hat sich verflüchtigt.«

DIE BIBEL

Mein Vater brachte mich zum Bus. In aller Herrgottsfrühe gingen wir nebeneinander her und schwiegen, bis wir an das Halteschild des Busses kamen.

»Ja, ja, Vater«, sagte ich. »So weit wären wir.«

Mein Vater hatte den einen Koffer getragen. Jetzt setzte er ihn ab.

»Ja, ja, dann wollen wir mal hoffen, daß der Regen sich in Grenzen hält. Es sieht schlimm aus, aber.«

»Ein bißchen Regen können wir ab«, sagte ich. »Der hat uns noch nie geschadet.«

Mein Vater sah ein wenig gealtert aus. Ich hatte ihn eine Weile nicht so genau angesehen, ihn einfach als selbstverständlich hingenommen. Jetzt war er alt geworden, ohne daß ich es gemerkt hatte. Ein wenig traurig sah er auch aus, wie er da stand mit seiner grauen Mütze und dem graublauen Gabardinmantel, den er all die Jahre getragen hatte.

»Ich glaube, ich höre den Bus«, sagte er. »Nun paß gut auf dich auf.«

»Ja«, sagte ich. »Ich werd mir Mühe geben.«

»Wir wollen hoffen, daß du in der Stadt zurechtkommst.«

»Du kennst mich doch.«

»Ja, ja, du weißt schon, wie es ist. Es ist nicht immer so leicht, von zu Hause weg zu sein. Ich weiß noch, in dem Winter, als ich auf der Landwirtschaftsschule war.«

»Ich rufe schon an, wenn was ist«, sagte ich.

»Ja, tu das. Ruf an, wenn etwas ist.«

Wir sahen einander ein letztes Mal an. Eigentlich hatten wir uns gern, aber nicht ums Verrecken hätten wir uns das sagen können. Ich konnte im Blick meines Vaters noch etwas anderes lesen. Er glaubte an mich. Und er wollte, daß es mir gut ginge. Er war ein feiner Kerl.

Da kam der rote Morgenbus. Wir gaben uns die Hand.

»Ich habe deine Bibel ganz oben in den Koffer gelegt«, sagte mein Vater.

»Wie, was? Ach so, die Bibel. Ja, gut.«

»Dann leb wohl.«

»Danke, du auch. Paß gut auf alles hier auf, damit es nicht verschwindet, während ich weg bin.«

MUNK

Hier war ich also immer noch, mit zwei Koffern, die nasser und nasser, schwerer und schwerer wurden, und ging eine graue Straße in Bergen entlang. Ich dachte an Inger. Verrückt, daß ich mich in sie verliebt hatte. Ein schlechter Zeitpunkt um sich zu verlieben. Und hätte sie nicht am Morgen zum Bus kommen können? Naja, es war wirklich sehr früh. Ich konnte verstehen, daß sie lieber im Bett bleiben wollte.

Ich überquerte die Straße, so daß ich am Park und am Lungegårdsteich entlanggehen konnte. Aber am Teich war noch etwas anderes. Ein Typ saß da auf einer Bank. Ich hatte nicht die geringste Absicht, mit ihm zu reden, doch darauf nahm er keine Rücksicht.

»Heh du«, sagte er. »Magst du'n Schnaps?«

»Nein danke.«

»Nein danke? Was ist denn mit dir los, bist du schwul oder was?«

»Es ist noch zu früh.«

»Und ich dachte, ein Schnaps schmeckt zu jeder Tageszeit«, sagte er. »Naja, vielleicht hab ich mich geirrt.«

Das war meine erste Begegnung mit Munk.

EIN TRAUTES HEIM

Der Typ, der mir geraten hatte, in die Stadt zu gehen, hatte mir auch seine Bude überlassen. Eigentlich ein netter Zug. Aber er tat es mit Vergnügen, denn er glaubte, daß ein Fluch über dieser Bude lag.

Weit her war es mit ihr allerdings nicht. Sie war eher eine Art enge Abstellkammer mit irgendwie graubraunen Wänden und graubraunem Fußboden, einem graubraunen Bett, das knarrte und knackte, einem verrosteten Waschbecken, einer Kochplatte und einem trist graubraunen Bild von einem Segelboot auf einem See mit einem graubraunen Sonnenuntergang im Hintergrund.

Der einzige Vorteil, den ich an dieser Bude sehen konnte, war, daß sie hoch lag, so daß ich Aussicht über eine Reihe roter Dächer hatte. Wenn eines Tages auf den Dächern draußen irgend etwas passierte, würde ich der erste sein, der es mitbekam.

Wie ein echter Bauernstudent wollte ich jetzt in die Kaffeestube und Kaffee trinken, wie es Tradition war. Das war jetzt so ziemlich der einzige Ort, an dem ich mich zu Hause fühlen konnte.

Doch zuerst wollte ich noch ein ernstes Wort mit meinem Hauswirt reden. Ich hatte beschlossen, danach so wenig wie möglich mit ihm zu tun zu haben, dann würde schon alles gutgehen.

Er stand breit in der Tür und sah mich mit verschlagenem Blick an. Meine einzige Chance, die verkorkste Situation noch zu retten, war, ihm ein paar rote Scheine Bares hinzublättern. Also sagte ich guten Tag und wer ich war und zückte die Brieftasche. Noch war ein bißchen was drin.

»Macht dreihundert im Monat«, sagte er. »Im voraus.«

»Tja, das wären also drei von den Roten«, sagte ich. »Hoffe, es stimmt in etwa.«

»Saubermachen müssen sie selbst, und kein Krach.«

Letzteres konnte schwer genug werden, so wie mein Bett knarrte.

Die Straßen sahen heller und freundlicher aus, wenn man

keine Koffer mehr zu tragen hatte und statt dessen einen quicklebendigen Regenschirm über sich hielt. Wenn nur kein Wind kam und ihn umstülpte.

Inzwischen war ich wirklich sehr gespannt darauf zu erfahren, wo die Kaffeestube lag. Am besten nicht zu weit weg, denn ich war hungrig. Die belegten Brötchen, die meine Mutter mir mitgegeben hatte, wollte ich zum Abendbrot essen, und so spät war es noch nicht.

Und was sah ich, kaum daß ich mich dem Fischmarkt näherte und nach links zum Strandkai hinüberblickte, wenn nicht die Kaffeestube von Erving höchstpersönlich? Sie lag an einem schlau ausgedachten Platz, dem Hafen zugewandt, so daß sie den Leuten vom Lande gleich ins Auge fiel, sobald sie vom Schiff an Land stiegen.

Da ist die Kaffeestube, würden sie denken und sich gleich weniger verloren vorkommen.

DIE KAFFEESTUBE

Mir gefielen nicht nur die Aussicht und die Kunststofftische, sondern auch die Mädchen mit ihren Schürzen hinter der Theke. Ich war so zufrieden mit allem, daß ich es nicht bei einer Tasse Kaffee und einem Stück *lefse* bewenden lassen konnte, sondern mir gleich ein ganzes Mittagessen gönnte. Fleischklopse und Kohl.

Ich saß jetzt an einem Tisch, hatte den guten Geschmack von Fleischklopsen im Mund und sah meine Zukunft wie einen hochbeladenen Heuwagen auf mich zu rollen. Er roch nach saftigem, gutem Gras, es gab Klee und Massen von Timotei, und auf der Kante saß ein zappelnder grüner Grashüpfer mit einer kleinen Klarinette. Der Wagen machte Schwenker nach allen Seiten, ohne an einen einzigen Hubbel zu stoßen. Jau, das sah gut aus. Lebendige Menschen saßen um mich her und redeten laut und unbeirrt in den verschiedensten Dialekten, Leute, die auf Stadtbesuch gewesen und jetzt mit ihren Erledigungen fertig waren und tun konnten, worauf sie die ganze Zeit Lust gehabt hatten: in die Kaffeestube zu gehen und einander bei einer Tasse Kaffee mit Sahne und Zuckerstücken dazu zu zeigen, was sie im Pol gekauft hatten.

Und dann die Mädchen in der Kaffeestube. Die verstanden ihren Job. Fleischklopse und Kohl auffüllen, daß es aussah wie Kirchenmusik. Eine von ihnen erinnerte mich an ein anderes Mal vor langer Zeit und an einen anderen Ort. Damals war ich mit einem Mädchen zusammen, das älter war als ich. Ich legte mich wirklich ins Zeug, weil sie so schön war und ich so durchschnittlich. Ja, ich sah wirklich nach nichts aus. Ich hatte Pickel, fettige Haare und einen hellen Bartflaum. Es war mitten in der Pubertät. Daß sie überhaupt mit mir zusammen sein wollte, machte mich überglücklich, und ich strengte mich mehr an als gut für mich war. Wenn wir uns verabredet hatten, kam ich immer zu früh. Ich hatte eine Heidenangst davor, sie warten zu lassen. Wir trafen uns unter Straßenlaternen, an Brunnen, in herbstlichen Parks und vor Friedhöfen, nie an Bushaltestellen oder vor Kaufhäusern.

Aber sie kam jedesmal zu spät. Und mit der Zeit kam sie später und später. Nach einer Weile fand ich es ganz normal, eine Stunde zu warten. Und bald waren zwei Stunden normal.

»Hallo«, sagte sie nur, wenn sie kam, als sei alles in bester Ordnung. Also sagte ich auch hallo. Sauer konnte ich ja nicht werden, mit meinen ganzen Pickeln und so. Ich hatte sogar Warzen an einer Hand.

Einmal wartete ich sieben Stunden. Es war schon dunkel geworden, und ich war schon fast eingeschlafen auf der Friedhofstreppe, als ich jemanden kommen hörte.

»Warum in aller Welt sitzt du hier?« fragte sie.

Da begann ich mich zu fragen, ob das alles wirklich der Mühe wert war. Selbstverständlich liebte ich sie, aber es stimmt nicht, wie Paulus sagt, daß die Liebe alles erträgt usw.

Dann hängte sie sich an einen anderen Typ, und alles regelte sich von allein. Manchmal kann es so einfach sein, wenn man ein gebrochenes Herz in Kauf nimmt.

MUNK TAUCHT WIEDER AUF

Ich wurde aus diesen Gedanken gerissen, als jemand fragte, ob an meinem Tisch noch Platz sei.

»Sieht so aus«, sagte ich, und der Frager setzte sich sogleich mit einer Tasse Kaffee und tunkte schnell ein Stück Zucker ein.

»Kannst du Wein machen?« fragte er.

Ich blickte auf. Es war der gleiche Typ, den ich am Morgen im Park getroffen und der mir einen Schnaps angeboten hatte. So ein Zufall.

»Weiß nicht«, sagte ich. »Ich habe noch nie welchen gemacht, aber ich könnte es wahrscheinlich lernen.«

»Hast du vielleicht ein Anleitungsbuch?«

»Nein, aber das kann man sich ja besorgen.«

»Das wollen wir mal hoffen. Die Lage wird nämlich langsam kritisch. Der Wein fast alle, und wenig Geld.«

»Tja«, sagte ich. So kann es gehen, glaube ich gesagt zu haben.

»Ich bin Munk«, sagte der Typ und lächelte mystisch. »Ich nehme an, du hast von mir gehört.«

»Hm«, ich räusperte mich. »Munk«, sagte ich. »Tja«, sagte ich. »Ich habe eine ganze Weile im Heringsöl gearbeitet. Kann sein, daß mir das eine oder andere entgangen ist.«

»Sieht aus, als wäre dir ziemlich viel entgangen. Aber so schlimm ist das nicht. Ich habe selbst im Heringsöl gearbeitet. Das war bestimmt vor deiner Zeit. Wir mußten wirklich verdammt hart arbeiten von morgens bis abends, um den Akkord zu schaffen, und trotzdem haben wir verdammt wenig verdient, und das, was wir ausbezahlt kriegten, ging am Samstagabend wieder drauf. Aber dann haben sie die Fabrik stillgelegt.«

»Meine auch.«

»Wirklich?« sagte Munk. »Einfach weg die ganze Scheiße?«

»Yes«, sagte ich.

»Und was wurde aus denen, die sie entlassen haben?«

»Die meisten leben wohl noch«, sagte ich. »Ich bin nach Bergen gegangen, um zu studieren.«

»Au ha«, sagte Munk. »Ja, ich hab's mir fast schon gedacht. Das war schon immer der Traum der Jugend vom Lande, in die Stadt zu kommen und zu studieren und sich zu besaufen. Ich kann selbst ein Lied davon singen und habe dabei auch mein Fett weggekriegt. Ich kenn' die Universität, oh ja. Ab und zu fragen sie übrigens mal bei mir an, ob ich eine Gastvorlesung halten will. Aber ich habe so meine Zweifel, ob sie dafür schon reif sind. Kann sein, daß es zu starker Tobak für sie ist.«

Ich betrachtete Munk genauer. Er sah ungefähr so aus: rotes Gesicht, wässerige blaue Augen, gelbe Zähne, langes, fettiges Haar, schmutziges kariertes Flanellhemd, dunkelblauer Sakko, der dem Schnitt nach zu urteilen mindestens zwanzig Jahre alt sein mußte. Seine Hose konnte ich nicht sehen, aber unter dem Tisch guckten ein Paar Turnschuhe hervor, mit einer Andeutung schmutziger Füße ohne Socken.

»Was für Gastvorlesungen sind das denn?« fragte ich.

»Oh, das variiert«, antwortete Munk. »Was willst du studieren?«

»Vielleicht Sprachen oder so was.«

»Dachte ich mir. Ja, ja, wer weiß, vielleicht halte ich diesen Herbst eine Gastvorlesung in Sprache und Literatur. Dann mußt du dich ranhalten. Es kann verdammt voll werden. Wir müssen mal sehen, wieviel Zeit ich habe, wie stark die Politik mich in Anspruch nimmt.«

»Ollreit. Ich passe auf. Weißt du übrigens, ob man hier in der Stadt irgendwo ein Glas Bier trinken kann?«

»Ich zeige dir alles, was dir fehlt. Dann können wir ein bißchen ausführlicher über dieses Weinmachen reden. Wir könnten es ja gemeinsam machen, dann wird es billiger. Und falls du die letzte Kartoffel da nicht mehr schaffen solltest, kenn ich einen, der dir gern damit behilflich ist.«

WAGLEN

Als ich mich um zwei Uhr nachts in meine Bude schlich, war ich in einer erbärmlichen Verfassung. Ich legte mich ins Bett und sah, wie das Zimmer sich langsam um mich drehte. Zuerst war ich mit Munk in ein Lokal gegangen, das sie Holbergstuen nannten; dort hatten wir große Mengen Bier getrunken, und ich hatte alles bezahlt, weil Munk behauptete, er sei pleite. Als sie da zumachten, waren wir zum Park hinübergegangen und hatten aus voller Kehle gesungen. Was hatten wir gesungen? *Wenn lieblich im Hain die Lüfte*, nein, *Wenn im Hain die Lüfte lieblich* war jedenfalls dabei. Und *Hinaus ans Meer* von Edvard Fliflet Bræin, außerdem *Yesterday when I was young* mit Charles Aznavour. Der Abend endete damit, daß Munk fünfhundert Kronen von mir leihen wollte, ich ihm hundert lieh, und er danach in der Nacht verschwand.

Ich dachte wieder an Inger und fragte mich, ob sie auch an mich dachte, und woran sie vielleicht sonst noch dachte. Warum konnte sie sich nicht auch etwas hier in der Stadt suchen. Ich würde ihr helfen, sich zurechtzufinden, ihr sagen, wo sie Bier trinken konnte und so. Und wenn sie nicht gleich am Anfang ein Zimmer fand, konnte sie ja bei mir schlafen. Ich versuchte, mir ihren Körper an meinem vorzustellen. Das fiel mir nicht schwer.

Gegen elf am nächsten Morgen erwachte ich davon, daß ein merkwürdiger und unangenehmer Wind durch das Zimmer wehte. Das Fenster stand offen. Aber was wollte der Wind hier bei mir? Ich faßte es nahezu als Beleidigung auf und schlug das Fenster wieder zu.

Es war schon so spät, daß ich ohne weiteres das Frühstück sausen lassen und lieber zur Kaffeestube spazieren und mir ein paar *lefser* einverleiben konnte. Dabei würde ich mich ein wenig näher an zu Hause fühlen. Das hatte ich auch nötig.

Der verdammte Wind blieb mir auf den Fersen, alberte herum wie ein Clown, brachte meinen Scheitel in Unordnung, blies mir kalt und unheilverkündend in die Gehörgänge, wehte mir Staub in die Augen und versuchte sogar, mir vor dem Fotoladen von Wernø und Gulbrandsen ein Bein zu stellen.

Auf dem Fischmarkt fiel mein Blick auf einen Typ, der mir bekannt vorkam. Es konnte kaum jemand anderes sein als Waglen, mit dem ich aufs Gymnasium, nein, auf die Realschule gegangen war.

Waglen stand mitten auf dem Fischmarkt, in so einer orangefarbenen Jacke mit hochgeschlagenem Kragen, wie sie in meinem letzten Jahr auf der Realschule so modern gewesen waren, einer verschlissenen Jeans und den gleichen Cowboystiefeln, die er immer gehabt hatte. Er stand da mit den Fäusten in der Tasche und blickte drohend zur Stadt hinüber, als wolle er sagen: Komm her, du verdammte Stadt oder was du auch bist, und ich reiß dir deine schmierigen Eier ab!

»Hallo, Waglen«, sagte ich.

»Wer zum Teufel bist du denn?« fragte Waglen und blickte mich finster an.

Ich hatte immer ein wenig Angst vor Waglen gehabt, fällt mir jetzt ein. Ein Grund war sein Aussehen. Er war auch damals schon lang und schlaksig und hatte immer den gleichen wiegenden Gang. Und das längliche und scharfkantige Gesicht und sein spöttisches Lächeln, und die langen Eckzähne, die an Hauer erinnerten. Aber der Hauptgrund war, daß er ständig auf irgendeine abgefeimte Art und Weise versuchte, mich bloßzustellen. Seine beste Methode war, von hinten zu kommen und mich in den Schwitzkasten zu nehmen.

»Jetzt versuch mal, loszukommen«, sagte er dann, während ich trat und zappelte, und die Mädchen, mit denen ich zusammengestanden und geredet hatte, allen Respekt vor mir verloren.

Ich weiß nicht, was er gegen mich hatte. Ich versuchte nie, mich irgendwie aufzuspielen. Ich war damals klein und mager (jetzt war ich lang und mager) und trug immer Sachen, die mir zu groß waren. Meine Eltern hofften wohl, daß ich endlich auf die Idee käme, zu wachsen und zuzunehmen. Aber die Periode kam erst später. Wäre sie früher gekommen, hätte Waglen mich vielleicht nicht so oft in den Schwitzkasten genommen.

Ich sagte ihm meinen Namen und fürchtete, daß Waglen dadurch auch nicht viel klüger würde, aber das wurde er. Er zog die Mundwinkel in einer Art Grinsen nach hinten und zeigte seine Hauer.

»Du warst der, der sich nie getraut hat, Bier zu trinken!«

»Das habe ich später nachgeholt«, sagte ich.

»Von Schnaps ganz zu schweigen«, sagte Waglen.

»Prima, dich wiederzusehen«, sagte ich. »Es muß mindestens sieben Jahre her sein. Was machst du hier in der Stadt?«

Waglen sah aus, als sei er drauf und dran zu sagen, das ginge mich einen Scheißdreck an, doch dann fiel ihm irgend etwas ein, und sein Gesicht hellte sich auf.

»Dich hab ich immer in den Schwitzkasten genommen!« grinste er.

»Ja«, sagte ich, froh, daß er sich daran erinnerte.

»Ja, verdammt, das war ich. Und du hattest eine Scheißangst.«

»Ich war klein.«

»Ich bin in Geschäften in der Stadt«, sagte Waglen. Er schwenkte einen glänzenden Streßkoffer, der still zu seinen Füßen gestanden hatte.

»Oj«, sagte ich. »Was für einen Job hast du?«

»Quatsch, ich lüge nur, wie gewöhnlich«, sagte Waglen. »Ich dachte, das würdest du merken. Mein Alter mußte in die Stadt, und da hab ich mich angehängt.«

»Dein Vater?«

»Ja, falls er mein Vater ist. Der Idiot hat sich vorgenommen, einen draufzumachen. Oben da in unserem Scheißnest, da kommt uns Bergen wie Kopenhagen vor.«

»Und wo ist dein Vater jetzt?«

»Der tankt erst mal ordentlich auf. Oder er steckt schon im Loch. Die Leute müssen auf ihre Löcher aufpassen, wenn er kommt. Das kann ich dir sagen. Ich wollte jedenfalls irgendwo hingehen und was essen.«

»Das paßt ja gut«, sagte ich. »Ich bin nämlich auf dem Weg zur Kaffeestube.«

»Kaffeestube?« fragte Waglen, als könne er nicht glauben, was er gehört hatte.

»Die *lefser* sind prima«, sagte ich, »und der Kaffee schmeckt im großen und ganzen nach Kaffee.«

»Kaffeestube?« wiederholte Waglen mit weit aufgerissenen Augen.

Er folgte mir auf den Fersen hinauf zum Strandkaien und in Ervings Kaffeestube, während er den Kopf schüttelte, als wolle er sagen, daß er schon so gut wie alles erlebt habe, und wenn es etwas gäbe, das ihm noch nicht untergekommen sei, dann könnten sie das gerne behalten.

Wir setzten uns, und ich holte zwei Kaffee und ein paar *lefser*. Nein, vielleicht waren es doch Brötchen. Waglen öffnete seinen Stresskoffer, und darin hatte er ein gewaltiges flaches Butterbrotpaket und einen Flachmann.

»Es war dicker, als wir losfuhren«, meinte er und zeigte auf das Butterbrotpaket. »Ich mußte es platt treten, damit es in den Stresser paßte. Willst du einen Schluck?«

»Nicht hier«, sagte ich. »Sie können es sehen und uns rauswerfen.«

»Die Weiber da? Jetzt hör aber auf. Du hattest schon immer eine Scheißangst davor, Schnaps zu trinken. Du warst mir immer ein Rätsel. Kein Wunder, daß ich dich immer in den Schwitzkasten genommen habe.«

»Ich kann ja später einen Schluck trinken«, sagte ich.

»Später ist es immer zu spät«, sagte Waglen. »Das müßtest du doch gelernt haben in deinem Alter. Ich brauche jedenfalls einen Schuß in den Kaffee.«

Er trank einen Schluck Kaffee und füllte die Tasse mit Schnaps auf.

»Jetzt ist es Kaffee, wie er von der Hand des Schöpfers eigentlich gedacht war.«

Ich hatte den Mund voll *lefse* (oder Brötchen) und antwortete nicht.

»Kaffeestube«, sagte Waglen und blickte mit wilden Augen um sich. »Kaffeestube. Und *lefse*«, murmelte er. »Was noch?« fragte er mich. »Trachtenjacke«, fuhr er fort, ohne auf Antwort zu warten. »Und Lodenhosen. Und Zwischen Hügeln und Klippen am Meere.«

»Was machst du denn jetzt so, Waglen?« fragte ich.

»Ich arbeite.«

»Ah ja«, sagte ich. Ich fragte nicht, was er arbeitete. Stattdessen begann ich, an die Zeit zu denken. Wie schnell sie verging. Früher war es anders. Da verging sie so verdammt langsam. Wir würden nie erwachsen werden und Haare um den Schwanz kriegen, dachten wir. Und jetzt? Jetzt ging es bergab, und die Bremsen schienen schon lange zum Teufel zu sein.

»Erinnerst du dich an Magne?« sagte ich.

»Pils-Ola, meinst du?« fragte Waglen.

»Nein, Magne. Er ging in die Klasse unter uns.«

»Ich weiß, wen du meinst. Wir nannten ihn Pils-Ola. Um ihn nicht mit Schnaps-Ola aus Oslo zu verwechseln.«

»Ich wußte nicht, daß ihr ihn Pils-Ola genannt habt.«

»Doch, wir nannten ihn Pils-Ola. Paß auf, da kommt Pils-Ola, haben wir gesagt. Den Namen hatte er bei uns. Doch, ich seh ihn tatsächlich manchmal. Er wohnt nicht weit von da, wo ich wohne. Er baut gerade ein Haus. Ich geh manchmal vorbei und sage: Ja, ja, du baust, Pils-Ola?«

»Er schuldet mir noch fünf Kronen, die er 1969 von mir geliehen hat«, sagte ich.

»Oha«, sagte Waglen. »Das sieht ihm ähnlich. Auf dem Fünfer ruht wahrscheinlich sein ganzer Hausbau. Du darfst nämlich nicht glauben, daß so einer wie Pils-Ola einen Baukredit oder sowas bekommt.«

»Komisch, daß ich den Fünfer nicht vergessen habe«, sagte ich.

»So etwas vergißt man nie«, sagte Waglen. »Ich werde ihn daran erinnern, wenn ich ihn das nächste Mal sehe. Ich nehm ihn mir zur Brust und geb's ihm. Er ist so verdammt kräftig geworden, seit er mit diesem Haus angefangen hat. Jetzt mußt du endlich den Fünfer bezahlen, den du schuldig bist, Pils-Ola, werd ich sagen. Sonst geht's ab ins Loch.«

Draußen begann es zu regnen.

»Weißt du, was der absolute Gipfel der Geduld ist?« fragte Waglen.

»Naja…«, sagte ich. »Einen Telefonmast kitzeln, bis du das Fräulein vom Amt kichern hörst. Oder einem Schwein Zukker geben und es am Arsch saugen, bis der süße Geschmack kommt.«

»Mit meinem Vater eine Seereise über Nacht machen«, sagte Waglen. »Die ganze Nacht hat er mich mit allen seinen Krankheiten vollgeredet. Und er hat weiß Gott nicht wenige. Und als er mit denen fertig war, die er jetzt hat, hat er von denen erzählt, die er früher hatte. 1953 konnte er zum Beispiel nicht pissen.«

»Das muß beschissen gewesen sein«, sagte ich.

»Aber er hat eine Menge Zeit damit gespart«, meinte Waglen. »Oh, es war die Hölle. Die ganze Nacht. Krankheiten, Krankheiten, Krankheiten. Am Ende fühlte ich mich selbst total krank. Ich hätte den Scheißkerl am liebsten über Bord geworfen, um seinen Leiden ein Ende zu machen. Wäre doch eine barmherzige Tat gewesen, oder nicht?«

»Schon möglich.«

»Du kannst mir glauben, daß ich in Versuchung war, als er sich einmal über die Reling lehnte. Es hätte nicht viel gebraucht, ein kleiner Schubs und weg mit ihm.«

»Aber du hast es nicht getan.«

»Nein«, sagte Waglen und sah träumend vor sich hin, als betrachte er einen Sonnenuntergang am Meer mit Streichern.

Wir gingen nebeneinander durch die Straßen. Es gab nicht viel zu sehen im Regen.

»Guck mal da«, sagte ich ab und zu, wenn ich dachte, daß da etwas war, das man sich anschauen könnte.

»Mhm«, sagte Waglen und starrte nur vor sich hin.

»Ich weiß, wo wir hingehen können«, sagte ich. »In ein Lokal, das Holbergstuen heißt. Da können wir Bier trinken.«

»Holbergstuen?« sagte Waglen. »Bist du sicher, daß es nicht Holbergs Kaffee- und Lodenstube heißt? Und daß sie da Rahmgrütze und Trachtensuppe servieren?«

»Soweit ich weiß nicht«, sagte ich. »Aber Bier haben sie.«

»Ist ja irre, wie versessen du plötzlich auf Alkohol bist. Vorhin wolltest du noch nicht einmal einen Tropfen Schnaps in den Kaffee haben.«

»Das war vorhin«, sagte ich.

»Ja ja«, sagte Waglen.

BILL UND BEN

Dies ist die Geschichte von Waglen und mir, in einer Kneipe in Bergen, an einem grauen und nassen Tag auf der Brücke zwischen August und September, da wo der Wind am stärksten weht.

Noch hatte ich nicht angefangen zu studieren, aber das würde schon noch kommen. Ich sah es alles vor mir daliegen wie einen Hindernislauf ohne Ziel.

Wir saßen in der Holbergstuen an einem Fenstertisch und ließen den Regen herabströmen, ohne einen Finger zu rühren, um ihn aufzuhalten. Vielleicht hätten wir es tun sollen. Nach zwei Glas Bier fing ich an, in uns Leute zu sehen, auf die hier im Leben eine besondere Aufgabe wartete. Beispielsweise könnten wir Bill und Ben heißen, und unsere Spezialität wäre, schneller zu ziehen als der geölte Blitz und schärfer zu reiten als Sinn und Verstand.

»Bill und Ben, sagst du?« meinte Waglen. »Du bist doch alles andere, bloß kein Bill oder Ben. Du hast eine zu hohe Meinung von dir. Die Vangsburschen sind ja wohl eher unser Stiefel. Kapierst du das nicht? Ich bin Steinar Vangen, und du bist Kåre Vangen, und wir kommen sträjt aus Oladalen, um die Moral des norwegischen Lefsevolks hochzuhalten, alte Frauen vor dem Ertrinken zu retten, den Leuten die Bierflaschen zu verstecken und schwarze Flicken über ihre Geschlechtsorgane zu kleistern. Genau das sind wir, die Jugend vom Lande mit grünem Bauernblut und Milchfett in den Adern.«

Ich ließ mich nicht abschrecken.

»Aber siehst du das denn nicht?«, sagte ich. »Wir müssen uns rächen, weil Norwegen nicht zu dem geworden ist, was wir gehofft haben.«

»Ich weiß verdammt noch mal besser als du, was wir zu rächen haben. Aber bestimmt nicht, weil ich jemals irgendwelche Hoffnungen auf Norwegen gesetzt habe. Norwegen ist ein Land voller Kühe und Granit und genau das, was wir verdammt noch mal verdient haben. Wir sollten noch dankbar sein und Amen sagen. Und du willst dich rächen.«

Waglen saß da und sah aus, als dächte er nach.

»Wir können uns ja damit rächen, daß wir ganz Bergen leersaufen. Das wär 'ne Rache. Meine Fresse, da wär was los!«

Es war inzwischen so spät geworden, daß die Leute um uns herum anfingen, undeutlich zu werden wie Nebelgestalten, und sich nichts mehr daraus machten, ob das, was sie sagten, noch einen Sinn machte oder nicht. Nur Waglen und ich hörten uns noch an, als hätten wir Gewichtiges zu erörtern.

»Niemand hat in diesem Land soviel Unheil angerichtet wie die Arbeiterpartei«, sagte Waglen. »Die Schlappschwänze von der Arbeiterpartei. Und nirgendwo haben sie pro Einwohner und Quadratkilometer soviel Scheiße gebaut wie bei uns im Fjord. Ich weiß noch, daß wir jedesmal, wenn was schiefging, es der Arbeiterpartei und Gerhardsen angekreidet haben. Wenn eine Straße einbrach, sagten wir, jetzt war der Gerhardsen wieder hier. Und wenn es vierzig Tage ununterbrochen regnete, sagten wir, jetzt muß endlich einmal jemand was gegen diesen Gerhardsen unternehmen. Und wenn ein Mädchen einen dicken Bauch hatte und nicht verheiratet war, dann sagten wir, jetzt war der Gerhardsen wieder hier mit seinem Ding. Der hätte schon längst kastriert gehört.«

Waglen lag mit dem Kinn im Bierglas und sah mir direkt in die Augen.

»Bei uns hat die Arbeiterpartei auch 'ne Menge Mist gebaut«, sagte ich. »Guck dir nur an, wie das mit dem Heringsöl gelaufen ist.«

»Das ist nichts gegen das, was sie bei uns angerichtet haben. Vierzehn Jahre lang haben sie mit Regen die Obsternte kaputtgemacht. Jahr für Jahr ist das Obst am Baum verfault. Aber was kannst du erwarten, wenn die Arbeiterpartei im Gemeinderat die Mehrheit hat?«

Waglens Kinn war wieder aus dem Bierglas hochgekommen, und er schlug mit der Hand auf den Tisch.

»Warum haben Leute wie wir, die aus solchen Scheißkaffs in Hinternorwegen kommen, einen so verdammten Drang in uns, Leute zu erschießen?« sagte Waglen.

»Ist dir das auch schon aufgefallen?« sagte ich. »Also mich darfst du da nicht fragen.«

Ich wußte es wirklich nicht, so aus der Lamäng.

»Alles läuft gegen uns, von der Geburt bis zum Müllhaufen, und da sollen wir keinen erschießen. Kacke, verdammte!«

Am Tisch neben uns saßen ein paar Damen. Sie wirkten frisch aufgeputzt und gelackt und fein. Sie hatten eine Weile dagesessen und Waglen beobachtet. Jetzt wurde Waglen auch auf sie aufmerksam. Er stierte sie starr und wild an.

»Das ist auch so was bei uns Revolverhelden vom Lande, daß wir keine Gelegenheit haben, unsere langen Schwänze so oft in gewisse Löcher zu stecken, wie wir es nach geltendem Recht beanspruchen können. Aber das wird sich ändern«, sagte er voller Überzeugung.

Die Damen wandten sich ab und machten den Eindruck, als wünschten sie sich sehnlichst, daß die zwei hoffnungslosen Typen in Anzügen, mit denen sie zusammengesessen hatten, bald vom Klo zurückkämen. Etwas Bedrohliches war in ihrer unmittelbaren Nähe aufgetaucht.

Waglen machte weiter.

»Aber für eins sind wir gut, nämlich die norwegische Sprache zu bereichern. Und die hat's verdammt noch mal nötig.«

»Ja, Waglen«, sagte ich, »die hat's nötig.«

»Das ist unsere große Aufgabe und unser Privileg«, fuhr Waglen fort. »Gottverdammt.«

Mir schwante, daß der Abend sich anschickte, allmählich im Meer zu versinken, als Waglen aufstand, um pissen zu gehen. Die Stimmen um mich herum klangen, als gingen sie in Filzpantoffeln und in Wollschals gewickelt, und ich bekam plötzlich den Einfall, mich zu den Damen zu setzen, weil ihre Kavaliere noch nicht zurück waren. Die Kerle mußten enorme Blasen haben, die jetzt anscheinend ganz geleert werden sollten.

Sie sahen mich forschend an, und als ihnen klar wurde, daß es wirklich nur ich war, wurden ihre Blicke eher gleichgültig. Wie schon gesagt, glaube ich, war dieser Abend, was mich betraf, auf jeden Fall gelaufen. Ein Gespräch kam nur schleppend in Gang, abgesehen davon, daß sie nicht begreifen konnten, wo ihre Männer abgeblieben waren.

»Sie können aus dem Fenster gefallen sein«, sagte ich. »Es ist weit bis nach unten.«

»Verflucht, sitzt du jetzt hier, du Fahnenflüchtiger?« kam es von hinten. Waglen stand da und spreizte die Beine wie ein Konfirmand.

»Ich hab ein paar Flecken auf die Hose gekriegt«, sagte er. »Das hatten die Damen wohl nicht erwartet?«

Ich konnte den Damen ansehen, daß sie alles nur Erdenkliche erwartet hatten.

Der Abend hielt jetzt nur noch so eben den Kopf über Wasser, und wir ließen ihn sinken. Ich glaube, ich bekam schließlich eine Art Gespräch mit den Damen zustande, ein Gespräch, das sich im Nebel verlor, kaum daß die Worte ausgesprochen waren.

Das allerletzte an diesem Abend, woran ich mich erinnere, war, daß mir plötzlich die Luft wegblieb. Waglen hatte mich in den Schwitzkasten genommen.

MUNK WIRD GETAUFT

Am nächsten Tag stand ich früher auf, wusch mich von Kopf bis Fuß, kochte starken Kaffee und suchte die Bibel hervor, die mein Vater mir mitgegeben hatte. Es war meine Konfirmationsbibel, und sie sah nahezu unbenutzt aus. Ich schlug ganz vorne auf und las: ›Am Anfang schuf Gott Himmel und Erde. Und die Erde war wüst und leer, und es war finster auf der Tiefe; und der Geist Gottes schwebte auf dem Wasser.‹

So war das damals, dachte ich. Das waren andere Zeiten. Und wer wollte behaupten, daß es nicht ebensogute Zeiten waren wie die, die jetzt über uns gekommen waren?

Ich wußte, daß ich noch bevor mein erstes Semester begonnen hatte, Bier trank wie ein echter Student, und daß ich das auf die Dauer wohl nicht durchstehen würde. Das würde ein zu hartes Rennen werden. Ich mußte nur erst an die richtigen Leute geraten. Waglen war wieder nach Hause gefahren. Blieb das Problem, nicht als erstes wieder Munk zu treffen.

Ich stellte die Bibel an einen Platz, wo ich sie gut sehen konnte, und ging.

Da stand Munk.

»Wo warst du gestern, verdammt noch mal?«

»Ich? Ich war zu Hause und habe in der Bibel gelesen. Ich habe mir vorgenommen, sie endlich von vorne bis hinten durchzulesen.«

Munk schien interessiert.

»Wenn du etwas nicht verstehst, etwas, das dunkel ist oder so, dann kannst du damit zu mir kommen, und ich vergleiche es mit dem Urtext. Du wärst nicht der erste, dem ich helfe, die Bibel auszulegen. Sogar Pastoren habe ich schon helfen müssen, wenn sie feststeckten.«

»Pastoren?« sagte ich. »Du kennst offenbar alle möglichen Leute, Munk.«

»Ich kann dir übrigens erzählen, wie es zuging, als ich getauft wurde«, sagte Munk. »Mein Vater war ein gottloser Satan, der nichts davon wissen wollte, daß ich getauft würde. Das sei Unfug und Teufelszeug, fand er. Mein Vater pflegte im Haus herumzugehen und alles, was sich bewegte, auf Deubel komm raus zu beschimpfen. Meistens lief er mit nacktem Oberkörper und einer Bierflasche in der rechten Hand rum. Du verstehst schon, wie er war. Und dann wurde ich also geboren, damals, und er fing an, es als seine Lebensaufgabe zu betrachten, zu verhindern, daß ich getauft wurde.

›Der Paster soll nur versuchen zu kommen und den Jungen zu holen‹, knurrte er aus seinem Bierschlund heraus. Meine Mutter protestierte natürlich wie der Teufel, aber es nützte nichts. Mein Vater war ein brutales Arschloch. Aber da war ja noch der Pastor. Und der hatte sich in den Kopf gesetzt, das Kind zu taufen, notfalls mit Gewalt, und wenn es ihn Kopf und Kragen kosten würde.

Der Pastor lag also ständig draußen in den Himbeerbüschen auf der Lauer und wartete auf eine Gelegenheit, um zuzuschlagen. Meine Mutter sah ihn dann und wann, den Kopf, der hochkam, um Luft zu holen, oder einen Zipfel vom Talar.

Aber selbstverständlich sagte sie nichts, und mein Vater, der meistens arbeitslos war, trank zuviel Bier, um etwas zu merken.

Und dann an einem Tag im Sommer, als der Pastor wie gewöhnlich in den Büschen saß, und mein Vater eine Runde hinters Haus machte, um zu schiffen, da schlug der Pastor zu, verstehst du. Wie eine Katze lief er zum Haus, rein in die Stube, schnappte sich das Kind – also mich – und bevor mein Vater seinen Ochsen ausgeschüttelt hatte, war der Pastor nur noch ein schwarzer Schatten unten auf dem Weg. Er schwang mich über dem Kopf wie eine Jagdtrophäe und stürzte zur Kirche. Es dauerte fünf Minuten, bis mein Vater mit der Schrotflinte bei der Kirchentür ankam. Da stand der Pastor dort mit mir im Arm und hatte mich schon getauft.

›Schieß ruhig‹, sagte er, ›aber der Junge ist getauft, und sein Name ist Munk.‹

Das gab meinem Vater den Rest, und im darauffolgenden Sommer ging er in die ewigen Biergründe ein. Er bekam ein kirchliches Begräbnis, die Gäste tranken den Rest seines Biers auf, und ich habe später das Pfand für die Flaschen gekriegt.«

DER KOMMUNISMUS

Nach der Einführungsveranstaltung an der Universität fühlte ich mich völlig erschlagen. Das würde mir alles zuviel werden. Vielleicht gab es ein anderes Fach, das weniger furchterregend war, aber ich hatte meine Zweifel. Mir war, als trüge ich einen fünfzig Kilo schweren Mehlsack, und so holte ich mir für 1,25 Kr erst einmal einen Kaffee in der Kantine.

Danach ging ich in den Park, um Munk zu treffen. Er hatte angekündigt, mich seinen Genossen vorstellen zu wollen.

Munk saß auf einer Bank, zusammen mit fünf anderen Typen, wie man sie häufig in Parks trifft, weder schlechter noch besser. Sie hatten rote, geschwollene Gesichter, fettige Haare, heisere Stimmen und nicht gerade saubere Kleidung. Keiner von ihnen wäre in ein Restaurant gelassen worden. Neben ihnen stand eine Plastiktüte mit Bier und eine alte Ledertasche mit vier Flaschen Koskenkorva.

»Gott zum Gruße«, sagte Munk. »Hier siehst du das Zentralkomitee der Partei, allesamt linientreue Kommunisten. Und dies ist das neue Parteimitglied. Wer weiß, ob er nicht auch im Zentralkomitee landet. Er macht so den Eindruck.«

Er meinte mich.

Die Typen auf der Bank grinsten.

»Willkommen Genosse«, grinsten sie. »Du kannst uns nicht vielleicht mit einem Zehner aushelfen? Wenn man so in Zentralkomitees sitzt, kriegt man ab'n zu so 'nen teuflischen Durst.«

»Wartet, bis er Studiendarlehen und Stipendium kriegt«, sagte Munk. »Dann kann er vielleicht einen Beitrag zur Parteikasse leisten.«

»Was ist denn das für ein Unfug, Munk?« sagte ich, als wir zwei etwa fünf Minuten später aus dem Park schlenderten. »Sind diese Leute da Kommunisten?«

»Na klar, verdammt«, antwortete Munk. »Gute und ehrliche Kommunisten. Das ist mein Lebenswerk. Ich habe hier eigenhändig den Kommunismus im Stadtpark eingeführt Von hier aus wird er sich ausbreiten über Norwegen. Die Saat ist ausgebracht. Jetzt kommt es auf die anderen an.«

»Auf die da?« fragte ich. Wir drehten uns um und betrachteten die Männer, die noch immer auf der Bank saßen, wie ein Blumenstrauß, der zu lange im Regen gestanden hat. Sie hatten sich über das Bier hergemacht.

Munk sah plötzlich müde und traurig aus. Seine Jacke hing schlaff herunter, und die Knie seiner Hose waren noch ausgebeulter als sonst.

»Das Traurige ist, daß ich alles selbst machen muß«, sagte er. »Die Kerle da drüben sind so ziemlich die gleichen Trottel wie vor der Zeit als sie Kommunisten wurden.«

Wir waren auf die Straße hinausgekommen. Wir spürten einen kalten Regenhauch im Nacken, und uns fröstelte.

Wir machten uns etwas zu essen. Ich hatte wenig Aufschnitt, aber da ich auch nicht viel Brot hatte, reichte es.

»Herrjeh«, sagte Munk, »hier kann man ja aufs Dach raus. Wollen wir? Komm, wir Kommunisten setzen uns aufs Dach. Wie sollen wir den Kommunismus einführen, wenn wir uns nicht ab und zu den großen Überblick verschaffen? Das frage ich mich wirklich.«

Ich fand, das sei sein Problem und nicht meins, trotzdem kletterte ich hinterher. So bin ich immer gewesen, und jetzt war es wohl zu spät, daran etwas zu ändern. Gut, daß wir beide Gummisohlen hatten. Jetzt konnten wir nur hoffen, daß die Ziegel nicht rutschten und unschuldigen, unterdrückten Menschen unten auf der Straße auf den Kopf fielen.

»So soll es sein«, sagte Munk. »Besser können wir es im Spätkapitalismus kaum haben.«

Wir hatten einen passenden Absatz gefunden, auf dem wir sitzen konnten, ohne abzurutschen.

Der Regen war noch nicht richtig da, aber reichlich Wind.

Wir lebten in einer so hoffnungslosen, trüben und nebulösen Nach-Zeit. Nach der Auflösung der Beatles. Nach der großen Volksabstimmung über den EWG-Beitritt. Nachdem die Freunde von damals Feinde geworden waren, nach der großen Stortingswahl 1973, als die Sosialistisk Venstre 16 Sitze im Storting bekam. Nach dem Ende des Vietnamkrieges, nach dem Putsch in Chile, nach Nixon und Watergate. Der einzige Trost war, daß wir nie mehr Nixon im Fernsehen sehen würden.

Das meiste war also schon geschehen, und ich saß mit Munk auf dem Dach eines alten Mietshauses in einer Stadt mit ewig grauem Wetter und Wind, und wir kamen uns vor wie zwei neunmalkluge Idioten. Unter uns gingen Menschen und fuhren Autos. Wir gingen sie nichts an, und sie gingen uns nichts an.

»Komisch, wenn man so über alles nachdenkt«, sagte ich. »Das ist also daraus geworden.«

»Es sieht verdammt danach aus«, sagte Munk. »Du, du bist noch so jung, daß sie alles in dich reinstopfen können. Bei mir ist es anders. Ich war die ganze Zeit dabei. Ich bin ein typischer Nachkriegsdodel vom Westland, im guten wie im schlechten.«

Ich nickte und zeigte so, daß ich ihm folgen konnte, wie ich es immer tat.

»Ende der fünziger Jahre war ich Automechaniker«, sagte Munk. »Ich hatte mehr Pomade im Haar, als du dir überhaupt vorstellen kannst und ich war der bekannteste Automechaniker im ganzen Westland. Nicht weil ich so supertoll Autos reparieren konnte. Meine Spezialität war es, Schalldämpfer auszubauen.«

»Ahah!«

»Dann war die Zeit vorbei. In den Sechzigern saßen wir am Strand, während die Sonne unterging, und spielten Gitarre und sangen Protestlieder. Die Wellen strichen wie Katzen um unsere Beine, und die Mädchen gingen ohne BH.«

Ein Schwarm Krähen strich knapp an uns vorüber, und wir spürten beinahe den Hauch von Fäulnis, der von ihnen ausging. Wohin wollten sie um diese Zeit? Und woher kamen sie?

»Heh, Krähen«, rief Munk begeistert. »Was macht die Liebe? Schlechte Zeiten, was?«

Er wandte sich wieder zu mir um.

»In gewisser Weise sind die Krähen ein kleiner Trost. Sie sind zäh. Hängen mit Kippen in der Schnauze an Straßenecken rum, trinken zu viel und reißen das Tischtuch und Geschirr mit herunter, wenn sie sich vom Tisch erheben. Du siehst sie nur selten so zusammen fliegen. Dann sind sie sozusagen eine Motorradgang und ziehen los und mischen irgendwo einen Laden so richtig auf.«

Wir saßen eine Weile schweigend da und schauten den Krähen nach. Sie hatten sich auf einem anderen Dach niedergelassen, wo wir sie kaum sehen konnten. Ich konnte mir nicht so richtig vorstellen, was sie da drüben gerade aufmischten.

»Wir waren bei den Sechzigern stehengeblieben«, sagte

Munk. »Das ist jetzt auch schon lange her, und wie es heute ist, siehst du ja selbst.«

»Wie alt bist du eigentlich?« fragte ich.

»Ich? Ich bin wohl so an die Dreißig«, sagte Munk.

»Wenn man dich reden hört, würde man eher meinen, daß du gar kein Alter hast.«

»Du hast recht«, sagte Munk. »Dreißig Jahre sind kein Alter.«

WAHRZEICHEN AM HIMMEL

»Siehst du irgendwelche Zeichen am Himmel?« fragte Munk.

Ich blickte zum grauen Himmel auf. Regelrechte Zeichen konnte ich da nicht gerade sehen. Wenn ich mir Mühe gab, konnte ich sicherlich eine ganze Menge Dinge sehen, aber die würde ich nicht Zeichen nennen.

»Es gibt Leute, die Wahrzeichen am Himmel sehen können«, sagte Munk, »und Leute, die sie nicht sehen. Zufällig gehöre ich zu denen, die sehen. Als ich es zum erstenmal merkte, war ich acht. Da sah ich am Himmel, daß ich auf dem Basar am kommenden Samstag gewinnen würde. Und so war es dann auch. Ich gewann nicht den Freßkorb, den ich ins Auge gefaßt hatte, sondern eine dunkelblaue Hose, die mir zwei Nummern zu klein war, so daß ich sie nie trug. Wäre ich nicht für mein Alter so groß gewesen, hätte ich eine prima Sonntagshose gehabt. Eine ordentliche Sonntagshose bekam ich nie. Das verfolgt mich bis heute.«

»Was siehst du denn am Himmel?« fragte ich.

»Jetzt? Jetzt sehe ich nur Krisen und schlechte Zeiten. Das ist alles und nicht gerade erhebend. Und dann wundern sich die Leute darüber, daß ich nie lache. Worüber sollte man um Himmels willen lachen? Trotzdem bin ich ein großer Optimist, das kannst du mir ja ansehen. Noch kann ich die Welt retten und ihr die Potenz zurückgeben. Aber das erfordert Arbeit, und meine Gesundheit ist nicht mehr die beste. Wenn du nach meinem Sexualleben fragst, was du früher oder später tun wirst, damit ist es auch drastisch bergab gegangen.«

Es wurde allmählich dunkel. Das Dunkel sickerte aus den himmlischen Ecken und Winkeln und sammelte sich. Ein paar magere und bleiche Sterne drängten sich in einer gemeinsamen Anstrengung durch die Wolkendecke. Wie der morgige Tag werden würde, war völlig ungewiß.

»Was ist denn nötig zur Rettung der Welt?« fragte ich. »Hast du ein Rezept?«

»Schraubenschlüssel sind nötig«, antwortete Munk. »Massenhaft Schraubenschlüssel. Dann müssen wir Kommunisten die Macht ergreifen und alle Scheißkerle erschießen, die die Welt so haben wollen, wie sie ist, und dann muß die Literatur besser werden. Die Schriftsteller müssen bessere Bücher schreiben. Damit steht und fällt das Ganze.«

Ich sah der Dunkelheit entgegen, die auf uns zukam. Es war das erste Mal, daß ich sie von einem Dach in Bergen aus kommen sah.

»Es wird dunkel«, sagte ich. »Ich glaube, wir kriechen wieder rein.«

»Jetzt?« sagte Munk. »Ich dachte, wir blieben die ganze Nacht hier. Darauf habe ich mich jetzt eingestellt. Wir haben viele wichtige Dinge zu bereden. Wir sind doch verdammt noch mal schon mitten drin. Wenn wir nur eine Flasche Wein hätten, ich habe seit dem Frühstück keinen einzigen Tropfen getrunken.«

»Ich muß aber auch mal schlafen«, sagte ich. »Ich hab doch morgen wieder Uni.«

»Das macht überhaupt nichts«, erwiderte Munk. »Was du verpaßt, kannst du von mir lernen.«

Ich sagte nichts mehr, hielt die Klappe und saß nur da. Ich wartete, bis ich ein knurrendes Geräusch hörte. Es kam von Munk, der eingeschlafen war. Ich packte seinen Fuß in dem Augenblick, als er anfing, abwärts zu rutschen, und verhinderte so, daß er den Löffel abgab, bevor seine Geschichte erzählt worden ist.

ELSE

Der Herbst, der so trüb und naß begonnen hatte, lief noch einmal zu feiner Form auf. Es wurde mild, gelbe Sonne schien über der Stadt. Als habe der Sommer noch einmal hereingeschaut, weil er etwas vergessen hatte, und herausgefunden, daß eigentlich gar kein Grund bestand, sich gleich wieder davonzumachen. Sah doch prima aus hier.

Und der Herbst stand draußen und begriff nicht. Er mühte sich ab mit seinem gelben und braunen Laub und trat gegen die Tür.

»Was soll der Quatsch?« rief der Herbst. »Jetzt bin ich doch an der Reihe.«

Aber der Sommer lag noch auf der Couch und hatte gerade zwei Flaschen Pils aus dem Kühlschrank geholt.

Ich war verliebt, und eines Sonntags zog ich aus der Stadt hinauf in die Berge, durch den Wald mit allen seinen Farben und setzte mich an einem dunklen Weiher auf einen Stein. Ich fühlte mich so sonderbar, obwohl mein Spiegelbild im Wasser relativ normal aussah.

Sie hieß Else und war aus Ålesund, und durch einen merkwürdigen Zufall, den das Schicksal zuwege gebracht hatte, studierte sie das gleiche wie ich. Gemeinsam gingen wir in Vorlesungen und aßen in der Mensa.

»Ist hier noch frei?« sagte ich beim erstenmal, als sie allein an einem dunkelgrünen Tisch saß.

»Sieht so aus«, antwortete sie.

Sie hatte eine Brille und große Schneidezähne, und sie wußte das meiste. Aber ich war nicht mit zu ihr gegangen, um Jasmintee zu trinken, weil ich von ihrem Wissen profitieren wollte. Einfach nur dort zu sein, reichte schon, mit dem winzigen Tisch und dem Tee zwischen uns. Sie nahm keinen Zucker, aber ich nahm für zwei. Zu Tee gehörte Zucker, fand ich.

Sie hatte einen roten Lampenschirm, der das meiste Licht schluckte, und ihr Bett war einfach eine große Matratze auf dem Fußboden. Dort würde ich in Kürze landen. Es hieß nur zu warten und so lange Tee zu trinken.

Sie hatte viel mehr Bücher als ich, besonders über Politik, und Sachen, die mit Frauen und Sexualität zu tun hatten. Ich beschloß, alle ihre Bücher zu lesen, je früher umso besser. Am ersten Abend lieh ich mir zwölf Stück und machte mich im Bett darüber her.

Munk hatte ich eine Weile nicht gesehen, und das lag sicher nicht an ihm. Ich gebe zu, daß ich versucht hatte, ihm aus dem Weg zu gehen, nicht zuletzt seinem Zentralkomitee.

Else war eine begeisterte Kinogängerin, genau wie ich. Außer ins Kino gingen wir samstags und manchmal auch montags in den Filmclub. Ich entdeckte, daß Munk dort auch hinkam, aber es gelang mir, mich zu verstecken. Er saß immer ganz hinten, und ich achtete darauf, daß Else und ich ziemlich in der Mitte saßen, obwohl ich eigentlich auch am liebsten ganz hinten saß.

In dem Herbst wurden viele lateinamerikanische Filme gezeigt. Sie waren alle in Schwarzweiß und handelten von armen Landarbeitern. Es ging ihnen schlecht, und sie wurden von Söldnern der Gutsbesitzer bewacht. Machten sie Anstalten aufzumucken, wurden sie einfach abgeknallt. Und der Gutsbesitzer saß zu Hause in seiner Villa mit Huren auf dem Schoß und trank Wein.

Manchmal sahen wir die Augen der Landarbeiter. Ein merkwürdiges Leuchten war in ihnen.

Wir fanden die Filme gut, obwohl sie nicht in Farbe waren, und diskutierten sie hinterher.

Wie sollte man in Lateinamerika Filme machen, und wie in Norwegen? Es konnte nicht das gleiche sein.

»Auf jeden Fall können wir viel von diesen Leuten lernen«, sagte Else.

Ich nickte energisch und trank mehr Tee. Davon gab es reichlich. Und für nachher, wußte ich, hatten wir eine Flasche Wein. Es war Freitagnachmittag, und wir hatten ein ganzes langes Wochenende vor uns. Zwei Freunde von Else waren eine Weile da und wollten uns auf ein Fest mitnehmen. Else sagte nein, heute abend nicht, und ich sah sie dankbar an. Sie war genauso, wie sie sein sollte. Keinen Millimeter wünschte ich mir anders.

»Du kannst schon mal den Wein aufmachen«, sagte Else und ging in die Küche. Sie hatte eine große Pizza gemacht, nur für uns beide. Die duftete phantastisch und schmeckte noch phantastischer. Was sie alles draufgetan hatte. Sie mußte den ganzen Kühlschrank geleert haben.

Auch der Wein schmeckte phantastisch, obwohl es der billigste Rotwein war. Es konnte gar nicht anders sein. Ein kleiner grüner Vogel kam aus dem lauen, süßlichen Dunkel durch das halboffene Fenster hereingeflogen und setzte sich auf die leere Teekanne. Er sah uns vergnügt an.

»Da ist noch Pizza«, sagte Else.

»Ich glaub, ich kann nicht mehr«, sagte ich. »Wahnsinn, was du da alles draufgetan hast.«

»Das muß schon sein«, meinte Else. »Aber nimm noch Wein. Den schaffst du sicher noch, das sehe ich dir an. Ich habe auch noch eine Flasche.«

Von der hatte ich nichts gewußt.

Der Luftstrom vom Fenster führte unsere Gesichter näher zueinander. Mein Haar berührte schon Elses Haar und löste eine winzige blaue Flamme aus. Ich legte die Hand an ihre Wange, und sie neigte den Kopf zu mir.

Noch war Wein da, und die Luft und das Dunkel wurden immer milder, legten sich über uns und verbreiteten einen schwachen Duft von Stachelbeeren und rotem Klee im Zimmer.

»Kennst du jemand, der Munk heißt?« fragte ich leise.

»Ich habe von ihm gehört, aber ich kenne ihn nicht direkt. Sie haben oben in Ålesund von ihm erzählt. Er hat einmal eine Woche da im Hotel gewohnt, das vergessen sie nie. Daran siehst du, was Ålesund für eine Stadt ist.«

»Vor kurzem habe ich mit ihm auf dem Dach gesessen, da, wo ich wohne.«

»Auf dem Dach?« sagte Else. »Das sieht dir ähnlich. Da gehörst du hin.« Sie lachte, und es war genau das richtige Lachen.

»Er will die Welt retten«, sagte ich.

»Da hat er recht«, sagte Else. »Die Welt verdient es, daß man versucht, sie noch zu retten. Aber ich kann mir nicht vorstellen, daß er in Ålesund im Hotel gewohnt und das Inventar zertrümmert hat, um die Welt zu retten.«

»Er hat gewisse Schwächen«, sagte ich.

Ich fand, es ging uns jetzt so gut, daß ich mir leisten konnte, Munk ein bißchen in Schutz zu nehmen. Vielleicht würde er das gleiche eines Tages für mich tun.

»Und was ist mit deinen Schwächen?« fragte Else weich und war ganz dicht bei mir.

»Es sieht so aus, als würdest du sie schon kennen«, sagte ich und zog sie ganz über mich.

Im Nu saßen wir nackt da und kneteten unsere Körper. Der Duft von Stachelbeeren und Wein und spanische Gitarrenmusik erfüllten das Zimmer, während wir auf der Matratze mehr und mehr zu einem Körper wurden und zu einer phantastischen Reise in die Nacht abhoben, mit einem grünen Vogel und einer Teekanne im Schlepptau, einer Reise, die andauerte, bis das graue Morgenlicht sacht über uns hinstrich, die Decke ein wenig anhob, und wir die Augen öffneten und uns anlächelten.

»Guten Morgen!«

»Weißt du, was in den Geschichtsbüchern über uns stehen wird?« fragte ich.

»Nein, was denn?«

»Sie liebten sich, bis der Morgen kam.«

ERWACHEN IM WALD

Ich fand schnell heraus, daß die Feste in Bergen anders waren, als ich es aus dem Heidenland gewohnt war. Hier drehte es sich um Zimmerfeste, bei denen eine Menge Leute beiderlei Geschlechts Bier und Wein mitbrachten, und der Mensch, dem das Zimmer gehörte, für Essen sorgte. Dann ging das Fest los.

Manche Feste waren gut, andere mißlungen. Mit Else ging ich nur auf gute Feste. Da gab es Krabben, saftige, salzige Krabben mit schäumendem Bier und Wein dazu, und vernünftige Menschen drumherum.

Aber es gab auch ganz andere Feste. Mein Problem war,

daß ich einen Typ kennengelernt hatte, der Olsen hieß. Ein Typ, mit dem ich wohl besser nicht Bekanntschaft geschlossen hätte. Er hatte immer kurzgeschnittene Haare, trug immer eine Tweedjacke mit einem gewebten Wollschlips, und sein besonderes Kennzeichen war, jeden Satz damit zu beenden, daß er einen neuen anfing. Weil er einmal in einem Orchester Waschbrett gespielt hatte, trug er jetzt wie eine Art Ehrentitel den Namen Waschbrett-Olsen.

Waschbrett-Olsen war der letzte Hänger. Aus irgendeinem Grund betrachtete er sich als meinen guten Kumpel und wollte mich ständig auf Feste mitnehmen.

»Komm Samstag mit auf ein Fest«, sagte Waschbrett-Olsen, »das wird bestimmt.«

Aber ich ersann ständig Ausflüchte.

»Diesen Samstag kann ich nicht, Waschbrett.«

»Warum denn nicht, das ist doch«, sagte Waschbrett-Olsen.

Bis es keine Ausflüchte mehr gab und ich schweren Herzens mit Waschbrett-Olsen auf ein Fest gehen mußte, weil Else an dem Samstag etwas anderes vorhatte.

»Nun komm schon, jetzt machen wir«, sagte Olsen. Und so zogen wir los.

Es war ein beknacktes Fest. Alle saßen da und waren mit sich selbst beschäftigt, keiner hörte auf die anderen, der Wein war sauer, die Krabben alt, aussätzig und knochentrocken, die Wohnung kalt und feucht, und Waschbrett-Olsen war sternhagelvoll und kotzte aufs Sofa.

Aber das ist mir erst hinterher erzählt worden. Ich erinnerte mich an nichts, als ich am Tag danach aufwachte. Ich ahnte nur, daß ich auf einem Fest gewesen war, aber ich wußte nicht, wo. Und ebensowenig wußte ich, wie ich hierher gekommen war. Ich war nämlich mitten im Wald aufgewacht, soweit ich sehen konnte. Ich lag auf nassem Moos, von hohen Bäumen umgeben, und ein außerordentlich nasser Oktoberregen rieselte auf mich herunter.

Herrgott, in was für Zeiten leben wir? dachte ich. Warum passiert so etwas? Und was war das für ein Wald? Und wie sollte ich in die Stadt zurückfinden?

Da kam mir der Lummel in den Sinn, und mir wurde noch kälter. Der Lummel war ein Wesen, von dem mein Großvater mir erzählt hatte, als ich klein war. Der Lummel sollte draußen im Wald leben, außerhalb der menschlichen Gefilde, und ziemlich gefährlich sein. Er konnte sich nämlich plötzlich auf dich stürzen und sich auf deinem Rücken festkrallen. Dort würde er sitzenbleiben, bis du es eventuell schafftest, auf bewohntes Gebiet zurückzukommen. Aber er war schrecklich schwer und würde dich in die Knie zwingen. Großvater erzählte, daß es früher wirklich vorkam, daß der Lummel Männer überfiel, wenn sie mit einem Sack Getreide auf dem Weg zur Mühle waren. Sie redeten fiel davon, daß man den Lummel auf den Sack bekam.

Herrgott, dachte ich. Wenn jetzt der Lummel über mich herfiele, wäre es aus mit mir. Dann würde mich der Schlag treffen. Ich würde Magengeschwüre kriegen. Und ich hatte nicht die Kraft, mich auf bewohntes Gebiet zu schleppen. Nichts wie weg hier.

Ich war naß bis auf die Haut und fror, war steif am ganzen Körper und hatte Kopfschmerzen. Wie ein wild gewordener Hund lief ich zwischen den Kiefern umher, und die Tropfen prasselten mir ins Genick.

Lieber Gott, laß den Lummel nicht kommen, betete ich.

Da bot sich mir ein überraschender Anblick. Auf einer kleinen Lichtung zwischen den Bäumen stand eine rote Telefonzelle. Die kam mir jetzt gerade recht. Danke, lieber Gott, für die Telefonzelle! Ich lief hinein, schüttelte mich und wählte Elses Nummer. Zum Glück hatte ich noch ein Kronenstück.

»Hallo«, sagte es irgendwo weit weg. Es war eine verschlafene Stimme, die ich kannte, und mein Herz weitete sich wie ein Ballon.

»Ich bin es«, sagte ich.

»Du bist es? Wo bist du denn?«

»Irgendwo im Wald. Aber ich weiß nicht, wo. Es regnet, und ich bin klatschnaß und habe furchtbare Kopfschmerzen.«

»Sag bloß. Und jetzt rufst du also aus der Telefonzelle im Wald an?«

»Genau das tu ich.«

»Hört sich ja nach einem gelungenen Fest an«, sagte Else. »Wenn ich nicht mit bin, haust du wohl so richtig auf den Putz.«

»Das Fest war beschissen«, erwiderte ich. »Und Waschbrett-Olsen ist an allem schuld.«

»Ja, ja«, sagte Else. »Du kannst ja mal vorbeikommen, wenn du dich wieder einigermaßen bekrabbelt hast. Und grüß mir die Tiere des Waldes.«

Sie legte auf.

Ich irrte noch eine Weile zwischen den Baumstämmen umher. Ich war patschnaß und hatte schon fast alle Hoffnung aufgegeben, als ich plötzlich auf eine asphaltierte Straße taumelte. Und kurz darauf hörte ich das Geräusch eines Autos, in dem ein Mensch sitzen mußte. Ich streckte einen triefenden Arm aus und legte meine letzte Kraft in eine nasse Hoffnung.

»Wohin willst du«, fragte der Fahrer.

»Egal«, sagte ich.

DER HERBST IST GEKOMMEN, UND ICH ESSE NUR MARMELADE AUFS BROT

Eigentlich kann das hier nicht gutgehen, dachte ich zuweilen. Es war eher unwahrscheinlich, daß es auf Dauer so weiterginge.

Der Herbst hatte Platz genommen und es sich gemütlich gemacht, es hatte den Anschein, als fühle er sich ganz wie zu Hause. Ich aß nur Marmelade aufs Brot, den einzigen Aufstrich, der die Hoffnung auf bessere Zeiten in sich barg. Aprikosenmarmelade war der Lichtblick meines Frühstücks.

Aber zunächst einmal die Sache mit Else. Warum war sie immer öfter unzufrieden mit mir? Ich kam auf nichts, das ich getan hatte. Ich fand, daß ich mich im großen und ganzen normal verhielt, auf jeden Fall, solange ich nicht mit Munk zusammen war. Und Waglen hatte ich seit dem einen Mal nicht mehr gesehen, daran konnte es also nicht liegen. Ich hatte übrigens eine Karte von Waglen bekommen, unfrankiert und ohne Absender, so daß ich Nachporto bezahlen mußte, auf der er mir schrieb, daß er gewisse Pläne habe und ich auf die eine oder andere Weise in seinen Plänen eine Rolle spielte, weil ich ein Mann sei, auf den Verlaß war, und daß Pils-Ola sich weigere, den Fünfer zurückzuzahlen. Ich müsse eine Quittung vorweisen, meinte er. Waglen war der Ansicht, daß er jetzt Gewalt anwenden müsse, er hoffe, ich sei damit einverstanden.

Das war ich zwar, aber so wichtig war der Fünfer vielleicht auch nicht. Jedenfalls befürchtete ich das Schlimmste, was Waglens Pläne betraf. Solche Leute zu kennen, brachte nie Gutes mit sich.

Es kam vor, daß ich aus Angst, unangenehme Leute zu treffen, ganze Tage zu Hause blieb und Aprikosenmarmelade aß und Kaffee trank.

Wenn ich dann zu Else kam, klang ihre Stimme unwirsch: »Wo bist du eigentlich gewesen, verdammt? Bist du vielleicht wieder im Wald aufgewacht?«

»Nein«, sagte ich. »Ich war nur einen Tag zu Hause. Aber jetzt bin ich hier.«

Ich fand wirklich, daß es keinen Grund zu meckern gab. Nun ja, ich hatte es noch nicht geschafft, alle ihre Bücher zu lesen, aber das würde schon noch werden. Ich jedenfalls meinte, in etwa mein Bestes zu geben. Was erwartete sie? Ich hatte die Pubertät hinter mir und war der Ansicht, diese Stürme durchgestanden zu haben.

Oh, Else, wo fing es an, schiefzulaufen? Was hätte ich tun sollen? Was hätte ich sagen sollen?

Wenn ich jetzt bei ihr war, dauerte es meistens nicht lange, bis sie irgendwohin mußte, wohin ich nicht mitkonnte. Ich vermutete, es handele sich um etwas so Politisches, daß sie mich nicht aufgeweckt genug fand, um davon zu profitieren.

»Warum kann ich nicht mitkommen?« fragte ich.

»Das ist nicht dein Ding.«

»Wenn es dein Ding ist, ist es mein Ding.«

»Da sind nur Frauen.«

»Umso besser. Ich habe nichts gegen Frauen.«

»Zieh lieber mit deinem Munk los und verwüste ein paar Hotelzimmer. Davon hast du bestimmt mehr.«

Ja, ja, ja, ich wußte, daß es ein großer Fehler gewesen war, Munk zu begegnen. Aber ich würde versprechen, ihn nie mehr zu sehen.

In diesen Krisenzeiten fuhr ich für ein Wochenende nach Hause. Es war komisch. Der Busfahrer sah aus, als gehöre er auf einen ganz anderen Globus und hieße Zarkoz oder Dr. Fong oder etwas in der Richtung, obwohl ich wußte, daß er Eikeland und seine Alte Solveig hieß und sie vier Kinder und einen Collie hatten.

Als ich im Nieselregen aus dem Bus stieg, saß der alte Olaien auf einem Markierungsstein. Sein Hund kam zu mir und schnüffelte zwischen meinen Beinen.

»Wer bist du?« fragte Olaien.

»Jetzt mach aber 'nen Punkt, verdammt noch mal, Olai«, sagte ich. »Du weißt, wer ich bin. Guck dir deinen Hund an, der kennt mich.«

»Das tut er nicht. Er beschnüffelt alle so.«

»Jetzt reiß dich mal zusammen«, sagte ich.

Der konnte ruhig mal eins draufkriegen. Aber ich kümmerte mich nicht weiter um ihn.

Dennoch fühlte ich mich nicht ganz wohl, als ich nach Hause kam, obwohl meine Eltern im großen und ganzen wie meine Eltern aussahen und mir herzlich die Hand drückten. Das war auch anders. Früher hatten wir es nicht nötig gehabt, uns so zu begrüßen.

»Na, dann komm und iß erst mal«, sagte Mutter.

»Nun, wie isses denn inner Stadt?« fragte mein Vater, als wir uns zu warmen Brötchen mit Rührei und einem Becher Kakao an den Tisch gesetzt hatten.

»Es regnet ziemlich viel«, sagte ich.

»Das hab ich mir gedacht«, meinte Vater.

»Hast du denn ordentliches Regenzeug?« fragte meine Mutter.

»Ja. Es wirkt, wie es soll.«

»Man kann nicht vorsichtig genug sein«, sagte Mutter.

»Vielleicht«, sagte ich. »Was ist denn mit dem Olaien los?«

»Ist denn was mit ihm?«

»Er tat, als würde er mich nicht kennen. Fragte, wer ich sei und so.«

»Der wird langsam alt, der Olaien«, sagte Vater. »Und seit die Marta gestorben ist, geht's ihm nicht so besonders.«

»Wird langsam alt?« sagte Mutter. »Ich finde, er ist alt gewesen, seit ich ihn kenne. Kein Wunder, daß er anfängt zu verkalken.«

»Sein Hund hat mich erkannt.«

»Na, siehst du«, sagte Mutter.

Ich fühlte mich wie der Schatten einer unhistorischen Person, als ich nach dem Abendessen die Hänge hinauflief, um Inger zu treffen. Ich schwänzte die Krimistunde mit Cannon, und mein Vater schien enttäuscht zu sein. Da mußte ich durch.

Es regnete in Strömen, und ich wurde naß und verlor die Form. Vögel und Tiere schwiegen, kein Dachs kam angeschlichen, um mich in den Fuß zu beißen bis der Knochen Knack sagte. Nein, die Dachse blieben zu Hause. Und ich war's zufrieden.

Ich erwartete, den muffigen Vater seine Gurkennase aus der Tür stecken zu sehen, aber Inger kam selbst an die Tür.

»Ojojoj«, sagte sie. »Was für ein Anblick. Du erinnerst mich an eine Frage aus der Deutschstunde: Wer reitet so spät durch Nacht und Wind?«

»Ich reite doch nicht.«

»Wärst du zwei Minuten früher gekommen, hättest du mich nur in der Unterhose angetroffen.«

»Das Schicksal war wie gewöhnlich gegen mich.«

»Die Alten sind beim Bingo«, sagte Inger. »Und nachher werden sie sich in irgendeinem Schuppen noch einen hinter die Binde gießen, nehm ich mal an. Ich habe den ganzen Nachmittag Kirschwein gebechert. Warum bist du nicht früher gekommen? Mein Vater ist der schlechteste Weinmacher, den ich kenne, aber wenn nichts anderes im Haus ist, hat man eben keine Wahl.«

»Das ist wahr«, sagte ich. »Dürfte ich möglicherweise reinkommen?«

»Natürlich darfst du. Es sind bestimmt noch ein paar Flaschen da. Ich dachte, dich würde ich nie wiedersehen.«

Aus irgendeinem Grund setzten wir uns auf den Küchentisch, und ich bekam ein volles Glas in die Hand. Es war wirklich der schlechteste Kirschwein, den ich je getrunken hatte, aber wie gesagt, etwas anderes war nicht im Haus.

»Ja, du hast den Vogel abgeschossen«, sagte Inger und klang traurig und ein bißchen blau.

»So direkt würde ich das nicht sagen. Ich glaube nicht, daß es der große Wurf ist. Und du? Hast du was vor?«

»Das siehst du doch, was ich hier so vorhabe. Ich hab seit dem letzten Mal vier Kilo zugenommen. Jetzt bin ich bald richtig fett. Ich fühle mich beinah wie Elvis, wie der jetzt ist, mit der einzigen Freude im Leben, Fernseher mit der Schrotflinte kaputtzuschießen.«

Durch die Türspalte konnten wir ein Stück von der Mattscheibe sehen, wo Detektiv Frank Cannon gerade versuchte, durch ein Fenster zu klettern.

»Der da ist fett«, zeigte ich. »Du bist nicht fett. Du bist gerade richtig.«

»Hör auf, du mußt mich gerade noch trösten«, sagte Inger und leerte das Glas. »Wir haben noch zwei Flaschen. Ich glaube, die nehmen wir auch noch. Irgend jemand muß sie ja trinken.«

Cannon saß jetzt im Fenster fest, fest wie eine Fischgräte. Es sah schlecht für ihn aus. Jetzt durfte er alle Mahlzeiten bereuen, alle Drinks und daß er in der Schule die Turnstunden geschwänzt hatte.

»Ich weiß, was du denkst, das kannst du mir glauben«, sagte Inger. »Daß ich nicht Elvis Presley bin und keinen Grund habe, so herumzuhängen, wie ich es tue. Da hast du recht. Ich hätte mich mehr anstrengen und rauskommen und was machen können. Ich weiß. Aber Scheiße, ich pack's einfach nicht mehr so, in dem ganzen Theater noch einen Sinn zu sehen, also daß man rauskommt und das Leben genießt und mit 'nem dicken Bauch wieder nach Hause kommt.«

»Vielleicht habe ich es mir auch nicht ganz so vorgestellt«, sagte ich.

»Nein, du hast natürlich angefangen, viel tiefschürfender zu denken, wo du jetzt an der Uni bist.«

»Das will ich nicht sagen«, sagte ich. »Guck mal, jetzt ist Cannon plötzlich wieder losgekommen. Wie ist denn das passiert?«

»Das sind nur Filmtricks«, meinte Inger. »In Wirklichkeit würde er da festsitzen bis er verfault. Nun, siehst du? Wer hat behauptet, daß es nicht möglich ist, sich nach ein paar Flaschen Kirschwein noch intelligent zu unterhalten?«

»Der ist wirklich schlecht, dieser Wein«, sagte ich.

»Das ist noch verdammt milde ausgedrückt. Du brauchst nicht höflich zu sein. Und du mußt nicht glauben, er hätte nicht lange genug gestanden. Das ist nur typisch mein Vater.«

Die Krimistunde war zu Ende, und die Abendnachrichten ratterten los. Ich wußte nicht, wie es ausgegangen war, nur daß Cannon sich befreit hatte. Aber das reichte vielleicht. Dann brauchten sie in der nächsten Episode nicht damit anzufangen, ihn loszuschneiden.

»Eine Sache habe ich übrigens geschafft«, sagte Inger.

»Und das wäre?«

»Nicht mehr von früher zu reden. Es hat mich Überwindung gekostet, aber es ging.«

»Ich wollte, so weit wäre ich auch schon gekommen«, sagte ich. Ich fühlte, daß ich Inger jetzt richtig gern hatte, und daß ich kurz davor war, ihr übers Haar zu streichen.

»Klar, für dich ist es schwieriger«, sagte Inger. »Du hast ja auch was, worauf du zurückblicken kannst. Du Wunschkonzertexperte.«

Ich streichelte ihr Haar.

»Ich hab darauf gewartet, daß du zuschlagen würdest«, sagte Inger. »Du mußt das Beste aus der Situation machen, jetzt, wo ich so voll bin.«

Ich streichelte ihre Wange.

»Ich habe übrigens wirklich vor, dir in deiner Stadt einen offiziellen Besuch abzustatten. Hab ich deine Adresse?«

»Ich schreib sie dir auf«, sagte ich. »Ich habe die ganze Zeit gehofft, du würdest kommen. Du könntest ja nächstes Wochenende mal vorbeischauen.«

Sie nickte.

»Kennst du übrigens jemand, der Munk heißt«, fragte ich.

»Munk?« sagte sie. »Lebt der noch?«

»Ja, er ist in der Stadt und hat im Stadtpark den Kommunismus eingeführt.«

»Ich kenne von früher einen, der hieß Munk«, sagte Inger. »War ein toller Typ mit Cowboystiefeln und Rhythmusgitarre. Aus Voss haben sie ihn weggejagt, weil er vierhundert Hühner freigelassen hatte. Glaubst du, daß es derselbe war?«

»Das hört sich ganz nach Munk an«, sagte ich.

Inger lehnte sich an meine Schulter.

»Du kannst die letzte Flasche haben, wenn du willst, aber ich glaube, ich will nicht mehr.«

»Ich will auch nicht mehr.«

»Weißt du, daß du der einzige bist, mit dem ich jetzt reden kann?«

»Das wußte ich nicht. Dann komm und besuch mich in der Stadt.«

»Es gibt keine intelligenten Menschen hier in der Gegend. Nicht das, was ich mit intelligent verbinde. Die einzige Lösung für mich ist, völlig abzustumpfen. Was anderes bleibt mir gar nicht übrig.«

»Hier ist meine Adresse«, sagte ich.

»Øvre Skansevei? Ich weiß, wo das ist. Ich komme dann vielleicht jetzt am Wochenende. Ich kann die letzte Flasche mitbringen.«

»Nicht nötig«, sagte ich. »Ich besorge alles.«

»Wenn du nicht zu Hause bist, warte ich auf dich.«

»Ich bin bestimmt zu Hause.«

Wir saßen aneinandergelehnt auf dem Küchentisch und blickten über die Küchenlandschaft. Es tat mir ein wenig leid, daß Inger nichts Stabileres hatte, um sich anzulehnen. Sie blinzelte und lächelte entschuldigend.

»Ich wäre gern mit dir ins Bett gegangen. Aber ich glaube, daraus würde nichts Richtiges. Ich fühle mich ein bißchen zu müde. Und die alten Herrschaften kommen sicher irgendwann in der Nacht nach Hause.«

»Das ist schon in Ordnung«, sagte ich. »Es wäre auch ein

bißchen gepfuscht, so betrunken, wie wir sind. Ich geh jetzt nach Hause. Aber wir sehen uns am Wochenende.«

»Ja«, sagte Inger und sah aus, als sei sie ganz woanders.

Sie kam mit an die Tür, legte mir die Arme um den Hals und küßte mich. Ich hätte so gern etwas empfunden, das nicht vor allem Mitgefühl gewesen wäre.

»Paß auf, daß du nicht wegregnest. Ich paß auf, daß ich nicht völlig abgestumpft bin, bis wir uns wiedersehen.«

Ich ging durch die Dunkelheit und wurde naß. Ich wußte, daß Inger mich am Wochenende nicht besuchen würde, und war noch trauriger als auf dem Hinweg.

ICH UNGLÜCKLICHER MENSCH

»Komm mit«, sagte Munk. »Wir gehen ins Holberg.«

Es klang, als meinte er, daß dies ein Grund zum Feiern wäre.

Bevor wir ins Holberg kamen, war nämlich etwas anderes geschehen. Das Schlimmste.

Else war aus meinem Leben gegangen. Else, die ich über alles in der Welt liebte.

Ich merkte an diesem Abend, als ich mit den geliehenen Büchern zurückkam, daß ich mich mehr als sonst anstrengen mußte. Doch mein Gehirn war leer und sah aus wie ein dunkles Loch. Ich redete eine ganze Menge Unsinn, den ich nicht hätte reden sollen, nur die richtigen Worte wollten nicht kommen. Die richtigen Worte saßen in einem stimmungsvollen Café, prosteten sich zu und tranken und amüsierten sich prächtig. Keinem von ihnen kam es in den Sinn, daß ich sie nötig haben könnte, um meine Haut zu retten.

Und so gab es denn auch keine Rettung. Ich stand auf, um zu gehen.

Else hatte kaum ein Wort gesagt, aber jetzt machte sie den Mund auf.

»Du siehst wohl ein, daß es nicht mehr geht?«

»Daß was nicht mehr geht?«

»Ich habe nicht vor, für den Rest meines Lebens die Mama für dich zu spielen.«

»Das will ich auch nicht.«

»Dann finde mal raus, was du willst. Auf jeden Fall ist Schluß.«

Schluß? Ich weigerte mich zu glauben, was ich gehört hatte.

»Finito. Und jetzt gehst du am besten.«

Draußen im Oktoberregen, der mir ins Gesicht peitschte, suchte ich meine Fassung wieder. Ich wußte, daß ich mich irgendwo hinlegen und so schnell wie möglich besaufen mußte.

Plötzlich stand Munk da.

»Weiche von mir«, sagte ich.

»So ist es also um dich bestellt«, sagte Munk. »Ja, dann brauchst du flüssige Nahrung.«

»Ich will allein sein.«

»Du glaubst doch nicht, daß ich dich jetzt allein lasse. Denkst du, ich habe kein soziales Gewissen? Komm mit. Wir gehen ins Holberg.«

Ich ließ mich einfach mitschleifen und spürte den Regen nicht mehr.

»She was looking for romance, but I was looking for love«, sang Munk.

»Hör auf, Munk, sonst schlag ich dir die Zähne ein.«

Es war an diesem Abend nicht schwer, im Holberg einen Platz zu finden. Einen abgelegenen Tisch ganz für uns.

»Bier«, sagte ich.

»Wein«, sagte Munk.

Es war mein Geld, also gab es Bier.

»Was bist du eigentlich für ein Idiot?« sagte Munk. »Du wirst doch viel schneller besoffen von Wein. Und außerdem sparst du dir die ganze Pisserei. Wirklich ein komischer Zeitpunkt, um ans Geld zu denken. Pfui Teufel.«

Ich sagte nichts, schüttete nur in mich hinein und wünschte Munk dahin, wo der Pfeffer wächst.

Munk betrachtete mich väterlich.

»Du bist noch jung«, sagte er. »Aber ich habe die Hoffnung für dich noch nicht aufgegeben. Auch für dich werden wieder lichtere Zeiten kommen. Um dir zu zeigen, wie ich mit dir fühle, werde ich den ganzen Abend nicht über Politik reden. Ist das nicht großherzig? Das Privatleben wird in der Politik leicht vernachlässigt. Viele begreifen nicht, daß alles zusammenbricht, wenn es da nicht funktioniert. Krach, peng! Dann kannst du über Politik reden, bis dir die Eier zum Hals rauskommen.«

Ich sagte nichts und hörte kaum zu. Ich hörte nur was von Eiern und begriff, daß es Munk war, der mir gegenüber am Tisch saß und wie üblich eine Masse Scheiße von sich gab. Ich hatte lange mit den Tränen gekämpft, aber jetzt wirkte das Bier sich schmerzlindernd aus. Ich blickte in die große Leere. War da wirklich nichts? Kein Baum? Kein Stein? Kein altes Fahrrad? Nein, da war nichts. Dies war mehr, als ich verkraften konnte.

Ich stand auf und machte ein paar wackelige Schritte. Eine Hand packte mich an der Schulter, führte mich wieder zum Tisch und stellte ein neues, volles Glas vor mein Gesicht. Das mußte für mich sein.

DER SCHNUPFERICH, ODER: WIE MUNK ZU EINER BUDE KAM

Ungefähr eine Woche später, vielleicht an einem Montag, saß ich auf meinem Bett und spielte Mundharmonika. Die Bibel war aufgeschlagen beim Propheten Habakuk. Nur ein Prophet mit einem solchen Namen konnte mir in solchen Zeiten Trost spenden. Die anderen hatten keine Chance. Die Woche war eine schwarze Hölle gewesen, ich war nur einmal vor die Tür gegangen, um Essen oder irgendwas anderes einzukaufen. Die übrige Zeit hatte ich mehr oder weniger im Bett gelegen, und die Aprikosenmarmelade war alle. Ich saß auf der Bettkante und spielte ein trauriges Lied, das ich mir selbst ausgedacht hatte. Es war nicht schwer. Ich dachte, daß der Prophet Habakuk dieses Lied gemocht hätte, wenn er jetzt lebte, hatte er doch gesagt: ›Weil ich solches höre, bebt mein Leib, meine Lippen zittern von dem Geschrei. Fäulnis fährt in meine Gebeine, und meine Knie beben. Aber ich will harren auf die Zeit der Trübsal, daß sie heraufziehe über das Volk, das uns angreift‹.

Da klopfte es an der Tür, und verwirrt von dem ganzen Schlafen, Trinken und Aprikosenmarmeladeessen dachte ich, es sei Habakuk persönlich, der dort draußen stand, mit seinem Bart wedelte und herein wollte, um zu fragen, ob mir sein Buch gefiele.

»Es ist gut«, wollte ich sagen.

Aber da stand Munk und hauchte mir seine Rotweinfahne ins Gesicht.

»Das habe ich befürchtet«, sagte er und wich ein paar Schritte zurück, um mich zu betrachten.

»Jetzt weiß ich endlich, an wen du mich erinnerst«, fuhr er fort. »An den Schnupferich in den Büchern von Tove Jansson. Der einsame Wanderer mit der Mundharmonika. Wo zum Teufel hast du die Leonard-Cohen-Platten und deine Kerouac-Bücher!«

Den letzten Satz brüllte er mir entgegen und betrat meine Behausung.

»Scheiß die Wand an! Man wird wohl sagen dürfen, daß hier schlechte Luft ist«, sagte er, schwankte zum Fenster und stieß es brutal auf.

»Guck mal, da draußen sitzen die verdammten Krähen. Hast du sie gesehen?«

»Nein«, sagte ich.

»Nein, kann ich mir denken. Was für eine Mundharmonika hast du übrigens, Schnupferich?«

»Super Vamper.«

»Kauf dir eine chromatische. Du mußt vielseitig werden. Habe ich dir schon mal von der Zeit erzählt, als ich meine eigene Rockband hatte?«

»Nein.«

»Nicht? Ich dachte, alle wüßten davon. Das war Mitte der sechziger Jahre. Ich weiß nicht mehr genau, wie wir uns genannt haben. The Four irgendwas. Wir waren vier Mann und alle spielten Rhythmusgitarre.«

»Das muß eine komische Musik gewesen sein.«

»Was willst du damit sagen? Wir waren vielleicht nicht

Norwegens beste Band, aber wir hatten einen verdammt guten Rhythmus.«

»Das hört sich logisch an.«

»Wir waren auf unzähligen Tourneen im gesamten Ostland, um den Ostländern zu zeigen, daß es noch etwas anderes gab als The Shadows und Schwedenpop. Wir haben da drüben unzählige Hotelzimmer zertrümmert. Das Tollste war, als wir eine Schlägerei mit Sven Ingvars Band in Hamar hatten. Wir haben ihr Hotelzimmer gestürmt und sie aus dem Fenster geworfen. Dann haben wir das ganze Inventar kurz und klein geschlagen.«

»Kindisch«, sagte ich.

»Kindisch? Soll man nicht kämpfen für das, woran man glaubt? Und Sven Ingvars war der Hauptfeind. Einen von ihnen haben wir wohl übrigens umgebracht. Auf jeden Fall ist er nie mehr auf einer Platte aufgetaucht. Aber jetzt habe ich mich warm geredet und darüber fast vergessen, weshalb ich hergekommen bin.«

»Tut mir leid«, sagte ich. »Dann erzähl mal.«

»Es ist etwas Großes geschehen«, sagte Munk feierlich. »Kannst du raten, was? Nein, das rätst du nie.«

»Hat die Revolution angefangen?«

»Ich habe eine Bude.«

»Gratuliere«, sagte ich lustlos. Ich hoffte, daß Munk bald wieder ginge. Hinaus zu den Krähen in den Regen konnte er gehen.

»Nicht so gut wie deine«, sagte Munk. »Aber gegenüber dem Wohnen im Park ist es ein Fortschritt.«

»Zweifellos«, sagte ich. »Zweifellos.«

»Das größte Problem ist, daß ich das Fenster nicht zu bekomme«, sagte Munk. »Als ich heute morgen wach wurde, war das Zimmer voller Vögel. Kannst du dir vorstellen, was die kleinen Scheißer überall gemacht haben?«

»Ja«, sagte ich.

»Also worauf warten wir?« sagte Munk. »Wollen wir nicht hingehen und uns die Pracht ansehen?«

Und so wanderten wir wieder durch die Straßen von Bergen, Munk und ich, und sogen den Geruch von Fisch ein, der von Askøy herüberkam. Dort oben lag die Uni, dieses strahlende Soria-Moria-Schloß, in das ich seit über einer Woche keinen Fuß gesetzt hatte. Ich glaubte auch nicht, daß ich jemals wieder dorthin zurückkehren würde. Sie waren schon seit ewigen Zeiten ohne mich ausgekommen. Sie würden es auch weiterhin schaffen.

»Hier«, sagte Munk. »Hier müssen wir hoch.«

Es war einer dieser alten Häuserkomplexe mit roten Dächern, wo die Häuser sich so intim aneinanderklammern und Bergen zu Bergen machen. Wie war Munk hier hereingekommen?

»Sieh mal«, sagte er. »Eigener Briefkasten.«

Ganz oben unter dem Dach war eine braune Tür mit einem Pappschild und der Aufschrift:

DR. MUNK

sowie einem Zettel, auf dem stand: *Der Doktor ist zum Fischen.*

Wir betraten einen ziemlich nackten Raum. An Möbeln gab es eine Matratze, einen Sessel, der bei Fretex gekauft sein mußte, einen Tisch (dito), eine Stehlampe, ein Bücherregal und ein Fahrrad. An der Wand hingen drei Bilder: On the threshold of liberty von René Magritte, ein Farbfoto von Karl Marx auf dem Fahrrad auf einer Brücke, und ein kleines Bild von Munk als Baby, auf dem Arm seiner Mutter. Im Hintergrund stand sein Vater und machte gerade eine Flasche Export auf.

»Was macht das Fahrrad hier?« fragte ich.

»Ich wußte, daß du das fragen würdest«, antwortete Munk. »Es steht da. Manchmal fahre ich damit.«

»Ist das nicht lästig, es die Treppe rauf und runter zu schleppen?«

»Nur rauf«, sagte Munk. »Runter fahre ich.«

Ich studierte die Buchrücken in Munks Bücherregal.

»Du hast gute Bücher, Munk.«

»Naja, teils, teils«, sagte Munk. »Und jetzt trinken wir eine Flasche Wein auf meine Rechnung.«

Ich sagte nicht, daß dies das erste Mal war.

»Hier kannst du sehen, wo die Vögel gewesen sind. In allen Ecken und Winkeln.«

Er versuchte, eine Flasche mit den Zähnen aufzumachen. Es ging nicht, und er schlug den Flaschenhals an der Fensterbank ab.

»Bedaure«, sagte er. »Aber den Korkenzieher hat jemand mitgehen lassen. Einer von den Pennern im Zentralkomitee legt nach meinem Dafürhalten etwas übertriebenen Wert darauf, daß es im Kommunismus nur kollektives Eigentum gibt.«

»Wie bist du eigentlich an diese Bude gekommen?« fragte ich.

»Ich habe in Bergens Tidende annonciert: ›Junger Kommunist sucht Zimmer. Raucht, trinkt, flucht und vögelt. Am liebsten zentral‹.«

»Und darauf hast du Antwort bekommen?«

»Massenhaft. Die Leute mögen ehrliche Menschen.«

Ich hatte keine Lust, von dem scharf gezackten Flaschenhals zu trinken, und sah mich nach einem Glas um.

DIE GRÜNEN TISCHE MIT KAFFEE

Ich saß an einem grünen Tisch mit Kaffee und einem Butterbrotpaket. Ich hatte also wieder angefangen, an die Uni zu gehen, und trank Kaffee in der Kantine. Mir gegenüber am Tisch saß Waschbrett-Olsen und redete Unsinn.

»Ich wurde also wach, und zwar mit soolchen Kopfschmerzen, das war vielleicht«, sagte Waschbrett-Olsen. »Und das war noch nicht das Schlimmste, denn als ich neben mich guckte, sah ich, daß ich nicht allein war, und du rätst nie …«

»Scheint ja ein heißes Fest gewesen zu sein, Waschbrett«, sagte ich. Ich sah zur Uhr. Die Vorlesung hatte angefangen, und ich beschloß, sie sausen zu lassen. Ich hätte nie darauf verfallen sollen, Sprachen zu studieren. Sprache, was war das schon? Die Sprache war überall, sie stürzte sich auf mich und zwang mich in die Knie. Ich fühlte mich wie ein Gummistiefel voll Wasser. Die Sprache, die mich hätte loslassen und frei schweben lassen sollen.

Bald war also November. Wie um die Tatsache zu feiern, daß der längste und dunkelste Monat im Begriff war, an Land zu gehen, war das Wetter draußen heiter und die Luft herrlich. Ich ging die Treppe an der Johanneskirche hinunter, um eine Runde über Torvalmenningen zu machen und so zu tun, als sei ich ein freier Mann mit Selbstvertrauen.

Als ich am Haus von Bergens Tidende vorüberkam, wo die Zeitung ausgehängt war, schlug mir plötzlich das Herz bis zum Hals, und ich mußte mich an die Hauswand stützen.

Da stand Else und las die Anzeigenseite der BT.

Ich drehte mich um und guckte angestrengt ins Schaufenster von Strømsnes. Ich gab mir Mühe, so zu tun, als stände ich hier schon seit einer halben Stunde und versuchte mich zu entscheiden, ob ich diese Hasselblad-Kamera nun kaufen sollte, oder ob der Preis mich abschreckte. Schwer zu sagen. Die erste Hälfte meines Studiendarlehens neigte sich dem Ende zu.

Ich schielte vorsichtig nach rechts. War sie nicht bald fertig? Wonach suchte sie? Ein neues Zimmer? Damit ich nicht rausfinden konnte, wo sie wohnte? Verdammte Scheiße!

Dann fuhr sie sich durchs Haar und schlenderte über Ole Bulls Plass. Ich ließ für diesmal die Kamera Kamera sein und folgte ihr unbemerkt (glaubte ich).

Zuerst ging sie zum Kiosk und kaufte Dagbladet.

Ich tat, als studierte ich etwas in der Luft.

Sie steckte die Zeitung in ihre Schultertasche und ging hinüber auf den Bürgersteig, an der Sparkasse vorbei, wo sie nach links abbog.

Da kam mir ein Gedankenblitz: Wenn ich jetzt an den Kinoplakaten vorbei hochsprinte und schnell am Theater nach rechts abbiege, kann ich sie an der Ecke treffen, ganz zufällig! Ich lief. Ich war lange nicht mehr gelaufen und war froh, daß es nur eine kurze Strecke war.

Ich rannte sie fast über den Haufen.

»Oh … Entschuldigung«, sagte ich.

Sie sagte nichts. Sie hob für eine halbe Sekunde die Augenbrauen und ging dann weiter, ohne mich noch eines Blickes zu würdigen. Ich sah ihren Rücken auf dem Weg nach Nordnes hinüber kleiner werden. Was hatte sie denn da verloren? Ich konnte mir nicht vorstellen, daß sie vorhatte, ins Aquarium zu gehen. Vielleicht hatte sie da draußen schon einen anderen. Der eine Wohnung mit Aussicht auf Vågen hatte und wußte, wann die Seehunde im Aquarium gefüttert wurden.

»Jetzt können wir gehen und uns die Seehunde angukken«, könnte er sagen.

»Paß auf, daß wir nicht naß werden«, könnte sie antworten.

Mir war, als hätte mir jemand Terpentin übers Herz gegossen. Ich ging nach Hause, so schnell ich konnte, ließ mich schwer aufs Bett fallen, ohne die Schuhe auszuziehen, und zog mir die Bettdecke über den Kopf.

DOKTOR MUNKS SPEZIALSUPPE

»Also«, sagte Munk, »es wird höchste Zeit, daß wir mit dir etwas unternehmen. Siehst du nicht, in was für Zeiten wir leben? Siehst du nicht, daß es wichtigere Dinge auf der Welt gibt, als daß dir ein Mädchen weggelaufen ist?«

»Nein«, sagte ich.

Ich lag noch immer im Bett, das Gesicht zur Wand. Munk saß vermutlich auf einem Stuhl ein Stück weiter entfernt.

»Ich habe dich davor gewarnt, Kerouac-Bücher und solche Sachen zu lesen. Castaneda, hoho! Es würde mich gar nicht wundern, wenn du Castaneda gelesen hättest. Die Lehren des Don Juan!«

»Halt die Schnauze«, sagte ich. »Ich habe nie ein Buch von Kerouac oder von diesem anderen da gelesen.«

»Das kommt nur, weil du so ungebildet bist. Dann hast du dir eben was Entsprechendes einverleibt. Aber zum Glück gibt es für so etwas Medizin. Ich habe nämlich lange überlegt, was wir mit dir machen sollen.«

»Verdammt noch mal, wir müssen überhaupt nichts mit mir machen«, brüllte ich. »Wir lassen mich in Ruhe und Frieden hier im Bett liegen. Scheiße, Scheiße, Scheiße!«

Es klopfte gegen den Fußboden. Der verdammte Hauswirt. Jetzt stand er da mit seinem Besenstiel.

»Ich mach dir ein bißchen Suppe«, sagte Munk freundlich. »Hast du irgendeine Suppe im Haus?«

»Nein.«

»Das ist nicht schlimm, ich mache Dr. Munks Spezialsuppe.«

Ich tat, als ginge mich das Ganze nichts an. Aber ich befürchtete das Schlimmste.

»Sie soll nicht kochen«, sagte Munk. »Nur ziehen, so daß es kräftig dampft. Brot hast du ja wohl?«

»Ein paar Rinden.«

»Genau das, was ich brauche«, sagte Munk. »Bleib du ruhig hier liegen und denk an was Schönes. Ich leih mir nur eben deine Küche.«

»Spreng sie aber nicht in die Luft«, sagte ich. »Denk daran, daß dies kein Hotelzimmer in Ålesund ist.«

Munk verschwand, und ich vermißte ihn nicht. Ich war vollkommen erledigt. Körperlich und seelisch. Am Boden zerstört.

Ich konnte hören, daß in der Küche etwas vor sich ging.

Wäre ich doch nur ein starker und charakterfester Mensch gewesen, hätte ich doch nur die Bettdecke von mir werfen, auf sicheren Beinen landen, mir an die Brust hämmern und ein männliches Brüllen ausstoßen können. (Der klopfende Hauswirt könnte mich dann mal. Ich würde runtergehen und ihm eine Fünfziglitermilchkanne über den Kopf stülpen. Das würde ihn schon zur Vernunft bringen.)

Ich drehte mich mühevoll um und sah Munks Fahrrad im Zimmer stehen. Der Bursche verkniff sich auch nichts. Über dem Lenker hing ein frischer Dorsch an einem Draht.

»Hier kommt Dr. Munks Spezialsuppe für trübe Tassen und Analphabeten. Wie versprochen.«

Im Topf dampfte etwas Dunkelrotes, in dem kleine braune Klumpen schwammen.

»Und was soll das sein?« fragte ich.

»Willst du das Rezept? Eine Flasche gewöhnlichen Rotwein, einen Spritzer Wasser, ein paar zerbröselte Brotrinden,

Zimt. Gern ein bißchen Wodka nach Geschmack. Das heißt, ich habe ungefähr eine halbe Flasche reingetan. Guck mal, ich tu dir was auf den Teller.«

Ich ergab mich und probierte den Schweinkram. Er schmeckte gut. Ja, er schmeckte herrlich.

»Du solltest auch ein bißchen nehmen, Munk«, sagte ich.

»Aber nein«, sagte Munk. »Du brauchst das. Aber wo du es mir anbietest, kann ich dir ja mit ein, zwei Schlucken helfen.«

Munk fing an zu singen. Ein bekanntes Lied von Lewis Carroll:

Herrliche Suppe! Herrliche Suppe!
Abendsuppe!
Herrliche, herrliche Suppe! sang er.

Ich spürte, wie sich mein Inneres aufhellte, als hätte ich eine religiöse Erleuchtung. Es begann im Bauch, stieg weiter zum Herzen und kam schließlich im Kopf an. Ich merkte, daß ich dasaß und dumm grinste.

»So soll es sein«, sagte Munk. »Du brauchtest nur die Suppe, ganz klar. Aber du brauchst noch mehr. Jetzt brauchst du eine Psychoanalyse. Das habe ich gemeint mit Medizin. Die Suppe war nur ein Vorgericht. Ich werde dich persönlich analysieren. Dann bist du in guten Händen. Aber zuerst muß eine Couch her. Was nützt die ganze Psychoanalyse ohne Couch.«

WIR KAUFEN EINE COUCH UND ICH WERDE ANALYSIERT

Munk und ich auf dem Fahrrad durch die Straßen von Bergen, unterwegs zu Fretex, um eine Couch zu kaufen. Munk fährt, seine Hosen sind mit Fahrradklammern hochgesteckt, der Dorsch am Lenker schwingt rhythmisch hin und her, ich sitze auf dem Gepäckträger und habe Angst.

»Es ist ja okay, wenn du mal bei Rot fährst, Munk, aber muß es jedesmal sein?«

Munk antwortet nicht. Er singt ein altes Lied über Sigmund Freud:

»Oh doctor Freud, oh doctor Freud,

How I wish that you'd been otherwise employed.«

Bei Fretex hatten sie viele Couchen, alle grün und ohne Bezug.

»Ich kann doch verdammt noch mal keine Couch ohne Bezug kaufen«, sagte Munk. »Was würde das denn für eine Analyse geben?«

Der Fretex-Mann sah Munk erschrocken an. Er trug einen hellblauen Kittel, der ihm nicht stand.

»Andere haben wir nicht«, sagte er beflissen. »Aber Sie können eine Decke kaufen und darüberlegen.«

Munk wurde weich.

»Ich will nicht mit dir streiten«, sagte er. »Du bist vielleicht ein guter, arbeitender Mann aus dem Volke und hast Frau und sieben hungrige Kinder zu versorgen. Immer mit der Ruhe, Mann. Ich nehm diese Scheißcouch, wenn du mir fünfzig Kronen Rabatt gibst. Und dann nehm ich noch eine Decke dazu. Am liebsten eine rote mit blauen Paul-Klee-Fischen. Und du hättest nicht vielleicht ein billiges gerahmtes Bild von Sigmund Freud? Eins, auf dem er seine Katze streichelt?«

Die Probleme, die wir auf dem Hinweg gehabt hatten, waren nichts gegen die, die wir jetzt bekamen, wo wir zusätzlich zu Fahrrad und Dorsch noch eine Couch und eine alte Decke mitschleppten.

»Ich habe eine Idee«, sagte Munk. »Ich fahre mit dem Dorsch voraus und mach schon mal alles bereit, du bringst den Rest zu mir nach Haus in der kürzest möglichen Zeit.«

Er reimte zwar hübsch, aber dadurch ließ ich mich nicht beeindrucken.

»Ich habe eine ganz andere Idee«, erwiderte ich.

Schließlich legten wir die Couch quer über den Gepäckträger, und mein Job war es, aufzupassen, daß sie da blieb. Daß sie nicht öfter als zweimal herunterfiel, nahm ich als ein Zeichen des Himmels dafür, daß jemand dort oben mir gewogen war.

»Das ist doch ganz was anderes«, sagte Munk. Die Couch stand jetzt vor dem Fenster. Das Fahrrad stand an der Tür, und der Dorsch lag sicher in einer rostigen Kasserolle.

»Jetzt kann es gleich losgehen. Ich gehe davon aus, daß du zuerst Kaffee haben willst.«

Ich streckte mich auf der Couch aus. Zum erstenmal merkte ich, daß es in Munks Bude kalt war. Das lag an diesem Fenster, das sich nicht schließen ließ. Ein kleiner Vogel mußte in der letzten Nacht hereingekommen sein und schlief jetzt auf dem Bücherregal. Seine Brust hob und senkte sich.

Munk saß mit einem Notizblock im Schoß und einem Kugelschreiber in der Hand im Sessel.

»Soll ich anfangen? Oder brauchst du erst etwas Wein?«

»Wir fangen an«, antwortete ich. »Was soll ich tun?«

»Erzähl von deiner Kindheit«, sagte Munk. »Laß die Assoziationen strömen, daß dir der Atem vergeht. Was siehst du?«

Ich sah Dunkelheit. Und in der Dunkelheit hin- und herhuschende Schatten, wie in einem billigen Kriminalfilm aus den fünfziger Jahren mit Lino Ventura in allen Rollen. Und da: Maiblumen!

»Maiblumen«, sagte ich.

»Maiblumen?« fragte Munk. »Du meinst diese Ansteckdinger aus Plastik?«

»Ich und ein Kumpel, der Gunnar hieß, sollten rumgehen und Maiblumen verkaufen. Sie kosteten eine Krone das Stück. Für unsere Kleinen. Außerdem verkauften wir solche großen gelben, die man ans Auto kleben konnte. Die kosteten fünf Kronen.«

»Eigentlich zu teuer«, warf Munk ein. »Weiter.«

»Wir hatten einiges verkauft, und dann kamen wir an das Haus der alten Olga.«

»Was für eine Olga?«

»Olga … sie hieß einfach Olga. Sie sah uns beide richtig sauer an. Aber dann guckte sie nur noch mich sauer an und sagte: ›Gut, ich kaufe eine. Aber wenn dein Freund nicht dabei wäre, würde ich bestimmt keine kaufen.‹«

»Hm«, sagte Munk, nickte und notierte.

»Ich hatte ihr nie etwas getan«, sagte ich.

»Hm«, sagte Munk. »Woran erinnerst du dich noch?«

Es war jedenfalls nichts mehr mit Maiblumen. Lino Ventura kniete hinter einem Mülleimer in einem dunklen Hinterhof. Langsam hob er den Arm mit der Pistole.

»Das letzte Klassenfest auf dem Gymnasium«, sagte ich.

Munk hob die Augenbrauen.

»Gut, erzähl davon.«

»Es war nach dem 17. Mai. Wir waren in eine Hütte ans Meer gefahren. Ein langer Sandstrand. In der kurzen Stunde mitten in der Nacht, als es ganz dunkel war, und wir hatten uns alle zerstreut. Entweder allein oder zu zweit. Ich war verliebt in eine, die Ingunn hieß, aber sie sagten Tootsy zu ihr.«

»Tootsy???«

»Aber ich war nicht mit ihr zusammen, ich war mit einer anderen zusammen. Wir hatten ein bißchen Bier getrunken und zogen uns aus und liefen ins Wasser. Wir konnten sowieso fast nichts sehen. Das Wasser war warm. Der Mond glitt ab und zu grau aus der Dunkelheit hervor. Hinterher legten wir uns nackt nebeneinander ins Gras unter einen Baum. Wir wurden schnell wieder trocken und streichelten uns. Sie hatte noch ein paar Wassertropfen in den Haaren im Schritt. Aber dann mußten wir eingeschlafen sein, denn wir wachten davon auf, daß wir naß waren und froren. Es hatte angefangen zu regnen und war ganz hell, und die Möwen schrien. Wir zogen uns hastig an. Die anderen waren in der Hütte. Einige schliefen, ein paar knutschten, und einer spielte Gitarre.«

»Was spielte er?« fragte Munk.

»Was weiß ich, was er spielte. Dann löste sich alles auf. Und das Mädchen habe ich nie wiedergesehen. Ingunn auch nicht.«

»Also Tootsy, meinst du?«

Der Vogel auf dem Bücherregal war wach geworden. Er stützte den Kopf auf den Ellenbogen und sah uns Kerle skeptisch an.

»Hm«, sagte Munk. »Ich sehe, daß du wirklich in Schwierigkeiten bist. Es ist fast noch schlimmer, als ich erwartet hatte. Der einzige Rat, den ich dir jetzt geben kann, ist, daß du Wein trinkst. Das brauchst du.«

Ich erwachte und fühlte mich verkatert und unmusikalisch. Ich langte nach der Mundharmonika und der Aspirinschachtel. Das also war die Wirkung von Psychoanalyse. Das mußte ich mir merken für das nächste Mal. Auf meiner Mundharmonika fehlten zwei Töne, das hohe C und das E. Ich konnte mir nur schwer vorstellen, daß die beiden sich im Laufe der Nacht aus eigenem Antrieb davongemacht hatten, Hand in Hand unter den Sternen. Es war klar, daß jemand sie gestohlen hatte. Jemand, der mich genügend haßte, um diesen wichtigen Teil meines Lebens sabotieren zu wollen, der jetzt der wichtigste geworden war. Ich konnte mir kaum einen anderen denken, der sich so etwas einfallen ließ, als meinen Hauswirt. Den Faschisten und Halsabschneider aus dem Erdgeschoß.

Ich versuchte, Summertime zu spielen, aber wie weit kommt man schon ohne hohes C und ohne E? Wo sie sein sollten, war nur eine trockene Leere. Ein schwarzes Loch.

Ich sah ein, wie aussichtslos es war, in dieser Sache etwas beweisen zu wollen. Die einfachste Lösung war, sich eine neue zu kaufen. Bei Tonica in der Håkonsgata würde ich wohl eine bekommen. Dorthin wanderte ich also, frisch analysiert und mit brummendem Schädel. Hatte ich angefangen, gegen Aspirin immun zu sein?

In einer Gasse spielte eine Horde Kinder.

»Kali, kala, kali, kala, kali, kala«, sangen sie.

Sie marschierten in Reihe an mir vorüber. So waren die Kinder heutzutage. Ich versuchte mir vorzustellen, wie es wäre, der Vater eines dieser Kinder zu sein. Ich guckte mir einen aus, der mir glich.

»Ene mene Polizei«, rief einer. »Scheißt in die Hose um halb drei!«

Er blieb stehen und sah frech zu mir hoch.

»Und du auch!« fügte er hinzu.

Ich merkte, daß ich rot wurde, und ging schnell weiter zu Tonica.

»Ich hätte gern eine chromatische Mundharmonika«,

sagte ich zu dem pickeligen jungen Burschen hinter dem Ladentisch.

»Chromatisch, ist das nicht so eine mit Schieber?«

Mir wurde klar, daß dies in jeder Hinsicht nicht mein Tag war, und vielleicht war es sogar der falsche Kalender. Ich sehnte mich zurück in die Heringsölfabrik. Da war ich zufrieden gewesen. Ich hatte zwar gestunken, aber nicht so viele Probleme gehabt.

»Ich denke schon«, sagte ich.

Er legte ein paar auf den Ladentisch.

»Das sind dann diese hier.«

Ich nahm die glänzendste probeweise in die Hand. Sie paßte gut. Wie ein silberglänzender Mundharmonikafisch lag sie in meiner Hand und wedelte leicht mit dem Schwanz. Hohner stand darauf.

»Kriegt man auf dieser das gleiche Wah Wah hin, wie auf einer kleinen Supervamper?« fragte ich.

»Wah Wah?« fragte er.

»Ja, Wah Wah. Oder nehmen wir eine Blues Harp. Das kommt aufs gleiche raus.«

»Ja...«, sagte er. »Ich glaube schon.«

»Das hört sich nicht besonders überzeugend an«, sagte ich. »Ich kaufe keine Mundharmonika ohne Wah Wah.«

»Du kriegst bestimmt den gleichen Ton. Und dann hast du ja noch das ganze Register. Alle Halbtöne.«

»Wirklich? Ohne Aufpreis oder so was?«

Ich bezahlte und ging. Die Mundharmonika lag in ihrer Garage, einem grünen, karierten Plastiketui.

Zu Hause hockte ich mich wie immer aufs Bett. Ich setzte die Harmonika an den Mund. Ein klarer, warmer Ton füllte den Raum. Die Tapeten wurden heller und flatterten leicht.

Ich drückte den Schieber ein und probierte einen Halbton. Keine Unsauberkeit, sondern ein klarer und reiner Ton eine halbe Stufe höher.

Jetzt fing ich Feuer, preßte die Lippen fest um die Harmonika und setzte die Zunge beim A an. Mein Herz fiel in stürmischen Laufschritt.

»Wah Wah«, sagte die Mundharmonika.

WIR BESUCHEN MUNKS GROSSVATER

Munk hatte mich schon lange damit genervt, daß ich mitkommen und seinen Großvater besuchen sollte, ungefähr den einzigen Verwandten, den er auf der Welt noch hatte. Die meisten waren an einen besseren Ort gezogen, weit fort von hier.

Ich hatte nie Lust gehabt, aber an diesem Sonntag im November war es endlich so weit. Sein Großvater wohnte in einer Sozialwohnung im Erdgeschoß eines flachen, grauen Blocks.

Munk klingelte. Nichts passierte. Kein Laut. Keine Bewegung. Eine schmuddelige Gardine hing stolz wie die norwegischste Flagge aus dem offenen Fenster.

Munk klingelte noch einmal.

»Wenn er jetzt nicht reagiert, mußt du klingeln«, sagte Munk.

Ich klingelte.

»Haut ab«, schrie eine krächzende Stimme von innen.

»Keine Panik, Großvater«, sagte Munk. »Ich bin's nur.«

»Wer bist du?«

»Jetzt tu nicht so. Ich bin's, Munk.«

Eine Art Gesicht kam hinter der Gardine zum Vorschein.

»Und wer ist das da?« schrie die Papageienstimme.

»Das ist mein Kumpel, ein ehrenwertes Mitglied des Zentralkomitees der Partei. Jetzt laß uns schon rein.«

Drinnen wurde am Schloß gefummelt, die Tür quietschte und knarrte, und öffnete sich. Es roch nach allem, was übel war, von vierzehn Jahre alten, ungewaschenen Socken bis zu ungesunden und schweinischen Träumen.

Munks Großvater war so zusammengeschrumpft, daß er nicht nur redete wie ein Papagei, sondern auch so aussah. Krumm gebeugt und mager mit spitzer Nase und einem roten Taschentuch auf dem Kopf. Er humpelte mit einem Stock herum und beäugte uns mißtrauisch.

»Wer hat euch hergeschickt?« gackerte er.

»Niemand hat uns geschickt, du Trottel«, sagte Munk. »Wir wollen dich besuchen und dich ein bißchen aufmuntern, alter Sack.«

Wir folgten dem Großvater ins Wohnzimmer. Die Wohnung hatte nur zwei Zimmer, und das andere war eine Küche, also nahm ich an, daß dies das Wohnzimmer war.

Dort herrschte das totale Chaos. Schmutzige Teller, manche mit schimmeligen Essensresten. Schmutzige Sachen auf dem Fußboden, ein alter Fernseher, ein paar zerknitterte Kataloge mit schweinischem Inhalt, eine halbe Flasche Linje Aquavit, eine Kaffeekanne voll Kaffeesatz, eine zerbrochene Tasse, eine Tüte Kampferdrops, eine Strickmütze, Zeitungen. Auf dem Tisch lagen Zigarettentabak und eine Rolle Klopapier.

»Was zum Teufel macht die Rolle Klopapier da auf dem Tisch, Großvater?« fragte Munk.

»Das geht dich gar nichts an«, gackerte der Großvater. »Ich muß wissen, wo sie ist. Meinst du, ich hätte Zeit, jedesmal das ganze Haus abzusuchen, wenn ich Klopapier brauche?«

»Nein, das seh ich ein«, sagte Munk. »Ich bin ja schon froh, daß du nicht das ganze Klo auf dem Tisch hast.«

In den Augen des Großvaters glomm noch immer das Mißtrauen.

»Gebt es nur zu!« schrie er. »Das Sozialamt hat euch hergeschickt. Erst scheißert ihr euch bei mir ein, und dann nehmt ihr mich mit. Ich will nicht ins Altersheim. Eher könnt ihr mich auf den Schlachthof bringen.«

»Jetzt mach mal halblang, Großvater«, sagte Munk. »Wir kommen nicht vom Sozialamt. Wenn du dich nicht sofort zusammenreißt, gehen wir wieder. Obwohl wir die einzigen Freunde sind, die du noch hast auf der Welt.«

Ich sah mich nach einer Sitzgelegenheit um, aber auf den Stühlen lagen aller möglicher Papierkram und Teller.

»Dann setzt euch«, sagte der Großvater. »Wollt ihr Kaffee?«

»Ja, danke«, sagte Munk, bevor ich protestieren konnte.

»Ich habe keine sauberen Tassen mehr«, sagte der Großvater.

»Dann waschen wir welche ab«, meinte Munk.

Er griff zwei Tassen und verschwand damit in der Küche. Der Großvater und ich blieben stehen und sahen einander an. Er schien nicht ganz einverstanden mit mir zu sein, was immer der Grund dafür sein mochte.

Munk goß ein paar trübe, lauwarme Kaffeereste in die Tassen.

»Du ahnst nicht, wer mich gestern angerufen hat«, sagte der Großvater. Er blickte Munk mit funkelnden Augen an.

»Nein, das rate ich nie«, sagte Munk.

»Es war der Vorsitzende«, sagte der Großvater.

»Was wollte er denn, Großvater?«

»Er wollte mir eine Medaille geben, in Gold.«

»Jetzt lügst du bestimmt, aber ich kann ja sagen, daß ich dir glaube, wenn es dich glücklich macht.«

»Sie soll mir am Samstag im Rathaus überreicht werden«, beharrte der Großvater.

Munk klopfte seinem Großvater auf den Rücken.

»Großvater ist ein richtiger Reaktionär«, sagte er. »Er ist mit den Jahren immer reaktionärer geworden. Stimmt's, Großvater?«

Der Großvater lächelte glücklich.

»Er hat die ganze Zeit die Amerikaner in Vietnam unterstützt«, sagte Munk. »Er hat für den Beitritt zur EWG gestimmt. Er findet noch immer, daß Nixon das Richtige getan hat. Und er will Soldaten gegen streikende Arbeiter einsetzen. Wie sollen wir denn aus dir einen Kommunisten machen?«

Der Großvater saß da und nickte. Jetzt hellte sich sein Gesicht wieder auf.

»Die Kommunisten sollte man alle ins Meer schmeißen«, gackerte er. »Denen gehört der Schwanz abgeschnitten.«

»Jaja, nimm du dir ruhig auch mal ein Bonbon«, sagte Munk. »Nimm einen Schluck aus deiner Flasche, das hebt die Laune.«

Großvater streckte sich nach dem Aquavit. Ich half nach, indem ich die Flasche ein Stückchen näher schubste.

»Lenin, das war kein übler Kerl«, sagte Großvater. »Lenin kannte ich gut.«

»Du hast Lenin gekannt?« fragte Munk. »Wo hast du ihn denn getroffen?«

»Den habe ich in Zürich getroffen. Wir waren manchmal auf Festen zusammen. Er hatte nie Geld und hat mich angepumpt. Mit Schnaps dasselbe. Er saß zuviel allein, der Lenin.

Ich weiß noch, einmal, als wir bei Hugo Ball, dem Dadaisten, ein Fest hatten. Tristan Tzara war da, und Isadora Duncan. Lenin wurde nur blau. Er setzte sich ans Klavier und spielte *If you were the only girl in the world*. Und dann schlief er über den Tasten ein. Aber das war kein übler Kerl, der Lenin. Du kennst doch das Bild von Chagall, wo Lenin auf einem Finger auf dem Tisch balanciert. So war er. Er spielte einmal die Woche Schach mit Tristan Tzara. Die beiden waren völlig verrückt nach Schach.«

»Ja, ja, Opa«, sagte Munk.

Der Großvater nahm einen Schluck und sah uns an.

»Die Jugend lernt kein Latein mehr«, sagte er finster. »Das ist ein Elend.«

Noch ein kräftiger Schluck.

»Was ist denn das für 'ne Pisse?«

»Das ist Aquavit«, sagte Munk.

Der Großvater nahm noch einen Schluck.

»Du hast recht«, sagte er. »Hier sitze ich. Mein ganzes Leben lang hab ich gewußt, daß aus mir nichts werden würde. Als Scheißhaufen bin ich geboren und als Scheißhaufen werde ich sterben, und ein Scheißhaufen bin ich gewesen alle meine Tage. Und was war der Sinn des Ganzen?«

»Mach die Flasche leer«, sagte Munk. »Du hast es nötig.«

Der Großvater setzte die Flasche wieder an den Hals und wischte sich mit dem Ärmel über den Mund.

»Was macht denn dein Vater?« sagte er zu Munk.

»Der ist tot«, sagte Munk. »Liegt irgendwo unter der Erde.«

»Er trinkt zuviel«, sagte der Großvater.

»Jetzt nicht mehr«, sagte Munk, »soweit ich weiß.«

»Er sollte sich ein bißchen zusammennehmen«, sagte der Großvater.

»Ja, dann sag du es ihm«, sagte Munk. »Ich glaube auf jeden Fall nicht, daß er auf andere hört.«

»Der hat mir viel Kummer gemacht, der Junge«, sagte Großvater.

»Der hat allen viel Kummer gemacht«, sagte Munk.

»Ist sie nicht zu Hause?« fragte ich. »Wo ist sie denn?«

Ingers Vater starrte mich an.

»Ich dachte, darüber könntest du uns was sagen«, sagte er.

Es hörte sich an, als sei er dabei, mit einem viel zu heißen Bügeleisen einen nassen Schwamm zu bügeln.

»Ich? Wieso sollte ich das können?«

»Oh, so lange ist es ja wohl nicht her, daß du mit ihr geredet hast.«

»Lange genug«, entgegnete ich.

»Sie ist jetzt seit fast einer Woche verschwunden«, sagte der Vater. Er sah traurig und alt aus, und an seinen Cloggs klebte getrockneter Kuhmist.

»Eine Woche? Und hat sich nicht gemeldet?«

»Sie ist in der Nacht gefahren. Aber die Alte vom Olav sagt, sie hätte sie im Bus gesehen.«

Ingers Mutter kam auf die Treppe heraus. Sie blieb hinter ihrem Mann stehen. Sie trug eine frischgewaschene hellblaue Schürze.

»Du bist es?« sagte sie.

Ich nickte schlapp.

»Darf ich mal ihr Zimmer sehen?« fragte ich.

Sie blickten einander an. Was wollte ich denn da? dachten sie. Was für Teufeleien führte ich im Schilde? Nicht genug damit, daß ich ihre Tochter auf meinem schwarzen Pferd entführt hatte, nun wollte ich auch noch ihr Zimmer verwüsten.

»Da ist nichts«, sagte ihr Vater.

»Kann ich es trotzdem sehen? Vielleicht finde ich was.«

Sie blickten sich wieder an. Dann gingen sie vor mir ins Haus. Es war eindeutig ihr Zimmer.

»Wir haben nichts verändert, seit sie abgereist ist«, sagte ihre Mutter. »Wir haben nicht aufgeräumt.«

»Nein«, sagte ich. »Das ist gut.«

Das Bett war ungemacht, das Kissen lag auf dem Fußboden und hing halb aus dem Bezug heraus. Der Teddybär lag auf dem Bauch mitten im Bett. Ein paar Schubläden standen offen, und ich sah ein bißchen weiße Unterwäsche und

Strümpfe. Auf der Kommode stand ein Yaxastift. Auf dem Fußboden lagen drei, vier Platten, ein paar Bücher und eine leere Weinflasche. Die Platten waren For Your Pleasure von Roxy Musik, The Elvis Presley Sun Collection, eine von Georges Brassens, und noch eine, Janis Joplin, Pearl. Die Bücher waren: *How to play Boogie Woogie Guitar* von Memphis Minnie, *Elvis Presley, Decline and Fall of a Legend* von R. Hovland, *My Life* von Isadora Duncan.

Aus all dem konnte ich nichts schließen. Ich war kein Detektiv. Inger war abgereist. Jemand hatte sie im Bus gesehen. Keiner wußte, wo sie war. Bevor sie abgereist war, hatte sie Platten gehört und in ein paar Büchern geblättert.

»Ja, ja«, sagte ich.

Ingers Eltern standen da und starrten mich noch immer an. Sie waren überzeugt davon, daß ich etwas mit dieser Sache zu tun hatte, und ich würde sie nie vom Gegenteil überzeugen können.

»Bitte… sag uns doch, wo sie ist«, flehte ihre Mutter. »Wir halten diese Ungewißheit nicht länger aus.«

»Ich weiß nichts«, sagte ich so eindringlich wie möglich. »Ich habe sie nicht gesehen, seit ich zuletzt zu Hause war. Aber sie kommt ganz bestimmt bald zurück. Zu Weihnachten ist sie wieder da.«

»Weihnachten«, sagte ihr Vater. »Bis dahin ist es noch lange.«

»So lange auch wieder nicht«, sagte ich. »Ich will tun, was ich kann, um sie zu finden.«

Das Letzte hätte ich besser nicht gesagt. Jetzt war ich mindestens achtzig Prozent verdächtiger als vorher.

Ich ging langsam die Treppe hinunter und spürte zwei stechende Augenpaare im Rücken. Gut, daß ich solide Sachen anhatte.

Du hättest mir schreiben können, Inger, dachte ich, als ich über die nassen, kühlen Felder ging. Auf einem Zaunpfahl saß eine Krähe. Eine graue, verfrorene Krähe, die nichts Gutes zu berichten hatte.

Ich hätte doch alles verstanden, dachte ich. Warum bist du einfach so verschwunden, ohne ein Wort?

Ich fühlte mich nicht klug genug. Ich war nur ein Heringsölarbeiter, der nicht lange genug auf die Universität gegangen war. Man konnte das eine oder andere Gute von mir sagen, daß ich nicht ganz unmusikalisch war, daß ich ein großer Katzenfreund und ein normal umgänglicher Mensch war. Aber die große Einsicht in die Verknotungen des Lebens, die fehlte mir.

Die Krähe flog auf und setzte sich fünfzig Meter weiter auf einen neuen Zaunpfahl. Sie schloß die Augen, und es sah aus, als höre sie Musik.

Plötzlich schien es, als ob die braunen Äcker sich ausdehnten. Sie erstreckten sich weiter und immer weiter, und es würde unmöglich sein, wieder aus ihnen herauszukommen. Hier würde ich mein Leben verbringen.

Ich merkte, daß ich nasse Füße bekommen hatte.

WASCHBRETT-OLSEN SINGT EIN LIED

»Hier stimmt was nicht«, sagte Waschbrett-Olsen.

Und weil es das erste Mal war, daß ich ihn einen Satz ohne ein Anhängsel beenden hörte, begriff ich, daß wirklich etwas nicht stimmte. Was nicht stimmte, war, daß wir pünktlich wie bestellt um acht Uhr kamen, die Wohnung aber schon völlig überfüllt war von Leuten, und die meisten von ihnen schon reichlich abgefüllt.

»Verdammt, was soll das denn heißen?« sagte Waschbrett-Olsen und schaffte den zweiten Satz.

»Ich weiß nicht«, sagte ich. »Aber es gefällt mir genausowenig wie dir.«

Wir zogen uns trotzdem aus und gingen hinein, um uns unter die Leute zu mischen. Bei dem Vorsprung, den sie hatten, würde das nicht ganz leicht sein.

»Hallo, da kommt ihr ja«, sagte der Gastgeber und drängte sich lächelnd zu uns durch.

»Sollte es nicht um acht anfangen? Das muß«, sagte Waschbrett-Olsen.

»Ja, stimmt genau. Ihr kommt im richtigen Augenblick.

Wir wollten uns gerade über die Krebse hermachen. Wir haben uns schon eine Weile aufgewärmt.«

Waschbrett-Olsen und ich zuckten die Achseln und sahen uns resigniert an. Wir drängten uns an den Krebstisch und holten unsere Weißweinflaschen raus. Schwarze Katz, wie üblich.

Ich saß neben einem schlanken Mädchen mit langem blonden Haar und einer selbstgestrickten Jacke in den wildesten Farben. Irgendwie paßten die Farben trotzdem, wenn sie selbst dazukam. Ich spürte, daß sie mich von der Seite ansah. Ich versuchte gerade, einem kleinen Krebsteufel den Garaus zu machen. Er weigerte sich, aus seiner Schale zu kommen. Wußte er nicht, in was für Zeiten wir lebten, daß alle nach Kontakt schrien und so? Komm raus jetzt, komm raus!

»Du siehst verrückt aus«, hörte ich.

Es war das Mädchen mit der Jacke. Sie blickte uns jetzt direkt an, den Krebs und mich. Ich war mir deswegen nicht ganz sicher, wen von uns beiden sie meinte.

»Meinst du mich oder ihn?« fragte ich.

Sie verschluckte sich an irgend etwas.

»Das läuft wohl aufs gleiche raus«, sagte sie und betrachtete mich interessiert.

»Stimmt«, sagte ich. »Ein wahres Wort.«

»Ich hab das nicht böse gemeint.«

»Ich weiß. Weder der Krebs noch ich haben es dir krumm genommen.«

Sie reichte mir eine schmale Hand. An den Fingern trug sie mindestens fünf Plastikringe in verschiedenen Farben.

»Ich heiße Sandra.«

Ich murmelte meinen Namen.

»Und dies ist Olav Krebs«, fügte ich hinzu. »Er ist ein wenig in sich gekehrt.«

»Es freut mich aufrichtig, eure Bekanntschaft zu machen.«

»Danke«, sagte ich. »Und wenn du über den Tisch siehst auf den Typ mit grauer Jacke und Schlips, der schon Wein übers ganze Tischtuch gekleckert hat, das ist Waschbrett-Olsen. Vor dem mußt du dich in acht nehmen, Sandra.«

»Oh jemine! Ja, der sieht gräßlich aus, echt. Ein richtiger Widerling.«

»Du ahnst nicht, was der mit den Damen anstellt, wenn er betrunken genug ist. Und das ist er bald.«

»Oh Gott, und was mach ich dann?«

»Du bist in Sicherheit, solange du mich an deiner Seite hast«, sagte ich. »Ich bin der einzige, der ihn zähmen kann.«

Im gleichen Augenblick löste sich der Krebs aus seiner Schale und legte sich hübsch auf meinem Teller zurecht.

»Wie kommst du hierher?« fragte ich.

»Ich? Ich dachte, daß ich hier einen kenne. Aber jetzt sieht es ganz so aus, als ob er gar nicht da wäre.«

»Er kann sich verspätet haben«, sagte ich. »Und was tust du sonst so?«

»Sitz auf dem Hintern und guck aus dem Fenster und so. Nein, nein, ich gehe auf die Kunsthandwerksschule. Aber hier kenne ich echt keine Menschenseele. Das ist richtig blöd.«

»Du kennst mich jetzt«, sagte ich. »Und es besteht die Chance, daß du Waschbrett-Olsen kennenlernst. Aber das sollten wir lieber vermeiden.«

Sie lachte, und ich fühlte mich glücklich. Sie mochte mich sicher. Ich trank mein Weinglas in einem Zug aus und fing an zu husten. Sie klopfte mir auf den Rücken.

»Nich nötig, mir imponieren zu wollen. Ich bin schon beeindruckt.«

Das war ich auch. Das souveräne Gefühl von etwas Großem und Freiem sickerte in mein Blutsystem. Ich griff nach neuen Krebsen, und jetzt schien es fast, als würfen sie sich aus eigenem freien Willen aus ihrer Schale. Ich merkte, daß ich dabei war, Sandra zu erzählen, was ich in der Stadt trieb. Ich hatte ihr schon erzählt, daß ich vor kurzem analysiert worden war, und fragte sie, ob sie Munk kannte.

»Munk? War der nich mal in so'ner Band? Hat Baß gespielt oder so was.«

»Rhythmusgitarre«, sagte ich. »In der Band gab es nur Rhythmusgitarren.«

»Ja, jetzt fällt's mir wieder ein. Das war doch der, der auf der Bühne immer den wilden Mann machte. Zerschmetterte die Gitarre und schlug mit der Axt ein großes Bild von Vidar Lønn Arnesen in Stücke.«

»Das war er«, sagte ich. »Er nennt sich jetzt Dr. Munk und analysiert die Leute.«

»Da kommt ja Jens, hallo! Das ist der, von dem ich erzählt habe. Jens, du kommst aber spät!«

Jens stand in der Tür und hatte alles unter Kontrolle. Er lächelte hinter einer Art Bart. Um den Hals trug er einen violetten Schal, den ich nicht ausstehen konnte, und außerdem eine bescheuerte Jacke, in der ich nicht einmal tot aufgefunden werden wollte. Die Chancen dafür standen allerdings eher schlecht. Ich würde in ganz anderen Sachen tot aufgefunden werden. Vermutlich in einem alten Türvorleger.

Scheiße, da standen Sandra und Jens schon und betatschten sich, während die Krebse zu einem Haufen schwarzer Schalen geworden waren, und die Leute den Wein runtergossen, bevor er von selbst verschwand.

»Nicht, daß Stalin unfehlbar gewesen wäre«, sagte eine Stimme neben mir. Irgendein Kontakthungriger. Die Krebse waren mir lieber gewesen.

»Nicht?« sagte ich.

»Er hatte große Fehler. Aber es waren ideologisch richtige Fehler. Verstehst du, was ich meine?«

»Nein«, sagte ich. Mit so was auf dem Herzen hätte er kommen sollen, bevor ich mich an den Wein machte.

»Richtig im Verhältnis zur Entwicklung des Sozialismus in der Sowjetunion in den dreißiger Jahren.«

»Jetzt verstehe ich«, sagte ich.

»Es ist in Ordnung, wenn man Stalin kritisiert, denn er hat Fehler gemacht. Grobe Fehler. Aber dabei darf man nicht vergessen, sich diese Perspektive vor Augen zu halten.«

»Genau«, sagte ich. »Diese Arschlöcher, die Stalin kritisieren, ohne im geringsten historisch zu denken.«

Er nickte erfreut.

»Ja, das ist eine verdammt ahistorische Haltung. Hier, nimm ein Glas von meinem Wein. Es ist Liebfrauenmilch.«

Ich ließ mir gern einschenken.

Sandra und Jens waren in ein anderes Zimmer gegangen. Sandras Flasche war noch halbvoll, und daraus goß ich mir auch ein Glas ein. Ich fühlte mich beinah wie ein Mann.

»Klar, daß der Nichtangriffspakt mit Hitler dazu angetan war, Zweifel zu säen«, sagte mein Nebenmann mit der Liebfrauenmilch. »Aber Stalin dachte selbstverständlich strategisch.«

»Es gibt doch verdammt noch mal niemanden, der daran zweifelt«, entgegnete ich. »Und falls doch, gehört ihnen die Fresse poliert.«

Jetzt stand Waschbrett-Olsen auf. Ich beobachtete ihn gespannt und hörte nicht mehr, was mein Nebenmann faselte.

»My name is Washboard-Olsen. I'll do a song for you, it's a song that.«

Die am wenigsten Betrunkenen hörten auf zu reden und blickten auf Waschbrett-Olsen. Ein paar klatschten. Die Besoffensten redeten weiter. Es hörte sich an, als hätten sie wichtige Dinge zu besprechen.

»Die Preiselbeere am Waldesrain«, sang Waschbrett-Olsen, »wächst aus einer Hoffnung klein.«

Ich stand vom Tisch auf. Ich wollte gewissen Dingen auf den Grund gehen. In einer Ecke kam ich mit einem Mädchen ins Gespräch, das von mir wissen wollte, ob ich einen Menschen namens Smith kannte. Ich sagte, das käme darauf an, oder etwas in der Art. Ich hatte das Gefühl, nicht mehr ganz folgen zu können. Ich war nicht glücklich, aber auch nicht ganz traurig.

Das Mädchen in der Ecke legte die Hand auf meinen Arm und blies mir Zigarettenrauch ins Gesicht. Sie erzählte irgendwas von diesem Smith. Soweit ich mitbekam, hatte er eine Art Erfindung gemacht. Und jetzt wollte sie wissen, wie man es anstellte, diese Erfindung zu verkaufen. Es bestand ja immer die Gefahr, daß die Idee gestohlen wurde. Und dann stand man da.

Ich verließ sie mit einem Lächeln und wanderte durch die Zimmer. Die Leute saßen in Gruppen zusammen und redeten, in Rauch gehüllt. Ich ließ mich auf einen leeren Stuhl fallen.

Ich weiß nicht, wie lange ich dort saß. Jemand hielt meine Hand. Es war stiller geworden.

»Da bist du ja«, sagte eine Stimme. Ich schaute direkt auf die komische Strickjacke von Sandra.

»Hallo«, sagte ich. »Ich glaube, ich bin eingenickt. Wie peinlich.«

»Ich habe eine Idee«, sagte Sandra. »Wir gehen rüber zum Tisch und trinken die Weinflaschen aus, und dann verduften wir. Hier passiert sowieso nichts mehr. Da läuft bloß dieser Waschbrett-Olsen rum und brüllt und will Käsebrote haben. Ich habe mich da rausgehalten. Und dieser kranke Schlips, mit dem er rumwedelt.«

»Damit ist er geboren«, sagte ich. »Wo ist denn Jens?«

»Ach der. Irgendwo. Ich habe keine Lust mehr, auf ihn aufzupassen.«

Wir gingen zum Tisch und tranken die Weinreste. Es wäre schade drum gewesen. Wir sahen uns in die Augen und lachten.

Sandra trug einen langen braunen Umhang, dessen Muster sie selbst gestickt hatte. Es erinnerte an Pinguine auf der Flucht. Ich zog meinen schwarzen Mantel an und versuchte, meinen schwarzen Hut, den ich zu diesem Anlaß trug, über die Ohren zu ziehen. Es ging nicht.

»Schicker Hut, den du da hast«, sagte Sandra.

Die Nachtluft rieb sich die Hinterläufe an uns. Es hatte im Verlauf des Tages ein wenig geschneit, jetzt war es kalt und glatt. Es rauschte sanft in meinem Kopf. Es war ein gutes Rauschen, wie von einem kleinen Gebirgsbach an einem Sommerabend.

Ich wußte, daß wir Arm in Arm über den glatten und menschenleeren Bürgersteig gingen und die Straßenlaternen leuchteten. Von hoch oben sahen die Sterne auf uns herab.

Als wir die Straße überqueren wollten, knickte Sandras Fuß um, und ich mußte sie den Rest des Weges mehr oder weniger tragen.

Sie wohnte ganz oben unter dem Dach, und wir warfen uns direkt auf das Bett mit der schönen Indianerdecke. Nur ein kleines Licht brannte im Zimmer, aber ich wußte, daß sie mich ansah. Ich fühlte nackte, glühende Haut und bewegte mich tanzend in ein lockendes, großes und beruhigendes Dunkel hinüber.

GESEGNETE MORGENSTUNDE

Ich erwachte mit dem unguten Gefühl, am Abend vorher vergessen zu haben, meinen Hut abzunehmen. Ich faßte mir an den Kopf. Nein, ein Glück, da war kein Hut.

Ich konstatierte, daß ich in einem Bett in einem viel zu warmen Zimmer lag, in dem eine mickrige Lampe brannte, und daß ich Kopfschmerzen hatte. Dicht neben mir lag ein nacktes Mädchen und schlief. Sie war dünn, und ihre Brüste hätten zwei kleine Tiere sein können, die sich auf ihrem Körper schlafen gelegt hatten. Ich küßte das eine leicht. Es bewegte sich. Ich küßte das andere. Beide Tiere kamen jetzt in Bewegung und fragten sich bestimmt, ob schon Morgen sei. Was solche Tiere wohl aßen. Hoffentlich Pflanzenkost, zur Not Plankton.

Sandra setzte sich im Bett auf, daß die Kissen zusammenschraken.

»Mmmm«, sagte sie.

Ich lächelte vorsichtig. Aus irgendeinem mystischen Grund fühlte ich mich schuldig. Vielleicht nur, weil ich mir die Zähne nicht geputzt hatte?

Sie schlang die Arme um mich und preßte ihre Brüste an mich. Sie waren mir wohlgesonnen.

»Danke für die Küsse«, sagte sie. »Sie lieben es, so geweckt zu werden. Und ich auch.«

Sie leckte mir die Lippen und die Zähne. Ihre Zunge bahnte sich rasch einen Weg durch meine Zahnreihen und hüpfte wild in meiner Mundhöhle auf und ab. Ich legte meine Arme um ihren Rücken. Ich wollte mit ihr verschmelzen. Sie drückte mich aufs Bett und ließ ihren Mund über meinen Oberkörper gleiten, bis hinunter zum Nabel. Ihre Zunge in meinem Nabel kitzelte. Mein Schwanz stand steil in die Höhe, bis in die Toppen geflaggt. Ich spürte ihre Zunge über die Haut reiben, schloß die Augen und wagte nicht hinzusehen. Die Zunge höher hinauf, die Lippen, die sanft die Vorhaut zurückschoben, und die Zunge eine Schnecke über der Eichel. Ich surfte auf einer roten Woge dem Land zu. Die Lippen schlossen sich um meinen Schwanz, und sie saugte meinen Körper und meine Seele in sich hinein. Ich gab alles auf, ließ mich einfach davonspülen.

»Dreh dich um!« sagte ich.

Sie schwang den Hintern zu mir herum und hockte sich über mich. Ich zog sie über mein Gesicht, bis ich den Geschmack spürte. So naß! Und wie gut das schmeckte! Ich steckte die Zunge hinein, so weit ich nur konnte, hielt dort ein bißchen still und ließ sie dann nach vorn zur Klitoris wandern, kreiste sie ein und schnappte mit den Lippen danach. Die Zunge langsam hin und zurück und dann schneller und schneller auf der Klitoris.

»Komm in mich!« flüsterte sie. Sie hatte meinen glänzenden Ständer losgelassen, der jetzt wie ein Weihnachtsbaum leuchtete. Sie drehte sich rasch herum, setzte sich mit gespreizten Beinen auf mich, und ein gewisser Mann verschwand im Dschungel. Ich hätte aufheulen können, so gut war es (nur der Gedanke an einen eventuellen Hauswirt hielt mich zurück). Sie sah mir ein wenig traurig in die Augen. Ihre Brüste schaukelten fröhlich, als fänden sie, daß endlich etwas Sinnvolles passierte. Sandra ritt mich, und ich versuchte, ihre Brüste festzuhalten.

»Ich hab dich lieb«, keuchte sie.

Ich schloß die Augen und segelte über die Absprungkante hinaus, mitten in einen Schwarm von kleinen Vögeln in allen Farben. Unter mir wogte eine Landschaft mit Palmen, blauem Meer, Tukanen und elektrischen Gitarren.

Wir blieben lange liegen, vor allem, weil es im Zimmer jetzt kühl geworden war, und widerstanden der Lust auf Kaffee.

In meinem Innern saß das Glück und lächelte. Es hielt sich noch mit einer Hand an seinem Ast fest. Es würde wohl bald ganz loslassen, aber jetzt noch nicht. Es pendelte an seinem Ast vor und zurück, die Morgensonne im Gesicht.

»Weißt du was?« sagte Sandra.

»Nein.«

»Jetzt stehst du auf und machst Kaffee, und wir bleiben den Rest des Tages im Bett.«

»Das zweite ist jedenfalls eine gute Idee.«

»Das erste ist mindestens genauso gut«, erwiderte sie und zog mich am Schwanz.

»Au«, sagte ich.

Sandras Kaffee war in einem roten Holzkasten mit der Aufschrift The Media is the Message. Er roch gut, und ich setzte begehrlich Wasser auf. Es zischte. Ich betrachtete die Wände. Sie waren weiß mit großen Bildern, die sie anscheinend selbst gemalt hatte. Viele Menschen und kleine Tiere, die entweder durch die Luft flogen oder im Mondschein in kleinen grünen Cafés saßen. Ein Bild war ein Porträt von Wilhelm Reich in dem Moment, als er seinen ersten Orgasmus hat. Sein Kopf schüttelte sich und erinnerte an den Kopf von Donald Duck, wenn er einen elektrischen Schlag bekommt.

Ich brachte den dampfenden Kaffee und zwei Tassen ans Bett. Das war die richtige Art, Kaffee zu trinken. Wir konnten durch die Gardine merken, daß die Novembersonne gerade an der Wand hochkletterte.

»Wer ist eigentlich dieser Jens?« fragte ich nach dem ersten Schluck.

»Jens, der ist doof. Ich kenne ihn nur so von früher. Wir waren mal zusammen auf einem Fest. Alle waren betrunken und verrückt, und ein paar sind in der Dusche eingeschlafen. Ich weiß noch, daß Jens am Morgen nur im Hemd und mit stark behaartem Hintern in der Dusche stand und Glasscherben zusammenfegte.«

Sie lachte und prustete Kaffee über meinen Bauch.

Ich lachte auch, mehr über den Kaffee als über Jens.

»Ich bin verliebt«, sagte ich.

»Das hab' ich schon gecheckt.«

Wir tranken schnell unseren Kaffee und krochen wieder zusammen. Der Tag war noch jung, und wir konnten noch manches ausrichten.

Am Nachmittag mußte sie einmal hinaus auf den Gang. Ich fand es phantastisch, daß sie es so lange ausgehalten hatte.

Ich sah ihren Körper von hinten und fühlte mich genauso elektrisiert wie Wilhelm Reich an der Wand.

Ihr Hintern war so schön, daß der Schnee schmelzen würde, wo sie ging.

MUNK IST NICHT BEGEISTERT

Munk fuhr mit dem Fahrrad Kreise auf dem Fußboden. Er sah äußerst unzufrieden aus, und die Pedale schlugen die ganze Zeit an die Couch, den Stuhl und den Tisch.

»Das kann doch nicht wahr sein«, sagte er. »Gerade bist du vom sicheren Tod und Schlimmerem errettet worden, und kaum drehe ich mich um, liegst du wieder auf dem Rücken in der selben Scheiße. Man sollte es nicht für möglich halten. Ein Bild von Wilhelm Reich an der Wand, sagst du? Oh heilige Einfalt! Und Hermann Hesses Gesammelte Werke im Bücherregal.«

»Ich habe nicht ins Bücherregal geguckt«, sagte ich.

»Und Platten von Bob Dylan und Die Lehren des Don Juan und Kahlil Gibran und der Prophet. Können die Leute nicht verdammt noch mal sofort Christen werden, dann ersparen sie sich das ganze andere Theater und den Mist hinterher. Es ist zum Kotzen. Und das ist noch untertrieben. Komm mir bloß nicht und sag, du willst noch einmal analysiert werden. Ich feiere heute abend ein Fest mit dem Zentralkomitee, aber du bist nicht eingeladen.«

Ich ging. Ich sah keinen Grund, länger zu bleiben.

Ich kam in eine enge Straße, in der ich meines Wissens noch nie gewesen war. Die Häuser sahen nur halbwach aus und ließen Nasen und Augenlider hängen. In einem Keller wohnte ein Schuster. Ein Paar Tanzschuhe standen im Schaufenster. Der Schusterwerkstatt genau gegenüber lag ein kleiner Ziehharmonikaladen. Überall lagen kleine Knopfziehharmonikas, schwarze und rote. Ein dicker und trauriger Mann stand hinter dem Ladentisch und sah zu mir hinaus. Ich bekam fast Lust, hineinzugehen und drei, vier von seinen Ziehharmonikas zu kaufen.

Ein Stück die Straße hinunter lagen ein Blumenladen und eine kleine Galerie, von der ich nichts gewußt hatte. Sie war kleiner als meine Bude, und die Wände waren lückenlos von kleinen Bildern bedeckt.

An der Tür hing ein Plakat: Galerie September, 4.11.–20.12., Trine Bekk, Aquarelle.

Aus irgendeinem Grund ging ich hinein. Ein Mädchen in meinem Alter, mit blassem Gesicht, langen schwarzen Locken und schwarzem Kleid saß tief in einem alten Sessel. Dieser Sessel war das einzige Möbelstück, abgesehen von einem kleinen Tisch, auf dem eine Vase mit einer einzelnen Osterglocke stand. Ich fragte mich, woher sie in dieser Jahreszeit Osterglocken bekam.

Sie schien schrecklich froh zu sein, mich zu sehen, und sprang aus dem Sessel auf.

»Hallo«, sagte sie. »Ich bin Trine Bekk. Du bist der erste Besucher seit der Eröffnung der Ausstellung. Das ist jetzt eine Woche her.«

Ich warf einen raschen Blick auf die Bilder. Es gab keinen Grund, daß die Leute nicht kamen und die Ausstellung ansahen. Die Farben waren ganz nach meinem Geschmack, rot, dunkelblau, braun und tiefgrün. Viele der Bilder zeigten junge Frauen, die warteten. Sie saßen auf Brücken, Treppen, Holzstapeln, an Bushaltestellen und auf Koffern. Eines der Bilder trug den Titel *Im Jahr 2000.* Darauf war nur ein Insekt.

Aber ganz besonders gefiel mir eins von einer Schnecke, die still auf einem großen Salontisch lag. Es trug den Titel: *You've got 10 minutes to save the world.* Ich starrte die Schnecke an.

»Was kostet dieses hier?« fragte ich.

»Ich dachte mir, es sollte achthundert Kronen kosten«, sagte Trine Bekk erschrocken. »Aber du kannst es für siebenhundert bekommen.«

Ich wußte, daß es mehr wert war. Aber in meiner Brieftasche lagen nur fünf Hunderter, und das war nahezu der Rest meines Studiendarlehens.

»Ich habe nur fünfhundert«, sagte ich traurig.

»Dann bekommst du es für fünfhundert«, sagte sie noch trauriger.

»Vielen Dank«, sagte ich und gab ihr die Hand. Sie war klein und kalt. »Ich werde allen, die ich kenne, von deiner Ausstellung erzählen.«

»Das wäre schön«, sagte sie leise.

Mit dem Bild unter dem Arm wanderte ich weiter zu einer Straße, die ich kannte.

Zu Hause schlug ich einen dicken Nagel über dem Kopfende des Betts in die Wand und hängte die Schnecke auf. Hier sollte sie wohnen.

AMARCORD

Es war ein seltsames Gefühl, mit einer in den Filmclub zu gehen, die nicht Else hieß. Aber das Gefühl wurde mit jedem Schritt durch den Schnee besser und besser.

Die letzte Vorstellung vor Weihnachten und Fellinis *Amarcord*.

Sandra tanzte an meiner Seite, ich tanzte an ihrer, und da lag das Engen Kino klar zum Abheben, es wollte nur uns noch an Bord haben.

»Hast du den Film schon mal gesehen?« fragte Sandra.

»Ja. Zweimal. Von mir aus könnten sie *Amarcord* jede Woche zeigen und hätten mindestens einen Zuschauer.«

»Du bist noch verrückter, als ich geglaubt habe.« Sie sah mich beeindruckt an. »Du bist ja ein richtiger Fanatiker.«

Ich stellte mich an und bekam die Karten gegen Zahlung von fünf Kronen für jeden.

»Ahaaa«, hörte ich eine Stimme, wie es sie auf der Welt nicht zweimal gibt. Was es auf anderen Planeten gibt, interessiert mich nicht.

»Ist dies die Dame?« fragte Munk.

Sandra sah ihn beinah erschrocken an. Munk glich einer Mischung aus Westlandsteufel und Oliver Hardy. In der Hand hielt er eine Plastiktüte mit einem großen Stück tiefgefrorenen Fisch, das angefangen hatte, aufzutauen. Munk schwenkte die Plastiktüte, daß das Fischwasser nur so spritzte.

»He, paß mal auf mit dem Schweinkram!« rief jemand.

Munk streckte die Hand aus.

»Guten Tag, Sandra«, sagte er. »Und Gottes teuren Segen über allen euren Wegen. Ich bin Pater Munk, und ich würde darauf schwören, daß du schon von mir gehört hast. Alles, was du gehört hast, ist wahr, und dabei hast du nur einen Bruchteil gehört. Und solltest du geistliche Probleme irgendwelcher Art haben, dann bin ich der Mann, den du aufsuchen mußt.«

»Guten Tag, Munk«, sagte Sandra. »Ich habe von dir gehört.«

»Sie hat von mir gehört«, sagte Munk zu mir. »Sie hat von mir gehört.«

»Das haben wir alle, Munk«, meinte ich.

»Ich habe Fisch mit«, sagte Munk. »Aber es ist eine Tragödie mit ihm geschehen. Er hat angefangen aufzutauen. Guck mal hier.«

Sandra und ich schauten in Munks Plastiktüte. Der Fisch lag in einer Art Pampe und roch nach Fisch.

»Eigentlich bräuchte ich jetzt ein Trockengestell, um meinen Fisch zu trocknen. Glaubst du, sie haben so ein Gestell hier im Kino?«

»Schwer zu sagen. Wir können ja reingehen und fragen«, antwortete ich.

»Wie bin ich froh, euch zu sehen, ihr Menschenkinder«, rief Munk. Er versuchte, uns beide gleichzeitig zu umarmen. Er war unglaublich unrasiert und roch nach alten Besäufnissen. Ich bekam Fischwasser über die Füße, sagte aber nichts. Ich war eigentlich genauso froh, Munk zu sehen, aber das sagte ich auch nicht.

Im Saal war es schon brechend voll von allen möglichen Studenten und dergleichen. Aber ein Trockengestell für Fische war nicht zu sehen. Ich spürte, daß Sandra ganz fest meine Hand drückte.

Wir fanden drei leere Plätze in der 23. Reihe. Munk blickte sich unzufrieden um, und danach blickte er finster auf seinen Fisch. Plötzlich sprang er auf und brüllte: »Verdammte scheißamerikanisierte Kinos, wo es nicht einmal ein beschissenes Trockengestell gibt, an dem ich meinen Fisch trocknen kann!«

Die Leute klatschten und johlten.

»Was wird jetzt aus meinem Fisch?« rief Munk. »Elternlos und verlassen von allen. Will jemand sich seiner annehmen, bis der Film zu Ende ist?«

Die Leute um uns lachten, aber niemand meldete sich.

Munk setzte sich wieder und plazierte den Fisch zwischen seinen Füßen.

»Das war die Show des Tages«, sagte er. »Ich muß mich irgendwie ständig ins Rampenlicht rücken. Nach der Revolution wird das anders. Dann ist das nicht mehr so nötig.«

»Nein«, sagte ich.

Sandra starrte Munk nur an.

»Jetzt soll der Film anfangen«, meinte Munk. »Es ist halb drei. Können diese verdammten Kackärsche von Nachzüglern nicht zusehen, daß sie sich auf ihre Plätze packen?«

Er lehnte sich zurück und schlug sich auf die Schenkel.

»Das ist einer der besten Filme überhaupt«, sagte er. »Aber ich kann euch was erzählen, das ihr noch nicht gewußt habt. Naja, Sandra vielleicht.«

Er sah uns an, als warte er auf eine eindeutige Aufforderung.

»Ja, tu das«, sagte ich.

»Ich war Regieassistent bei diesem Film.«

»Bei *Amarcord*?« fragte ich.

»Ganz genau. Ich war damals gerade in Italien und kannte Fellini ein bißchen von früher. Und da habe ich mitgemacht.«

»Und du erwartest, daß wir das glauben?« sagte ich.

»Warte nur, bis der Vorspann kommt. Da steht mein Name.«

Das Licht dämmerte weg, und wir atmeten auf. Auf der Leinwand begann es sich zu bewegen. Ich spürte Sandras Hand, die an meinem linken Schenkel aufwärts tastete und sich in meinem Schritt zur Ruhe legte.

Fellini begann zu erzählen.

Wir konnten nichts sagen nach einem solchen Film. Wir standen nur da, mit halb geschlossenen Augen.

Dann konnte Munk etwas sagen.

»Jetzt kommt ihr mit zu mir«, sagte er. »Ich habe Fisch, und ich habe Wein, und was braucht man mehr an einem Samstagabend?«

Sandra und ich hatten geplant, den Samstagabend allein zu verbringen. Bei ihr. Aber Munk sah aus, als brauche er jemanden. Ich warf Sandra einen kurzen Blick zu.

»Wir kommen mit«, sagte ich. »Aber nur kurz.«

»Aber ja doch, ja doch«, sagte Munk. »Ich werde nicht klammern. Ich weiß doch, was das einzige ist, das ihr im Kopf habt.«

»So«, sagte Munk und warf sich auf seine Matratze. »Setzt euch auf die Couch. Heute abend wird da niemand analysiert.«

Wir setzten uns.

»Das da, Sandra«, sagte Munk, »ist mein Fahrrad.«

Sandra nickte.

»Ich schmeiße den Fisch in den Topf und hole den Wein«, fuhr Munk fort. »Ihr könnt solange alte Donald Ducks lesen. Von dem anderen versteht ihr nichts. Pfui Teufel, ist der naß. Man sollte meinen, er hätte sich ausgepißt.«

Sandra starrte mich mit weit aufgerissenen Augen an.

»Der ist ja noch schlimmer, als ich geglaubt habe, puh.«

»Du kennst ihn noch nicht richtig. Aber ich verspreche dir, daß wir nicht lange bleiben.«

»Wir können ruhig eine Weile bleiben. Ich finde es spannend zu sehen, wohin das noch führt. Ich glaube, er ist mit das Heißeste, was ich je erlebt habe.«

Ich war fast ein wenig stolz darauf, Munk zu kennen.

Da war er wieder, mit drei Flaschen von dem Üblichen.

»Es hat etwas gedauert«, sagte Munk. »Ich mußte ihm erst die Lockenwickler aus den Haaren ziehen, aber jetzt kocht er gleich. Er ist jetzt still und friedlich, als ob nie ein Arg in ihm gewesen wäre. Es war bestimmt gut, daß er noch ein großes Erlebnis hatte und *Amarcord* sehen durfte, bevor er seine Wanderung antrat. Ach ja, richtig. Wollen wir nicht Onkel Munks Wein kosten?«

»Wie war denn das Fest mit dem Zentralkomitee?« fragte ich, nachdem ich den ersten Schluck genommen und insgeheim auf Sandra getrunken hatte.

»Oh, pfui Teufel und leck mich«, sagte Munk. »Entschuldige, daß ich eine so derbe Sprache führe, Sandra. Ich hatte eine schlimme Jugend. Das war verdammich das letzte Mal, daß ich die zu einem Fest eingeladen habe. Ich hätte doch lieber dich einladen sollen. Sie hatten eine ganze Gang Damen dabei, von der schlimmsten Sorte. Am Ende mußte ich moralisch werden und ihnen sagen, daß mein Haus kein Hurenhaus ist, und sie rauswerfen, als es später wurde. Ich forderte sie auch auf, eine tiefschürfende Selbstkritik vorzunehmen, und ließ keinen Zweifel daran, daß die Angelegenheit beim nächsten Parteiführertreffen zur Sprache gebracht würde. Verdammich, in solchen Augenblicken denke ich, daß Stalins Säuberungen vielleicht trotz allem etwas für sich hatten.«

Ich zeigte ein sympathisierendes Lächeln. Sandra auch, obwohl ihr nicht ganz klar war, worum es eigentlich ging.

»Nein, ich glaube beinah, ich liege da auf einer etwas falschen Linie. Ich hatte den fragwürdigen Ausgangspunkt, daß der Mensch gut ist. Ich habe idealistisch und beschissen reaktionär gedacht. Also ist auch bei mir eine saftige Selbstkritik fällig. Am besten sollte ich mich in einer kalten und nackten Zelle bis aufs Blut peitschen. Ihr habt nicht vielleicht von einer gehört, die gerade frei ist? Übrigens ein guter Wein, das hier. Wozu sollen wir teure Marken kaufen, wenn der gewöhnliche Rote trotzdem der beste ist? Ich brauche Leute, auf die ich mich verlassen kann. Deshalb habe ich an euch zwei Häschen gedacht. Es gibt sicher verflucht viel Schlechtes über euch zu sagen, aber ich würde mich viel lieber auf euch verlassen als auf die Säcke im Zentralkomitee. Au Scheiße, der Fisch kocht über!«

Munk eilte in die Küche, wo es zischte.

»Mit dem sind wir noch nicht fertig«, sagte Munk. »Er wollte doch tatsächlich noch mal aus dem Topf und vor meinen Augen ausreißen. Aber ich habe ihn wieder unter den Deckel gekriegt. Der schlimmste Fisch, mit dem ich es je zu tun hatte. Vermutlich gibt er erst Ruhe, wenn ich ihm einen Pfahl durchs Herz gerammt habe.«

»Was ist das denn für ein Fisch?« fragte Sandra.

»Jetzt rühren wir an den Schlüssel des Ganzen«, erwiderte Munk. »Ich weiß ehrlich gesagt nicht, was für ein Fisch es ist. Es handelt sich um einen mysteriösen und seltenen Fisch, der nur in alten Schriften erwähnt wird.«

»Du warst beim Zentralkomitee«, sagte ich.

»War ich? Und was hatte ich zu sagen über das Zentralkomitee? Wenig Gutes, kann ich mir denken. Aber euch beide will ich gern mit dabei haben. Dann können wir ein paar andere rausschmeißen. Regen oder Schnee, der Kommunismus muß voranschreiten.«

»Ich dachte, ich sei schon Mitglied«, sagte ich.

Munk sah mich scharf an.

»Das bist du vielleicht«, sagte er. »Ich dachte, du wärst ausgeschlossen. Aber was ist mit dir, Sandra, dich will ich gern dabei haben. Was wir vor allem brauchen, sind Frauen.«

Ich faßte Sandra bei der Hand.

»Ich weiß echt nicht, wovon du redest«, sagte Sandra.

»Das macht nichts«, meinte Munk. »Das weiß ich ja selbst kaum. Hauptsache, es wird geredet. Und ich bin von Gott dazu ausersehen, genau das zu tun.«

WIE ES IST, EINE GANZE NACHT LANG WACH ZU SEIN

Wir hatten Munks Fisch aufgegessen und seinen Wein ausgetrunken und dafür gesorgt, daß er ins Bett kam.

Jetzt lagen wir in voller Montur auf Sandras Bett, und das winzige Lämpchen brannte diskret hinter uns. Sandra lag auf mir, unsere Zungen klebten aneinander, und wir rieben unsere Unterkörper gegeneinander.

Es war noch lange bis zum Morgen, und ich konnte mir vorstellen, die ganze Nacht so liegen zu bleiben.

Sandra zog für einen Moment ihre Zunge zurück und flüsterte: »Zieh die Hose aus.«

Sofort fing sie an, das gleiche zu tun. Nicht, daß wir etwas übereilten. Wir hatten Zeit.

»Weißt du was?« sagte Sandra.

»Nein.«

»Dein Schwanz da sieht ein bißchen mottenzerfressen aus, finde ich.«

Ich sah an mir hinunter auf diesen sonderbaren Kerl, der steil aufragte, und dem nur noch die Flagge im Topp fehlte.

»Findest du?« sagte ich.

»Du solltest darauf achten, daß er häufiger an die frische Luft kommt.«

»Da hast du recht«, sagte ich. »Ab morgen hänge ich ihn mindestens drei Stunden täglich an die frische Luft.«

Es war schön, in einem breiten Bett zu liegen und sich frei nach allen Seiten bewegen zu können. Sandra war unglaublich naß, aber zuerst mußte ich diese Brustwarzen ein wenig behandeln. Sie waren so gut im Mund zu haben. Die rechte Warze fiel raus, und ich nahm das als Zeichen, weiterzugehen, mich den warmen Körper hinunterzulecken, dahin, wo es am nassesten war. Es schmeckte so gut wie immer.

»Leck mir ein bißchen den Hintern«, stöhnte Sandra.

Ich wälzte sie herum und strich mit der Wange über ihre weichen Pobacken. Sie waren der reine Samt. Ich drückte sie vorsichtig auseinander und steckte meine Zunge in den Spalt, ließ sie ganz hineingleiten.

Sandra wand sich wie ein Wurm, streckte den Hintern in die Höhe, damit ich tiefer hineinkommen konnte. Ich sog den Saft aus ihrer schmatzenden Möse. Jetzt, dachte ich, kam hoch auf die Knie und stieß den Mottenzerfressenen in die Dschungelnacht. Das gab ein Spektakel bei den Pavianen, Papageien und Löwen da drinnen. Ich trieb ihn bis auf den Grund hinein und wußte, dies war unsere Nacht. Dies war unser Fest. Es galt nur, dranzubleiben.

»Weißt du, daß ich noch nie einen solchen Orgasmus gehabt habe?« sagte ich, als ich ausgebreitet und halb ohnmächtig dalag.

Sandra hatte die Augen geschlossen, aber ich konnte sehen, daß sie lächelte.

»Du bist ganz schön verrückt«, flüsterte sie. »Meiner war auch nicht ohne. Aber gegen deinen ist das natürlich nichts.«

Sie prustete vor Lachen und rollte sich auf den Fußboden.

»Weißt du was? Jetzt ist es halb vier. Es ist schon Morgen. Ich setze Kaffee auf.«

»Nein, komm her«, sagte ich. »Ich bin so einsam. Ich zeig dir was.«

»Du solltest weiß Gott anfangen, deine eigenen Grenzen

kennenzulernen«, lachte sie. »Ich glaube nicht, daß du mir in dem Zustand, in dem du jetzt bist, noch irgend etwas zeigen kannst.«

Sie hatte selbstverständlich recht. Wir mußten zur Abwechslung ein bißchen Kaffee trinken. Wenn es wirklich stimmte, daß dies unsere Nacht war, dann würde sie auch ein wenig Kognak haben.

Sie hatte. Sie kam mit der Kanne, den Tassen und einer kleinen Flasche Dreisternigem auf einem Holzbrett zurück.

»Warum glaubst du, sind diese Brüste das einzig Üppige an mir? Richtig plump sind sie.«

Darauf hatte ich keine Antwort. Aber ich fand, daß alles in bester Ordnung war, wie es war.

Die Nacht ging ihrem Ende zu, und wir lagen da und spürten, daß der Kaffee sich einen schmalen Pfad zu unseren erschöpften Hirnen bahnte. Dort angekommen, begann er aufzuräumen, stapelte allen Mist und Dreck auf einen Haufen und warf das Schlimmste weg, damit ein paar kleine Gedanken Platz fanden.

Sandra lag da und starrte mich an. Sie war ernst. Ich merkte, daß ich traurig wurde und dem Weinen nahe war. Ich hatte noch nie in meinem ganzen Leben jemand so geliebt, und mich überkam eine leise Ahnung, daß Sandra verschwinden könnte. In einen Film verschwinden, wo es unmöglich war, sie zu erreichen, wo sie mit ganz anderen Leuten als mir spielen, mit einer anderen Frisur und im Leopardenpelz umhergehen und ein Lächeln lächeln würde, das nur in diesem Film etwas bedeutete.

»Du«, sagte Sandra.

»Ja«, sagte ich traurig.

»Eigentlich weiß ich furchtbar wenig von dir. Du erzählst nicht besonders viel.«

»Ich erzähle dir alles«, sagte ich, doch wußte ich im gleichen Augenblick, daß ich niemals alles erzählen würde.

Um acht hatten wir eine zweite Ladung Kaffee getrunken und Eier gegessen, die ich exakt viereinhalb Minuten gekocht hatte. (Darin bin ich genau.) Jetzt wußten wir mehr voneinander. Taten wir das wirklich? Jeder hatte von sich erzählt, aber war es auch das, was wir eigentlich erzählen wollten? Wir hatten erzählt, und etwas davon mußte wahr sein. Ich preßte Sandra an mich und wußte, ich würde sie nie wieder loslassen. Wir würden uns ineinander ertränken und mit den Strömen verschwinden. In vielen Millionen Jahren würde jemand ein sonderbares, herzförmiges Fossil in einer Felswand finden. Das waren wir. Aber das konnte man nicht mehr sehen.

Plötzlich tropfte ein kalter Gedanke durch mein Gehirn.

»Ich habe dich nie gefragt«, sagte ich. »Weil ich damit gerechnet habe, daß es in Ordnung ist.«

»Was denn?«

»Ob du irgendwas... nimmst.«

»Ach so. Scheiße, die Pille habe ich abgesetzt und bin zu Aspirin übergegangen. Das ist weniger schädlich.«

LIEBE II

Ich klopfte noch einmal. Immer noch keine Reaktion, obwohl ich wenig Zweifel hatte, daß jemand da war.

»Munk«, rief ich. »Ich weiß, daß du da bist.«

Ich drückte die Türklinke herunter, und die Tür ging auf. Da saß Munk, die Bettdecke bis zum Kinn hochgezogen, und neben ihm saß ein dunkelhaariges, blasses Mädchen mit stechenden Augen. Sie konnte kaum älter als fünfzehn oder sechzehn sein. Mir war klar, daß Munk im Moment gerade keinen Besuch haben wollte, aber nun war es passiert. Er hätte ja die Tür abschließen können.

Munk war rot geworden. Zum erstenmal erlebte ich ihn in einer Situation, die er nicht ganz unter Kontrolle hatte.

»Du hast wirklich den Bogen raus, immer zum richtigen Zeitpunkt zu erscheinen«, muffelte er.

»Tut mir leid«, sagte ich. »Ich kann ja wieder gehen. Aber du hättest die Tür abschließen sollen.«

Das Mädchen schien das alles kalt zu lassen. Sie blickte unbeteiligt in die Luft, steckte sich eine Zigarette zwischen die Lippen und zündete sie an.

»Das ist Laila«, brummte Munk. »Sie hat ihren letzten Bus verpaßt und mußte hier übernachten.«

»Ich verstehe schon. Du brauchst nichts zu erklären.«

Laila blies eine Rauchwolke in die Luft, drückte die Zigarette auf dem Fußboden aus und schlug die Decke zurück. Sie war nackt und hatte einen schönen Körper. Das ist alles, was ich über ihn sagen kann. Sie zog einen geblümten Schlüpfer und ein weißes T-Shirt an. Munk sah sie fragend an. Ich blickte diskret zur Seite.

Laila war jetzt fertig angezogen, in alten Levis und Daunenjacke, und immer noch ohne ein Wort öffnete sie die Tür und ging. Es wurde still im Zimmer. Weder Munk noch ich fühlten uns ganz wohl in unserer Haut.

»Wie gesagt«, sagte ich. »Du brauchst nichts zu erklären.«

»Du hast so eine verdammt schleimscheißerige Art, das zu sagen«, sagte Munk. »Als hätte ich nicht das Recht, ein Mädchen in meinem Bett zu haben. Es steht verdammt noch mal nirgendwo geschrieben, daß ich im Zölibat leben soll. Und deinen beschissenen vorwurfsvollen Heuchlerblick kannst du dir abschminken, nur weil du glaubst, daß du mit deinem Dauer-Mösen-Arrangement so moralisch bist.«

»Sie war sicher nicht älter als fünfzehn«, sagte ich finster.

»Sie hat gesagt, sie ist sechzehneinhalb«, brüllte Munk, »und warum sollte ich das bezweifeln, du abgefuckter Sack. Eines Tages bring ich dich um, und dieser Tag ist nicht mehr fern.«

»Entschuldige«, sagte ich. »So hab ich das nicht gemeint. Ich habe keinen Grund, dich zu kritisieren. Können wir wieder Freunde sein?«

»Das bezweifle ich sehr!«

Aber Munk war nicht der Typ, lange nachtragend zu sein. Das wußte ich schon. Er lehnte sich im Bett zurück, steckte sich eine Zigarette an und ließ die Augen halb zufallen.

»Gib mir mein Fahrrad«, sagte er.

Ich legte sein Fahrrad über ihn. Er streichelte den Lenker.

»Du glaubst, es steht so schlecht um mich, daß ich keine anderen aufreißen kann als Minderjährige, die Stoff nehmen. Aber so ist es nicht.«

Ein blasses Lächeln legte sich um seine gelben Lippen.

»Ich bin ein Mensch mit einem großen Problem. Ich bin einfach zu menschlich. Ich will, daß es allen gutgeht.«

Er hielt mich fest im Blick. Ich spürte, daß ich überrumpelt war.

»Das verstehst du nicht.«

»Ich verstehe schon. Schütte nur dein Herz aus. Deshalb bin ich hier.«

»Du Arschloch! Deshalb bist du hier! Jaja, ist auch egal. Hast du dir mal die Jugendlichen angesehen, die sich abends auf dem Ole Bulls Plass herumtreiben? Hast du sie dir genau angesehen? Ihre Augen sind starr und kalt. Große Schnauze, hart wie die Jugend meiner Großeltern mal zwei. Niemand hat sie jemals geliebt. Kein Schwein hat ihnen gesagt, daß sie etwas bedeuten hier in diesem elenden Jammertal. Also muß es einen geben, der ihnen das sagt, ein Gerechter muß diese armseligen Straßen wandern.«

»Und der bist du«, sagte ich.

»Du bist verdammt auf Zack heute. Was sie brauchen, ist Liebe. Und ich kann sie ihnen geben. Ich habe unendlich viel Liebe in mir. Aber das glaubst du ja doch nicht.«

»Doch«, entgegnete ich. »Daran habe ich nie gezweifelt. So gut kenne ich dich, Munk.«

»Ich kann nicht überall sein«, sagte Munk. »Das ist die ganze Scheiße. Ich stehe allein da. Alle lassen mich im Stich. Ich kann nur einen kleinen Tropfen ins Meer pissen. Aber das wenigstens tue ich. Ich habe Laila gezeigt, was Liebe ist.«

»Ja«, sagte ich.

»Was kann ein Mann mehr tun?«

»Nichts.«

»Jetzt ziehe ich mich an«, sagte Munk, »und dann frühstücken wir zusammen. Du kochst Kaffee und Eier, aber erst mußt du was einkaufen gehen. Es ist so lange her, daß ich ordentlich gevögelt habe, das muß gefeiert werden. Kauf auch eine Flasche Wein. Laß uns zusammen feiern, solange wir noch die Leber dazu haben.«

»Du sagst es.«

WEIHNACHTEN

Wir waren auf der Zielgeraden vor Weihnachten, und Sandra fuhr nach Hause zu ihrer Familie, der Villa und dem Truthahn oder was auch immer.

»Ich hab echt nich die geringste Lust«, sagte Sandra. Sie stand auf dem Bahnsteig und hatte eine mystische Strickmütze tief über die Ohren gezogen. »Ich würde viel lieber hier mit dir Weihnachten feiern.«

»Weihnachten geht schnell vorbei«, sagte ich. »Das sind nun mal diese verdammten Erwartungen bei deinen Erzeugern.«

»Du kanns dir nich vorstellen, wie Weihnachten bei uns zu Hause is. Völlig irre.«

»Du mußt mir umfassend Bericht erstatten. Jetzt schließen sie die Türen.«

»Ich liebe dich.«

»Ich liebe dich auch.«

Wir liebten uns.

Sie verschwand im Schneegestöber und hatte nicht einmal einen Liegewagenplatz.

Am folgenden Morgen nahm ich den Bus nach Hause. Was Munk über Weihnachten vorhatte, wußte ich nicht. Er wollte kein Wort darüber sagen.

Die Alten hatten mich immer noch gern. Ich bekam einen ganzen Haufen Sachen, die ich nicht brauchen konnte. Das eine oder andere würde man später wohl umtauschen können. Von Sandra bekam ich eine Strickjacke mit Indianermuster, Kojoten und Gewittern. Sie paßte wie angegossen, und das reichte schon, daß mir fast die Tränen gekommen wären.

Inger war noch immer weg. Es schien, als hätten ihre Leute sie aufgegeben. Aber sie sahen mich noch immer mißtrauisch an, als hätte ich mit ihr eine Art weißen Sklavenhandel betrieben.

Heiligabend schlief ich mit einem Bild von Inger im Kopf ein. Inger stapfte auf einer öden und dunklen Landstraße weit weg von allen bekannten Zivilisationen durch den Schnee.

Sie sang etwas, das ich nicht hören konnte. Irgendwo weit weg heulte ein Wolf. Ihre Augen waren mild, aber entschlossen. Sie war auf dem Weg zu etwas, das sie in sich sah. Ein kleiner Zipfel Mond krallte sich für einen Augenblick an ein Loch in der Wolkendecke. Sofort warf Inger sich in den Schnee und wedelte mit Armen und Beinen wie ein Hampelmann. Sie machte Engel.

Ich hatte niemand, mit dem ich reden konnte. Jedenfalls nicht, was ich unter reden verstand. Den Leuten, die ich von früher her kannte, hatte ich wenig zu sagen. Nur mit Steinar, mit dem ich eine Zeitlang im Heringsöl zusammen gearbeitet hatte, ließ sich noch reden. Wir waren uns einig, daß das gefeiert werden mußte, und ließen uns am zweiten Weihnachtstag mit Aquavit vollaufen. Er pendelte jetzt, hatte aber vor, in die Stadt zu ziehen, oder nach Odda, wo er irgendwas in Aussicht hatte. Wir waren uns einig, daß wir phantastische Burschen waren, und daß es keinerlei Probleme auf der Welt gäbe, wenn alle so wären wie wir.

Die übrige Zeit lief ich herum und vermißte Sandra. Ich fragte mich, was für Menschen sie um sich hatte, ob eventuell viele junge und aufdringliche Männer mit mächtigen Dingern in den Unterhosen im knirschenden Schnee dort auf der anderen Seite des Gebirges wären.

Ich versuchte, meinen Alten gegenüber so freundlich und aufmerksam zu sein, wie ich nur konnte. Wir sangen Weihnachtslieder und sahen zusammen fern. Wir aßen Feigen und Datteln. Mein Vater und ich machten ein paar Skitouren zusammen, fegten die steilsten Abhänge hinunter, die wir sahen, bekamen Tränen in die Augen und zerbrachen jeder einen Ski. Mein Vater brach sich auch den Fuß und mußte die restliche Weihnachtszeit stillsitzen. Silvester feuerten wir Raketen ab und stellten uns vor, daß wir mitflögen zu den Sternen. Dort oben würden wir den richtigen Überblick und eine ganz neue und entspanntere Sicht des Daseins bekommen. Dort oben dauerten die Liebesgeschichten ewig und wurden mit jedem Lichtjahr nur noch intensiver.

EIN KAPITEL ÜBER DIE LIEBE UND DEN TOD

»Du solltest mal nach Munk sehen«, sagte Sandra. »Ich hab das Gefühl, daß mit ihm was nicht stimmt.«

Wir segelten mit günstigem Wind noch ein letztes Mal unsere nackten Körper hinab, dann schlugen wir das Bettzeug zur Seite. Mein Bett war nicht für zwei gedacht, und wir waren überall steif und schief.

Sandra ging hinaus in den kalten Morgen, um sich unterrichten zu lassen, und ich, der ich ein freier Mann war, besuchte Munk.

Niemand antwortete auf mein Klopfen. Als ich ein zweites Mal klopfte, war ein schwaches Stöhnen zu vernehmen, aus dem ich schloß, daß Sandra recht gehabt hatte, und wie recht.

Munk lag auf seiner Matratze, nur von seinem Fahrrad bedeckt. Er war leichenblaß und preßte die Hände gegen den rechten Schenkel. Zwischen seinen Fingern sickerte Blut hervor und färbte das schmutzige Laken rot. Auf dem Fußboden lag ein großes Messer mit einem Blutstropfen auf der Klinge.

Mir wurde schlecht.

»Munk!« schrie ich. Munk, das Fahrrad, das Bücherregal, das Messer verschwammen zu einem Nebel aus einem Horrorfilm. Ich wankte zum Fenster, riß es auf und atmete tief durch. Jetzt war ich bereit für die action.

»Was ist passiert?« rief ich verzweifelt.

So schwach Munk auch war, gelang es ihm doch, mich mit einem Blick anzusehen, der besagte, daß ich der vollkommenste Idiot war, der in zwei Schuhen ging.

»Hol Verbandszeug«, flüsterte er heiser. »Verdammt«, fügte er schwach hinzu.

Ich riß ein Stück vom Laken ab und band es stramm um die Wunde.

»Preß hier«, zeigte Munk. Seine Augen fielen wieder zu.

»Wir müssen auf der Stelle mit dir zum Arzt«, sagte ich. »Ich rufe einen Krankenwagen.«

»Warte«, sagte Munk. »Keine Panik. Ich bin sowieso am Ende. Hol die Flasche … die Flasche, die im Küchenschrank steht.«

Es war eine ganze Flasche Larsen, woher er die nur haben mochte. Man konnte fast meinen, er hätte sie speziell für diesen Anlaß versteckt.

Ich half ihm, die Flasche zu halten, und er schüttete den Kognak hinunter. Wenn er schon sterben mußte, dann wenigstens mit Stil. Eine schwache Farbe schien in sein Gesicht zurückzukehren.

»Was glaubst du?« fragte Munk. »Kratz ich ab, oder hab ich noch 'ne Chance?«

»Du mußt auf schnellstem Wege zum Arzt, dann kommst du schon durch.«

»Und dabei war ich so aufs Überleben erpicht und habe mich auf den Frühling und die ersten Kätzchen gefreut.«

»Nimm noch einen Schluck, ich ruf den Krankenwagen.«

»Jaja, so schlimm ist es nun auch wieder nicht, zu sterben. Es gibt einem auch eine gewisse Befriedigung. Ich prelle den Staat um die Rückzahlung meines Studiendarlehens.«

Er lächelte matt.

»Ich bin bereit, meinem Schöpfer entgegenzutreten«, sagte er. »Das wird ein echtes Gipfeltreffen, darf man wohl sagen. Ich hoffe nur, daß er ein Auge zudrückt wegen gewisser Patzer, die ich mir seinerzeit geleistet habe, aber ansonsten habe ich nichts zu fürchten. Wir werden uns gut verstehen. Beide Seiten werden von der Begegnung profitieren.«

»Du stirbst nicht, Munk«, sagte ich. »Es blutet schon fast nicht mehr. Wir müssen dich nur zum Arzt verfrachten. Denk an die Revolution. Denk an den Sozialismus, der dich braucht.«

»Man wird ein verdammt schlechter Sozialist mit einem Messer im Bein«, sagte Munk. »Soviel ist mir klar geworden. Der Sozialismus ist durch dieses Attentat entschieden zurückgeworfen worden.«

»Wer war es?« fragte ich. »Ich rufe sofort die Polizei an.«

»Wer das war? Na, diese Tussi.«

»Laila?«

»Ja, so hieß sie. Der ich meine ganze Liebe schenkte und noch dazu ein sinnerfülltes Leben geben wollte. Wir hatten heute morgen eine kleine Meinungsverschiedenheit. Sie meinte, ich sei nicht ganz im Bilde, ich sei eine Art altes Schwein oder was in der Richtung. Als ich ihr eine spitze Antwort gab, lag ich plötzlich da, mit einem Messer im Bein.«

»Das ist ja abartig«, sagte ich.

»Die Jugend muß sich entfalten dürfen«, sagte Munk bitter. »Wir Älteren müssen leiden, oder uns am Riemen reißen. Hattest du nicht hier irgendwo eine Flasche?«

Ich lief die Treppe hinunter zur Telefonzelle an der Ecke.

Als der Krankenwagen kam, war Munk ziemlich angesäuselt und fast wieder in guter Stimmung. Als sie ihn die Treppe hinuntertrugen, sang er aus vollem Hals *Layla* mit Derek and the Dominoes und imitierte Claptons Gitarrensolo, indem er mit einem Furzlaut Luft zwischen den Lippen hervorpreßte.

INGER, DIE DRITTE

»Und der Geweihte soll sein geweihtes Haupt scheren vor der Tür der Stiftshütte und soll sein geweihtes Haupthaar nehmen und aufs Feuer werfen, das unter dem Dankopfer brennt.«

Ich hatte mich auf Munks Anraten wieder auf die Bibellektüre verlegt. Er meinte, daß ich wahrscheinlich irgendwo finden würde, wonach ich suchte. Und wenn ich es da nicht fände, hätte er noch stärkere Sachen in der Hinterhand. Ich glaubte noch nicht, das Richtige gefunden zu haben, war aber auch erst auf Seite 153.

Es klopfte an der Tür. Ich konnte mir nicht denken, daß Munk abends um viertel nach elf vorbeikäme, und Sandra war zu Besuch bei ihrer Schwester. Auch sonst konnte ich mir niemanden vorstellen, der zu dieser Zeit bei mir aufkreuzte, obwohl man vor Waschbrett-Olsen nie sicher sein konnte.

Ich öffnete die Tür.

»Jetzt bist du aber überrascht«, sagte Inger. »Ich weiß, daß deine Freundin heute nicht hier ist. Deshalb wage ich mich überhaupt her.«

»Komm ... komm herein«, stammelte ich, mehr als nur leicht geschockt.

»Komm rein, Inger.«

Inger kam auf unsicheren Beinen herein und ließ sich in einen Sessel fallen. Sie streckte die Füße von sich.

»Verdammt schön, einmal sitzen zu können«, sagte sie.

Sie war nicht schlanker geworden. Ihr Gesicht wirkte mehr oder weniger aufgequollen. Ihr Haar war länger und einige Zeit nicht gewaschen worden. Sie trug den schwarzen Wollpullover, den ich von früher kannte, darüber nur eine Jeansjacke. Außerdem die alten Jeans und die braunen Stiefel.

Ich konnte nicht umhin, sie anzustarren. Wie ein Idiot stand ich da und starrte.

»Ich bin es wirklich«, sagte Inger. »Wenn du mir nicht glaubst, dann fühl mal meine Titten. Aber lieber wäre mir, wenn du was Eßbares herzaubern könntest. Ich könnte mir Eier mit Schinken vorstellen, grobes Brot mit guter Butter, Kakao, Kaffee und ein bißchen Wein. Und es wäre echt Klasse, wenn du eine Kerze hättest.«

Zufällig konnte ich an diesem Abend alles herzaubern, was auf ihrer Wunschliste stand. Sie saß mit Tränen in den Augen da, als ich das Ganze auf einem ehemaligen Tablett hereintrug.

»Oh, du bist Klasse«, sagte sie. »Ich habe fast das Gefühl, ich könnte mir die Jacke ausziehen.«

»Genier dich nicht«, sagte ich. »Und hau rein.«

Sie haute rein. Ich tat, als äße ich auch ein bißchen, damit es ihr nicht peinlich zu sein brauchte, aber in Wirklichkeit aß sie alles allein.

»Du kannst gern mehr haben.«

»Das muß erst mal reichen«, sagte Inger. »Aber wirklich. Und jetzt bist du neugierig, was? Und bist so nett, daß du nicht einmal fragst. Du bist noch immer der alte. Du hängst wohl immer noch rum und büffelst die Stücke, die im Wunschkonzert kommen, denk ich mir.«

»Ganz so beknackt ist es nun doch nicht«, sagte ich. »Obwohl es beknackt genug ist.«

»Auf jeden Fall nicht so beknackt wie bei mir. Ich habe angefangen, meinen eigenen Weg zu gehen. Und jetzt sehe ich keinen anderen Ausweg, als ihn zu Ende zu gehen.«

»Was meinst du damit?«

»Das Schlimmste. Das Schlimmste, was du dir vorstellen kannst.«

»Jetzt übertreib mal nicht.«

»Im September dachte ich eine Zeitlang, ich bekäme ein Kind von dir.«

Ich erstarrte.

»Ich hab es mir beinah gewünscht. Das wäre wenigstens was gewesen, sozusagen. Aber es stimmte dann doch nicht. So endete deine Nachkommenschaft. Ziemlich verunglückte Karriere, muß man sagen.«

Sie fixierte die Weinflasche. Ich schenkte ihr noch ein Glas ein.

»Ich merkte, daß ich nicht mehr zu Hause auf meinem dicken Arsch sitzen bleiben konnte. Jedes andere schwachsinnige Projekt wäre besser gewesen. Ich fühlte mich immer mehr wie eine Kuh und bekam so eine merkwürdige Lust, nur still dazuliegen und altes Heu zu kauen. Also warf ich mich auf das faulste von allen anderen Projekten, hinaus in die Welt zu gehen und in schlechte Gesellschaft zu geraten. Je schlechter, desto besser. Ich war sogar in Kopenhagen, und wie du sehen kannst, werde ich nicht einmal rot, wenn ich das sage.«

Die Tränen liefen über Ingers Gesicht. Sie versuchte, sie mit den Haaren wegzuwischen. Ich tat das Einzige, was mir einfiel, ging zu ihr und zog ihren Kopf an mein Hemd. Meine Hände strichen mechanisch über ihr fettiges Haar.

»In Spanien war ich fast einen Monat«, schluchzte Inger. »und in Pari… his.«

Meine Hände hielten ihren Kopf fest. Sie knöpfte einen Hemdknopf auf und legte ihr geschwollenes Gesicht an meine Brust. Es wurde naß und warm. So standen wir eine Weile. Im Radio, das leise im Hintergrund lief, servierte eine Dame Nachrichten zur Mitternacht. Dann spielten sie *Ja wir lieben*, und danach rauschte es nur noch.

»Entschuldige«, sagte Inger. »Ich sollte mich nicht so gehenlassen.«

»Das ist schon in Ordnung«, sagte ich. Ich lächelte.

»Du bist vielleicht nicht ein ganz tiefes Wasser, und dein Seelenleben wird vielleicht nicht als Ruhmesblatt in die Geschichte eingehen«, lächelte Inger unter Tränen. »Aber du hast trotzdem was. Manchmal bist du beinahe ein guter Mensch, ohne daß du überhaupt weißt, was das ist.«

»Ich bin nur ein einfacher Heringsölarbeiter«, sagte ich. »Was erwartest du?«

»Ich wünschte wirklich, ich wäre damals schwanger gewesen.«

»Vielleicht ist es noch nicht zu spät«, meinte ich. (Offenbar wußte ich nicht mehr, was ich sagte.)

»Es ist viel zu spät«, sagte Inger. »Ich bin eine von denen, die in den Himmel geschaut und ihn leer gefunden haben. Weißt du, was das heißt? Nein, verdammt, das weißt du nicht. Aber ich weiß es. Und ich ertrage das nicht so leicht wie viele andere. Deshalb habe ich versucht, etwas dagegen zu tun. Das Loch aufzufüllen, sozusagen. Ja, nun darfst du nicht in deinen Bahnen denken. Ich weiß, wie du bist. Ich mußte versuchen so zu tun, als sei ich ebenso naiv wie die anderen Seelenballons, die von Land zu Land treiben und nach dem himmlischen Salzhering suchen. Hast du vielleicht noch ein letztes Glas Wein für mich? Und danach könnte ich mir vorstellen, mich ein paar Stunden zu waschen. Ich stinke an einer gewissen Stelle, und sag nicht, daß du es nicht gemerkt hast.«

Ich hatte es nicht bemerkt, sagte aber nichts. Ich räumte zusammen und zeigte Inger die Dusche, suchte eine schöne Musik im Radio und wartete darauf, daß sie zurückkäme.

GROG

Für einen ordentlichen Grog koche man Wasser auf, fülle es in ein Glas, in dem ein Teelöffel steht (damit das Glas nicht springt), und in das man je nach Geschmack etwas Zucker gibt (ich nehme so wenig wie möglich). Man fülle das Glas zu drei Vierteln mit Wasser und den Rest mit dunklem Rum auf. Rührt um.

Es war ordentlicher Grog, den Inger und ich tranken, eine Stunde nach Mitternacht, mit schmachtenden Violinen aus dem Radio im Hintergrund. Inger hatte nur mein dickes rotes

Frotteebadetuch um, ihr Haar war frisch gewaschen. Sie roch gut nach Heidekraut und neugeborenen Hasen und erinnerte ein bißchen an die Frau vom Meer.

»Ich glaube, wir werden langsam blau«, sagte Inger.

»So soll es auch sein«, sagte ich.

»Na, wenn du meinst.«

»Natürlich meine ich das«, sagte ich und versuchte, so nüchtern auszusehen, wie ich konnte.

Ich fing an, Inger von Munk zu erzählen. Das war ein Thema, über das ich etwas Bescheid wußte, auch in nicht ganz nüchternem Zustand. Ich erzählte ihr alles von Munk, das mir einfiel. Inger schien zuzuhören. Schließlich fiel mir nichts mehr ein.

»Ja, ja«, sagte Inger. Das war alles, was sie zu sagen hatte. Ich war ein bißchen enttäuscht und unsicher.

»Keine Bange«, fuhr Inger fort. »Ich kenne Munk. Ich habe in den letzten drei Monaten dies und das von ihm gehört. In Paris habe ich einen getroffen, der 1968 mit ihm zusammen die Polizei mit Pflastersteinen beworfen hat.«

»War Munk damals in Paris?« fragte ich. Es gab immer noch Dinge, die der Bursche mir nicht erzählt hatte.

»Er wurde vierzehnmal festgenommen und für immer des Landes verwiesen«, sagte Inger.

»Ja, ja«, sagte ich.

Die Rumflasche neigte sich ihrem Ende zu. Es reichte gerade noch für einen Grog für uns beide.

»Wie ging es meinen Alten, als du sie zuletzt gesehen hast?« fragte Inger.

»Sie sahen aus, als hätten sie schon bessere Zeiten gesehen.«

»Ich hatte eigentlich vor, einmal bei ihnen reinzuschauen, aber jetzt weiß ich nicht mehr, ob das noch geht. Es ist zuviel geschehen. Ich glaube, es geht einfach nicht mehr. Aber du kannst sie von mir grüßen und ihnen sagen, daß du mich getroffen hast.«

»Das werde ich tun.«

»Warum haben wir uns nicht früher zusammengetan?« fragte Inger. »Das wäre für uns beide das Beste gewesen. Glaube ich jedenfalls. Und jetzt ist es zu spät.«

»Ja.«

»Wie heißt sie, deine Freundin?«

»Sandra.«

»Liebst du sie oder so was in der Art?«

»So was in der Art«, sagte ich.

»Das ist gut für dich. Halt sie bloß fest. Eine solche Chance kriegst du nie wieder.«

»Ich weiß«, sagte ich. Ich hoffte, nie mehr aufstehen zu müssen. Meine Füße würden wild dagegen protestieren, mich irgendwohin zu tragen.

»Ich kann dir sagen, daß ich mich seit vielen Monaten nicht mehr so wohl gefühlt habe«, sagte Inger. »Für den Fall, daß du ein Kompliment nötig hast zur Zeit.«

»Ich habe alles nötig, was ich bekommen kann«, sagte ich. Das Zimmer begann sanft um uns zu kreisen. Ich wünschte, es würde damit aufhören. Ich mochte das Zimmer, wie es war, auch wenn man manches an ihm aussetzen konnte.

»Magst du mich noch ein bißchen?« fragte Inger. Ihre Augen waren traurig und tief.

»Ich mag dich sehr«, sagte ich. »Merkst du das nicht?«

»Eigentlich hatte ich vor, bei dir zu übernachten«, sagte Inger. »Aber das überrascht dich wohl nicht. Ich verspreche dir, daß ich weg bin, bevor Sandra mit der Strickjacke zurückkommt.«

Meine Füße fanden es wider Erwarten doch in Ordnung, mich zum Bett zu tragen. Ich schüttelte Kissen und Bettdecke, damit sie einigermaßen menschlich aussahen. (Es ist offensichtlich, daß ich nicht mehr weiß, was ich sage.)

Inger ließ das Badehandtuch fallen und kroch ins Bett. Ich zog mich schnell aus und kroch hinterher. Inger legte sich auf die rechte Seite, an die Wand.

»Nicht, daß ich dir den Rücken zukehren möchte. Aber ich bin todmüde und betrunken und schlafe auf der Seite am besten. Und so hast du die Chance, mein weichstes Körperteil zu spüren.«

Ich löschte das Licht und zog die Decke über uns. Ich schlang von hinten die Arme um Inger und drückte mich fest an sie.

SCHLECHTER ATEM

Wir blieben lange liegen und blickten zur Decke. Jetzt war alles geklärt und entschieden, und Inger würde wieder verschwinden. Ich dachte an Sandra. Ich hatte sie, würde alles auf sie setzen. Warum aber war ich dann nicht froher? Ich bekam Lust, etwas auf der Mundharmonika zu spielen, merkte aber, daß ich auch dazu eigentlich keine richtige Lust hatte. Ich machte mir einen Spaß daraus, an Inger als an ein Buch zu denken, in dem ich geblättert hatte, mit dem ich aber nie fertig werden würde. Dann fand ich den Gedanken auf einmal gar nicht mehr spaßig. Kaffee, dachte ich dann, wir brauchen Kaffee.

Inger drehte sich zu mir um. Sie hatte schlechten Atem, und ich hatte bestimmt ebenso schlechten Atem. Wir waren beide entlarvt.

»Wenn du nachher wiederkommst, bin ich weg«, sagte Inger.

Ich versuchte zu nicken, aber ein richtiges Nicken wurde nicht daraus, weil mein Kopf auf dem Kissen lag.

»Du wirst sicher wieder von mir hören«, sagte sie. »Und was du hörst, wird dir nicht gefallen.«

Das Buch flog mir aus den Händen und schwebte durchs Fenster hinaus, über glitzernde Flüsse, tropfnasse Straßen und goldene Berggipfel. Es war Zeit aufzustehen.

WINTEROLYMPIADE

Die Winterolympiade in Innsbruck war in vollem Gang, und ich versuchte, so gut ich konnte mitzuverfolgen, wie es den Norwegern da unten erging. Ein paar Goldmedaillen sollten sie ja schon nach Hause bringen. Aber weil ich kein Fernsehen hatte, entging mir eine ganze Menge. Sowohl die dreißig Kilometer als auch der Fünfzehnhundertmeterlauf. Und vor dem Apparat in der Grillbar des Studentenhauses war es ständig überfüllt. Und aus Gründen, die ich mir nicht erklären konnte, ging ich auch nicht gern dorthin. Es waren zu viele

Studenten. Echte Studenten, mit Studentengesichtern, Studentenkörpern und Studentenkleidung.

Außerdem interessierte sich Sandra nicht im geringsten für die Olympiade, und ich begann mich zu fragen, ob ich irgendwie nicht ganz normal war. Selbstverständlich war vieles an mir nicht ganz normal, aber ich meine, wirklich nicht normal.

Also hörte ich mir meistens am Abend die Resultate im Radio an, und dachte an die Zeiten, als ich mit Notizblock und Kugelschreiber vor dem Radio saß und mir alle Eisschnellläufe anhörte und jede Zwischenzeit und Rundenzeit notierte, die der Reporter ins Mikro keuchte. Das war noch ein Leben damals. Diese Dinge bedeuteten soviel. Jetzt war es beinah so, als verfolgte ich die Winterolympiade nur, damit dies oder jenes mir nicht verlorenginge, dies oder das, für das ich noch Verwendung haben könnte.

»Hör dir ruhig den Eisschnellauf an«, sagte Sandra und tätschelte mir die Nase. »Du brauchst dich doch nicht die ganze Zeit so verdammt zu entschuldigen. Das ist echt vollkommen in Ordnung.«

Ich war mir nicht sicher, ob es so vollkommen in Ordnung war.

»Für so was habe ich wirklich Verständnis. Da gibt es eher andere Dinge, die du mir von dir mal erzählen könntest. Ich finde nämlich nicht, daß wir so sonderlich weitergekommen sind. Es ist mir ein bißchen zuviel dieselbe Show die ganze Zeit. Die meiste Phantasie verwenden wir aufs Vögeln. Da entfalten wir uns allerdings wie die Weltmeister.«

Kalte Schneeluft wehte in meine Seele und ließ sie erschauern.

»Herrje, jetzt sei doch nicht so. Du siehst aus wie ein geprügelter Hund. Wauwauchen. Es ist nicht so schlimm.«

Wir legten uns aneinander auf die Bettdecke, hielten uns fest und sagten nichts. Die stillen Ströme in uns durften ungehindert fließen und sich neue Wege suchen, Aussichten über neue Ebenen und neue Berge am Horizont. Die Stunden vergingen. Wir lagen da.

MUNK GEHT AUF HÜTTENTOUR

Der Frühling war gekommen. Jene Zeit des Jahres, in der die Toten erwachen, ihre Grabsteine mit Wucht zur Seite wälzen, heraussteigen, in die Sonne blinzeln, die steifen Knochen strecken, mit der Südwestbrise über Straßen und Wäldchen schweben, wo gerade die Knospen aufbrechen, über die roten Scheunen und weißen Fahnenstangen, über den Hafen und die Berghänge hinauf, bis sie einen warmen Balkon und einen Schaukelstuhl finden, in dem sie sich niederlassen, mit knöcherner Hand ein Pils öffnen und milden Sinns über Landschaft und Menschen blicken.

Einer der Letztgenannten war Munk. Obwohl seine Wunde ganz verheilt und alles in Ordnung war, humpelte er noch immer und zog den rechten Fuß nach. Alle Welt sollte wissen, daß er ein Märtyrer der Revolution war.

Munks großer Tag war der 1. Mai, aber der 1. Mai war noch nicht in Sicht, und daher konnte man sich zunächst noch andere Dinge einfallen lassen.

»Du kommst mit auf die Hütte«, sagte Munk. »Und Sandra auch.«

Ich stutzte und fragte mich, ob er noch alle Tassen im Schrank hatte. Ich habe häufig Probleme damit, Leute zu durchschauen.

»Ich wußte nicht, daß du eine Hütte hast«, sagte ich.

»Es ist die Hütte meines Onkels. Aber er ist tot, wie die meisten aus meiner Familie, also braucht er auch keine Hütte mehr. Ich habe die Schlüssel, und es ist verdammt noch mal an der Zeit, daß wir Gebrauch davon machen. Ich bringe übrigens auch eine Freundin mit.«

»Eine mit oder ohne Messer?«

»Paß auf dein loses Mundwerk auf. Nichts ist mehr heilig, wie? Aber die Zeiten sind vorbei.«

Munk machte einen besonders auffälligen Humpelschritt, daß der ganze Fuß knatschte.

Keiner wußte, woher Munk so plötzlich diesen Wagen aufgetrieben hatte, doch ich hatte den dringenden Verdacht, daß er ihn im letzten Augenblick vor dem Schredder gerettet hatte. Und warum sollte das Fehlen eines Führerscheins Munk daran hindern, in flottem Tempo die Landstraßen des Westlandes zu befahren?

»Für diesen Lokus können sie überhaupt keinen Führerschein verlangen«, sagte Munk. »Weißt du warum?«

»Nein.«

»Weil niemand auf die Idee käme, dies hier ein Auto zu nennen. Du vielleicht ausgenommen.«

Er meinte mich. Aber ich hörte gar nicht hin.

Die größte Überraschung der ganzen Tour aber war die Dame, die an Munks Seite saß. Ich wußte von ihr nur, daß sie Rebekka hieß. Sie saß ganz ruhig auf dem Beifahrersitz, hatte ein langes, schmales Gesicht, langes schwarzes Haar, einen langen, schmalen Körper, trug einen schwarzen Ledermantel, dunkelblaue Kordhosen und schwarze Stiefel. Ihr Sinn für Farben war, sagen wir, soso. Wenn sie sich etwas genau ansehen wollte, setzte sie eine glänzende Brille auf.

Auf der Rückbank saßen Sandra und ich und befürchteten wie gewöhnlich das Schlimmste. Neben uns auf dem Sitz hatten wir einen Kasten Bier, im Fenster hinter uns stand ein Kasten Bier, und im Kofferraum standen noch drei Kästen Bier. Es sollte jedermann klar sein, um was für eine Tour es sich handelte.

»Sind wir bald da?« fragte ich optimistisch. Sandra lag in meiner Armbeuge und blickte um sich, als überträfe das, was sie gerade erlebte, alles, was sie bisher mitgemacht hatte.

»Noch lange nicht«, brüllte Munk. »Wenn Onkel Munk erst einmal zu einer Tour einlädt, dann bietet er seinen Freunden gern was Richtiges. Was ist eigentlich mit dem Bier da hinten, wollen wir bald mal daran schnuppern? Ich bin nahezu nüchtern, und das ist ein verdammt unangenehmes Gefühl.«

Ich machte vier Flaschen auf und reichte zwei davon nach vorn. Munk bog auf eine Seitenstraße ab, die über eine Brükke führte. Um uns herum ragten schwarze und nasse Felswände auf, die noch nicht ganz mitgekriegt hatten, daß der Frühling gekommen war.

Munk schwang die Flasche und schaltete, schwer zu sagen, in welchen Gang.

»Ich frage mich, wieviel Gänge diese Scheißkiste eigentlich hat«, sagte Munk. »Ich habe das Gefühl, daß ich schon ein paar Dutzend probiert habe.«

Rebekka warf ihm einen kurzen Blick zu und nahm einen langen Schluck aus ihrer Flasche.

Sandra und ich sahen uns an und nickten und kicherten lautlos.

»Ich muß euch übrigens vorwarnen«, sagte Munk und wandte sich zu uns um. »Ich habe gesagt, daß mein Onkel tot ist, aber er hat es noch nicht über sich gebracht, die Situation zu akzeptieren, soviel Illusionen, wie er immer hat. Mit anderen Worten, er geht da oben in der Hütte um. In mondhellen Nächten kommt er raus. Ihr müßt einfach so tun, als würdet ihr ihn nicht sehen, sonst werden wir ihn nie wieder los. Es gibt sympathische Wiedergänger, aber mein Onkel gehört bedauerlicherweise nicht dazu. Zu Lebzeiten war er ein ekelhafter Moralist, der ständig herumlief und die Leute zur Umkehr ermahnte, bevor es zu spät sei. Und die Masche hat er noch immer drauf.«

»Ist das echt wahr?« fragte Sandra.

»Du wirst noch früh genug sehen, daß es wahr ist«, erwiderte Munk.

»Super, echt toll. Kann man mit ihm reden?«

»Dazu würde ich nicht raten«, sagte Munk. »Dann haben wir ihn am Hals. Sieh lieber zu, daß du noch ein Bier intus hast, bevor wir ihn sehen.«

Die Straße wurde schmaler, und der Asphalt ging in Schotter über. Die Birken zu beiden Seiten des Wegs waren voller Knospen, und das Gras war an manchen Stellen grün. Am Himmel hatten Sonne und Wolken abwechselnd die Oberhand.

Munk hielt den Wagen an.

»Der Fahrer muß pissen, stört ihn nicht. Und kommt bloß nicht auf die Idee, mir wegzufahren, dann bringe ich ewige Verdammnis und Aussatz über euch.«

Wir saßen still da und warteten.

»Schick noch zwei Flaschen rüber«, sagte Munk. »Ich spüre, daß meine gute Laune auf dem Weg ist.«

Er gab wieder Gas und nahm gierig die Flasche entgegen, die ich ihm reichte. Fünf Minuten später stoppte er wieder.

»Mit meiner Blase ist was nicht in Ordnung«, sagte er. »Aber keine Panik. Die Verspätung wird sich in Grenzen halten.«

Er war rasch wieder zurück, voller Tatendrang, und bat um eine neue Flasche.

»Ich erinnere mich noch an die Zeit, als ich Abstinenzler war«, sagte er. »Damals war ich Vorsitzender der Christlichen Schuljugend. Ich frage mich manchmal, ob es mir damals nicht besser ging. Was meint ihr dazu?«

Die Frühlingsluft schlich sich durch die offenen Wagenfenster, durch unsere Kleider und sanft an roten und grünen Nervensträngen entlang. Ich hatte das Gefühl, von etwas Feuchtem und Unklarem erfüllt zu sein, schön und traurig zugleich, und rutschte unruhig hin und her. Sandra schien es ebenso zu gehen. Sie kniff mich fest in den Schenkel.

Munk hielt den Wagen an. Einiges von seiner guten Laune schien fortgespült zu sein, und er murmelte mürrisch vor sich hin, als er ausstieg. Diesmal dauerte es länger.

Mißtrauisch betrachtete er die leere Bierflasche, als er wieder einstieg.

»Das ist ein verflucht komisches Bier, von dem man die ganze Zeit pissen muß. Das erinnert mich an eine Episode aus meiner Jugend, kurz nachdem ich als Vorsitzender der Schuljugend geschaßt worden war. Da wollten ich und ein paar Kumpel mit dem Auto von Sogndal nach Oslo, um uns ein Fußballspiel anzusehen. Wir starteten die Reise mit einem Bier in Sogndal, im Sognatun Café, und dann pißten wir ununterbrochen den ganzen Weg von Hafslo bis Lom.«

Der Weg war jetzt nahezu unpassierbar. Die Bäume standen dichter auf beiden Seiten des schmalen und holperigen Schotterwegs, auf dem kaum noch Schotter war. Hier und da lagen mächtige Steine im Weg.

»Was war das für ein Tier?« rief Sandra und zeigte. Ich hatte kein Tier gesehen und mußte raten.

»Ein Hase«, sagte ich.

»Gibt es hier echt Hasen?« fragte Sandra mit großen Augen.

»Plenti«, sagte ich.

»Ihr könnt froh sein, daß wir nicht den Flattermösen begegnen«, sagte Munk.

»Flattermösen?« fragte ich.

»Fledermäuse«, sagte Munk. »Oder Lederflügel. Wir nannten sie immer Flattermösen. Entweder habe ich das Wort erfunden, oder es war jemand anderer. Es wimmelt von Flattermösen oben an der Hütte, das ist einer von ihren Nachteilen. Wenn ich so eine Flattermöse sehe, überkommt mich das Zittern. Es gibt wenig, wovor ich Angst habe, aber da geht die Grenze.«

Wir waren fünfzig Meter von der Hütte entfernt und konnten sie rot und deutlich zwischen dünnen Espen und Birken sehen, als Munk mit einem Ruck stoppte und ein letztes Mal rausmußte. Er war jetzt wütend, fluchte und schimpfte vor sich hin. Rebekka wandte sich um und sah uns zum erstenmal an.

DIE FLATTERMÖSEN GREIFEN AN

»So sieht sie aus«, sagte Munk. »Das Gute an ihr ist, daß sie von innen größer wirkt als von außen.«

Sandra fing an zu lachen.

Munk hob die Nase und schnüffelte. Ein stilles Halbdunkel begann uns in seine Seidenschleier zu hüllen.

»Das gefällt mir nicht«, sagte Munk. »Es riecht nach Flattermösen. Hört ihr das Rauschen in der Luft? Das bedeutet, daß sie uns beobachten und jederzeit angreifen können. Laßt uns zusehen, daß wir ins Haus kommen.«

Wieder sah Rebekka Sandra und mich an, aber es war ihr nicht anzusehen, was sie dachte. Ich hörte wirklich ein Rauschen in der Luft, aber es war das wohlbekannte Rauschen des Frühlings. Hinter ein paar Baumgruppen konnte ich einen kleinen See erkennen. Fisch.

»Da drinnen gibt es einen alten Plattenspieler«, sagte Munk. »Und Kinksplatten. Jetzt werdet ihr froh und erwartungsvoll. Es gab auch ein paar alte Stonesplatten, aber die hat mein Onkel an einem Platz versteckt, wo man sie unmöglich findet. Wahrscheinlich hat er sie mit ins Totenreich genommen.«

Munk schloß auf, und wir trugen das wenige Gepäck, das wir hatten, in die Hütte. Es roch nach Bethaus hier drinnen, eine irgendwie verstaubte Luft aus Religion, Holzbänken, Gesangbüchern und schlechtem Gewissen.

»Tut mir leid, wie es hier riecht«, meinte Munk. »Das wird sich noch geben, hoffe ich.«

Strom gab es nicht, aber reichlich Holz und Kerzen. Das konnte erträglich werden.

»Laßt euch nieder«, sagte Munk väterlich. »Nun, da wir hier versammelt sind, möchte ich euch willkommen heißen, besonders unsere liebe Rebekka, die neu unter uns ist, und den wohlgemeinten Wunsch aussprechen, daß uns Besuche von Flattermösen und meinem alten Onkel erspart bleiben. So laßt uns nun neue Batterien in den Plattenspieler tun und die Kinks spielen.«

Sandra lachte lauthals. Mein Blick fiel auf den Plattenspieler in der Ecke. Es war einer von der Sorte, mit denen man in den frühen sechziger Jahren an den Strand zog und Platten von Pat Boone, Fabian und Cliff spielte.

Munk fummelte ein bißchen daran herum, und dann setzten mit Knistern und Rauschen die Kinks ein und sangen *Waterloo Sunset.*

»Solange wir solche Musik spielen, kommt mein Onkel bestimmt nicht«, sagte Munk. »Die kann er nämlich nicht ab.«

Wir zündeten alle Kerzen an, die wir fanden, und Munk machte Feuer im Kamin. Sandra ging umher, faßte alles an, was ihr ins Auge fiel, und untersuchte es. Ein seltsames Licht brannte in ihren Augen. Rebekka stand am Fenster und sah zum Wasser hinunter. Vielleicht war sie eine von denen, die dem Wasser angehören, und sagte deshalb nichts.

»Jetzt gehen wir eine Runde und sehen uns die Landschaft an, bevor es ganz dunkel wird«, sagte Munk. »Der Kamin brennt jetzt gut und alles.«

»Okay«, sagte ich. »Und du hast keine Angst, daß die Flattermösen uns überraschen?«

Sandra lachte wieder los, und Rebekka sah sie an.

»Wir werden schon durchkommen«, antwortete Munk. »Ich nehme dieses Silberkruzifix hier mit. Es geht ja noch, solange sie außerhalb der Hütte bleiben, aber wenn du sie erst im Bett hast, das ist was ganz anderes. Wenn das passiert, dürfte mein letztes Stündchen geschlagen haben.«

Die Luft war klar und sympathisch. Sandra starrte alle Bäume um uns herum an, und das Licht in ihren Augen wurde immer leuchtender. Manchmal blieb sie stehen und hob einen Stein auf, den sie prüfend betrachtete.

»Mensch, guck mal hier!« sagte sie zu mir.

»Ein Stein«, sagte ich.

Aber sie schien nicht zu hören. Sie steckte den Stein, der für mich grau und gewöhnlich aussah, in die Tasche.

Wir waren zum See hinuntergekommen, dessen winzige Wellen weich an die runden Steine plätscherten.

»Mensch, guck mal da!« sagte Sandra und hob einen Stein auf.

»Ein paar hundert Meter entfernt liegt eine andere Hütte«, sagte Munk. »Die haben ein Boot, das wir klauen können. Angelzeug haben sie auch. Der Schuppen gehört irgendeinem Auswuchs des Bergenser Kapitalismus und steht nur da und lädt dazu ein, gestohlen und niedergebrannt und als Asche übers Wasser verstreut zu werden. Verdammt, bin ich froh, daß diese Pisserei sich gegeben hat. Das hat mich wirklich geschafft.«

Etwas Schwarzes kam aus dem Wipfel der nächsten Espe auf uns heruntergesaust und schoß dicht über Rebekkas Kopf. Munk warf sich auf den Boden und heulte auf.

»Die Flattermösen! Sie greifen an! Zurück in die Hütte, bevor es zu spät ist!«

Und weg war er. Rebekka sah uns an. Dann ging sie langsam zur Hütte hinauf. Sandra und ich blieben stehen.

»Flattermösen«, sagte Sandra. Eigentlich ist das ein echt treffender Name.«

»Ja«, sagte ich.

»Munk ist ja dermaßen verrückt, daß ich fast so was wie Respekt vor ihm bekomme. So Leute haben wir nicht, wo ich herkomme.«

»Ich glaube, eigentlich ist er ganz normal«, sagte ich. »Man muß an seine familiären Verhältnisse denken. Er hat es nicht leicht gehabt.«

»Mit seiner Politik kann er einem ab und zu echt auf die Nerven gehen«, sagte Sandra. »Es ist ja einerseits allright, aber dann irgendwie auch wieder zu allright.«

Wir waren endlich allein mit den kleinen Wellen. Die Luft war noch mild, und wir legten uns auf die Erde.

»Ich habe es noch nie so früh im Jahr im Freien gemacht«, sagte Sandra. Sie fühlte, wie hart ich war. Ich lächelte, aber es war bereits zu dunkel, als daß sie es hätte sehen können.

Im Nu hatten wir die Hosen aus, und ich spürte, wie der leichte Wind mir über den Hintern blies. Es war nicht gerade toll, da zu liegen, aber das machte uns nichts aus. Jetzt waren wir eins mit all dem anderen in diesem Abend, und alles, was mit uns geschah, geschah so, wie die Natur es bestimmt hatte, und das erfüllte uns ganz. Ich entdeckte, daß ich so lange konnte, wie ich wollte, ja, es gab keine Grenzen, und das fand ich phantastisch.

KENNEDY

Munk lag auf der Couch, als wir in die Hütte kamen, und hielt eine Flasche Kognak in der Hand. Er schien sich beruhigt zu haben. Rebekka saß auf einem Stuhl und las in einer alten Zeitung, die aussah, als sei sie genauso alt wie die Kinksplatten.

»Frühjahrsbrünstige Heiden«, sagte Munk. »Ihr konntet wohl nicht an euch halten? Und alles nur, weil ein armer Kommunist Sinn und Verstand verliert, nachdem er aus dem Hinterhalt vom Klassenfeind angegriffen worden ist. Ja ja, ich werde nie aufhören, mich über die Jugend zu wundern. Das fehlte auch noch.«

»Wie geht es dir denn?« fragte Sandra.

»Danke, da du so höflich bist und fragst, muß ich wohl sagen, daß es mir den Umständen entsprechend gut geht. Rebekka da unterhält mich so gut sie kann mit besinnlichem Vorlesen und anderen Dingen. Sie hat mir gerade einen fesselnden Artikel darüber vorgelesen, wie Kennedy die Invasion auf Cuba geplant hat. Ein Satan, dieser Kennedy. Wenn man sich vorstellt, daß alle ihn mal sympathisch fanden.«

»Ich nicht«, sagte Sandra. »Ich finde, er war zu glatt, wenn du mich fragst. Ich glaube, ich war nicht im geringsten traurig, als sie ihn erschossen haben. Meine Mutter glaubte, ich wäre verrückt.«

Ich sagte nichts. Ich war selbst einmal Kennedy-Fan gewesen. Hatte sogar ein Bild von ihm an der Wand.

»Habt ihr schon euer Zimmer gesehen?« fragte Munk. »Ist auch nicht besonders sehenswert. Eine ganz gewöhnliche Schlafkammer mit einem ausrangierten Bett. Ich glaube, man kann da schlafen. In dem Zimmer ist mein Onkel gestorben, aber das soll euch nicht anfechten. Da könnt ihr eure Schweinereien treiben, bis es Tag wird. Aber legt jetzt mal was von den Kinks auf. Laut. Ich kann mich ja selbst denken hören. Aber jetzt werde ich euch verraten, was Rebekka gemacht hat, während ihr da draußen gewütet habt. Sie hat Wasser für Würstchen und Kartoffelmus aufgesetzt. Stimmt's, Rebekka?«

Rebekka fuhr auf und lief in die Küche. Es schien dringend zu sein.

»Ich wette, sie hat das Ganze vergessen«, flüsterte Sandra. »Hoffentlich waren die Würstchen noch nicht drin, sonst sind sie alle geplatzt.«

Wir hörten *Autumn Almanac* zu Ende, und dann kam Rebekka wieder herein. Sie trug ein Tablett, auf dem ein Teller mit dünnen Würstchen und eine Schüssel mit Kartoffelmus standen.

»Das Tagesgericht«, sagte Munk. »Ich werde persönlich den Wein aufmachen, von dessen Existenz keiner von euch etwas geahnt hat.«

Wir saßen im Halbdunkel und kosteten Rebekkas Würstchen. Sie waren ihr gelungen, das Kartoffelmus auch. Aber warum sagte sie nichts? Sie brauchte doch keine Angst vor uns zu haben. Auf jeden Fall nicht vor Sandra und mir, friedlich und harmlos, wie wir waren. Und selbst Munk hatte etwas Ruhiges und Zufriedenes bekommen, das mich an einen großen gelben Teddybär erinnerte, den ich zu meinem dritten Geburtstag bekommen hatte. Ich hatte ihn viele Jahre, aber eines Tages schoß ich ihm mit dem Luftgewehr ein Loch in den Bauch, und die ganzen Sägespäne rieselten heraus. Ich weiß nicht mehr, was er getan hatte, daß ich ihn so strafen mußte. Jedenfalls verschwand er nach diesem Tag mehr oder weniger von der Bildfläche.

»Es ist vielleicht revisionistisch, hier so zu sitzen und es sich gut gehen zu lassen«, sagte Munk, den Mund voller Kartoffelmus, »aber es ist verdammt herrlich. Wer weiß, vielleicht hat es auch bei Kautsky mit Würstchen und Kartoffelmus angefangen.«

Keiner von uns anderen schien zu wissen, wer Kautsky war, und so schwiegen wir.

»Morgen gehen wir fischen«, sagte Munk. »Aber was wir mit dem angebrochenen Abend anfangen sollen, weiß ich nicht, außer eine gewisse Anzahl Weinflaschen zu leeren. Ich könnte euch aus meiner Jugend erzählen, oder Rebekka könnte uns etwas vorlesen. Andere Vorschläge?«

»Wir könnten Karten spielen«, sagte ich. »Ich habe ein Spiel dabei.«

»Wir könnten vielleicht was singen«, sagte Sandra. »Was tun, damit wir fühlen, daß wir zusammen sind, irgendwie.«

»Gute Vorschläge en masse«, strahlte Munk. »Wir machen alles heute abend. Und damit wir in Stimmung sind, wenn wir ins Bett gehen, lese ich am Schluß ein paar Kapitel aus dem Kama Sutra. Und falls ich zu voll bin, wenn es soweit ist, mußt du das übernehmen.«

»Okay«, sagte ich.

Ich warf das Kartenspiel auf den Tisch, und wir spielten Whist. Ich spielte mit Rebekka zusammen, und wir gewannen haushoch.

»Jetzt veranstalten wir ein kleines Fragespiel«, sagte Munk gut gelaunt. »Die erste Frage lautet: Wer spielte Mundharmonika auf der Platte *My Boy Lollipop* mit Millie? Na, wer war es?«

Ich dachte angestrengt nach. Wer konnte das sein?

»Darauf kommt ihr nie. Es war Rod Stewart. Nächste Frage: Wer gehörte zur allerersten Besetzung von John Mayalls Bluesbreakers?

»Eric Clapton«, sagte ich.

»Quatschkopf«, sagte Munk. »Der kam erst 65 dazu, nachdem er bei den Yardbirds ausgestiegen war. Nein, es waren natürlich John McVie am Baß und Bernie Watson an der Gitarre. Aber als sie die erste LP bei Decca einspielten, war Watson draußen und Roger Dean kam rein an der Gitarre und Hughie Flint am Schlagzeug. Das solltet ihr aber verdammt noch mal wissen.«

Rebekka und ich gewannen wieder.

»Dritte Frage: Welche bekannte Person hat ihr Leben lang darauf gebrannt, in die Unterhosen von Joni Mitchell zu kommen?«

»Neil Young«, sagte ich.

»Pah, Neil Young. Die Antwort ist: Ich, Munk.«

Er blickte triumphierend in die Runde. Ich sagte nicht, daß auch ich zuweilen ähnliche Visionen gehabt hatte.

Plötzlich kam eine Kälte über uns. Sie begann fast unmerklich in den Nackenhaaren und wanderte den Rücken hinunter. Eine Ahnung, daß nicht mehr nur wir vier im Raum waren. Wir drehten uns langsam zur Küchentür um. Ein bleicher älterer Mann in schwarzer Kleidung stand da und starrte uns mit großen, rötlichen Augen an. Es schien, als sei der ganze Mann von innen heraus grünlich erleuchtet. Mein Herz schlug schneller, und Sandra schnappte nach Luft. Rebekka sah etwas verwundert aus.

»Pssst«, flüsterte Munk. »Da ist er. Scheiße noch mal. Tut einfach, als ob ihr ihn nicht seht, dann geht er vielleicht wieder.«

Eine hohle Stimme kam von der Türöffnung, eine Stimme, die von moralischer Entrüstung, kalter Grabkammer und den Qualen des Totenreichs bebte.

»Kehrt um!« sagte die Stimme. »Kehrt um, bevor es zu spät ist.«

Wir taten, als hörten wir nichts. Ich bekam einen Stich, und Munk fluchte leise.

»Kehrt um!« wiederholte die Stimme noch lauter.

»Verfluchter Kerl!« zischte Munk zwischen den Zähnen. »Gleich geh ich hin und geb ihm einen Tritt in den Arsch.«

Wir fühlten, daß die Kälte auf dem gleichen Weg von uns wich, den sie gekommen war, und das Licht an der Küchentür erlosch. Der Onkel war fort. Wir atmeten tief durch.

»Ffff«, sagte Munk. »Jetzt lege ich die Kinks auf. Der Mond scheint heute abend, daran liegt es. Würde mich nicht wundern, wenn ihn die Missionsgesellschaft geschickt hätte, die haben nämlich Personalmangel.«

»The taxman's taken all my dough
and left me in my stately home«, knisterten die Kinks.

»Das ist ja nicht zu fassen, wie die hier die Stiche einstreichen«, sagte Munk. »Jetzt spiele ich mal mit Rebekka.«

»Das geht nicht«, sagte ich. »Wir müssen uns an die Regeln halten.«

»Dann verändern wir eben die Regeln ein bißchen, so daß Rebekka und ich zusammen spielen. Vergeßt nicht, daß es meine Hütte ist.«

Ich zuckte die Schultern und blickte hilfesuchend zu Sandra hinüber. Sie lächelte mich an und zuckte auch die Schultern.

»Eine Sache, an die ich mich besonders gut erinnere«, sagte Munk, »war, als ich eines frühen Morgens in London die Beatles traf. Sie saßen im Plattenstudio, als ich vorbeiging, und da riefen sie mich. ›Du Munk‹, sagten sie, ›wir wollen eine Platte rausbringen, aber uns sind die verdammten Ideen ausgegangen. Du hättest wohl keine Lust, uns zu helfen?‹ ›Ich hab gerade im Augenblick alle Hände voll zu tun‹, sagte ich, ›aber wenn ihr wirklich in 'ner Krise steckt, dann helfe ich euch mit ein paar Stücken aus‹.«

Sie fing wieder im Nacken an, die schleichende Kälte. Und das gleiche kalte, grünliche Licht. Da stand er wieder. Munk warf die Karten von sich.

»Kehrt um!« sagte die hohle Grabesstimme. »Kehrt um, bevor es zu spät ist!«

»Jetzt geht er zu weit«, fauchte Munk. »Es gibt Grenzen dafür, wieviel Geduld man sich erlauben darf.«

»Kehrt um!« sagte die Stimme, noch wilder und eindringlicher als vorher. »Kehrt uhum, bevor es zu spähät ist!«

»Halt die Schnauze, Onkel!« brüllte Munk. »Hier ist niemand daran interessiert, sich deine Sprüche anzuhören. Wenn du nicht sofort verschwindest, kriegst du einen Tritt in die Eier!«

»Kehrt um!« dröhnte es durch den Raum.

Munk griff nach einer leeren Weinflasche und schleuderte sie mit aller Kraft nach dem Gespenst. Die Flasche flog durch seine Brust und zersplitterte an der Wand. Ein tiefes Stöhnen ließ uns die Haare zu Berge stehen. Dann war er weg.

»Sieht aus, als sei das die einzige Sprache, die der Teufel versteht«, sagte Munk. »Ich bezweifle, daß er uns heute abend noch weiter belästigt.«

Wir versuchten weiterzuspielen, aber uns war die Lust vergangen. Ich mußte die ganze Zeit an den bleichen, durchsichtigen Mann in der Türöffnung denken, der so dienstbeflissen war, daß er selbst aus dem Totenreich noch weitermachte. Das machte mich unruhig, und ich sah, daß es den anderen nicht besser ging.

»Ich habe die Lust am Spiel verloren«, sagte Munk. »Oder an was anderem. Ich hätte gern ein paar Lieder mit dir gesungen, Sandra, aber das würde jetzt doch nichts Rechtes. Und das Kama Sutra muß auch bis morgen warten.«

Wir standen auf und gingen ins Bett.

EIN GRAUER TAG

Sandra hatte mich viel zu früh geweckt. Es war noch nicht neun. Es sah nach einem grauen, milden Tag aus, und sie hatte Lust, zwischen den Bäumen spazierenzugehen. Von den anderen rührte sich noch keiner, und nur schweren Herzens ließ ich mich darauf ein, mit dem Kaffee zu warten.

»Ich fühle mich so wohl«, sagte Sandra und sog die graue Luft ein.

Also sie fühlte sich wohl. Ich fühlte mich schläfrig und hing schlapp an ihrem Arm.

Ein morgendlicher Igel lief vor uns über den Pfad und verschwand im nassen Gras.

»Wollen wir nachsehen, wo er wohnt?« fragte Sandra.

Aber der Igel war weg. Wahrscheinlich hatte er einen geheimen Eingang.

»Du?« sagte Sandra.

»Mm«, sagte ich.

»Was ist eigentlich mit Rebekka los? Warum sagt sie nichts?«

»Ich weiß nicht«, sagte ich. »Vielleicht hat sie es schwer gehabt.«

»Alle haben es doch schwer gehabt. Aber wir reden trotzdem.«

»Sie kann es so schwer gehabt haben, daß sie ganz verstummt ist.«

»Ich kann auf jeden Fall nicht verstehen, daß sie mit diesem irren Munk zusammen ist.«

Als wir an den See hinunterkamen, hörten wir etwas draußen im Wasser. Wir blieben stehen und starrten nur noch. Rebekka schwamm da draußen. Sie war nackt, und ihr langer Körper glitt elegant durch das graue Wasser. Sie hatte ihr langes schwarzes Haar hochgebunden und mit einer Spange im Nacken festgesteckt. Also doch, sie gehörte dem Wasser an.

»Das muß doch schrecklich kalt sein«, flüsterte Sandra.

»Nicht, wenn du daran gewöhnt bist«, flüsterte ich.

»Ich habe immer davon geträumt, mal einen solchen Körper zu haben«, sagte Sandra.

»Jetzt hör aber auf«, sagte ich.

»Es stimmt aber.«

Rebekka entstieg dem Wasser und sah uns. Sie löste ihr Haar und lächelte. Sie war groß und schön und machte sich nichts daraus, daß wir sie nackt sahen.

»Ist es … kalt?« fragte Sandra.

»Es ist herrlich«, sagte Rebekka. »Wollt ihr auch baden?«

Ich fuhr zusammen, als ich ihre Stimme hörte.

»Ich glaub eher nicht«, sagte Sandra.

Wir konnten einfach nicht aufhören, sie anzusehen. Ihr weißer Körper begann zu verschwinden, zuerst unten und danach oben. Jetzt verbarg er sich in einer Kordhose und einem schwarzen Pullover.

»Ist Munk aufgestanden?« fragte Rebekka.

»Das bezweifle ich sehr«, antwortete ich.

»Er braucht Schlaf«, sagte Rebekka.

»Ja«, sagte ich.

Beim Frühstück war Munk strahlender Laune. Er trank neun Tassen Kaffee und aß acht Scheiben Brot mit Leberpastete, während er französische Kabarettlieder summte und erzählte.

»Ich machte mir lange Gedanken darüber, wie ich um den Militärdienst herumkommen könnte«, sagte er. »Und als ich zur Musterung antrat, hatte ich noch immer keine Idee. Zuerst hatte ich vor, auf den Musterungsbescheid zu antworten, der Betreffende sei leider verschieden, aber das wäre ein wenig zu einfach und meines Genies nicht würdig gewesen. Von mir durfte man Ausgefeilteres erwarten.«

Wir nickten, und Munk goß sich eine neue Tasse Kaffee ein.

»Dann kam die Frage, ob es in meiner engeren Familie Geisteskrankheiten gäbe. Das traf genau ins Schwarze, und ich zählte einen nach dem anderen auf, mich selbst eingeschlossen und vier Personen, die ich erdichtete. Aber ich trat trotzdem zur Musterung an und mußte ein paar schwachsinnige psychologische Tests machen und sorgte dafür, daß der helle Wahnsinn dabei herauskam. Dann saß ich da mit einer Strickmütze, wie Babys sie tragen, und verlangte als einziger, meine Papiere in Nynorsk zu bekommen. Ich hielt sogar eine kleine Ansprache gegen die Riksmålbewegung, die NATO, Das Beste und eine Menge anderes. Aber das Schlimmste bei der Musterung, wißt ihr, was das war?«

Wir schüttelten die Köpfe.

»Das Schlimmste bei der Musterung war, daß wir in ein Glas pissen mußten.«

Munk versah sich mit der letzten Scheibe Brot und belegte sie dick mit fetter Leberpastete.

»Und dann die armen Schweine, die es nicht schafften, etwas zu produzieren. Aber ich hatte natürlich genug. Ich hatte so viel, daß ich vier von diesen armen Teufeln aushelfen konnte, die nichts rauskriegten. Dann ging ich mit meinem vollen Glas hinein zu dem Oberst, der das Ganze unter sich hatte, klatschte das Glas vor ihm auf den Tisch und sagte: ›Herr Oberst, hier ist meine gelbe Pisse. Der gemeine Soldat Munk meldet sich zum Dienst. Er hat jetzt für seinen König und sein Land ins Glas gepißt.‹«

Das Boot war weit auf Land in den Bootsschuppen gezogen worden, und Munk und ich gingen hin, um es rauszuholen und das Angelzeug mitzunehmen.

»Ich habe eine Frage«, sagte ich.

»Das wundert mich nicht«, antwortete Munk.

»Was ist mit Rebekka los?«

»Ist was los mit ihr?«

»Ja, sie sagt so wenig.«

»Ist das nicht ein Segen? Stell dir vor, alle wären so wie du und ließen ununterbrochen die Quasselmühle laufen. Rebekka ist ein prima Mädchen. Sie hat noch nicht einmal versucht, mich mit dem Messer ins Bein zu stechen.«

Wir zogen das Boot. Mit einem scharrenden Geräusch glitt es dem Wasser und der Freiheit entgegen.

»Das geht ja prima«, meinte Munk. »Gleich haben wir dieses arme unterdrückte Ruderboot aus dem ehernen Griff des Monopolkapitalismus befreit.«

»Erst müssen wir dieses Tau losmachen«, sagte ich. »Das dicke Tau des Monopolkapitalismus. Und du mußt einen Zapfen suchen, den wir ins Loch stecken können, sonst besteht die Gefahr, daß der Monopolkapitalismus doch noch den Sieg davonträgt.«

Das Boot schaukelte auf dem Wasser. Es war schwer zu erkennen, wie es über das, was mit ihm geschah, dachte. So am Anfang war es bestimmt ein bißchen ungewohnt.

Das einzige Angelgerät, das wir fanden, war ein altes Ottergerät. Wir würden also mit dem Ottergerät fischen.

»Eigentlich hätten wir auch seinen Kühlschrank plündern sollen«, sagte Munk. »Aber aufgeschoben ist nicht aufgehoben. Holen wir unsere Damen.«

Hinaus auf den See. Ich saß an den Rudern und fühlte, dies

war etwas, das ich meistern konnte. Wir sahen alle vier glücklich aus, Rebekka am allerglücklichsten. Sie saß im Bug und ließ eine Hand ins Wasser hängen. Von beiden Seiten sickerte Wasser ins Boot, aber es war noch nicht so viel, daß es uns Sorgen machte. Wir hatten ja ein Schöpfgefäß.

Munk hatte das Scherbrett des Ottergeräts ausgebracht und es sogar geschafft, daß sich die Schnur nicht in den Haken verhedderte.

»Zwei Dinge fehlen uns«, sagte Sandra.

»Was denn?« fragte ich.

»Eine Ukulele und ein Sonnenschirm.«

»Ihr habt etwas, das noch besser ist«, sagte Munk. »Ihr habt mich.«

»Das ist natürlich wahr«, sagte ich.

»Und wenn ihr ein bißchen Gesang und Unterhaltung wollt, wißt ihr ja, an wen ihr euch wenden könnt.«

»Das wissen wir«, sagte ich. »Aber wir sollten vielleicht die Fische nicht früher als unbedingt nötig erschrecken.«

Rebekka hatte etwas an Land entdeckt. Sie zeigte und lächelte. Ich sah auch, was es war.

»Da steht ein Mann«, sagte Sandra. »Kennt den jemand? Er sieht echt schrecklich aus.«

Der Mann an Land rief etwas, das keiner von uns verstand. Vielleicht verstand Rebekka es, aber sie sagte nichts.

»Oho«, sagte Munk. »Das ist der Monopolkapitalist in höchsteigener Person. Würde mich nicht wundern, wenn er sein Boot zurückhaben will. Er ist gewissenlos genug dafür.«

»Au Scheiße«, sagte Sandra. »Ist das der, dem das Boot gehört?«

»Das Boot gehört dem Volk«, sagte Munk. »Und das Volk hat es jetzt zurückgefordert.«

Er stellte sich im Boot auf und schrie.

»Das Boot des Volkes geht zurück ans Volk! Es lebe die Revolution!«

Ich sah, daß der Mann an Land etwas in der Hand hielt. Etwas Blankes, das er hochhob.

»Ich glaube, er hat ein Gewehr«, sagte ich.

Wir wurden still.

»Ich habe einen Vorschlag«, sagte Rebekka.

Wir fuhren zusammen und starrten sie an.

»Wir versenken das Boot und schwimmen unter Wasser an Land.«

EIN VERSAUTER TAG

Der Monopolkapitalist hatte eines der abstoßendsten Gesichter des Monopolkapitalismus und war nicht zu Verhandlungen bereit. Eigentlich wollte er uns erschießen, aber da er Gesetzlosigkeit nicht akzeptieren konnte, wollte er uns nur der Polizei übergeben.

Stumm und bleich standen wir da. Nur Rebekka wirkte ruhig. Munk sah aus, als überlege er, wie man den Kerl niederschlagen konnte, ohne daß dieser Zeit hatte, vorher zu schießen.

»Wartet hier einen Augenblick«, sagte Rebekka.

Sie ging ruhig zu dem Monopolkapitalisten hinüber und begann mit leiser Stimme, ihm etwas zu sagen. Zuerst wurde sein Gesicht noch dunkler, aber dann schien er unsicher zu werden, und er sah uns der Reihe nach an. Rebekka war einen Kopf größer als er und wirkte unverändert ruhig.

Der Monopolkapitalist zuckte mit einer fetten Schulter und wandte uns den Rücken zu.

»Kommt«, sagte Rebekka.

»Was hast du zu ihm gesagt?« fragte ich, ganz außer mir vor Bewunderung.

»Nichts Besonderes«, sagte Rebekka.

Munk zwinkerte mir zu.

Aber der Tag war versaut, und nichts konnte ihn mehr retten. Er sah jetzt aus wie ein Gummiball, den jemand so lange gegen eine Mauer getreten hat, bis er ein Loch bekommen hatte. Wir wußten nichts Besseres zu tun, als zur Hütte zurückzutrotten. Der Tag sackte in sich zusammen, je mehr die Luft aus ihm entwich.

»Wir müssen es machen wie unsere Vorväter«, sagte Munk. »Essen, trinken und Karten spielen. Dann kommt der Abend, bevor ihr euch verseht.«

WIR FÜHREN EINE DISKUSSION, UND WAGLEN TAUCHT IM LETZTEN AUGENBLICK AUF

»Dies wird nie eine gute Geschichte«, sagte Munk. »Und das ist meine Schuld. Es wird zuviel irrelevanter Kram geredet. Statt dessen hätten wir uns strikt an die Politik halten und konsequent vorgehen sollen, daß die Fetzen nur so geflogen wären.«

»Nimm es nicht so schwer«, sagte ich. »Es kann auch so noch ganz gut werden.«

»Sagst du, der noch nie von etwas gehört hat, das Struktur heißt«, sagte Munk. »Das kommt davon, daß du so viele Vorlesungen geschwänzt hast.«

Ich saß auf dem Bett und Munk auf der Fensterbank. Wir hatten das Fenster geöffnet, und das Radio lief laut. Wir hörten John Peels Programm auf BBC 1, und gerade an diesem Abend hatten wir einen guten Empfang. Munk schlug mit einer Tasse den Takt gegen das Fenster.

»Vielleicht sollte ich wieder anfangen zu spielen«, sagte er. »Ab und zu bereue ich, daß ich damals die Rhythmusgitarre zertrümmert habe. Das zeigt, welch schlechten Einfluß Pete Townshend auf viele junge Menschen mit labilem Seelenleben gehabt hat.«

»Hast du es auf der Bühne gemacht?« fragte ich.

»Selbstverständlich. Die Schlußnummer, die mit Rauch und Feuer und dem verrückten Munk endet, der die Gitarre kurz und klein schlägt und ein wildes Gebrüll ausstößt, während er die skandalösesten Grimassen schneidet. Manchmal denke ich, ich hätte in der Branche bleiben sollen. Daß die Musik mich braucht.«

»Die Politik braucht dich auch«, sagte ich tröstend.

Es klopfte an die Tür.

»Herein«, sagte ich.

Der Hauswirt stand mit seinem dicken Bauch in der Türöffnung. Er blies sich auf und ließ Worte aus seinem Mund entweichen.

»Also so geht das nicht weiter. Das siehst du ja wohl ein.«

»Was geht nicht so weiter?« fragte ich.

»Dieser ewige Lärm hier von morgens bis abends. Keine Sekunde hat man mehr seinen Frieden. Aber jetzt ist Schluß damit. Du fliegst raus. Ich sag es dir jetzt, in einem Monat bist du hier raus.«

»Einen Augenblick mal«, sagte Munk und wedelte mit dem Zeigefinger in Richtung des Hauswirts. »Wer ist diese äußerst unsympathisch aussehende Kreatur in diesem geschmacklosen Hemd?«

»Das ist mein Hauswirt«, sagte ich.

Munk rutschte von der Fensterbank herunter und ging auf den Hauswirt zu, der sich im Zimmer umsah.

»Jetzt macht das Radio aus, damit die Leute hier schlafen können. Ich frage mich, wann du zum letztenmal geputzt hast. Hier ist ja alles voller Staub und Dreck. Das ist ja der reinste Saustall hier. Man sollte es nicht für möglich halten.«

Munk war bei ihm angelangt. Er beugte sich über den Hauswirt und starrte ihm in die Augen.

»Wie kannst du es wagen?« sagte Munk. »Mit welchem Recht erlaubst du dir, du Schwein, auf diese vulgäre Art und Weise hier hereinzuplatzen und einen armen jungen Mann vom Lande aus proletarischem Hause zu erschrecken? Ich seh dir an, daß du ein Emporkömmling bist. Wenn man dir deine fette Zufriedenheit abstreift, bleibt nur Scheiße übrig.«

Der Hauswirt erstarrte, und es zuckte in seinem Arm, als wolle er zuschlagen.

»Schaff auf der Stelle diesen Mann hinaus!« kreischte er mich an. »Raus mit ihm, und zwar sofort, sonst hol ich die Polizei. Der sieht ja aus wie ein Penner.«

»Das mußt du gerade sagen«, fauchte Munk ihn an. »Du fetter Abschaum. Du bist ja der reinste Faschist. Die Gestapo bestand aus Typen wie dir.«

Munk stand schwankend da und geriet in Rage.

»Du repräsentierst alles, was ich hasse und verachte«, schrie er. »Mein ganzes Leben habe ich damit verbracht, Leute wie dich zu bekämpfen. Solche faschistischen, wurmstichigen Arschlöcher. Ich war in Stalingrad dabei, ist dir das klar? Da ist der Faschismus auf den Arsch gefallen. Aber der

Kampf war damit noch nicht zu Ende, das sieht man ja hier so deutlich wie nur was.«

Der Hauswirt war käseweiß geworden und hielt sich krampfhaft am Türrahmen fest. Schaum trat aus seinem Mund.

»Raus!« kreischte er. »Raus, alle beide! Ich rufe die Polizei.«

Ich stand in der Mitte des Zimmers, die Kaffeetasse noch immer in der Hand, und merkte, daß ich nicht ganz Herr der Situation war. Das Ganze war zu einer Angelegenheit zwischen Munk und dem Hauswirt geworden. Ich konnte mich nur wieder hinsetzen und zusehen, wie es weitergehen würde.

»Wenn ich dich nicht so tief verachtete, würde ich dir eins mitten in deine fette, schweinische und stinkende Schnauze geben«, brüllte Munk. »Aber soviel Aufmerksamkeit bist du gar nicht wert. Wenn die Arbeiter hier im Lande die Macht übernehmen, laß ich sie kurzen Prozeß mit dir machen. Und der wird wirklich kurz.«

Der Hauswirt hatte nicht die gleichen Skrupel wie Munk, und Munk taumelte, von einem Schlag auf die Kinnspitze getroffen, zurück. Ich begriff, daß jetzt der Ernstfall eingetreten war. Bis dahin hatte ich das Ganze als eine Art Schmierenkomödie betrachtet. Der Wirt ballte die Fäuste und näherte sich Munk von neuem.

Plötzlich erstarrte er, und es wurde still im Zimmer. Ein unheilvoll drohender Schatten erschien langsam in der Türöffnung.

Da stand Waglen.

Mit orangefarbener Jacke, das Hemd bis auf den Bauch aufgeknöpft, und in seinen braunen Cowboystiefeln. Seine Augen leuchteten bösartig.

»Was zum Teufel geht hier vor?«

Ich blickte von Waglen zu Munk und wieder zurück. Sie musterten sich gegenseitig. Munk massierte sich die Kinnspitze. Ich hatte so meine Bedenken, wie es jetzt weitergehen würde, wenn sich zwei große Geister und Sprachpfleger unter solchen Umständen begegneten. Würde Raum für beide sein? Nun ja, vorläufig war der Hauswirt das Problem. Er sah aus, als sei er unschlüssig, wen er zuerst schlagen sollte.

»Dies ist Per Waglen«, sagte ich. »Alter Schulkamerad. Und das ist Doktor Munk. Und das da ist Herr Olsen, mein Hauswirt. Er ist gekommen, um mich rauszuwerfen.«

Waglen fletschte seine scharfen Eckzähne.

»Das wollen wir doch mal sehen«, sagte er.

»Ganz meine Meinung«, sagte Munk. »Laß ihn in seinem eigenen ranzigen Fett schmoren.«

»Right«, sagte Waglen. »Er sieht aus, als brauchte er ein bißchen orientalische Eiermassage.«

Waglens Lächeln wurde noch bösartiger, und bevor der Hauswirt auch nur den rechten Arm schwingen konnte, hatte Waglen ihn schon von hinten in den Schwitzkasten genommen.

»Ich habe nur mal 'nen Abstecher in die Stadt gemacht«, sagte er zu mir. »Und da hab ich mir gedacht, ich schau mal rein, um zu sehen, ob du immer noch der alte Rotzfleck auf zwei Beinen bist. Und dann soll ich dich von Pils-Ola grüßen. Das Geld ist unterwegs.«

»Danke«, sagte ich. »Freut mich zu hören.«

Munk hatte sich wieder gefangen und nahm die Gelegenheit wahr, dem Hauswirt einen Tritt in den Schritt zu verpassen.

»Der Zorn kommt manchmal vor der Moral«, murmelte er.

»Noch einmal«, sagte Waglen. »Das war verdammt noch mal nicht genug. Ist dieser Kasper auch ein Bonze von der Arbeiterpartei?«

»Arbeiterpartei?« sagte Munk. »Das ist ein verdammter Faschist. Und wählt bestimmt rechts.«

Waglen fletschte von neuem die Zähne.

Der Hauswirt hatte sich nach Munks Tritt wieder erholt und versuchte, sich mit einem heftigen Ruck zu befreien. Aber Waglen ließ nicht locker.

»Weißt du, was wir mit dir machen? Ja, da gibt es verschiedene Möglichkeiten. Den Schwanz abschneiden und einpökeln ist noch das Harmloseste.«

»Polizei!« brüllte der Hauswirt. »Polizei!«

»Halt du ihn mal«, sagte Waglen zu Munk. »Er fängt an, mir auf die Nerven zu gehen. Ich werde so schnell nervös und kriege Migräne und so.«

Er ließ plötzlich los, der Hauswirt stolperte vornüber, und Munk sprang ihm auf den Rücken. Waglen tanzte vor ihm und landete einen Schlag. Der traf, wo er treffen sollte, und der Hauswirt torkelte rückwärts, immer noch mit Munk auf dem Rücken. Waglen schlug noch einmal, im selben Moment, in dem Munk absprang, und der Hauswirt taumelte rückwärts gegen die Wand, knallte mit dem Hinterkopf an das Bücherregal und sank zu Boden. Da lag er, ein starkes und treffendes Symbol für den Sieg des Guten über das Böse.

»Ein triumphaler Sieg für das Volk!« jubelte Munk und klatschte sich auf die Schenkel. »Der Sozialismus ist mehrere große Schritte vorangekommen!«

»Sozialismus?« sagte Waglen. »Ich glaube, davon hab ich schon mal was gehört. Aber ich finde, jetzt haben wir uns was zu trinken verdient. Ist Kaffee in der Kanne da?«

»Warte ein wenig«, sagte Munk. »Laßt uns erst auf die Knie fallen und unserem Schöpfer danken, der uns von dieser zehnten Landplage befreit hat, diesem Ferkel im Schweinepelz.«

»Ich weiß nicht recht«, sagte Waglen. »Ich hab eher Durst. Aber keiner hindert dich, wenn dir danach ist. Wir sind ja alle Menschen.«

Ich setzte frischen Kaffee auf und wusch die Tassen ab. Ich war noch immer ganz zittrig. Und was sollten wir jetzt mit ihm machen? Uns dreien blühten jetzt wohl Zuchthaus und Spaziergänge in Ketten, lebt wohl, Liebe und Musik.

»Was machen wir mit ihm?« fragte ich.

»Ich hab 'ne verdammt gute Idee«, sagte Waglen. »Wir legen ihn in ein Schwefelsäurebad. Dann wollen wir mal sehen, ob er nachher immer noch so'ne große Klappe hat.«

»Wir lassen ihn da liegen und verfaulen«, schlug Munk vor. »Wir ignorieren ihn. Ich glaube, er wird in Zukunft vorsichtiger sein und sich überlegen, was er tut. Mach das Radio wieder richtig an.«

»John Peel?« fragte Waglen.

»Ja«, sagte ich. »Das ist die letzte LP von Scrotum Hoseah Dirtbag.«

Durchs Fenster konnte ich sehen, daß der Mond aufgegangen war, er wiegte sich wie ein Schaukelpferd.

»Tja«, sagte Waglen. »Ich wollte nur mal reinsehen, weil ich sowieso in der Stadt war. Wenn du morgen Zeit hast, können wir ja ein bißchen quatschen. Aber nicht in der Kaffeestube.«

»Ja«, sagte ich.

»Dann wünsch ich gute Nacht allerseits.«

»Ich bin erfreut, die Bekanntschaft eines guten Mannes gemacht zu haben«, sagte Munk.

»Yes«, sagte Waglen.

Munk und ich blieben noch eine Weile im Mondlicht sitzen. Ein Licht, das zu uns paßte.

»Komm«, sagte Munk. »Wir schaffen ihn in sein Bett. Oder besser noch unter das Bett. Wenn wir Glück haben, glaubt er morgen, daß er alles nur geträumt hat.«

WAGLENS ENGEL

Waglen wohnte im Hotel Wald, wie man sich denken konnte. Er ging im Zimmer auf und ab, als ich hereinkam, und war nicht allein. Zwei lederbekleidete Typen mit langen fettigen Haaren und dunklen Brillen saßen auf dem Fensterbrett und rauchten. Offensichtlich waren sie die Besitzer der Motorräder, die vor dem Haus standen.

»Da bist du ja, du Schnapsschisser«, sagte Waglen. »Wie steht es um den fetten Faschisten? Hast du ihm die Rübe abgeschnitten?«

»Ich hab ihn ins Klo gesteckt und runtergespült«, sagte ich.

»Ich könnte mir in den Arsch beißen vor Ärger, daß wir ihn nicht erschossen haben«, sagte Waglen. »Wo wir die Chance hatten, mal was Großes zu vollbringen. Wir rotbäckigen und kurzpimmeligen Burschen vom Lande haben nicht jeden Tag so eine Chance. Und nachher hätten wir zum Erving gehen und Volkstanz aufführen können!«

»Vielleicht solltest du uns mal vorstellen«, sagte ich und zeigte auf die beiden Typen im Fenster.

»Das sind prima Kerle«, sagte Waglen. »Meine Kumpel. Ronny und Gogge. Sie laufen unter dem Namen Waglens Angels. Wir haben gewisse gemeinsame Pläne. Wir denken an eine Art modernen Engelsgesang. Hier, guck dir das mal an, der du dir in die Hose machst, wenn du nur den Korken einer Schnapsflasche siehst.«

»Tu ich nicht«, sagte ich.

Waglen zog einen schwarzen Koffer unter dem Bett hervor und öffnete ihn.

Ich war nicht so geschockt, wie ich hätte sein sollen. Ronny und Gogge hatten meine Gedanken schon in gewisse Bahnen gelenkt.

In dem Koffer lagen drei Revolver und vier große Messer, dazu einiges an Munition.

»Warst du es nicht, der damals von Bill und Ben geredet hat?« sagte Waglen. »Jetzt wollen wir mal sehen, ob du den Absprung von den Vangsburschen wagst.«

Ronny und Gogge fingen an zu kichern.

»Vangsburschen«, kicherte Ronny.

»Hihihi«, kicherte Gogge.

»Die beiden haben die Sachen beschafft«, sagte Waglen. »Ein kleiner Bruch am rechten Ort. So was hält die Seele jung und den Arzt fern.«

Er fletschte die Zähne und sah zufrieden aus. Er hatte sich bestimmt schon vorbereitet.

Ich fühlte, daß Waglen in diesem Film allein weiterspielen mußte. Es war vielleicht nicht ganz richtig, ihn so im Stich zu lassen, aber für solche Rollen war ich nicht ausgebildet. Sie mußten einen anderen finden, wenn sie noch einen brauchten.

»Bill und Ben?« fragte Waglen.

Zwei hagere Männer, die über die Prärie reiten. Die Berge sind golden und rot. Plötzlich knallt es, beide fallen von den Pferden, und eine Staubwolke steigt zum Himmel.

»Es ging am Ende nicht gut aus mit Bill und Ben«, sagte ich und machte den Koffer wieder zu. »Die Vangsburschen dagegen …«

»See you around«, sagte Waglen.

»Yeah«, sagte ich.

1. MAI I

Unterwegs zur Sitzung des Zentralkomitees, 30. April, nachmittags, Wetter leicht bewölkt. Der Park und der See lagen da und träumten. Wahrscheinlich von einer Zeit nach dieser. Einer Zeit, in der es Parks und Teichen besser gehen würde als heute.

Nur drei Mann waren noch übrig von dem Zentralkomitee, das ich vom Herbst her in Erinnerung hatte. Als sie uns sahen, begannen sie zu grinsen.

»Seht mal da«, riefen sie. »Da kommt Munk, der König der Affen.«

Munk winkte überlegen, als bitte er sie, sich ein paar Grad abzukühlen.

Das Zentralkomitee klirrte mit seinen Plastiktüten und machte ein paar Flaschen auf. Munk griff nach einer.

»Genossen«, sagte er. »Wo sind die anderen?«

»Wer denn?«

»Der Rest von euch.«

»Nu mach ma halblang, Munk. 'S is doch Frühling, verdammt. Glaubs du, die wolln hier auf 'm Arsch sitzen un drauf warten, daß dä große Munk vorbeikommt mit eim Gotteswort für se? Die ham 'n Abflug gemacht, Mann. Gibt ja auch woanders in Norwegen Bänke.«

»Es schmerzt mich, dies zu hören«, sagte Munk. »Wißt ihr, was morgen für ein Tag ist?«

»Morgen is woll Freitag, eh.«

»Ja, aber das Datum.«

»Is woll was mit April.«

»Es ist schlimmer, als ich befürchtet hatte«, sagte Munk finster. »Habt ihr alles vergessen? Seid ihr vollkommen abtrünnig und eine Versammlung verstockter Renegaten geworden? Was ist los mit euch, zum Teufel?«

Die drei blickten sich träge und ruhig an.

»Renegaten? Du bis doch 'n Renegat, verdünnisierst dich 'n ganzen Winter und machs'n dicken Macker, weil de 'ne Bude has. Du bis ja 'n Saisonkommunist. Wir, die hier sitzen, wir ham die ganze Verantwortung auf'n Schultern.«

Die beiden anderen fanden, das habe er gut gesagt. Sie lachten roh.

»Prost, Fransen, du bis echt gut.«

»Ich bin Theoretiker, verflucht noch mal«, sagte Munk. »Wie glaubt ihr, würde das gehen, wenn ihr keinen hättet, der für euch denkt? Ich bin der einzige Intellektuelle hier. Ich trage eine schwere Verantwortung.«

Der kleinste von der Kerlen sah mich an. Ich wurde unruhig.

»Du«, sagte er. »Mich bedienen se nich mehr im Pol. Kanns du mir vielleich was kaufen? Ich brauch drei Flaschen Koskenkorva. Denkste dran? Du krichs die Kohle, wenn du wiederkomms.«

»Jetzt wird hier noch kein Schnaps gekauft«, sagte Munk. »Laßt uns erst einmal wiederholen, was der Kommunismus ist. Es sieht so aus, als wäre das verdammt nötig. Nun, was ist der Kommunismus?«

»Kommunismus is Aufschnitt auf'm Brot«, sagte der eine.

»Billiger Schnaps im Pol«, sagte der andere.

»Das sind willige und geile Weiber«, sagte der dritte.

Rohes Gelächter von allen.

»Das is'n ewiges Fest«, sagte der erste.

»Das is Besäufnis un Remmidemmi«, sagte der zweite.

»Das is, wenn Brann den Pott gewinnt«, sagte der dritte.

Munk betrachtete sie finster und schüttelte den Kopf.

»Wenn ich es nicht besser wüßte, würde ich sagen, daß ihr verfluchte Kleinbürger seid. Macht mal Platz hier, und packt das Bier weg. Jetzt wiederholen wir ein paar Dinge. Morgen ist der 1. Mai, und wir marschieren mit. Setz du dich auch. Dir kann es auch nicht schaden zu hören, was ich jetzt sage.«

1. MAI II

Der 1. Mai wurde vielleicht doch nicht das ganz große Erlebnis, trotz des schönen Wetters. Ich ging ungefähr in der Mitte des Demonstrationszugs der studentischen 1. Mai-Front unter der Parole Nieder mit der Juntaherrschaft in Chile. Nachdem Else mit mir Schluß gemacht hatte, hatte ich Lateinamerika beinahe vergessen, und wollte deshalb versuchen, dem schlechten Gewissen, das mich sofort befiel, abzuhelfen. Sandra ging neben mir und schien gut drauf zu sein. Sie hatte sich gerade einen neuen Pullover gestrickt. Er war dunkelgrau, mit einem Halbmond und einem weißen Pferd. Ich merkte, wie stolz ich auf sie war. Stolz darauf, daß sie Pullover trug, wie sie sonst niemand hatte, stolz darauf, daß sie mit mir zusammensein wollte. Es überkam mich so stark, daß ich heftig die Arme um sie schlang. Sie erwiderte meine Umarmung, und wir blieben stehen und küßten uns nach Strich und Faden, so daß die Leute auf beiden Seiten um uns herumgehen mußten. Auf dem Bürgersteig begannen die Leute zu klatschen. Wir waren die Stars der 1. Mai-Demo. Wir küßten uns, um die Junta in Chile zu stürzen. Als wir uns ansahen, waren wir ganz hinten im Zug gelandet, unter der Parole: Bessere Möglichkeiten für die Jugend. Wir fanden, wir hatten der Jugend die beste aller Möglichkeiten gezeigt.

Unmittelbar vor uns ging Munk, mit Rebekka am Arm. Sie drehte sich einmal um und winkte uns zu. Rebekka, ja.

Das Zentralkomitee dagegen war nirgendwo zu sehen, und das war wohl der Grund, warum Munk so sauer aussah. Aber als wir aus der Olav Kyrres gate in Vaskerelven einbogen, standen sie da, alle drei. Sie teilten sich eine Plastiktüte und winkten damit vor den Leuten.

»Hier is dä Kommunismus«, riefen sie. »Wir brauchen nich inne Demo zu gehen, wir ham den Kommunismus hier inne Tüte. Guckt mal, wie er sich bewegt.«

Als sie Munk erblickten, fingen sie an zu lachen. Der eine schlug sich an die Brust und rief: »Me Tarzan, you Munk.«

Daraufhin lachten sie noch lauter und begannen im Chor zu singen:

Oh Munk, willst du wandern die Straße des Lebens,
mit der großen Dame an deiner Seite …

»Verfluchte Renegaten!« brüllte Munk. »Das wird Säuberungen geben, darauf könnt ihr Gift nehmen.«

»Ich komme mir vor, als würde ich schweben«, sagte Sandra. »Ein irres Gefühl.«

»Mir geht es genauso«, sagte ich. »Als wäre alles möglich.«

»Als ob wir nie sterben würden«, sagte Sandra.

»Das werden wir auch nicht«, sagte ich.

WE'VE BEEN HAVING FUN ALL SUMMER LONG

»Ich bin der Eingang in die Stadt der Schmerzen, ich bin der Eingang in das ewige Leid, ich bin der Eingang zum verlornen Volk. (...) Tu, der du eintrittst, alle Hoffnung ab.«

Um der Wahrheit die Ehre zu geben, dies ist die Inschrift über dem Höllentor bei Dante, und nicht über dem Tor der Hansa-Brauerei, durch das ich jetzt eintrat. Der Pförtner schickte mich zum Transportleiter hinunter, der einen Namen hatte, den ich nicht verstand. Mit mir ging eine Gang anderer Idioten, die wie ich grüne Jogginganzüge trugen.

Der Transportleiter stand da und machte Notizen. Die Fahrer kamen herein und warteten. Jeder von ihnen bekam seine Papiere ausgehändigt und ging wieder. Dann waren wir Idioten in grünen Jogginganzügen an der Reihe.

»Du fährst mit Nielsen«, sagte der Transportleiter zu einem von uns. »Und du fährst mit Thuen.« Die beiden sahen sich unsicher an und verschwanden.

»Du fährst mit Thorvaldsen«, sagte der Transportleiter zu mir.

»Entschuldige, aber du kannst mir nicht sagen, wer das ist?«

»Du siehst ihn da draußen. Tuft? Du fährst mit Eitungjerdet.«

Ich sah einen großen, blonden Mann mit Brille und sehr moderater Afrofrisur. Er hatte die graue Hansa-Jacke an und zurrte gerade die Persenning an seinem Wagen fest.

»Fährst du bei mir mit? Fertig geladen ist er, also können wir gleich in die Kantine raufzockeln.«

Wir zockelten rauf in die Kantine, wo eine ganze Reihe von Fahrern saß und Kaffee trank.

»Hier gibt's billiges Essen«, sagte Thorvaldsen. »Die Gutscheine dafür kaufst du an der Kasse. Limo gibt's gratis, soviel du willst.«

Ich dachte, es könnte unhöflich wirken, die Limo nicht zu probieren, nahm einen Pappbecher und drückte auf: Mischung aus Cola und Zitrone.

»Bist du fertig?« sagte er.

»Ja.«

»Ich hoffe, du weißt, wie das hier läuft?«

»Ich weiß gar nichts«, sagte ich.

»Dann mußt du'n Student sein. Aber das bringen wir dir schon bei. Laß mich nur erst meinen Kaffee trinken, einverstanden?«

»Ja«, sagte ich. »Ich habe keine Eile.«

»Keine Eile? Was'n das für 'ne Einstellung? Komm, zockeln wir los.«

Wir fuhren mit dem Aufzug nach unten und stiegen in den Wagen.

»Kannste fahren?« fragte Thorvaldsen.

Ich schüttelte den Kopf.

»Scheiße, und ich dachte, du könntest mich mal 'n bißchen ablösen. Was sind 'n das für Analphabeten, die sie uns da schicken?«

Ich lächelte entschuldigend. Er knallte mir die Papiere in den Schoß.

»Hier is die Liste. Liegt alles in der richtigen Reihenfolge. Du brauchst nur aufzupassen, wieviel von jedem sie kriegen, und dann zählste die Leergutkisten. Heute kriegen wir verdammt viel Leergut.«

Wir segelten flott durch das Hansa-Portal hinaus und den Kalfarveien hinunter. Es war noch nicht acht, aber die Sonne wusch schon die Dachziegel und verkündete, daß der Sommer gleich um die Ecke war.

Ich spürte einen beißenden Stich in meiner schwarzen Seele. Sandra. Sie war ins Ostland gefahren, während ich hier arbeiten wollte. Einen Monat sollten wir voneinander getrennt sein, um Geld für unsere Reise zu verdienen. Einen Monat. Dreißig Tage. Siebenhundertzwanzig Stunden. Und dann noch die Minuten und die Sekunden. Das würde einiges Malnehmen mit sechzig geben.

Ich dachte auch an die Zwischenprüfung, die ich hätte machen sollen, aber aufgeschoben hatte. So mußte ich statt dessen die Nebenfachprüfung im Herbst machen. Ich gelobte mir selbst, wie ein Tier zu pauken, wenn der Sommer vorbei war.

Ein Typ mit schulterlangem Haar, Stirnband und flatternden Hemdschößen ging vor uns auf dem einen Bürgersteig. Er nickte bei jedem Schritt mit dem Kopf.

»Oh verdammt«, sagte Thorvaldsen. »Guck dir den Scheiß-Hippie an. Soll'n wir ihn auf die Stoßstange nehmen?«

Ich grinste.

»Live and let live«, sagte ich.

»Was haste gesagt? Live and let live? Das is aber 'n verdammt schlechtes Motto. Du hast echt noch 'ne Menge zu lernen, du.«

Die Sommerbäume strichen an unseren Seiten entlang und ließen uns ruhig, nachdenklich und ernst wirken. Der Sommer würde bald beginnen, und wir hatten sicher beide Lust, anderswo zu sein.

»On the road«, sagte Thorvaldsen und grinste mich an.

»Ja«, sagte ich. Wie gesagt, habe ich Kerouac nicht gelesen und nahm alles ohne Hintergedanken auf.

»Wo geht die Fahrt denn hin?«

»Das ist nicht leicht zu sagen«, gab ich zurück.

»Nich leicht zu sagen? Was zum Teufel meinste damit, Junge? Glaubste, daß wir auf die Art bei Hansa bisnis treiben? Wo bis du denn inne Schule gegangen?«

Zwei große Flaschen Pils standen schwankend auf dem Boden zwischen Thorvaldsen und mir. Sie schlugen jedesmal aneinander, wenn Thorvaldsen bremste. Es sah aus, als übten sie eine Szene aus irgendeinem Dick-und-Doof-Film ein. Es würde noch damit enden, daß sie wirklich umfielen, und Dick würde fuchsteufelswild werden und Doof eins auf den Schädel geben.

Thorvaldsen pfiff.

»Gib mir die Listen, du Pflaume«, sagte er.

Er überflog sie pfeifend.

»Soso«, sagte er. »Das sieht ja verdammt bescheuert aus. Hast du hier was dran verändert?«

Ich schüttelte den Kopf. Sah ich so aus? Sollte dieser erste Tag an einem neuen Arbeitsplatz damit vergehen, daß ich ungerechte Anschuldigungen und Gemeinheiten über mich ergehen lassen mußte?

Wir fuhren vorbei an alten weißen Häusern in Gärten, und alten Häusern ohne Gärten, an Häusern, in denen dicke Frauen im Fenster standen und mit dicken Frauen im Fenster auf der anderen Straßenseite redeten, vorbei an einem Haus, in dem ein alter Mann seinen Pißpott aus dem Fenster auf den Bürgersteig leerte, und vorbei an einer Masse kleiner Läden, die noch nicht geöffnet waren, wir fuhren an Leuten vorbei, die auf dem Weg ins Büro waren, vorbei an Tauben und Krähen, Hunden und Katzen und sogar an ein paar Mädchen in engen Jeans.

Ja ja, dachte ich.

Wir hielten vor einem Kolonialwarenladen an der Ecke zweier seltsamer, enger Straßen. Ich meinte zwar, die Stadt zu kennen, aber in dieser Gegend war ich noch nie gewesen.

»Was ist das für ein Laden?« fragte ich.

»Kann dir doch wurscht sein. Mach schon mal die Plane los, ich geh solange und seh nach, ob der Sack da is. Und guck auf die Liste, was er kriegen soll.«

Ich zog lustlos an den dicken, grünen Tauenden, und die Knoten gingen wie durch ein Wunder auf. Ich dachte wieder an Sandra. Ich mußte aufhören, an sie zu denken, aber wie bekam ich das hin?

Thorvaldsen kam pfeifend wieder raus.

»Haste noch nich angefangen abzuladen?«

»Du hast nichts davon gesagt, daß ich anfangen sollte.«

»Ach du grüne Neune, sind wir denn hier im Kindergarten? Muß ich dir alles buchstabieren? Und vielleicht noch mit aufs Klo gehn? Was kriegt der denn? Vier Pils, zwei Zitrone, ein Soda, drei Apfelsine. Was für ein Idiot. Und bloß vier Pils. Nimm erst die Karre runter. Die liegt ganz hinten. Wo hinten is, weißte?«

Ich hob die Persenning an und zerrte die Karre los. Thorvaldsen hatte inzwischen die Persenning zurückgeschlagen, stand auf der Seitenklappe und wühlte zwischen den Kästen.

»Drei Pils, und da ham wir 'ne Apfelsine. Hier, nimm mal an un tu sie auf de Karre. Zehn Kästen zusamm?«

Ich nahm den nächsten an. Die Kästen waren schwer, was mir gar nicht gefiel.

»Du fährs erst sechs rein, un dann bringtse das Leergut wieder mit.«

Im Laden stand ein Mann im Lagerkittel und zeigte, wohin er die Kästen haben wollte. Ich kippte die Karre vor und schob die Kästen herunter.

»Die Zitrone soll dahin.«

»In Ordnung«, sagte ich. Geduldig brachte ich die Zitrone in eine andere Ecke.

Die Kästen mit dem Leergut standen in Stapeln zu zwölf aufeinander. Ich setzte die Karre darunter an und bekam den ganzen schwankenden Stapel mit.

»Die kriegst du nicht durch die Tür«, sagte der Mann im Lagerkittel. »Du mußt die obersten runternehmen.«

Ich ruckte die wackelige Last (jetzt minus vier Kästen) über die Türschwelle und zum Wagen, wo Thorvaldsen die restlichen Kästen aufgestapelt hatte.

»Was is'n das zum Teufel? Wieviel Leergut hat der denn?«

»Ne ganze Masse«, sagte ich. Ich schwitzte schon. Ich arbeitete wirklich. Zum erstenmal seit dem Heringsöl.

»Sag ihm, daß wir nich mehr Kästen mitnehmen können, als er kriegt. Wir ham doch verdammich kein Platz. Was denkt der sich?«

Ich fuhr die letzten vier Kästen hinein.

»Wir können nicht mehr als zehn Kästen Leergut mitnehmen«, sagte ich.

»Zehn Kästen?« sagte der Mann im Lagerkittel. Er wollte sich vergewissern, ob er richtig gehört hatte. »Was ist denn das für'n Quatsch? Wir haben keinen Platz im Lager. Überall Leergut. Du mußt auf jeden Fall eine Reihe mitnehmen. Zwölf Kästen sind das Mindeste. Und den Rest müßt ihr nächstes Mal mitnehmen. Wahrscheinlich schon morgen.«

»Ich weiß nicht«, sagte ich.

Thorvaldsen fluchte und schimpfte.

»Hab ich gesagt, daß ich soviel haben will?«

»Mit dem ist nicht zu reden«, sagte ich. »Zwölf Kästen waren das Mindeste.«

Thorvaldsen fluchte weiter und knallte das Leergut auf die Ladefläche. Irgendwie bekam er alles verstaut. Er kannte wohl einen Trick. Dann klappte er die Persenning wieder zurück und zog die Taue stramm.

»Setz dich schon rein«, sagte er. »Ich quittier dem Vogel nur noch. Zwölf Kästen, so ein Schweinehund.«

Thorvaldsen schüttelte immer noch den Kopf, als er wieder herauskam. Ich betrachtete seine Jacke, als wir weiterfuhren. Es ging ein Stück aus der Stadt hinaus. Ich mochte die graue Jacke mit dem Hansazeichen. Ich wünschte, ich hätte selbst so eine.

»Ich mag deine Jacke«, sagte ich.

Thorvaldsen sah mich hinter seinen Brillengläsern mit großen Augen an.

»Das is das Schönste, was mir jemand in meinem ganzen sündigen Leben gesagt hat. Jetzt komm ich mir fast wie ein richtiger Mensch vor.«

Als der Feierabend kam, war ich kaputt und fühlte mich allein in der Welt. Sandra war weg.

Von meinem Hauswirt hatte ich seit jenem großen Abend nichts gesehen, aber ich hörte ihn ab und zu, also nahm ich an, daß er noch existierte. Auf jeden Fall hatte ich vor, mir zum Herbst eine neue Bude zu besorgen. Am besten wäre es wohl, etwas mit Sandra zu suchen, wo wir gemeinsam wohnen und eine Katze haben konnten.

Ich versuchte mir vorzustellen, wie Sandra und ich in ein paar Jahren leben würden. Wir würden feste Stellungen haben, in einem Reihenhaus wohnen, große und volle Bücherregale, Stereoanlage und ein weiches Ledersofa! Sandra würde von ihrem Handwerk leben, und ich…

Ich versuchte, mir uns beide vorzustellen, als ich da auf der Bettkante saß, aber ich sah nichts.

Am nächsten Morgen regnete es, einfach nur gänzlich unangebracht, und ich war sauer, als ich im vollen Natlandsbus hinauf zur Hansa-Brauerei saß.

Thorvaldsen war mindestens ebenso sauer wie ich und ging auf dem Weg in die Kantine zwei Schritte vor mir. Heute tranken wir beide Kaffee.

»Richtig gemütlich, bei so einem Wetter zu arbeiten«, sagte er. »Und wir solln auch noch teuflisch weit raus aufs Land, zwischen die Hügel, Berge und Stallmägde auf dem Vikafjell.«

Ich nickte finster und schwer, mein Kopf hing auf halb acht.

»Wie lange sollst du hier arbeiten?« fragte Thorvaldsen.

»Sie haben mir den Job für den ganzen Mai zugesagt.«

»Klar, jetzt is ja am meisten los. Ich wollt, das könnt ich auch, bis Ende Mai arbeiten und mir dann was anderes suchen. Zockeln wir los?«

Wir zockelten los. Ich versuchte mir vorzustellen, daß der Regen, der gegen die Frontscheibe klatschte, uns etwas erzählen wollte. Eine Geschichte über seine Kindheit. Aber das war eine entsetzlich triste Geschichte. Daß es überhaupt möglich war, eine so triste Kindheit durchlebt zu haben, war kaum zu glauben.

»Ich kann mir nich helfen«, sagte Thorvaldsen, »aber ich freu mich auf Weihnachten. Und du?«

Ich grunzte, daß ich seiner Meinung sei. Ich hatte herausgefunden, daß wir gegen vieles anzukämpfen hatten, Thorvaldsen und ich. Regen und alles mögliche. Aber wir würden nicht klein beigeben. Er war Don Quichotte, und ich sein Sancho Pansa, und jetzt mußten wir hinaus ins feindliche Leben mit Getränken zu Leuten, die sie brauchten. Aber so etwas konnte ich Thorvaldsen nicht erzählen.

Wir fuhren über eine Brücke, und das war das Signal. Die Häuser verschwanden hinter uns im Regen, wir waren auf dem Land. Alles war naß und aufgeweicht und mußte gut ausgewrungen werden, bevor es wieder zu etwas zu gebrauchen war.

»Haste gesehn, was da auf dem Schild stand?« fragte Thorvaldsen.

»Nein«, sagte ich. Ich hatte nicht einmal ein Schild gesehen.

»Ich glaub, wir sind falsch hier«, sagte Thorvaldsen.

Ich war drauf und dran zu fragen, ob das was ausmachte, hielt aber die Klappe. Thorvaldsen bog auf eine Seitenstraße ab.

»Man muß sich vorwärtstasten, wie der Blinde mit dem Krückstock.«

Plötzlich tauchte ein Mann aus dem Regen auf. (Ich weiß nicht, ob er das mit dem Vorwärtstasten gesagt hatte, aber ich schließe es nicht aus.) Er sah aus, als sei er sein ganzes Leben durch den Regen gewandert und habe noch nie etwas anderes gesehen.

Thorvaldsen kurbelte das Fenster herunter.

»Weißt du, ob es hier in der Nähe eine Schule oder so was gibt?«

Der Mann drehte sich um und zeigte. Ich hörte, wie es in ihm gluckerte. Als käme das Wasser aus seinem Inneren.

Thorvaldsen fuhr langsam eine Anhöhe hinauf, und da lag eine Landschule von der alten Sorte. Ich kenne sie, denn ich bin selbst auf eine gegangen, war auf dem Klohäuschen pinkeln und habe die Schneidezähne ausgeschlagen bekommen.

Wir hielten, und Thorvaldsen hupte. Kleine, freche Gesichter tauchten in den Fenstern auf, Hände zeigten. Einen Augenblick später flog die Tür auf, und sie kamen in den Regen herausgeströmt. Sie wollten Limokästen tragen.

»Hier is die Liste«, sagte Thorvaldsen. »Du mußt raus und aufmachen und gucken, was sie kriegen.«

Ich schlug den Kragen hoch, was wenig nützte, denn sogleich ergoß sich ein ganzer Regenschwall über mich.

»Is das unsere Limo?« schrien die Kinder. »Wir wolln tragen!«

»Das soll euch unbedingt erlaubt sein«, sagte ich. »Keine Seele wird euch hindern, so wahr ich hier stehe.«

Ich kletterte auf die Ladefläche und reichte die Kästen hinunter. Die Schüler schubsten sich gegenseitig in den Matsch, um zuerst tragen zu dürfen. Eine blonde Frau, die ich nicht ungern selbst als Lehrerin gehabt hätte, kam mit einem hellblauen Schirm auf den Schulhof.

»Nun seid aber vorsichtig beim Tragen.«

»Jaaaa!« heulten die Kinder.

»Das ist für die Abschlußfeier«, rief sie mir zu.

»Aha! rief ich. Ich versuchte die Kästen so männlich und elegant wie möglich hinunterzureichen und stellte mir vor, daß es gefüllte Champagnergläser wären, die ich darreichte. Ich bekam ein richtig gutes Gefühl, als gehörte ich einer großen Familie an. Der Regenfamilie. Das Beste, was die ganze Familie sich vorstellen konnte, war Limo von Hansa.

Die letzten Kästen waren hineingetragen, und ich sagte Thorvaldsen Bescheid. Er saß gut und trocken und grinste.

»Hast dich ja mächtig aufgespielt vor der Dame. Aber jetzt geh ich rein zum Quittieren.«

Er blieb lange weg. Ich hätte zum Quittieren reingehen sollen, dachte ich sauer.

Nach mehr als zehn Minuten kam Thorvaldsen durch den Regen zurück und lächelte. Er kratzte sich zufrieden am Schenkel.

»Prima Kinder warn das«, sagte er und grinste mich frech an. »Aber das hast du wohl gar nich gemerkt.«

Doch die Sonne kam zurück. Sie brauchte nur ein paar Tage, um zu verschnaufen. Nach zwei Tagen im Regen mit der Auslieferung von triefenden Kästen in Kolonialwarenläden, Supermärkten, Kantinen, Kfz-Werkstätten und ich weiß nicht was, fühlte ich mich jetzt wie ein Reisender erster Klasse, als ich so neben Thorvaldsen im Sonnenschein saß. Es fehlte nur noch eine Stewardeß, die im Führerhaus umherging, uns Drinks servierte und sanft die Wangen streichelte.

»Was für ein Scheißleben«, sagte Thorvaldsen.

Wir blieben auf dieser ersten Tour im Zentrum, und die erste Lieferung war für das China-Restaurant Yang Tse Kiang am Torget. Wir hatten heute einen Kastenwagen bekommen, und das Gefummel mit Tauen und Persenning blieb uns erspart. Wir parkten halb auf dem Bürgersteig, und der Wagen legte sich flott auf die Seite.

»Hier läuft das so«, sagte Thorvaldsen, »daß wir die Kästen auf den Dachboden hochziehen. Da is 'ne Vorrichtung mit 'nem Tau und 'ner Talje zum Hochziehen. Du nimmst die Liste, lädst die Kästen ab und fährst sie mit der Karre in die Einfahrt. Dann geh ich hoch und red mit den Damen und mach die Talje klar.«

Ungefähr so hatte ich mir das schon vorgestellt. Mit meiner Phantasie war also noch alles in Ordnung.

Eine der kleinen Chinadamen stand schon auf dem Bürgersteig und hatte erraten, daß wir kommen würden.

»Hello!« sagte Thorvaldsen. »Here we are, damn it!«

Sie schenkte ihm ein strahlendes Lächeln und rief etwas auf Chinesisch die Treppe hinauf.

Ich schaute auf die lange Liste. Es war unglaublich, was sie alles haben wollten. Dieser Liste hätte sich besser der Weihnachtsmann angenommen. Ich öffnete die Türen und begann, die Kästen auf dem Bürgersteig aufzustapeln, in passender Höhe. Als das getan war, schob ich die Karre unter die Stapel und bugsierte sie vorsichtig in die Einfahrt. Ganz oben an der Wand konnte ich eine Luke sehen. Da würde wohl gleich die äkschen abgehen.

Alle Kästen standen jetzt in Reih und Glied geduldig in der Einfahrt, aber von Thorvaldsen war nichts zu sehen. Mußte er erst alle Damen da oben betören? Er war doch verheiratet und hatte eine Tochter und so.

In dem Moment kam Thorvaldsen in die Einfahrt gelaufen und krümmte sich vor Lachen.

»Weißt du was ... hö hö hö ... weiß du, was ich erlebt hab?«

Ich wußte es natürlich nicht. Und zu raten hatte wohl auch keinen Zweck, so wie ich die Situation einschätzte.

»Ich komm hoch auf den Scheißdachboden, weißt du, und wühl da rum. Und weiß du, was ich hinter den ganzen Kästen mit Leergut finde? Da lag ein alter Chinese und schlief! Das war der Großvater. Der lag da und schnarchte wie 'n Weltmeister!«

Jetzt ging die Luke auf, und ein altes, braunes und zerfurchtes Gesicht blickte neugierig auf uns herunter. Das Gesicht hatte ein paar braune Zahnstummel und sah aus, als lächelte es.

Thorvaldsen bekam einen neuen Anfall und trippelte in der Einfahrt auf und ab, als müßte er ganz fürchterlich pissen.

Der Alte verschwand, und das Gesicht eines jungen Mädchens erschien.

»It is ready«, lächelte sie und ließ den Aufzug herunter, will sagen, eine Holzplatte, auf der die Kästen abgestellt wurden.

»Okay«, gluckste Thorvaldsen. »Ich geh nach oben, bedien den Aufzug und laß das Leergut runter, klopf den Damen auf'n Hintern, und du sorgst dafür, daß die Kästen sicher hochkommen.«

Wir fingen an. Plötzlich hörte ich ein Geräusch hinter mir, der chinesische Großvater kam auf mich zu. Er ging am Stock und trug einen weiten, braunen Gangsteranzug, der ein paar Nummern zu groß war. Es kam mir vor, als stecke nur seine Seele in dem Anzug, während sein Körper ganz woanders war. Vielleicht lag er noch zwischen den Kästen auf dem Dachboden und schnarchte.

Er blieb stehen und zeigte auf den Lastenaufzug. Dann zeigte er auf die Kästen und sagte etwas auf Chinesisch. Ich lächelte und nickte. Ich hatte befürchtet, er wolle sich rächen oder etwas in der Art, aber er sah ganz harmlos aus.

Er zeigte wieder auf die Kästen.

»Bottles«, sagte er und grinste glücklich mit seinen zwei Zähnen.

»Yes«, sagte ich.

Nach einer anstrengenden Runde durch die Restaurants im Zentrum fuhren wir zurück. Wir hielten wie üblich beim Pförtner, wo das Leergut kontrolliert wurde. Ich mußte immer wissen, wieviel wir bei uns hatten.

Wir luden neu und gingen danach in die Kantine und aßen. Riesige und lächerlich billige belegte Brote und massenhaft Limo. Wahrscheinlich würde ich in meinem ganzen Leben keine Limo mehr trinken, wenn ich hier fertig war, aber das würde sich ja zeigen.

Wieder zurück in die Stadt. Die erste Ampel, an die wir kamen, war rot, und wir ließen die Fußgänger über die Straße. Da zuckte ich zusammen. Wer ging direkt vor meinen Augen über die Straße, mit kurzen Haaren und im Jeansanzug? Else! Sie drehte sich um und erblickte mich. Ich erstarrte. Sie lächelte, winkte kurz und war wieder verschwunden. Ich fühlte mich sehr seltsam.

»War das deine Freundin?« fragte Thorvaldsen.

»Nein«, sagte ich.

»Na dann nicht. Sah nur so aus.«

»Kann man eigentlich bei Hansa das Bier billiger kriegen?« fragte ich, um über etwas anderes zu sprechen.

»Ja, du kriegst Kästen mit Rabatt. Mußt nur rechtzeitig vor dem Wochenende eine Liste einreichen. Ist aber auch kein Problem, dir ein paar Flaschen gratis zu besorgen. Die nehmen wir einfach hier im Wagen mit und laden sie bei dir zu Hause ab, bevor wir zurückfahren.«

Ich hatte mich noch nicht wieder richtig gefangen, und prompt ging es schief. Als ich die Karre mit sechs Kästen über die Schwelle ziehen wollte, kippte die Last vornüber, und schon war die Hölle los, kaputte Exportflaschen und schäumendes braunes Bier auf dem ganzen Fußboden. Es roch herrlich. Ich erwartete, einer vom Personal des Ladens würde kommen und sagen, daß es nichts machte. Sie würden das im Nu aufwischen. Aber so lief es nicht. Ein Mann, der sich wie eine Art Chef aufführte, kam her und schnüffelte.

»Tja, und was jetzt?«

All das gute Export, das jetzt niemand mehr trinken konnte.

Thorvaldsen kam fröhlich herein.

»Was haste dir denn dabei gedacht? Immer mal was Neues, he? Biste so trottelig, oder tuste nur so?«

»Weiß nicht«, sagte ich. Ich machte mich daran, die Scherben aufzusammeln. Ich hatte das Gefühl, in der Art und Weise, wie die Dinge sich entwickelten, ein wohlbekanntes Muster zu entdecken.

»Nix wie runter damit«, sagte Thorvaldsen. »Ich will diesen Tag hinter mich bringen.«

»Kriegst du keine Rückenschmerzen, wenn du das so hebst?« fragte ich.

»Rückenschmerzen? Mein Rücken is völlig im Arsch,

Mann! Wir sind auf einem Kursus gewesen, alle Fahrer, um zu lernen, wie man richtig hebt. Aber dann stellte sich heraus, daß wir nie fertig würden, wenn wir so heben. Also heben wir nach der alten Methode, schaffen die Zeit, und der Rükken is kaputt. Das bringt natürlich wahnsinnig viele Krankmeldungen, die Firma verliert jedes Jahr Millionen.«

Wir fuhren. Die Sonne schien noch immer, ohne daß wir daran etwas auszusetzen hatten. Ein junges Mädchen mit wehenden Haaren und einem knöchellangen Baumwollkleid ging vorüber. Sie sah fröhlich aus. Sie hatte viel Platz in ihrem Kleid.

»Haste die gesehen?« sagte Thorvaldsen.

»Ja«, sagte ich. »Ich glaub schon.«

»Die sind doch viel verlockender mit solchen Kleidern an, als wenn alles so stramm sitzt. Is doch viel aufregender, raten zu müssen, was sie drunter haben.«

»Kann schon sein«, sagte ich.

Wir fuhren schweigend weiter und kamen an einem stillen, grünen Friedhof vorüber. Ich konnte zwei Tote sehen, die aus ihren Gräbern gestiegen waren, um ein bißchen die Sonne zu genießen. Sie saßen auf ihren Grabsteinen und ließen die dünnen Füße baumeln. Der eine sah in eine Zeitung, und der andere schlug sich an den Kopf, wieder und wieder.

Thorvaldsen zog leicht an dem grünen Tau, und mein ganzer schöner Knoten löste sich in Luft auf.

»Was is'n das hier? Sollte das etwa 'n Knoten sein? Schule ham wir doch hinter uns, denk ich.«

Ich schämte mich eine Weile, während Thorvaldsen neue Knoten machte. Ich arbeitete schon seit mehreren Wochen bei Hansa, hatte Thorvaldsen bereits viermal gefragt, ob ich seine Jacke kaufen könnte, und jedesmal eine abschlägige Antwort erhalten (›eher verkauf ich dir meine Seele, die is viel schmutziger‹), und hatte noch immer nicht gelernt, einen ordentlichen Knoten zu machen. Als ich im Heringsöl war, konnte ich Knoten machen, doch jetzt hatte ich sie vergessen. Das machte die Uni. Ich war so theoretisch geworden.

»Zockeln wir los?« sagte Thorvaldsen.

Er winkte ein paar Mädchen auf der Straße, die taten, als sähen sie ihn nicht. Sie taten, als sähen sie auch mich nicht. So waren die Mädchen von heute.

»Was is bloß mit den Mädchen los heutzutage?« sagte Thorvaldsen. »Das frag ich mich oft.«

»Sie sind zu blasiert«, sagte ich. Ich holte mein Brotpaket hervor und stopfte mir eine Scheibe in den Mund. Ich fragte mich, was ich als Aufstrich genommen hatte. Es schmeckte nicht wie das, was ich sonst auf dem Brot hatte, eher wie eine Mischung aus Sardine in Tomatensoße und gematschter Banane.

»Oooh«, sagte Thorvaldsen. »Du mußt schon entschuldigen, aber du weißt ja, ich und diese Fremdwörter. Blasiert, haste gesagt. Du könntst nicht so freundlich sein und eine unbedarfte Person darüber aufklären, was du damit meinst?«

»Tja«, sagte ich, um Zeit zu gewinnen. Was bedeutete eigentlich blasiert? Es kam aus dem Französischen, soviel war mir klar. »Sie sind zu verwöhnt«, sagte ich. »Nichts macht mehr Eindruck auf sie.«

»Zu verwöhnt, meinste? Wen haben sie denn da so zu fassen gehabt, vielleicht James Bond oder diesen Burt Reynolds?«

»Wahrscheinlich beide«, sagte ich.

Thorvaldsen legte eine Kassette ein. Eine Frauenstimme kam aus dem Radio und sang etwas über love.

»Ich wette, daß du nicht weiß, wer das is. So was kennt ihr nich da oben auf'm Leninhügel.«

Ich wußte nicht, wer es war. Thorvaldsen trat glücklich den Takt auf dem Gaspedal.

»Donna Fargo«, sagte er. »Verdammt gut. Sie singt 'ne Art Country Rock. Die gibts noch nich in Norwegen.«

Donna Fargo sang ein bißchen Country Rock für uns, und wir schlugen beide mit den Füßen den Takt. Ich hatte schon bessere Musik gehört, aber jetzt fuhr ich voll darauf ab.

Wir lieferten einen Haufen Kästen an einen mickrigen Laden unten am Kai. Sie wollten von allem etwas, und Thorvaldsen bekam reichlich Anlaß zu fluchen und über seinen Rücken zu jammern.

»Au Scheiße«, sagte er. »Ich glaub, ich mach auch Schluß,

wenn du aufhörst. Brauchste vielleicht 'n Privatsekretär oder so was?«

»Im Moment gerade nicht«, sagte ich. »Aber wer weiß, was ich später mal brauche.«

»Mein Mädchen soll sich verdammt noch mal nich mit so einem Mist abplagen müssen. Die soll auf die besten Schulen gehn, und wenn ich sie auf 'm Arsch da durchschleife. Die soll mal ganz oben landen.«

Thorvaldsen quittierte, und mit Geklirr und Geschepper fuhren wir den menschenleeren Kai entlang. Die Sonne glitzerte auf den Wellen. Ein rotes Schiff glitt ruhig der Puddefjordbrücke entgegen.

»Kannst du Sprachen?« fragte Thorvaldsen.

»Ein bißchen.«

»Ich kann noch ein bißchen Spanisch aus der Zeit, als ich zur See gefahren bin. Ich glaub, ich wär zurechtgekommen. In Buenos Aires hab ich mich verdammt gut ausgekannt. Da gab's 'ne Bar, in die sind wir immer gegangen, aber jetzt hab ich den Namen vergessen.«

Ich dachte mir, daß jetzt eine Geschichte von der Sorte käme, wie ich sie nur allzu gut kannte.

»Da waren ein paar verflucht feine Weiber, wenn du sie nur sahst, blieb dir gleich die Spucke weg. Das waren keine Huren oder so was, die liefen da rum und servierten. Einen Abend, da setzt sich eine von denen auf meinen Schoß und fängt an, mich zu streicheln. Plötzlich fährt sie mit der Hand an meinem Schenkel aufwärts, und mir wird ganz anders.«

Das rote Schiff verschwand unter der Brücke. Thorvaldsen saß in einer Bar in Buenos Aires mit einer Dame auf dem Schoß, und ihm wurde ganz anders. Ich wollte gern in die gleiche Bar. Ich hämmerte an die Tür und schrie, aber es nützte nichts. Der Türsteher ließ mich nicht rein. Er meinte, ich hätte da nichts zu suchen, oder so ähnlich.

An meinem letzten Tag war Thorvaldsen nicht da.

»Wo ist Thorvaldsen?« wollte ich wissen.

»Thorvaldsen hat sich krank gemeldet. Du fährst heute mit Kristoffersen.«

Thorvaldsen krank gemeldet? Was sollte das denn? Alles würde doch zusammenbrechen. Ohne Thorvaldsen würde doch gar nichts laufen.

Kristoffersen war ein kurzgeschnittener, schweigsamer Typ. Er sagte weder, wo wir hinmußten (das fand ich nach und nach heraus), noch, was ich tun sollte. Entweder nahm er an, daß ich den Laden kannte (das tat ich), oder er wollte am liebsten alles selber machen. Ich machte mehrere vergebliche Versuche, ein Gespräch in Gang zu bringen. Schließlich versuchte ich, etwas Allgemeines, aber zugleich Tiefschürfendes und Treffendes über Fußball zu sagen, doch es kam keine Reaktion. Da gab ich es auf. Ich war den ganzen Tag nervös.

Als ich mich umziehen wollte, fiel mir eine graue Fahrerjacke mit dem Hansa-Emblem ins Auge, die an einem Garderobenhaken an der Wand hing. Ich blickte mich rasch um. Niemand in Sicht. Blitzschnell stopfte ich die Jacke in meine Tasche und machte sie zu. Ich war ziemlich nervös, als ich beim Pförtner vorüberging, doch der guckte mich wie üblich gar nicht an. Ich drückte den Knopf, und es machte Pling.

Als ich nach Hause kam, holte ich als erstes die Jacke aus der Tasche. Sie war nicht gerade neu, aber was machte das schon? Sie paßte perfekt, genau, wie ich es mir gedacht hatte.

MUNK IST ZURÜCK

»Man sollte mehr Bücher für die Geisteskranken schreiben«, sagte Munk. »Da haben die Schriftsteller eine bedeutende Aufgabe. Das ist nämlich eine verdammt vernachlässigte Gruppe. Da sitzen sie auf ihren Ärschen und sind geisteskrank wie nichts Gutes, und dann haben sie keinen Lesestoff. Kein Schwein will Bücher schreiben, die sich für sie eignen. Wenn ich mehr Zeit hätte, würde ich mich da engagieren. Ein wirklich humanitäres Engagement. Und ich, der ich mir vorgenommen hatte, den Sommer damit zu verbringen, zu denken und auf Inseln und Schären mit Rebekka zu lieben. Statt dessen war ich die ganzen bescheuerten Ferien damit beschäftigt, das Zentralkomitee umzuschulen und ihnen eine Gehirnwäsche zu verpassen!«

Es konnte kein Zweifel mehr daran bestehen, daß Munk wieder in der Stadt war. Er trug eine weiße Sommerjacke und wirkte beinah nüchtern. Sein Gesicht hatte sogar ein bißchen Farbe bekommen, und er paffte an einer dicken Zigarre.

»Auf jeden Fall ist es gut, dich wiederzusehen, Munk«, sagte ich. »Ich habe an dich gedacht.«

Das war nun eine Übertreibung. Ich hatte so gut wie gar nicht an ihn gedacht. Ich hatte an Sandra gedacht. Aus unserer Reise war nichts geworden. Sie hatte den ganzen Sommer über gearbeitet, und ich war zu Hause gewesen und hatte die schlimmsten Qualen durchlitten, abgesehen von einem Wochenende Anfang Juli, an dem ich sie besucht hatte. Aber was ist schon ein Wochenende? Erst vor zwei Tagen hatte ich sie wiedergetroffen, und wir hatten die zwei Tage im Bett verbracht. Jetzt fühlte ich mich wieder gut. Gut wie ein Pudding.

»Ja, leider kann ich nicht behaupten, viel an dich gedacht zu haben«, sagte Munk. »Aber es ist natürlich allright, dich und alles hier wiederzusehen. Ich habe hauptsächlich an Rebekkas Möse gedacht. Zeitweilig ist sie mir in mächtigen Visionen von nahezu religiösem Charakter erschienen. Sie wuchs und wurde größer und saftiger als irgendwas, das du dir vorstellen kannst, und erstrahlte wie von einem himmlischen Licht. Sie wurde der Ursprung eines ganz neuen religiösen Kults, und die Menschen pilgerten aus allen Ländern der Erde zu ihr, um sie zu sehen und anzubeten. Ich saß am Eingang und nahm das Eintrittsgeld entgegen. Fünfzig Kronen für Erwachsene und fünfundzwanzig für Kinder. (Kinder nur in Begleitung Erwachsener.) Nun ja, Visionen sind okay. Als ich dann endlich nach zwei Monaten Abstinenz das Original erleben durfte, war es nicht gerade wie in der Vision, aber weiß Gott auch nicht von schlechten Eltern.«

»Gut zu hören«, sagte ich.

»Aber dieses Geisteskrankenprojekt«, sagte Munk. »Vielleicht wäre das was für dich?«

»Das bezweifle ich sehr«, sagte ich.

»Nein, du hast recht. Wir beide haben andere Aufgaben.

In diesem Herbst müssen wir hart ran. Weinmachen und Vorbereitung des Sozialismus. Du solltest einmal das Zentralkomitee erleben, jetzt nach der Gehirnwäsche. Die sind echt nicht wiederzuerkennen. Zitieren den ganzen Tag Mao und Lenin und üben saftige Selbstkritik für alles, was sie tun.«

»Hört sich gut an, Munk.«

»Und wie geht es Sandra?«

»Bestens. Sie ist wieder zurück.«

»Ja, das sehe ich dir an. Du bist ja fast wie Gelee. Du siehst aus, als brauchtest du vierzehn Tage, um auch nur eine einzige neue Samenzelle produzieren zu können.«

»So ungefähr«, sagte ich.

»Und wie ist es dir im Arbeitsleben ergangen? Ich sehe, daß du auf jeden Fall eine schicke Jacke bekommen hast. Aber hast du auch eine tiefere Einsicht in die Mechanismen bekommen, die das Ganze steuern, in die Situation der arbeitenden Bevölkerung?«

»Ich glaube schon«, sagte ich. »Und ich habe gelernt, ordentliche Knoten zu machen.«

»Das kommt verdammt gut gelegen«, rief Munk begeistert. »Im Sozialismus brauchen wir Knoten, die halten.«

Er klatschte mir auf den Rücken.

»Wir sind verdammt Klasse!« brüllte er und warf die Zigarre weg.

»Auf jeden Fall du, Munk«, sagte ich.

»Du auch«, sagte Munk. »Du auch. Jetzt gehen wir und schlagen jemand zusammen, und danach gehen wir in die Konditorei!«

WAGLEN IN DER KLEMME

»Wir können ihn nicht erschießen«, sagt Waglen. »Ihr kleinen Muttersöhnchen hättet gar nicht erst anfangen sollen, mit Schießeisen zu spielen.«

»Er wird singen«, sagt Ronny. Sein Gesicht ist verzerrt. »Er wird sich an mich erinnern.«

»Deine Schuld, wenn du nicht aufpaßt, daß der Schal nicht

verrutscht«, sagt Waglen. »Du bist ein Idiot, und dafür wirst du im ewigen Höllenfeuer schmoren.«

Gogge steht finster an der Tür und tritt von einem Fuß auf den anderen.

»Jetzt kommt schon, verflucht. Die Bullen können jeden Moment hier sein.«

Ronny richtet aufs neue seinen Revolver auf den Mann, der am Boden liegt. Waglens Fuß schießt heraus wie eine Springfeder, und der Cowboystiefel läßt Ronnys Revolver über den Fußboden sausen. Ronny heult auf und läuft zur Tür, durch die Gogge schon verschwunden ist. Draußen kann man jetzt die Sirenen hören. Zwei schwere Motorräder heulen auf und verschwinden mit hohem Tempo. Das eine Polizeiauto nimmt die Verfolgung auf, das andere stoppt.

Das war der erste Coup, denkt Waglen. Er war nicht wichtig. Sollte uns nur die Mittel beschaffen, um mit dem Eigentlichen in Gang zu kommen. Der großen Racheaktion gegen die norwegische Gesellschaft. Ein ordentlicher Dolchstoß mitten in das norwegische Arschloch, bis in den Bauch.

Waglen läßt den Revolver um den Zeigefinger schnurren. Ein guter kleiner Trick, denkt er. Vielleicht eigne ich mich trotzdem nicht für diesen Job. Vielleicht hätte ich Ronny doch auf den Kerl schießen lassen sollen, er ist ja doch nur ein korrupter Ausbeuter, der jede Menge Kugeln verdient hätte. Ja ja, was jetzt, Waglen? Was siehst du vor dir? Nicht viel, fürchte ich. Und keine angenehmen Dinge. Ich sehe keine Damen, und nicht viel Bier in Kneipen. Vielleicht hätte ich bleiben sollen, wo ich war, und meinem Vater zuhören sollen, wenn er wieder mal von seinen Krankheiten erzählt. Es gibt vielleicht gewisse Details, die ich noch nicht mitgekriegt habe.

Waglen sieht das blaue, blinkende Licht da draußen. Eine Stimme in der Dunkelheit fordert ihn auf, mit über dem Kopf erhobenen Händen herauszukommen.

So endet die Geschichte von Steinar Vangen, denkt Waglen. Ein überraschender Schluß, werden die meisten finden. Und mein heimlicher Traum, das Rathaus von Bergen in die Luft zu sprengen, der eine Weile seiner Erfüllung entgegenzugehen schien, was wird jetzt aus dem?

SANDRA

Wie ich diesen Sommer ohne Sandra überlebt hatte, begriff ich immer weniger. Jeden zweiten Tag hatte ich an sie geschrieben und am nächsten Morgen eine Einmannschlange vor der Post gebildet, wenn sie aufmachte. Ich hatte vier Kilo abgenommen, war launisch und sauer gewesen, und die Sonne hatte mir nichts anhaben können. Ich war blaß und mickrig, als ich um den 20. August wieder in Bergen auftauchte, um in die alte Bude von Waschbrett-Olsen einzuziehen, der eine neue und bessere gefunden hatte. Das Zimmer roch schlecht und muffig, aber die Hausbesitzerin war eine alte, liebenswürdige Zahnarztwitwe, die sofort in mich verschossen war und sagte, ich dürfe auch die Waschmaschine, den Staubsauger und den Toaster benutzen. Ich dankte und lächelte überwältigt. Toaster, dachte ich.

Einen Tag noch mußte ich auf Sandra warten, aber dann war sie da und stand mit Sack und Pack auf dem Bahnhof in Bergen, in hellrotem T-Shirt und einer neuen Strickweste. Das Motiv war diesmal mein Schneckenbild, mit Text und allem.

Ich wußte nichts zu sagen. Ich fühlte nur, daß mein Herz die komischsten Dinge tat.

»Wie bleich und interessant du aussiehst«, lachte Sandra, und danach stand gleichsam alles zwei Tage lang still. Wir sagten zu unserer Lust: Dann mal los!

Als die zwei Tage vorüber waren, saßen wir jeder mit einer Wolldecke bekleidet auf dem Fußboden, grinsten uns erschöpft an und hatten die wundesten Geschlechtsorgane auf der ganzen Welt. Wären wir nicht so schlapp gewesen, hätten wir sicher laut geschrien.

»Ich glaube wirklich, du liebst mich noch immer«, sagte Sandra. »Du bist echt ein ausdauernder Typ. Ich wußte ja schon beim erstenmal, als ich dich sah, daß du verrückt bist. Ich glaube echt nicht, daß du dich noch besserst.«

»Ich habe mein ganzes Leben unter schlechtem Einfluß gestanden«, sagte ich.

»Und jetzt bin ich für den schlechten Einfluß verantwortlich? Du Ärmster. Zuerst eine unglückliche Kindheit, dann dieses häßliche und amoralische Mädchen, das so perverse Klamotten strickt. Wie geht es Munk denn?«

»Keine Ahnung. Interessiert mich auch nicht.«

»Dich interessiert nicht, wie es Munk geht?«

»Nicht im geringsten.«

»Das ist ja schlimmer, als ich gedacht habe. Dann hast du ja nur mich auf der ganzen Welt. Komm her und küß mir die Brüste. An die kannst du noch rühren, ohne daß ich heulen und schreien muß.«

So behutsam wie ein leiser Windhauch nahm ich eine Brustwarze zwischen die Lippen. Sogleich geriet ich in eine Art Trance.

»Es war nicht die Rede davon, daß du einschlafen solltest«, sagte Sandra sanft. »Ich glaube, du stehst lieber auf und machst uns einen Kaffee. Und ein paar Eier wären auch nicht schlecht. Dann sehen wir mal, was wir nachher zustande bringen.«

MUNK MACHT LANGFRISTIGE PLÄNE UND ZITIERT MAO TSE-TUNG

Munk wohnte in der gleichen Wohnung, und das Fenster ging immer noch nicht zu. Auf dem Fußboden lagen immer noch alte Jahrgänge von Klassekampen, Dag og Tid und New Musical Express. Ein neues Buch stand in seinem Bücherregal, Bruno Schulz: *Die Zimtläden und andere Erzählungen*.

Er trug noch immer den weißen Sakko und eine rote Nelke im Knopfloch und schloß Sandra väterlich in seine Arme.

»Gebenedeit seist du unter den Weibern«, sagte er.

Man konnte noch einen warmen, würzigen Sommerduft im Zimmer spüren, und die aufgereihten Weinflaschen erinnerten an California girls am Strand. Munk zündete sich eine Zigarre an und inhalierte tief.

»Greift hemmungslos zu den Zigarren, wenn ihr wollt«, sagte er. »Sie sind vergänglich und zum Verbrauchen da. Ich war neunundzwanzig Jahre alt, als ich angefangen habe zu rauchen. Dann habe ich es geschafft aufzuhören, aber jetzt bin ich wieder drauf.«

Sandra und ich nahmen uns jeder eine Zigarre.

»Als ich vierzehn war, habe ich meinem Großvater eine dicke Zigarre geklaut«, erzählte Munk, »mit der ging ich bei den Mädchen herum und zeigte sie ihnen und fragte: ›Wer glaubt ihr, ist größer, die hier oder ein gewisser anderer?‹ Aber sie haben alle falsch geraten.«

Er blies den Rauch zum Fenster und sah nachdenklich aus.

»Als ich klein war, wollte ich so gern eine Katze haben«, sagte er. »Einsam wie ich war. Aber mein Vater wollte mir keine Katze geben. Er fluchte und schrie, daß ich keine Katze bekäme. Eher würde er seine ganze Familie umbringen und das Haus anzünden.«

»Ich dachte, dein Vater wäre so früh gestorben«, sagte ich.

Munk starrte mich unverwandt an.

»Vielleicht ist er das«, sagte er. »Vielleicht war genau das der Grund, warum er mir keine Katze geben wollte. Vielleicht dachte er: Da ich tot bin, gibt es gar keinen Grund, meinem Sohn eine Katze zu schenken. Er muß ohne auskommen. Außerdem wird er bald Kommunist, und da braucht er keine Katze.«

Munk machte eine Pause und sah zu den Weinflaschen hinüber, als wolle er kontrollieren, daß sie auch zuhörten und keine Pointe verpaßten.

»Aber da hat sich der Alte in den Finger geschnitten«, murmelte er.

Sandra und ich wurden traurig. Wir hatten gehofft, daß Munk etwas Erhebenderes zu erzählen hätte.

»Ich habe gar nicht gefragt, ob ihr Wein möchtet«, sagte er. »Ich bin ein schlechter Gastgeber. Möchtet ihr Wein? Oder nicht?«

Er wartete die Antwort nicht ab, sondern schenkte professionell in drei Gläser ein, wobei er die Flasche drehte, damit keine Tropfen auf den Tisch fielen.

»Skål«, sagte er. »Der Wein ist zum Weglaufen, aber man kommt im Nu in Wallung und hat die wildesten Visionen.«

»Skål«, sagte Sandra.

»Skål«, sagte ich.

»Ich habe einmal von einem Volk unten auf dem Balkan gehört, die sich mit gegorener Ziegenpisse besaufen«, sagte Munk. »Aber das kann verdammich nicht schlechter schmekken als das hier. Ich glaube, wir können uns selbst zu Champions im Trinken von schlechtem Wein ernennen, und ich bin der Superchampion.«

Er schmatzte und blickte nachdenklich aus dem Fenster. Ein paar undefinierbare Vögel flogen vorüber. Es war nichts Besonderes an ihnen. Es waren Vögel, wie man sie sieht und im selben Augenblick wieder vergißt. Versucht man später, sie zu beschreiben, kann man nur sagen, daß sie Flügel hatten, und hoffen, daß wenigstens das einigermaßen stimmt.

»Nein«, sagte Munk. »Es muß endlich Schluß sein mit dieser unfruchtbaren Rederei. Wir müssen weiterkommen. Uns sammeln. Andererrseits will ich denen nicht recht geben, die sagen, daß es jetzt an der Zeit sei, die Schnauze zu halten. Im Gegenteil, jetzt ist die Zeit, über alles zu reden. Das Reden ist heute ebenso wichtig, wie es früher das Büffeln von Kirchenliedern war. Das weiß sogar ich, der in einem Schweinestall in einem Nest an der Küste zur Welt gekommen ist.«

Munk atmete tief ein und drückte die Zigarre an der Tischkante aus.

»Aber man muß wissen, wovon man redet. Die Revolution ist keine Teegesellschaft, hat Mao gesagt. Notwendige Worte, meine jungen Freunde. Also, woran müssen wir denken? Wir müssen an den Wahlkampf im nächsten Jahr denken, den wir sobald wie möglich aus seinem Schlupfloch hervorziehen sollten. Nachdem ich den Gedanken an einen Wahlboykott, den ich zuerst hatte, aufgegeben habe, überlege ich jetzt: Mit wem wollen wir zusammenarbeiten? Auf wen können wir uns verlassen? Wer wird uns mit Messer und Gabel in den Rücken fallen, sobald es über sie kommt? Das sind wichtige Fragen. Und dann: Wie verpassen wir den bürgerlichen Parteien einen so kräftigen Schlag unter die Gürtellinie, daß sie nicht wieder auf die Beine kommen? Wird dies unsere Wahl und die Wahl der norwegischen Arbeiterklasse werden? Waren die sechzehn Stortingsabgeordneten der Sosialistisk Venstre bei der vorigen Wahl ein Sieg für den Sozialismus oder nur ein Zeichen für die Flexibilität des Bürgertums? Scheiße auch! So viele Fragen. So wenige Antworten.«

Wieder einmal zog etwas draußen vor dem Fenster Munks Aufmerksamkeit auf sich. Eine Frau auf einer Veranda auf der anderen Straßenseite hielt ein großes Brot in der Hand und schwenkte es über dem Kopf. Ein neuer Triumph für das Brotbacken, wollte sie wohl sagen.

»Habt ihr mal daran gedacht«, sagte Munk, »daß ich, wenn ich die Katze bekommen hätte, als ich klein war, jetzt vielleicht gar kein Bedürfnis hätte, mich mit Politik zu befassen? Ich hätte mich mit den Frauen und meiner Musik begnügen können. Verdammt seltsam, wenn man es bedenkt.«

IN DER STUDENTENVEREINIGUNG

Ich entdeckte zu meiner Verwunderung, daß es mir in diesem Herbst ebenso schwerfiel, mein Studienpensum zu schaffen wie in den beiden Semestern, die ich hinter mir hatte. Ich verstand das nicht. Und was die Lesesäle und Vorlesungen anging, so waren sie mindestens genauso wenig einladend, wie sie vorher gewesen waren, auch wenn ich jetzt in meiner diskret grauen Hansa-Jacke ein gewisses Aufsehen erregte.

»Da kommt ein Typ mit Erfahrung im Arbeitsleben«, dachten die Leute, voller Respekt vor dem intellektuellen Proletarier.

Ich haute mit anderen Worten in den Sack, hob mein Studiendarlehen ab und bat Sandra, mit mir zu einem Treffen in der Studentenvereinigung zu gehen. Einmal mußte man ja erleben, was sie dort so trieben.

Ein hübsches Mädchen mit durchdringenden Augen verkaufte Eintrittskarten. Das Thema des Abends war: ›Ivar Aasen, ein guter Mann für die norwegische Arbeiterklasse?‹

Ivar Aasen war nicht da. Als möglicher Ersatz saß Munk in der ersten Reihe, bereit, das Wort zu ergreifen. Sandra und ich setzten uns weit nach hinten. Sie legte ohne zu zögern die Hand zwischen meine Schenkel. Ich schaute mich um, doch niemand schien es zu bemerken. Wieder einmal war ich platt wie eine Flunder über die natürliche Art, die Sandra an den Tag legte.

Wir entdeckten Rebekka, die an der Tür stand und Ausschau hielt. Sandra winkte, und Rebekka kam und setzte sich neben uns.

»Hast du Munk gesehen?«

Ich zeigte auf die erste Reihe. Sandra hatte ihre Hand noch immer an Ort und Stelle. Jetzt fing sie an, sie sachte vor und zurück zu bewegen. Wenn das nur gutging!

»Oh«, sagte Rebekka und blieb sitzen.

Ich war schon ordentlich steif geworden und wäre jetzt gern mit Sandra an einem anderen Ort gewesen.

Rebekka las in einem Buch, *A Confederate General from Big Sur.*

Der Vorsitzende hieß uns Genossen willkommen, verkündete die Tagesordnung und bat die Versammlung, eine Resolution zur Unterstützung der Hammerwerksarbeiter anzunehmen. Die Resolution wurde angenommen.

Zuerst kamen die beiden Referenten. Der erste schloß mit der Feststellung, daß Ivar Aasen ein ausgesprochen guter Mann für die norwegische Arbeiterklasse gewesen sei, ja ein Befreier. Er bekam großen Applaus.

»Richtig!« rief jemand in der ersten Reihe. Wir wußten, wer das war.

Der zweite Referent war der Meinung, man könne durchaus Einwände gegen Ivar Aasen vorbringen. War er wirklich ein guter Mann für die norwegische Arbeiterklasse? Man könne sich fragen, ob er nicht auf bestimmten Gebieten regelrecht ein Bremsklotz gewesen sei.

Auch er bekam Applaus. Jemand in der ersten Reihe rief: »Dünnschiß!«

Während des ersten Vortrags war ich genötigt, Sandra ins Ohr zu flüstern, daß sie eine Pause machen müsse. Wir konnten später auf die Sache zurückkommen. Ich konnte nicht riskieren, daß mir mitten in einem Vortrag über Ivar Aasen einer abging.

Dann war Pause und Bierverkauf, und wer wollte, konnte sich in die Rednerliste eintragen.

»Laß dich eintragen«, sagte Sandra. »Überlaß nicht immer alles Munk.«

»Ich bin nicht kompetent«, entgegnete ich. »Aber du könntest dich eintragen.«

»Was sind wir bloß für inkompetente Tölpel«, grinste Sandra.

Rebekka kaufte Bier für uns drei. Sie hörte nicht auf, mich zu überraschen. Vielleicht würde ich, wenn ich achtzig wäre, einigermaßen klug aus ihr geworden sein, aber bestimmt nicht vorher.

»Bier«, sagte Rebekka. Sie lächelte, und ich sah, daß sie ein bißchen rot auf der Nase war.

Da kam Munk mit einer Bierflasche in jeder Hand schwankend auf uns zu.

»Ich habe vergessen, Wein mitzunehmen«, sagte er entschuldigend.

Rebekka ging zu ihm und küßte ihn auf die Wange. Er streichelte mit dem Zeigefinger ihre Nase.

»Rebekka the rednosed reindeer«, sagte er. »Die Milly Molly Mandy und Nancy Drew des Kommunismus. Habt ihr den verdammten Dreck und Dünnschiß gehört, den der zweite Referent ausgekotzt hat? Wie kann das angehen, frage ich mich. Wie kann das angehen?«

»Es kann Training sein«, sagte Sandra.

»Mein Kind«, sagte Munk liebevoll, »da magst du recht haben. Aber es könnten ja auch andere mit Training hier im Saal sein.«

»Zweifellos«, sagte ich. »Das bezweifelt niemand, Munk.«

Die Pause einschließlich des Verkaufs von kommunistischen Schriften ging zu Ende. Wir verteilten uns, im Verhältnis 3 zu 1, und setzten uns wieder. Sandra ließ diesmal ihre Hand ein Stück oberhalb meines Knies liegen.

»Wir fangen mit der Rednerliste an«, sagte der Vorsitzende. »Bisher stehen fünf Redner darauf. Zuerst Magnus Farang, dann Munk, Ida Hoel, Per Winjum und Odmund Søilen. Die beiden Referenten können natürlich jederzeit das Wort ergreifen. Wer das Wort zu einer direkten Entgegnung wünscht, hebt die Hand. Bitte sehr, Magnus Farang.«

Der erste Sprecher war klein und trug eine grüne Militärjacke und Brille. Er räusperte sich auf eine abstoßende Weise.

»Was sollen wir von Chinas Außenpolitik halten?« sagte er. »Das fragen sich viele heute.«

Er fuhr fort, zu erklären, warum Chinas gegenwärtige Außenpolitik in vielfacher Hinsicht problematisch war und die Leute verunsicherte.

Die Versammlung applaudierte, und der Vorsitzende ergriff wieder das Wort.

»Der Ordnung halber machen wir darauf aufmerksam, daß das Thema heute abend Ivar – ääh – Aasen und die Arbeiterklasse ist, und wir bitten euch, beim Thema zu bleiben. Als nächster hat Munk das Wort.«

»Genossen«, begann Munk. »Man muß sich unglaublich viel Scheiße anhören, ehe die Ohren verstopft sind. Jeder normale Mensch weiß, daß Ivar Aasen ein verdammt guter Mann für die Arbeiterklasse war, nicht nur in Norwegen, sondern auch global betrachtet. Und diejenigen hier im Saal, die etwas anderes meinen sollten, können nachher mit mir rauskommen und das draußen klären.«

Ich lächelte zufrieden und schob Sandras Hand ein Stück höher. Ich wußte, dies würde ein neuer großer Sieg für unsere Bewegung sein.

Sandras kleine Lampe beleuchtete unsere Sachen, die in einem wilden Durcheinander auf dem Boden lagen. Draußen in der Dunkelheit pfiff jemand.

»Ich wünschte, du wärst aufs Podium gegangen anstelle von Munk«, sagte Sandra. Sie war traurig und ihre Stimme tonlos. Ich hatte Lust, sie fest an mich zu drücken, wagte es aber nicht.

»Ich bin eben nicht wie Munk«, sagte ich. »So etwas kriege ich nicht hin.«

»Das sagst du immer. Es ist, als würdest du irgendwie verschwinden, wenn du mit Munk zusammen bist. Du läßt zu, daß er sich überall breitmacht, und selbst bist du nur noch ein Schatten, sozusagen. Ich weiß nicht, ob ich das noch länger aushalte. Eines Tages verschwindest du vielleicht ganz.

Und wenn du von dir selbst redest, dann ist es, als redetest du von jemand anderem. Den anderen kenne ich allmählich, aber dich kenne ich nicht. Kannst du nicht mal versuchen zu begreifen, daß du eine Person bist, und dich wie eine Person verhalten. Du könntest jeden Tag üben. Ich kann keinen lieben, den es gar nicht gibt.«

Ich hörte wieder das Pfeifen. Seit unendlich vielen Jahren hatte ich keine Träne vergossen. Ich weinte auch jetzt nicht, aber ich war sicher, daß ich es getan hätte, wenn ich nur gewußt hätte, wie.

WIEDER MARMELADE

Ich werde immer verliebter, je gelber das Laub wird, notierte ich mir, und versuchte, darüber hinwegzusehen, daß nicht alles in Ordnung war. Die Liebe würde wieder angerauscht kommen und wie eine Sturzsee voller Rosen, Nachtigallen, Mondschein, Seufzen und Stöhnen über uns hereinbrechen und alles auslöschen, das nicht dazugehörte. Es funktionierte auch, solange es sich in meinen Gedanken abspielte und nicht an dem messen mußte, was ich als wirklich auffaßte.

Manchmal ging es uns auch besser als je zuvor. Dann konnten wir heulen und schreien und uns wälzen, bis das Morgengrauen uns aufforderte, uns zu mäßigen.

Dann wieder kam eine Nacht, in der wir wortlos dalagen. Sandra hatte das Gesicht der Wand zugekehrt, und ich ließ den Arm schlaff über die Bettkante hängen, als sei das Bett voller toter und kalter Seelen. Ich versuchte zu denken, aber es gelang mir nicht.

Nach solchen Nächten stürzte ich mich morgens auf die Bücher. Jetzt sollte hier gebüffelt werden! Der Mangel an Nachtschlaf wurde mit vierzehn Tassen Kaffee kompensiert, die Tür verschlossen. Kein Munk sollte meinen Vorsatz zunichte machen und mit ungesunden Ideen durcheinander bringen, und erst recht kein Waschbrett-Olsen mit Plänen für schwachsinnige Feste.

Nachmittags schlief ich am Tisch ein, träumte entsetzliche und katastrophale Dinge und erwachte mit einem Ständer und schlechtem Geschmack im Mund. Dann warf ich die Bücher auf den Fußboden und ging in den Abend hinaus. Aus dem Zentrum klangen Gesang und Flötenspiel herauf.

Ich ging zu Sandra und erzählte ihr in allen Einzelheiten, was ich während des Tages gemacht hatte. Sie mußte über mich grinsen und zerzauste mein Haar. Ich wußte, es würde eine feine Nacht werden.

›IT IS NEVER RIGHT TO PLAY RAGTIME FAST‹

(*Scott Joplin*)

»Setzen wir uns zu denen da«, sagte Waschbrett-Olsen, und genau das taten wir. Wie üblich bereute ich innerlich schon, mit einem Idioten wie Waschbrett-Olsen überhaupt ausgegangen zu sein. Ich vertrieb mir die Zeit damit, Züge an ihm zu finden, die als mildernde Umstände gelten konnten, mußte aber feststellen, daß es keine gab.

Dick und bedrohlich lag der Rauch über dem gesamten Holberg. Biertrinker tauchten einen Moment lang aus dem Nebel auf, um sogleich wieder zu verschwinden. Die Leute, zu denen wir uns an den Tisch gesetzt hatten, drei Typen mit Brillen und Bärten und ein Mädchen ohne beides, saßen da und diskutierten. Es war eine Diskussion, zu der ich nie auch nur das Geringste würde beitragen können.

»Wir müssen uns immer über die Grundlagen im klaren sein«, sagte der erste.

»Du redest die ganze Zeit von den Grundlagen. Ich dachte, wir wären uns einig, daß dies keine Prinzipiendebatte sein sollte«, sagte der zweite.

»Wenn Lenin sagt, wie können wir etwas einen Spiegel nennen, das nicht richtig reflektiert, dann ist es ziemlich unpassend, wenn du mit deinen Prinzipien daherkommst. Man muß doch immer das Ganze vor Augen haben. Man kann sich doch nicht schon im voraus so die Hände binden«, sagte der dritte.

»Lenin ist ja später wieder davon abgegangen, was er da gesagt hat. Ich finde nicht, daß man das so gegen ihn verwenden kann. Das kann nur reaktionär wirken«, sagte die vierte.

»Will noch jemand Bier?« fragte Waschbrett-Olsen.

Die vier Diskutierer nickten.

»Eins, zwei, drei, vier, fünf, sechs. Sechs Pils«, rief Waschbrett-Olsen. Er rückte seinen Schlips zurecht und hörte zu, was die anderen sagten.

Aus einem Lautsprecher, den ich nicht sah, erklang Peacherine Rag. Der da spielte, spielte zu schnell. Er konnte nicht gelesen haben, was Scott Joplin gesagt hat: It is never right to play ragtime fast. Der da spielte, wollte nur brillieren.

»Er spielt falsch«, sagte ich laut.

Die vier, plus Waschbrett-Olsen, verstummten abrupt und sahen mich an. Die Diskussion blieb hilflos in der Luft hängen, erkannte schnell, daß sie allein war, begann mit Armen und Beinen zu fuchteln und fiel schreiend auf den Tisch herunter, wo nur ein kleiner, nasser Fleck von ihr übrig blieb.

»Wer tut was?« sagte der eine.

»Der spielt falsch.«

»Wer spielt falsch?«

»Der da im Lautsprecher. Scott Joplin hat gesagt, daß es nie richtig ist, Ragtime schnell zu spielen.«

Sie sahen mich an. Der erste räusperte sich und sah die anderen an. Dann sah er wieder mich an. Das Mädchen sah aus, als wollte sie etwas sagen, ließ es aber sein.

»Jesses«, sagte Waschbrett-Olsen, »so ein Bier von Zeit zu Zeit tut säuisch gut. Ich glaube verdammich, ich muß...«

Ich hatte mir für diesen Herbst noch große Dinge vorgenommen. Doch dann mußte ich mir etwas Besseres einfallen lassen, als mit schlaffen Heinis in der Kneipe zu sitzen und Bier zu trinken, sagte ich mir selbst. Ich nickte und war zu mindestens hundert Prozent einer Meinung mit mir.

KONDOME

Munk und ich wandern den glitschigen und glatten Bürgersteig entlang. Es liegt bereits eine Ahnung von Tod und Vergänglichkeit in der Luft. Munk hat die weiße Sommerjacke gegen das alte Sakko getauscht und geht noch immer ohne Socken in den Joggingschuhen, aber die Zigarre ruht sicher in seiner Hand.

Er wollte mit mir über etwas reden, bereitete sich aber darauf vor, indem er von etwas anderem sprach.

»Hast du das Neueste von meinem Großvater gehört?« sagte er.

»Nein.«

»Er hat einen Brief an den König geschrieben und sich selbst für die königliche Verdienstmedaille in Gold vorgeschlagen.«

»Die hat er sicher verdient«, sagte ich.

»Aber dann hätte er vielleicht den König nicht schon in der ersten Zeile beschimpfen und Schnaps-Ola nennen sollen.«

»Mhm«, sagte ich.

Munk warf mir einen schiefen Blick zu. Er war unsicher, konnte aber trotzdem nicht länger warten mit dem, was er auf dem Herzen hatte.

»Ich muß unter vier Augen mit dir sprechen«, sagte er. »Streng vertraulich.«

Ich nickte auf eine vertrauliche Art und Weise.

»Du und Sandra«, begann Munk. »Ihr macht doch ... hm... also ihr schlaft doch miteinander und so, nicht wahr?«

»Ist daran jetzt was nicht in Ordnung?«

»Im Gegenteil, du Schafskopf. Ganz im Gegenteil. Aber was ich wissen will, ist: Nimmt sie die Pille oder was in der Richtung?«

»Wieso willst du das wissen?« sagte ich sauer. »Ja, ich nehme an, daß sie die Pille nimmt. Obwohl sie selbst behauptet, sie nähme nur Aspirin.«

»Aspirin????« sagte Munk. »Das hilft doch bestimmt nicht.«

»Wahrscheinlich nicht«, sagte ich. »Aber ich habe keine Ahnung.«

»Aber auf jeden Fall«, sagte Munk. »Auf jeden Fall nimmst du nicht solche Dinger, die man über den Schwanz zieht.«

»Kondome«, sagte ich. »Aber was ist eigentlich mit dir los, Munk? Geilst du dich auf, indem du mit anderen Leuten über ihre Verhütungsmittel quatschst?«

»Das ist doch verdammich nicht der Punkt«, zischelte Munk. »Der Punkt ist, daß Rebekka die Pille nicht nimmt. Und ich nehme Kondome.«

»Ja, und?« sagte ich.

»Das heißt, ich habe ganz einfach Plastiktüten genommen.«

»Plastiktüten????« Jetzt war die Reihe an mir, wie eine angeschossene Feuerqualle in die Luft zu hüpfen.

»Ja, seitdem ich ein Buch über Garibaldi gelesen habe«, sagte Munk. »Der war lange eine Art Idol für mich. Und weißt du, es waren keine Kondome zu kriegen, wo Garibaldi umherzog. Also benutzte er Plastiktüten. Und da dachte ich, was Garibaldi gemacht hat, das kann ich auch machen.«

»Jetzt hör aber auf, Munk.«

»Aber das Problem ist, daß Rebekka dahintergekommen ist.«

»Und sie macht die Methode nicht länger mit?«

»So in etwa. Und da dachte ich, ob du vielleicht…«

»Oh nein«, sagte ich. »Kommt gar nicht in die Tüte. Du kannst viel von mir verlangen, aber das nicht. Deine Kondome mußt du schon selbst kaufen.«

»Ich krieg so was nicht hin«, sagte Munk. »Mir sträubt sich alles. Ich schaffe es einfach nicht, in einen Laden zu gehen und…«

»Es gibt Automaten«, sagte ich. »Du wirfst einen Fünfer ein, und flutsch! saust das Gummi raus, ohne daß du ein Wort zu sagen brauchst.«

Ich ging weiter den glitschigen und glatten Bürgersteig entlang. Nach einer Weile wandte ich mich um und sah Munk an. Er sah aus, als stände er mitten in einem lokalen Regenschauer und sei der einzige Mensch, auf den es regnete.

EIN BRIEF

Es bedurfte eines Briefes, um Inger wieder aus der Versenkung hervorzuholen. Sie selbst war leider verhindert. Nur der Brief verriet, daß sie irgendwo gewesen war und einmal etwas bedeutet hatte in unserer Welt.

Sandra hatte bei mir übernachtet, und die Zahnarztwitwe hatte sie überschwenglich begrüßt.

»Nein, wie reizend, Ihre Verlobte kennenzulernen«, sagte sie. »Und so ein süßes Mädchen!«

»Ja«, sagte ich.

Sandra lächelte vorsichtig.

»Was für ein verrücktes Weib«, sagte sie, als wir allein waren. »Paß bloß auf, daß sie nicht eines Tages kommt und dich vergewaltigt.«

»Ich halte meine Tür verschlossen«, sagte ich. »Und verglichen mit dem Faschisten ist sie doch Gold wert.«

Als wir erwachten, wußte ich, daß es wieder eine gute Nacht gewesen war. Reste unserer Träume hielten sich noch auf der Bettdecke und in den Gardinen, bildeten geheimnisvolle, farbenfrohe Muster und rochen herrlich nach seltenen Gewürzen, Apfelblüten, Badesalz und den Sommermorgen der Kindheit.

Unsere Körper fühlten sich an, als seien sie nach einem langen Flug zwischen den Sternen gerade wieder gelandet, und die Hitze in uns hätte gereicht, ganz Bergen zu heizen. Sandras Haar war luftig, als seien die ganze Nacht Vögel darin ein und ausgeflogen. Wir lachten uns an und wußten nicht warum. Wir hatten nichts unter Kontrolle und glaubten dennoch, in allem Zusammenhänge zu sehen. Alles begann und endete an derselben Haltestelle, der heißen Liebe.

Ich wünschte mir, jemand käme mit frischen Brötchen und heißem Kaffee für uns durch die Tür. Doch so weit hatten wir es noch nicht gebracht.

Sandra beschloß, Kaffee zu machen. Ich konnte inzwischen in den Briefkasten sehen.

Ich fand einen mysteriösen Brief von zu Hause, der aber nicht von meinen Eltern war. Ich wußte, daß mysteriöse Briefe von zu Hause, die nicht von deinen Eltern sind, nie etwas Gutes bedeuten. Und eine schöne Handschrift war es auch nicht.

Der Brief war von Ingers Vater und hatte folgenden Wortlaut:

»Wir haben erfahren, daß Du in Bergen Kontakt mit unserer Tochter, Inger, gehabt hast, nachdem sie verschwunden ist. Wir bitten Dich, alles, was Du weißt, mitzuteilen, da wir Grund haben zu glauben, daß Du weißt, wo sie zu finden ist. Wenn wir keine Antwort erhalten, sehen wir uns gezwungen, die Polizei einzuschalten. In Erwartung einer baldigen Antwort.«

Scheiße, dachte ich, oben und unten und hinten und vorn.

»Was ist das?« fragte Sandra. Der Kaffee war fertig. Ich zeigte ihr den Brief.

»Es geht um Inger, nicht wahr?«

Ich hatte Sandra von Ingers Besuch erzählt, allerdings nicht, daß sie bei mir übernachtet hatte. Man muß nicht alles erzählen, das führt selten zu etwas Gutem.

Natürlich hätte ich es ihnen erzählen sollen, als ich im Sommer zu Hause war, aber ich hatte damals nur Sandra im Kopf. Egal, was man tat, es gab Ärger. Das war meine Erfahrung. Und egal, was ich weiterhin unternahm, würde auch das Ärger geben.

»Wollen wir nicht ganz weit wegfahren?« sagte ich.

»Wie weit hattest du denn gedacht?«

Ich machte eine vage Handbewegung zum Himmel und den Sternen hinauf, ich meine zur Sonne. Der Herbstsonne.

»In Ordnung«, sagte Sandra. »Aber ich finde trotzdem, wir sollten zuerst unseren Kaffee trinken.«

Ich seufzte. Wäre Munk mir in diesem Augenblick mit dem Vorschlag gekommen, mich zu analysieren, hätte ich auf der Stelle zugeschlagen. An den wehenden Gardinen, wo die Reste unserer Träume gesessen hatten, war jetzt nur noch ein kleiner weißer Fleck, der verriet, daß sie dagewesen waren.

DER VERSCHWUNDENE HERBST

Es fällt einem schwer, sich vorzustellen, wie ein ganzer Herbst verschwinden kann. Dennoch steht fest, daß zwei Monate, von Mitte Oktober bis Mitte Dezember, vollkommen spurlos aus dem Kalender verschwanden, und niemand weiß, was mit ihnen passiert ist. Es sind teilweise widersprüchliche Theorien darüber aufgestellt worden, doch Einigkeit hat man nicht erzielt. Dagegen ist es leichter, den Grund dafür zu nennen, daß sie verschwanden. Dazu kommen wir später. Noch hatten wir erst September, und niemand wußte, daß der Herbst verschwinden würde. Die Menschen liefen in den Straßen umher, mit aufgeklappten oder geschlossenen Schirmen und Plastiktüten, das Laub wurde immer gelber und brauner, und niemand wäre je darauf gekommen, daß der Herbst verschwinden würde.

Jetzt ist der Herbst wieder hier, dachten die Leute. Er wirkt wie ein völlig normaler Herbst, soviel ich sehen kann.

Na klar, dachten andere. Nichts Ungewöhnliches. Das Laub wird gelb, Wind und Regen sind zur Stelle. Brann reißt sich zusammen, die Potenz läßt nach.

Selbst die beiden Hauptpersonen des Dramas, Sandra und ich, wußten wohl noch nicht, was in Kürze geschehen würde. Hätten wir es gewußt, würden wir wohl anders ausgesehen haben, aber wir sahen ganz normal aus. So normal, wie wir eben aussehen konnten.

In Sandras Augen war möglicherweise etwas zu sehen, aber ich zog vor, es nicht zu sehen. Da ist nichts, sagte ich mir. Alles ist normal. Friede, Freude, Eierkuchen. Und was gibt es am Samstag im Filmclub? Wieder Amarcord, oder Der Apfelkrieg? Prima, prima. Und so trottete ich weiter. Ich sollte ja meine Prüfung machen und alles mögliche. Es gab keine Grenzen.

Aber etwas saß mir im Magen und nagte. Etwas, das mich immer häufiger die Bücher vergessen und aus dem Fenster ins Leere starren ließ.

Eines Tages wurde mir bewußt, daß ich mehr Mundharmonika spielte als früher. Saß einfach auf der Bettkante und spielte. Gut, daß Munk mich nicht sehen konnte. Er war mit seinem Zentralkomitee zu einem ›Seminar für glaubensschwache Kommunisten‹ gefahren, wie er es nannte. Ich entnahm seinen Worten, daß er der Seminarleiter sein mußte. Er lud mich ein mitzukommen, aber ich redete mich mit meiner Prüfung heraus.

»Komm dichter an mich ran«, sagte Sandra. »Ich hab so eine Kälte in mir. Das ist verdammt unangenehm, ich muß in einem fort rennen und pinkeln.«

Ich breitete mich über sie und packte die Decke fest um uns. Vor nicht allzu langer Zeit hätte ich es für selbstverständlich gehalten, jede Kälte aus Sandras Körper vertreiben zu können, und wenn es sich um sieben Winter gehandelt hätte. Aber jetzt spürte ich einen leisen Zweifel.

»Ist es jetzt besser?« flüsterte ich.

»Jaa … doch, jetzt ist es etwas besser. Drück mich noch fester.«

Woher kommen wir und wohin gehen wir. Dies sind zwei Fragen. Sie gehören zu den Fragen, die ich mir in diesem Herbst ganz einfach nicht stellte.

An meiner alten Bude vermißte ich am meisten das Dachfenster. Wo ich jetzt wohnte, war es unmöglich, aufs Dach zu gelangen. Ich denke, daß manches anders gelaufen wäre, wenn ich in diesem Herbst ab und zu aufs Dach hinausgekommen wäre.

»Wir haben uns viel zu lange mit dem Strom treiben lassen«, sagte Sandra. »Und jetzt hat dieser Strom sich geteilt, und wir sind jeder in einem anderen Strombett gelandet.«

»Nein«, sagte ich.

»Doch, das stimmt. Und keiner von uns beiden hat mehr Lust, ordentlich zu schwimmen. Es ist viel einfacher, nur zu treiben. Und dann friere ich so verdammt.«

Auf dem Tisch lag ein Zettel für mich.

›Anne und Lisa haben gefragt, ob ich mit auf eine Hüttentour wollte. Nur wir drei. Ich glaube, das wird mir guttun. Ich muß die Dinge allein durchdenken, würde mir wünschen, daß Du das gleiche tätest. Bis Montag. Ich drück Dich.

Sandra.‹

»Es geht einfach nicht, ich werde nicht feucht. Ich bin ganz zu.«

Ich zog die Hand weg und legte sie auf ihren Bauch. Ihr Bauch war warm. Draußen regnete es, und wir mußten früh raus.

»Du hast nicht zufällig ein Glas Milch oder so etwas?«

Ich stand auf und ging in die Küche. Sie war kalt, und mein Geschlechtsorgan schrumpfte völlig zusammen.

Sie trank die Milch in großen Schlucken, und ich löschte das Licht.

Zwischen dem 1. September und dem 31. Dezember kamen folgende Platten auf Platz eins der englischen Hitlisten:

Abba: *Dancing Queen*
Pussycat: *Mississippi*
Chicago: *If you leave me now*
Showaddywaddy: *Under the Moon of Love*
Johnny Mathis: *When a child is born*

Dies waren einige der Platten, die ich in diesem Herbst nicht hörte.

Warum mußte es auf dem Fløyen passieren? Es war ein grauer, aber milder Tag, und Sandra hatte gemeint, wir sollten auf den Fløyen. Die Saison im Fløyenrestaurant war definitiv vorbei, wir beide waren allein im Lokal. Ich holte uns zwei Frikadellenbrote und zwei kleine Pils, die viel zu teuer waren, aber ich mochte nichts sagen. Sandra sah mich ab und zu an, während sie aß. Kleine Bisse und kleine Schlucke. Ich hatte ein Gefühl, als seien wir beide in einen grauen, nassen Mantel gewickelt, der unser einziges Stück Oberbekleidung war.

»Ich muß dir was sagen«, sagte Sandra schließlich, und sofort erstarrte alles in mir. Mein Mund stand halboffen, und ich bekam ihn weder richtig auf noch zu.

»Ich habe viel nachgedacht. Ich weiß nicht, was du getan hast, du hast auf jeden Fall nichts darüber gesagt.«

Ich hatte gedacht und gedacht, aber was half es zu denken? Mich hatte es nur weiter über die Kante hinausgeschubst.

»Ich habe einen Brief von zwei Mädchen bekommen, die ich in Trondheim kenne. Sie haben da ein altes Haus gekriegt und wollen eine Werkstatt und ein Atelier und so einrichten. Die eine macht Keramik, und die andere zeichnet. Und jetzt haben sie mich gefragt, ob ich mitmachen und eine eigene Werkstatt für meine Sachen einrichten will. Sie glauben, daß man damit über die Runden kommt. Und jetzt habe ich mich entschlossen, in ein paar Tagen zu fahren...«

Das Eis in mir brach sich jetzt am Land. Ich fühlte, wie kalter Atem aus meinem Mund strömte. Ich wollte nicht mehr zuhören, ich wollte weg, wollte das Bier auf den Boden kippen, wollte...

ICH WOLLTE DAS GANZE LEBEN MIT SANDRA ZUSAMMENSEIN!

»Nun guck doch nicht so, verdammt, sonst fang ich nur an zu heulen. Und das will ich jetzt nicht. Es ist doch nicht für immer, falls du das glaubst. Ich habe mich entschlossen, es ein Jahr lang zu versuchen, und dann komme ich zurück. Das ist genau so viel Zeit, wie wir brauchen, um ... um über alles nachzudenken und ... und uns darüber klar zu werden, was wir wollen.«

»Ich weiß, was ich will«, sagte ich so leise, daß ich es fast nicht hörte.

»Das glaubst du nur. Begreifst du denn nicht, daß ich nicht mit dir zusammensein kann, so wie es jetzt ist? Ich muß mal raus. Vielleicht solltest du auch irgendwohin fahren.«

Ich legte die Hände vor die Augen und war allein. Ich würde immer allein sein. Und mehr war nicht.

»Jetzt hab dich nicht so, verdammt noch mal!«

Ich nahm die Hände vom Gesicht. Sie hatte feuchte Augen und schniefte einmal.

»Ich liebe dich doch. Und wenn es richtige ... wahre ... Liebe ist, dann halten wir es doch aus, ein Jahr nicht zusammen zu sein. Ich... schreib dir doch auch. Nun sag doch was, Mensch!«

Ich sagte nichts. Auch wenn ich es noch so sehr gewollt hätte, würde ich kein Wort herausgebracht haben. Ich hatte einen dicken Klumpen im Hals und konnte nicht schlucken. Vielleicht würde ich keine Luft mehr bekommen!

Tausend Kilometer weit weg sah ich Sandra. Nasse Streifen liefen ihr Gesicht hinunter. Sie war so weit weg, daß ich nicht sehen konnte, was es war.

Ich sagte nichts. Und so verschwand der Herbst.

UND RIESIG HOCH DIE HECKE WUCHS

Ich erinnerte mich an nichts mehr. Doch, ich konnte mich erinnern, in einem früheren Leben einmal ein paar Flaschen des einen oder anderen starken Inhalts beim Pol in der Kong Oscars Gate gekauft zu haben, und daß ich mich danach in meiner Bude einschloß. An mehr erinnerte ich mich nicht. Auch nicht, warum ich das getan hatte. Ich fühlte mich überall taub, als sei ich in zahllose Lagen Mullbinden eingepackt oder in einer Schneewehe.

Ich beschloß, jenes Geräusch, das ich gehört hatte, als ein kräftiges Klopfen an die Tür zu interpretieren. Jetzt hörte ich auch eine Stimme: »Schließ auf, im Namen des Gesetzes, sonst schlage ich die Tür ein. Ich weiß, daß du da bist.«

Ich versuchte, aus dem Bett zu kommen. Das war nicht leicht. Es war so gut wie unmöglich. Mein Körper wollte nichts von dem tun, was ich ihm sagte. Es kam mir vor, als hätte ich mindestens zwanzig Kilo abgenommen und wöge gleichzeitig mindestens vier Tonnen. Schließlich brachte ich etwas aus dem Bett, das einem Fuß ähnelte. Einem Gespensterfuß. Mich schauderte. Der Fuß trat gegen etwas Kaltes und Hartes. Eine Flasche. Noch mehr Flaschen. Flaschen überall auf dem Fußboden. Wer war so durchtrieben, seine leeren Flaschen auf meinem Fußboden zu verstreuen? Der würde noch was erleben.

»Zum letztenmal...«, hörte ich vor der Tür.

»Ich komme«, sagte ich, war mir aber nicht sicher, ob jemand es gehört hatte.

Ich stützte mich auf Tisch und Stühle und gelangte so schließlich an die Tür. Mit einer ungeheuren Kraftanstrengung schaffte ich es, den Schlüssel umzudrehen.

Da stand ein Typ, den ich glaubte, einmal gekannt zu haben, in wirklich fernen Tagen. Vielleicht war ich mit ihm in die Sonntagsschule gegangen. Aber wie hieß er nur? Irgend etwas mit M, glaubte ich. Mons, Mink, Moltke, Moe. Etwas in der Richtung.

»Verfluchte Scheiße!« sagte der Typ mit M und blickte mich unfreundlich an. »Ist es so um dich bestellt? Das ist ja zehnmal schlimmer, als ich befürchtet hatte.«

Jetzt wußte ich wieder, wie er hieß. Munk hieß er, ein komischer Name.

»Komm rein, Munk«, sagte ich.

»Hier reinkommen? Hier stinkt es ja dermaßen, daß anständige Leute keinen Fuß in die Tür setzen können. Mach bloß schnell das Fenster auf, Kerl!«

Das Fenster? Gab es hier so etwas? Ich humpelte zum Fenster und wollte es aufmachen. Aber es schien festgeleimt zu sein. Alles war anders, als es vorher gewesen war. Munk kam mir nach und öffnete das Fenster. Er mußte eine eigene Technik für derartige Dinge haben.

Er war fuchsteufelswild.

»Ich versuche, dich zum wahren Glauben und zur Entsagung zu erziehen«, sagte er. »Und dann das hier! Das ist der Dank!«

Ich plumpste aufs Bett. Ich konnte nicht so lange stehen.

»Wodka«, sagte Munk und betrachtete die Flaschen. »Wodka hat der Kerl getrunken. Und Whisky. Verkneift sich nichts, der Kerl.«

Sein Blick fiel auf eine Flasche, in der noch ein Rest übrig war, und er schnupperte skeptisch daran.

»Nun gut«, sagte er. »Das wird beschlagnahmt. Dann habe ich dich vielleicht doch noch im letzten Augenblick vor dem Untergang gerettet. Weißt du, wann du dich zuletzt unter Menschen gezeigt hast, oder welche Jahreszeit wir haben?«

Ich schüttelte den Kopf.

»Es ist der zwölfte Dezember, und draußen liegt Schnee, und es ist zwei Monate her, seit ich dich zuletzt gesehen habe. Ich bin ein paarmal hier gewesen und habe geklopft, aber jedesmal war die Tür verschlossen, und ich bekam keine Antwort. Dann traf ich zufällig diesen Idioten Waschbrett-Olsen. Er erzählte, daß du einen Abend im Holberg warst und Randale gemacht, geheult und eine Kellnerin gewürgt hast. Wirklich, ich muß schon sagen.«

Ich war heilfroh, daß ich mich an nichts von alledem erinnern konnte.

Munk setzte sich auf einen Stuhl. Er hob die Flasche, die er gefunden hatte, an den Mund.

»Aaah«, sagte er. »Und jetzt erzähl mal. Du mußt ja wohl einen Grund haben.«

Langsam begannen die losen Teile in meinem Kopf sich zu sammeln. Sie tauchten friedlich aus den Nebelschwaden auf und legten sich zurecht, eins aufs andere. Ich erzählte.

Als ich glaubte, fertig zu sein, nickte Munk. Die Flasche, derer er sich erbarmt hatte, war jetzt so leer wie die anderen.

»Ich habe mir schon so etwas gedacht«, sagte er. Er stand auf und trat ans Fenster. »Sie will deine Liebe ein Jahr lang auf die Probe stellen, das ist doch nichts, wenn du es wirklich ernst meinst, du Saftheini. Aber du hast es nicht einmal einen Tag lang ausgehalten. Liegst hier und spielst Dornröschen, und läßt die Hecke riesenhoch wachsen und wartest auf den Kuß einer Prinzessin, um zu erwachen. Du bist ein Versager auf der ganzen Linie. Eine Null bist du, verdammich. Und was machen wir jetzt mit dir? Dich umerziehen? Ich glaube, sogar dafür ist es zu spät. Das Barmherzigste dürfte sein, dir eine Kugel in den Schädel zu verpassen, aber zuerst nehm ich dich mit zum Doktor, um zu sehen, ob sich nicht doch noch etwas machen läßt, wider alle Erwartung.«

Munk sah in die Tasche seines Jacketts.

»Übrigens habe ich deinen Briefkasten geleert, als ich raufgekommen bin. Da sind mehrere Karten und ein paar Briefe aus Trondheim. Guck mal, hier ist sogar eine mit dem Nidaros-Dom drauf. Das ist doch was für dich, oder?«

DER DOKTOR

Der Doktor machte ein bedenkliches Gesicht. Er war alt und unrasiert und schlurfte in karierten Filzpantoffeln herum, aus denen sowohl die Zehen als auch die Fersen herausguckten. Er wedelte mit seinem Stethoskop.

»Das sieht gar nicht gut aus«, murmelte er. »Ganz und gar nicht gut. Du bist nicht sehr nett zu deinem Körper gewesen.«

Er machte wieder ein bedenkliches Gesicht und warf das Stethoskop auf den Fußboden. Ich sah mich im Sprechzimmer um. Auf dem Schrank standen ein Schädel und ein Glas mit einem in Alkohol eingelegten Schweineembryo. An der Wand hingen ein Bild des jungen Hippokrates und ein eingerahmter Brief mit den Worten:

Ich brauche deine Hilfe nicht mehr.
Gruß von Emilia (dem kranken Mädchen)
26.09.72

Auf einem Regal stand das Buch ›Geschichte eines Hausarztes‹ mit dem Bild einer nackten Frau auf dem Umschlag, und in einer Ecke standen seine Golfschläger.

»Ich könnte dir Tabletten geben«, sagte er. »Aber Tabletten sind Teufelszeug. Ich rate dir statt dessen, für eine Weile zu verreisen. Hör auf, an Mädchen zu denken, und mach mal etwas ganz anderes. Und kein Alkohol, ist das klar?«

»Klar«, sagte ich.

»Schon kleine Mengen Alkohol können dir den Rest geben. Es sieht nicht besonders schön aus in dir. Ehrlich gesagt, sieht es aus wie zwei Müllautos, die mit einer Ladung toter Hunde kollidiert sind.«

Ich nickte und begriff den Ernst der Lage.

Auf dem Heimweg kaufte ich zwei Literflaschen Zitronenlimonade und zwei Liter Dickmilch.

»Na, wie war es?« fragte Munk. »Wie lange gibt er dir noch?«

»Er meint, ich sollte verreisen«, antwortete ich, »genau wie… wie…«

»Wie Sandra. Da helfe ich dir. Ich bin derselben Ansicht.

Es ist das einzige, was du tun kannst, wenn du mich fragst. Im übrigen bin ich auch politisch zutiefst enttäuscht von dir. Schlapp und ohne Bewußtsein läßt du dich hängen. Kein bißchen Engagement. Es ist ja ganz okay mitzutrotten, weil Onkel Munk so ein sympathischer und dufter Typ ist, mit zentnerweise Charisma und immer etwas gutem Wein. Aber selbst was auf die Beine stellen? Nein, kein Gedanke daran. Ja, fahr weg bis zum nächsten Herbst und werde erwachsen. Ich bin nachsichtig mit dir und verlange nicht, daß du ein anderer Mensch wirst, aber du solltest auf Sandra hören, die eine großartige Person ist (auch wenn ihre psychedelische Bettwäsche mir den Rest geben würde), und ernsthaft über den ganzen Mist nachdenken. Nächsten Herbst kommst du zurück, frischgewaschen und gut in Form, mit sauberem Hemd und sandgestrahltem Hirn, und vergiß ja nicht, was Zollfreies einzukaufen. Dann machen wir eine Riesenshow. Sandra ist wieder hier, und wir sind in der heißesten Endphase des Wahlkampfs. Alles okay? Dann gute Reise. Vergiß den Paß nicht.«

»Nichts ist okay«, sagte ich. »Ich weiß nicht einmal, wohin ich fahren soll.«

»Fahr nach Paris«, sagte Munk. »Ich hab da Bekannte. Sympathische Menschen, wird dir guttun, sie kennenzulernen. Auch flotte Mädchen. Vielleicht bringt dich das auf andere Gedanken.«

Paris. Das wäre vielleicht das Richtige. Irgend etwas an den Großstädten Europas zog mich gerade jetzt an. Die Anonymität. Diese Cafés, wie hießen sie noch gleich? Bistros.

»Die Sache hat nur einen Haken«, sagte ich. »Mein Schulfranzösisch ist alles andere als frisch.«

»Kein Problem. Wir verpassen dir einen Schnellkurs in Französisch in Doktor Munks Sprachenschule. Intensivkurs, dreißig Stunden, inklusive Käse und Wein. Du mußt dich allerdings mit dem Käse begnügen. Das dürfte reichen. Du mußt auf jeden Fall lernen, was Möse auf Französisch heißt, damit du nicht wie ein Trottel daherkommst. Ich würde verdammt gern mitfahren, aber ich nehme an, du hast gehört, daß ich für immer des Landes verwiesen worden bin. Von de Gaulle persönlich.«

»War es da unten auch ein Hotelzimmer?«

»Nicht ganz. Es war, weil ich den Zirkus von '68 mit in Gang gebracht habe. Ich war Experte im Werfen von Pflastersteinen, was der Polizei überhaupt nicht gefiel. Also haben sie mich auf Lebenszeit ausgewiesen. Mich und Cohn-Bendit. Wir kriegten die gleiche Strafe und schreiben uns übrigens noch immer. Er ist dicker geworden, während ich mich gut gehalten habe.«

Munk stellte das Radio an. Ein paar wütende Rhythmen kamen heraus, und eine erregte Krähenstimme sang etwas von ›anti-Christ‹ und ›anarchist‹. Das Letztere sprach er ›änärkaist‹ aus. Munk drehte voll auf, und sein Gesicht strahlte.

»Da haben wir ja die Platte«, sagte er. »Das sind die Sex Pistols und *Anarchy in the UK*.«

»Sex Pistols?«

»Punk«, sagte Munk. »Die erste gute Musik seit vielen Jahren. Zwar auch nicht so neu, daß sie nicht alt ist, aber trotzdem! Jetzt heißt es endlich Goodbye to Crosby, Stills, Nash and Young, und Gott sei's gedankt.«

II

DER WEISSE KÖRPER DES MONDS

KARIN WÄSTBERG

Von Kopenhagen an saß ich mit einem schwedischen Mädchen zusammen im Abteil. Ich studierte sie heimlich und versuchte herauszufinden, was sie las. Zwischendurch stiegen Leute zu und wieder aus, nur wir beide gehörten zum festen Inventar und wollten bis nach Paris.

Rødby Færge, sah ich. Hier wollte ich zu Abend essen. Now or never. Puttgarden. Jetzt waren wir in Deutschland. Der Himmel hing tief, die Schaffner hatten helle Haare und blaue Uniformen mit roten Tressen. Sie sahen effektiv aus und knipsten die Fahrkarten, als machten sie Musik.

»Woher kommst du?« fragte das schwedische Mädchen. So kamen wir ins Gespräch, und ich fand heraus, daß sie *Das goldene Notizbuch* las, was mich einen Moment an Else denken ließ. Dann dachte ich nicht mehr an Else.

Das schwedische Mädchen wollte nach Paris, wie ich mir schon gedacht hatte.

»Ich heiße Karin Wästberg«, sagte sie. Ich versuchte herauszufinden, ob der Name zu ihr paßte. Sie war groß und ziemlich dürr, mit kurzen Haaren, blauen Augen und kleinen Brüsten. Doch, es paßte ungefähr.

»Bist du traurig?« fragte sie.

»Nein, wieso?«

»Du siehst traurig aus.«

»Ich sehe vielleicht traurig aus, aber ich bin es nicht«, sagte ich.

Sie lachte.

»Ich bin so verdammt müde«, sagte sie. »Wie findest du meine Beine?«

Ich war ein bißchen überrumpelt. Solche Fragen wurden mir auf Zugreisen im allgemeinen nicht gestellt, nicht einmal von schwedischen Mädchen.

»Findest du, daß sie normal aussehen?«

»Ich kann nichts besonders Unnormales an ihnen entdekken«, sagte ich.

»Ich habe eine verfluchte Dummheit gemacht«, sagte sie. Sie erzählte, daß sie zu lange Beine gehabt und viel darunter gelitten hatte, besonders in der Schulzeit. Schließlich ertrug sie es nicht mehr, mit ihren Freundinnen tanzen zu gehen. Wer wollte schon mit einer tanzen, die so lange Beine hatte und die Jungen um einen Kopf überragte?

Ich dachte, daß ich durchaus mit ihr hätte tanzen wollen, aber das wäre wohl kein großer Trost gewesen.

Dann hatte sie sich operieren lassen. Die Beine waren gekürzt worden, sie hatten unterhalb der Knie ganz einfach ein paar Zentimeter weggesägt.

Ich begriff nicht, wie so etwas gehen konnte, es klang nach den wildesten Hirngespinsten, aber ich sah ihr an, daß es stimmte. Und jetzt bereute sie es. Sie fühlte sich mindestens genauso unwohl wie vorher. Zu allem Überfluß hatte sie auch noch ab und zu Schmerzen.

»Du findest also nicht, daß meine Beine komisch sind?«

»Deine Beine sehen richtig prima aus«, sagte ich.

»Oh, du bist lieb.«

»Nicht besonders. Die mich kennen, wissen das.«

Draußen war es stockfinster, und wir sahen nur die Lichter von norddeutschen Dörfern. Dann wurden es mehr und mehr, und schließlich hielten wir. Hamburg Hauptbahnhof. Jetzt waren wir also in Hamburg. Auch hier gäbe es sicher etwas zu erleben, was meine Gedanken von gewissen anderen Dingen fortlocken konnte. Aber ich hatte eine Fahrkarte nach Paris.

Unser Abteil füllte sich, und ich mußte mich in eine Ecke drücken. Karin seufzte und wandte sich wieder Doris Lessing zu.

Munk hatte mir Reiselektüre mitgegeben, ein Buch von Alfred Jarry, *Gestes et opinions du docteur Faustroll, pataphysicien*. Ich verstand nur wenig davon. Trotz meines Intensivkurses in Französisch inklusive Käse verstand ich zu viele Wörter nicht. Und was ich von der Handlung verstand, machte die Sache auch nicht viel klarer. Es ging um einen Typ, der Dr. Faustroll hieß und 1898 geboren war, im Alter von 63 Jahren. Das Buch begann damit, daß er aus seiner Wohnung geworfen und seine Bücher beschlagnahmt wurden. Dann begab sich der Doktor auf eine Bootsreise durch Paris, zusammen mit einem Affen, der Bosse-de-Nage hieß und ständig HA-HA! sagte. Ich hoffte, daß Munk nicht meinte, dies sei als Bild von ihm und mir aufzufassen.

Es war bereits tiefe Nacht. Bremen Hauptbahnhof und neue Leute ins Abteil. Karin hatte den Mantel über sich gebreitet und sich auf dem Sitz mir gegenüber ausgestreckt. Es sah aus, als schliefe sie. Achtung an Gleis zwo. Bitte einsteigen und die Türen schließen. Der Zug fährt sofort ab.

So zusammengepreßt wie ich saß, bestand wenig Hoffnung auf Schlaf. Ich mußte das rote Licht und die Bahnhöfe im Ruhrgebiet erleben, ob ich wollte oder nicht. Erst hinter Aachen, als wir nach Belgien kamen, wurde soviel Platz im Abteil, daß ich mich ausstrecken konnte. Ich legte mir Faustroll unter den Kopf und breitete den Wintermantel über mich. Ich hatte keine Lust, mir Belgien anzusehen. Vielleicht ein andermal. Und wenn nicht, dann würde ich auch nicht daran sterben.

Karin hob den Kopf.

»Wo sind wir jetzt?«

»Irgendwo in Belgien«, sagte ich. »Eine von diesen Städten in Belgien.«

»Nicht weiter? Dann gute Nacht.«

»Gute Nacht.«

Ich weiß nicht, ob ich schlief, oder was es war. Auf jeden Fall strömten sonderbare Träume zu mir herauf, von einer Stelle unter meinem Sitz, glaubte ich. Gräßliche Gesichter kamen auf mich zu und umschwirrten mich wie Flattermösen. Sie wollten mich fassen. Es gab keinen besonderen Grund dafür, ich sollte nur gefaßt werden. Ein paar von ihnen waren dabei, mich mit dem Kopf in ein Glas Aprikosenmarmelade zu stecken. Das Glas war nur ein normales Haushaltsglas, deshalb war es schwer, mich hineinzubekommen. Vor allem mit dem Kopf zuerst. Da erblickte ich Sandra. Sie saß mit dem Rücken zu mir. Sandra! rief ich. Guck doch, was sie mit mir machen! Sie mußte mich gehört haben, zeigte aber keine Reaktion. Plötzlich stand sie auf und ging. Noch immer, ohne in meine Richtung zu sehen. Jetzt fing jemand an, an meinen Füßen zu sägen. Nein, bitte nicht! Ich habe mich nie beklagt, daß sie zu lang sind. Nie! Sie sägten weiter, daß die Späne nur so flogen.

Graues Licht hatte sich im Abteil ausgebreitet. Ich war wach und sah, daß Karin, den Mantel immer noch über sich, dasaß und aus dem Fenster schaute.

»Guten Morgen«, sagte sie. »Du mußt etwas Schreckliches geträumt haben. Du warst so unruhig.«

Ich erzählte nicht, was ich geträumt hatte.

Draußen konnten wir gefrorene, braune Äcker sehen, und Krähen, die ruhig auf der Erde saßen. Hier und da eine einsame Fabrik, aber kein Schnee. Ich hatte geglaubt, die Januarkälte würde sich etwas geben, je weiter wir nach Süden kämen. Aber es sah nicht danach aus. Ich schaute auf die Uhr.

Karin erzählte, es sei das zweite Mal, daß sie nach Paris fahre. Sie hatte einmal ein halbes Jahr bei einer Familie als au pair gearbeitet, und jetzt wollte sie wieder zu ihnen. Die Kinder waren größer geworden, und sie freute sich darauf, sie wiederzusehen.

Die Häuser mehrten sich, wurden größer und rückten dichter zusammen. Alles war noch immer grau, aber es war ein helleres Grau als am Tag zuvor.

Eine halbe Stunde später fuhr der Zug in den Gare du Nord ein. Ich war in Paris und sah Kioske, eine Wechselstube, Menschen, die wartend dasaßen, und ein Buffet. Ich war hungrig, hungrig wie eine Meerkatze. Immer mußte ich Vergleiche anstellen.

»Ich kann erst in ein paar Stunden zu meinen Leuten fahren«, sagte Karin. »Wie wär's mit einem Kaffee und ein paar Croissants?«

Wir schleppten unsere Koffer quer über die Rue de Dunkerque zu einem Café, das Café Buffet du Nord hieß. Es war das erste Mal, daß ich auf Französisch etwas zu essen bestellte, und ich war gespannt, ob ich es hinkriegen würde, aber der Kellner nickte nur und verschwand. Wir würden ja sehen, womit er zurückkam.

Ein Flipper dröhnte die ganze Zeit.

»Deux express«, sagte eine Stimme. Das hörte sich spannend an. Ein wohliges Gefühl von Freiheit hatte bereits begonnen, in meinen zähen Körper einzudringen, es fing in den Füßen an und war schon ein ganzes Stück an den Schenkeln nach oben gekommen.

Ich lächelte Karin an, und Karin lächelte mich an.

Der Kellner kam zurück und schmiß einen geflochtenen Korb mit fünf braunen Croissants auf unseren Tisch.

Fünf Minuten später kam er mit zwei klitzekleinen Tassen wieder, die zu drei Vierteln mit schwarzem und bitterem Kaffee gefüllt waren. War der Kaffee hier so, oder war das nur ein Versuch, uns übers Ohr zu hauen, weil wir Ausländer waren?

»Wenn du mehr haben willst, mußt du Grand café sagen«, sagte Karin.

Grand café, dachte ich. Ich hatte geglaubt, das sei etwas anderes.

Ich fühlte mich richtig gut und völlig übermüdet und grinste dumm.

DER EIFFELTURM

»Wo wirst du wohnen?« fragte Karin.

»Ich bin noch nicht sicher, aber vielleicht hier«, sagte ich, und zeigte ihr die Adresse, die Munk mir gegeben hatte.

»Oh, das ist ganz am anderen Ende der Stadt. Da mußt du die Metro zur Porte d'Orléans nehmen.«

»Aha«, sagte ich.

Karin schrieb sich meine Adresse auf.

»Ich gebe dir meine Telefonnummer«, sagte sie. »Dann kanst du mich anrufen. Frag einfach nach Karin.«

Sie schrieb die Nummer auf: 705 37 14.

»Danke«, sagte ich. »Ich ruf dich dann an.«

»Prima«, sagte sie. »Tschüß dann.«

Karin Wästberg verschwand in der Metro am Gare du Nord, und ich wußte zu diesem Zeitpunkt noch nicht, daß ich 705 37 14 nie anrufen und sie nie wiedersehen würde. So verschwand Karin Wästberg aus meinem Leben.

Ich stellte meinen Koffer in ein Schließfach und ging los, um herauszufinden, welche Metro ich nehmen mußte, um zum Eiffelturm zu kommen.

HOTEL

Ich hatte den Eiffelturm, Nôtre Dame, den Jardin de Luxembourg und den Triumphbogen gesehen und eine kleine Statue von Napoleon gekauft. Ich kam mir vor wie ein bescheuerter Tourist. Jetzt war ich müde und hungrig und klingelte an einer Tür in einem Mietshaus in einer kleinen, engen Straße, die Rue de Coulmiens hieß. Auf dem Bürgersteig lag Abfall, und gerade hatte mich eine Katze angefaucht.

Ein Kopf kam zum Vorschein.

»Bonjour«, sagte ich. »Ich bin ein Freund von Munk.«

»Munk? Ah oui, le Moine. Ah bon.«

Er sah mich scharf an. Es war ein Mann in den Dreißigern, mit einer langen, scharfen Nase und einem schmalen Bart.

»Sie hätten nicht vielleicht ein Zimmer für mich?« sagte ich vorsichtig. Ich wünschte, ich hätte etwas anderes zu sagen gehabt. Jetzt kam ich mir verraten und verkauft vor.

»Une chambre? Ah non...«

Er wandte sich ins Wohnungsinnere, und ich sah, daß sein Nacken rasiert war. »Lucie«, rief er. »C'est un copain du Moine.«

Ein Kumpel des Mönchs, dachte ich. Hörte sich gut an.

Eine Frau mit Schürze und strubbeligem Haar kam an die Tür. Sie roch nach frisch Gebratenem und Eßbarem, und mir lief das Wasser im Mund zusammen.

»Hallo«, lächelte sie. »Munk, ja. Da solltest du mit Marie-Claire reden. Sie waren gute Freunde. Aber sie wohnt nicht mehr hier.«

Ich begriff schon, daß hier nicht mehr viel zu machen war. Ich sah, daß der Typ am liebsten die Tür zumachen würde. Aber offenbar hatte Lucie Mitleid mit mir. So etwas kam also auch in Paris vor.

»Wir haben jetzt gerade nichts frei«, sagte sie und wischte sich die Hände an der Schürze ab. Was sie wohl gerade briet? Koteletts?

»Aber Jean-Loup zieht in einer Woche aus«, sagte sie zu dem Mann.

Er nickte zögernd.

»Komm in einer Woche wieder«, sagte Lucie. »Bis dahin findest du sicher ein billiges Hotel. Dann sehen wir, ob wir nicht ein Zimmer für dich finden.«

»Au revoir«, sagte ich.

»Warte«, rief Lucie, »willst du einen Pfannkuchen?«

Ich ging wieder hoch. Ein flacher, goldbrauner Pfannkuchen wurde mir in die Hand gedrückt.

»Danke«, sagte ich.

Am Gare du Nord war genauso viel los wie zuvor. Viele Leute saßen nur da und stierten leer vor sich hin. Da gehen die Züge, dachte ich. Wenn es hier zu schlimm wird, kann ich wieder nach Hause abhauen.

Zuerst ging ich zum Buffet und kaufte mir etwas zu essen. (Es ist mir nicht ganz klar, was es gewesen sein kann.) Danach holte ich meinen Koffer, der seit dem Morgen vier Kilo zugenommen zu haben schien. Was konnte er gegessen haben?

Ich machte mich auf die Wanderung durch die Straßen, die jetzt ziemlich dunkel geworden waren. Es war das Beste, so schnell wie möglich ein Hotel zu finden. Spät abends allein in Paris auf der Straße zu stehen, mußte gefährlich sein.

Ich ging nach rechts die Rue de Dunkerque hinunter, überquerte die Rue de Maubeuge und den großen und gefährlichen Boulevard de Magenta, und hatte noch immer kein Hotel gefunden, das mir passend erschien. Entweder sahen sie zu teuer aus, oder zu schrecklich und schäbig.

Schließlich gelangte ich in eine Straße, die sie Rue du Faubourg Poissoniere genannt hatten. Sie war genauso lang und verwinkelt wie ihr Name und führte abwärts. Ich wußte, daß hier mein Hotel liegen mußte. Vor allem, weil ich es nicht schaffen würde, den Koffer noch weiter zu schleppen.

Ich hörte einen Vogel, der oben in einer dunklen Dachrinne auf eine ganz bestimmte Art zwitscherte. Das konnte nur eins bedeuten. Hotel de Jaquemort, stand da. Ein einsterniges, hell und sympathisch.

»Haben Sie vielleicht ein Zimmer für eine Woche?« fragte ich müde.

Sie hatten. Weil ich es war, also. Ich bezahlte alles im voraus, legte mich aufs Bett und schlief ein.

BELMONDO

An einem trüben Nachmittag spazierte ich zum erstenmal die Champs-Élysées hinunter. Es leuchtete aus himmlischen Schaufenstern und riesigen Kinos mit offenen Lichtmündern. Dort zeigten sie *Emmanuelle* (mit englischen Untertiteln). Den mußte ich mir unbedingt ansehen.

Ich ging hinter einem Mann, der mir bekannt vorkam. Er trug einen langen weißen Pelzmantel und eine braune Schlägermütze, und an seinem Arm ging eine Frau, auch sie in einem langen, weißen Pelz und mit langem, hellem und wogendem Pariserhaar. Ich fragte mich ernsthaft, wer von meinen Bekannten das sein konnte, der hier so langsam und natürlich die Champs-Élysées hinunterging, ohne einen Blick in die Schaufenster zu werfen, vorbei an Emmanuelle und allem. Ich ging schneller, um ihn zu überholen, und drehte mich ganz zufällig im Vorübergehen zu ihm um.

Mir wurden die Knie weich.

Es war Belmondo, kein anderer als Jean-Paul Belmondo, der Mann, der für immer mein Lieblingsschauspieler sein würde. Die häßliche Nase und die breiten Lippen. Er war ein bißchen älter, aber entsprach ansonsten exakt dem Bild, das wir als Kinder in den Kaugummipäckchen fanden. Und jetzt schlenderte er hier mit seiner Freundin die Straße hinunter. Und seine Freundin lachte ihn mit blanken Zähnen an und hakte sich fest bei ihm unter.

Einen wirren Moment lang malte ich mir aus, hinzugehen, zu grüßen und zu sagen: Hello, Belmondo, nice to see you, oder etwas ähnlich Vulgäres. Ich dachte sogar daran, ihn zu fragen, ob er Munk kenne! Doch im nächsten Augenblick rutschte mir das Herz wieder in die Hose, und ich wagte nichts von alledem. Ich blieb wie festgenagelt stehen und sah Belmondo auf mich zukommen. Blickte er mir nicht eine Zehntelsekunde in die Augen?

Er schwenkte plötzlich nach links und ging mit der Dame in eins der strahlenden Kinos. Ich sah, wie er ganz normal eine Eintrittskarte kaufte, und dann war er weg. Ich beeilte mich nachzusehen, in welchen Film Belmondo gegangen war.

Das würde in Filmkreisen zu Hause sicher von Interesse sein. Es gab Artikel und Abhandlungen über Geringeres als das. Ich sah auf das Plakat: Walt Disneys *Bernard und Bianca*.

Und ich ging weiter den breiten Bürgersteig hinunter, zwischen all den unbekannten Gesichtern. Der Autoverkehr weit draußen zu meiner Rechten störte mich nicht. Ich ging weiter. Ich wollte ja noch bis zum Place de la Concorde, um wilde Sachen zu erleben.

BEBEN ZWISCHEN DEN SCHENKELN

In drei Tagen hatte ich vierzehn Filme gesehen, und mir ging auf, daß ich das Tempo drosseln mußte, wenn mein Geld so lange reichen sollte, wie ich geplant hatte. Aufgrund des verschwundenen Herbstes hatte ich ein bißchen Geld gespart, aber trotzdem hatte ich nicht viel mehr als das Studiendarlehen für das Frühjahr plus einen Teil von dem Hansa-Geld, um mich über Wasser zu halten.

Ich hatte folgende Filme gesehen:

Walt Disney: *Bernard und Bianca*
Fellini: *Die Clowns und Roma*
Chaplin: *Lichter der Großstadt*
Marx Brothers: *Eine Nacht in der Oper* und
Die Marx-Brothers im Krieg
Kubrick: *Dr. Seltsam,*
oder: Wie ich lernte, die Bombe zu lieben
Arrabal: *Ich werde laufen wie ein verrücktes Pferd*
Die Abenteuer des Bugs Bunny und seiner Freunde
Anderson: *Der Erfolgreiche*
Pasolini: *Erotische Geschichten aus 1001 Nacht*
Schlesinger: *Der Marathon-Mann*
Godard: *Elf Uhr nachts* (mit Belmondo)
Tim und Struppi und der Sonnentempel

Von all diesen Filmen sind mir die kurzen Filme über Bugs Bunny am besten in Erinnerung geblieben. Schon sonderbar. Und noch war ich in keinem Kino vom Typ ›Amsterdam‹

(100, Rue St.-Lazare) gewesen. Das Programm dieser Woche war folgendes (in Übersetzung):

Die Möse der Nachbarin
Der Körper und die Peitsche
Beben zwischen den Schenkeln
Drei Schwedinnen auf der Insel der tausend Freuden
Die Wirtin reist ohne Schlüpfer
Sybilles süßer Po

Es war ein Trauerspiel, in solchen Zeiten ans Geld denken zu müssen. Es müßte ganz anders sein. Sollte ich etwa zum Verbrecher werden, nur um all die Filme sehen zu können, auf die ich Lust hatte? Solche Fragen stellte ich mir, während ich die langen Brücken von Paris überquerte, unter denen Prahme und Leichter langsam dem Meer zu oder sonstwohin glitten. Ich wollte nicht auf das gute Gefühl verzichten, aus dem dunklen Kino auf die erleuchtete Straße hinauszukommen, die Menschen anzusehen, in mich hineinzulächeln und sicher zu sein, etwas zu wissen, was sie nicht wußten, etwas, das in mir ruhte und mir den Bauch wärmte.

Paris war eine graue Stadt, aber es gab auch viel Licht. Und wer wollte wissen, ob ich nicht doch bald etwas fände, wo ich wohnen konnte?

PLACE DE LA RÉPUBLIQUE

Es war ein etwas zu früher Abend auf dem Place de la République, und ich ging in ein Café ganz in der Nähe, ein Stück in Richtung Faubourg du Temple, um einen Kaffee zu trinken, weil es noch so früh war. Der Wirt servierte den Kaffee in einer dieser Tassen, die so klein sind, daß du den Kaffee vergißt, kaum daß du ihn getrunken hast, und wenn sie abkassieren wollen, hältst du es für einen schlechten Scherz, und wenn du einsiehst, daß sie es ernst meinen, fängst du an, darüber nachzudenken, wie absurd die Welt ist und was das Ganze für einen Sinn hat. Ein schmuddeliges Ehepaar stand rechts von mir und knutschte. Sie wollten zwei kleine Bier, wurden aber nicht bedient, weil sie zu betrunken waren, und weil der Wirt sie kannte und wußte, daß sie schlechte Menschen waren und nicht gut rochen. Sie rochen wirklich nicht gut. Und sie kicherten heiser.

Ein Schwarzer kam zu mir und fragte, ob ich Streichhölzer hätte. Ich sagte in gefälligem Französisch ja und fing an, in meiner Tasche nach der Streichholzschachtel zu suchen. Sie war nicht hier und sie war nicht da. Wo war sie denn nun? Ich wußte doch, daß sie da irgendwo sein mußte, voll mit Streichhölzern wie nur was.

Der Schwarze schien irritiert zu sein. Er wedelte mit der unangezündeten Zigarette vor meiner Nase herum und sah mich sauer an.

»Was ist denn jetzt mit den Streichhölzern?«

»Warte einen Moment. Ich kann sie nicht finden.«

»Soll ich etwa die ganze Nacht hier stehen und kalt rauchen?«

»Nein, nein, ich hab sie gleich. Es ist ja noch früh am Abend.«

Jetzt pflanzte er sein Gesicht direkt vor meins und hielt nur die Zigarette dazwischen, als habe er vor, mir damit böse Geister auszutreiben. Aber dazu bedurfte es mehr als einer Zigarette, noch dazu einer, die nicht brannte.

»Ich hab schon kapiert«, zischte er. »Du willst mir kein Feuer geben. Du willst meine Zigarette nicht anzünden, weil ich Schwarzer bin, stimmt's? Du bist ein ganz gemeiner Rassist. Rassist, Rassist, Rassist«, rief er und stubste mir die Zigarette an die Nase, daß der Tabak über meine Jacke bröselte.

»Nun hör schon auf«, sagte ich. »Ich bin kein Rassist. Ich habe nichts gegen Schwarze. Es ist doch nicht meine Schuld, daß ich die Streichhölzer nicht finde. Außerdem könntest du ja daran denken, selbst Streichhölzer mitzunehmen. Das macht man so.«

»Rassist«, zischte er. »Ich schlag dir die Zähne ein. Ich laß mir von euch weißen Arschlöchern nicht alles gefallen.«

»Hör auf«, sagte ich, »und nimm deine Pfoten weg. Ich habe dir nichts getan. Und ich will mich nicht schlagen.«

Aber der Schwarze wollte sich gern schlagen. Er war wild entschlossen und hatte mir im übrigen schon einen Faustschlag gegen den Brustkasten verpaßt.

Die Leute im Café hatten ihre Gespräche unterbrochen und starrten uns voller Erwartung an. Überall leuchtende Augen. Ein dicker Mann mit Bart sabberte so, daß es ihm am Kinn herunterlief und auf den Schlips tropfte.

Nur der Wirt heulte auf.

»Raus mit euch. Geht auf die Straße. Ich will hier nichts demoliert haben. Macht, daß ihr rauskommt, sonst rufe ich die Polizei.«

Ich hatte dem Schwarzen inzwischen einen Schlag in den Bauch verpaßt, daß er sich krümmte und nach Luft schnappte.

»Wir gehen vor die Tür«, stöhnte er. »Da kriegst du eins in die Fresse, daß du es nie vergißt.«

»Und du erst«, sagte ich. »Du fängst dir einen ein, daß du deiner alten Hure von einer Mutter davon erzählen kannst.«

Wir gingen auf den Bürgersteig hinaus und maßen einander. Er wirkte etwas kräftiger als ich (dazu war nicht viel nötig) und war mindestens ebenso groß. Außerdem war er viel wütender. Es konnte also schwierig werden.

Und dann ich, der ich mich nicht mehr geprügelt hatte, seit ich in die Realschule ging und meine letzte Warze loswurde und wie ein Schwein blutete. Der Junge, der das getan hatte, war ein dicker Kerl, ein richtiger Fettsack. Ich sah mir ein Fußballspiel an, und er stand direkt hinter mir und rief ständig Beleidigungen. Er war jünger als ich, aber so dick, daß es unmöglich war, ihn auf den Boden zu kriegen. Es endete unentschieden.

Jetzt taumelte ich von einem harten Schlag ans Ohr zurück. So, der schlug also wirklich, dieser Schwarze! Ich schlug zu und traf ihn auf die Nase, daß das Blut ihm über Mund und Kinn spritzte.

Die Cafégäste waren hinter uns herausgekommen und bildeten einen Ring um uns, mit roten Gesichtern und wilden Augen. Sie wollten mehr Blut sehen. Der Wirt stand da und jammerte, weil er Angst hatte, wir könnten an seine Fensterfront stoßen und sie zertrümmern.

Ich bekam einen Schlag aufs Zwerchfell und taumelte rücklings gegen die Fenster.

»Weg von den Fenstern, weg von den Fenstern«, heulte der Wirt. »Macht meine Fenster nicht kaputt. Geht weg, geht weg, geht weg!«

Ein irritierender Kerl, dieser Wirt. Wenn er nur Ruhe geben könnte, wären wir schon ein ganzes Stück weiter.

Ich bekam wieder Luft und tat, als beabsichtigte ich einen Schlag gegen die Kinnspitze meines Gegners. Er duckte sich schnell, doch damit hatte ich gerechnet und gab ihm statt dessen einen kräftigen Schlag in den Bauch, so daß er diesmal gegen das Fenster taumelte. Der Wirt heulte und stellte sich an.

»Meine Fenster, meine armen Fenster. Könnt ihr nicht von meinen Fenstern weggehen? Ich habe eine kranke Frau und vier kranke Kinder zu versorgen. Was soll aus ihnen werden? Und aus den Raten für den Fernseher und der Gasrechnung von 460 Francs?«

»Frag doch den verfluchten Giscard, du Arsch«, sagte der Schwarze, »und hör auf, uns mit deinen beschissenen Fenstern auf den Geist zu gehn.«

»Ja«, sagte ich. »Halt deine Klappe. Wir haben genug von deinem Gewinsel.«

Der Schwarze schoß vor wie ein Ziegenbock und rammte mir seinen Schädel in den Bauch, daß alles, was darin war (hauptsächlich das Mittagessen) mir hochkam, und wir landeten beide auf dem Bürgersteig und wälzten uns im Dreck.

»Sauerei, hier liegt Hundescheiße«, zischte der Schwarze.

In Null Komma nichts waren wir wieder auf den Beinen und rangen miteinander, so daß keiner einen Schlag landen konnte. Wir schwankten wieder auf die Fensterfront zu. Wildes Heulen des Wirts, der sich die Haare raufte.

»Bringt sie auseinander, bringt sie auseinander, sie ruinieren mich. Was soll aus meiner Familie werden? Sollen wir in der Metro sitzen müssen und betteln? Und ich kann nicht einmal Mundharmonika spielen, und meine Frau singt wie eine Krähe. Nein, nein, nein!«

Ich sah den Schwarzen an. Er sah mich an. Er war gräßlich zugerichtet und blutig. Mir tat der Bauch erbärmlich weh. Au, au, au so weh! Wir gingen gleichzeitig auf den Wirt los. Ich ging um ihn herum und hielt seine Arme fest, und der Schwarze gab ihm einen Kinnhaken. Er hatte ein mächtiges und dickes Kinn, aber er sackte ohne einen Laut in sich zusammen. Ich hielt ihn unter den Armen, und der Schwarze nahm seine Füße, und so trugen wir ihn hinein, noch immer gefolgt von den anderen Gästen, die jetzt offensichtlich der Meinung waren, endlich etwas für ihr Geld zu bekommen.

Wir legten den Wirt auf die Theke, knöpften sein Hemd auf und fühlten seinen Puls. Er schlug wie eine Wohnzimmeruhr. Komisch, wie die Dinge sich fügten. Schon zum zweitenmal hatte ich mitgeholfen, einen Wirt zusammenzuschlagen.

»Kippt ihm ein Glas Bier über den Kopf, dann wird er wieder wach«, sagte der Schwarze zu den Zuschauern. »Ihr könnt euch auch ein bißchen nützlich machen.«

Wir gingen hinaus auf den Bürgersteig.

»Der war verdammt schwer«, sagte der Schwarze.

»Ja«, sagte ich. »Der war schwer.«

»Fangen wir wieder an?«

»Tja, bleibt uns wohl nichts anderes übrig.«

Wir standen da und überlegten und sahen uns um. Da drüben war eine rote Ampel, dort zwei alte Autos, und darüber waren alle Sterne. Hunderte. Und sie alle zwinkerten uns zu, ungefähr wie alte Huren.

»Im Grunde hab ich die ganze Scheiße satt«, sagte der Schwarze.

»Ich auch«, sagte ich. »Der Wirt war so schwer, daß es mir den ganzen Appetit genommen hat. Hier sind übrigens die Streichhölzer. Endlich hab ich sie gefunden.«

»Das ist jetzt auch egal. Ich hab die Zigarette verloren. Jetzt ist sie bestimmt zertrampelt.«

»Damit mußt du rechnen«, sagte ich. »So geht das eben. C'est la vie.«

»C'est la vie, ja. Du sagst es. Na denn, ich hau ab. Vielleicht seh ich dich eines Tages. Ich erkenn dich bestimmt an deiner häßlichen Visage.«

»Ja«, sagte ich. »Kann gut sein. Dann mußt du ein Bier ausgeben.«

»Ciao.«

»Ciao«, sagte ich. Der Abend war jetzt so weit fortgeschritten, daß ich ruhig weitergehen konnte.

MARIE-CLAIRE

Die Woche war um, ich zog aus dem Hotel aus, stellte meinen Koffer wieder ins Schließfach auf dem Gare du Nord und nahm die Metro in Richtung Porte d'Orléans.

Der Typ mit dem schmalen Bart usw. war auch diesmal zu Hause. Vielleicht war er so einer, der immer zu Hause war. Ein häuslicher Mensch.

»Guten Tag«, sagte ich. Ich konnte sehen, daß im Zimmer hinter ihm mindestens zwanzig Brote aufgestapelt waren. Sie würden wohl heute ein Fest feiern.

»Oh, bist du es?« fragte er.

»Ja«, sagte ich. »Ich bin es.«

Er blickte sich um, vermutlich, um zu sehen, ob Lucie in der Nähe war, um ihm zu helfen, aber sie war anscheinend nicht da.

»Tut mir leid«, sagte er. »Aber wir haben doch kein Zimmer. Der Typ, der ausziehen wollte, bleibt doch erst noch mal hier. Aber vielleicht in vierzehn Tagen, wenn du dann noch mal herkommst.«

»Na gut«, sagte ich. »Da läßt sich nichts machen. In vierzehn Tagen? Ja, vielleicht komme ich.«

Falls ich dann noch lebe, dachte ich, als ich wieder die Treppen zur Metro hinunterging. Jetzt sah es finster aus. Lange konnte ich nicht mehr so aasen und im Hotel wohnen.

Am Place St. Michel stieg ich aus, um von dort über die St. Michel-Brücke und die Pont au Change zu wandern. Natürlich gab es gute Möglichkeiten, sich in Paris zu ertränken. Vorausgesetzt, man wollte sich überhaupt irgendwo ertränken, konnte man es genausogut hier tun. Damit es ein bißchen Stil hatte. Aber ich ertränkte mich nicht. Ich ging den ganzen Weg bis zum Châtelet-Platz und setzte mich in das erstbeste Café dort, Le Mistral. Ich bestellte einen Kaffee (grand), saß da und guckte traurig aus der Wäsche. Pfui Teufel, war der Kaffee bitter! Wäre Munk hier gewesen, hätte er bestimmt den ganzen Kaffee aus dem Fenster geworfen. Ich aber wollte ja jetzt so höflich sein. Trank meinen Kaffee und wurde trauriger und trauriger. Einer von diesen Kellnern mit Bart und weinroter Jacke (so eine fehlte mir noch in meiner Sammlung) könnte wenigstens kommen und mir einen Klaps auf die Schulter geben. Aber an so etwas dachten die nicht. Die dachten an ihre fünfzehn Prozent Trinkgeld und daran, ob ihre Bärte saßen, wie sie sollten, direkt unter der langen Nase.

Dies konnte meinen ganzen Plan über den Haufen werfen. In Paris zu sein, ohne eine Bleibe zu haben, war völlig undenkbar. Einen Augenblick lang war Sandra auf dem Weg in meinen Kopf, sie hatte schon einen Fuß in der Tür, aber ich machte sie blitzschnell wieder zu. Da hatte nicht viel gefehlt. Ich bestellte noch einen Kaffee, genauso grand und bitter wie der vorige, und war drauf und dran, einen Kognak dazuzunehmen.

Nein, es sah gar nicht gut aus. Es war noch immer Januar, der härteste Monat, und vierzehn Tage lang sollte ich hier herumlaufen und warten, mein Studiendarlehen und das Hansageld aufbrauchen und dann wahrscheinlich trotzdem kein Zimmer bekommen. Und zu allem Überfluß stand da auch noch ein Scheißkerl und starrte mich an.

Ich schaute hoch und sah ein breites Grinsen in einem schwarzen Gesicht. Es war der Schwarze, den ich vor zwei Tagen so verprügelt hatte. Da stand er und grinste freundlich. Jetzt saß er übrigens schon, auf dem Stuhl mir direkt gegenüber.

»Salut«, grinste er.

»Salut«, sagte ich traurig.

»Was ist los mit dir, großer weißer Mann? Gehörst du nicht der Herrenrasse an? Ist das ein Grund, so den Kopf hängen zu lassen?«

»Jemand hatte mir ein Zimmer versprochen. Aber daraus wird nichts.«

»Aaah«, sagte der Schwarze. »Du solltest ins Bordell gehen und alle Sorgen vergessen.«

»Wenn es nur das wäre, ginge ich lieber ins Kino. Das ist billiger und mindestens genauso gut.«

»Du weißt offenbar nicht, wovon du redest«, sagte der Schwarze. »Ich glaube übrigens, wir haben vergessen, uns vorzustellen. Ich bin Jean-Jacques.«

»Hallo, Jean-Jacques. Es ist mir ein Vergnügen, Sie zu treffen.«

»Wie lange wolltest du denn in Paris bleiben?« fragte Jean-Jacques.

»So lange wie möglich.«

»Aaah, so lange wie möglich! Ich verstehe. Da hab ich ja Zeit, inzwischen einen Kaffee zu trinken. Einen Kaffee!«

Jean-Jacques sah aus, als denke er nach. Ich habe inzwischen ein bißchen Erfahrung darin, den Leuten anzusehen, wenn sie versuchen zu denken. In der Regel kommt wenig dabei heraus, aber sie haben es wenigstens versucht.

Jean-Jacques schien aber mit dem Ergebnis zufrieden zu sein. Er schlürfte seinen Kaffee.

»Das müßte klappen«, sagte er. »Komm, wir holen dein Gepäck. Ich weiß ein Zimmer für dich.«

»Ist das wahr?« fragte ich. Zum erstenmal bereute ich, an jenem Abend so hart zugeschlagen zu haben. Nun ja, er machte nicht den Eindruck, als hätte er bleibende Schäden davongetragen.

Jean-Jacques pfiff irgendeinen Kabarett-Song, und ich blickte zum mantelgrauen Himmel auf, der einen roten Schimmer bekommen hatte. Irgend etwas Ernstes ging da oben vor sich.

Wir holten den Koffer vom Gare du Nord und nahmen die Metro zurück nach St. Placide, tauchten auf der belebten Rue de Rennes wieder auf und schleppten den Koffer in die Seitenstraße Rue d'Arras. Jean-Jacques zeigte zum Dachgeschoß eines der grauen und stillen Mietshäuser hoch.

»Unter'm Dach«, sagte er. »Da wohnen wir.«

»Gut«, sagte ich.

Es gab selbstverständlich keinen Aufzug, aber gemeinsam schleppten wir den Koffer nach oben.

»Mach dich leicht«, sagte ich zu meinem Koffer. Aber er

verstand mich falsch und machte sich statt dessen verteufelt schwer.

»Was ist denn auf einmal mit deinem Koffer?« fragte Jean-Jacques. »Warum wird er plötzlich so verdammt schwer?«

»Er neigt dazu, mich mißzuverstehen«, antwortete ich.

»Ah bon«, sagte Jean-Jacques.

Die Tür, vor der wir stehenblieben, verriet nichts darüber, was uns hinter ihr erwartete. Manchmal kann man einer Tür ansehen, wohin man geht, aber so eine Tür war dies nicht.

»Wir müssen nachsehen, ob Marie-Claire da ist«, sagte Jean-Jacques.

Drinnen war ein kleiner, dünner Typ mit langen schwarzen Haaren bis über die Augen, schwarzer Lederjacke und hellen Jeans damit beschäftigt, einen alten zerschlissenen Teppich zu saugen.

»Salut, Jean-Jacques«, sagte er. »Salut«, sagte er zu mir.

»Salut, Philippe«, sagte Jean-Jacques. »Ist Marie-Claire da?«

»Glaub wohl. Geh rein und sieh nach. Ich muß diesen Scheißteppich saugen. Klaus hat seine ganzen Pommes frites darauf verstreut.«

Ich fragte mich, wo Klaus war. Er war nicht zu sehen.

»Jean-Jacques«, hörte ich eine Frauenstimme rufen. »Bist du das? Hast du die Sachen mit?«

»Ja und nein«, sagte Jean-Jacques.

»Was heißt das?«

»Ich bin da, aber ich hab die Sachen nicht mit. Dafür hab ich was anderes.«

Eine Frau Ende Zwanzig, in schwarzem T-Shirt, hellen Jeans und einer langen, weißen Wolljacke kam herein. Ihr Gesicht war voller Leben, und sie hatte lange schwarze Locken. Sie lächelte und zeigte ihre Zähne.

»Salut«, sagte sie. »Ich bin Marie-Claire.«

Marie-Claire, Marie-Claire. Etwas war mit dem Namen.

»Bist du die Marie-Claire, die Munk kannte?« fragte ich.

»Munk? Ja, klar. Wir nannten ihn hier nur Le Moine. Wie in dem Buch von Lewis. Lebt er noch, Munk?«

»Na ja, so hart an der Grenze«, sagte ich. »Nein, nein. Es geht ihm sicher gut. Besser, als er verdient hat.«

»Du mußt erzählen, was er so treibt«, sagte Marie-Claire. »Er war ein phantastischer Typ. Die Polizei hat ihn gehaßt.«

»Kann er nicht das Zimmer kriegen, das Paulette hatte?« sagte Jean-Jacques. »Wir brauchen es doch nicht.«

»Selbstverständlich kannst du das«, rief Marie-Claire, als sei das die beste Idee aller Zeiten. »Du kannst da wohnen, solange du willst, als Freund von Munk. Er kommt nicht bald mal nach Paris?«

»Ich glaube kaum.«

»Nein, ich weiß ja auch, warum. Ich muß ihn vielleicht einmal da oben besuchen. Wie ist es in Norwegen, habt ihr da ein sozialistisches System?«

»Nicht soweit ich weiß«, sagte ich. »Wir haben alles mögliche, aber ein sozialistisches System haben wir sicher nicht.«

»Komm und sieh dir das Zimmer an«, sagte Marie-Claire.

Sie nahm mich mit in ein vollkommen leeres Zimmer. Es gab weder Tapeten, noch Gardinen, Teppiche oder Möbel.

»Du kannst die Matratze haben, die Paulette benutzt hat. Und ein paar Decken haben wir auch noch.«

»Das hört sich gut an«, lächelte ich. Endlich stellte ich den Koffer ab. Ich fing an mir auszumalen, was ich an den Wänden haben könnte.

»Sieh mal raus«, sagte Marie-Claire. »Du kannst bis zum Jardin de Luxembourg sehen. Ist das nicht schön?«

»Doch«, sagte ich. »Das ist schön.«

»Und siehst du das Haus da gegenüber?«

Ich sah es.

»Da wohnt André Glucksmann. Er wohnt unter dem Dach, allein mit seinen Tauben. Wir können uns zuwinken. Er ist ein Philosoph.«

»Und ihr?« fragte ich. »Was seid ihr?«

»Wir? Wir sind auch Philosophen.«

Ich legte die Matratze an die Wand und fing an auszupacken. Anziehsachen, ein zweites Paar Schuhe, ein grüner Schirm, dicke Socken, Mundharmonika, die Bibel, den luftgetrockneten Schinken von meiner Mutter, das Buch von Jarry, ein Taschenmesser, eine Schere, einen Bic-Kugelschreiber, das Bild mit der Schnecke auf dem Tisch, Reiseschecks, ein Glas Aprikosenmarmelade, eine lange Liste von Sachen, die ich für Munk kaufen sollte, einen kleinen Eimer mit Fleischklopsen, ein Kartenspiel, vier Würfel, Damms Französisch-Norwegisch/Norwegisch-Französisches Taschenwörterbuch, die Statuette von Napoleon, die Telefonnummer von Karin Wästberg, die Ermahnungen meines Vaters, die Gebete meiner Mutter, einen schwarzen Wecker (den ich hoffentlich nie brauchen würde), zwei Päckchen Aspirin, Pflaster und eine Flasche Pyrisept, ein Halstuch, Papiertaschentücher, Reservetöne für die Mundharmonika, Haarbürste, zwei kleine Kerzenständer.

Allem, was ich im Koffer hatte, war eins gemeinsam: Es roch nach Schinken. Es gab Schlimmeres.

Ich pinnte das Schneckenbild von Trine Bekk an die Wand und fühlte mich sofort heimischer. Die Sonne ging hinter den Wolken unter, und der Himmel nahm eine schwache rötliche Färbung an. Ich sah den Philosophen André Glucksmann an seinem Dachfenster stehen und in den Sonnenuntergang starren. Er blieb eine Weile dort stehen und starrte, dann verschwand er. Jetzt würde er wohl philosophieren über das, was er gesehen hatte.

Es klopfte an der Tür.

»Hallo«, sagte Marie-Claire. »Wenn du ein Freund von Munk bist, kannst du ja bei unseren Aktionen mitmachen. Wir brauchen Leute, jetzt wo Paulette fort ist.«

»Was ist denn mit ihr?« fragte ich.

»Sie ist nach Afrika gegangen und im Dschungel verschwunden. Wahrscheinlich haben die Löwen sie gefressen. Schade, Paulette war ein guter Typ.«

»Löwen?« sagte ich.

»Ja, ein harsches Schicksal. Sie wollte sich da unten bei der Guerilla Inspiration holen. Statt dessen haben die Löwen sie gefressen. Ich glaube, wenn das dabei rauskommt, kann ich auf Inspiration verzichten.«

»Ja«, sagte ich. Ich war ganz ihrer Meinung.

Wir gingen in das größte Zimmer. Jean-Jacques lag auf dem alten Teppich, den Philippe am Morgen gesaugt hatte, und schlief.

»Hier essen wir meistens«, sagte Marie-Claire. »Wir müssen auf dem Fußboden sitzen, weil wir wenig Möbel haben. Wir hoffen ständig, einmal ein paar billige Stühle und vielleicht einen Tisch aufzutreiben, aber in Paris ist nichts billig. Selbst total wertloser Kram kostet noch ein Schweinegeld.«

Es gab tatsächlich in keinem Zimmer irgendwelche Möbel. Nur alte Matratzen mit Decken, auf denen sie schliefen, und eine Stereoanlage, die sicher schon bessere Tage gesehen hatte.

»Die tuts nur noch Mono«, sagte Marie-Claire. »Doppeltes Mono, könnte man sagen.«

Ich sagte es trotzdem nicht. In der Küche standen ein Gasherd und ein paar Schränke mit Lebensmitteln und Besteck. Andere Schränke unterschiedlicher Größe waren in die Wände eingelassen. Einer von ihnen stand halboffen, und ich sah Haufen von Weinflaschen.

»Wo sind die anderen?« fragte ich.

»Philippe ist unterwegs und trainiert mit dem Wagen für das Projekt, und Klaus ist, glaube ich, mit ihm gefahren.«

Klaus. Ich fragte mich wieder, wer Klaus war.

»Das Projekt?« sagte ich.

»Ja, darüber wirst du später mehr erfahren. Er will sehen, wie schnell er mit dem Wagen von Süden nach Norden durch Paris fahren kann, von der Porte d'Orleans zur Porte de Clignancourt, ohne von den Bullen geschnappt zu werden. Der bisherige Rekord liegt bei siebzehneinhalb Minuten, aber wir müssen auf fünfzehn runterkommen. Klaus ist mit, um die Zeit zu nehmen.«

»Aha«, sagte ich. Fünfzehn war ja eine glattere Zahl. Und daß Klaus mit war, um die Zeit zu nehmen, war ja nur natürlich.

»Hier, gucks dir an«, sagte Marie-Claire und schloß einen Schrank auf. Es war der einzige Schrank, an dem ich ein Schloß gesehen hatte. Als die Tür jetzt aufging, kam ich mir auf einmal vor, als sei ich an etwas Verbotenem beteiligt, als klaute ich Äpfel oder spielte alten Pennern Streiche.

Der Schrank war voller Waffen und Munition. Zwei Maschinenpistolen, fünf oder sechs kleinere Pistolen, eine abgesägte Schrotflinte und ein Bowiemesser. Marie-Claire machte die Tür schnell wieder zu und steckte den Schlüssel in die Tasche.

»Jetzt hast du es gesehen«, sagte sie.

»Aber wozu«, fragte ich.

»Wenn es nötig wird«, sagte sie. »Und das wird es bestimmt. Ich sehe, daß ich mich auf dich verlassen kann, deshalb habe ich es dir gezeigt. Jetzt begreifst du, was für Leute wir sind. Die Behörden würden uns Terroristen nennen, aber wir sind nur Leute, die ein schlechtes Gewissen haben, weil die Dinge so sind, wie sie sind. Wir haben die Dinge gesehen, wie sie werden können, und das wollen wir erreichen.«

»Ihr vier?« sagte ich.

»Wir sind noch nicht so viele, aber wir werden mehr. Und Klaus hat Kontakte in Deutschland. Er hat die Schießdinger beschafft. Kannst du raten, was unser Wahlspruch ist?«

»Nein.«

»Freiheit, Gleichheit und Verrücktheit.«

KLAUS

Ein Typ mit kurzgeschnittenem, hellem Haar, platter Nase und brauner Lederjacke stand in der Tür und fixierte uns mit starren, graublauen Augen.

»Wer ist das?« fragte er.

Ich begriff, daß dies Klaus war.

»Das ist ein Freund von Munk«, sagte Marie-Claire. »Munk ist ein alter Freund von mir von '68.«

»Wir brauchen niemand mehr«, sagte Klaus unwirsch. »Keiner weiß, ob wir uns auf ihn verlassen können.«

»Er springt für Paulette ein. Natürlich können wir uns auf ihn verlassen. Also sei still. Wieviel Minuten habt ihr gebraucht?«

»Achtzehn Minuten und dreizehn Sekunden«, maulte Klaus. »Wir haben oben bei Sebastopol einen Hund angefahren.«

»Ihr sollt keine Hunde anfahren.«

»Oh, der hat überlebt. Er hat Philippe sogar noch ins Bein gebissen. Aber dann hatten wir die Bullen am Hals und mußten einen Umweg fahren.«

Er sah mich noch immer säuerlich an. Ich wußte, daß ich etwas tun mußte, um ihn zu besänftigen, wenn ich hier wohnenbleiben wollte.

»Wo ist Philippe?«

»Der ist zu MacDonalds, um Abendessen zu kaufen.«

»Aaah, bon«, kam es vom Fußboden. Jean-Jacques war wach geworden, saß da und grinste.

Mir kam eine Idee. Ich lief in mein Zimmer und holte den luftgetrockneten Schinken. Er roch so herrlich, daß mir die Tränen in die Augen traten.

»Regarde«, sagte ich zu Klaus. »Magst du das? Wir nennen es *spekeskinke.*«

ERSTER BRIEF AN MUNK

Lieber Munk.

Worin hast du mich da hineingezogen? Ich habe Marie-Claire getroffen, aber sie hat jetzt eine andere Adresse. Sie wohnt mit drei Männern zusammen (vier mit mir), und sie bilden eine Art Terroristenorganisation. Der schlimmste von ihnen ist Klaus. Er hat Kontakte nach Deutschland. Ich habe einen Blick in einen Schrank voller Schußwaffen geworfen. Klaus mochte mich anfangs nicht, aber dann habe ich ihm was von dem Schinken von meiner Mutter gegeben, und jetzt kommt er jeden Tag und will mehr. Philippe ist ein kleiner und ziemlich sympathischer Typ, der wie ein Wahnsinniger Auto fährt. Jean-Jacques ist ein Schwarzer, der leicht hitzig wird. Er und ich haben schon einen Caféwirt zusammengeschlagen. Früher wohnte auch Paulette hier. Sie ist von Löwen gefressen worden, und ich habe ihre Matratze bekommen. Des einen Tod ist des anderen Matratze.

Ich verhehle nicht, daß mir die Sache hier ein bißchen zu heikel werden kann, besonders, wenn es einmal anfängt zu knallen. Klaus ist so einer, dem es Spaß macht zu schießen, Philippe macht alles mit, was aufregend ist, Marie-Claire sorgt für die Ideologie, und Jean-Jacques ist, soweit ich sehe, der einzige, der Grund hätte, zornig zu sein.

Also, könntest Du mir nicht einen kleinen Rat geben? Ich stecke schon zu tief in der Sache drin, um so ohne weiteres abzuhauen. Außerdem mag ich Marie-Claire. Ich weiß nicht, wie Paulette aussah. Bevor die Löwen sie schnappten, meine ich. Schreib schnell. Die Adresse steht hintendrauf. Gib Rebekka einen Kuß von mir.

P.S. Ist Waschbrett-Olsen immer noch so beknackt wie früher?

P.S. 2 Ich habe seit vor Weihnachten keinen Tropfen Alkohol getrunken!

P.S. 3 Sie erinnern sich hier noch an Dich.

BRIEF VON MUNK

Alter Miststreuer!

Mit Gottes gnädiger Hilfe haben wir ein neues Jahr bekommen, und möge es segensreich sein für uns alle. 1977 – das große Penis-Jahr! Was hältst Du davon?

Ich habe es noch nicht übers Herz gebracht, mich von meinem Weihnachtsbaum zu trennen. Er steht hier und nadelt, was das Zeug hält, und will uns die eine oder andere Lehre erteilen. Ich weiß zwar, was für eine, aber Du mußt das schon selbst herausfinden.

Ich sitze gerade und höre eine neue Platte. The Damned heißt die Gruppe, verdammt gut. Ich bekomme mehr und mehr Lust, wieder Gitarre zu spielen. Wie geht es deiner Mundharmonika? Hoffe, Du hast sie tief auf den Grund der

Seine versenkt. Sie hat einen schlechten Einfluß auf Dich gehabt.

Ich habe Rebekka den Kuß von Dir gegeben, und sie war hocherfreut. Naja, ich gebe zu, daß ich ein bißchen auf eigene Rechnung hinzugefügt habe. Als wir erst einmal in Gang waren, weißt du, und die Gefühle überhand nahmen und das eine das andere ergab. Und wo das Bett so dicht dabei stand. Get it?

Ansonsten ist von hier oben nicht viel zu berichten. Wir machen unseren Kram und versuchen, es so zu drehen, daß die Patience aufgeht. Hier liegt noch Schnee und macht das Geschlechtsleben unsicher für Leute mit glatten Schuhen.

Grüß Marie-Claire und sag ihr, daß sie stets einen großen Platz in Onkel Munks Herzen hat.

Gruß und Kuß
Munk

Dieser verdammte Munk! dachte ich.

DER METROWOLF

Das Licht Anfang Februar, dachte ich. Das ist ein sympathisches Licht. Es ließ das Grau der Stadt zu einer richtigen Farbe werden, so wie rot, grün und was sonst noch. Diese Gedanken gingen mir durch den Kopf, während ich aus dem Fenster sah und gleichzeitig versuchte, eine besonders unverständliche Seite in Docteur Faustroll zu lesen. Ich sah André Glucksmann aus dem Haus kommen. Er lächelte und versuchte, seinen Motorroller zu starten. Auf dem Kopf hatte er eine Taube. Ich dachte mir, daß er so mit einem philosophischen Problem beschäftigt war, daß er die Taube auf seinem Kopf gar nicht bemerkte. Ich konnte sehen, daß er dachte: ›Marx ist tot. Ich habe sein Grab in London gefunden‹. Der Motorroller wollte nicht anspringen, und er stellte sich an die Bürgersteigkante, um auf ein Taxi zu warten.

Da stand Philippe in der Tür.

»Salut«, sagte er. »Wonach guckst du denn?«

»André Glucksmann«, sagte ich. »Sein Roller springt nicht an.«

»Das war auch nicht anders zu erwarten«, sagte Philippe. »Kommst du mit ins Bordell?«

»Ins Bordell? Ich glaube nicht. Da gehe ich lieber ins Kino. Das bringt den gleichen Nutzen und ist viel billiger.«

»Billiger? Aber es ist ein Bordell mit Studentenrabatt oben in der Rue St. Denis.«

»Studentenrabatt?«

»Ja, hast du noch nie davon gehört?«

»Ich glaube, das ist nichts für mich. Aber wenn du ins Kino willst...«

»Du bist ein komischer Typ«, sagte Philippe. »Aber du wirst schon deine Gründe haben. Fahr auf jeden Fall mit, dann kannst du so lange draußen im Wagen warten. Und danach machen wir was Verrücktes.«

»Draußen warten?« fragte ich zweifelnd. Das hörte sich nicht nach meiner Vorstellung von einem gelungenen Abend an.

»Ja klar. Es dauert nicht lange. Nur ein Quickie.«

»I see«, sagte ich. »Dann laß uns mal.«

André Glucksmann stand noch immer da und wartete vergeblich auf ein Taxi. Sogar die Taube war ihres Wegs geflogen.

»Wollen wir ihn mitnehmen?«

»Von wegen«, sagte Philippe und trat aufs Gas. »Der Typ soll selbst sehen, wie er klarkommt. Wie andere auch. Der würde uns nur die Ohren vollquasseln über Meisterdenker und den Staat und so Sachen. Wer will sich so was anhören, wenn er unterwegs ist, um zu bumsen?«

Überall in der Stadt hatte ich schon Plakate gesehen, die vor dem Metrowolf warnten. Es hatte den Anschein, als wisse niemand, nicht einmal der Präsident in seinem Palast, wie dieser Wolf in die Metro gekommen war. Jedenfalls war er da jetzt, in der Tiefe der dunklen Tunnel. Manchmal konnte man seine gelben Augen durchs Fenster leuchten sehen. Dann rückten die Menschen im Abteil enger zusammen und hauchten sich gegenseitig mit ihrem Knoblauchatem an.

Wenn man es am wenigsten erwartete, konnte der Metrowolf zuschlagen, sich auf einen beliebigen Passagier stürzen, der auf dem Bahnsteig von einem Bein aufs andere trat, und bevor jemand eingreifen konnte, hatte er sein bemitleidenswertes Opfer in das tiefste Dunkel gezerrt. Siebzehn Todesopfer hatte er bis jetzt gefordert, und Kinder sowie ältere und gebrechliche Menschen wagten sich kaum noch allein in die Metro.

Jetzt sah ich wieder ein großes Plakat an einer Hauswand: ATTENTION. DANGER. LE LOUP DU METRO. Daneben war ein grausiges und häßliches Bild des Wolfs gemalt, mit einer von Entsetzen gepackten Frau im Bikini zwischen den Zähnen. Ganz unten auf dem Plakat stand mit kleinen Buchstaben, als sollten die Leute es eigentlich gar nicht sehen, daß der Präsident eine Belohnung von 5000 Francs aussetzte für denjenigen, der half, den Wolf zu töten.

5000 Francs, dachte ich. Im Grunde nicht gerade viel, wenn es darauf ankam. Und vielleicht galt das Angebot nicht für Ausländer.

»Warum schnappen sie ihn nicht?« sagte ich.

»Wen?« fragte Philippe und trat erschrocken auf die Bremse. Wir waren mitten auf der Pont des Arts, aber zum Glück war kein Auto hinter uns.

»Den Metrowolf.«

»Scheiße, hast du mich erschreckt«, sagte Philippe. »Nein, den schnappen sie nicht. Vielleicht, weil er eigentlich gar nicht existiert.«

»Aber die Toten«, sagte ich.

»Vielleicht sind sie an etwas anderem gestorben. Wer weiß das schon. Die Leute brauchen etwas, wovor sie sich fürchten, das ist alles. Dann fürchten sie sich nicht vor dem, was wirklich gefährlich ist. Ein Trick der Regierung. Und außerdem ist es gut zu wissen, daß sie 5000 Francs verdienen können, wenn sie mutig sind und große und behaarte Ärsche haben.«

Wir waren schon in der Rue St. Denis. Eine endlose Reihe geparkter Autos und ein paar Damen, die noch frei waren und in ihren Leopardenpelzen und schwarzen Lederstiefeln auf und ab stolzierten.

Philippe quetschte den winzigen R4 zwischen zwei dicke

Citroëns und zeigte. Das Haus war das schäbigste in der ganzen Straße. Die Tür fiel fast aus den Angeln. Aber da hing tatsächlich ein kleines, handgeschriebenes Schild:

RÉDUCTIONS POUR LES ÉTUDIANTS

»Na?« sagte Philippe.

»Ich bleibe im Wagen«, sagte ich.

»Hast du was zu lesen?«

»Alles in Ordnung.«

»Schon gut, ich bleibe nicht lange.«

Ich sah den schmalen Rücken in der Lederjacke durch die Tür verschwinden. Der Metrowolf, dachte ich. Was für ein Anblick, wenn jetzt der Metrowolf die Straße heraufschliche, schon mit Geifer um die Schnauze, während er nach rechts und nach links äugte, immer auf der Jagd nach einem kleinen Schild, auf dem stände:

RÉDUCTIONS POUR LES LOUPS

LOLLIPOP

Es war Samstagabend Mitte Februar. Die Zeit verging schnell, stellte ich fest. Jeden Tag war ich auf den Straßen und sah mir die Menschen an. Ich wollte etwas lernen. Jeden Tag saß ich im Café des Flores auf dem Boulevard St. Germain, oder im St. Sévérin am Place St. Michel und sah sie vorübergehen. Ich sah sie mir alle an, nicht nur die jungen Mädchen, und an den Kaffee hatte ich mich inzwischen auch gewöhnt.

Es war Samstagabend, und wir saßen alle zusammen mit ein paar Flaschen Wein (ich trank Mineralwasser) auf dem Fußboden, und hörten eine Platte von Serge Gainsbourg. Marie-Claire las in einem Buch von Annie Leclerc, Philippe versuchte, eine Sohle unter seinen Schuh zu kleben, Jean-Jacques lag auf dem Rücken, hatte die Arme unter dem Kopf verschränkt und pfiff. Klaus klickte mit einer Pistole und aß Pommes frites aus einer riesigen MacDonalds-Tüte. Ich las wie stets in dem Buch von Jarry und fragte mich, wann mir der große Zusammenhang aufgehen würde. Einmal mußte es ja sein.

Jean-Jacques streckte plötzlich einen Arm aus und schnappte sich die Tüte von Klaus.

»Scheiße, gib mir meine Pommes frites.«

»Hoho«, lachte Jean-Jacques. »Diese Deutschen können es nicht lassen. Reden immer von Pommes Fritz. Pomm Fritz, der deutsche Kaiser.«

»Halt die Schnauze«, sagte Klaus und warf sich über die Tüte. Sie zerriß, und die Fritze fielen auf den Teppich. Philippe würde wieder etwas zum Staubsaugen haben. Jean-Jacques und Klaus rollten über den Fußboden, Klaus fluchte, und Jean-Jacques heulte vor Lachen.

»Merde«, sagte Marie-Claire, »könnt ihr nicht still sein. Oder geht raus.«

»Draußen liegt Schnee«, murmelte Philippe. Er hatte die Sohle immer noch nicht dran, und schien den Eindruck zu haben, daß es hoffnungslos war.

»Aaah«, sagte Jean-Jacques. »Ich zisch mal rüber nach Pigalle zu meiner Tante. Kommt jemand mit?«

»Gleich kommen die Lottozahlen im Radio«, sagte Klaus. Er hatte die meisten seiner Fritze wiederbekommen und klickte wieder mit seiner Pistole herum.

»Ich will hier sitzen und einen ruhigen Abend verbringen«, sagte Marie-Claire.

»Ich muß den Schuh reparieren«, sagte Philippe. »Und dann muß ich staubsaugen.«

»Und du?« meinte Jean-Jacques zu mir. »Mußt du heute abend unbedingt diese Seite lesen, oder kommst du mit? Meine Tante ist ein guter Mensch, und wer weiß, vielleicht finden wir einen Caféwirt, den wir verprügeln können?«

»Okay«, sagte ich. Ich ging in mein Zimmer, warf das Buch hin und zog meinen Mantel an. Als ich wieder herauskam, lag Klaus da und klebte mit dem Ohr an einem kleinen Radio.

»Halt die Klappe«, fauchte er. »Jetzt kommen die Lottozahlen.«

Klaus träumte von einem Lottogewinn.

Im Auto war es kalt und eklig, und das Viertel war um diese Zeit am Samstagabend wie ausgestorben. Oben bei André Glucksmann war es dunkel, entweder war er schon im Bett, oder draußen im Leben.

Jean-Jacques bekam das Wrack in Gang, und wir rollten durch den Schneematsch. Nur auf den Hausdächern und in den Parks war der Schnee noch einigermaßen weiß. Das Licht ergoß sich über uns, als wir den Boul Mich hinunter Richtung Place St. Michel glitten. Wie gewöhnlich ballten sich hier die Menschen, sei es, daß sie einfach dastanden oder unterwegs waren zu den zahllosen kleinen Restaurants und Kinos.

Am Eingang zur Metro stand eine große Menschenmenge, so daß wir anhalten mußten. Ein Krankenwagen stand da mit offenen Hecktüren und rotierendem Blinklicht. Zwei weißgekleidete Männer drängten sich mit einer Trage durch die Menge, auf der ein regloser und blutiger Mensch lag, und wir hörten die Leute erregt den Namen des Metrowolfs rufen.

Mich schauderte. Was würde passieren, wenn der Wolf eines Tages aus den Tunneln herauskäme, um sich fetteres Weideland zu suchen, die Avenuen und Boulevards? Daran durfte man gar nicht denken. Statt dessen dachte ich an die Karte, die ich gerade von Sandra bekommen hatte, mit selbstgemaltem Motiv, auf der sie schrieb, daß es ihr gut ging und sie an mich dachte.

»Was hältst du vom Metrowolf?« fragte ich. Der Verkehr war wieder in Fluß gekommen, und wir sahen das Plakat des Châtelet-Theaters.

»Oooh la la«, sagte Jean-Jacques. »Der Metrowolf. Oooh, la la. Es gibt nicht viel, wovor ich Angst habe, aber der… Deshalb nehme ich nie die Metro. Da gehe ich lieber zu Fuß. Ich träume nachts von ihm, daß er mich und meine ganze Familie frißt. So was wie ein Familienangebot. Auf irgendeine perverse Art und Weise ist es so billiger für ihn.«

»Au ha«, sagte ich. »Und deine Tante, was macht die so?«

»Nicht, was du denkst. Sie ist Nachtclubsängerin. Ja, und sie tanzt auch. Laß dich nicht täuschen von der Gegend, sie ist ein guter Mensch.«

»Ja«, sagte ich. »Sicher.«

Statt die Boulevards hinaufzurasen, schlängelten wir uns durch die kleinen Straßen des 1., 2. und 9. Arrondissements. Es waren fast nur dunkelhaarige, stille Männer mit Bärten zu sehen. Dies mußte ihr Abend sein.

Rue Pigalle, las ich. Also kamen wir der Sache näher. Es war, wie ich es hier erwartet hatte: die roten Neonlichter, die großen Autos, die Touristenschlangen, die Männer in gestreiften Anzügen und glattgeleckten Mafiavisagen, die vor den Lokalen standen, um Kunden anzulocken, ein paar einsame, ältere Damen, an den Hauswänden lehnend, das eine Bein vorgeschoben, um ein weißes Knie unter den Netzstrümpfen sehen zu lassen, alles war da. Wir fuhren langsam den Boulevard de Clichy zum Place Blanche hinauf. *Funny Girls*, las ich. *Le Cabaret de la Place Blanche. Bottomless* – nu intégral. Snack.

»Hier ist sie nicht«, sagte Jean-Jacques. »Das hier ist nur was für Schweine. Guck mal, da ist das Moulin Rouge.«

»Ja«, sagte ich.

»Wir können es uns nicht leisten reinzugehen, aber ich dachte, du würdest es gern mal sehen.«

»Danke«, sagte ich.

»Und der Friedhof von Montmartre liegt gleich hier drüben.«

»Fein«, sagte ich.

Wir stoppten vor einem Gebäude, von dem es in schwachem Grün leuchtete: Le Lapin Vert. Das grüne Kaninchen. Verglichen mit dem Moulin Rouge war es nicht besonders groß, sondern wirkte eher armselig.

»Ich weiß, was du denkst«, sagte Jean-Jacques, »aber so darfst du nicht denken. Auf das Äußere kommt es nicht an. Komm, wir wollen in den Keller.«

Im Keller herrschte das passende Dunkel. Licht kam nur von der Bar und ein paar grünen Glühbirnen an der Wand. An der Bar saßen vier ältere und dicke Männer, die meisten Tische im Saal waren leer. Das heißt, dort saß ein Mensch. Eine schwarze, ältere Frau, sehr füllig und mit einem großen Ausschnitt. In ihrem Haar steckten zwei rote Federn und über dem linken Ohr eine rote Nelke. Um den Hals trug sie vier

Perlenketten, und ihre dicken Finger waren mit Ringen bestückt.

»Salut, Tante«, brüllte Jean-Jacques. »Aaah!«

»Aaah, hello, my little Jean!« Sie hatte einen starken amerikanischen Akzent. »Give auntie a kiss!«

Was er auch tat.

»Who's your friend, he looks real cute.«

»Er wohnt bei uns. He's a great fighter.«

»Sooo nice to meet you. You can kiss me too.«

Ich gab ihr einen Kuß auf die Wange und bekam Puder auf die Lippen.

»Sooo nice of you to come and see ol' aunt Madge, you little sweethearts. I'm gonna sing for you tonight. You know«, sagte sie zu mir, »Fats Waller used to call me Lollipop! Ha ha ha!«

Sonderbarer Name, dachte ich. War Lollipop nicht eigentlich ein Jungenname? My boy Lollipop?

Lollipop oder Madge tätschelte mir die Wange, und ich merkte, daß mir das gefiel.

»Hat Jean-Jacques schlimme Dinge von mir erzählt?« fragte sie vergnügt.

»Nein«, sagte ich. »Nur Gutes. Er sagt, Sie seien ein guter Mensch.«

»Oh, aber er hat recht. Tante Madge ist die Güte selbst. Wie eine Sahnetorte, ho ho ho!«

»Wie geht es dir, Tante?« fragte Jean-Jacques. »Läuft der Laden?«

»Oh, es geht mir so schlecht! Ich war krank und alles.«

»Oh nein«, sagte Jean-Jacques.

»Oh nein«, sagte ich.

»Und ihr seht es ja selbst. Wenig Leute. Wenig, wenig Leute. Ich werde noch erleben müssen, daß sie das ganze Kaninchen dichtmachen.«

»Oh nein, das tun sie nicht«, sagte Jean-Jacques. Er gab ihr einen Kuß aufs Ohr.

»Das wäre mein Tod«, sagte Madge. Sie kitzelte mich mit einer der roten Federn unter der Nase. »Dann kratz ich ab, ho ho ho!«

»Du doch nicht, Tante Madge«, sagte Jean-Jacques. »Du überlebst uns alle zusammen.«

»Oh, erinnerst du dich noch an die großen Zeiten, nein, tust du nicht. Damals war Fats Waller hier. Duke Ellington und Miles Davis. Miles Davis wollte mir die Zehen lecken. Why the hell do you want to do that? fragte ich ihn. I just have to do it, Madge, sagte er. Ho ho ho!«

»That's great«, sagte ich.

»Yeah, isn't it, darling? But let's have something to drink. Garçon! Claude, darling, une bouteille de whiskii et trois verres.«

»Ich – hm – trinke nichts«, sagte ich.

»Er ist nach Paris gekommen, um dem Alkohol und den Mädchen aus dem Weg zu gehen«, grinste Jean-Jacques.

»Oh, then he's come to the right place. But that's nonsense, sweetheart. Get some whisky.«

Ich seufzte und resignierte. Ein kleines Glas konnte wohl nicht schaden. Ich war ja wieder ganz gut in Form.

Es schmeckte tatsächlich gut. Wärmte wie ein inneres Neonlicht.

»Na siehst du«, sagte Madge. »Muß man davor Angst haben?«

Ich antwortete nicht. Schmeckte Whisky wirklich so? Hatte er das immer getan?

»Laßt uns die Flasche leer machen«, sagte Madge. »In einer halben Stunde muß ich auf die Bühne. Ihr müßt wie verrückt klatschen. Ohne Applaus werde ich traurig. Traurig und deprimiert.«

»Oh nein«, sagte ich. »Das sollst du nicht. Wir werden klatschen.«

»Oh darling«, sagte Tante Madge. »That's so awfully nice of you.«

SPÄT AM ABEND

Ich kam mit einem Ruck wieder zu mir. Ich sah zwar nicht ganz klar, aber auf jeden Fall standen zwei leere Whiskyflaschen vor uns auf dem Tisch, und ich wußte, daß ich daran beteiligt gewesen war, sie zu leeren. Hatte ich geschlafen? Das letzte, woran ich mich erinnerte, war, daß Tante Madge auf der kleinen Bühne neben der Bar stand und *I can't give you anything but love* sang, während ein glatzköpfiger Typ sie auf dem Klavier begleitete.

Jetzt schien das Fest vorüber zu sein. Die grünen Lampen leuchteten matter, die Gläser wurden eingesammelt, die kleine Versammlung von Menschen, die an den Tischen gesessen hatten, war im Aufbruch begriffen. Jean-Jacques saß da und gähnte ausgedehnt. Hatte er auch geschlafen? Und Madge hatte aufgehört zu singen. Sie stand da und diskutierte mit einem Mann in einem weiten Anzug.

»Hello«, sagte ich zu Jean-Jacques.

»Guten Morgen«, gähnte er.

»Ist schon Morgen?« sagte ich.

»Bien sur. Zeit, nach Hause zu gehen und zu schlafen.«

Ich verstand nicht ganz, was er sagte. Da war etwas, das mich fortziehen wollte, mein Bewußtsein wollte zusammen mit den anderen gehen, jemand half ihm schon in den Mantel.

»Danke«, sagte mein Bewußtsein.

»Du bleibst hier«, sagte ich.

Madge kam mit einem großen Herzen und einem großen Lächeln auf uns zugerauscht.

»You guys had a good time?«

»Wonderful«, sagte ich.

»Oh, how sweet of you, darling.« Sie preßte mich an ihren großen Busen.

»I had the feeling I was so bad.«

»Nooo, aunt Madge, you were great«, sagte Jean-Jacques.

»Oh, you're both so sweet.«

»Ich muß jetzt los«, sagte Jean-Jacques. »Ich will schlafen.«

Was sagte er da gerade? Etwas von schlafen. Was sollte das denn heißen? Ich stieg wieder aus dem Nebelmeer auf und stellte fest, daß mein Gesicht in Tante Madges Ausschnitt steckte, während sie mir den Kopf streichelte. Mmmm, dachte ich. Hier war es weich und warm. Ich steckte die Nase zwischen die Brüste.

»Ich glaube, dein Freund ist noch nicht in Form, um schon nach Hause zu gehen«, sagte Madge.

»Sieht so aus«, sagte Jean-Jacques. »Vielleicht könnte er hier ein bißchen schlafen?«

»Er kann bei Tante Madge schlafen«, sagte Tante Madge und streichelte mein Haar. »Tante Madge hat ein großes, weiches Bett.«

»Dann wär das ja geregelt«, sagte Jean-Jacques.

»Nicht wahr, du willst bei Tante Madge schlafen?« sagte Madge. Ich hob das Gesicht und lächelte glücklich. Die Welt war gut, und das Leben war schön.

»Yes«, sagte ich.

Tante Madge lächelte und kitzelte mir mit einer roten Feder die Nase.

BRIEF AN MUNK

Lieber Munk.

Ständig schlittere ich in Sachen hinein. Zuerst habe ich mich in einem obskuren Nachtclub mit Whisky vollaufen lassen, dann bin ich bei einer abgetakelten und dicken (aber sympathischen) Sängerin eingeschlafen, der Miles Davis einmal die Zehen geleckt hat, und ich kann nicht abstreiten, daß es mir gefallen hat. Aber jetzt bin ich unglücklich und bereue alles. Gerade das wollte ich hier unten doch vermeiden. Es war Jean-Jacques' Schuld, und jetzt lacht er die ganze Zeit über mich. Ich habe irgendwie das Gefühl, daß ich mich lächerlich gemacht habe. Hat in den Zeitungen da oben etwas vom Metrowolf gestanden? Er hat bis jetzt neunzehn Todesopfer gefordert, darunter fünf Direktoren und einen dreiundsechzigjährigen konservativen Parlamentsabgeordneten. Der Schnee ist abgereist, aber es ist immer noch kalt. Ich grüße dauernd den Philosophen André Glucksmann, aber er tut, als sähe er mich nicht. Und dann dieser Klaus. Die ganze Zeit fingert er an seinen Pistolen herum (wenn er nicht Lottoscheine ausfüllt), und ich fühle mich nicht mehr sicher. Ich glaube, nur Marie-Claire hält ihn davon ab, hier in der Wohnung scharf zu schießen.

Ich bin soviel wie möglich unterwegs, im Café des Flores oder im Kino. (Ich habe jetzt alle Filme von Fellini und Truffaut gesehen, von den Marx Brothers fehlen mir noch ein paar.) Aber es ist teuer. Ich weiß nicht so recht, was ich machen soll. Wenn du mir schon keinen Rat geben willst, kannst du mir zumindest schreiben, was du tun würdest.

Ich hoffe, der Frühling kommt bald. Sandra hat viermal geschrieben. Wie geht es Rebekka? Waschbrett-Olsen hat wohl hoffentlich inzwischen das Zeitliche gesegnet?

Grüße und dergleichen

Fred Feuerstein

BRIEF VON MUNK

Verdammter Alki!

Du bist mir vielleicht ein abgewrackter Besenstiel! Hast Du Brigitte Bardot noch nicht gesehen, eh? Worauf wartest Du noch, Mann?

Der Metrowolf, sagst Du? Hört sich gut an. Erwarte nähere Beschreibung. Wäre gut, wenn wir hier oben etwas Entsprechendes zustande brächten. Aber Du weißt ja, es würde wohl nichts Größeres dabei herauskommen als das Natlandsbusschwein.

Ja, ja, alte Bürste, ich wünsche Dir Glück mit Deinen Sängerinnen, und grüß sie schön von mir. Ich könnte Dir ja den einen oder anderen Trick verraten, aber Du mußt schon selbst rausfinden, wo die Fische am besten anbeißen, na du weißt schon.

Rebekka, ja, die blüht. Aber mit den Plastiktüten hat sie's immer noch nicht.

Gruß und Kuß

Munk

P.S. Versuch's mit einer kalten Dusche jeden Morgen!

DIE HANSA-JACKE

Im März kam endlich das milde Wetter, auf das ich saß, stand, ging und wartete, und zum erstenmal in Paris zog ich die graue Hansa-Jacke an. Es war ein großer Augenblick. Aller Augen, oh Herr, sind auf dich gerichtet, sagte ich mir und bildete mir ein, dies sei irgendein obskures Bibelzitat.

»Aaaah«, sagte Marie-Claire, »was für eine schicke Jacke!«

Klaus warf mir einen neidischen Blick zu und verschwand durch die Tür.

Ein Mädchen saß auf dem Boden neben Marie-Claire. Sie ähnelten einander, das Mädchen hatte das gleiche lebhafte Gesicht und krause schwarze Haare (aber ein bißchen länger als Marie-Claires), konnte aber nicht älter als 14–15 Jahre sein. Sie trug eine schwarze Lederjacke und stark verwaschene, fast durchsichtige Jeans. Sie sah mich neugierig und spitzbübisch an. Sie erinnerte mich an die kleine My in den Mumin-Büchern, und ich wartete nur darauf, daß sie etwas über das Ertränken von Ameisen in Paraffin sagen würde.

»Das ist meine kleine Schwester«, sagte Marie-Claire. »Annette. Sie ist zu Besuch gekommen.«

»Salut, Annette«, sagte ich.

»Salut, le vieux«, sagte Annette. Hallo, Alter, ja. »'Ne tolle Jacke hast du da.«

»Danke«, sagte ich. Ich begann schon zu bereuen, daß ich die Jacke angezogen hatte. Wenn das so weiterging, wußte ich wirklich nicht, ob es die Mühe wert war. Es mußte ja nicht unbedingt auf der ersten Seite von France-Soir stehen.

Ich ging ein wenig unentschlossen im Zimmer umher. Annette erzählte Marie-Claire dies und das aus der Schule, es war etwas mit einem Frosch und einem Tintenfaß, aber ich spürte die ganze Zeit ihre Augen auf mir. Außerdem fand ich, daß ich nicht sofort wieder in meinem Zimmer verschwinden konnte, das hätte ja so ausgesehen, als sei ich nur herausgekommen, um mich in der Jacke zu zeigen. Und außerdem wollte ich mit Marie-Claire sprechen.

Ich schwitzte in meiner Jacke. Nur um etwas zu tun, hob ich eine zertretene Pommes Fritz vom Fußboden auf. Ich betrachtete sie eingehend, als hätte ich ein Verbrechen aufzuklären, und dieses platte Kartoffelding sei ein wichtiges Beweisstück, ja das Hauptbeweisstück.

»So«, sagte Marie-Claire. »Jetzt sieh zu, daß du wieder in die Schule kommst.«

»Das eilt nicht«, sagte Annette. Ihre Augen waren noch immer mit einem bohrenden Blick auf mich gerichtet.

»Geh jetzt, Ausbildung ist wichtig.«

»Merde«, sagte Annette. Sie stand auf und küßte Marie-Claire einmal auf jede Wange.

»A bientôt«, sagte sie zu mir und sah mir fest und tief in die Augen. Ihre Augen waren schwarz und von der Art, die alles sahen.

»Gefällt dir Annette?« fragte Marie-Claire. »Ich glaube, du gefällst ihr.«

»Sie hat mich zum erstenmal gesehen«, sagte ich, fühlte mich aber trotzdem geschmeichelt.

»Oft reicht das schon«, sagte Marie-Claire. »Besonders in ihrem Alter.«

»Sie sah prima aus«, sagte ich. Das war ganz und gar nicht, was ich hatte sagen wollen, aber das andere hatte mein Gehirn schon längst verlassen und summte drüben auf der Fensterbank.

Marie-Claire kam zu mir und legte mir die Hand auf den Arm.

»Du bist so still«, sagte sie. »Hast du Probleme?«

»Nicht direkt Probleme. Ich versuche nur, mir über ein paar Dinge klar zu werden. Möglichst, bevor sie sich in Luft auflösen.«

»Warum?« sagte Marie-Claire. »Wenn sie sich in Luft auflösen, brauchst du doch deine Kraft nicht damit zu vergeuden, dir über sie klar zu werden.«

»Ich finde, schon.«

»Ich glaube, ich verstehe, was du meinst. Und ich helfe dir gern.«

»Euch verstehe ich auch nicht«, sagte ich. »Ihr seid nett und sympathisch, und das paßt überhaupt nicht zu dem Waffenlager in eurem Schrank.«

Marie-Claire lächelte.

»Armer Kleiner«, sagte sie. »Nein, das ist vielleicht auch nicht so einfach zu verstehen. Manchmal verstehe ich es selbst nicht ganz. Auf jeden Fall zweifle ich manchmal daran, daß wir sie je benutzen werden. Aber in meinem Innersten weiß ich, daß wir es tun werden. Am Ende werden wir dahin kommen.«

»Bei Klaus kann ich es verstehen«, sagte ich. »Aber bei euch anderen.«

»Das hängt davon ab, wie ernst du die Dinge nimmst, die du treibst«, sagte Marie-Claire. »Es hängt davon ab, ob du nur dabeisein und ein bißchen spielen willst, oder ob du konsequent bist bis zum bitteren Ende. Und an diesem Ende steht die letzte und gefährlichste Mauer. An der es keine Gnade mehr gibt. Da bleibt nur noch das Gewehr. Es ist zwar schön und gut, die Arbeiterklasse hinter sich zu bringen, aber man muß einfach einsehen, daß der Staat über einen Machtapparat verfügt, der hundert Arbeiterklassen zerschlagen kann.«

Marie-Claire lächelte die ganze Zeit, als erzähle sie die Geschichte von zwei Menschen, die sich liebten und sich am Ende nach vielen Hindernissen kriegten. Ich spürte, daß ich mich in sie verlieben würde, wenn ich nicht aufpaßte.

»1968 haben die Leute Gitarre gespielt«, sagte Marie-Claire. »Die Gitarren sollten die Revolution machen. So naiv waren wir. Statt zu den Gewehren zu greifen, wie wir es hätten tun sollen.«

»Ich kann mir dich trotzdem nicht mit einem Gewehr in der Hand vorstellen.«

»Aber Klaus kannst du dir vorstellen? Obwohl er nicht mehr Grund hat zu schießen als wir anderen. Er ist der Sohn eines Rechtsanwalts aus Köln, der immer alles bekommen hat, was er haben wollte. Das ist sein Problem. Das Größte, was er je erlebt hat, ist, daß er einmal von Andreas Baader eine Weihnachtskarte bekommen hat. Und Philippe ist klein und unschuldig, liebt es, schnell zu fahren und von den kleinen Mädchen bewundert zu werden. Oder nimm mich, zum Beispiel, ich unterrichte Philosophie an der Sorbonne. Philosophie! Der einzige, der einem unterdrückten Volk angehört und etwas haben sollte, wofür er kämpfen kann, ist eigentlich Jean-Jacques. Und der hat vielleicht am wenigsten Lust dazu. Er ist eigentlich zufrieden, solange er auf dem Fußboden liegen und an die Decke gucken kann.«

»So ist es«, sagte ich. Jetzt hatte ich etwas Tiefsinniges gesagt.

»Aber immer mit der Ruhe. Noch sind wir nicht so weit. Noch ist die Nacht nicht da. Jetzt kommt bald der Frühling, und wir begnügen uns fürs erste mit kleinen Aktionen. Fahren bei Rot, lassen den Bullen tote Fische auf den Kopf fallen, schicken Giscard verfaulten Abfall mit der Post, solche Sachen. Es ist kindisch, aber…«

Ich betrachtete die Spatzen auf dem Bürgersteig. Es gab viele Spatzen in Paris, grau wie die Stadt selbst. Jetzt suchten sie Nahrung. Es gibt zwei proletarische Vögel, die Krähe und den Spatz. Sie repräsentieren jeweils ihre Seite des Proletariats.

»Ich fürchte, ich habe dir nicht viel weitergeholfen«, sagte Marie-Claire.

»Das macht nichts. Ich hatte auch nicht soviel erwartet.«

»Ich habe heute frei«, sagte Marie-Claire. »Wollen wir irgend etwas feiern? Was hältst du davon, ins Kino zu gehen und einen Fassbinder-Film und einen mit Eddie Constantine zu sehen, und danach gehen wir zu MacDonalds und essen einen Big Mac mit Pommes frites und Cola? La vulgarité!«

Ich sagte in etwa, dies sei ein in jeder Hinsicht nahezu vollkommenes Arrangement.

NICO

Nico sollte in einem Nachtclub oben in Faubourg du Temple singen, gleich da, wo ich Jean-Jacques begegnet war. Da wollte ich hin. Ich war immer verrückt gewesen nach Nico, der Sängerin von Velvet Underground mit ihrer Geisterstimme, die die kälteste und düsterste Herbstnachtmusik machte, die es gab, Lieder, in denen das Hoffnungslose noch hoffnungsloser war, als man zunächst geglaubt hatte.

Ich wußte, daß Nico in Paris lebte, seit sie aus New York abgehauen war, nachdem sie der Freundin eines Black-Panther-Führers ein Glas ins Gesicht geschlagen (oder nur Wein geschüttet?) hatte, aber ich hatte nie damit gerechnet, einmal die Chance zu bekommen, sie zu sehen. Eins der vielen Dinge in meinem Leben, mit denen ich nicht gerechnet hatte.

Schon beim Anblick des winzigen Plakats begann mein Herz, unregelmäßig zu schlagen. Vielleicht gab es mehrere, die Nico hießen? Nein, das konnte nicht sein. Das wäre ja Betrug und eine Schweinerei gewesen.

Ich fragte zuerst Philippe, ob er mitwollte, aber er sagte, das sei ihm zu negativ.

»Es gibt schon genug Negatives auf der Welt, da braucht man es nicht auch noch aufsuchen, wenn es nicht unbedingt nötig ist.«

Mir war, als hörte ich meinen Vater.

Jean-Jacques, dachte ich. Da oben hatten wir uns ja kennengelernt.

»Und nachher können wir nachsehen, wie es dem Wirt geht«, sagte ich lockend.

»Nie im Leben«, sagte Jean-Jacques. »So was ist keine Musik. Nicht, daß ich was davon verstehe, aber ich kann mir schon denken, daß das Sachen für weiße Mittelklassegigolos mit Todessehnsucht sind. Nein, ich warte auf George Benson.«

Klaus wollte ich nicht fragen. Mein Gefühl sagte mir, daß er mitgehen würde.

Und Marie-Claire? Es war auch nicht ihre Musik.

»Aber Annette hat sicher Lust, mitzukommen.«

»Hm, ich bin nicht sicher, ob das was für sie ist.«

»Ihr gefällt alles.«

»Aber es fängt erst spät abends an. Und die Metro fährt bestimmt nicht mehr, wenn wir nach Hause wollen, und dann müssen wir durch die ganze Stadt laufen. Du weißt doch, wie gefährlich Paris bei Nacht ist.«

»Annette tut es gut zu laufen. Und sie hat sicher keine Angst, wenn du dabei bist«, meinte Marie-Claire. »Ich werde sie fragen.«

»Mmm ...«, sagte ich.

Glücklicherweise bekam Annette Halsschmerzen und Fieber, und ich ging allein, nahm die Metro bis République, ohne gelbe Wolfsaugen durchs Fenster zu sehen. Es war eine Weile still gewesen um den Metrowolf. Aber er bereitete sich wohl nur auf einen fürchterlichen Angriff vor.

Ich fand nichts, das nach einem Konzertlokal aussah, und ich mußte noch einmal nachsehen, ob ich auch an der richtigen Adresse war. Nur halb abgerissene Plakate mit unbekannten Rockgruppen ließen darauf schließen, daß es irgendwo in der Nähe sein konnte.

Zuerst mußte ich durch ein gewaltiges, rostiges Eisentor auf eine Art Hinterhof. Dort waren ein paar schmuddelige Buchstaben auf eine Tür gemalt, die zu einem dunklen Keller hinunterführte. Doch, hier mußte es sein.

Ein Mädchen mit kurzen Bürstenhaaren, lila Lippenstift und schmutzigen Jeans saß auf einem Tisch und sah mich gelangweilt an. Ein großer Typ mit langen, fettigen Haaren und einem Ohrring war dabei, Stühle aufzustellen. Sonst war niemand zu sehen, obwohl es schon nach acht war.

Ich trödelte zurück auf die Straße, warf ein paar sehnsüchtige Blicke zu einem Café gleich gegenüber, in dem die Leute sich zu amüsieren schienen, und machte einige Schritte auf dem todernsten Bürgersteig.

Zum erstenmal tat es mir leid, daß Annette nicht mit war. Sie hätte sicher etwas vorgeschlagen. Oder Munk hätte hier sein sollen. Es war so sinnlos, daß er nicht hier war. Ich hatte angefangen, ein bißchen zu sehr die Hauptrolle in meinem eigenen Drama zu spielen. Daran war ich nicht gewöhnt. Die Rolle lag mir nicht. Das hätte der Regisseur vorher wissen sollen. Lieber Gott, laß was passieren, betete ich, daß ich hier nicht wie ein Dreisterne-Idiot und Bauerntölpel auf der Straße herumlaufe.

Da stand auf einmal ein Typ vor mir im Nieselregen und sprach mich an.

»Salut«, rief er vorsichtig. Die Stirnlocke verdeckte beinah seine Augenbrauen, und er sah mit Hundeaugen zu mir auf. »Willst du meine Bücher kaufen?« Neben ihm stand ein großer Karton.

»Was für Bücher sind das denn?« fragte ich. Nicht, daß ich interessiert war. Ich hatte nicht vor, Bücher zu kaufen. Nicht, solange ich Faustroll hatte. Ich war nur höflich.

»Bücher, die ich an der Uni benutze. Lehrbücher in Philosophie.«

»Ich glaube nicht, daß ich die brauchen kann«, sagte ich. »Du findest bestimmt einen anderen, der sie kaufen will.«

»Das bezweifle ich. Willst du nicht wenigstens eins kaufen? Zehn Francs, das ist wirklich billig.«

»Tut mir leid«, sagte ich.

Wir sahen einander an. Wir hatten beide die falsche Person getroffen.

»Willst du in das Konzert von Nico?« fragte er.

»Ja.«

»Ich komme später auch. Muß nur erst noch die Bücher hier verkaufen.«

»Das schaffst du bestimmt«, sagte ich. Sicher wie nur was. Er würde nicht das geringste Problem haben, hier auf diesem menschenleeren Bürgersteig in Dunkelheit und Nieselregen.

Ich versuchte es noch einmal mit dem Keller. Dunkle Schatten griffen nach mir und wollten mich festhalten, aber ich drängte mich zur Tür durch, wo das Mädchen mit den Bürstenhaaren jetzt fünfundzwanzig Francs von mir haben wollte. Ich war auch nicht mehr der einzige, und die Bar war geöffnet. Das mußte den Abend retten. Laute, dröhnende Musik wurde aus verschiedenen Lautsprechern geschleudert. Der Sinn des Ganzen war, daß die Leute mindestens viermal an der Bar rufen mußten, was sie haben wollten, und am Ende trotzdem etwas ganz anderes bekamen. So bestellte ich ein Glas Weißwein und bekam ein Glas elsässisches Bier. Es war neun Uhr, ich setzte mich hin und wartete auf Nico.

Zwei Stunden, zwei Glas Bier und ein Glas Weißwein (als ich Bier bestellt hatte), später saß ich noch immer da und wartete auf Nico. Die dunkle Kaschemme war jetzt brechend voll, die Leute tranken und taten mystische und unsagbare Dinge miteinander in dunklen Ecken, und die Lautsprecher brüllten hemmungslos. Ein paar versuchten zu tanzen und fanden es großartig, die ganze Zeit mit Leuten mit vollen Gläsern zusammenzustoßen.

Es schien, als fänden alle außer mir dies vollkommen in Ordnung, drei Stunden nach der Zeit. Nico wurde hier überhaupt nicht gebraucht. Wahrscheinlich kam sie gar nicht, sondern lag betrunken in irgendeinem Hotelzimmer. Nicht daß ich dafür kein Verständnis gehabt hätte. Es war ja allgemein bekannt, daß die Dame Probleme hatte. Heroin und solche Sachen. Ich blieb sitzen. Die letzte Metro würde ich nicht mehr bekommen. Und so spät abends würde ich mich sowieso nicht mehr da hinunterwagen. Ich konnte die gebleckten Wolfszähne und einen blutigen, dampfenden Rachen vor mir sehen.

Ich dachte für einen Moment an Sandra und merkte, wie ich Atemnot bekam. Statt dessen dachte ich weiter an den Metrowolf. Eines Tages würden wir uns in einem letzten, entscheidenden Showdown begegnen. Die Stadt ist nicht groß genug für uns beide, dachte ich.

Jetzt wurde die Musik ein bißchen gedämpft und dann ganz ausgeschaltet. Das mußte etwas bedeuten. Vielleicht war Schluß, und alle mußten nach Hause gehen. Es hätte einen nicht gewundert, denn es war fünf vor zwölf. Aber den Leuten war anzusehen, daß sie auf etwas warteten. Ich drehte mich um und sah eine Frau mit langem Haar mit dem Typen mit den langen und fettigen Haaren reden, der zuvor die Stühle aufgestellt hatte. Sie wirkte irritiert und sauer. Dann nickte sie und bahnte sich einen Weg zur Bühne. Das gedämpfte Licht ließ ihr leichenblasses Gesicht, ihr graublondes Haar, das lange schwarze Kleid und das mit etwas Dunkelrotem gefüllte Cocktailglas gespensterhaft hervortreten. Ein halbvoller Typ rempelte sie an, und sie sagte irgend etwas mit wütender Stimme.

Auf der Bühne stand ein hellbraunes Harmonium, sonst nichts. Nico hastete weiter, stieg die vier Stufen hinauf und stellte ihr Glas auf dem Harmonium ab. Sie betrachtete den Schemel. Sie fand ihn zu hoch. Kurbeln, Drehen, erst in die falsche Richtung, dann in die richtige. Sie setzte sich, nahm einen Schluck und sah uns mißmutig an.

»Good evening. I shall just play some songs.«

Das Konzert war vorüber. Nico hatte die meisten ihrer Lieder gesungen, einschließlich *All that is My Own, The End, Deutschland über alles* (als Wünsche aus dem Publikum kamen) und *You forget to answer* (das hatte ich ihr zugerufen, und eine Sekunde lang hatte sie mir in die Augen gesehen), das traurigste und schönste Lied, das ich kannte.

Die monotone Geisterstimme war verstummt, Nico war hinter einer schwarzen Tür verschwunden, die Leute wanderten in die Nacht hinaus, wo die Metro nicht mehr fuhr. Nur ich blieb stehen, immer noch im Bann der Musik. Ich hatte mich mit dem traurigen Strom der Töne aus dem Harmonium davontreiben lassen, in ein Land, wo alles so hoffnungslos war, daß es fast schon wieder gut tat, dort zu sein.

Es konnte einfach noch nicht vorbei sein, jetzt wo ich so herrlich litt, daß ich kaum aufrecht gehen konnte. Da war die Tür. Sollte ich es wagen? Etwas Ähnliches hatte ich noch nie gewagt. Und die Möglichkeit, daß sie Munk kannte, war wohl gleich null.

Ich öffnete die Tür. Sie saß allein in einem alten Sessel, mit geschlossenen Augen und einem vollen Glas mit dem gleichen Dunkelroten wie vorher. Ihr Gesicht war das einer Frau in mittleren Jahren, bleich und verwüstet, ihr Haar ohne Leben. Ihre Hände zitterten, als sie sich nicht mehr auf die Tasten stützen konnten. Ich mußte mit ihr reden, sie dazu bringen, mich zu verstehen. Sie war vielleicht die einzige, die meine Probleme verstehen konnte.

Sie blickte mich ausdruckslos an. Ich mußte daran denken, wie sie damals aussah, als sie eine kleine Rolle in Fellinis *La dolce vita* gespielt hatte, jung, sprudelnd, blond und verrückt.

»Do I know you?« fragte sie tonlos. »Kenne ich dich?«

»No«, sagte ich. »I was at the concert. It was fantastic.«

»Yes…«, sagte sie und sah vor sich hin. »I know.«

Was sollte ich jetzt sagen? Ich war irgendwie auf ein falsches Gleis geraten.

»May I talk to you for a moment?« fragte ich bebend.

Sie antwortete nicht. Ihre Augen waren geschlossen. Sie ließ die Finger über das Glas auf dem Tisch gleiten.

»May I...«

»Yes, you may. We can talk, but not here.« Sie öffnete die Augen wieder, aber es war, als sehe sie mich nicht. Sie erhob sich.

»Wait here«, sagte sie. »I'll just see if the car is ready, then you can come with me.«

Sie ging durch eine Tür, die offensichtlich zu einem Gang führte, der wiederum zur Straße führen mußte.

Ich saß völlig aufgewühlt da und war den Tränen nahe. Ich würde Nico begleiten und mit ihr reden können. Vielleicht die ganze Nacht.

Sie blieb lange fort. Stand sie draußen auf der Straße und wartete auf den Wagen? Hörte ich nicht auch das Geräusch eines Wagens?

Ich wartete noch eine Weile. Dann stand ich auf und ging durch die halboffene Tür. Der Korridor war dunkel, aber ich konnte kalte Nachtluft riechen. Ich stieg eine Steintreppe hinauf und kam auf die Rue du Faubourg du Temple. Niemand zu sehen. Die Straße war menschenleer, so weit ich sehen konnte, auch das Café gleich gegenüber war dunkel. Aber dann sah ich doch einen Menschen, dicht an die Hauswand gedrückt.

»Salut«, sagte eine traurige und tonlose Stimme. »Willst du nicht meine Bücher kaufen? Es sind Lehrbücher in Philosophie.«

KUCHEN

Es gab selbstverständlich keinen Grund, die Sache so schwer zu nehmen. Das mußte ich zugeben. Hatte ich tatsächlich geglaubt, Nico begleiten und mit ihr über meine Probleme reden zu dürfen? So himmelschreiend, bescheuert dämlich konnte man also werden, wenn man erst eine Weile mit von der Partie gewesen war. Ich hätte auf der Stelle als Mitglied auf Lebenszeit in den Club der Idioten eintreten können. Und daß ich hinterher zu Fuß durch ganz Paris laufen mußte, klatschnaß wurde und erst um vier Uhr morgens zu Hause war, dafür konnte ich mich auch nur bei mir selbst bedanken.

Ich hätte mir im übrigen alles verzeihen können, wenn ich nur nicht die drei dicken Lehrbücher in Philosophie bei mir gehabt hätte, als ich nach Hause kam. Das war zu hart. Im Namen des Herren, des Gesetzes und aller Ehrbarkeit.

Ich blieb den ganzen nächsten Tag im Bett, wollte mich nicht einmal rühren, und das Ganze fing an, einem Muster zu gleichen, das mir sonderbar bekannt vorkam. Marie-Claire machte sich Sorgen um mich, brachte mir Essen und Grog ins Zimmer, fühlte mir den Puls und streichelte mir übers Haar, aber nichts half.

Am nächsten Tag fühlte ich mich aber doch besser und stand auf. Ich rasierte mich und zog ein sauberes weißes Hemd an. Nicht, daß ich mich nicht mehr zusammenreißen konnte.

»Hallo!« sagte Marie-Claire. »Schön, daß du wieder auf bist. Ich muß zur Sorbonne, meine Vorlesung halten.«

Sie rümpfte die Nase.

»Über Leibniz. Kennst du ihn? Es gibt auch keinen Grund, ihn kennen zu müssen. Du findest alles fürs Frühstück? Die anderen sind weg, aber sie kommen wieder. Heute nachmittag mußt du hier sein, denn da feiern wir. Philippe hat Geburtstag. Annette kommt auch, sie hat sich solche Sorgen um dich gemacht.«

Ich blickte aus dem Fenster und fragte mich, was André Glucksmann die letzte Zeit wohl getrieben hatte, aber er war nicht zu sehen. Weder er, noch seine Tauben oder der Motorroller. Vielleicht lag er noch im Bett und röhrte.

Ich sah Annette vor mir. Sie hatte sich Sorgen um mich gemacht. Natürlich war das schmeichelhaft, aber ich verdiente einfach nicht, daß jemand sich Sorgen um mich machte. Das sah ich ein.

Der Rest des Vormittags verging damit, daß ich im Café St. Sévérin auf dem Hintern saß und drei Karten schrieb, eine an Sandra, eine an Munk und eine an meine Eltern. Die Alten würden sicher hocherfreut sein über eine Karte aus Paris mit Sonnenuntergang über dem Eiffelturm.

Die Karte an Sandra fiel mir am schwersten. Was ich auch hinkritzelte, es war nicht das Richtige. Es waren nur Äußerlichkeiten, fand ich, bezahlte mißmutig meinen Kaffee und ging hinunter zur Seine. Es war schönes, mildes Märzwetter, und ich erwartete, an den Bäumen bald Knospen zu sehen. Ich fragte mich, wie es wohl zu Hause war. Sicher Skilaufen bis zum Abwinken.

Ich wanderte zum Montmartre und stieg bis Sacré-Cœur hinauf. Hier oben wehte ein kräftiger Wind, und genau solch einen Wind hatte ich jetzt nötig. Ich breitete mein Gehirn aus und ließ es vom Frühlingswind gründlich durchpusten. Jetzt fühlte ich mich rundum ausgelüftet und lief alle Treppenstufen wieder hinunter. Eine Frau in einem lila Mantel stand am Fuß der Treppe und sah mich an, und ich leckte ihr im Vorübersausen das Ohrläppchen.

Sie saßen um den Tisch, als ich kam. Marie-Claire hatte zwei Kuchen aus der Konfiserie in der Rue de Rennes mitgebracht, und Jean-Jacques hatte Wein gekauft. Ich hatte nur ein kleines Geschenk. Ich war mir nicht sicher, ob es überhaupt der Rede wert war.

»Félicitations«, sagte ich.

Philippe strahlte mich glücklich an.

»Merci«, rief er. »Komm und setz dich.«

Jean-Jacques saß lachend da und kleckerte absichtlich Wein aufs Tischtuch. Er fand wohl, er könne sich das erlauben, weil er den Wein gekauft hatte. Annette trank Fanta und steckte kleine Stücke Kuchen in den Mund. Sie sah mich an.

»Hallo, Annette«, sagte ich.

Klaus aß schweigend, die Pistole neben dem Teller. Es hatte nicht den Anschein, als schmecke ihm der Kuchen. Es waren wohl nicht genug Pommes Fritz drin.

Marie-Claire legte eine neue Platte auf. Jane Birkin. Philippe hatte sie von Jean-Jacques bekommen.

Philippe packte mein Geschenk aus.

»Was ist das?« fragte er strahlend.

»Eine Mundharmonika«, sagte ich. »Sie ist nicht groß, aber.«

»Genau so eine habe ich mir schon lange gewünscht«, sagte Philippe. »Ich werde sie überall mit hinnehmen.«

»Ja, so gehört sich das auch«, sagte ich.

Ich probierte den Kuchen. Ich war anderer Meinung als Klaus. Der Kuchen schmeckte prima. Ich sah Annette an. Sie zog verschmitzt die Nase kraus. Ich krauste zurück.

»Seid still!« sagte Klaus plötzlich. »Ich will einen Zaubertrick vorführen und brauche absolute Stille.«

»Diese Deutschen«, sagte Jean-Jacques. »Bei denen muß immer alles so verdammt absolut sein.«

»Paßt auf jetzt«, sagte Klaus. Er hatte sich vom Stuhl erhoben. »Ich werde dieses Stück Kuchen spurlos verschwinden lassen.«

Ich verstand, daß er nur nach einem Ausweg gesucht hatte, um den Kuchen nicht essen zu müssen. Damit verlor der Zaubertrick ein bißchen an Wert, fand ich.

»Wir sind gespannt, Klaus«, sagte Marie-Claire.

»Diesen Trick habe ich von einem alten Freund gelernt«, sagte Klaus. »Franz-Josef Strauß in Bayern.«

»Würde mich nicht wundern, wenn das stimmte«, flüsterte Jean-Jacques.

Da klopfte es an der Tür. Klaus ließ sich auf den Boden fallen und schnappte sich seine Pistole. Alle außer Annette hörten auf zu essen und starrten zur Tür.

»Herein«, sagte Marie-Claire.

Da stand André Glucksmann in Turnschuhen und einem viel zu großen Pullover. Er sah uns ein bißchen ängstlich durch seine Stirnlocke an.

»Bonjour, Marie-Claire.«

»Bonjour, André«, sagte Marie-Claire. »Komm herein und iß ein Stück Kuchen. Philippe hat Geburtstag.«

»Gratuliere«, sagte André Glucksmann. »Nein danke, ich wollte nicht stören. Ich wollte nur Bescheid sagen, daß ich umziehe.«

»Du ziehst um? Wieso denn?«

»Sie haben mich da drüben rausgeworfen. Sie beklagen sich über meine Tauben. Aber jetzt habe ich einen neuen Dachboden gefunden.«

»Wo du deine Tauben halten darfst?«

»Hm... sie wissen noch nicht, daß ich Tauben habe.«

»Fein«, sagte Marie-Claire. »Brauchst du Hilfe beim Umzug?«

»Nein, kein Problem. So viel habe ich ja nicht. Ich nehme alles auf dem Motorroller mit.«

»Fein«, sagte Marie-Claire. »Ist dein letztes Buch, *Die Meisterdenker*, schon erschienen?«

»Das kommt bald. Du bekommst ein Exemplar.«

»Darauf freue ich mich«, sagte Marie-Claire.

»Ja, dann will ich nicht weiter stören. Ich wollte nur Bescheid sagen.«

»Viel Glück, denn«, sagte Marie-Claire. »Du bist sicher, daß du nicht ein Stück Kuchen möchtest?«

Er zögerte.

»Vielleicht ein ganz kleines Stück«, sagte er. »Wenn für euch noch genug da ist.«

»Es ist noch mehr als genug da.«

Die Tür schloß sich wieder.

»Da hat er aber Glück gehabt«, sagte Klaus. »Hätte nicht viel gefehlt, und ich hätte ihn umgelegt. Dann hätte es einen Philosophen weniger gegeben. Ich dachte wirklich, es wären die Bullen.«

Wir blickten auf seinen Teller. Das Stück Kuchen war fort.

»Wo ist der Kuchen?« fragte Philippe.

»Habt ihr denn nicht aufgepaßt?« sagte Klaus. »Einen Zaubertrick kann man nicht wiederholen. Das solltet ihr doch wissen.«

Es war Abend geworden. Der Vollmond hing hell leuchtend über dem Friedhof von Montmartre. Kuchen und Wein waren alle. Jean-Jacques lag schon zusammengerollt auf dem Fußboden und schlief, und Klaus war über dem Tisch mit dem Kopf auf der Pistole eingeschlafen. Marie-Claire war in ihr Zimmer gegangen, allein Philippe saß noch auf seinem Stuhl und strahlte, wenn auch sein Blick ein bißchen matter war als vorher.

Annette war als einzige hellwach.

»Wollen wir auf den Balkon gehen?« sagte sie.

Wir öffneten die Balkontür und sogen die kühle Nachtluft

ein. Draußen war es still. Nur ein leises Summen von Millionen von Lichtern. Und der weiße Körper des Monds über Paris.

»Du kannst mich ruhig küssen«, flüsterte sie.

Ich beugte mich vor und küßte sie auf die Stirn.

»Nicht so. Richtig.«

Mir lag auf der Zunge zu sagen, sie sei zu jung, aber daraus wurde nichts. Etwas Warmes, das ich von früher her kannte, stieg in mir auf, und ich küßte sie richtig. So standen wir lange, und ich kann nicht leugnen, daß es mir gefiel. Ich spürte, wie ihre kleinen Brüste sich an mich preßten.

»Okay«, sagte sie plötzlich. »Jetzt müssen wir wieder reingehen.«

Dort saß Philippe noch immer auf seinem Stuhl.

»Salut«, sagte er. »Was hat der Mond gesagt? Etwas von junger Liebe? Und ich kann euch sagen, daß dies der schönste Geburtstag war, den ich je hatte.«

DRITTER BRIEF AN MUNK

Dr. Munk.

Nicht daß ich mir noch irgendeine Hilfe von Dir erwarte, aber vielleicht hilft es mir, dies zu Papier zu bringen. Erstens: Ich habe es nicht geschafft, mich vom Alkohol fernzuhalten. Vermutlich bin ich hier am falschen Ort. Vor kurzem war ich oben bei Sacré-Cœur und habe mir das Gehirn durchpusten lassen, aber jetzt haben sich die Probleme schon wieder eingenistet. Ich finde das nicht gerecht. Ich könnte mich vielleicht in die Seine stürzen, aber das Wasser ist kalt, und da unten gibt es schleimige und eklige Fische. Ich habe sie selbst gesehen.

Aber das Schlimmste ist, daß Marie-Claire angefangen hat, mir von einem Projekt zu erzählen, das sie planen. Sie beschreibt es nicht im Detail, aber es geht irgendwie darum, eine Bank auszurauben, auf die gute altmodische Art und Weise, mit Masken und Pistolen und einem Auto, das draußen wartet. Und für sie ist es völlig klar, daß ich mitmache. Was meinst du? Soll ich sofort nach Hause fahren, oder soll ich noch eine Weile so tun, als machte ich mit? Nichts klappt mehr, und von Sandra habe ich auch längere Zeit nichts gehört. Ich fürchte, sie hat da oben in Trondheim jemand gefunden. Also sollte ich mich vielleicht doch für die Seine entscheiden. Weißt Du, zu welcher Tageszeit die Fische schlafen?

Ich weiß weder ein noch aus. In der Zwischenzeit sitze ich in Cafés und trinke schlechten Wein. Kaffee trinke ich jetzt nur noch bei MacDonalds.

P.S. Grüße an Rebekka. Waschbrett-Olsen liegt jetzt wohl unter der Erde?

BÜCHER

Ich stand in der obersten Etage der Buchhandlung von Gilbert Jeune am Place St. Michel (in der gleichen Etage wie die Taschenbücher) und versuchte, den Typen hinter dem Ladentisch davon zu überzeugen, daß drei Lehrbücher in Philosophie genau das Richtige für ihn seien. Da stand doch, daß man hier gebrauchte Bücher abgeben konnte!

»Nein, Monsieur, solche Bücher kaufen wir nicht. Wir werden sie nie wieder los.«

Ich konnte das gut verstehen, fand aber trotzdem, daß es nicht in Ordnung war. Gebrauchte Bücher waren gebrauchte Bücher. Aber da hatte ich mich offensichtlich getäuscht.

Draußen goß es in Strömen. Das freundliche Grau war zu einem mürrischen und fröstelnden Grau geworden, das den Menschen in ihr Seelenleben pfuschte.

Ich ging zuerst zu MacDonalds und holte mir einen Big Mac, danach steuerte ich in Richtung Pont des Arts. Es regnete auch auf die Seine, dicke Tropfen, die sich sogleich im braunen Wasser versteckten.

Ich lehnte mich über das Brückengeländer und gab mich der Faszination dieses Schauspiels hin. Der Tropfen traf auf die Wasseroberfläche, puff, weg. Wie lange konnte man davon sprechen, daß ein einzelner Tropfen ein Eigenleben hatte?

Jemand zog an meiner nassen Hansa-Jacke. Es war Annette!

Was tat sie denn hier?

»Das darfst du nicht tun!« sagte sie erregt.

Ihr regennasses schwarzes Haar klebte ihr am Kopf, und ich sah, daß ihr Gesicht schmaler war, als ich gedacht hatte.

»Du irrst dich«, lächelte ich naß. »Ich habe nicht vor zu springen. Ich will nur diese Bücher reinwerfen.«

Sie blickte auf die Bücher. Sie zweifelte noch.

»Und wieso?«

»Ich kann sie nicht gebrauchen.«

»Muß man Bücher zu etwas brauchen? Sie sollen nur da stehen. Du mußt dir denken: Eines Tages vielleicht...«

»Ja, aber diese Bücher sollen nicht da stehen. Sie sollen in die Seine.«

Sie nickte ernsthaft. Sie verstand.

»Willst du übrigens einen pitschnassen Big Mac?«

Sie wollte.

»Dann wirf sie schon rein.«

Ich ließ die drei Bücher nacheinander fallen, senkrecht nach unten, so daß es einen maximalen Bauchplatscher gab. Sie wirkten plötzlich ganz anders, hatten eine Dimension bekommen, die ihnen vorher gefehlt hatte. Dort unten im Wasser des Flusses waren sie zu Hause, da hatten sie die ganze Zeit hingehört. Das entdeckte ich erst jetzt. Kein Wunder, daß ich sie nicht brauchen konnte.

»Das war die Philosophie«, sagte ich.

»Philosophie heißt nur, sich einen Weg bahnen, wo keiner ist«, sagte Annette. »Das hat Marie-Claire gesagt.«

»Aha«, sagte ich.

»Das war prima«, meinte Annette. »Hast du noch mehr, das du wegwerfen kannst?«

Ich durchsuchte meine Taschen, fand aber nur die Mundharmonika.

»Ich habe nur noch die Mundharmonika. Und die will ich nicht wegwerfen.«

»Es würde sich aber toll machen, wenn du sie reinwerfen würdest«, sagte Annette.

»Nie im Leben«, sagte ich. »Wir sind unzertrennlich im Leben wie im Tod.«

»Dann werfe ich was weg«, sagte Annette. »Ich werfe meine Schultasche mit allen Büchern rein.«

»Jetzt hör aber auf«, sagte ich. »Das kannst du doch nicht machen.«

»Kann ich nicht? Dann paß mal auf.«

Bevor ich eingreifen konnte, platschte die schwere Tasche in den Fluß. Sie ging halb unter, kam aber wieder hoch, sprudelnd und voller Wasser.

»Ich bin frei!« rief Annette. »Es lebe die Freiheit!«

»Was willst du jetzt machen?« sagte ich streng, als wäre ich eine Art Lehrer. »Was werden sie in der Schule sagen?«

»Je m'en fous!«

Sie schiß darauf. Jaja, sie würde schon sehen, wenn sie erst einmal älter würde. So wie ich, und hier stand ich jetzt.

»Was machst du denn jetzt?« fragte ich.

»Das siehst du doch!«

Sie zog sich die Schuhe aus und warf sie nacheinander in die Seine. Der eine landete schief und füllte sich mit Wasser, aber der andere schwamm fein wie ein Schiff. Annettes Schuhe auf dem Weg durch Paris dem Meer entgegen. Ich versuchte erst gar nicht mehr einzugreifen.

»Und jetzt?« sagte ich. »Willst du auf Socken im Regen nach Hause gehen?«

»Ich habe dicke Socken. Halt uns einfach ein Taxi an.«

»Jaha«, sagte ich. »Dann mußt du mitkommen. Wir müssen über die Brücke, um ein Taxi zu kriegen.«

»Du kannst mich ja tragen.«

»Das tu ich nicht.«

»Ich bin ganz leicht.«

Sie kam auf Socken hinter mir hergelaufen und zog mich an den Haaren.

»Das war doch toll«, sagte sie.

»Das war es wirklich«, seufzte ich.

»Wir sind losgeworden, was wir nicht mochten. Das ist wichtig.«

»Ja«, sagte ich.

Mir fiel ein, daß ich kein Geld mehr dabei hatte. Alles war für den großen Mac draufgegangen.

»Ich begreife nicht, warum es so regnet«, sagte Annette. »Das ist ja nicht normal. Wir werden in den Straßen ertrinken.«

»Es regnet klingenlose Taschenmesser ohne Schaft«, sagte ich. Es war schwer, das auf Französisch hinzukriegen, aber es ging gerade noch.

»Was sagst du?«

»Klingenlose Taschenmesser ohne Schaft. Das haben wir zu Hause immer gesagt, wenn es regnete.«

BRIEF VON MUNK

Du treuloser Diener!

Dein Jammern und Heulen und Zähneklappern geht mir auf den Geist. Kaffee bei MacDonalds! Du solltest wirklich in die Seine springen.

Hier oben werden die schlechten Zeiten immer offensichtlicher, und es gibt keine Zeichen am Himmel, die darauf hindeuten, daß es besser werden könnte. Gerade ist der Star aus dem Süden und von den beschissenen Badestränden da unten zurückgekehrt. Er saß dieser Tage draußen im Baum, und ich schaute ihn an und sagte zu mir selbst: Da ist er wieder, derselbe verdammte Star wie letztes Jahr. Aber als ich genauer hinsah, war es verdammt noch mal gar nicht derselbe. Der letztes Jahr hatte vier Goldknöpfe am Jackett, dieser hatte nur drei, und außerdem ein Glasauge. Noch dazu konnte er nicht alle Lieder, so daß ich ihm ein Liederbuch leihen mußte: ›Volksschulliederbuch für Fink und Star‹. Du siehst schon.

Da lobe ich mir die guten alten Zeiten, als der Star noch ein Star war, und ich mit Schauspielerinnen verkehrte und ihnen Kinder machte. Damals sah es so aus, als würde der Kommunismus sich entfalten wie eine Blume und nach Honig, Rosmarin und heißen Küssen duften. Heute bekommt die Linke nicht einmal mehr ein Wahlbündnis zustande. Das heißt, ich arbeite gern zusammen, aber die anderen halten streng auf ihre Linie und wollen sich ihre Jungfernschaft bewahren. Scheiß-Parteienegoismus! Es kommt mir sogar so vor, als würde ich ab und zu von den Parteibonzen da oben nicht für voll genommen. Aber die sollen sich in Acht nehmen, sowohl die Scheiß-Kulturradikalen im SV-Büro, als auch die Pol-Pot-Fans von Steigan! Kann gut sein, daß ich eine eigene Liste aufstelle! Für den Fall habe ich Dich auf einen vorläufigen fünften Platz gesetzt, nur um Dir einen Gefallen zu tun. Ich erwarte keinen Dank, das ist es nicht. Aber noch habe ich die Pläne für eine Zusammenarbeit nicht aufgegeben.

Ansonsten krebse ich so vor mich hin mit Erkältungen und derlei Scheißkram. Ich bin zu der Ansicht gelangt, daß der Dieb im Spätkapitalismus der einzig freie Mann ist. Manchmal fehlt nicht viel, daß ich denke, dieser Kumpel von Dir im Kreisgefängnis, Waglen, oder wie er heißt, hatte trotz allem ein Projekt. So etwas sage ich natürlich nicht laut. Ansonsten bin ich nicht sicher, welches von den Wörtern jetzt, vorwärts, Sprache, nach oder Schnee ich am meisten verabscheue. Warte nur ab, sie werden um sich greifen. Dann kommt es darauf an, daß die Arbeiterklasse bis an die Zähne bewaffnet ist, bevor es so weit kommt.

Kürzlich war ich auf einer kleinen Vortragstournee in Sogn og Fjordane. Sie sind voll auf mich abgefahren da oben, und die Mädchen haben sich um mich geschart. Also am Charisma mangelt es mir nicht. Sie haben einmütig versprochen, mich zu wählen. Ich bin mit dem Schnellboot zurückgefahren, ein seltsames Erlebnis. Stell Dir vor, was für eine Verbesserung es wäre, wenn sie da statt der Schwimmwesten Zwangsjacken unter den Sitzen hätten! Ich habe der Reederei schon geschrieben und diesen Vorschlag gemacht, und sie haben mir schriftlich zugesagt, ihn eingehend zu prüfen.

Eine andere kleine Idee, mit der ich mich trage, ist die Produktion von Konfekt mit Salzgurkenfüllung. Soll Surprise heißen. Aber jetzt schweife ich vom Thema ab. Wie kann ich Dich am besten dahin bringen, den schmalen Weg zu wählen. Es reicht möglicherweise nicht, in einer Hansa-Jacke rumzulatschen. Dadurch wirst du nicht automatisch ein guter Kommunist. Du könntest zunächst einmal mit Karl Marx anfangen, gern auf Französisch, wenn du das stilvoller findest. Ich kenne Dich doch.

Außerdem kann ich Dir mitteilen, daß ich angefangen habe, mich in die Technik des Voodoo einzuarbeiten. Man muß alles versuchen, verdammt. Ich hänge eine Puppe an die Wand, die den Klassenfeind darstellt, und durchbohre sie mit Nadeln. Hoffe, es hilft. Ich steche jedenfalls, was das Zeug hält.

Rebekka ist sauer zur Zeit. Ich glaube, sie hat ihre Tage. Aber ich soll bestimmt trotzdem grüßen. (Ich habe es endlich geschafft, mich an das mit den Automaten zu gewöhnen. Ein neuer kleiner Sieg für das Volk!)

Ansonsten kann ich nicht verstehen, was Du von dieser Nico wolltest. Die ist doch nur was zum Fürchten und Weglaufen. Wenn es Joni Mitchell gewesen wäre, das hätte ich verstanden. Da hättest Du meine volle Sympathie gehabt. Nun ja.

Ich finde, Du solltest noch eine Zeitlang dort unten bleiben, es kommt mir vor, als seiest Du noch nicht reif genug, schon wieder abzureisen. Laß Dir von Marie-Claire einige meiner Taten von 68 erzählen. Es wird Dir zur Erbauung dienen.

Jetzt solltest Du genug Denkanstöße bekommen haben. Gebrauche deinen Verstand, falls Du welchen hast.

Jack the Ripper

P.S. Vergiß das Zollfreie nicht!

DER MOND SCHEINT

Der Mond stand über Paris und leuchtete, und ich fragte mich, wann ich wohl Energie genug haben würde, um die Brotkrümel aus meinem Bett zu fegen. Das würde ein großer Tag werden, da war ich sicher.

Trotzdem war das nicht mein größtes Problem, wie man sich leicht denken kann. Beim gegenwärtigen Stand der Dinge sah es ganz danach aus, daß ich beste Chancen hatte, eine nicht geringe Zahl von Jahren in einem französischen Gefängnis verbringen zu dürfen. Ich hatte ein wenig über französische Gefängnisse und die französische Polizei gehört. Und was ich gehört hatte, gefiel mir überhaupt nicht. Selbst Mundharmonikaspielen vertrieb die bösen Ahnungen nicht. Ich brauchte eher so etwas wie einen Exorzisten.

Ich erhob mich von der Matratze, auf der ich in voller Montur gelegen hatte, und klopfte an Marie-Claires Tür.

»Marie-Claire«, sagte ich.

Sie war noch nicht im Bett. Sie saß auf dem Fußboden und las einen Stapel handgeschriebener Papiere durch. Die Buchstaben glichen Bananenfliegen.

»Hallo«, sagte sie. »Ich lese mir nur meine Vorlesung für morgen durch. Kommst du, um mich zu verführen? Das wagen nicht viele.«

»Ich bestimmt auch nicht. Aber wenn ich ein bißchen mit dir reden könnte.«

»Wollen wir es uns zuerst ein bißchen intimer machen?«

»Ich weiß nicht, ob das nötig ist, bei dem, worüber ich reden will.«

»Kannst du etwa nicht schlafen? Du könntest vielleicht versuchen, die Brotkrümel vom Laken zu bürsten. Dann piekt es nicht so.«

»Daran habe ich auch schon gedacht«, sagte ich. »Aber das ist nicht das Problem. Ich glaube, ich bin nicht der Richtige, um bei eurem Projekt mitzumachen. Ich bin es nicht gewöhnt, Banken zu überfallen.«

»Glaubst du denn, wir sind das? Aber das kann uns nicht davon abhalten, was Neues auszuprobieren. Wir müssen einen Schritt weiterkommen, als Spraydosen zu klauen. Wenn wir die Crédit Lyonnais überfallen, verschaffen wir uns Respekt.«

»Jaa…«, sagte ich.

»Und wir brauchen Geld für weitere Projekte. Es ist ein langer Weg zum Ziel. Hast du das vergessen?«

Ich dachte an etwas anderes.

»Wo laßt ihr die Spraydosen?«

»Vorläufig vergraben wir sie. Wir sind ein bißchen unsicher, wie wir sie am besten unschädlich machen können. Also vergraben wir sie bis auf weiteres. Wir haben eine ganze Ladung auf dem Militärfriedhof vergraben.«

Es tat gut, Marie-Claire zuzuhören. Solange sie redete, glaubte ich daran, daß alles möglich war, und daß alles, was sie sich ausdachte, reibungslos klappen mußte. Ich hoffte, daß sie in alle Ewigkeit weiterreden würde.

»Klar bist du der Richtige für uns«, sagte Marie-Claire. »Daß du zweifelst, ist nur gut. Die felsenfest Überzeugten können wir nicht brauchen. Die bringen nur Ärger.«

»Klaus ist felsenfest überzeugt«, sagte ich.

»Er tut nur so. Eigentlich hat er Angst. Warum sollte er sonst nicht wagen, die Pistole einen Augenblick wegzulegen?«

»Du glaubst also, daß es gutgeht?«

»Es wird gutgehen. Die französische Polizei ist dumm wie Scheiße.«

Sie blickte aus dem Fenster, wo der Mond seinen weißen Bauch zeigte.

»Jedenfalls glaube ich, daß es gutgeht. Aber ich wünschte, die Löwen hätten Paulette nicht gefressen. Ich würde mich sicherer fühlen, wenn sie hier wäre.«

Ich auch, dachte ich. Obwohl ich Paulette nie gesehen hatte.

Als ich wieder in mein Zimmer kam, war alles wie vorher. Die ganze Unsicherheit kam hinterrücks wieder angeschlichen und schlug mir auf den Kopf.

»Schlag mich nicht auf den Kopf«, sagte ich, »das ist mein bestes Teil.«

»Das will nicht viel besagen«, entgegnete die Unsicherheit.

Wo sollte ich jetzt Trost finden? Ich war ein freier Mann, und das bedeutete, daß ich allein war in der Welt, ohne eine Menschenseele, die mich tröstete. Die Bibel! fiel mir ein. Sie hat so vielen Trost gespendet. Es wird Zeit, daß sie auch mir hilft. Zwar bin ich kein getreuer Bibelleser gewesen, aber das sollte sich von nun an ändern. Man mußte aufs Geratewohl aufschlagen, wußte ich. Dann fand man immer die Verse, die man nötig hatte. Ich schlug aufs Geratewohl auf und las: ›So spricht der Herr Zebaoth: Siehe, es wird eine Plage kommen von einem Volk zum andern, und ein großes Wetter wird erweckt werden aus einem fernen Lande.

Da werden die Erschlagenen des Herrn zu derselben Zeit liegen von einem Ende der Welt bis ans andere Ende; die werden nicht beklagt noch aufgehoben noch begraben werden, sondern müssen auf dem Felde liegen und zu Dung werden.

Heulet nun, ihr Hirten, und schreiet, wälzet euch in der Asche, ihr Gewaltigen über die Herde; denn die Zeit ist hier, daß ihr geschlachtet und zerstreut werdet und zerfallen müßt wie ein köstliches Gefäß.‹ (Jer. 25, 32–34)

DER PLAN

Jean-Jacques balancierte eine leere Weinflasche auf der Nase. Kein schlechter Trick, an dem er sich dumm und dämlich geübt haben mußte.

»Du solltest lieber hier aufpassen«, sagte Marie-Claire. »Es gibt noch manches, worin du kein so großer Experte bist.«

Die Flasche kippte über und landete auf dem Fußboden. Jean-Jacques beugte sich wieder über das Papier.

»Hier halten wir«, sagte Klaus. »Philippe wartet mit laufendem Motor, der Norweger bezieht hier Posten, und wir gehen im Abstand von zwanzig Sekunden in die Bank.«

»Genau«, sagte Marie-Claire. »Du, Klaus, gehst zum Schalter. Ich bewache die Tür.«

»Und ich balanciere Flaschen«, sagte Jean-Jacques.

»Und Jean-Jacques stellt sich an die Wand und gibt uns Deckung. Doppelte Sicherung.«

»Wir Nigger müssen wie üblich die Drecksarbeit machen«, sagte Jean-Jacques. »Immer dasselbe.«

Die Bank, um die es ging, war die kleine Filiale der Crédit Lyonnais an der Ecke der Rue de Rennes und dem Platz des 18. Juni, unmittelbar vor dem Montparnasse-Turm. Der Zeitpunkt war 11.20, kurz vor der Mittagspause, wenn die Bank nahezu leer sein würde.

»Wo ist übrigens Philippe?« sagte Marie-Claire. »Er sollte auch hier sein.«

Philippe kam aus dem Flur herein. Seine unschuldigen Augen strahlten wie gewöhnlich.

»Ich habe das Klo repariert«, rief er.

»Ich wußte nicht, daß es repariert werden mußte«, sagte Marie-Claire.

»Das mußte es, nachdem ich drauf war«, sagte Philippe. »Der Griff ist abgegangen. Erst habe ich das Klo kaputtgemacht, danach habe ich es wieder ganzgemacht. So lösen wir Probleme hier im Haus.«

»Komm und setz dich«, sagte Marie-Claire. »Da im Glas steht Wein für dich. Jetzt müssen wir alles noch einmal durchgehen. Also, hier halten wir. Philippe sitzt im Wagen und läßt den Motor laufen…«

»Kann ich nicht auch mit in die Bank?« fragte Philippe. »Ich habe das Gefühl, daß ihr mich da brauchen werdet.«

»Du tust, was dir gesagt wird«, sagte Klaus.

»Der weiße Mann befiehlt«, sagte Jean-Jacques. »How long, oh Lord? Wo sind meine Rechte? Meine im Grundgesetz verbürgten Rechte?«

»Falls die Bullen auftauchen, kennst du das Signal?« sagte Marie-Claire zu mir.

»Ja«, sagte ich. »Kein Problem.«

Aber das Herz in meinem Inneren war total ausgeflippt. Ich hatte es aufgegeben, noch die Kontrolle darüber zu behalten. Es kam mir vor, als würde es da drinnen ständig von einer Seite auf die andere geworfen.

Philippe hatte entdeckt, daß es ein lustiges Geräusch gab, wenn er den Wein langsam schlürfte. Schlllürrrff!

Klaus sah ihn irritiert an. Er fand wohl, daß gewisse Personen den Ernst der Lage nicht erkannten.

Philippe ließ den Wein im Mund kreisen und gurgelte dann. Ich fing an zu grinsen.

»Philippe«, sagte Marie-Claire.

»Entschuldigung«, sagte Philippe. »Sind wir jetzt fertig?«

»Ist jedem klar, was er zu tun hat?« fragte Marie-Claire.

Wir nickten. Klarer konnte es kaum noch werden. Eine Woche hatten wir jetzt, um uns zu rüsten. Ich überschlug, wie viele Filme ich sehen, über wie viele Brücken ich gehen und wie viele Big Macs ich essen können würde. Es würden nicht wenige sein.

REGEN

Es gibt verschiedene Arten von Regen. Die beiden Haupttypen sind guter Regen und schlechter Regen. Den guten Regen hörst du an einem milden Sommerabend im Laub rascheln, wenn du in deiner Dachkammer sitzt, den Duft von Flieder spürst und ein bißchen verliebt bist in ein Mädchen, das weit weg ist. Der schlechte Regen hat viele Untergruppen, und eine davon ergoß sich mit aller Kraft über Paris und verhieß uns das Allerschlimmste für Gegenwart, Vergangenheit und Zukunft. Unglück, Skandale, Katastrophen und Niedertracht. An einem solchen Regen war wenig zu machen. Nachdem wir drei Stunden in ihn hinausgesehen hatten, sahen wir den Wagen vorübertreiben, an dem ein alter Araber oben im Quartier Latin tunesische Sandwichs zu verkaufen pflegte. Jetzt waren seine Sandwichs durchweicht, und die ganze gute Füllung herausgeflossen. Er sah nicht besonders erfreut aus, ballte drohend die Faust und rief etwas auf Tunesisch. Ich war froh, daß ich es nicht verstand.

Nach vier Stunden hörte der Regen ebenso plötzlich auf, wie er angefangen hatte. Er war wohl der Meinung, daß wir die Warnung verstanden hätten und vor der Zukunft auf der Hut sein würden.

Es war ein bleicher und ein wenig kühler Abend Ende April geworden. Und es war ein besonderer Abend – der Abend vor der Realisierung des Großen Plans. Da der Regen wieder aufgehört hatte, fanden wir, daß es das Beste für uns war, wenn wir uns verteilten, um uns gegenseitig nicht noch mehr auf die Nerven zu gehen. Marie-Claire ging ins Kino, um sich einen Film mit Buster Keaton anzusehen, Philippe machte sich auf nach Notre-Dame, um die Jungfrau Maria um Glück und Segen zu bitten, und danach bei seiner Mutter Bouillabaisse zu essen. Klaus zog Gott weiß wohin. Jean-Jacques und ich liefen nur durch die Straßen und beneideten alle Menschen, die herumliefen und das Glück hatten, nicht am nächsten Tag eine Bank überfallen zu müssen. So hätte es uns auch gehen können, wenn wir uns nur ein bißchen mehr ins Zeug gelegt und etwas aus unserem Leben gemacht hätten.

»Stell dir vor, morgen wäre Sonntag«, sagte Jean-Jacques. »Dann wären alle Banken geschlossen.«

Ich dachte darüber nach. Ein guter Gedanke.

»Erinnerst du dich noch an das erste Mal, als wir uns getroffen haben?« sagte ich. »Warum hast du damals nicht ein bißchen härter zugeschlagen, dann wäre mir diese Sache hier erspart geblieben.«

»Du bist verrückt«, sagte Jean-Jacques. Es leuchtete weiß und fast gespenstisch aus seinen Augen. »Denk doch mal an alles, was dir entgangen wäre, Mann. Tante Madge und…«

»Ja«, sagte ich. »Tante Madge wäre mir entgangen.«

»Weißt du, wen wir morgen brauchen könnten?« fragte Jean-Jacques.

»Belmondo«, sagte ich. »Der schafft es immer.«

»Das ist nicht wahr«, sagte Jean-Jacques. »In den Godard-Filmen hat er es nie geschafft, und das sind die einzigen guten Filme, die er gemacht hat. Nein, wir sollten den Metrowolf dabeihaben.«

»Stimmt«, sagte ich. »Mit dem Metrowolf in der Nähe würde ich mich viel sicherer fühlen. Er hätte zum Beispiel den Wagen fahren können.«

»Teufel, wie der gefahren wäre«, sagte Jean-Jacques. »Da hätte kein Bullenwagen in der Welt mitgehalten.«

»Vielleicht hätte er uns nachher aufgefressen, um die Beute nicht teilen zu müssen«, sagte ich, wie immer mißtrauisch gegen die Wolfsnatur.

»Damit hätten wir natürlich rechnen müssen«, sagte Jean-Jacques. »Das ist eben der Preis, den wir hätten zahlen müssen.«

Die Straßen waren noch immer naß, und in der Gosse flossen reißende Bäche, in denen tote Hunde, tunesische Sandwichs, Metrobillets und die gesammelten Werke von François Mauriac trieben. Aber ein Stück weiter weg verschwand das gesamte Wasser im Erdboden, mit einem Geräusch, als wenn die Toten gurgeln.

Jean-Jacques trug ein großes Grundig-Radio mit eingebautem Kassettenrecorder, und das machte er jetzt an. James Brown gab ein Grunzen von sich und fing an zu erzählen, daß er sich wie eine Sex-Maschine fühle. Wie viele verschiedene Gefühle einen Menschen doch überkommen können.

»Es ist kalt«, sagte ich. »Können wir nicht irgendwohin gehen?«

»Wir gehen doch schon wie die Verrückten«, sagte Jean-Jacques. »Und wie ich uns kenne, dauert es nicht mehr lange, und wir sind am Place St. Michel. Da können wir uns anonym machen und alles vergessen, einschließlich der Tatsache, daß es uns gibt. Hast du mal an die Möglichkeit gedacht, daß der Schwanz deines Vaters sich nie in die Möse deiner Mutter verirrt hätte, und was für Konsequenzen das für dich gehabt hätte?«

»Ja«, sagte ich. Daran hatte ich gedacht. Aber im großen und ganzen war ich immer froh darüber gewesen, daß mein Vater damals so geil (oder vielleicht nur pflichtbewußt?) gewesen war.

»Es macht Spaß, so etwas zu denken«, sagte Jean-Jacques. »Du kannst die ganze Weltgeschichte so sehen. Wenn die und die da und dort nicht gevögelt hätten, wäre dies und das nicht geschehen. Der Sex bestimmt die ganze Geschichte. Marx redet vom Kampf zwischen den Klassen, dabei dreht sich die ganze Chose in Wirklichkeit um Sex. Übrigens, hast du Tante Madge seit damals wiedergesehen?«

Ich räusperte mich.

»Nein«, sagte ich.

»Das hättest du tun sollen. Sie hat nach dir gefragt. Sie mag dich, aus irgendeinem unerfindlichen Grund. Sieh mal, was ich von ihr bekommen habe.«

Ich betrachtete den langen, scharfen Zahn, den er um den Hals trug. So einen hatte ich mir selbst einmal gewünscht.

»Ein Glücksamulett«, sagte Jean-Jacques. »Der Zahn eines fünfzig Jahre alten Tigers, der im Kampf starb, nachdem er zuerst fünfundfünfzig Jäger zerfleischt hatte. Am Ende wurde er von einem Feigling erschossen, der ihm eine Silberkugel in den Nacken setzte.«

Ich war beeindruckt. Man konnte es mir sicher ansehen.

»Ich müßte einen Zahn vom Metrowolf haben«, sagte ich. »Dann wäre ich unüberwindlich.«

»Du kriegst noch früh genug einen Zahn vom Metrowolf«, sagte Jean-Jacques. »Aber an einer Stelle, wo du ihn lieber nicht gehabt hättest.«

Wir waren auf dem Platz St. Michel angelangt. Der Regen hatte den Platz saubergewaschen, und die Leute gaben sich die größte Mühe, ihn wieder einzusauen, damit alles seine gewohnte Ordnung hatte. Ein sauberer Place St. Michel, das fehlte auch noch. Davon wurde man nur nervös. Jetzt warfen sie auf Deubel komm raus Imbißpapier, Zeitungen und halbgegessene Hot dogs weg.

Aus einem Café klang arabische Musik. Auf dem Rand des Springbrunnens saß ein Typ und spielte Gitarre. Die zwei grünen, greifähnlichen Fabeltiere spien Wasser wie nie zuvor und schauten verächtlich über die Menschenmenge. Überall kamen uns zufriedene und leuchtende Nachtgesichter entgegen, dazu die Gerüche von Couscous, Knoblauch und Pizza Quattro Stagione. Die Schlagzeile des Skandalblatts France-Soir leuchtete auf: ›Was tat der Metrowolf im Hotelzimmer von Sylvie Vartan? Johnny Halliday: Sylvie hat ihre volle Freiheit‹. Und von der Zeitung Détective: ›Sie saugte ihren Bruder zu Tode‹.

Jean-Jacques und ich fingen an zu vergessen, daß es uns gab. Jean-Jacques schaffte es als erster, aber ich war ihm dicht auf den Fersen. Die Leute um uns herum begannen einander zu fragen: Was ist mit den beiden, sie sehen so sonderbar aus?

»Oh, die haben nur vergessen, daß es sie gibt.«

»Ah, dachten wir uns schon, daß es das war.«

AKTION

Die Sonne wälzte sich mit heiserem Brüllen durch die Straße. So konnte es binnen kürzester Zeit wechseln. Es war ein Wetter, wie ich es von meinem Konfirmationstag her in Erinnerung hatte, ansonsten ein mißglückter Tag. Ich bekam fast keine Geschenke, und das Mädchen, in das ich verliebt war, wurde krank und konnte nicht an der Konfirmation teilnehmen.

Die Straße war die Rue de Rennes, und ich stand da und

blinzelte zum Montparnasse-Turm hinüber. Falls wir Ärger bekämen, würde er kaum von dort kommen. Aber draußen auf dem Platz des 18. Juni war nichts zu sehen, das an Ärger denken ließ. Die Leute drängelten, um hinüberzukommen zur Galerie Lafayette und sich ausnehmen zu lassen, und die Autos versuchten, das zu verhindern, so gut sie konnten. Aber weit und breit kein Bulle.

Ich sah auf die Uhr. Jetzt mußte es soweit sein. Ich drehte mich um und sah Marie-Claire mit einer Einkaufstüte voller Bücher aus dem FNAC kommen. Niemand konnte ihr ansehen, daß sie etwas ganz anderes im Kopf hatte als einen normalen Buchkauf. Ein paar Jugendliche in Lederjacken auf einem Motorrad pfiffen ihr hinterher. Jetzt sah ich auch den kleinen R4 an den Bürgersteig fahren und halten. Klaus stieg aus. Er trug einen braunen Tweedanzug und sah unglaublich normal aus. Er stellte fest, daß ich mit meiner Pfeife auf meinem Posten war. Gleichzeitig kam Jean-Jacques aus dem Café neben mir, mit einem frischen Päckchen Gauloises in der Hand. Er sah aus, als fehle ihm sein Radio.

»Jungfrau Maria, du heilige und grüne«, sagte er. »Guten Tag, großer, weißer Mann. Wir haben ein Fest gleich hier drüben. Du bist auch eingeladen.«

»Ich komme etwas später«, sagte ich.

Er lachte. Offensichtlich fand er, das Ganze sei ein Witz, und daß die Pointe nicht mehr lange auf sich warten lassen würde. Ich wünschte mir, ich könnte es auch so sehen.

Marie-Claire zwinkerte mir zu und verschwand als erste in der Bank. Ich wandte mich wieder dem Platz zu, wo sich nichts verändert hatte. Ein alter Mann hatte es gewagt, die Straße zu überqueren, war aber nicht hinübergelangt, bevor die Autos sich heranwälzten. Jetzt stand er mitten im Verkehr und wedelte mit seinem Stock.

Jetzt, dachte ich, jetzt geht Jean-Jacques durch die Tür, und... ich sah auf die Uhr... jetzt geht Klaus, und das ist das Signal. Ich fühlte, daß etwas mit meinem Herz passieren mußte. Es zerrte und riß an seinen Vertäuungen. Und außerdem mußte ich furchtbar dringend pissen. Die sollten sehen, daß sie fertig wurden.

Ein Klingeln wie von tausend Weckern zerschnitt den Straßenlärm, danach ein Knall und eine heulende Sirene direkt in meinem Rücken.

Warum hatte mir niemand erzählt, daß die Bullen aus der falschen Richtung kommen würden?

Ich lief los.

Ich hatte das Gefühl, daß mich jemand von hinten packte, und legte noch einen Zahn zu. Ich mußte raus aus diesem Film, bevor der Abspann kam.

PAULETTE

Ein Mann sitzt zusammengekauert in einem Dachzimmer eines stillen Hauses. Der Mann bin ich. Bei mir ist die Luft raus. Ich weiß, was ich tun sollte: in Windeseile meine Sachen packen und von hier verduften; aber ich kann nicht. Ich bin wie gelähmt. Es kann sich nur um Minuten handeln, bis sich die Bullenherde die Treppe heraufwälzt, mir den Schädel bearbeitet, bis Blut und Gehirnmasse fließen, und mir danach in den Rücken schießt. So machen die das nämlich.

Ich hörte Schritte auf der Treppe. Es hörte sich zwar nur nach einer Person an, die zudem nicht schneller als normal ging, aber ich ließ mich natürlich nicht täuschen. Das war bloß der Vortrupp. In ein paar Sekunden…

Die Schritte hielten an, wo sie, wie ich wußte, anhalten mußten, und ich hörte, wie eine Tür aufging. Die Schritte kamen über den Fußboden, stoppten ein paarmal, öffneten Türen, näherten sich meiner Tür.

Noch hatte ich Zeit, aus dem Fenster zu springen, aber ich wußte, daß daraus nichts werden würde. Hier saß ich und hier würde ich sitzenbleiben. Komisch übrigens, daß der Rest des Bataillons nicht hinterhergestürmt kam.

Die Tür ging auf.

Ich saß tief in mir selbst, in einer dunklen Grotte, wo es von der Decke tropfte, und blickte vorsichtig hinaus. Wenn dies ein Polizist war, war er jedenfalls in Zivil und mußte sich außerdem als Frau verkleidet haben. Letzteres war raffiniert gemacht, denn alle kannten wohl meinen schwächsten Punkt. Aber irgend etwas sagte mir, daß diese Person nicht zur Polizei gehörte, denn ich hatte sie schon einmal gesehen, auf einem Foto. Da hatte sie unter einem Kastanienbaum auf einer weißen Bank gesessen und eine Katze gestreichelt.

»Salut. Wer bist du, und wo sind die anderen?« fragte Paulette.

»Weiche von mir«, sagte ich. »Ich habe mich nie gegen die Toten versündigt, sondern immer den größten Respekt vor ihnen gehabt. Gehe hin, woher du gekommen bist, und quäle mich nicht. Mir geht es auch so schon dreckig genug.«

»Du bist Ausländer. Du hast einen starken Akzent«, sagte Paulette. »Woher kommst du? Aus Deutschland?«

Ich begriff nicht ganz, wieso eine Wiedergängerin, die außerdem noch von Löwen gefressen worden war, sich mit so etwas auskannte, aber ich antwortete trotzdem, daß ich aus Norwegen käme.

»Norwegen? Ah, da oben haben sie einen prima Filmregisseur, Ingmar Bergman.«

»Wir haben noch zwei andere gute Regisseure«, sagte ich. »Federico Fellini und Luis Buñuel.«

»Oh, du hältst mich zum Narren. Wo sind Marie-Claire und die anderen? Es ist so leer hier.«

Die langen Haare, die Paulette auf dem Bild gehabt hatte, waren durch kurze ersetzt worden. Sie trug eine blaue Jeansjacke, aus deren Brusttasche eine große Sonnenbrille herausragte, ein hellrotes T-Shirt, weiße Jeans und weiße Stoffschuhe. Sie hatte wenig von einer Wiedergängerin, wenn ich ehrlich sein sollte. Sie war sogar hübsch und braungebrannt.

»Soviel ich weiß, haben dich die Löwen gefressen«, sagte ich.

»Haben sie das geglaubt? Ich habe im Gefängnis gesessen und bin siebenmal von den Wächtern vergewaltigt worden. Drei Monate habe ich da gesessen. Wäre ich doch nur den Löwen ausgeliefert gewesen. Dann wurde ich nach einer Großoffensive von der Guerilla befreit. Ich wäre gerne noch länger geblieben, aber ich hatte das Gefühl, daß ich hier gebraucht würde. Und es hat den Anschein, als hätte ich recht gehabt.«

Ich war noch nicht ganz überzeugt, aber fast. Ich kroch heraus aus meiner zusammengekauerten Stellung und griff nach Paulettes Fuß. Doch, der war wirklich. Plötzlich war meine Angst verflogen. Ich wußte, mit Paulette im Haus konnte mir nichts mehr passieren.

»Hallo, Paulette«, sagte ich. »Schön, dich zu sehen.«

EIN AUTO MIT OFFENER TÜR

Ich zog in das Hotel, das mich vorher schon aufgenommen hatte, und Paulette nahm ein Zimmer im Hotel Montana, Rue de Lafayette. Nur für kurze Zeit, meinte sie. Bis der Staub sich gelegt und sie herausgefunden hatte, was mit den anderen war. In den Pariser Zeitungen hatte eine kleine Notiz gestanden. Wäre nicht ein Polizist angeschossen und schwer verletzt worden, hätte man es sicher überhaupt nicht zur Kenntnis genommen. Marie-Claire sorgte für die Schlagzeile: ›Professorin bei Bankraub gefaßt‹ (Figaro). France-Soir versuchte wieder einmal, eine Titelstory daraus zu machen: ›Die schöne Bankräuberin: Ich tat es für den Mann, den ich liebe‹. Daneben: ›Der Metrowolf: Opfer Nr. 20. Sylvie Vartan streitet alles ab‹.

Er feiert Jubiläum, dachte ich. Der alte Junge. Als nächstes sollte er sich mal die gesamte Redaktion des France-Soir vornehmen. Nach dem Motto: ›Für den Mann, den ich liebe‹. Scheiße mit Sahne.

»Wir stecken das France-Soir-Gebäude in Brand«, sagte Paulette, als wir uns am Abend trafen. »Arme Marie-Claire, das würde sie bestimmt ein bißchen aufmuntern.«

»Bestimmt«, sagte ich.

Paulette trug einen hellen Mantel, der gut zu diesem Sommerabend paßte. Es war zwar erst Mai, aber Paris fand, daß es an der Zeit war, den Sommer loszulassen. Überall brach das Grün aus. Sogar in meinem Hotelzimmer wuchsen ein paar Grasbüschel durch die Wand. Ich wollte noch damit warten, sie zu entfernen, um zu sehen, wie sie sich entwickelten.

»Komm, wir gehen ins Lido«, sagte Paulette. »Wenn du

wirklich vorhast, nach Norwegen zurückzugehen, mußt du erst noch das Lido gesehen haben.«

Das leuchtete mir ein, und wir enterten den Bus.

»Stimmt es wirklich, daß Ingmar Bergman Schwede ist?« sagte Paulette. »Ich war sicher, daß er Norweger ist. Liv Ullmann ist Schwedin.«

»Ja«, sagte ich.

Obwohl die Sonne längst verschwunden und die Schatten dunkel geworden waren, hatte Paulette immer noch die Sonnenbrille auf. Ich hätte gern ihre Augen gesehen, aber es brachte nichts, an so was zu denken.

Ins Lido ließen sie uns nicht rein, weil Paulette sich weigerte, den Mantel auszuziehen, und weil ich nicht schick genug gekleidet war. Letzteres verstand ich nicht. So etwas hörte ich zum erstenmal.

Statt dessen liefen wir herum, kauften Eis und landeten schließlich in den engen Straßen zwischen dem Odeon und dem Place St. Michel. Wie auch immer. Paulette erzählte mir von Bergman-Filmen, die sie gesehen hatte, und machte Vorschläge, wie er sie besser hätte machen können.

»Statt Max von Sydow hätte er Robert Mitchum nehmen sollen«, sagte sie. »Dann wäre es ein guter Film geworden.«

»Ohne Zweifel«, sagte ich. Ich versuchte herauszufinden, wo wir waren. Auf jeden Fall waren wir in einer Straße, wo außer uns niemand war.

Paulette blieb stehen und sah sich um.

»Da sind wir«, sagte sie.

»Ja«, sagte ich. Kein Zweifel. Alles paßte, und ich sah sogar einen Zipfel von der Unterhose des Monds. Weiß und rein.

Paulette lehnte sich gegen mich und nahm die Sonnenbrille ab. Ihre Augen waren grün. Sie schob den Unterkiefer ein wenig vor und starrte mich an.

»Ich sag dir was«, sagte sie mit tiefer, singender Stimme. »Unter dem Mantel bin ich nackt.«

»Oh«, sagte ich. »Genau wie ich. Unter der Jacke, dem Hemd, dem T-Shirt, der Hose und Unterhose bin ich nackt.«

Paulette lachte so laut, daß die Häuser aussahen, als bekämen sie Angst vor etwas, und noch enger zusammenrückten.

»Komm«, sagte sie. »Wir laufen.«

Wir liefen zum Odeon hinauf, wo die Leute auf beiden Seiten des Boulevard de St. Germain vor den Kinos Schlange standen.

»Gleich hier ist mein Stammcafé, Café des Flores«, sagte ich.

»Interessant«, sagte Paulette.

Sie fühlte an der Tür eines Citroëns, der im Halteverbot stand. Sie atmete tief ein.

»Er ist offen«, flüsterte sie.

»Willst du etwa…«

»Schnell, setz dich rein, dann fahren wir. So eine Chance bekommen wir heute abend nicht wieder.«

Der Schlüssel steckte nicht, aber Paulette hatte einen Spezialschlüssel des Typs, den afrikanische Guerilla-Soldaten benutzen, wenn sie rasch ein Auto brauchen. Der Citroën sprang sofort an. Paulette setzte die Sonnenbrille auf.

»Laß uns die ganze Nacht herumfahren«, sagte sie zufrieden. »Ich bin in der Stimmung, Wein zu trinken und vom Montmartre den Sonnenaufgang zu sehen. Und dazu warme Croissants mit Butter.«

Ich sagte nicht, in welcher Stimmung ich war.

BOIS DE BOULOGNE

Man kann sagen, was man will, aber der Wald von Boulogne ist genau genommen kein schöner Wald. All die romantischen Geschichten und heimlichen Ausflüge in der Dunkelheit haben die Leute blind gemacht. Aber ich war nicht blind. Ich sah, daß der Wald von Boulogne kein schöner Wald war. Es gab schöne Partien, aber auch viel Unkraut und Abfall und Schweinkram. Doch das störte die Leute nicht, die auf ihren Decken im Gras saßen und ihr sonntägliches Picknick machten. Ehrlich gesagt störte es auch Annette und mich nicht besonders auf unserem Spaziergang. Wir waren zu sehr mit anderen Dingen beschäftigt, wie aus dem folgenden hervorgeht.

Noch hatten die Bullen mein Hotel nicht gestürmt, aber

die sollten bloß nicht glauben, daß ich mich deshalb in einem falschen Gefühl von Sicherheit wiegte. Oh nein. Paulette dagegen war wieder in die Wohnung gezogen und meinte, daß es gutgehen würde. Sie hatte ein Angebot bekommen, in einem kleinen Cabaret auf Montmartre zu singen. Wahrscheinlich, weil sie in einem afrikanischen Gefängnis gesessen hatte. Jetzt saß sie zu Hause und schrieb Lieder wie eine Besessene und wollte allein sein.

Niemand hatte mir ein Angebot gemacht, in einem Cabaret zu singen, also hatte ich beschlossen, nach Hause zu fahren. Munk schrieb, daß da oben alles klar sei, und mein Vater schrieb, daß auch bei ihnen alles klar sei. Ich nahm an, daß mein Aufenthalt in Paris nicht ganz den Erwartungen entsprach, die ich an ihn geknüpft hatte, aber anderseits konnte ich mich nicht mehr daran erinnern, was ich erwartet hatte, wenn überhaupt.

»Also Marie-Claire geht es gut?« fragte ich.

»Ja, ich soll dich grüßen«, sagte Annette. »Aber es ist vielleicht sicherer, wenn du sie nicht besuchst. Die Zeitungen sind den ganzen Tag da. Die Geschichte wird immer wilder.«

»Hm«, sagte ich. »Und wann ist der Prozeß?«

»Nächste Woche. Die meisten rechnen damit, daß sie ziemlich billig davonkommen. Wegen Marie-Claire. Abgesehen von Klaus natürlich. Er hätte nicht auf den Bullen schießen sollen.«

»Nein«, sagte ich. »Aber es war nicht anders zu erwarten. Ich glaube kaum, daß er es bereut.«

»Warum sollte er auch?« sagte Annette und sah mich streng an. »Man soll nie bereuen.«

»Nein, nein«, sagte ich. »Da hast du recht.«

Es war seltsam, wie frei man sich fühlen konnte, nur weil man in Hemdsärmeln und alten Jeans herumlief und seine ganze irdische Habe in einer Tasche über der Schulter trug (der Schinken war aufgegessen, wie man sich denken kann, und den Wintermantel hatte ich jemandem verkauft, der ihn brauchte). Annette trug immer noch die Jeans, in die sie vermutlich hineingeboren war, und ein ärmelloses lila T-Shirt von der Art, die man früher Unterhemd genannt hätte. Ihre

Arme und ihr Gesicht waren braun. Wo konnte sie diese Farbe bekommen haben? Ihr schwarzes Haar war voller Blütenstaub. Ich war mir nicht sicher, ob ich ihn abstreifen oder lieber die Finger bei mir behalten sollte. Das Letztere war sicher ratsamer.

Zwanzig Meter von uns entfernt waren zwei Hunde mit einer gemeinsamen Verrichtung beschäftigt. Der eine war groß und sabberte widerlich, der andere war klein und stand mit geschlossenen Augen und einem seligen Lächeln da. Ich zeigte Annette die Hunde nicht. Man sollte die Jugend vor dergleichen schützen. Solche Hunde hatten keine ordentliche Erziehung genossen, aber was konnte man in einer so amoralischen Stadt wie Paris erwarten?

Wir gingen um einen kleinen See. Er hieß Lac Supérieur, weil er höher lag als der Lac Inférieur. Jetzt konnte er bereuen. Ich machte ständig kleine und unwillige Schritte zur Seite, um fette und lahmarschige Jogger, Kinderwagen und Radfahrer vorbeizulassen. Schließlich ließen wir den Weg Weg sein und wanderten über die grünen Wiesen. Annette hüpfte und sprang, und ihr Haar und die kleinen Brüste hüpften und sprangen mit. Kleine My, dachte ich. Noch immer hatte sie nichts von Ameisen und Paraffin gesagt. Ich ging ruhiger und besonnener, hatte die Rückfahrkarte schon in der Tasche. Es waren, wie gesagt, noch keine schwarzen Uniformen aufgetaucht und hatten nach mir gefragt. Nicht daß ich Lust hatte abzureisen. Obwohl meine Freunde im Gefängnis saßen und Paulette sich eingeschlossen hatte, um Lieder zu schreiben, war da etwas, das mich in den Hosenboden biß und zurückhielt. Hatte Annette etwas damit zu tun?

»Denkst du an mich?« fragte Annette und boxte mir in den Bauch. »Ich habe es schon gesehen. Hast du gedacht, daß du mich gern hinter einen kleinen Busch mitnehmen würdest?«

»Nun hör aber auf«, sagte ich. »Du bist zu klein, um so zu reden.«

»Glaubst *du*, ja«. Sie wirbelte auf einem Fuß herum und schwang die Arme. »Paß auf, sonst flieg ich weg. Ich bin nur eine kleine Blume. Würdest du mitkommen, wenn ich es täte?«

»Ich bin es, der wegfliegt.«

»Fährst du wirklich zurück nach Norwegen?«

»Ich denke schon.«

»Ich begreife nicht, was du da oben willst.«

Ich würde auch keine zufriedenstellende Erklärung geben können. Hatte ich solche Angst vor der Polizei? Nein, hatte ich nicht.

»Kannst du denn nicht hierbleiben? Du hast doch mich.«

Sie versuchte zu lächeln. Aber sie wollte nicht lächeln. Es wurde nur etwas Halbes daraus.

»Ach, Annette«, sagte ich. »Ich habe auch keine Lust, von dir fortzureisen. Ich komme zurück. Nächstes Jahr.«

Annette stellte sich mir in den Weg.

»Versprichst du mir, daß du nächstes Jahr kommst?«

»Ja«, sagte ich und nickte melancholisch mit spitzen Lippen.

»Und du schreibst.«

»Ich werde lange Briefe schreiben.«

Jetzt lächelte Annette. Diesmal ein ganzes Lächeln. Sie nahm meine Hand.

»Wir gehen wieder in den Wald«, sagte sie. »Ich habe Lust auf dich, und du hast Lust auf mich. Wir sollten tun, wozu wir Lust haben.«

Ich hielt sie zurück und sah sie streng an.

»Du bist minderjährig«, sagte ich. »Das geht nicht. Darauf steht Gefängnis. Auf jeden Fall da, wo ich herkomme.«

Jetzt wußte ich, worin der wesentlichste Unterschied zwischen Munk und mir lag.

»Aber hier vielleicht nicht? Bist du bereit, dieses Risiko einzugehen?« Sie sah mir mit mildem Spott in die Augen.

Ich sah sie noch immer an. Die Strenge war schon im Begriff, von mir abzufallen. Ich hatte zuviel gesehen. Die braune Haut, die Augen, die sagten: Komm schon, du Dussel, die kleinen Brustwarzen, die sich gegen den Baumwollstoff drückten. Es war fürchterlich falsch von mir, aber...

Sie lächelte schelmisch und zog mich an der Hand. Ich seufzte schwer.

III

LOUIE LOUIE
OOH, BABY, I GOTTA GO

R. Berry

Trotz allem fühlte ich mich in gewisser Weise wie ein neuer Mensch. Ich sah, wie die Askøyfähre sich näherte, sah die rötlichen Sommerwolken über den Bergen und wußte, daß mir das, was ich sah, gefiel.

Munk hatte so lange eine gänzlich untergeordnete Rolle gespielt, daß es an der Zeit war, ihn wieder einmal zum Zug kommen zu lassen. Aber an seiner Tür hing nur ein Zettel: ›Bin im Sommerlager zur Gehirnwäsche mit dem Zentralkomitee. Versuche nicht, uns zu finden. Du schaffst es doch nicht‹.

Am nächsten Tag zockelte ich zu Hansa hinauf, um zu sehen, ob sie einen Job für mich hatten.

Am ersten Wochenende fuhr ich nach Hause, um nach halbjähriger Abwesenheit meine Alten wiederzusehen.

Der alte Olaien saß wie beim letztenmal an seinem Platz am Straßenrand. Er war älter geworden, und in seiner Mütze war ein großes Loch, durch das der kahle Schädel hindurchschien. Sein Hund blieb diesmal ruhig liegen, beäugte mich aber wachsam. Olaien grinste zufrieden und spuckte Braunes ins Gras.

»Hier kennt dich keiner«, sagte er. »Guck dir den Hund an, der kennt dich auch nicht. Was sagst du dazu?«

»Das geht dich einen Scheißdreck an«, erwiderte ich brüsk. Auch wenn ich in Paris gewesen war, gab es keinen Grund, mich von Olaien anmachen zu lassen.

Mutter sah mich vom Fenster aus und kam mir entgegen, um mich zu drücken. Sie hatte den Duft von Gebratenem an sich. Gebratenem Fisch.

»Ich habe schon gedacht, wir würden dich nie wiedersehen. Wie war es denn in Paris?«

»Es war prima«, sagte ich. »Richtiger Sommer.«

Da kam auch mein Vater. Er wischte sich die Hände an der Hose ab.

»Na, da bist du ja. Du hättest ruhig ein bißchen häufiger schreiben können, damit wir mehr darüber erfahren hätten, wie es dir ergangen ist. Wie war es denn in Paris?«

»Prima«, sagte ich. »Warm und prima.«

»Und jetzt arbeitest du wieder bei Hansa?«

»Ja, ich fahre mit dem gleichen Mann wie im letzten Jahr, Thorvaldsen, von dem ich euch erzählt habe. Das ist vielleicht 'ne Marke.«

»Ja, ja, jetzt komm erst mal rein. Ich denke, Mutter hat das Essen bald fertig.«

Mutter hatte wirklich das Essen bald fertig, und wir setzten uns. Es gab leckeren gebratenen Fisch, den mein Vater in einer Mondscheinnacht gefangen hatte.

»Ist das nicht traurig, die Sache mit Inger?« sagte meine Mutter.

»Wieso?« sagte ich und rang nach Atem. »Haben sie sie gefunden?«

»Sie haben sie irgendwo in Oslo gefunden. Aber sie war so krank. Sie ist ins Krankenhaus gekommen, nach Haukeland, aber es ist wohl nichts mehr zu machen.«

»Ist das lange her?« fragte ich. Etwas in meiner Seele zerbarst, eine Planke, die einfach wegbrach.

»Nein, noch nicht allzu lange. Zuerst hat sie kurz nach Weihnachten nach Hause geschrieben, sie sollten nicht mehr nach ihr suchen, sie käme bald nach Hause. Aber sie haben trotzdem weitergesucht. Und vor ein paar Wochen haben sie sie gefunden. Oh, nein. Es ist schrecklich.«

Inger kam nach Hause. Nur eine Woche nach mir. Um in die Erde gelegt zu werden, von der sie einmal gekommen war. Ich sorgte dafür, daß ich an dem Tag in der Stadt war. Ich lieferte Bier aus an dürstende Bergenser Kaufleute und versuchte, Thorvaldsen aufzuheitern. Es war das einzige, was ich tun konnte. Für Inger konnte ich nichts tun. Inger. Ich sage ihren Namen noch einmal. Inger.

Im Leben sonst, in der Natur und so, beginnt alles im Frühling. Bekanntermaßen. An der Universität dagegen beginnt alles im Herbst. Daran sieht man deutlich, wie wenig Kontakt die Universität zum übrigen Leben hat.

Wie erwartet, hatte ich Schwierigkeiten mit der Darlehenskasse bekommen. Sie wollten mir kein Darlehen mehr geben, bevor ich nicht die Prüfung vorweisen konnte, die ich ihnen versprochen hatte. Wir schulden alle dem Herrn einen Tod, und der Darlehenskasse eine Prüfung. Zusätzlich zu dem Geld, das wir ihr bald schulden.

Jetzt führte also kein Weg mehr daran vorbei, wenn das je der Fall gewesen war. Das Geld, das ich bei Hansa verdient hatte, mußte den ganzen Herbst reichen. Und das konnte ein echtes Problem werden. Ich mußte eben anfangen zu tippen. Das achtreihige System.

Ich hatte Sandra vorgeschlagen, unser Wiedersehen ein wenig vorzuverlegen und im Sommer etwas gemeinsam zu unternehmen, aber sie gab sich in ihrem letzten Brief vernünftig und meinte, wir sollten uns an unsere Absprache halten. Mitte Oktober würde sie wieder in der Stadt sein, und dann... Ich wurde zittrig, wenn ich nur daran dachte. Die ganze aufgestaute und verdrängte Sehnsucht sickerte jetzt durch große Risse in den Dämmen hervor. SANDRA. Ein Name, den man nur mit großen Buchstaben schreiben sollte. Und in Gold. Ich ließ die Hansa-Jacke im Schrank hängen und ging nur noch in der Strickjacke von Sandra mit den Kojoten und den Regenwolken. Oh, weinende Wolke, sangen die Kojoten in der Wüste, und ich sang: Sandra, Sandra, wie ein Vollidiot.

Annette schrieb mir aus Paris einen langen Brief, dem ich entnahm, daß sie sich an den Gedanken gewöhnt hatte, daß ich weit weg war. Es war ein Gedanke, mit dem man leben konnte. Sie erzählte, daß das Urteil in etwa wie erwartet ausgefallen war. Philippe bekam zwei Jahre, weil er so jung und unschuldig war und nur im Auto gesessen hatte. Marie-Claire bekam fünf Jahre. Viele hätten sie wohl gerne billiger davonkommen lassen, aber man sah in ihr trotz allem den Kopf des

Ganzen. (Vorübergehend war auch die Rede davon, Anklage gegen André Glucksmann zu erheben, aber dazu kam es nicht). Und wenn sie auch eine Frau und schön war, so konnte sie doch nicht einfach ungestraft Banken überfallen. Es mußte ein Exempel statuiert werden. Jean-Jacques bekam sieben Jahre, weil er Neger war. Klaus bekam zwanzig Jahre. Es kamen zahllose wütende Briefe von pensionierten Polizisten, die forderten, daß er unter der Guillotine enden solle. Aber der Haken an der Sache war, daß der angeschossene Polizist überlebte. Selbst wenn das nicht Klaus' Verdienst war.

Und Paulette? Paulette hatte tatsächlich im Büro des France-Soir Feuer gelegt, aber es wurde ein bißchen zu früh gelöscht. Hinterher schrieb sie ein Lied darüber, und jetzt hatte sie großen Erfolg in ihrem Cabaret.

Aber die größte und vielleicht traurigste Neuigkeit: der Metrowolf war tot. Der Präsident hatte seine Fallschirmjäger, Les Paras, die härtesten Soldaten, die es gab, mitten am Tag, als der Metrowolf seine Siesta hielt, zu einem überraschenden Blitzangriff in die Metro hinuntergeschickt. Der Wolf hatte keine Chance, schaffte es aber immerhin, vier Mann zu zerfleischen. Das offizielle Frankreich jubelte, die französische Alternativszene trauerte. Die Polizei hatte Schlagstöcke und Tränengas gegen einen Trauerzug eingesetzt, bei dem Plakate mit Bildern des Metrowolfs, Bakunins und Ulrike Meinhofs mitgeführt wurden. Vier Trauernde kamen ums Leben. Die gesamte französische Untergrundbewegung erhob jetzt den Metrowolf zum Symbol. Es lebe der Metrowolf!

Ansonsten war Annette in den Ferien in Marokko gewesen, und ich sollte all die Stellen ihres Körpers raten, an denen sie braun geworden war. Das letzte, um zu sagen: Guck, was dir entgangen ist! Sie sollte von Paulette und Marie-Claire grüßen, und letztere sandte auch einen Gruß an Munk.

Ich schrieb einen langen Brief zurück und bat Annette, in meinem Namen einen Kranz auf das Grab des Metrowolfs zu legen.

WO IST MUNK?

Aber Munks Geschichte ist noch nicht erzählt, also wo steckte er? War er direkt vom Sommerlager in die ewigen Jagdgründe gewandert? Was würde dann aus dem Wahlkampf werden?

Nein, er war nicht in sie eingegangen. Exakt am 20. August stand er mit der Zigarre in der Hand vor meiner Tür. Ich zuckte zuerst zurück, weil ich nicht glauben konnte, daß es Munk war. Irgend etwas an dem Typ kam mir bekannt vor, aber.

Er breitete die Arme aus: »Gib mir einen kameradschaftlichen Bruderkuß!«

Die Sache war: Er sah verändert aus. Zunächst einmal war sein Gesicht braun und verhältnismäßig frisch. Er hatte seine Haarlänge um ungefähr die Hälfte reduziert, und die übriggebliebene Hälfte wirkte frischgewaschen. Er trug nicht nur, wie im Sommer zuvor, eine weiße Jacke, er trug einen weißen Anzug! Und auf dem Kopf einen großen, weißen Panama-Hut. Das einzige, was von dem alten Adam übriggeblieben war, waren die Joggingschuhe.

Er stippte Zigarrenasche auf meinen Fußboden.

»Nun, was ist? Bist du so hochnäsig geworden, daß du keine Leute mehr kennst?«

»Bist das wirklich du, Munk?« stammelte ich. »Du siehst aus wie ein Zuhälter.«

Munk lächelte überlegen.

»Dich stört mein Aufzug? Der geht dich einen Dreck an. Wir stehen am Ende eines langen und schmutzigen Wahlkampfs, in dem seitens der Bürgerlichen und der Sozialdemokraten alle Tricks angewendet worden sind, damit wir auch weiterhin in Knechtschaft und Sünde leben. Aber auf die wartet eine unangenehme Überraschung: abgeschnittene Eier. Du siehst meinen Anzug an? Ich reise herum und halte feurige Vorträge und Appelle. Die Aufmachung muß stimmen. Zuletzt bin ich zusammen mit einem Mann von der Rechten aufgetreten. Ich bekam alle Stimmen, weil ich besser gekleidet war und teurere Zigarren rauchte. Man muß die Tricks kennen und sich zu wenden wissen. Ehre sei dem Herren, hosianna und halleluja! Und was ist mit dem zollfreien Schnaps, den ich dich zu kaufen bat, wo hast du ihn? Du hast ihn doch wohl verdammich nicht schon ausgetrunken?«

»Ich habe ihn«, sagte ich. »Ich habe eine Flasche Courvoisier und einen Campari gekauft.«

»Campari?« sagte Munk. »Hast du Campari gesagt?«

»Wenn du ihn nicht haben willst, kannst du ja den Dubonnet nehmen, den ich für mich gekauft habe. Es waren drei Flaschen, also habe ich eine geschmuggelt.«

»Dubonnet?« sagte Munk. »Ja, schon gut, bring uns, was du hast, und gib mir ein paar Informationen aus der großen Welt.«

»Ich soll von Marie-Claire grüßen«, sagte ich. »Sie hat fünf Jahre Gefängnis gekriegt.«

»Ja, ja«, sagte Munk. »Das ist doch was. Und der Metrowolf, wie geht es dem?«

»Der Metrowolf ist tot«, sagte ich. »Er hat den Märtyrertod erlitten, während er seine Siesta hielt.«

»Nein, verdammt!« fluchte Munk. »Und dabei wollte ich ihn importieren und ihn in der Schlußphase des Wahlkampfs einsetzen. Ihn auf Willoch, Kristiansen und Nordli loslassen, ihre schreckensbleichen Gesichter sehen und Knochen knakken hören. Ho ho! Also er ist tot, sagst du. So ein Mist. Das Natlandsbusschwein hat irgendwie nicht den gleichen Effekt.«

»Nein«, sagte ich. »Ich verstehe, was du meinst.«

Munk setzte sich und betrachtete das Flaschenetikett. Er nickte und spuckte in meinen Aschenbecher.

»Das sieht mir nach einem guten Courvoisier aus«, sagte er. »Und jetzt hol zwei Gläser und sei ein netter Junge, dann gibt es für dich vielleicht auch ein Schlückchen.«

»Wie geht es Rebekka?« fragte ich.

»Ich habe nicht die geringste Ahnung, wie es Rebekka geht, genausowenig, wie ich weiß, wie es Lea und Rachel geht. Aber wie ich sie kenne, kommt sie bestimmt gut zurecht.«

»Was meinst du damit?«

»Ich mußte Schluß machen mit Rebekka. Ich hatte einfach zuviel mit der Politik zu tun. Konnte mich nicht genug für Liebe und Häuslichkeit aufopfern. Bitter, aber wahr. Skål, du alte Rübe!«

Ich dachte, daß dies traurig war für Munk. Jetzt war er wieder allein, und niemand konnte wissen, was er sich als Ersatz einfallen lassen würde.

»Du weißt ja, was Wilhelm Reich sagt, je weniger Orgasmen, umso fanatischer wird man in der Politik. Da ist was dran. Aber es wirkt auch umgekehrt. Es ist ein circulus vitiosus. Also denke ich, daß eine der ersten Sachen, wofür wir im Sozialismus sorgen müssen, genug Orgasmen für alle sind. Was hältst du davon?«

»Hört sich an, als lohnte es sich, dafür zu kämpfen«, sagte ich.

VOODOO

Bei Munk sah es mehr oder weniger aus wie früher. Das Fenster hing schief, ein paar Vögel schwirrten im Zimmer umher und schissen auf den Stapel New Musical Express. Der auffälligste Unterschied war das Resultat von Munks Voodoo-Studien.

»Es war ein Programmpunkt im Sommerlager«, sagte Munk.

In einer Reihe an der Wand hingen acht Stoffpuppen. In zentrale Stellen der Puppen, wie Augen, Ohren und Geschlechtsorgane, waren Stecknadeln mit bunten Köpfen gesteckt. Die Puppen stellten Willoch, Knut Haavik, Knut Wigert, Dagbladet, Aftenposten, James Last, Carter und Breschnew dar.

»Ich drücke die Nadeln jeden Abend ein bißchen tiefer hinein«, sagte Munk. »Es erfreut mein Herz, mir vorzustellen, wie sie sich vor Schmerzen winden und Sinn und Verstand verlieren. Selbstverständlich muß ich die Sammlung bald beträchtlich erweitern. Dies hier sind nur Versuchsobjekte.«

Der zweite Unterschied war eine elektrische Gitarre, die auf der Couch lag. Munk hatte vermutlich versucht, sie zu analysieren. Es war eine Stratocaster, die neu und glänzend aussah.

Munk legte eine Platte auf. Ich hatte sie in diesem Sommer schon ein paarmal gehört. Die Sex Pistols mit *God save the Queen*.

»Das ist Musik, die mein Herz erwärmt«, sagte Munk. »Endlich ist es passiert.«

»Ja«, sagte ich. »Und diese Gitarre, hast du wieder angefangen zu spielen?«

»Darauf kannst du Gift nehmen. Jetzt ist es passiert. Egal, wie die Wahl ausgeht, gut oder schlecht, ich starte eine neue Band. Ich habe verdammt viel Zeit darauf verwandt, mich mit der Gitarre anzufreunden. Aber die Zeit war es wert.«

»Dich mit der Gitarre anzufreunden?«

»Ja, das sieht so aus, daß wir uns drei, vier Stunden gegenübersitzen und anstarren. Und jetzt habe ich sie analysiert, und alle Barrieren sind verschwunden. Echt intensive Nähe.«

Munk war wieder er selbst. Das muntere Rot brach auf seinem Gesicht durch. Die Bartstoppeln waren drei Tage alt, der weiße Anzug und der Panamahut waren weggehängt, und statt dessen trug er eine alte Jeans, ein schmutziges T-Shirt und eine schwarze Lederjacke mit vielen blanken Knöpfen. Es war wahrscheinlich die Montur, die er in seiner Zeit als Automechaniker benutzt hatte, als er noch Schalldämpfer ausbaute.

»Und was gibt es sonst noch zu erzählen, Munk?«

»Auf kulturellem Gebiet passiert ja wenig«, sagte Munk. »Ich schreibe an einem Buch, einer Art Science-Fiction-Story. Alle Männer in der Welt verlieren ihre Potenz, außer einem, und der bin ich.«

»Und was machen die Frauen dann? Fliehen zum Mars?«

»Du hast die Pointe überhaupt nicht kapiert. Wie ist das eigentlich mit dem Bankraub gelaufen? Bist du reich geworden?«

»Daraus wurde nichts«, sagte ich. »Das weißt du doch. Ich kann froh sein, daß sie mich nicht eingelocht haben.«

»Traurig, traurig. Wenn du reich geworden wärest, hätte ich dich um einen kleinen Beitrag für die Parteikasse gebeten. Die ist nämlich geplündert, und ich will kein Hehl daraus machen, daß das meiste für Wein draufgegangen ist. Nicht, daß es sich dabei um eine ungewöhnliche Verfahrensweise handelt, was Parteikassen anbelangt, aber die Sache bereitet mir gewisse Probleme. Gerade jetzt, wo Wahlkampf ist und so. Es ist nicht ganz undenkbar, daß ich gezwungen bin, das Angebot für eine Vertretung beim Laksevåg Gymnasium anzunehmen.«

»Vertretung in was?«

»Religion, Literaturwissenschaft, Klassenkampftheorie, Weinmachen, Werken und Punk«, sagte Munk.

»Ich wußte gar nicht, daß das alles Unterrichtsfächer im Gymnasium sind.«

»Doch, doch. Bei all den neuen Studienrichtungen. Es wäre nur so lange, bis ich die Band auf die Beine gestellt habe. Ich überlege die ganze Zeit, was für Musiker ich dabeihaben will. Du kennst keine guten Kommunisten, die außerdem spielen können wie 'ne Eins?«

»Nneehe...«, sagte ich. Das konnte schwierig werden.

»Du spielst doch Mundharmonika«, sagte Munk. »Das hatte ich verdammt noch mal vergessen. Kann gut sein, daß wir in der Band eine Mundharmonika brauchen. Aber ich kann dich nicht nur dabeihaben, um Mundharmonika zu spielen, das ist zu mickrig. Was, wenn du Baß spielen würdest?«

»Ich kann nicht behaupten, daß ich Baß spielen kann.«

»Das lernst du, verdammt. Ich bringe es dir bei. Da hast du nur vier Saiten, die du im Griff behalten mußt. Du würdest der ideale *silent bassist* werden. Du und Bill Wyman und John Entwistle.«

»Tja...«, sagte ich.

»Also abgemacht. Du machst mit. Dann bleibt es ein bißchen in der Familie.«

So wurde ich Bassist in Munks Band und übernahm gleichzeitig die laufenden Geschäfte des Parteibüros.

DAS ZENTRALKOMITEE WIRD AUSGESANDT

Dem Zentralkomitee war nicht anzusehen, daß es erst kürzlich nicht nur im Sommerlager gewesen, sondern auch einer Gehirnwäsche unterzogen worden war. Vielleicht waren sie gegen dergleichen immun geworden. Vielleicht waren sie geschickt darin, solche Dinge geheimzuhalten. Sie waren jetzt zu viert, hatten immer noch rote Gesichter und die gleiche Plastiktüte unter der Bank, aber ihre Kleidung hatten sie ein wenig aufgemöbelt. Fretexanzüge. Mir fiel nichts mehr ein, woran sie mich noch erinnerten.

Munk musterte sie skeptisch.

»Das ist mir ein Rätsel«, sagte er und kratzte sich am Kopf. »Mit euch kann man machen, was man will, ihr seht trotzdem aus wie Penner.«

Sie grinsten freundlich. Es klirrte unter ihren Füßen.

»Vor dem Herrgott sind wir alle Penner«, sagte einer von ihnen. »Das haben Wissenschaftler in den USA herausgefunden.«

»Wirklich?« sagte Munk. »Ja, ja, ich muß es wohl als ein Zeichen von Fortschritt ansehen, daß ihr versucht, spirituell zu sein, während ihr hier sitzt. Aber jetzt wird es Zeit, daß ihr den Arsch lüftet. Wir sind in der heißen Phase des Wahlkampfs. Ihr werdet jetzt zeigen, daß ihr auch allein zurechtkommt. Ich schicke euch an die Arbeitsplätze.«

»Arbeitsplätze? Was zum Kuckuck sollen wir denn da? Arbeiten?«

Sie lachten alle vier und stubsten sich an.

»Ein Kommunist ist allzeit bereit«, sagte Munk. »Wozu auch immer. Ihr sollt hinaus und den norwegischen Arbeitern die frohe Botschaft predigen. Es ist ein Test, um zu sehen, wie weit ihr in eurer Entwicklung gekommen seid. Den proletarischen Hintergrund habt ihr ja.«

»Könn' wir nich lieber Papierarbeit machen, eh? Wir könn' doch Wahlplakate drucken un deine Reden schreiben. Da brauchs du ganz klar Hilfe.«

»Alles schon beschlossen«, sagte Munk. »Der Schnupferich hier arbeitet von jetzt an halbtags als Bassist und Leiter des Parteibüros, mit dem Titel eines Sekretärs. Ihr müßt die Feldarbeit machen. Und wo ihr hinkommt, sollt ihr ausrufen: Das Himmelreich ist nah.«

»Das Himmelreich ist nah?« fragte ich.

»Beschafft euch kein Reisegeld, weder Goldstücke noch Silber- oder Kupfergeld. Besorgt euch auch keine Vorratstasche, kein zweites Hemd, keine Schuhe und keinen Wanderstock! Denn wer arbeitet, hat ein Recht auf Unterhalt. Wo sie euch nicht aufnehmen und nicht anhören wollen, da geht aus dem Haus oder der Stadt weg und schüttelt den Staub von den Füßen.«

»Ich höre, daß du angefangen hast, die neue Bibelübersetzung zu benutzen«, sagte einer von ihnen, der Fransen hieß. »Ist die alte nicht mehr gut genug?«

»Ich will es euch nur leicht machen, damit ich sicher bin, daß ihr die Instruktionen versteht«, sagte Munk. »Das ist reine Pädagogik.«

»Du bist zu streng mit uns, Munk. Du wirst am jüngsten Tag einen in den Arsch kriegen.«

»Das sehen wir dann«, sagte Munk. »Ich werde mit meinem Anwalt erscheinen. So, jetzt aber hinaus mit euch. Zeigt, was für Kerle ihr seid.«

Das Zentralkomitee sah wieder einmal aus, als hätten sie seit ewigen Zeiten immer nur Regen abbekommen und wären nie wieder richtig trocken geworden. Vollgesogene Schwämme.

»Spielt vielleicht einer von euch Gitarre oder Schlagzeug?« sagte Munk.

Sie sahen ihn verständnislos an.

»Nein, vergeßt es«, sagte Munk.

Zwei Tage später sah ich das Zentralkomitee in einer dunklen Ecke der Kaffeestube an einem Tisch für sich sitzen. Sie teilten sich zwei Tassen Kaffee und spielten Karten. Die ganze Zeit blickten sie nervös um sich, sahen mich aber nicht.

Ich tat, als hätte ich sie nicht gesehen und erzählte Munk nichts davon.

MUNKS VATER

Der Bus setzte uns direkt vor dem Friedhofstor ab. Ein paar Menschen standen dort und warteten auf den Bus, aber alle machten den Eindruck, als gehörten sie zu den Lebenden, abgesehen vielleicht von ein oder zwei zweifelhaften Fällen.

Es war ein düsterer, von Verfall gezeichneter, ländlicher

Friedhof. Man begriff gleich, daß diejenigen, die hier lagen, zu ihren Lebzeiten nicht zu den Spitzen des Baumkuchens gehört hatten. Die Gräber waren völlig eingefallen, und überall wucherte ungehemmt braunes Unkraut. In einem halb verrotteten Baum ohne Laub saß ein nahezu gerupfter Rabe mit offenem Schnabel. Gleich hinter dem Eingangstor stand eine halb verblühte Trittleiter. Ganz hinten an der Mauer lag eine rostige Gießkanne.

Auf dem Grab von Munks Vater stand ein zerbrochenes, morsches Holzkreuz. Man konnte nicht mehr lesen, was darauf stand.

»Hallo, Vater«, sagte Munk. »Ich schau nur mal vorbei. Wie geht es dir denn so? Den Umständen entsprechend gut?«

Munk zog eine Weinflasche aus der Innentasche, nahm einen Schluck und reichte sie mir.

»Trink«, sagte er.

Ich nahm einen Schluck. Es war mieser Wein, wie nicht anders zu erwarten. Mieser Wein für miese Leute. Yes, yes.

»Mein Vater mag es, wenn wir hier vor ihm Wein trinken«, sagte Munk. »Er liegt einfach da und hat seinen Spaß und freut sich 'nen Ast ab, weil sein Sohn fast genauso hartnäckig an der Flasche hängt wie er. So ist das mit den Familienbanden. Aber davon verstehst du wohl nichts.«

»Doch«, sagte ich etwas gekränkt, »das versteh ich gut.«

»Naja, ist ja auch egal.«

»Das ist überhaupt nicht egal. Es ist nicht dasselbe, ob man etwas versteht oder etwas nicht versteht.«

»Das kommt ganz darauf an, wie man es sieht«, brummte Munk.

Ich sagte nichts mehr, obwohl ich eine ganze Menge hätte sagen und dem Kerl vielleicht zusätzlich eins hätte verpassen sollen. Es war bestimmt nur der Respekt vor den Toten, der mich davon abhielt. Ich wollte nicht riskieren, daß Munks Vater zischend und spuckend aus dem Grab stieg, um seinen Nachwuchs zu verteidigen.

Ich dachte an etwas anderes. Ob es vielleicht bald anfangen würde zu regnen. Das wäre auf jeden Fall keine Überraschung.

Der Wind raschelte in dem trockenen, braunen Gras, und die Gießkanne gab ein paar hohle Töne von sich. Ich fragte mich, wie lange wir hier bleiben sollten. Bis Munk die Flasche gelenzt hatte? Jetzt nahm er wieder einen Schluck, wischte die Flasche mit dem Handrücken ab und sah genau nach, wieviel noch darin war. Ungefähr die Hälfte.

»So, Vater«, sagte Munk. »Ich habe dir auch heute etwas mitgebracht.« Er drehte die halbvolle Flasche in den Boden und machte eine kleine Vertiefung, in der die Flasche stehenblieb.

»Kein Grund, so zu glotzen«, sagte Munk zu mir. »Ich habe nie die Leute verstanden, die Blumen auf ihre Familiengräber stellen. Damit kann doch keiner was anfangen. Eine Flasche Wein dagegen weiß jeder zu schätzen. Besonders mein Vater. Jetzt war ich so liebenswürdig, den Wein erst für ihn zu kosten, und habe mich in jeder Hinsicht als guter Sohn erwiesen.«

»Ja«, sagte ich. »Ganz bestimmt. Gehen wir jetzt?«

Ein Bus hielt vor dem Tor, und wir stiegen ein. Der Bus war schwarz, der Fahrer knöcherig und bleich und hatte die Fahrermütze tief ins Gesicht gezogen. Wir waren die einzigen Passagiere, und die Reise mit diesem Bus kostete nichts.

DIE KULTURRADIKALEN

Munk hatte mir eingeschärft, daß der Besuch wichtig war, aber warum er so wichtig war, hatte ich nicht begriffen. Er war wichtig, weil Munk sagte, er sei wichtig. So war das in der Politik. Man sollte nicht verstehen, sondern akzeptieren.

In der Musik war es zum Glück anders. Ich akzeptierte ganz und gar nicht, daß die Akkorde meines Basses unsauber und beschissen klangen. Ich feilte unentwegt an ihnen und spürte, daß ich auf dem richtigen Weg war. Aber uns fehlten Musiker. Noch immer waren wir nur Munk an der Lead-Gitarre und Gesang und ich am Baß und eventuell Mundharmonika. Zumindest brauchten wir einen Schlagzeuger. Und am besten noch einen zweiten Gitarristen. (Fand ich. Munk meinte, es sei mehr als genug, wenn er die Gitarre traktierte.) Und dann noch ein Tasteninstrument. Da fehlte uns einer, auch wenn Munk der Ansicht war, er könne das nebenher machen. Aus Munks Plänen wurde allmählich ersichtlich, daß dies eine Einmannband mit einem silent bassist und einem silent Schlagzeuger werden sollte, die im Dunkeln verborgen bleiben und schlecht bezahlt werden sollten.

Soviel zur Musik. Jetzt sollten Munk und ich einen Besuch bei den Kulturradikalen höchstpersönlich abstatten und dies oder jenes mit ihnen diskutieren. Munk zufolge ging es um Zusammenarbeit. Er war der einzige, der noch an der gemeinsamen politischen Linie von 72 festhielt.

»Ich bin zur Vernunft gekommen«, hatte er gesagt. »Es würde nur zur Zersplitterung führen, in allen Distrikten Listen aufzustellen, jetzt, wo es mehr denn je darauf ankommt, zusammenzugehen. Und wie ich es sehe, bin ich die einzige Figur, die dieses Zusammengehen möglich macht, der einzige, der die SV und die AKP dazu bringen kann, in Tränen auszubrechen und sich gleichzeitig um den Hals zu fallen. Right?«

»Right«, sagte ich.

»Ich allein habe geschnallt, worum es geht. Statt daß wir Linken uns untereinander anfeinden, sollten wir gemeinsam die Rechte befeinden, und da kann man von mir noch so einiges lernen. Auch right?«

»Auch right«, sagte ich.

»Das Ganze soll in einer gigantischen gemeinsamen Kulturveranstaltung gipfeln. Nach den üblichen öden Appellen wird unsere Band mit Donner und Gloria debütieren, und ich werde meine Gitarre zerschmettern. Am Tag vor der Wahl! Was meinst du, wie dann die Wahl läuft?«

»Die kann ja nur noch glänzend laufen«, sagte ich.

»Da siehst du«, sagte Munk. »Du hast ja ausnahmsweise mal alles geschnallt.«

Da wir vor einem relativ gut gepflegten Mietshaus bremsten, bestand Grund zu der Annahme, daß wir da hinaufsollten. Richtig. Wir nahmen immer zwei Stufen die Treppe hinauf. An einer Tür hing ein Zettel:

›Bitte nicht das Gemeindeblatt der Kreuzkirche!‹.

»Zur Hölle mit diesen kulturradikalen Teufeln«, sagte Munk finster. »Leben in wilden Ehen und sind Lakaien Moskaus. Das Gemeindeblatt wollen sie nicht haben, aber Dagbladet verschlingen sie roh, morgens, mittags und abends. Die sollten interniert und einer psychiatrischen Behandlung dritten Grades unterzogen werden.«

»Denk daran, daß wir mit ihnen zusammenarbeiten wollen«, sagte ich.

»Zusammenarbeiten?« Munks Augen funkelten. »Lieber würde ich mit dem Teufel persönlich zusammenarbeiten. Auf den ist bestimmt mehr Verlaß.«

Ich klingelte bei denen, die das Gemeindeblatt nicht haben wollten.

»Tja, das Wort führen mußt du«, sagte Munk. »Mir ist die Lust am Reden vergangen.«

»Die kommt schon wieder«, sagte ich. »Ich bin hier nur mit. Du bist der Verantwortliche.«

»Verantwortlich, ja. Der ist gut, du. Dr. Munk, Norwegens letzter und einziger verantwortlicher Politiker. Kommt her zu ihm alle, die ihr Mühsal zu tragen und Wein zu teilen habt!«

Die Tür öffnete sich auf Türenart, und der Mann, der dahinterstand, sah genauso aus, wie ich erwartet hatte. Bart, Brille und Trachtenhalstuch. Er sah uns verhältnismäßig freundlich an. Munk betrachtete ihn sauer. Ich versuchte, keinen von beiden zu lange anzusehen.

»Da seid ihr ja. Ich habe darauf gewartet, dich zu sehen, Munk. Ja, und dich auch.«

»Überspringen wir die Formalitäten«, brummte Munk. »Hast du Wein?«

»Ja, klar doch. Klar haben wir Wein. Du meine Güte.«

»Tja, ich weiß ja nicht, was in deinen Kreisen klar ist und was nicht.«

Ich dachte. Oder ich wünschte. Ich wünschte, wir hätten hier aufhören können, Munk und ich. Uns hier abmelden und Dingen zuwenden können, die wir mochten. Nur verschwinden können, um nicht die ganze Zeit dabeisein, diesem Blick ausgesetzt sein zu müssen. Es war so anstrengend, und ich fing an, müde zu werden. Ich hatte die größte Lust, mich einfach hinzulegen und auf alles zu scheißen.

Doch statt dessen sollten wir durch eine Tür. Und wenn ich an alle Türen dachte, durch die ich in meinem Leben gegangen war, und wie selten das etwas Gutes mit sich geführt hatte, dann war das kein erbaulicher Gedanke. Türen bedeuteten Ärger, besonders wenn man so müde war wie ich jetzt. Konnten wir nicht einfach unsere Band auf die Beine stellen und dann Feierabend machen? Aber so lief es nicht, wenn man mit einem Mann wie Munk zu tun hatte. Da mußte man Kulturradikale besuchen und in Schlägereien geraten. Sandra hatte allzu recht gehabt. Munk war keine gute Gesellschaft für mich. War es nie gewesen.

Ich hatte vergessen zuzuhören, worüber Munk und der andere redeten. Ich hatte nicht gemerkt, daß ich ein Glas Rotwein bekommen hatte. Ich hatte nicht gesehen, daß auch eine Frau im Zimmer saß, eine Frau, die ich unter normalen Umständen schön gefunden hätte. Ein bißchen glatt vielleicht, ein bißchen zu viele einstudierte Orgasmen. Dachte ich, sicher vollkommen ungerecht. Ich drehte an dem Knopf in meinem Inneren, und die Stimmen wurden deutlich:

»... siehst du, das, wofür du stehst, kann nie etwas anderes werden als eine Art Exotismus in der Partei, eine Art Freakflügel. Klar meinen wir, daß für dich und deine Leute Platz sein sollte in unserer Partei, aber ich finde, du müßtest einsehen, daß es politischer Selbstmord wäre, dich auf irgendeiner Liste auftzustellen.«

»Deine Leute da«, sagte die Frau, »sehen aus, als hätten sie Schwierigkeiten, zwischen einem Wahlkampf und einer Schlägerei unter Säufern zu unterscheiden.«

Ich sah, daß Munk sich vom Stuhl erhob. Zeit, wieder loszuzockeln, dachte ich, und stand auch auf.

»Vielen Dank für den Wein«, sagte ich.

Erst als ich sah, daß Munk eine Blumenvase hochhob und auf dem Fußboden zerschmetterte, begann ich Unrat zu wittern, und erst, als ich unmittelbar danach einen Schlag mit einer Thermoskanne aufs Auge bekam, wußte ich, daß es ein riesiger Fehler gewesen war, überhaupt hierherzukommen.

Der Mann, der unter den Bildern von Mao und Stalin saß, hatte offensichtlich Lust, uns zu helfen, aber es war ebenso offensichtlich, daß er keinerlei Möglichkeit dazu hatte. Stalin blickte finster und bedrohlich ins Zimmer und sah aus, als wolle er uns auf der Stelle liquidieren, während Mao, der gerade erst gestorben war, gutmütig lächelte. Der Mann, mit dem wir redeten, war eine Art Zwischending, in Hemdsärmeln, mit kurzem Bart und runder Brille.

»Genosse Munk«, sagte er mit einschmeichelnder Stimme, »wir wissen, daß du oft gute Positionen vertreten hast. Wir wissen, daß du viele gute und progressive Standpunkte vertrittst, und es ist gut, daß du uns in Einzelpunkten unterstützt. Du hast der Bourgeoisie manch guten Schlag in die Fresse gegeben, aber du hast es nicht geschafft, dich selbst von deinem kleinbürgerlichen Hintergrund zu befreien. Wir stehen für einen verantwortungsvollen Kurs, und reines Ausflippen können wir uns nicht erlauben.«

»Jetzt wird getrunken«, sagte Munk. »Ich werde genau das tun, was alle von mir erwarten. In was für einer Hölle leben wir eigentlich? Sollte ich ruhig stehenbleiben und mich von kleinen Arschkriechern belehren lassen, die jünger sind als ich, aus dem nobelsten Westend kommen und noch nie eine elektrische Gitarre in der Hand gehabt haben? Man sollte jeden einzelnen von diesen Ärschen liquidieren. Ich werde von Tag zu Tag stalinistischer. Ich verstehe ihn so verflucht gut. Also gut, sammeln wir das Zentralkomitee und veranstalten wir das Saufgelage, auf das wir alle gewartet haben. Dies wird der größte Sieg werden, den die norwegische Arbeiterklasse in diesem Jahr erringt. Werfen wir uns in Schale und trinken darauf, daß alle Parteien der Linken zur Hölle fahren, wie sie es verdient haben. Ich war die Hoffnung und das einende Symbol der norwegischen Linken, aber diese Wichser wollten nichts von mir wissen. Sollen sie doch verfaulen und sehen, wie sie ohne mich abschneiden bei der Wahl.«

An das Fest bei Munk kann ich mich kaum erinnern, und das, woran ich mich erinnere, möchte ich so schnell wie möglich vergessen. Aber ich will doch erwähnen, daß Munk recht bekam. Die Stortingswahl 1977 kann kaum als ein Sieg des Sozialismus in Norwegen bezeichnet werden.

MUNK WIRFT EINE FLASCHE NACH DEM TEUFEL

Munk erwachte nach dem Fest mit einem verstauchten Fuß und einem häßlichen Knutschfleck dritten Grades am Hals. Ich für mein Teil war keinen physischen Übergriffen ausgesetzt gewesen, mußte jedoch für eine Weile mit dem Geruch von Kotze im Zimmer leben. Ich hoffte nur, daß ich selbst der Verursacher gewesen war.

Am schlimmsten in Mitleidenschaft gezogen wurde das Zentralkomitee, das zunächst geschlossen in der Ausnüchterungszelle landete und danach seinen Aufenthalt auf unbestimmte Zeit verlängern durfte, da sie wegen diverser Dinge festgenommen wurden: Alkoholdiebstahl, Überfall und Tabakdiebstahl im Theaterpark, Unzucht mit Minderjährigen, öffentliche Ruhestörung, Beamtenbeleidigung.

So konnte es gehen, dachte ich und versuchte, mein schlechtes Gewissen zu überdecken. Es war nämlich nicht gerecht, daß das arme Zentralkomittee die ganzen Prügel einstecken mußte und Munk und ich so davonkamen (wenn man von dem verstauchten Fuß, dem Knutschfleck und dem Kotzgeruch einmal absah). Aber ich versuchte, die Schuld auf sie abzuwälzen, so gut es ging. Den Alkoholdiebstahl beispielsweise mußten sie schon auf ihre eigene Kappe nehmen. Das war eben ein Patzer.

Was im Theaterpark geschehen war, ließ sich dagegen meines Erachtens verteidigen. Ich hatte selbst geholfen, den Typ festzuhalten, damit die anderen an seinen Tabak kamen. Er war im übrigen ein unsympathischer Fettsack, der sich uns mit beleidigenden und antikommunistischen Rufen genähert hatte. Er bekam, was er verdiente. Wir waren eher noch zu sanft mit ihm umgegangen.

Dann das mit den Minderjährigen. Ich konnte mich erinnern (glaubte ich auf jeden Fall), daß ich persönlich das Zentralkomitee vor den Mädchen gewarnt hatte, die sie bei sich hatten. Sie sahen wirklich sehr jung aus. Aber hatte das Zentralkomitee auf meine warnenden Worte gehört? Und wo die Mädchen unbedingt an dem Fest teilnehmen wollten.

Daß sie zwei Polizeibeamte beleidigt (und offenbar auch geschlagen) hatten, entzog sich wiederum meiner Verantwortlichkeit. Das geschah, nachdem Munk und ich nach Hause gegangen waren. Munk, um sich den Fuß zu verstauchen und einen Knutschfleck zu bekommen, und ich, um meinen ganzen Fußboden vollzukotzen. (Wenn ich es wirklich, wie ich hoffte, selbst gewesen war.)

So lagen die Dinge jedenfalls. So war das gelaufen. Und jetzt stand es schlecht um uns alle. Das Fundament unseres Lebens schickte sich an, unter unseren Pantoffeln zu zerbröckeln.

Mir half, daß ich einen Brief im Briefkasten fand. Bei Sandra ging alles nach Plan, schrieb sie. Oktober also. Aber nicht nur das. Sie freute sich. Ich mußte es circa fünfzehnmal lesen. Sie freute sich. Das war mehr, als ich verdient hatte.

Mit Gesang in Herz und Nieren schulterte ich den Baß und tanzte in der Septembersonne hinüber zu Munk. War er nicht zu Hause, würde ich allein spielen, ein paar herrliche Baßsolos, die den Sozialismus dazu bringen würden, sich im Grab umzudrehen und mit den Augen zu zwinkern.

Munk saß mit der Gitarre im Schoß über den Tisch gebeugt. Sein Gesicht war eingefallen, die Augen wässerig, er aß etwas Gräßliches und Schleimiges von einer graugelben Farbe, die mir Übelkeit verursachte.

»Bist du das, du Revisionist?« sagte Munk. »Willst du einen Happen?«

Er hielt mir den Löffel hin.

»Nein, danke«, sagte ich und erschauderte. »Ich habe gegessen.«

Munks Fuß war noch immer verstaucht, aber der Knutschfleck war etwas zurückgegangen.

Ich zeigte auf den Baß.

»Dachte, wir könnten ein bißchen üben.«

Munk sah mich müde an.

»Was hat das für einen Sinn?« murmelte er. »Was hat es für einen Sinn, was wir tun? Der Kommunismus ist tot, und das Zentralkomitee sitzt im Straflager. Es dauert nicht mehr lange, bis die Zeit an mich kommt.«

»Laß uns ein bißchen spielen«, sagte ich. »Vielleicht können wir den Kommunismus ja wieder zum Leben erwecken.«

»Wie hoffnungslos naiv kann man eigentlich sein«, erwiderte Munk. »Ich habe dieses Scheißprojekt mit nur zwei Leuten verflucht satt. Wir müssen jetzt mehr Musiker ranholen. Als allererstes einen Schlagzeuger.«

Ich überlegte.

»Wie wär's mit Waschbrett-Olsen«, sagte ich zögernd. »Er hat vielleicht nicht direkt Schlagzeug gespielt, aber ...«

Munk spuckte über den Tisch.

»Du tickst wohl nicht richtig!« brüllte er. »Waschbrett? Was stellst du dir überhaupt vor? Daß wir eine verdammte Dixielandband sein sollen, oder was? Pfui Teufel, du Hinterwäldler!«

»Ich bin kein Hinterwäldler«, sagte ich. »Dann laß dir doch was Besseres einfallen.«

»Ja, man muß sich jedenfalls verdammt anstrengen, um sich was Schlechteres auszudenken.«

Munk aß auf und schabte den Teller gründlich sauber.

»Das war gut«, sagte er.

»Was war das?«

»Das kann ich dir nicht sagen. Etwas, das die Potenz fördert. Es wär nicht gut für dich zu wissen, was da drin ist.«

Er streckte sich nach einer Schachtel Pillen auf dem Tisch.

»Ich habe angefangen, Vitamine zu nehmen. Das ist das Beste, auf das ich je gekommen bin. Ich fühle mich bald so fit wie ein Stück gegerbtes Leder.«

Die Schachtel kippte um, und die Pillen kullerten über den Fußboden.

»Da ist es der Schachtel gekommen«, sagte Munk. »Und ich hab sie nur angetippt. Der beste Orgasmus, den sie je hatte. Da siehst du, daß so manch einer seine Schäfchen ins Trokkene bringt.«

Ich half ihm, die Pillen vom Fußboden aufzusammeln.

»Wo du die Höllenmaschine schon mitgebracht hast«, sagte Munk, »können wir ja ein Stück spielen. Ich will dich nur warnen, daß ich heute einen schlechten Tag habe. Der Teufel quält mich, und er ist noch schwerer loszuwerden als mein Onkel in der Hütte.«

»Der Teufel?«

»Plötzlich erscheint er dort drüben in der Ecke. Mitten in einem brillanten Gitarrensolo kommt er aus der Wand und schneidet Grimassen und streckt mir die Zunge heraus.«

»Tja«, sagte ich. »Du solltest dich nach einem Exorzisten umsehen.«

»Normalerweise werde ich selbst mit ihm fertig. Aber heute spielt er vollkommen verrückt. Weil ich noch so schwach bin vom Fest, und weil ich mit dem Fuß nicht richtig gehen kann.«

»Und weil du einen Knutschfleck hast«, sagte ich.

»Schnauze!« sagte Munk. »Los, fang an. Wir nehmen etwas Altes und Klassisches. Black Magic Woman.«

»Darf ich im Chor mitsingen?«

»Lieber nicht«, sagte Munk. »Aber wenn es dir hilft, dich wie ein Mensch zu fühlen, dann lieber doch, wenn du nicht so laut brüllst. Aber stell erst eine Flasche auf den Tisch. Ich muß etwas haben, womit ich nach dem Teufel werfen kann, wenn er auftaucht. Als ich ihn zuletzt sah, trug er einen grünen Damenhut mit Straußenfeder und Schleier. Er denkt sich die schmutzigsten Tricks aus, um mich fertigzumachen.«

Munk schlug über die Saiten. Wir legten los. Es hörte sich an wie eine Mischung von Peter Green, Wild Man Fischer und Frankensteins Monster. Bong! sagte mein Baß. Er hielt mit, daß es im ganzen Haus dröhnte. Wir konnten nur hoffen, daß die Leute in den Etagen unter uns nicht zu Hause waren.

»Da!« schrie Munk und warf die Gitarre von sich. »Da ist er!«

»Wer?« schrie ich. Ich begann langsam, übernervös zu werden.

»Der Teufel!« schrie Munk und zeigte mit zitterndem Plättchen in den Winkel.

Ich sah den Teufel zwar nicht, fand aber keinen Grund,

daran zu zweifeln, was Munk sah. Es war wohl nur nicht jedem gegeben, ihn zu sehen. Munk packte die Flasche und schleuderte sie an die Wand.

Glasscherben spritzten durchs ganze Zimmer.

»Das hat gesessen«, sagte Munk. Seine Augen waren wild, sein Atem ging schwer. »Mitten zwischen die Augen. Denke, das wird ihn eine Weile kleinlaut machen.«

Wir spürten beide einen starken Geruch von Schwefel im Zimmer, und ich stieß das Fenster auf.

»Jetzt habe ich mich entschlossen«, sagte Munk. »Wenn sogar der Teufel versucht, uns zu hindern, ist das ein Zeichen, daß wir auf dem richtigen Weg sind.«

REBEKKA

»The song of love is a saaaaad song«, sang ich, wie Alan Price es einst gesungen hatte. Und der Fretex-Baß grummelte und tat und machte, daß sich das Lied von der Liebe über alle Maßen traurig anhörte. So traurig, daß ich den Baß weglegte und ausging. Mußte das Lied von der Liebe wirklich so traurig sein? Im Oktober würde ich die Antwort bekommen. Ich bekam feuchte Hände bei dem Gedanken an Sandra, die dann wieder vor mir stehen würde. Ich war unzufrieden mit den Briefen, die ich ihr geschrieben hatte. Waren sie nicht ziemlich trocken und oberflächlich gewesen? In Sandras Briefen dagegen konnte ich sie in jedem Buchstaben riechen, und in jedem Komma sah ich ihre Hand.

Es regnete, und ich ging im Regen, um naß zu werden. Dieser sozialdemokratische Regen, der uns alle gleich naß machte. Ich kaufte Dagbladet bei einer Frau, die aussah, als wolle sie in Ohnmacht fallen, und schlenderte zum Ole Bulls Plass hinauf, um mir die Kinoplakate anzusehen. Statt dessen blieb ich stehen und starrte auf etwas anderes.

Unter all den Personen, die in der Geschichte von Munk und mir aufgetaucht sind, waren einige, die für immer aus ihr verschwanden, aus verschiedenen Gründen. Eine, die ich zu dieser Gruppe gerechnet hatte, war Rebekka. Doch hier, an diesem Regentag auf dem Ole Bulls Plass, stellte ich fest, daß ich mich geirrt hatte. Da stand nämlich Rebekka und versuchte herauszufinden, wann *Das Kabinett des Dr. Caligari* anfing, als sei sie in einem anderen Zeitalter. Sollte ich es wagen, sie anzusprechen? Sie, von der ich immer noch kaum mehr wußte als damals auf der Hüttentour, und die ich nicht gesehen hatte, seit ich nach Paris abgereist war? Konnte ich es wagen, mich auf eine solche Wiederbegegnung mit dem Mystischen einzulassen? Die Antwort neigte sich dem Nein zu, als sie sich plötzlich umdrehte und mich sah. Sie lächelte und zeigte damit, daß sie mich wiedererkannte. Aber es war ein trauriges Lächeln. Auch sie war also nicht von dem verschont geblieben, das uns alle betroffen hatte. Das uns so traurig lächeln ließ.

»Hei«, sagte ich. »Ich habe geglaubt, du wärst schon längst in die ewigen Jagdgründe eingegangen.« Und bereute im selben Augenblick, was ich gesagt hatte. So etwas konnte man zu Rebekka nicht sagen. Das hätte ich wissen müssen.

»Ich bin aber hier«, sagte Rebekka. Ich hatte ihre Stimme vergessen, weil sie damals so wenig gesprochen hatte, aber es war eine gute Stimme. Es gab keinen Grund, daß sie nicht Gebrauch davon machte.

»Hast du *Das Kabinett des Dr. Caligari* gesehen?« fragte sie.

»Ja.«

»Der soll ja gut sein.«

»Er ist gut«, sagte ich. »Ein Klassiker.«

Wir gingen zusammen über Torgalmenningen. Keiner von uns beiden hatte einen Schirm, wir paßten also zusammen. Rebekka war schwarz gekleidet wie damals, trug aber keine Brille. Konnte sie zu Kontaktlinsen übergegangen sein?

»Es geht mich zwar nichts an«, sagte ich, »aber ich sehe dir an, daß du aus irgendeinem Grund traurig bist.«

Auch nicht gerade eine passende Bemerkung einer Frau gegenüber, von der ich so gut wie nichts wußte.

Ich betrachtete Rebekkas Nase. Ich wünschte mir, sie hätte eine Nase wie ein Hase. Das würde es viel leichter machen, mit ihr zu reden. Aber sie hatte keine Hasennase. Sie hatte eine Nase, zu der man nur schwer sprechen konnte.

»Es liegt wohl am Regen«, sagte Rebekka. Sie wandte sich mir zu, um zu sehen, ob ich ihr glaubte, was sie sagte. Das tat ich nicht.

»Ja«, sagte ich. »Wir müßten einen Schirm haben. Der würde sich jetzt gut machen. Ich kannte einmal einen Typen, der einen Schirm hatte. Es war noch dazu ein blauer Damenschirm.«

»Wirklich?« sagte Rebekka.

Dann wußte ich nichts Witziges mehr zu sagen. Es mußte eben gehen, wie es ging. Ein grauer Fiat kam bei Sundt angefahren. Der Fahrer war der Vorsitzende des Norwegischen Blindenverbands. Er hatte seine dunkle Brille auf. Auf dem Beifahrersitz saß sein Blindenhund und sagte ihm, wie er fahren mußte.

»Hast du das gesehen?« fragte ich. »Das war der Vorsitzende des Norwegischen Blindenverbands.«

»Ich habs gesehen«, sagte Rebekka.

Das war danebengegangen. Jetzt würde es wieder still werden, wenn man einmal vom Geräusch des Regens absah. Und das tat ich.

»Ich habe gehört, daß du in Paris warst«, sagte Rebekka.

»Stimmt«, sagte ich. »Aber das ist schon eine Weile her.«

»Ich würde gern nach Paris fahren.«

»Ich kann es dir wirklich empfehlen«, sagte ich. »Aber es ist teuer geworden.«

Na also. Jetzt waren wir doch in Gang. Sollte keiner kommen und etwas anderes sagen.

»Und die, mit der du zusammenwarst«, sagte Rebekka. »Die Blonde. Wie hieß sie noch?«

»Sandra«, sagte ich. »Ich bin immer noch mit ihr zusammen. Sie ist ein Jahr in Trondheim gewesen, aber sie kommt jetzt bald zurück. Sie hat zusammen mit ein paar anderen eine Art Werkstatt in der Steinkjellergate gemietet.«

»Sieh an«, sagte Rebekka.

Wären wir nur in *Singin' in the Rain* gewesen. Statt Gene Kelly und dieser Frau da, dann hätten wir jetzt über den ganzen Torgalmenning steppen können und einander uneingeschränkt verstanden, ohne ein Wort zu sagen.

Rebekka faßte meinen Arm.

»Willst du wirklich wissen, was los ist?« fragte sie.

»Ja.«

»Mein Vater ist heute gestorben«, sagte Rebekka.

Sie hatte also einen Vater gehabt, wie andere auch.

Aber es machte die Sache nicht besser, daß ich jetzt wußte, warum sie so traurig aussah. Jetzt wurde von mir erwartet, daß ich etwas sagte, und in solchen Situationen wußte ich nie, was ich sagen sollte. Natürlich war es traurig, daß er tot war, aber ich hatte ihn nie gesehen.

»Du brauchst nichts zu sagen«, sagte Rebekka. »Ich wollte dich nicht in Verlegenheit bringen.«

»Es tut mir leid«, sagte ich. »Ich bin so dumm in so etwas.«

»Wer ist das nicht?«

Ich weiß nicht, woher die Idee kam und warum. Auf jeden Fall gab es keinen Grund dafür, daß es so kam. Wahrscheinlich war es der Teufel, der Munk ein paar Sekunden in Frieden lassen wollte und statt dessen mich quälte.

»Kommst du heute abend mit ins Restaurant … essen?« fragte ich. Ich hörte mich an wie der letzte Playboy. Ich sagte nicht, daß ich sie trösten wollte, weil ihr Vater gestorben war, aber das verstand sie auch so.

»Huh«, sagte sie und lächelte ein wenig. »Ja, warum nicht. Wohin gehen wir?«

IM JAHR 2000: INSEKT

Ich hütete mich, Munk vor dem Abend zu treffen. Es würde sich nicht so gut machen, fand ich, wenn ich ihm erzählte, daß ich mit Rebekka ins Restaurant gehen wollte (der erste Restaurantbesuch meines Lebens). Wer konnte wissen, was für ein Bodensatz da aufgerührt werden würde.

Ich sah ein, daß sie mich in meiner Hansa-Jacke nicht reinlassen würden, also zog ich einen schwarzen Kordanzug an, der aussah, als sei er nie von Menschenhand berührt worden, obwohl er viele Jahre alt war. Aber das hatte einen Grund: Ich hatte ihn vorher nie getragen, und es gab keinerlei vertrauten

Müll in den Taschen. Ich tat deshalb einen kleinen runden Stein in die rechte Jackentasche.

Rebekka wartete schon, sie hatte den schwarzen Ledermantel an. Sie zog ihn an der Garderobe aus, darunter trug sie ein schwarzes Kleid mit nackten Schultern. Auf der linken saß ein Muttermal.

Ich gab mir Mühe, nicht zuviel auf die weißen Schultern und das Muttermal zu schauen.

Drinnen spielten sie gedämpfte Musik (aus *Oklahoma*), und Rebekka setzte ihre Brille auf. Wohl um die Musik besser zu sehen. Ich selbst hatte keine Brille, die ich aufsetzen konnte, und fühlte mich ein bißchen ausgeschlossen.

Zu unserem Glück bekamen wir einen intimen Tisch mit rotem Tischtuch und Kerze in einer Ecke. Das Orchester spielte die gedämpften Melodien von Richard Rogers; sie trugen rostrote Anzüge, die gleiche Farbe wie die Züge der Norwegischen Staatsbahnen. Ich war aus mehr als einem Grund froh, daß Munk nicht da war. Ihm würde diese Musik nicht gefallen haben.

Rebekka sah mich lächelnd an. Das Traurige war fast verschwunden (oder war ich nur nicht sensibel genug, es zu sehen?), obwohl ihr Vater jetzt kaum weniger tot sein konnte, als am Vormittag.

»Du bist so höflich, Munk nicht zu erwähnen«, sagte sie. »Aber das brauchst du nicht. Ich weiß etwas von Munk, das du, glaube ich, nicht weißt.«

»Aha?« sagte ich. Ich erwartete großartige Sachen.

»Er hat eine Tasse, die er ganz hinten in seinem Schrank versteckt.«

»Eine Tasse?« Auch wenn es seltsam genug sein mochte, entsprach es doch nicht ganz meinen Erwartungen.

»Und weißt du, was darauf steht?«

»Nein«, sagte ich. Jetzt kamen wir also zum Kern der Sache.

»›Fixer Bengel, Munk‹!«

Ich mußte lachen und prustete übers Tischtuch.

»Nein… sag bloß«, sagte ich. »›Fixer Bengel, Munk‹?«

»›Fixer Bengel, Munk‹.«

Wir heulten beide vor Lachen. Die Kellner sahen zu uns herüber, und das Orchester spielte ein wenig lauter.

»Das ist das Schärfste, was ich je gehört habe.«

»Ich dachte mir, daß es dir gefallen würde.«

Ich wünschte mir, ich hätte etwas ähnlich Gutes über Munk zu erzählen, aber das hatte ich nicht. Mir fiel nur ein, wie er die leere Flasche nach dem Teufel geworfen hatte, aber das reichte nicht annähernd daran.

Rebekka hörte es trotzdem gern.

»Er hat es immer mit der Religion gehabt«, sagte sie. »Und jetzt quält ihn also der Teufel. Ja ja.«

»Irgend etwas ist es immer«, sagte ich.

Wir bestellten dies oder jenes zu essen. Es sah fein und teuer aus. Auf jeden Fall für solche Connaisseure wie mich, im Kordanzug mit einem Stein in der Jackentasche. Rebekka schien eher daran gewöhnt zu sein, dergleichen zu bestellen, und ich ließ sie den Wein auswählen. Ich warf einen raschen Blick auf das Muttermal, um zu sehen, ob es noch da war, und es war an seinem Platz. Wenn Rebekka sich vorbeugte, glitt es ein wenig nach oben. Interessant.

Ich dachte an unsere Hüttentour, damals vor anderthalb Jahren (war es so lange her?), als wir glaubten, Rebekka könne nicht sprechen, und sie uns vor dem unheimlichen Monopolkapitalisten mit dem Gewehr rettete. Ich fragte mich, ob Rebekka einem der anderen Mädchen glich, die ich gekannt hatte. Glich sie nicht ein wenig Marie-Claire? Nein, das tat sie nicht. Paulette? Noch weniger. Annette? Keine Rede von. Inger? Nicht die Spur. Rebekka glich niemandem. War sie auch einmal Munks Freundin gewesen, so war sie doch immer sie selbst geblieben. Und ich wußte, daß zwischen ihr und mir nie mehr sein würde als das, was jetzt war, hier an diesem Tisch bei gedämpfter Musik, während wir auf etwas zu essen warteten, das einen geheimnisvollen Namen hatte, sich aber wahrscheinlich ganz einfach als Pfeffersteak mit gebackener Kartoffel herausstellen würde.

Ich fing an, von Munks und meiner Band zu erzählen, daß wir in einem Monat zusammen mit anderen hiesigen Gruppen im Nygårdsparken unser Debütkonzert geben würden.

Es war der Start einer neuen Rockszene in Bergen. Rebekka hörte interessiert zu. Das Pfeffersteak schwebte heran.

»Munk hat einen Brief an Johnny Rotten geschrieben«, sagte ich.

»Wer ist das?«

»Der Sänger der Sex Pistols, einer englischen Punkgruppe. Die *God save the Queen* gesungen und beim Jubiläum der Königin einen Skandal verursacht haben.«

»Und was hat er ihm geschrieben?«

»Er hat ihn um Rat gebeten, wie man eine neue Gruppe startet und so.«

»Munk hat um Rat gebeten? Ja ja. Das muß bedeuten, daß er es nötig hat. Er fängt wohl an, sich für so etwas zu alt zu fühlen.«

»Er ist wie Pete Townshend«, sagte ich. »Er fühlt sich wie ein Vater dieser Neuen und Wilden.«

»Und was ist mit dir?«

»Ich spiele Baß«, sagte ich. »Ich bin ein *silent bassist*. Ich soll nur im Schatten stehen und phlegmatisch aussehen.«

»Das dachte ich mir.«

Sie wollte wissen, was mit Munk und der Politik war. Ich erzählte, daß es damit abwärts gegangen sei seit vor der Wahl.

»Aber eine Wahlfete hatten wir. Im Vorhinein. Und das gesamte Zentralkomitee landete hinter Gittern.«

»Ja, das hätte ich mir denken können.«

»Und Munk hatte einen großen Knutschfleck«, sagte ich. Jetzt sollte alles auf den Tisch, es gab keinen Grund, mit irgendetwas hinter dem Berg zu halten.

Rebekka lächelte.

»Es ging nicht mit ihm und mir«, sagte sie. »Ich mußte Schluß machen. Aber manchmal hat es Spaß gemacht.«

Rebekka begann von einer Fernsehsendung zu erzählen, die sie gesehen hatte. Einer Sendung über Pilze.

»Was für Pilze?« fragte ich.

»Alle Arten von Pilzen. Es war wahnsinnig interessant. Wie Pilze absolut alles essen können, wenn sie nur Zeit haben. Sie können sich sogar durch große Hängebrücken aus Stahl hindurchfressen.«

»Au weia«, sagte ich.

»Stell dir das vor«, fuhr Rebekka fort. »Stell dir vor, wir fänden eine Möglichkeit, die Pilze zu kontrollieren und sie auf die ganzen Waffenlager in der Welt loszulassen. Die Atombomben von Pilzen gefressen. Nur ein paar Gerippe bleiben übrig.«

»Ein schöner Gedanke«, sagte ich.

»Es würde natürlich dauern, aber ganz unrealistisch ist es nicht. Wenn man einen Stoff entwickelt, der den Prozeß beschleunigt.«

»Laß uns auf die Pilze trinken«, sagte ich. »Auf alle Pilze, früher wie heute!«

Wir aßen und redeten ein wenig über den Schnee vom letzten Jahr. Der war längst geschmolzen. Rebekka sah aus, als habe sie ihren Vater vergessen. Ich dachte darüber nach, wie ich reagiert hätte, wenn es mein Vater gewesen wäre. Ob ich ins Restaurant gegangen wäre und Pfeffersteak gegessen und mich über Pilze unterhalten hätte? Ich glaubte es nicht. Hätte ich geweint? Es könnte sein, daß ich ein bißchen geweint und darüber nachgedacht hätte, was ich hätte tun können, damit wir uns näher gewesen wären, als er noch lebte. Wie wir zusammen zum Fischen hätten fahren und Ski springen können.

Rebekka sah mich an.

»Du denkst, daß ich mich seltsam verhalte«, sagte sie.

Ich kratzte meinen Teller leer.

»Nein«, sagte ich.

»Ich erzähle dir eine Geschichte von meinem Vater«, sagte Rebekka. »Und ich bin sicher, daß sie dir gefallen wird.«

Ich nickte, daß sie mir gefallen würde.

»Meine Eltern waren die letzten fünfzehn Jahre geschieden. Ich besuchte meinen Vater nur dann und wann. Eines Tages im Sommer, als ich ihn besuchte, stand er draußen im Garten und stampfte mit den Füßen. Ich fragte ihn, wozu das gut sein sollte. Ich trete auf alle Insekten, die ich sehe, sagte er barsch. Warum denn? fragte ich. Weißt du nicht, daß es im Jahr 2000 nur noch Insekten auf der Erde gibt? sagte er. Alles andere ist ausgestorben. Aber die Insekten werden überleben.

Deswegen zertrete ich sie. Da ist so ein kleiner Teufel, der das Jahr 2000 jedenfalls nicht erleben wird. Stampf! Und da noch einer. Stampf! Und noch einer. Stampf! Stampf!«

Rebekka lächelte.

»In gewisser Weise fehlt er mir.«

»Ja«, sagte ich und hätte beinah hinzugefügt, daß er mir auch fehlte.

Die Leute um uns hatten angefangen zu tanzen, und die rostroten Eisenbahn-Männer im Orchester sahen zufriedener aus. Bald kommt der Schaffner und knipst unsere Fahrkarten, dachte ich.

»Wollen wir tanzen?« fragte Rebekka.

»Mmm...«, sagte ich.

Mein Zögern hatte nichts damit zu tun, daß ich nicht gern mit Rebekka getanzt hätte, sondern damit, daß ich nicht tanzen konnte. Ich hatte es nie gelernt, was immer ein schreckliches Problem für mich gewesen war. Soweit ich wußte, war ich so ziemlich der einzige Mensch, der nicht tanzen konnte. Ich war ja gezwungen gewesen, es hier und da zu versuchen, und hatte dabei mehrere Mädchen unglücklich gemacht.

»Ich kann nur nicht tanzen«, sagte ich.

Rebekka stand auf.

»Das macht nichts. Komm!«

Es machte nichts? Ja, wenn *das* nichts machte, dann würde ich es tatsächlich auf mich nehmen, sogar bis zum Jahr 2000 zu überleben.

Rebekka drückte mich an sich. Daß sie ein paar Zentimeter größer war als ich, störte mich nicht. Ich versuchte, sie zu führen, wie ich glaubte, daß es sich gehörte. Ich schloß die Augen.

Es war Zeit zu bezahlen und zu gehen. Rebekka sah froh aus.

»Danke für den schönen Abend«, sagte sie.

Es war die ganze Zeit klar gewesen, daß ich bezahlen würde. Warum sah ich dann plötzlich so weiß und elend aus? Ich hatte angefangen, in meinen Taschen zu wühlen. Immerhin, der Stein war da, sicher und rund. Aber die Brieftasche. Das Sicherheitsgefühl hatte mir so viel bedeutet, daß ich nicht auf etwas so Vulgäres und Weltliches gekommen war, wie meine Brieftasche einzustecken. Sie steckte in der Gesäßtasche meiner Jeans, die ich irgendwo in meiner Bude hingeworfen hatte.

Ich wußte nicht, woran ich näher war: zu sterben oder in die Hose zu machen. Mir war, als liefe der Kordanzug ein und würde zu dem Konfirmationsanzug, aus dem ich vor zehn Jahren schon herausgewachsen war, und ich fühlte förmlich, wie die Konfirmationspickel durch die Haut brachen.

»Ist dir schlecht?« fragte Rebekka. »Du siehst so blaß aus.«

»Ich ... ich muß nur mal raus«, sagte ich. »Einen Augenblick nur.«

Ich versuchte, tapfer zu lächeln.

»Soll ich dir helfen?«

»Nein, nein.«

Ich stürzte zum Eingang. Wo war denn nur das Telefon? Da. Obwohl ich die Nummer im Kopf hatte, verwählte ich mich. Kronenstücke! Ich bat die Garderobenfrau, mir welche zu leihen, sie konnte sie nachher dazurechnen, wenn wir unsere Mäntel abholten. Widerwillig ließ sie sich darauf ein.

Ich hörte es am anderen Ende der Leitung klingeln. Es klingelte und klingelte. Klingelte wieder. Also war alles verloren.

»Hallo«, sagte eine Stimme.

»Munk!« heulte ich. »Bist du es?«

»Teufel und Teesieb, willst du, daß mir die Ohren abfallen, du eingeschlechtlicher Wurm?«

»Munk, du mußt mir helfen«, stöhnte ich. »Ich bin in äußerster Lebensgefahr und Erniedrigung.«

So etwas hörte Munk gern. Nun konnte er den sympathischen Landesvater spielen, ruhig und bedächtig zuhören und mir dann einen Klaps auf die Schulter geben.

Ich ratterte im D-Zugtempo durch die ganze Geschichte (unterschlug allerdings, daß die Frau, mit der ich zusammen war, Rebekka hieß) und flehte ihn an, mit meiner Brieftasche geflogen zu kommen.

Es wurde still am anderen Ende. Still wie ein bombardiertes Scheißhaus. Dann war ein häßliches Geräusch zu hören.

Zuerst hörte es sich an, als ob jemand eine Bierflasche öffnete. Dann war es, als ob jemand das Etikett abrisse, und danach, als führe eine Lokomotive mit einer Motorsäge und einer Fischentgrätungsmaschine um die Wette.

Munk lachte. Er hüpfte auf dem Fußboden im Parteibüro umher und brüllte vor Lachen, so daß die Telefondrähte sich verhedderten und man kein Wort mehr sagen konnte.

DAS GEISTERHEER DES BÖSEN

Munk gab nicht auf. Er hatte seine Vertretung am Laksevåg Gymnasium verloren.

»Das kratzt mich überhaupt nicht«, sagte er. »Warum soll ich mich dabei verschleißen, antikommunistischen Gymnasiasten in grotesken Daunenjacken die Wahrheit zu erzählen? Der Kommunismus wird von unten herauf aufgebaut und stärker werden als je zuvor. Guck dir die Enten da draußen an, geht es denen etwa nicht besser, seit sie unter dem Kommunismus leben?«

Wir saßen auf einer kalten Bank im Stadtpark von Bergen, immer noch dem einzigen Ort in Norwegen, wo der Kommunismus eingeführt war, und betrachteten eine Schar Stockenten, die unter kommunistischer Herrschaft umherschwammen und Würmer in den Bauch kriegten.

»Doch«, sagte ich. »Überhaupt keine Frage, daß es ihnen jetzt besser geht.«

»Was meinen Schwanz zum Schrumpfen bringt, ist diese ganze Zersplitterung und all der Streit. Ich werde jetzt eine große und einigende kommunistische Partei aufbauen, in der für alle Platz ist. Alle, die unzufrieden sind und sich abrackern und schwer zu tragen haben. Es wird eine kommunistische Partei sein, in der es allen gutgehen soll, mit viel Freizeit für alle, viel Liebe und guten Orgasmen, und Zigarren.

»Zigarren?« sagte ich. »Hat das was mit Kommunismus zu tun?«

»Das hat verdammt viel mit Kommunismus zu tun. Erinnerst du dich noch daran, als das Zentralkomitee den Kommunismus definieren sollte? Ich bin zu der Auffassung gekommen, daß vieles von dem, was sie damals gesagt haben, richtig war. Ich hätte mehr auf das Volk hören sollen. Es war vielleicht nicht richtig von mir, sie mit ins Sommerlager zu nehmen und ihnen so bescheuert die Gehirne zu waschen. Und dann du. Dich habe ich sogar einmal aus der Partei ausgestoßen. Das war dumm von mir. Ein politischer Fehlgriff. Wenn du willst, werde ich dich rehabilitieren.«

»Oh, so schlimm ist es nicht.«

»Ich habe einen Kardinalfehler begangen«, fuhr Munk fort. »Ich habe der Tatsache zu wenig Gewicht beigemessen, daß es sich um einen Kampf zwischen Gut und Böse handelt, in religiöser Bedeutung.«

»Aha«, sagte ich.

»Warum glaubst du, würde der Teufel sonst bei mir zu Hause in der Ecke sitzen und sich in meine Gitarrensolos einmischen? Doch nur, weil ich Kommunist bin. Ich bin sein Erzfeind. Wenn mir nur einer eine Kanzel zur Verfügung stellen würde, hätte ich keine Probleme damit, die Partei vom Stapel zu lassen. Kommt in die Partei, würde ich rufen. Holt euch noch heute das Mitgliedsbuch. Laßt das Bürgertum und die Rechte liegen und mit dem Leviathan und der Hure Babylon ihr Süppchen kochen. Bahn frei für Bethausbasare und Kopenhagener Gebäck! Auf zum Kampf gegen das Geisterheer des Bösen auf sicherem biblischem Grund!«

Es ging auf den Herbst zu, und es wurde einem kalt davon, auf dieser Bank zu sitzen, selbst auf kommunistischem Territorium. Eine bleiche Sonne ging hinter dem Elektrizitätswerk unter.

Für Munk mag es so gewesen sein, daß etwas anfing, aber mir kam es mehr wie ein Ende vor. Es konnte natürlich etwas sein, das endete, damit etwas anderes beginnen konnte, aber mir war nicht richtig klar, was das sein sollte. Ich hatte jetzt viel versucht, aber alles endete damit, daß ich wieder allein dastand, naß und verfroren, mit verstimmter Mundharmonika und ohne ein Fitzelchen mehr an Einsicht, als ich vorher gehabt hatte. Die Welt war ein großer und feindseliger Ort, wo nichts mehr zusammenzuhängen oder einen Sinn zu haben schien. Munk konnte gern weiter gegen das Geisterheer des Bösen kämpfen, aber ich war nicht sicher, daß ich ihm dabei folgen würde. Für mich stellte es sich so dar, daß die Krise des Kapitalismus schuld daran war, daß ich in der Patsche saß. Indem sie die Heringsölfabrik dicht gemacht und mich daran gehindert hatten, den Rest meines Lebens dort zu verbringen, hatten sie mich an einem Ort ausgespieen, an dem ich nicht zu Hause war, und wo mir alles danebenging.

Nur zwei Dinge hielten mich davon ab, ins Wasser zu springen:

1. Ich spielte Baß in Munks Band, eine einigermaßen sinnvolle Aufgabe. Was ist eine Band ohne Baß?

2. Ich würde die Liebe wiederfinden, und die hieß Sandra, und wenn die Musik zu Ende war, würde ich mich darauf zurückziehen. Es würde nicht alles gut sein, aber es würde ab und zu gut sein. Gerade genug, daß es sich lohnte, jeden Morgen aufzustehen und weiterzumachen.

»Ich begreife dich nicht«, sagte ich zu Munk. »Wie schaffst du es, daß alles für dich so sinnerfüllt ist, wenn die ganze Welt wahnsinnig ist und es für die Menschen keine Hoffnung gibt. Du belügst dich selbst und andere.«

Munk grinste.

»Für die Menschen gibt es vielleicht keine Hoffnung«, sagte er. »Aber für mich und dich, die Cleveren, für uns gibt es Hoffnung. Für mich und dich, den Teufel und seine Großmutter und noch ein paar andere. Was erwartest du mehr? Wie heißt er noch, dein Kumpel hinter den Mauern hier hinter uns? Wa…«

»Waglen«, sagte ich.

»Waglen, ja, für den gibt es Hoffnung. Wie Lenin sagt, Hoffnung hängt am Angelhaken.«

Die Sonne war untergegangen. Ein Betrunkener stand hinter uns und rief in den beginnenden Herbst hinaus: »Was beweist das? Daß sie Arschlöcher sind, das beweist es.«

»Komm, laß uns«, sagte Munk. »Wir gehen und spielen ein Stück. Scheiß auf die ganzen Insekten, die im Jahr 2000 alles übernehmen. Jetzt wird hier verdammt noch mal überlebt, Leute!«

Ein Journalist von Bergens Tidende kam, um mit Munk zu reden. Daß er jetzt, nach zehnjährigem Schweigen, wieder eine Band startete, erschien ihnen so interessant, daß sie ein Interview mit ihm auf der Jugendseite der Samstagsnummer bringen wollten.

Der Journalist war jung und schwitzte fürchterlich. Ich war in meiner Eigenschaft als Parteisekretär und Bassist anwesend. Munk hatte die Nacht gut geschlafen, eine halbe Flasche gewöhnlichen Rotwein getrunken und war in Form.

»Früher«, sagte Munk zu dem Journalisten, »da haben wir nicht die Gesellschaft analysiert, da haben wir nur das Gaspedal durchgetreten.«

»Ja, du bist ja früher einmal Automechaniker gewesen«, sagte der Journalist.

»Genau«, sagte Munk. »Ich benutze gern eine Fachterminologie, in der ich mich auskenne. Wenn du verstehst, was ich meine.«

Der Journalist machte Notizen.

»Und was für eine Musik willst du mit der neuen Gruppe spielen?«

»Ich habe eine schöne Erinnerung«, sagte Munk und hörte gar nicht zu. »Die mußt du reinbringen. Vielleicht die schönste Erinnerung, die ich habe. Ich saß in der Badewanne zusammen mit Barbra Streisand und leckte ihr die nassen Titten.«

Der Journalist hüstelte. Er sah mich an, als erwarte er Hilfe von mir. Es lief nicht so, wie er sich das vorgestellt hatte.

»Schleck, schleck«, machte Munk und rollte mit den Augen.

Ich fragte den Journalisten, ob er Wein wolle. Er wollte nicht.

»Das ist mein Bassist«, sagte Munk. »Der hat einen bäuerlichen Hintergrund und trinkt unglaublich viel Wein. Er ist ein Shadows-Fan. Wenn ich nicht aufpasse und bremse wie der Teufel, würden wir immer nur *Apache* in 279 Versionen spielen. Das mußt du schreiben. So etwas wollen die BT-Leser wissen. Jetzt kommen wir gleich zu meinem Sexualleben.«

Der Journalist zögerte. Er war im Zweifel, ob er das aufschreiben sollte oder nicht. Dann entschied er sich dafür, alles mitzuschreiben. Man konnte ja nie wissen. Er sah wieder mich an.

»Mußt du dir anhören«, sagte ich. »Das ist einsame Spitze.«

»Vielleicht nehme ich doch ein Glas Wein.«

»Du mußt nicht *dem* nacheifern, wenn es um Wein geht«, sagte Munk ernst. Er legte dem Journalisten die Hand auf die Schulter und sah ihm in die Augen. »Sonst gibt es noch 'ne Promillereportage in Bergens Tidende. Und damit ist wohl niemandem gedient.«

Der Journalist trank einen Schluck und hüstelte wieder.

»Was für...«

»eine Lebenseinstellung ich habe?« vollendete Munk. »Na, eigentlich bin ich ein typischer Altkommunist, sowohl in meiner Denkart als auch in meinem Lebensstil. Ich weiß, wo ich hingehöre. Du kannst dich geehrt fühlen, daß wir dir ein Interview geben für das beschissene Bürgerblatt, von dem du kommst. Das kannst du deinem Redakteur ruhig von mir bestellen. Wenn die Revolution kommt, machen wir Hackfleisch aus ihm. Dann kommt es darauf an, daß du weißt, auf wessen Seite du stehst. Weißt du das?«

Der Journalist nahm einen gehörigen Schluck und fing an zu husten. Munk klopfte ihm auf den Rücken.

»Zum Schluß... hust hust... vielleicht noch ein bißchen über Musik.«

»Zum Schluß?« sagte Munk. »Es kann doch noch nicht Schluß sein. Nun, die Musik, also die ist alles. Für uns alte Rocker. Musik und Politik, davon leben wir. Das hilft uns im Kampf gegen das Geisterheer des Bösen. Hast du alles? Molto bene.«

»Habt ihr ein Vorbild für die Musik, die ihr jetzt...«

»Mein Ideal«, sagte Munk, »ist Micky Maus, immer gewesen, und wird es immer sein. Aus leicht verständlichen Gründen. Am besten finde ich ihn natürlich als Detektiv. Da ist er unüberwindlich und eine unschätzbare Hilfe für Polizeimeister Hunter.«

Die Zeit begann knapp zu werden. Der Sand rann schneller und schneller. Nur noch zwei Wochen bis zum Konzert, und uns fehlten noch immer Musiker. Ein Schlagzeuger und ein Gitarrist. Munk hatte eine Annonce in die Zeitung gesetzt, und an diesem Nachmittag kamen die Interessenten ins Parteibüro, um vorzuspielen.

Als wir kamen, saßen vier oder fünf Leute mit Gitarren und zwei mit Trommeln da.

»Okay«, sagte Munk. »Ich bin Munk. Bitte der Nächste. Eventuelle Antikommunisten können sofort nach Hause gehen.«

Einer der Gitarristen stand auf und ging, und Munk warf ihm einen leeren Milchkarton hinterher.

»Laß dir das eine Lehre sein«, sagte er. »So, wer kommt zuerst?«

Der erste hatte krause, schmutzige Haare bis auf die Schultern, eine runde Brille und einen afghanischen Schafspelz.

»Na gut«, sagte Munk. »Wenn du nur die Leute anlockst, dann. Kennst du dieses gute alte norwegische Lied?

Oh, du herrlicher Branntwein,
du kamst in unser Land.
Wir wollen brauen und brennen
und trinken all miteinand.«

»Ich glaube nicht«, sagte der Schafspelzmann. Er hatte eine Stimme wie ein kastrierter Außenbordmotor.

»Dann können wir dich an der Gitarre nicht brauchen«, sagte Munk. »Raus mit dir, und schick den nächsten rein, wenn er es wagt.«

Munk wischte sich den Schweiß von der Stirn und sah mich zufrieden an. Er bemerkte meine Skepsis.

»Solche Methoden habe ich im Pädagogik-Seminar gelernt«, sagte er. »Die darfst du nicht in Zweifel ziehen. Sonst geht es dir schlecht.«

Auch der nächste, der kam, hatte schulterlanges Haar und einen Afghanenpelz, aber eine dunkle Sonnenbrille.

»Hast du deine Gitarre mit?« fragte Munk.

Er packte die Gitarre aus dem Koffer.

»Spiel was«, sagte Munk.

Er stöpselte die Gitarre ein und begann etwas zu spielen, das sicher ein biodynamisches und kosmisches Gitarrensolo sein sollte. Er wand sich wie in Krämpfen, warf das Haar, zog die Nase kraus und verzog den Mund zu häßlichen Grimassen, so daß alle seine gelben Zähne sichtbar wurden.

Munk und ich warteten auf das Ende des Solos, aber es zog sich hin. Der Junge hatte ein gewaltiges Ausdrucksbedürfnis.

Munk stand auf und legte ihm die Hand auf die Schulter.

»Das reicht«, sagte er mild. »Feine Musik. Gelungene Grimassen und alles. Du bist nur in der falschen Zeit zu Hause. Wir brauchen keine Gitarrensolos. Und falls wir eins brauchen, dann spiele ich das selbst. Klar? Die Zeiten von Alvin Lee und dem Mahavishnu-Orchester sind vorbei. Und jetzt raus mit dir. Husch husch!«

Munk setzte sich. Der Schweiß lief ihm in Strömen herunter.

»Es ist, wie ich es befürchtet hatte«, murmelte er. »Nur solche Gemüseesser, die in den letzten zehn Jahren nichts kapiert haben. Hol den nächsten rein.«

Ich öffnete die Tür. Zwei Gitarristen und zwei Schlagzeuger saßen noch da.

»Seid ihr noch nicht gegangen?« rief Munk. »Ich sag euch nur eins: Wer den Test nicht schafft, dem schneide ich drei rote Streifen in den Rücken und streue Salz hinein.«

Der nächste war ein kleiner Bursche mit Krauskopf und Jeansjacke und einem ordentlich bis zum Hals zugeknöpften Hemd. Munk sah ihn resigniert an.

»Was für Musik magst du?«

Der Bursche lächelte.

»Crosby, Stills, Nash & Young. Flying Burrito Brothers. New Riders of the Pur…

»Du kannst nach Hause gehen«, sagte Munk. »Für heute ist Schluß. Ihr könnt alle nach Hause gehen!« brüllte er. »Nehmt euren Mist mit und verschwindet.«

Ich machte das Fenster auf. Draußen war herrliche Luft. Der Herbst mixte gerade die Zutaten, bevor er eingoß.

»Willst du es mit einer neuen Annonce versuchen?« fragte ich.

»Nie im Leben. Nur über meine Leiche. Eher reiß ich mich in Stücke. Kennst du denn verdammt noch mal keinen Schlagzeuger? Was ist eigentlich los mit dir?«

»Nichts ist los mit mir«, sagte ich sauer. »Meine Mutter hat sich jedenfalls nie beklagt.«

»Deine Mutter hat ja nur Scheiße im Kopf.«

»Hat sie nicht.«

»Doch, hat sie.«

Statt mich aufzuregen, fing ich an nachzudenken, was tatsächlich zu einem Ergebnis führte.

»Waglen!« rief ich.

»Wer ist das denn?«

»Du weißt schon. Der im Knast.«

»Ach der«, sagte Munk. »Und was ist mit dem?«

»Der hat Schlagzeug gespielt in einer Band, als ich in die Realschule ging. Und gut war er auch, besonders, wenn er einen im Kahn hatte.«

»Er ist engagiert«, sagte Munk. »Dann steht die Besetzung. Ruf die Zeitungen an. Wir kommen mit drei Mann aus. Und falls wir noch einen brauchen, setzen wir den Teufel an einer zweiten Gitarre ein.«

»Hat die Sache nicht einen kleinen Haken?« sagte ich.

»Und was für ein Haken sollte das sein?«

»Wir müssen Waglen aus dem Knast rausbekommen.«

»Das ist doch ein Klacks«, sagte Munk. »Wirklich nur ein Klacks. Wir haben doch ein Seil. Und du backst einen Kuchen.«

DER MENSCH

Der Mensch, dachte ich, dieses wunderliche Tier, das über dem Wasser schwebt. Es geht auf und ab mit ihm, aber ganz selten einmal schwingt er sich zu schwindelnden Höhen von Größe auf.

Ein solcher Höhepunkt war ohne Zweifel der Abend, an dem Munk und ich Per Waglen aus dem Kreisgefängnis befreien wollten, damit er in unserer Band Schlagzeug spielte.

Die Nacht war dunkel und feucht und ließ mich an gewisse andere Dinge denken, die dunkel und feucht waren. Schon komisch.

Über der Schulter trug ich ein zusammengerolltes, dickes Seil. Munk hatte eine Flasche Rotwein in der Jackentasche. Ob es der übliche war, konnte man nicht sehen.

Unsere Schritte klapperten auf dem Bürgersteig, und von irgendwo oben am Berghang konnten wir ein paar Eulen und einen Raben schreien hören. Ich hoffte, daß alle Polizisten jetzt im Bett lagen, wie es sich gehörte, und daß sie ein paar ordentliche Schnäpse zu sich genommen hatten, bevor sie einschliefen.

»Bist du sicher, daß er den Kuchen bekommen hat?« fragte Munk leise.

»Ganz bestimmt. Ich habe ihn ihm doch persönlich gegeben.«

Es war ein Apfelkuchen gewesen. Und ein gelungener dazu, mit massenweise goldbraunen Apfelstücken und einem Schuß Kognac.

»Und du bist sicher, daß die Feile nicht rausguckte?«

»Bist du verrückt, Mann? Von der Feile war keine Spur zu sehen. Die hielt sich versteckt.«

»Nun gut, wir werden ja sehen, wie Marx zu sagen pflegte.«

Wir hörten wieder den Raben schreien, und im selben Augenblick sahen wir die dunklen Mauern des Kreisgefängnisses unmittelbar vor uns. Der Stacheldraht oben auf der Krone war ein Problem. Wir konnten nur hoffen, daß Waglen sich in acht nahm.

»Kennst du kein passendes Lied, das wir jetzt singen könnten?« sagte Munk.

»Ich glaube nicht, daß dies der passende Zeitpunkt ist«, erwiderte ich. »Ich glaube, jetzt ist eine Zeit des Schweigens angesagt.«

Die Lichter funkelten auf dem Lungegårdsvatnet. Über uns stand drohend das teure Rathaus und fing uns in seinen Schatten ein. Ich dachte: Wenn sie sie nun austauschten, diejenigen, die im Kreisgefängnis saßen, ins Rathaus setzten und umgekehrt, sie den Job tauschen ließen. Welche Veränderung würde das bewirken? Keine. Es würde überhaupt keine Veränderung geben. Die Verbrecher waren die gleichen, es kam nur darauf an, wo sie saßen.

Ich sah zur Uhr. Zwei Minuten vor halbzwei. Noch zwei Minuten, und alles war still. Nur von weither hörten wir das gedämpfte Gebrüll eines armen Säufers, der zu blöd gewesen war, rechtzeitig nach Hause zu gehen.

»Trinken wir den Wein jetzt oder nachher?« fragte Munk.

»Nachher«, sagte ich. »Ich kann jetzt keinen Wein trinken. Ich bepiß mich nur.«

Noch eine Minute. Ich fragte mich, ob Waglen schon an seinem Platz war. Er hatte hoffentlich nicht das Datum verwechselt? Das Projekt hatte alle Chancen zu mißlingen. *Alles* konnte danebengehen, wenn man erst einmal darüber nachdachte.

»Ich hab's«, sagte Munk. »Wir könnten *Du allein* singen.«

»Psscht«, sagte ich. »Jetzt ist es soweit.«

Nirgendwo ein Mensch zu sehen. Kein Rabe schrie uns schlechte Nachrichten zu.

Ich warf das Seil. Das Ende klatschte unschön gegen die Mauer und fiel wieder herunter. Ich war zu nervös.

»Laß mich werfen«, sagte Munk.

»Nein«, sagte ich. Ich warf noch einmal. Das Seil glitt über den Stacheldraht, und wir hörten es auf der anderen Seite auf den Boden plumpsen. Und jetzt?

Das Seil spannte sich.

Munk und ich stemmten die Absätze in den Asphalt, daß uns die Därme durch den Hals hochkamen.

Ein dunkles Gesicht erschien über dem Stacheldraht.

Scheißverfluchter Stacheldraht, hörten wir jemand sagen. Der Mann da oben war jetzt ganz auf der Mauerkrone, wir hörten Stoff, der zerriß, und sahen, wie er an den Händen an der Kante hing.

Er ließ los.

Es mußte fürchterlich wehgetan haben, aber Waglen biß auf die Zähne.

»Hello«, sagte er. »My name ist Tortilla Flat. Oh, ihr seid's bloß. Gott zum Gruße. Tortilla Flat ist nur mein Deckname. Tja, jetzt wird Musik gemacht. Ihr habt ganz richtig gehandelt. Ohne mich wäre es nur belämmert und behämmert und Sven-Ingvars-mäßig geworden. Scheiße, tut mir der Fuß weh.«

»Wir behandeln ihn«, sagte ich.

»Bist du auch hier, du Pfeife?« sagte Waglen. »Hast du inzwischen mal gewagt, am Schnaps zu riechen? Ach ja, stimmt, ich habe da drinnen ein paar komische Typen getroffen. Die sagten, sie würden euch kennen. Das Zentralkomitee nennen sie sich. Als sie hörten, daß ich abhauen würde, wollten sie auch mit. Wollen wir zurückgehen und sie holen?«

»Laß die nur sitzen«, sagte Munk. »Denen kann es nicht schaden, ihre Sünden zu bereuen.«

Ich zog das Seil ein und warf es mir über die Schulter.

»Du wohnst solange bei mir«, sagte Munk. »Im Parteibüro. Da finden sie dich nie.«

»Wollt ihr mein Blut sehen?« sagte Waglen und hielt uns seine Hände hin. Sie waren vom Stacheldraht ganz aufgerissen. »Es ist ganz rot und saftig. Und von meiner neuen Sonntagshose kann ich mich wohl auch verabschieden. Sie ist so merkwürdig luftig geworden. Was ist eigentlich mit dem Fünfer von Pils-Ola, hast du ihn bekommen?«

»Nein«, sagte ich. »Aber das ist auch jetzt nicht so wichtig.«

Waglen hinkte und stöhnte, um mit uns mitzuhalten.

»Nicht so wichtig, verdammt? Warum hast du ihm nicht die Eierschrauben angelegt, wo wir ihn gerade in der Zange hatten? Du bist mir ein Seelchen. Wenn man die Inflation berücksichtigt, muß er dir doch inzwischen mindestens 100 000 Kronen schulden.«

Waglen fiel der Länge nach auf den Bürgersteig. Munk und ich hoben ihn hoch und hielten ihn unter den Armen. Munk reichte ihm die Weinflasche, und Waglen trank gierig. Wir wurden alle blutig.

»Verflucht«, sagte Waglen. »Kann man sich bei dir waschen?«

»Das ist noch milde ausgedrückt«, sagte Munk. »Ich habe eine Badewanne mit internationalen Maßen. Darin war Platz für Barbara Streisand und mich zusammen.«

»Ja, dann muß sie wohl reichen«, sagte Waglen. »Allerdings hatte ich eher an Diana Dors gedacht.«

»Da fragt sich allerdings, ob sie reicht«, sagte Munk.

Waglen trank. Es hörte sich an wie eine Bratpfanne voller rotem Klee.

BRIEF VON SANDRA

Du Ziegenbock!

Dies ist der letzte Brief, bevor ich komme. Prima, das mit Eurem Konzert am 18. Wir machen es so, daß wir uns im Nygårdsparken treffen, direkt vor dem Konzert. Ich komme am Morgen mit dem Zug (muß zuerst nach Oslo, um die Alten aufzuheitern), brauche aber erst ein bißchen Zeit für mich selbst. Ist das ok? Du brauchst nicht nach mir zu suchen, ich finde Dich. Bin gespannt, Dich als Bassist zu hören. Aber steh' nicht so unbeweglich hinten im Schatten. Das ist Deine Chance! Und dann wollen wir hoffen, daß die Polypen Euren Schlagzeuger nicht finden, ehe das Konzert vorüber ist.

Nein, ich sage jetzt nichts mehr. Du weißt, was ich nicht sage, und was ich fühle. Kauf Dir solange was Schönes!

Küsse überall von

S.

PS. Ich habe gestern ein Bild gesehen. Es hieß ›Porträt von Fredrik‹. Aber auf dem Bild war nur ein leerer Raum. Weil Fredrik seinen Zug verpaßt hatte und zu spät kam, um auf sein Porträt zu kommen! Dachte, das wäre was für Dich.

S.

PENIS FROM HEAVEN

»Das Beste an unserer Aktion war, daß es nur noch eine Woche gedauert hätte, bis ich sowieso rausgekommen wäre«, sagte Waglen.

»Das wäre aber zu spät gewesen«, sagte Munk. »Dann hätten wir unsere Stücke nicht mehr rechtzeitig üben können.«

»Nein, der Meinung war ich ja auch«, sagte Waglen. Er sah zufrieden aus. Die orangefarbene Jacke und die Cowboystiefel waren wieder an Ort und Stelle. Der schwarze Streßkoffer lag in seinem Schoß wie eine viereckige Katze. Nur die bandagierten Hände verrieten, daß etwas geschehen war. Die Stacheldrahtwunden hatten sich entzündet, und er mußte auf unbestimmte Zeit Bandagen tragen. Aber das hinderte ihn nicht daran, zu trommeln wie der Leibhaftige.

Es war ein bißchen problematisch, Munks Bude (das Parteibüro) als Übungsraum zu benutzen, besonders wenn wir volle Pulle aufdrehten. Einmal hatten sich die Türen in den unteren Stockwerken geöffnet, und die Leute hatten sich über den Lärm beschwert.

»Haltet die Schnauze da unten, ihr verdammten Zuhälter!« brüllte Munk. »Sonst komm ich runter und mach euch kalt!«

Das hatte sie besänftigt.

Wir waren jetzt soweit. Wir paßten zusammen, obwohl wir nur zu dritt waren. Zuerst hatte ich bezweifelt, daß es gehen würde. Aber dann spielte Munk eine Platte mit The Jam, einer konservativen englischen Punkgruppe in Konfirmationsanzügen. Sie waren nur zu dritt. Nachdem ich die Platte gehört hatte, zweifelte ich an gar nichts mehr.

Jau, wir waren gut drauf.

»Was für ein Pimmel ist dieser Zappa denn geworden«, sagte Waglen. Er las einen Artikel im New Musical Express, in dem Zappa den Punk angriff.

»Ein penis vulgaris«, sagte Munk. »Oder: gemeiner Hauspimmel, wie es auf Norwegisch heißt.«

»Welche anderen Typen gibt es denn noch?«

»Der vornehmste von allen heißt penis from heaven«, sagte Munk.

»Das ist einleuchtend. Aber ich dachte immer, Zappa wäre jemand, auf den wir uns verlassen könnten.«

»Zappa hat nur eins im Kopf«, sagte Munk. »Er beendet alle Konzerte damit, daß ein Mädchen auf die Bühne kommt und anfängt, in seiner Hose rumzumachen.«

»Das hört sich aber nach einer gar nicht so schlechten Idee an«, sagte Waglen.

»So was gehört in die heimischen vier Wände«, sagte Munk.

»Es ist bloß blöd, es öffentlich zu tun. Das nimmt die ganze Spannung weg. Hier habe ich was anderes. Ich habe gerade Antwort von Johnny Rotten bekommen.«

Der Brief lautete:

YOU FUCKING BASTARD!

Why don't ya go to hell and stop buggering us. You're too old and I spit on you!

J.R.

P.S. Sid tells you to go fuck yourself.

»Einen besseren Brief hätte ich kaum selbst schreiben können«, sagte Munk zufrieden. »Jetzt gucken wir ein bißchen fern.«

DAS KONZERT

In der Nacht schlief ich nur wenig und hatte ein schreckliches Ziehen im Bauch, als ich wach wurde. Ich versuchte, einen Teller Haferbrei mit Milch und eine Tasse Kaffee herunterzubringen, aber ich verschluckte mich an dem Haferbrei, hustete wild, und der Brei spritzte über Land und Leute. Das war bestimmt kein gutes Zeichen. Ich wußte nicht, was mich nervöser machte, das Konzert, oder daß ich Sandra wiedersehen würde. Beides war gleich unwirklich. Danach kam sozusagen nichts mehr. Jedenfalls nicht, soweit ich sehen konnte.

Waglen bollerte an meine Tür und rief, daß es Zeit sei, loszuzockeln. Seine Augen blickten wild, und er hatte wie üblich die orangefarbene Jacke, Jeans und Cowboystiefel an, dazu ein ekliges, geblümtes Discohemd, das bis zum Nabel aufgeknöpft war.

Ich trat in Jeans, T-Shirt und Hansa-Jacke an. Das mußte gehen. Ich nahm den Baß über die Schulter, und wir gingen.

Munk war noch nicht fertig. Er wuselte hin und her wie ein Huhn.

»Jetzt komm endlich«, sagte Waglen.

»Ich komme«, sagte Munk. »Ich wasche mir nur noch vorher den Schwanz. Das ist meine verdammte Pflicht und Schuldigkeit.«

Wir setzten uns, während Munk Toilette machte. Wir spürten, daß wir im Begriff waren, an der Couch festzuwachsen. Ich dachte daran, wie ich damals auf dieser Couch analysiert worden war, und wie großartig es mir geholfen hatte.

»Ich vertraue darauf, daß ihr anständig spielt, ihr Oberschwätzer«, sagte Munk. »Wenn ihr den Takt nicht ordentlich haltet, schneide ich euch eigenhändig die Eier ab. Das wird Wunder wirken auf euren Kastrationskomplex!«

Munk hatte endlich seine Kfz-Mechanikermontur angekriegt, und wir konnten gehen.

Unten an der Kaigate mußten wir warten und eine dicke Limousine vorbeilassen, bevor wir die Straße überqueren konnten. Auf dem Rücksitz der Limousine saß Munks Großvater und trank aus einer Whiskyflasche. Er war mittlerweile berühmt geworden. Ein Idiot hatte ihn entdeckt und ein Buch über ihn geschrieben, das gerade erschienen war, in dem er sich über sein erfülltes Leben ausließ. Es war hart gewesen, aber auch erfüllt. Man rechnete damit, daß das Buch die Auflagenzahl von »Anna i ödemarka« schlagen würde, und zwar vollkommen verdient.

»Jetzt ist er obenauf, der alte Saufkopp«, sagte Munk. »Nächsten Samstag sitzt er zusammen mit Heradstveit in Beyers Buchhandlung und signiert Bücher. Das wird das größte Erlebnis seines Lebens. Heradstveit war immer sein großes Idol.«

Der Nygårdsparken war festlich geschmückt. Es hing noch immer ein wenig braunes Laub in den Baumwipfeln, und Girlanden waren aufgehängt, bunte Lampions und Lakritzpastillen. An mehreren Wagen wurden Würstchen, Eis und Süßkram verkauft, es gab ein Glücksrad mit großen Gewinnen, eine Tombola, einen Schießstand und einen Teich, in dem man Holzfische mit Nummern angeln konnte. Wir kamen an einem Feuerschlucker und einem Mann mit einem dressierten Affen vorbei. Der Affe konnte die Neujahrsansprache des Königs imitieren und schien ein großes Publikum anzuziehen.

Bedauerlicherweise befanden sich auch mehrere Polizisten im Park, und ich paßte auf, daß Waglen hinter mir blieb und sich klein machte. Munk dagegen machte sich groß, und es hatte den Anschein, als gehöre ihm der Park, als stehe er allein hinter dem Ganzen. Eine Mischung aus Gott Vater, Weihnachtsmann und Parkamt.

Auf der Bühne waren Lautsprecher und Anlage einigermaßen aufgebaut. Alle Gruppen (fünf insgesamt) sollten die gleiche PA benutzen, darüber brauchten wir uns also nicht den Kopf zu zerbrechen, bevor wir an der Reihe waren. Ein Typ, der aussah, als hätte er etwas mit dem Ganzen zu tun, stand auf der Bühne und musterte uns.

»Tag, ich bin Munk«, sagte Munk. »Das hier ist meine Gruppe, Saba de luxe.«

Der Typ guckte in seine Papiere. Sie waren zerknautscht und schmutzig.

»Ihr spielt in der Mitte. Nummer drei. Ihr könnt damit rechnen, daß ihr 'ne halbe Stunde spielt.«

»Eine halbe Stunde?« sagte Munk. »Das ist verdammt noch mal viel zu wenig. Die Leute werden Zugaben am laufenden Band fordern. Encore! Encore!«

»Eine halbe Stunde ist angesetzt.«

»Ich frage mich, wer so etwas Reaktionäres bestimmt hat. Das muß der Klassenfeind gewesen sein.«

Plötzlich fiel mein Blick auf Rebekka, drüben an einer der Würstchenbuden. Ich versuchte, mich unkenntlich zu machen, aber sie hatte mich schon erkannt.

»Denkst du noch immer an den Abend?« fragte sie.

»Ich?« sagte ich.

»Ich verstehe nicht, weshalb du dich so anstellst. Das machte doch nichts. So etwas kann doch jedem passieren.«

»Danke für den Trost«, sagte ich.

»Wollen wir damit aufhören, uns in Zukunft aus dem Weg zu gehen?«

»Gerne.«

Ein alter Mann mit einem Hörgerät wollte an einem Schokoladenwagen neben uns etwas kaufen.

»Haben Sie Kampferdrops?« fragte er.

»Ja«, sagte das Mädchen in dem Wagen. »Wir haben Himbeerdrops, oder ...«

»Nein, Kampferdrops.«

»Nein, die haben wir nicht. Aber wir haben Himbeerdrops.«

Rebekka schien vergessen zu haben, daß sie ein Würstchen wollte.

»Dauert es noch lange, bis ihr spielt?« sagte sie.

»Anderthalb Stunden oder so. Wir sind in der Mitte des Programms.«

»Ich freue mich.«

»Ich quatsche vielleicht nachher noch mit dir«, sagte ich.

»Ja, prima. Viel Glück!«

Ich ging zurück zu Munk und Waglen, die unter einem Baum standen und Zigarren rauchten. Waglen konnte perfekte Rauchringe blasen.

»Wer war das Frauenzimmer?« sagte Munk. »Sie kam mir irgendwie bekannt vor.«

»Och, nur eine, die ich kannte«, sagte ich. »Ich kriege so einen Hunger. Wollen wir nicht ein Würstchen kaufen?«

Das war gelogen. Ich war alles andere als hungrig. Ich war einfach supernervös. Wenn ich nun falsch spielte. Wenn nun Sandra schon im Park war und nach mir suchte!

Wir waren die älteste Gruppe. Munk war Anfang Dreißig, Waglen und ich Mitte Zwanzig. Die anderen Gruppen bestanden aus ganz jungen Leuten, die meisten sicher weit unter Zwanzig. Munk sah sie alle wohlwollend an, als sei er der Vater der norwegischen Rockmusik.

Die erste Gruppe machte sich fertig. Hallo, hallo durchs Mikrophon. Aber das Mikro funktionierte nicht. Da mußte noch etwas dran getan werden.

»Ich muß pissen«, sagte Munk. »Glaubt ihr, ich kann hinter den Baum da gehen?«

»Der sieht aus, als warte er nur darauf, bepißt zu werden«, sagte ich.

Es mochte stimmen, daß er pissen würde, aber auf jeden Fall würde er trinken. Ganz klar.

»Ich muß auch pissen«, sagte Waglen. »Ich glaube, ich verdünnisiere mich hinter den Baum da.«

Wenn das so war, wollte ich wahrlich nicht der einzige sein, der nüchtern auf die Bühne ging. Das war zuviel verlangt. Meine alten Sonntagsschullehrer hätten es vermutlich von mir verlangt, aber die hatten mich jetzt aus den Augen verloren.

Ich verzog mich hinter einen Baum. Ich konnte sehen, daß es ein alter Baum war, aber ich wußte nicht, was für eine Art. Im Hintergrund hörte ich, daß das Mikro jetzt funktionierte und ein pickeliger Bassist einen dröhnenden Akkord anschlug.

»Ich glaube, ich gehe nach Hause«, sagte Waglen. »Es ist so verdammt dämlich, hier zu stehen und zu warten. Frieren tu ich auch.«

»Jetzt reiß dich zusammen, du schwuler Saufkopp«, sagte Munk. »Wir kommen als nächste. Die spielen gut da oben. Ehrliches Geschrei und kaputter Sound. Ganz was anderes als diese stinknormalen geschichtslosen Traditionalisten.«

Er packte Waglen am Hemd.

»Sag bloß, du willst in diesen Klamotten auftreten! Ein beknackteres Hemd hast du wohl nicht auftreiben können? Das ist ja 'ne Schande.«

»Laß mein Hemd los, verdammt«, sagte Waglen. »Laß die Finger von meinem Hemd, sonst fängst du dir eine ein.«

Wir waren alle drei nervös. Das war nicht zu übersehen. Und zu allem Überfluß hatten ein paar Polizisten angefangen, uns so komisch anzusehen, besonders Waglen. Ja, es wurde Zeit, daß wir auf die Bühne kamen.

»Wo ist unser Roady?« fragte Munk.

»Wir haben keinen«, sagte ich.

»Da siehst du's wieder«, sagte Munk.

»Wir sind nur wir«, sagte ich.

Es ging mir selbst sicher nicht ganz auf, wie wahr meine Worte waren.

»Ja ja«, sagte Munk. »Reden wir jetzt, was wir noch reden können. Nach dem Konzert ist es vorbei.«

»Wie kannst du da so sicher sein?« fragte ich.

»Soviel weiß ich, auch wenn ich ein bißchen blau bin. Nach dem Konzert ist Schluß.«

Ich wußte, daß Munk recht hatte. Danach war Schluß. Wir

konnten nur froh sein, daß nicht jetzt schon Schluß war. Und wo war Sandra?

Der Vokalist der zweiten Gruppe beendete seinen Auftritt, indem er schrie, daß er uns haßte. Jetzt wußten wir Bescheid.

Der Ansager bat das Publikum um Ruhe, während sie auf die nächste Gruppe warteten. Er sagte, es sei offensichtlich, daß dieses Konzert den Beginn des *neuen* Rock in Bergen markiere. Den Leuten sei aufgegangen, daß es nicht mehr weiterginge mit den Flying Norwegians, Teddy Nelson und den Brüdern Thue. Nein, nicht einmal Allison hatte mehr eine Chance. Wenn sie sich nicht ranhielten.

»Trotzdem haben wir einen Veteranen unter uns«, fuhr der Ansager fort. »Er ist aus der Kälte zu uns gekommen, sozusagen. Die ältesten von euch erinnern sich vielleicht an eine Gruppe mit dem Namen The Four Kissables, Mitte der sechziger Jahre. Jetzt hat er eine neue Gruppe gebildet, Saba de luxe, und hiiier sind sie!«

Wir traten von hinten auf die Bühne. Waglen kaute auf irgendetwas und zeigte seine Hauer. Munk stapfte schwer und landesväterlich.

Einige wenige fingen an zu klatschen, als sie uns sahen. Noch ein paar weniger schrieen. Ein paar mehr ließen beleidigende Zurufe hören.

»Seht euch das Publikum an«, sagte Munk. »Ecce publico! Eine Ansammlung epilesbischer Weicheier.«

»Denk daran, daß du Kommunist bist«, sagte ich.

»Eine Ansammlung antikommunistischer epilesbischer Weicheier.«

Waglen ließ sich schwer hinter das Schlagzeug fallen und schlug ein Becken an. Munk rülpste ins Mikrophon.

»Hello«, sagte er. Das Mikro tat's.

Ich ging in Gedanken schnell noch einmal unser Repertoire durch. Wir hatten ausgerechnet, daß wir Zeit für sechs Stücke haben würden. Mit *Louie Louie* wollten wir starten. Etwas anderes war undenkbar. Danach ein Instrumental: *Nr. 3* von Erik Saties *3 Gymnopédies*, mit Andacht gespielt. Weiter: eine blitzschnelle Version von *Jesus, welch ein Freund* (mit Waglen als Sänger), *Pretty Vacant* von den Sex Pistols, und zuletzt zwei neue Munk-Stücke, *Wirf die Flasche nach dem Teufel* und *Von Sinn und Verstand*.

Waglen schlug auf die Trommeln ein, als hätten sie ihm etwas getan. Jetzt waren sie quitt.

Ich schlug eine Saite des Fretex-Basses an. Ein Dröhnen fuhr aus dem Lautsprechern und wallte über das Publikum hinweg. Das kam von mir! Dieses wunderbare und starke Geräusch hatte ich gemacht!

Aber dann gab es mir wieder einen Stich, daß ich schwankte. Sandra hatte versprochen dazusein, wenn wir anfingen. Aber ich sah sie nicht.

Sie war nicht da.

Ich sandte ein tiefes A aus.

Waren wir jetzt soweit? Munk trat ans Mikrophon.

»It isn't much«, rief er. »It's only Rock'n' Roll.«

Das Publikum schrie, klatschte und jubelte. Jemand warf eine leere Bierdose auf die Bühne.

»Hört auf mit dem Scheiß«, brüllte Munk. »Wir werfen zurück!«

Er drehte sich zu mir um.

»Und du hörst auf mit dem Krach. Wir wissen, daß du in der Lage bist, einem Baß Töne zu entlocken.«

Ich konnte Rebekkas Gesicht draußen im Publikum entdecken, aber das Gesicht, das ich lieber gesehen hätte, war nicht da.

Ich bekam Lust, von der Bühne zu springen und auf jemanden einzuschlagen.

Drei Polizisten hatten sich beinah unmerklich unterhalb der Bühne versammelt. Statt aufzupassen, daß das Publikum ruhig blieb, keinen Hasch rauchte, keine unsittlichen Dinge miteinander trieb und keine Bierdosen auf uns warf, sahen sie uns an, ganz besonders Waglen, der aussah, als sei er kurz vor dem Einschlafen. Sollte ich ihn warnen?

»Rock and roll!« brüllte Munk. »Hier kriegt ihr sie, die Songs über mein Leben, wie es wirklich ist, wie der Kommunismus mich gerettet hat, wie ich entdeckt habe, daß die Liebe das Größte ist, wie ich meine eigene Menopause überwunden habe, über Krieg und Frieden, darüber, daß Überleben das einzige ist, was zählt, wie ich eine leere Flasche nach dem Teufel geworfen und einen großen Sieg über die Mächte des Bösen davongetragen habe. Ich weiß nicht, ob ihr reif seid für all das, aber ich nehme mir die Freiheit, darauf zu scheißen.«

Ich sah dem Himmel an, daß es bald regnen würde. Dunkle Wolken, die tonnenweise Wasser auf uns entladen und vermutlich dafür sorgen würden, daß wir einen elektrischen Schlag bekamen und Munk oder ich oder wir beide mit unzähligen Volt im Körper leblos auf der Bühne umfallen würden.

»Wir spielen als erstes *Louie Louie*«, rief Munk. »Den Song, der die Ursache dafür ist, daß wir heute abend überhaupt hier sind.«

Tja, recht hatte er. Sandra war nicht zu sehen, und mir war völlig bewußt, daß dies das Ende der großen Zeit von Munk und mir war. Es war eigentlich eine tolle Zeit gewesen, solange sie gedauert hatte, das wurde mir jetzt klar. Das einzige, was wir jetzt noch tun konnten, war, sie in Würde zu beenden, und das hatten wir auch vor.

Der eine Polizist zeigte. Der andere nickte, und sie bewegten sich auf die Bühnentreppe zu.

Dann gab Munk uns ein Zeichen. Waglen hob die Trommelstöcke, ich legte die linke Hand ans Griffbrett und hielt die rechte zwei Zentimeter von den Saiten.

Munks Fuß stampfte auf den Bühnenboden.

»One, two«, flüsterte er. »One, two, three, four!«

ZWEITER ROMAN

DOKTOR MUNKS VERMÄCHTNIS

»A fine bunch of men. Nervous, but fine.«

Donald Barthelme

DURCH STURM UND FINSTERNIS LÄUFT EIN MANN

Durch Sturm und Finsternis läuft ein Mann. Er hört das Krachen stürzender Bäume und das Tosen des Meeres, das sich gegen die Klippen wirft. Ab und zu zerreißt ein Blitz den Abendhimmel, und alles wird taghell. Der Mann weiß nicht, wo er ist, er weiß nur, daß ein einziger falscher Schritt genügt, um ihn in die schäumende Brandung unter ihm stürzen zu lassen. Da sieht er ein einsames, gelbes Licht in weiter Ferne. Er stolpert und fällt, rafft sich wieder auf und eilt dem Licht entgegen, seiner einzigen Hoffnung. Ein neuer Blitz zerreißt die Dunkelheit, und er erkennt die Konturen eines Hauses. Er läuft auf das Haus zu, die ersten Regentropfen peitschen ihm ins Gesicht, als er die Tür erreicht und dagegenhämmert. Aus dem Inneren des Hauses ertönt ein unheimliches Knurren. Die Tür wird aufgerissen, und ein dunkelgekleideter Mann mit einem wilden Gesichtsausdruck füllt die Türöffnung.

Vielleicht ist es natürlich, daß alles mit einer Beerdigung begann. Solche Scheidewege im Leben veranlassen einen dazu, nachdenklich zu werden und sich ein paar Fragen zu stellen, besonders, wenn ein Freund und Altersgenosse die Ursache ist.

Nils war einmal ein Freund von mir gewesen, wir waren beide von Helen Shapiros *Walkin' Back to Happiness* begeistert und redeten darüber, daß Helen Shapiro nicht so viel älter war als wir; es war also nicht zwangsläufig vollkommen undenkbar, daß einer von uns sich mit ihr verheiraten würde. Helen Shapiro sah aus wie eine, die gut zu uns paßte, und wir versprachen uns gegenseitig, nicht auf den anderen sauer zu sein, wenn er den Sieg davontrüge.

Es ist wohl nicht direkt eine Überraschung, daß keiner von uns sich mit Helen Shapiro verheiratete, und was Nils betraf, war es jetzt auf jeden Fall zu spät.

Nils war also von uns gegangen, ob an einen besseren oder schlechteren Ort, wußte niemand außer ihm selbst, und ich stand am Rand seines Grabes und hörte mit halbem Ohr, daß der Pastor sagte, was Pastoren bei derartigen Gelegenheiten zu sagen pflegen, und sah Nils' Eltern an, die aussahen wie immer, nur ein wenig feierlicher, verhärmt und fein gekleidet und steif, und was ich dachte, war selbstverständlich: Verdammt noch mal, was hat es eigentlich mit diesem Leben auf sich?

Nils hatte es nie zu was gebracht. Er jobbte im Heringsöl wie die meisten, bis es stillgelegt wurde, und was er danach getrieben hatte, wußte ich im Grunde nicht. Das einzige, was ich mit ihm jetzt noch assoziieren konnte, war Helen Shapiro und unser kindisches Gefasel darüber, sie zu heiraten. So gute Freunde waren wir dann doch nicht gewesen, wenn ich jetzt darüber nachdachte, und wenn ich noch schärfer nachdachte, war er wohl vor allem ein Arschloch gewesen und ungefähr der letzte, der bei Helen Shapiro eine Chance gehabt hätte, die trotz allem dafür bekannt war, einen gewissen Geschmack zu haben.

Auf dem Heimweg zu meinen Eltern nach dem Kaffee und den belegten Broten (wo ich die Geschichte von uns und Helen Shapiro erzählt hatte, weil ich glaubte, das würde die Stimmung ein wenig heben und ein wenig Gelächter zwischen den Tischen aufkommen lassen, was aber total in die Hose ging, weil ich offenbar als einziger im Raum wußte, wer Helen Shapiro war, so daß ich mir das Ganze auch hätte sparen können) dachte ich weiter nach, ohne nach links oder rechts zu schauen, und ich dachte, daß ich es sein könnte, der jetzt dort im Grab lag, und wozu hatte ich es denn selbst bisher gebracht, und ich dachte an meine Jugend und an die Leute, mit denen ich zusammen war.

Munk, zum Beispiel.

Ein paar Tage später wollte ich jemanden anrufen, vermutlich jemanden, der etwas mit der Schulbehörde zu tun hatte, und schlug das Telefonbuch auf. Und da, während ich im Telefonbuch blätterte, fiel mein Blick auf einen Namen, der mir bekannt vorkam: *Munk, Dr.*, Lehrer und Kirchensänger.

Ich kannte Munk, oder Doktor Munk, wie er sich gerne nannte, seinerzeit recht gut, und kann nicht ausschließen, daß ich meinen Job an der Weiterführenden Schule dem Umstand zu verdanken habe, daß ich Munk kannte. Einige meiner Schüler fragten zuweilen nach Munk und meinten, sie würden ihn gern einmal treffen. Doch ich konnte ihnen nicht helfen. Munk war schon lange aus meinem Leben verschwunden, ich wußte nicht einmal, wo er sich aufhielt. Einige Jahre lang schickte ich ihm Weihnachtskarten an die alte Adresse, bekam aber nie eine Antwort.

An der Schule fühlte ich mich wohl. In den ersten Jahren konnte ich mich im Grunde durch die Legende, d.h. meiner Freundschaft mit Munk, über Wasser halten, und später lief es beinah von selbst. Ich heiratete Aslaug, die plötzlich in mein Leben trat und es fast ganz ausfüllte, und wir bauten uns ein Haus am Waldrand, mit Blick über den Fjord, und pflanzten vier Obstbäume. Ein halbes Jahr später kam der Junge zur Welt. Wir nannten ihn Alfred, nach dem Schriftsteller Alfred Jarry, einem der Helden meiner Jugendzeit.

Doch, ich glaube, so war es. Ich glaube, der Name im Telefonbuch gab den Ausschlag. Genau in dem Augenblick stürzte es auf mich ein, daß es fast zwanzig Jahre her sein mußte, seit ich Munk gekannt hatte und Bassist in der Rockband Saba de luxe und unglücklich verliebt gewesen war in Sandra. Was war aus meinem Leben geworden, und was hatte ich damals vom Leben erwartet?

Ich rief dennoch nicht an. Es ging nicht. Auf die Weise konnte ich mich ihm nicht nähern.

Ich weiß noch, daß ich beim Abendessen unruhig war. Aslaug und ich waren allein, Alfred war beim Handballtraining oder hatte Musikunterricht, und wir hörten eine Platte mit Violinen und Fagotts.

»Was ist das für eine Platte?« fragte ich.

»Die mit Violinen und Fagotts«, sagte Aslaug, und danach verwickelten wir uns in ein reichlich sonderbares Gespräch über Männer und Frauen, das ungefähr so endete:

»Es stimmt schon«, sagte Aslaug, »man wird nicht zur Frau geboren, man wird es.«

»Dann werden alle mit Pimmel geboren?« fragte ich.

»Aber manche wachsen sich ihn ab. Und andere bleiben für den Rest ihres Lebens damit sitzen, Ärmster.«

Ich war fertig mit Essen und stand auf. Nicht, daß ich in irgendeiner Weise gekränkt war durch das, was sie gesagt hatte, ich faßte es auch nicht als speziell gegen mich gerichtet auf.

Ich ging hinauf in mein Arbeitszimmer und ließ den Blick über das Bücherregal gleiten.

Da standen all die alten Bücher, die richtigen Bücher, die mich die Jahre hindurch begleitet hatten. Wie lange war es her, daß ich eins von ihnen aufgeschlagen hatte?

Ich trat ans Fenster und blickte über den Fjord. Eine Bohrinsel glitt still vorüber, und ein paar Jungen standen auf einem Felsvorsprung und winkten. Ein großer, schwarzer Vogel saß auf dem Dachgiebel des verstockten und reaktionären Nachbarn und flog mit einem unheimlichen Schrei auf, als sein Blick meinem begegnete.

Ich hatte plötzlich Lust, etwas zu trinken, und warf einen Blick in den Schrank. Es war noch ein Schluck von dem Calvados da, den wir auf unserer letzten Frankreich-Tour gekauft hatten, und ich leerte ihn in ein Glas.

Ich konnte nicht behaupten, daß er schlecht schmeckte.

Und wieder dachte ich an Munk. Zu unserer Band hatte noch ein dritter Mann gehört, am Schlagzeug. Er hieß Per Waglen, und er war auf der Realschule in meine Parallelklasse gegangen. Als wir die Band gründen wollten, saß er im Gefängnis, und wir mußten ihn natürlich befreien. Auch er war aus meinem Leben geglitten, bis ich ihn bei unserem fünfzehnjährigen Realschuljubiläum wiedertraf. Natürlich quatschten wir miteinander, und Waglen zog mich um die Hausecke, wo wir stehenblieben, von seinem Selbstgebrannten tranken und Zigarren rauchten und über Munk und alte Zeiten redeten.

»Munk«, sagte Waglen. »Das war wirklich ein Satan.«

Zu der Zeit waren Waglen und ich frisch verheiratet, Waglen hatte sich in der Videobranche etabliert, und ich hatte vor kurzem den Job an der Weiterführenden Schule bekommen.

»Munk«, sagte Waglen. »Das war ein richtiger Scheißkerl. Aber irgendwie mochte ich ihn.«

»Ja«, sagte ich. »Man mußte ihn einfach gernhaben.«

»Ich weiß nicht, ob man das wirklich *mußte*«, erwiderte Waglen. »Komm, nimm einen Schluck, verdammt.«

Waglen hatte die längsten und spitzesten Eckzähne und die höchste Ausbildung in der Videobranche (d. h. Mittlere Reife), und er hatte keine Schwierigkeiten gehabt, hochzukommen und ein bekannter Videocharmeur und Trendsetter zu werden. Jetzt spielte er den großen Macker und hatte die Spendierhosen an.

»Aber was aus ihm geworden ist«, sagte Waglen, »davon hab ich verdammich nicht die blasseste Ahnung.«

Er sah mich mit einem verträumten Blick an.

»Ich hab jetzt 'ne Alte. Die ist so unglaublich gut zu vögeln. Es ist verdammich kaum auszuhalten.«

»Hört sich gut an«, sagte ich.

Waglen lockerte seinen Marilyn-Monroe-Schlips.

»Pfui Teufel, ich glaube, ich werd blau. Kannst du nicht auch ein bißchen trinken?«

Unser alter Deutschlehrer, Malmkvist, kam um die Ecke, und Waglen reichte ihm die Flasche. Er nahm einen ordentlichen Schluck und sagte, wir seien immer gute und nicht zuletzt positive Schüler gewesen. Es wunderte ihn überhaupt nicht, daß wir es im Leben zu etwas gebracht hatten.

»Richtig positive Schüler«, sagte Malmkvist.

»Nimm noch 'n Schluck, verdammt«, sagte Waglen.

Ansonsten erinnere ich mich von diesem Realschuljubiläum noch daran, daß Waglen, ich und zwei andere aus dem Hotel abhauten und zur Realschule hochfuhren. Wir brachen ein und stahlen zwei Pulte (in das eine war mit einem Messer der Name Waglen eingeritzt, deshalb meinte er, einen Anspruch darauf zu haben), die wir im Auto mitnahmen und mit denen wir irgend etwas anstellten (Waglen behauptete, wir hätten sie sexuell mißbraucht). Am Vormittag des nächsten Tages wachte ich auf und entdeckte, daß ich in einem Hotelbett neben Bjørg Hildur lag, die vor fünfzehn Jahren in meine Klasse gegangen war. Sie war splitternackt, und ich konnte gut verstehen, warum ich in ihrem Bett gelandet war, aber ebenso schnell wurde mir klar, daß ich Aslaug ja nicht alles erzählen mußte.

»Guten Morgen«, sagte Bjørg Hildur und griff mir an den Schwanz.

»Guten Morgen«, sagte ich. »Glaubst du, es ist zu spät, um noch Frühstück zu bekommen?«

Von Waglen oder seinem Pult war nichts mehr zu sehen, und von Munk wurde nicht mehr geredet. Ich einigte mich mit Bjørg Hildur, daß diese Sache unter uns bleiben sollte und wir uns nicht schuldig zu fühlen brauchten, und so fuhr sie nach Hause zu ihrem Mann, der beim Sozialamt arbeitete, und mit dem sie drei halberwachsene Kinder hatte, und ich fuhr nach Hause zu Aslaug.

»Hat es Spaß gemacht?« fragte sie. »Du riechst nach Selbstgebranntem. Und nach was anderem.«

»Ja«, sagte ich. »Hat es.«

DOKTOR MUNK

Der Mann in der Türöffnung sah aus, als wolle er die Tür gleich wieder zuknallen.

»Remember the Alamo«, sagte ich.

Ein neuer Blitz zuckte am Himmel, und der nachfolgende Donner ließ das Licht erblassen und meine Seele den Mantel enger um sich ziehen.

»Dann komm schon rein«, sagte die wohlbekannte Stimme. »Aber ich habe nichts anzubieten. Paß auf den Hund auf. Wenn er dich nicht mag, beißt er.«

Ich sah in die gelben Augen des schwarzen Hundes von undefinierbarer Rasse (undefinierbar für mich, wenn ich mich auf eins nicht verstehe, dann sind es Hunderassen). Ich konnte nichts in ihnen lesen. Er näherte sich, und ich schloß die Augen und wartete darauf, daß sich seine Zähne um meinen Unterschenkel schlossen. Als ich die Augen wieder aufmachte, stand das Biest vor mir und beschnüffelte mich im Schritt.

»Hör auf damit, du Mistköter«, sagte Munk. »Hast du keinen Anstand im Leib?«

»Das macht nichts«, meinte ich.

»Wie gesagt, ich kann dir nichts anbieten.«

»Das macht auch nichts«, sagte ich. »Ich habe gegessen.«

»Darauf hätte ich schwören können«, sagte Munk. »Und

sogar mehrfach, nehme ich an. Häng deine Sachen auf und sieh zu, ob du einen Stuhl oder so etwas findest.«

Ich hängte den Mantel an einen Haken und betrat einen Raum, der das Wohnzimmer sein mußte.

Hier also hauste Munk, Lehrer und Kirchensänger.

»Du hast es aber gemütlich«, sagte ich.

Als erstes fielen mir die Couchtische ins Auge. Überall standen Couchtische. Es mußten mindestens acht sein.

»Feine Couchtische«, sagte ich.

»Ich habe sie billig bei Fretex bekommen«, sagte Munk. »Es sind ganz normale Couchtische.«

Munk hatte sich gut gehalten. Unerwartet gut, wie ich zugeben mußte.

Die gut und gern fünfzehn Jahre hatten kaum Spuren hinterlassen. Sein Gesicht hatte ein wenig von der roten Farbe verloren, an die ich mich erinnerte, und war beinah fahl geworden, die Zähne waren noch ein bißchen schlechter, und sein Haar war kürzer geworden und grau an den Schläfen. Er trug eine gestreifte, doppelreihige Anzugjacke, schwarze Jeans und ein Hank-Williams-T-Shirt.

Auf einem der Couchtische stand ein tragbares Fernsehgerät, an den Wänden hingen verschiedene Fotografien von ernsten Männern und Frauen in Sonntagskleidung, und der Rest der Wände war mit gutgefüllten Bücherregalen bedeckt. In einer Ecke für sich stand eine alte Tretorgel, jedoch keine Gitarre. Ein wohlbekannter, aber unbestimmbarer Geruch füllte den Raum.

»Wenn du dich fragst, wonach es riecht«, sagte Munk, »es sind Schafe.«

»Schafe«, sagte ich. »Hältst du Schafe?«

»Irgend etwas muß man ja tun«, sagte Munk.

»Schafe sind gut«, sagte ich, nur um etwas zu sagen.

Munk machte eine leichte, undefinierbare Bewegung in Richtung eines Stuhls, und ich setzte mich.

Munk sah mich finster an.

»Warum bist du gekommen?«

»Ich dachte nur, ich wollte mal sehen, wie es dir geht nach all der Zeit.«

»Ich habe in den letzten fünfzehn Jahren kein auffallendes Interesse bei dir bemerkt.«

»Ich habe dir ein paar Weihnachtskarten geschrieben.«

»Weihnachtskarten?« sagte Munk. »Ich dachte, du wolltest mich damit schikanieren.«

Ich fühlte, daß das Gespräch eine Wendung genommen hatte, die nur schwer zu korrigieren war.

»Also du hältst Schafe«, sagte ich.

»Ich dachte, darüber wären wir uns einig«, erwiderte Munk.

»Wie viele sind es denn?«

»Genug«, sagte Munk. »Herrgott, auf was für Schulen bist du gegangen? Kannst du nicht mehr reden?«

»Es ist einfach ein bißchen schwer für mich«, sagte ich.

»Wir leben in den Neunzigern, verflucht noch mal«, polterte Munk. »Alle haben es schwer! Herrgott!«

Er ging vor sich hinschimpfend in ein Nebenzimmer, und der Schafgeruch wurde deutlich stärker. Ob er sie über Nacht da drinnen hatte? Schafe, dachte ich. Warum nicht? Lag darin nicht letzten Endes eine gewisse Logik?

Munk kam mit einem Arm voll Bierflaschen zurück.

»Ich dachte eigentlich, du seist Lehrer«, sagte ich.

»Wie kommst du darauf?«

»Durchs Telefonbuch. Lehrer und Kirchensänger, steht da.«

»Die schreiben, was ihnen gerade einfällt. Ich *war* Lehrer. Gewissermaßen.«

»Gewissermaßen?«

Munk machte zwei Flaschen auf.

»Aufbauschullehrer.«

Ich nahm die eine Flasche entgegen.

»Ich dachte, die Aufbauschule wäre vor Gott weiß wie vielen Jahren abgeschafft worden.«

»Wurde sie auch. Aber ich habe sie eigenhändig wieder ins Leben gerufen. Ich fand, daß die Aufbauschule eigentlich eine gute Schule war, sie hat verdammt vielen eine Menge bedeutet.«

»Bestimmt«, sagte ich.

»Also gründete ich Dr. Munks Aufbauschule für Junge Mädchen und bekam einen kleinen kommunalen Zuschuß.«

»Lief es gut?«

»Die ersten paar Jahre schon. Die jungen Mädchen kamen zuhauf, wissensdurstig und lernwillig wie nichts Gutes, und wir hatten ein gutes und positives Klima an der Schule. Aber dann gab es Verleumdungen und Gerede, wie das eben so ist in kleinen und engen Verhältnissen. Und da kam die Gemeinde auf die Idee, das Geld lieber in Musikschulen zu stecken, und strich mir die Zuschüsse. Was blieb mir da anderes übrig, als den Laden dicht zu machen. Schade, denn ich glaube, es war ein wichtiges pädagogisches Experiment.«

»Hört sich fast so an«, sagte ich.

Das Telefon klingelte, und Munk stürzte sich darauf.

»Hallo, bist du es, Mutter? Du bleibst zu Hause? Daß schreckliches Wetter ist? Ja, darauf können wir uns leicht einigen. Es hält sich ran. Du bist allein, sagst du? Ja, aber das bin ich auch, du. Alle in unserer Familie sind allein gewesen, weißt du. Man kann sagen, daß es ein Wunder ist, daß welche aus unserer Familie so lange mit anderen zusammengewesen sind, daß unser Geschlecht nicht ausgestorben ist. Ja, ich weiß, daß mein Vater ein Arschloch war. Ja, ja, Alkoholiker, ja. Das auch. Daß es windig ist und regnet, ja. Ja, ziemlich heftig. Das ist die Klimaveränderung, Mutter. Die Klimaveränderung, ja. Die macht das verrückte Wetter. Wegen dem ganzen Teufelszeug, das die Menschen in die Atmosphäre hochgeballert haben. Es wird noch schlimmer. Schimpfe ich? Aber nein doch, das tu ich nicht. Ob das ein Grund ist, sich zu freuen? Nein, das auf keinen Fall. Ja, da hast du etwas Wahres gesagt, Mutter. Ja, du mußt dich gut einpacken und einen Kognak trinken. Ja ja, dann eben Bacardi, meinetwegen. Ist sicher noch besser. Nein, ich kann jetzt nicht länger sprechen, Mutter. Ich muß ein bißchen Bier trinken. Ja. Man kann nicht immer nur reden, man muß auch mal ein bißchen Bier trinken, weißt du. Nein, dann mach's gut. Zieh den Stecker vom Fernseher raus, wenn es noch schlimmer wird.«

Er legte den Hörer auf.

»Das war meine Mutter«, sagte er. »Ich finde, ich kann

nicht einfach auflegen. So viel Familie habe ich nicht mehr. Ab und zu taucht ein Typ auf, der behauptet, mein Onkel zu sein, und bettelt mich um Geld an und will in einer meiner Radiosendungen mitmachen, und ich schaffe es einfach nicht, ihn rauszuschmeißen. Ich glaube nicht, daß er wirklich ein Onkel von mir ist, und wenn, dann sollte er sich schämen, herumzulaufen und seine potentiellen Neffen anzubetteln.«

»Radiosendungen?« fragte ich. »Du machst Radio?«

»Nicht besonders viel. Ein paar Sendungen am Vormittag, hauptsächlich für Hausfrauen. Ich habe den Hund bei mir im Studio, lasse ihn singen und sich ein wenig äußern und sich Platten wünschen. Ab und zu ist auch der Fischmann dabei.«

»Der Fischmann?«

»Ja, der kommt einmal im Monat mit dem Fischauto und verkauft frischen Dorsch und eingelegten Hering und dergleichen Schweinkram, und dann nehme ich ihn mit ins Studio und lasse ihn von seinen interessantesten amourösen Abenteuern erzählen.«

»Ah so.«

Ich sah den Hund an, als suchte ich in seinen gelben Augen nach einer Bestätigung.

»Ich hätte nicht geglaubt, daß du dir einmal einen Hund anschaffen würdest«, sagte ich.

Der Hund ließ ein leises Knurren hören.

»Ich kann auch nicht behaupten, daß ich ihn angeschafft hätte«, sagte Munk. »Er kam eines dunklen Abends angetrottet und kratzte an der Tür und wollte rein. Was zum Teufel hätte ich denn machen sollen? Er sah ja aus, als käme er direkt aus der Hölle, wo er die Fleischtöpfe des Satans bewacht hatte. Also wendete ich die Situation zu meinem eigenen Vorteil und brachte ihm kleine Tricks bei, mal abgesehen davon, daß er das Haus bewacht. Platz, Cerberos!«

»Und was für Tricks sind das?«

»Ja, daß er in meinen Radiosendungen auftritt, und dann habe ich ihm noch beigebracht, zur Bank zu gehen und Schecks einzulösen.«

Ich nickte.

»Eine nützliche Kunst.«

»Aber das Wichtigste ist, daß er aufpaßt. Nach dem neuen Verkehrsentwicklungsplan der Gemeinde soll nämlich die neue Hauptstraße quer durch mein Haus verlaufen.«

Der Hund erhob sich und knurrte.

»Das kann doch wohl nicht angehen«, sagte ich.

»Jetzt nicht mehr«, sagte Munk. »Jetzt, wo ich den Höllenhund habe. Aber sonst kann es durchaus angehen. Wie ich dir erzählt habe, wurde hinter meinem Rücken geredet. Es hat damit zu tun, daß die Männer lange draußen sind zum Fischen, und da glauben sie, daß ich allen Frauen Kinder mache, während sie auf See sind.«

»Tust du das?«

»Natürlich nicht! Aber nachdem die älteste Tochter des Vorsitzenden mit einem dicken Bauch nach Hause kam, fand er, daß er mich bestrafen müßte. Und da bot sich ja eine passende Strafe an, nämlich den Zuschuß für meine Schule zu streichen und mir außerdem noch eine asphaltierte Straße durch mein Wohnzimmer zu legen!«

»Herrgott!« sagte ich.

»Wie gesagt, so etwas passiert in kleinen und engen Verhältnissen, wo Verleumdung und Mißgunst herrschen.«

»Da magst du recht haben«, sagte ich.

AUF SENDUNG

Ich erwachte von einem unbestimmbaren und unangenehmen Geräusch, und es dauerte eine Weile, bis mir klar wurde, was es war. Das Radio war an. Und ich glaubte, die Stimme im Radio zu kennen.

»Hier sind wir wieder, der Wind hat sich gelegt, ein neuer Tag ist angebrochen, und darüber sollten wir verdammt froh sein. Radio Munk hat das Gewitter überlebt, ich habe das erste Bier des Tages intus, und wie immer haben wir von allem etwas zu bieten. Viel Musik, selbstredend, aber auch andere gute Unterhaltung. Der Fischmann kommt heute leider nicht, aber der Hund ist hier, und wir erwarten noch einen weiteren

Gast im Studio, er ist Gymnasiallehrer, Musiker und Entertainer und wird einiges zu sagen haben, wenn er erst einmal aufwacht. Er hat gestern abend ein paar Bierchen zu sich genommen.«

Mir wurde plötzlich klar, daß er mich meinen mußte. Ich sollte ins Radio. Ich tappte in die Küche, sah, daß heißer Kaffee in der Kanne war, und goß mir sogleich eine Tasse ein.

Ich verspürte kein Bedürfnis, bei einer Radiosendung mitzumachen.

»Aber zuerst spielen wir ein bißchen Musik«, sagte Munk. »*Walk Don't Run* in einer selten gespielten Version mit dem Hindar-Quartett.«

Ich hörte, wie eine Tür aufging.

»Komm schon, verflucht«, sagte Munk. »Du gehst auf Sendung, wenn die Platte zu Ende ist.«

Ich verschluckte mich am Kaffee.

»Ich will nicht ins Radio.«

»Klar willst du.«

»Ich habe doch gar nichts zu sagen.«

»Soll das etwa ein Hinderungsgrund sein? Hat das jemand im Radio? Es ist nur eine Talkshow. Wir muntern die Hausfrauen ein bißchen auf. Bist du so elitär, daß du nicht zu Hausfrauen sprechen willst?«

Ich leerte meine Kaffeetasse.

»Darum geht es doch gar nicht«, sagte ich.

Ich hörte ein bedrohliches Knurren.

»Okay«, sagte ich. »Ich mach mit. Aber ich habe wirklich nichts zu sagen. Kopfschmerzen habe ich auch.«

Munk zog mich ins Studio, wo er auch seine Bierkästen verwahrte. Er bugsierte mich auf einen Stuhl und setzte mir Kopfhörer auf.

»Normalerweise«, sagte Munk, »würde ich sagen, daß wir auf Sendung sind, wenn das rote Licht angeht. Aber jetzt leuchtet es schon, und du kommst billig davon. Und hüte dein loses Mundwerk ein bißchen. Meine Konzession hängt sowieso schon am seidenen Faden.«

Die Platte wurde ausgeblendet.

»Das war das bekannte Hindar-Quartett mit *Walk Don't*

Run«, sagte Munk. »Und jetzt haben wir einen Gast im Studio, der sich selbst vorstellen wird.«

Ich räusperte mich und sagte meinen Namen.

»Wie gesagt, ist er Lehrer an der Weiterführenden Schule, die wir früher im allgemeinen Gymnasium genannt haben, aber darüber wollen wir verdammt noch mal nicht sprechen. Oder doch?«

»Nein…«, sagte ich.

»Wir werden über etwas gewichtigere Dinge sprechen.«

»Ich denke schon.«

»Platz, Cerberos. Das ist nur unser alter Freund und Kollege, der Hund, der sich gern ins Gespräch einmischen möchte. Bisher haben wir in dieser Woche über Schafzucht früher und heute gesprochen, der Fischmann hat in seiner unvergleichlichen Art von seinen letzten Eroberungen erzählt, wir hatten einen kurzen Einführungskurs in die Rhythm-Box und haben die Perforierung von Gabardinehosen erörtert. Nein, das Letzte habe ich nur so gesagt, aber laßt uns jetzt hören, was dieser gelehrte Mann uns zu erzählen hat. Du hast das Wort!«

Er nickte mir zu. Ich zuckte die Achseln.

»Du mußt uns doch irgend etwas zu erzählen haben«, sagte Munk. »Woran erinnerst du dich, wenn du an dein Leben zurückdenkst?«

»In meinem Leben«, sagte ich. »Da gibt es wohl nicht soviel.«

»Nein, aber irgend etwas muß es doch geben!«

Munk ließ Zeichen von Ungeduld erkennen, und ich begriff, daß es das Beste für mich wäre, mir etwas einfallen zu lassen.

»Ich… habe einmal einen Mann vor dem Ertrinken gerettet«, sagte ich.

»Ein echter Lebensretter«, sagte Munk. »Erzähl unseren Hörern davon, wie du diesen armen Kerl vor dem Ertrinken gerettet hast.«

Ich dachte nach.

»Es war eines Abends. Ich hatte zusammen mit all meinen guten Kameraden auf einer Heringskiste gesessen…«

»Kameradschaft ist gut«, fiel Munk mir ins Wort. »Und da war einer kurz vor dem Ertrinken, und du hast ihn gerettet?«

Ich dachte noch etwas mehr nach.

»Noch nicht ganz«, sagte ich. »Es war Zeit, nach Hause zu gehen und es war Spätsommer, und ich ging am Strand entlang. Da sah ich, daß ein Mann unten am Ufer lag...«

»Ertrunken?« fragte Munk.

»Nein, er lag auf dem Sand, nur die Füße lagen im Wasser. Aber ich packte ihn jedenfalls unter den Armen und zog ihn aufs Trockene. Es ist vielleicht nicht so sicher, daß er ertrunken wäre.«

»Das wäre er bestimmt«, sagte Munk. »Es hört sich jedenfalls danach an. Da hast du eine gute Tat vollbracht. Eine feine Rettungsaktion.«

»Er bedankte sich auf jeden Fall«, sagte ich.

»Mit Handschlag?«

»Das weiß ich nicht mehr, aber er bot mir Schnaps aus einem kleinen Flachmann an.«

»Dankbarkeit ist eine feine Sache«, sagte Munk. »Das steht verdammt noch mal fest. Und jetzt wieder ein bißchen Musik. Die Sex Pistols mit *No Fun.*«

Er nahm die Kopfhörer ab und drehte sich zu mir um.

»Das war gut«, sagte er. »Das war verdammt gutes Radio.«

DIE FLIEGENDEN INZESTOPFER

Es gibt wahrscheinlich keine andere Art, es auszudrücken: Es roch nach Pfannkuchen. Und nicht nur das, es roch nach Speckpfannkuchen, und das ist etwas anderes und mehr als einfach nur Pfannkuchen. Irgendwoher wußte ich, daß Munk vor einigen Jahren ein Kochbuch herausgebracht hatte, aber ich hatte ihn mir nie als einen Mann vorgestellt, der wirklich kochen konnte. Doch dem Geruch nach zu urteilen war es tatsächlich so.

Ich ging dem Geruch nach.

»Scheiße«, sagte Munk, über die Bratpfanne gebeugt. »Hier im Haus ist es so feucht, daß die Pfannkuchen in der Pfanne schimmeln, während ich sie brate. Das ist wirklich beschissen, weißt du.«

»Warum tust du nicht etwas dagegen?« sagte ich. »Also gegen die Feuchtigkeit.«

»Etwas dagegen tun? Kann man etwas gegen das Klima tun?«

»Am Haus«, sagte ich.

Munk wendete den Pfannkuchen mit einem aggressiven Schwung des Bratenwenders.

»Du hast keine Ahnung, wovon du redest. Als ich diesen beknackten kleinen Bauernhof mitsamt den Schafen von meinem Vater geerbt habe, war eine der Bedingungen, daß ich nichts am Haus verändern dürfte. Da hast du meinen Vater *in nuce*.«

Ich setzte mich und stützte die Ellenbogen auf den Tisch, um auf das Essen zu warten.

»Und vorher?« fragte ich. »Bevor du den Hof übernommen hast und Aufbauschullehrer geworden bist. Was hast du da eigentlich so getrieben?«

Munk zischte mit der Butter in der Pfanne um die Wette.

»Gespielt natürlich. Nachdem wir Saba de luxe aufgelöst hatten und jeder von uns seine eigenen Wege ging, nun werd schon braun, verdammt, habe ich noch eine Weile weitergemacht, in allen möglichen beschissenen Bands. Ola and the Hurricanes.«

»An die kann ich mich sogar noch erinnern«, sagte ich.

»Das tun wohl die meisten. The Wall Street Hillbillies.«

»An die erinnere ich mich nicht.«

»Nein, genau. Obwohl der bekannte Showstar Eivind Prostata Løberg der Produzent der Platte war. Dann kam eine Reihe bescheuerter Punkbands: The Demon Nipples.«

»Das war doch eine gute Band«, sagte ich.

»Pfui Teufel. Dann löste die sich auf, und ich und ein paar andere starteten The Rockabilly Rapists.«

»Starker Name«, sagte ich.

»Das war noch gar nichts. Im Jahr danach war ich Rhythmusgitarrist bei Ronny Raschloch und die Rassisten. Haben Platten eingespielt und so.«

»Hm«, sagte ich.

»Dann beendete ich meine Punk-Karriere als Sänger bei Die Fliegenden Inzestopfer.«

»Guter Name«, sagte ich.

»Guter Name, ja. Wir waren kurz davor, uns gegenseitig umzubringen. Dann bin ich aus der Band geflogen, weil ich zu alt war. Da begriff ich, daß der Punk tot war. Danach beschloß ich, es etwas ruhiger angehen zu lassen, und machte in einer Art Country Band mit, Roy Rogers and the Happy Triggers. Das ging ein halbes Jahr gut. Dann bin ich eine Zeitlang als Tanzmusiker mit meiner Rhythm-Box herumgetingelt. In der Zeit habe ich eine Soloplatte eingespielt.«

»Ich glaube, von der habe ich gehört«, sagte ich, »aber ich habe sie nirgendwo auftreiben können.«

»Schlechte Vertriebsabsprache«, sagte Munk. »Aber sie hat sich trotzdem gut verkauft. Es gab ja viel Schreiberei und Aufregung, und im ganzen Sørlandet wurde sie auf die schwarze Liste gesetzt.«

»Auf die schwarze Liste?«

»Ja. Irgendein Idiot mußte die Platte natürlich rückwärts spielen, wobei herauskam, daß da massenhaft Anspielungen auf den Teufel vorkamen, und eine Stimme, die murmelte: ›Paul McCartney ist tot. Paul McCartney ist tot‹.«

»Ist das denn nicht bei allen Platten so?« fragte ich.

»Natürlich ist es das. Nur Idioten im Sørlandet kommen auf die Idee, Platten rückwärts zu spielen. Aber sie hat sich gut verkauft.«

»Versteht sich.«

»Zum Schluß bekam ich es satt, mit meiner Rhythm-Box dazustehen wie der letzte Arsch«, sagte Munk. »Also bin ich hierher gezogen und habe den Hof von meinem Vater übernommen. Und es war höchste Zeit. Die Schafe waren über die Jahre vollkommen verwahrlost und hüpften vor Freude an mir hoch, als sie mich sahen. Treue und feinfühlige Tiere.«

»Zweifellos«, sagte ich.

Munk leerte den letzten Schöpflöffel mit Pfannkuchenteig in die Pfanne.

»Jetzt gibt es Essen«, sagte er. »Magst du Himbeeren auf deine Pfannkuchen?«

»Himbeeren wären eine Wucht«, sagte ich.

AUF DEN KOPF GESTELLT

Ich weiß nicht, ob ich meinem Besuch bei Munk so schrecklich viel Bedeutung beimaß. Ich hatte ihn ganz einfach besuchen und herausfinden wollen, wie es ihm ging und was er in all den Jahren getrieben hatte. Ich muß zugeben, daß ich vorher nervös war, und ich fühlte mich wohl ein bißchen wie James Boswell in der Zeit, bevor er dem großen Samuel Johnson vorgestellt werden sollte. (Wenn ich Munk zuweilen Menschen, die ihn nicht kannten, beschreiben sollte, zog ich häufig diese Parallele und nannte ihn einen Mann, der »ein moderner Samuel Johnson hätte werden können«.) Ich wußte selbstverständlich nicht, daß mein Leben nur wenige Monate später völlig auf den Kopf gestellt sein würde, und hätte ich es gewußt, glaube ich, daß ich auf diesen Besuch verzichtet haben würde. Mir ging es, wie gesagt, gut, und ich trug mich keineswegs mit dem heimlichen Wunsch, mein Leben auf den Kopf gestellt zu sehen.

Doch ich greife den Ereignissen vor. Die Gespräche mit Munk an diesem Wochenende waren tiefschürfend, facettenreich und erschöpfend, und ich erkannte, wie sehr mir genau das gefehlt hatte; lange, eingehende und sprunghafte Gespräche über Gott und die Welt bei einigen Gläsern Bier. Ich entdeckte, daß Munk noch immer die Fähigkeit besaß, mich heftig zu provozieren, und daß er ein fundamental einsamer Mensch war, der seine Einsamkeit genoß, ja, daß seine Einsamkeit eine notwendige Voraussetzung war für das Leben, das er führte, und für die Position, die er trotz allem in der norwegischen Gesellschaft innehatte, auch wenn er sich jetzt zu seinen Schafen und seiner Radiostation zurückgezogen hatte. Aber es war nur wenige Jahre her, fiel mir jetzt ein, daß er aufgrund seiner intellektuellen Kapazität, seiner ungebundenen Stellung und seiner furchtlosen Haltung ständig zu

Podiumsdiskussionen im norwegischen Fernsehen eingeladen wurde, in denen er sich lautstark über nahezu alles und jedes äußerte. Und angesichts seines Hintergrunds als Rock-Musiker (er selbst nannte sich Pop-Musiker) war es nicht verwunderlich, daß er damit einen gewichtigen Beitrag zur Entstehung seines eigenen Mythos leistete, und mir kam wieder die Zeit in den Sinn, als man noch auf junge Menschen stoßen konnte, die sich auf den Kais und in den Kaffeestuben herumtrieben, immer in der Hoffnung, Munk für einen Augenblick zu Gesicht zu bekommen. Doch, wie Munk sagte, es gibt eine Zeit für alles, nicht zuletzt dafür, sich zu seinen Schafen zurückzuziehen, wenn man sich nicht verschleißen und als eine zugleich lächerliche und pathetische Figur mit schlechten Zähnen sitzen bleiben will, die wieder und wieder die gleichen Gitarrensolos spielt.

Ich fuhr also wieder nach Hause, die Dinge waren ins rechte Lot gerückt, und ich hatte eine Art Gentleman's Agreement mit Munk geschlossen, künftig soweit Kontakt miteinander zu halten, daß wir uns Weihnachtskarten schicken konnten, ohne das Gefühl zu haben, es handele sich dabei um eine Schikane.

Ich trat meinen Schülern frisch gestärkt entgegen, gab ihnen lange Hausaufgaben auf und erzählte ihnen (ich konnte mich natürlich nicht beherrschen), daß ich das Wochenende mit Doktor Munk höchstpersönlich verbracht hatte, und damit hatte ich eine Weile keine Probleme mit der Disziplin.

Aslaug fragte, wie es gewesen sei, die »verblaßte Legende«, wie sie Munk nannte, wiederzutreffen (aus dem einen oder anderen Grund ist sie Munk gegenüber stets ein wenig skeptisch gewesen; ich habe das immer als einen unbewußten Widerwillen dagegen gedeutet, daß ich ein Leben gehabt habe, an dem sie keinen Anteil hatte, in dem sie nicht die geringste Rolle spielte, in dem vielleicht andere Menschen den Platz einnahmen, den sie jetzt innehat), und ich antwortete ihr, daß der Besuch in vieler Hinsicht meinen Erwartungen entsprochen habe. Alfred fragte nach nichts, ging nur fröhlich und zufrieden zum Handballtraining und zu den Musikstunden, weil er zu jung war, um überhaupt eine Vorstellung davon zu haben, wer Munk war, und ich dachte, daß er es noch früh genug erfahren würde, er aber vorläufig genug zu tun hatte mit seiner Musik, dem Sport und der Schule.

Das Leben ging also weiter; ich fand, daß ich in einer guten Phase war, sowohl pädagogisch als auch persönlich, und gemeinsam mit Aslaug machte ich Pläne für die kommenden Ferien, überlegte, wozu wir Lust hatten. Der Überschuß an Energie, den ich spürte, gab sogar unserem Eheleben neuen Schwung, erotisch wie auch im täglichen Zusammensein, und es wäre wohl so weitergegangen, hätte nicht eines Donnerstagnachmittags, als ich aus der Schule kam, dieser Brief dagelegen. Ich hatte gleich das Gefühl, daß er von Munk war, und eine innere Stimme sagte mir, daß ich, wenn ich diesen Brief öffnete, nicht mehr sicher sein konnte, ob nicht mein ganzes Leben auf den Kopf gestellt werden würde.

MUNKS BRIEF

Lieber Kollege!

Laß mich Dir zunächst für Deinen Besuch danken. Jetzt, da ich Abstand dazu gewonnen habe, sehe ich ein, wieviel er mir bedeutet hat. Ich habe auch sehr positive Reaktionen auf die Radiosendung erhalten, in der Du mitgewirkt und Dich geäußert hast. Aber genug davon, ich bin nicht der Mann, Dir Flausen in den Kopf zu setzen. Hier hat sich, um gleich zur Sache zu kommen, einiges getan. Nein, sowohl ich als auch der Hund und die Schafe sind wohlauf, und ich hoffe, daß Du das auch von Dir und den Deinen sagen kannst, mehr oder weniger. Aber Du erinnerst Dich vielleicht, daß ich einen Verwandten erwähnte – einen Onkel, um genau zu sein –, der dann und wann bei mir aufkreuzte und mich um Geld anbettelte und unbedingt in meinen Radiosendungen mitmachen wollte. Ich mag auch erwähnt haben, daß ich leider so charakterschwach gewesen bin, ihm ein paarmal etwas zuzustecken und ihm gelegentlich zu erlauben, sich zu äußern, über den Äther (daß er recht wenig zu sagen hatte und an seiner Diktion teilweise so manches auszusetzen war, brauche ich wohl kaum eigens zu erwähnen). Jetzt habe ich die Nachricht bekommen, daß dieser Onkel von hinnen geschieden ist. Er stand mir in keiner Weise so nahe, daß ich mich imstande sehe, aus diesem Grund etwas zu empfinden, das an Trauer erinnert – im Gegenteil, ich habe eher das Gefühl, daß mir eine kleinere Last von den Schultern genommen worden ist –, aber es zeigte sich, in krassem Gegensatz zu allem, was man vernünftigerweise glauben sollte, daß der Mann eine beträchtliche Summe Geld auf die hohe Kante gelegt hatte, und dieses habe ich, sein Lieblingsneffe, geerbt, da er keine direkten Nachkommen hatte. Man kann sich natürlich fragen, warum er all die Jahre gekommen ist, um mich anzubetteln, aber vielleicht wollte er mich nur testen, was weiß ich. Und so bereue ich auch nicht, ihm zuweilen ein wenig menschliche Fürsorge erwiesen zu haben, dem armen Teufel. Ich habe auch eine Anzahl von Papieren geerbt, teilweise höchst interessante, doch darauf komme ich noch zurück.

Ich denke, es ist sicher kein Zufall, daß dies jetzt geschieht, also daß mir dieses große Glück ökonomischer Natur zuteil wird. Deshalb erscheint es mir auch wichtig, jetzt mein Haus zu bestellen, wie es sich gehört, und nicht in die Stadt zu laufen und es bis auf den letzten Heller zu vertrinken. Und nachdem ich die erwähnten Papiere durchgelesen hatte, habe ich gewisse Überlegungen angestellt, wozu dieses Geld am besten gebraucht werden kann. Dabei kam es mir in den Sinn, daß auch Dein Besuch kürzlich nicht zufällig war, sondern Teil eines größeren Plans ist. Ich habe ein wenig an die Zeit gedacht, als wir jünger und aktiv waren und Dinge taten, die uns Freude machten, zusammen mit einem dritten Mann, dessen Namen ich vergessen habe. Ich weiß noch, daß er Schlagzeug spielte und (wenn ich mich recht erinnere) ungewöhnlich spitze Eckzähne hatte. Könntest Du mir Namen und Anschrift dieses Mannes geben? Die Sache ist nämlich die, daß die Pläne, die ich vor Augen habe, sowohl Dich als auch ihn einschließen könnten, da ich sonst niemanden sehe, auf den ich mich verlassen kann. (Ich weiß zwar nicht, ob ich einen Grund habe, mich auf Euch zu verlassen, doch das wird sich zeigen.) Ich gehe davon aus, daß Du ebenso leicht zu überreden bist wie früher, aber mit diesem anderen Mann wird es vielleicht schwieriger werden. Deshalb will ich so schnell wie möglich Kontakt zu ihm aufnehmen. Ich stelle mir vor, daß es das Beste ist, mich selbst bei ihm und seiner eventuellen Familie einzuladen, und hätte gern, daß Du mitkommst, als eine Art Vermittler. Ich meine mich zu erinnern (aber vielleicht irre ich mich auch), daß Du gewisse diplomatische Fähigkeiten hattest. Aber gib mir so schnell wie möglich Adresse und Telefonnummer (wohnte er nicht in Sogn?), dann bekommst Du näheren Bescheid. Ich garantiere Dir, daß Du es nicht bereuen wirst, in meine Pläne einbezogen zu werden. Im Gegenteil, das Resultat kann ein ganz neues und reicheres Leben für Dich sein.

Also laß von Dir hören, am besten noch heute!

Beste Grüße
M.

Ich las den Brief ein zweites Mal und legte ihn hin. ›Ich gehe davon aus, daß Du ebenso leicht zu überreden bist wie früher‹, dachte ich. Was bildete der Kerl sich eigentlich ein?

Und plötzlich sah ich, daß mein Leben wahrscheinlich sehr bald total auf den Kopf gestellt sein würde, und als Aslaug nach Hause kam, überkam mich Trauer, und ich trat zu ihr und küßte sie, lange.

EIN WEISSER SCHMETTERLING

Ich träumte, mein Vater sei tot. Er lag in seinem Bett, ganz weiß im Gesicht, und atmete nicht. Meine Mutter stand neben dem großen Tisch, schwarz gekleidet, und weinte.

»Er sagte gestern, er wolle zum Stall«, sagte Mutter. »Obwohl er so krank war, und obwohl es so kalt war, mit Schnee und allem. Aber er mußte in den Stall. Während er dort war, kam ein weißer Schmetterling von einem Dachbalken geflogen und setzte sich auf seinen Kopf. Ein weißer Schmetterling im Winter! Als er zurückkam und es erzählte, begriff ich, was geschehen würde. Und am Abend war er tot.«

Ich erwachte und merkte, daß ich geweint hatte, und es dauerte eine Weile, bis ich begriff, daß es nur ein Traum gewesen war. Trotzdem war mir klar, daß ich meinen Vater anrufen mußte, um zu hören, ob alles in Ordnung war. Außerdem war es lange her, daß ich zuletzt mit Vater und Mutter gesprochen hatte, und so oft sehe ich sie nicht mehr. Manchmal zu Weihnachten und im Sommer, sonst nur ganz selten einmal. Sie sind alt geworden, und natürlich wünschte ich, daß wir uns häufiger sähen.

»Bist du es, Vater?« sagte ich.

»Ob ich es bin? Doch, ich glaube schon. Ich glaube schon. Und du bist es auch, höre ich?«

»Ich rufe nur an, weil ich einen schlechten Traum hatte«, sagte ich. »Ich habe geträumt, du seist tot.«

Ich hörte, daß mein Vater am anderen Ende still wurde.

»Das bin ich nicht«, sagte er.

»Nein, das merke ich. Und darüber bin ich froh.«

»Meine Gesundheit ist zwar nicht mehr, was sie mal war, aber direkt tot bin ich noch nicht.«

Ich hörte, daß meine Mutter hereinkam.

»Es geht ihm blendend«, rief meine Mutter.

Mein Vater räusperte sich.

»Das ist Mutter«, sagte er. »Sie kommt gerade herein. Sie sagt, es gehe mir blendend. Das ist vielleicht ein bißchen übertrieben, aber tot, nein, das bin ich noch nicht.«

»Das ist gut«, sagte ich.

»Ja ja, man muß dankbar sein für das, was man hat«, meinte mein Vater.

»Da hast du recht«, sagte ich. »Und wie geht es euch sonst?«

»Na ja, wir machen so vor uns hin. Das Übliche eben. Pusseln mit unserem Kram. Ihr müßt uns bald einmal wieder besuchen.«

»Wir werden es versuchen.«

»Und Alfred ist wohl jetzt schon groß?«

»Er nimmt Musikunterricht«, sagte ich. »Und spielt Handball.«

»Handball?« sagte mein Vater. »Spielt er denn nicht Fußball?«

»Meistens Handball«, antwortete ich.

»Aha? Handball? Er ist wohl schon ein großer Junge.«

»Er wächst und wächst.«

»Kein Wunder. Das tun sie ja in dem Alter. Und Åsfrid, was macht die?«

»Aslaug«, sagte ich. »Sie hat viele Korrekturen. Und zwischendurch andere Dinge.«

»Ja ja, übernehmt euch nur nicht. Ihr müßt zwischendurch auch einmal ausspannen.«

»Wir versuchen es«, sagte ich. »Dann grüß mal Mutter.«

»Ja, sie sitzt gerade hier. Sie sagt, ich soll grüßen.«

»Dann alles Gute also«, sagte ich. »Und bleib gesund.«

»Ja, das wird schon werden.«

»Und halte dich von weißen Schmetterlingen fern.«

TROPENHELM

Aslaug betrachtete es mit Skepsis, daß ich wieder verreisen und ein weiteres zweifelhaftes Individuum aus meiner »stürmischen Jugendzeit« besuchen wollte, wie sie es so sarkastisch ausdrückte, noch dazu mit Munk, und auf eine Weise kann ich sie verstehen. Ich mußte zeitweilig große Überredungskünste aufwenden (was normalerweise nicht mein Fachgebiet ist) und beteuern, daß sie ihrerseits beim nächsten Mal gern alte Freundinnen besuchen und trinken und sich austoben und tun dürfe, wozu immer sie Lust habe. (Das mit dem *wozu auch immer* meinte ich natürlich nicht wörtlich.) Schließlich ließ sie mich fahren (was blieb ihr auch anderes übrig, sie konnte mich ja nicht einsperren), vollgestopft mit schlechtem Gewissen (einem Gewissen, das im übrigen weniger und weniger schlecht wurde, je mehr Kilometer ich zurücklegte und mich der Stadt Bergen näherte. Auf den letzten Kilometern, meine ich mich zu erinnern, saß ich am Steuer und pfiff vor mich hin).

Munk und ich hatten verabredet, uns in Bergen zu treffen, um zusammen das Schnellboot hinauf nach Sogn zu nehmen, wo Waglen und ich in die Pläne eingeweiht werden sollten, die Munk für uns hatte. Waglen hatte am Telefon ganz und gar nicht abweisend geklungen, im Gegenteil, es hatte den Anschein, als gefiele ihm der Gedanke, Besuch zu bekommen, und er sagte, er freue sich darauf, uns seiner Frau vorzustellen, und werde sogleich den Kaffee aufsetzen.

Ich parkte an einer geeigneten Stelle und stellte fest, daß ich Zeit genug hatte, vorher bei Erving noch eine Tasse Kaffee zu trinken, wie in alten Zeiten. Hier hatten, wie viele wohl wissen, Munk und ich in alten Tagen oft gesessen und die norwegische Gesellschaft und den Stand der modernen Populärmusik analysiert.

Ich bestellte meinen Kaffee und wollte mich gerade setzen, als mein Blick auf eine Person fiel, die mir irgendwie bekannt vorkam, obwohl sie jetzt unbekannt wirkte, um mich ein bißchen krumm auszudrücken.

Es war tatsächlich Munk, und es war in erster Linie seine Aufmachung, die ihn unbekannt wirken ließ: Khakianzug im Kolonialstil, Tropenhelm.

»Sieh an, Munk«, sagte ich. »Ich wußte nicht, daß wir in die Tropen reisen.«

Munk sah mich mit wohlwollender Überlegenheit an und faltete das Exemplar von Bergens Tidende zusammen, in dem er gerade gelesen hatte.

»Das werden wir auch nicht«, sagte er. »Aber dies ist eine ausgesprochen praktische Reisebekleidung.«

»Den Eindruck habe ich auch«, sagte ich.

Ich zeigte aus dem Fenster.

»Gutes Reisewetter«, sagte ich. »Fast keine Wellen.«

»Darauf habe ich gar nicht geachtet«, sagte Munk. »Aber jetzt, wo du es sagst, will ich einmal annehmen, daß es stimmt.«

Ich schlürfte lautstark meinen Kaffee und erschrak beinah über mich selbst. Aber es schien, als habe Munk es gar nicht bemerkt.

»Willst du mir nicht erzählen, worauf deine Pläne eigentlich hinauslaufen?« sagte ich. »Damit ich weiß, ob sich der Einsatz lohnt?«

Munk sah mich scharf an.

»Das erfährst du noch früh genug. Aber indem du hier sitzt, hast du schon auf die Möglichkeit gesetzt, daß diese Sache etwas für dich ist, und du hast die Vermutung, daß es die richtige Wahl ist. Und ökonomisch gesehen hast du nichts zu befürchten.«

»Soll das heißen, daß ich mich von meiner Arbeit beurlauben lassen muß?«

Munk sah auf die Uhr.

»Es ist Zeit, an Bord zu gehen und Kurs auf Sogn zu nehmen, wo unser Kollege Per Wangen…«

»Waglen«, sagte ich.

»… Per Waglen uns erwartet und seiner schönen Frau vorstellen möchte. Wenn das getan ist, in angemessener Form, wird der gute alte Onkel Munk seine Pläne schon auf den Tisch legen.«

EINE SCHÖNE ERINNERUNG

Wir glitten an Rysjedalsvika vorüber. Ich habe nie etwas mit Rysjedalsvika zu tun gehabt, wußte aber, daß es hier lag.

»Rysjedalsvika«, sagte Munk.

Ich nickte.

»Ich kann dir genausogut erzählen, daß ich eine Erinnerung an die Gegend hier habe«, sagte Munk. »Es war an einem Sommerabend, oder weiß der Teufel, es kann auch früher Herbst gewesen sein. Einer von diesen Abenden, wie man so sagt. Ich war noch, was man normalerweise jung nennen würde, und ein milder Hauch lag in der Luft, du weißt, wie das ist, es ist dunkel, der Sognefjord ist still, das Schiff gleitet fast lautlos vorwärts, und du stehst an der Reling, und dann ist da dieser milde Hauch in der Luft, der dir irgendwie sagt, wie verdammt vergänglich alles ist, es ist in gewisser Weise kaum auszuhalten, aber trotzdem schön, wenn du verstehst, was ich meine, du Sack.«

»Ich glaube schon«, sagte ich.

»Ich stehe also an der Reling, in der für mich charakteristischen Art und Weise, mit einer Zigarre im Mundwinkel, und kann ein wenig an Jean-Paul Belmondo in einem der frühen Filme erinnern, und bin von diesem Gefühl erfüllt, und wir gleiten an Rysjedalsvika vorüber, und da sehe ich an Land ein Mädchen stehen, eins von diesen mystischen Sogn-Mädchen mit langem, dunklem Haar und vollen Lippen. Ich sehe sie da an Land stehen, ein bißchen am Rand des Lichtkegels einer Laterne, in Lili-Marleen-Positur, unsere Blicke begegnen sich, sie sagen, hier sind wir, wir wissen nicht, wer wir sind, und werden uns nie wiedersehen. Und da dreht sie mir den Rücken zu, zieht ihre Hose herunter und zeigt mir ihren Hintern. Das ist das Letzte, was ich sehe, während wir Rysjedalsvika hinter uns zurücklassen und in der Dunkelheit verschwinden: ihren weißen Hintern, der am Ende auch nichts anderes ist als Dunkelheit.«

Ich seufzte und blickte über den Fjord und Rysjedalsvika.

»Eine solche Erinnerung hätten wir sicher alle gern«, sagte ich.

»Vielleicht«, erwiderte Munk. »Aber was zum Teufel fangen wir mit diesen Erinnerungen an? Machen sie uns nicht nur noch rastloser, als wir schon sind?«

»Doch«, sagte ich. »Das tun sie.«

»Wie einst Lili Marleen«, sagte Munk.

»Wie einst Lili Marleen«, sagte ich.

WAGLENS WIDEO

Waglen, der berühmte Videocharmeur und Trendsetter, empfing uns am Kai.

»Ich bemerke den Geruch von Schnaps«, sagte er. »Und als ich ein Arschloch mit Tropenhelm und Khakianzug sah, und einen anderen Satan mit normalen Kleidern und flakkerndem Blick, da war mir sofort klar, worauf das hinauslief. Willkommen in Videoland.«

Wir stiegen an Land und vergaßen sogar unsere Koffer nicht.

In einiger Entfernung konnten wir das Schild mit Waglens Wideo erkennen.

»Das ist nicht die ganze Wahrheit«, sagte Waglen. »Meine Alte betreibt auch ein kleines Café. Sie ist der Typ, der immer was zu pusseln und die Hände in Bewegung haben muß, damit sie nicht rumläuft und mit anderen Kerlen vögelt. Ich freue mich darauf, sie euch vorzustellen. Aber zeigt ein bißchen Respekt, verdammt.«

Wir durchquerten den Laden und warfen einen Blick auf das Sortiment.

»Viele würden sagen, daß es etwas einseitig ist«, meinte Waglen, »aber so was wollen die Leute hier oben sehen. Und wer würde behaupten, daß eine Million Sogninger nicht recht haben.«

Ich sah sofort, daß er die komplette *Cannibal Holocaust*-Serie hatte, von Nr. 1 bis Nr. 26, in der die Kannibalen in die Jahre gekommen und müde geworden sind und sich fragen, ob die ganze Mühe sich gelohnt hat. Dazu kamen diverse andere Kannibalenfilme, unter anderem die verkannten Klassiker *Cannibals at Christmas, Cannibals from Outer Space* und *Cannibals Coming to a Cinema Near You*.

»Ich habe auch ein paar Familienfilme«, sagte Waglen. *Stompa verliebt sich*, z. B. Aber was hauptsächlich geht, sind Kannibalen. Die Leute hier in Sogn müssen ein spezielles Verhältnis zu Kannibalen haben, sie kommen von nah und fern, um auszuleihen. Letzte Woche kam einer sogar von Stjørdalen, und das ist verdammt noch mal nicht einmal mehr Sogn. Er sprach einen schrecklichen Trøndelag-Dialekt und wollte *Cannibals Have TV-Dinner* ausleihen.«

Er zeigte uns seine Bücherregale.

»Ich habe auch viele Bücher. Große Russen und so was. Damit ihr seht, daß ich eine gewisse Bildung habe. Aber kommt und begrüßt meine Alte, verdammich, und trinkt erst mal 'n bißchen Kaffee. Er steht schon seit Tagen fertig da, aber ich habe ihn wieder aufgewärmt.«

Waglen hatte nicht übertrieben. Die Frau, die in der Türöffnung stand und uns zulächelte, und die er als »seine Alte« vorstellte, gehörte wirklich zum Schönsten, das ich je gesehen hatte, sie erinnerte stark an einen Frühlingstag mit Buschwindröschen an allen Hängen, und mir blieb fast die Luft weg. Wie konnte eine solche Offenbarung nur auf einen wie Waglen hereinfallen. Dann sagte ich mir, daß die Frage falsch gestellt war. Selbstverständlich würde sie auf einen wie Waglen reinfallen.

»Hei«, sagte sie und ergriff meine leicht schwitzige Hand. »Ich bin Irene. Ich habe schon viel von euch gehört.«

»Das haben wir auch von dir«, sagte ich.

Ich sah, daß Waglen mir einen scharfen Blick zuwarf.

»Ihr mögt doch einen Kaffee?« fragte Irene.

»Das Gegenteil wäre gelogen«, entgegnete Munk.

Ich konnte ihm ansehen, daß selbst er für ihren Charme nicht ganz unempfänglich war.

»Schicker Tropenhelm«, sagte Irene.

»Ach den«, sagte Munk. »Den habe ich billig bei Fretex bekommen.«

Er nahm den Tropenhelm ab und strich sich übers Haar.

»Es gibt nachher auch etwas zu essen«, sagte Irene, »aber ich dachte, ihr wollt erst einmal ein wenig Kaffee und Kekse.«

»Kaffee und Kekse sind wunderbar«, sagte Munk. »Genau das braucht man nach einer langen und anstrengenden Schiffsreise.«

»Ihr sollt auch den Stammhalter noch kennenlernen«, sagte Waglen. »Aber er ist im Augenblick nicht da. Er ist auf Achse und läuft den Weibern nach.«

»Na hör mal«, sagte Irene. »Das tut er nicht.«

»Naja, jedenfalls wird es nicht mehr lange dauern«, sagte Waglen. »Bei dem Vater!«

Er zwinkerte seiner Frau zu.

»Setzt euch, verdammich. Die Kaffeetassen stehen ja schon da.«

Wir setzten uns ein wenig geziert, und Waglen schenkte Kaffee ein. Er stellte auch ein paar Flaschen Bier auf den Tisch.

»Ich finde, manchmal ist ein bißchen Bier zum Kaffee genau das Richtige«, sagte er. »Besonders, wenn man englische Schokoladenkekse dazu ißt.«

Wir saßen eine Weile und aßen und tranken. Frau Waglen kam ab und zu herein, und ich konnte die Augen nicht von ihr lassen.

»Nun eßt nur tüchtig«, meinte sie.

»Danke, danke«, sagte ich.

»Vielen Dank«, sagte Munk.

Waglen zog seinen Stuhl näher an den Tisch und sah uns gespannt an.

»Nun?« sagte er. »Nun kommt mir nicht und sagt, ich hätte übertrieben.«

Munk hob die Augenbrauen.

»Übertrieben? Was denn übertrieben?«

»Meine Alte. Ist sie nicht toll?«

Munk nickte.

»Sie hat ein äußerst charmantes und einnehmendes Wesen.«

»Und nicht nur das«, sagte Waglen. »Und nicht nur das.«

Ich schob mir einen Schokoladenkeks in den Mund und spülte ihn mit einem Schluck Kaffee hinunter. Absolut englischer Geschmack. Ich sah sogleich die armen Raben im Tower of London vor mir, an einem naßkalten und nebligen Novembermorgen.

»Aber ich kann ja hier nicht den ganzen Tag von meiner Alten reden«, sagte Waglen. »Auch wenn es verlockend ist. Ich bin ja doch ein bißchen neugierig. Also worum geht es denn bei dieser Sache? Du hast irgendwas von Geld gesagt…«

Ein großer Schatten fiel über uns. Ich blickte auf und sah in ein rotes Gesicht mit halb abgewandten, wässerigen Augen und dicken Lippen. Der Kopf war oben fast kahl, aber an den Seiten hingen strähnige lange Haare herab und fielen auf ein Grateful-Dead-T-Shirt, daß nur beinah den dicken Bauch bedeckte.

»Hey«, sagte eine Stimme aus einer ganz anderen Zeit.

Waglen blickte auf.

»Bist du es?« sagte er. »Siehst du nicht, daß ich weltgewandte Leute zu Besuch habe? Willst du ein Video?«

Der Mann mit dem T-Shirt schüttelte den Kopf.

»Wollte nur ein bißchen quatschen.«

Waglen schüttelte den Kopf.

»Das ist mein Bruder«, sagte er. »Der Alte Hippie. Er ist 1972 von etwas, das sie Sauerstofftrip nannten, nie wieder ganz runtergekommen. Seitdem ist er nicht ganz dicht. Sagt die irrsten Sachen. Sag mal was, Alter Hippie.«

Der Alte Hippie schüttelte sich.

»Wollte nur ein bißchen quatschen.«

Munk streckte die Hand aus.

»Laß ihn sich zu uns setzen. Alle, die etwas zu sagen haben, sollen auch zum Zuge kommen dürfen.«

»Na, ich weiß nicht«, sagte Waglen.

Er drehte die Augen zum Himmel. Dann zeigte er auf einen Küchenschemel.

»Dann nimm den und setz dich. Aber red' nicht soviel Unsinn und mach das Gesprächsniveau nicht zur Sau.«

Er sah Munk und mich an.

»Im großen und ganzen ist er harmlos. Ich lasse ihn ab und zu auf den Laden aufpassen und leihe ihm ein paar Videos. Ansonsten sitzt er meistens bei sich zu Hause und hört Hippieplatten, nickt mit dem Kopf und ›diggt‹, wie er es nennt, und quasselt Hippiesprache, sagt ›hey, man‹ und raucht seinen Joint. Stimmt's, daß du viel Hippiescheiß quasselst, du Sack?«

»Doch, doch«, sagte Der Alte Hippie. »Krieg' ich 'n Bier?«

»Bier braucht er, weißt du«, sagte Waglen.

»Nur eins.«

»Ja, und dann noch mal nur eins, stimmt's? Und dann sind wir in Gang.«

»Gib ihm ein Bier«, sagte Munk. »Er sieht aus, als könnte er es brauchen.«

Der Alte Hippie entfernte mit einem professionellen Handgriff den Kronkorken.

»Ich bin beinah nach Woodstock gekommen.«

»Wirklich«, sagte Munk. »Das kann längst nicht jeder von sich behaupten.«

»Kümmert euch nicht um sein ganzes Gequatsche und Gefasel«, sagte Waglen. »Wenn er beinah nach Woodstock gekommen ist, bin ich beinah in den Himmel gekommen. Das mit Woodstock hat er sich erst später angelesen. Da wurde ihm klar, daß er auch so einen Sauerstofftrip machen mußte wie Jerry Garcia und die großen Jungs, und wie gesagt, kam er nie wieder richtig runter. Er schwebt irgendwo da oben herum und redet das irrste Zeug. Aber Bier braucht er. Er weiß noch, daß es etwas gab, das Bier hieß und ziemlich gut war. Aber Hygiene ist ein Begriff, der ihm abhanden gekommen ist.«

»Ja ja«, sagte Munk. »Es gibt Schlimmeres.«

»Schon möglich. Aber es gibt auch besseres.«

Frau Waglen schwebte durch den Raum und ließ ihn sommerlich und hell erscheinen.

»Na, bist du's, Alter Hippie?« sagte sie. »Bleibst du zum Essen?«

»Er trinkt nur ein Bier, und dann soll er gehen«, sagte Waglen.

»Ja, danke«, sagte Der Alte Hippie. »Ich bleibe gern zum Essen. Was gibt es denn?«

»Eins möchte ich gern mal wissen«, sagte Waglen. »Was ist eigentlich aus dieser Imelda Marcos und ihren ganzen Schuhen geworden? Ich muß zugeben, daß ich das gern wüßte. Erst wurde ja eine Zeitlang von nichts anderem geredet, und jetzt ist es völlig still um sie geworden.«

Munk und ich guckten nachdenklich. Die Frage hatte uns bisher nicht besonders beschäftigt, würde es aber wohl von jetzt an tun.

»Imelda Marcos, mon amour«, sagte Waglen. »So viele Paar Schuhe können doch nicht spurlos verschwinden. Nicht, daß ich ein verdammter Schuhfetischist wäre, aber man wird sich ja wohl mal fragen dürfen.«

»Das darf man definitiv«, sagte Munk.

»Quält mich nicht«, sagte Munk. »Ich bin in ein Alter gekommen, in dem ich nicht mehr Qualen ertrage als die, an denen ich sowieso schon leide. Die Jahre vergehen, und man hat die Vorstellung, daß es etwas gab, was man hätte tun sollen, und während man noch darüber nachdenkt, was es war, liegt man da.«

Waglen und ich nickten.

»Ich weiß noch«, sagte Waglen, »daß ich mich wie ein Bescheuerter darauf gefreut habe, vierzig zu werden, weil ich dann so geil werden würde. Ich hatte soviel von diesen geilen Vierzigjährigen gehört. Jetzt bin ich gut und gern vierzig, und ich bin verdammich alles andere als sicher, ob ich soviel geiler bin als vorher.«

Er sah nachdenklich aus.

»Oder vielleicht doch? Ich vögel ja gern, das ist es nicht. Abgesehen von diesen Tagen, an denen es mir geht wie allen Männern von Zeit zu Zeit, daß einem kühlen Bier entschieden der Vorzug zu geben ist. Aber ich bin vielleicht ein bißchen langweilig. Ich interessiere mich für normalen Sex. Mit Frauen. Ich brauche mir nicht einmal einen Kannibalenfilm reinzuziehen, um einen Ständer zu kriegen.«

»Ich sehe mir die sechzehnjährigen Mädchen an«, sagte Munk, »und weiß, daß ich die einen Scheißdreck interessiere. Wenn sie mich überhaupt wahrnehmen, sehen sie einen alten Mann mit schlechten Zähnen, und da hilft es verdammt wenig, daß ich Zigarren spendiere, intellektuelle Konversation betreibe und ihnen erzähle, daß ich im Norwegischen Kulturrat gesessen und mich in kaum zu überschätzender Weise um die Bewahrung technischer und industrieller Kulturdenkmäler verdient gemacht habe, und daß ich an einem verregneten Abend mit Mick Jagger zusammen gespielt habe. Ich erzähle ihnen, ganz wahrheitsgemäß, daß ich klüger bin als Roland Barthes und jünger als Mick Jagger, aber glaubt ihr, das hilft?«

»Ist also jetzt die Zeit der Bekenntnisse«, sagte ich.

»Es ist Zeit für alles und jedes«, sagte Munk. »Morgen ist

ein neuer Tag, und wir werden uns so beschissen elend fühlen, daß wir jetzt reden können, was immer wir wollen. Hier, nehmt ein paar Zigarren und helft mit, das Scheißzeug zu vernichten.«

Waglen zündete sich eine Zigarre an und betrachtete Munk prüfend.

»Damals«, sagte er, »als ich euch Kerle kennenlernte, dachte ich oft, daß du verdammt viel Scheiße redest, über den Kommunismus und Dinge, die nichts bedeuten. Aber jetzt finde ich verdammich, daß du dich gemacht hast. Jetzt quatschst du über wesentliche Dinge, zu denen man eine Meinung haben kann.«

Wir nickten nachdenklich und rauchten vor uns hin.

»Ich bin nicht einverstanden damit, daß der Kommunismus nicht wichtig ist«, sagte Munk. »Es gibt Tage, da wünsche ich mir wirklich, Breschnew käme zurück und veranstaltete hier ein Höllenspektakel.«

»Skål auf Breschnew«, sagte Waglen.

»Ein in vielfacher Hinsicht verkannter Politiker und Staatsmann«, meinte Munk.

»Herrgott«, sagte ich.

»Ach, du sagst auch mal was«, sagte Munk.

Waglen tippte die Asche seiner Zigarre in einen Blumentopf.

»Es kommt darauf an«, sagte er, »nicht alle Geschichten auf einmal zu erzählen. Ich habe so das Gefühl, daß es gut sein könnte, später auch noch etwas erzählen zu können.«

»Ach, scheiß drauf«, sagte Munk. »Wir werden so besoffen sein, daß wir morgen alles vergessen haben, was wir gesagt haben.«

Ich zündete mir eine Zigarre an.

»Ich nicht«, sagte ich.

»Du was nicht?« fragte Munk.

»Ich werde nicht so besoffen sein, daß ich alles vergesse, was wir gesagt haben.«

»Du mußt auch immer was Besonderes sein«, sagte Munk. »Aber so wird man wohl nach einigen Jahren an der Weiterführenden Schule.«

»Das ist einfach zu billig, immer nur uns zu kritisieren, die wir an der Weiterführenden Schule verantwortungsvolle Arbeit leisten«, sagte ich. »Für miesen Lohn.«

Waglen vollführte eine vielsagende und nicht ganz nüchterne Geste in Richtung seiner Bücher.

»Ich hätte vielleicht sagen sollen, daß es meine Alte ist, die liest«, sagte er. »Aber so ist es nicht. Ich bin derjenige, der liest, und ich lese viel. Und in dem Zusammenhang will ich euch, die ihr als Intellektuelle geltet, etwas fragen: Warum lesen nicht mehr Leute Dostojewski? Das ist doch verdammich der Größte. Jetzt rede ich nicht von Shakespeare und solchen Ärschen, die noch größer sind, sondern von denen, die Romane schreiben. Warum lesen sie nicht ihn, sondern Hamsun, diesen alten Arsch?«

»Die Leute lesen Dostojewski«, sagte Munk. »Und würden außerdem nicht damit einverstanden sein, daß Hamsun ein Arsch ist.«

»Die Leute lesen Hamsun«, sagte Waglen. »Und er ist ein Arsch. Okay, er hat ein paar gute Bücher geschrieben. Hunger ist gut. Pan ist bis zu einem gewissen Grad sexuell erregend, okay. Mysterien könnte gut sein, wenn es halb so lang wäre. Aber dann? Nach einer gewissen Zeit durchschaust du den Kerl doch, du begreifst, wie er vorgeht. Wenn du einen Satz gelesen hast, kommt genau der Satz, auf den du wartest, hinterher.«

»Ich bin nicht deiner Meinung«, sagte Munk. »Zwei Drittel von Mysterien sind gut. Und er hat noch ein paar mehr auf Lager.«

»Welche denn?« fragte Waglen. »Die August-Bücher? Unter Herbststernen und der ganze Scheiß? Das ist doch total vorhersehbare Literatur. Nein, verdammich, die Leute sollen Dostojewski lesen. Ist es ein Wunder, daß die Welt ist, wie sie ist?«

KINDER GOTTES

»Sind wir Kinder Gottes?« fragte Munk.

Waglen und ich sahen uns an.

»Wer weiß«, meinte Waglen.

»Ich weiß es jedenfalls nicht«, sagte ich.

»Nein, was du nicht sagst«, sagte Munk. »Ich hatte nämlich erwartet, du würdest sagen: Das kommt ganz darauf an, wie man Kinder Gottes definiert.«

»Das zeigt nur, was für Vorurteile du hast«, sagte ich.

»Dann frage ich noch einmal«, sagte Munk. »Sind wir Kinder Gottes?«

Waglen nickte mir zu.

»Klar sind wir das, verdammich«, sagte er.

»Gottes Kinder, das sind wir«, sagte ich.

Munk lächelte zufrieden und zündete sich eine neue Zigarre an, hustete und trank.

»So ist es«, sagte er. »Hier sitzen wir am dunklen Sognefjord, einem der größten Wunderwerke Gottes neben der London Underground und Gina Lollobrigida, einem unermeßlich reichen Geschenk an die Menschheit, rauchen Zigarren, trinken gute Weine, huldigen dem Gespräch und der Freundschaft, und vor allem sitzen wir hier erfüllt von der Gewißheit, daß wir Kinder Gottes sind, daß ungeachtet dessen, wo wir sind und was wir treiben, jemand da ist, der an uns denkt, und daß wir nie ganz und gar in den Arsch gekniffen sein können!«

Ich wußte nicht ganz, ob es so war, aber es kam mir ganz einleuchtend vor, wenn Munk es auf diese Art und Weise sagte.

»Uns geht es gut«, fuhr Munk fort. »Uns geht es verdammt gut.«

Wir tranken und blickten über den dunklen Fjord, auf dem eine einsame Laterne vorüberglitt.

»Sind wir große Sünder?« fragte Munk.

Waglen und ich nickten.

»Das sind wir«, fuhr Munk fort. »Sind wir unseren Frauen untreu gewesen? Jetzt spreche ich nur von denen von uns, die eine haben.«

Ich wand mich auf meinem Stuhl.

»Nun ja«, sagte ich.

»Das sind wir also.«

»Ich nicht«, sagte Waglen. »Jedenfalls nicht oft.«

»Du mußt auch die mitzählen, auf die du Lust hast«, sagte Munk.

»Lust habe ich auf die meisten«, sagte Waglen. »So ist das, wenn man über vierzig ist.«

»Also bist du im Herzen untreu, du schweinischer Sünder«, sagte Munk. »Gehen wir weiter: Haben wir Kinder außerhalb der Ehe?«

Waglen und ich schüttelten zufrieden die Köpfe.

»Ja«, sagte Munk. »Das haben wir.«

»Du?« sagte ich. »Davon habe ich nichts gewußt.«

»Davon wissen auch nicht viele«, erwiderte Munk. »Das war zu der Zeit, als ich noch mit Schauspielerinnen verkehrte. Es hat sich herausgestellt, daß eine von ihnen schwanger wurde. Es ist einer der Fälle, bei denen man leicht sehen kann, wer der Vater ist, doch wer die Mutter ist, das ist schon zweifelhafter.«

Wir ließen dies erst mal ein wenig sacken und schauten gedankenvoll auf den dunklen Fjord hinaus, auf dem jetzt nicht einmal mehr eine einsame Laterne zu sehen war.

»Wo ist… das Kind jetzt?« fragte ich.

»Es ist ein Sohn«, sagte Munk. »Dem Vernehmen nach soll er an der Universität in Heidelberg studieren.«

»Das ist ja allerhand«, sagte Waglen. Munk sah ihn an.

»Hast du ein besonderes Verhältnis zur Universität in Heidelberg?«

»Nein, eigentlich nicht«, sagte Waglen. »Ich dachte nur, ich müßte etwas sagen.«

»Ich hatte nicht um einen Kommentar gebeten«, sagte Munk. »Dies ist reine Information. Aber vielleicht kann es trotzdem von Bedeutung sein für uns alle. Wenn ihr bereit seid.«

»Das sind wir jetzt wohl«, sagte ich.

»Man muß immer bereit sein«, sagte Munk. »Besonders jetzt, wo es auf eine Jahrtausendwende zugeht.«

Er lehnte sich in den Sessel zurück.

»Du alter Wagl«, sagte er. »Trinken wir noch ein Glas?«

Waglen gähnte und nickte.

»Das ist gut«, sagte Munk. »Ich könnte mir vorstellen, den Rest der Nacht hier zu sitzen und Wein zu trinken und rhetorische Fragen zu stellen.«

Ich sah Munk an. Ich öffnete den Mund.

»Wir haben jetzt ziemlich lange hier gesessen«, begann ich. »Wir haben zu Abend gegessen – und es war köstlich, das muß einmal gesagt werden, wir haben dies und das getrunken, und was mich betrifft, so fange ich an, ein bißchen beschwipst zu werden –, mit anderen Worten, ich glaube, daß sowohl Waglen als auch ich jetzt motiviert sind zu erfahren, warum wir hier versammelt sind. Was für Pläne hast du eigentlich?«

Munk nickte und blies eine Rauchwolke aus.

»Ihr mögt recht haben«, sagte er. »Vielleicht ist die Zeit gekommen. Vielleicht habe ich euch lange genug auf die Folter gespannt. Ich muß nur meinen Koffer holen.«

Er erhob sich auf unsicheren Beinen und ging hinaus.

Waglen warf mir einen anerkennenden Blick zu.

»Gut«, sagte er. »Wenn du mich fragst, so hatte ich schon ganz vergessen, daß wir aus einem bestimmten Grund hier sind. Es kommt mir vollkommen natürlich vor, daß wir hier sitzen und Scheiße labern, als hätten wir nie etwas anderes getan.«

»Ja«, sagte ich. »Deshalb ist es wichtig, daß ab und zu jemand eingreift.«

»Ein wahres Wort, verdammich«, sagte Waglen. »Skål, alter Kameltreiber.«

Munk kam auf unsicheren Beinen wieder zurück und legte den Koffer auf den Tisch.

»Dein Sohn liegt wach im Bett, hat Licht an und liest Tolstoi«, sagte er zu Waglen. »Aber ich habe nicht eingegriffen.«

»Der schläft bald ein«, sagte Waglen. »Anna Karenina schafft er ja nicht in einer einzigen verdammten Nacht.«

Munk öffnete den Koffer und nahm einen Ordner mit einer Reihe von Papieren heraus.

Zuoberst lag ein altes Foto, ein Mann von ungefähr vierzig Jahren, mit Bart, Hut, steifem Kragen und einem schwermütigen Gesichtsausdruck.

»Wißt ihr, wer das ist?« fragte Munk.

Waglen und ich studierten das Foto eingehend, aber keiner von uns hatte einen guten Vorschlag. Schließlich schlug Waglen Arne Garborg vor, obwohl sogar ihm klar sein mußte, daß es nicht Garborg sein konnte.

Munk sah herablassend und mündig auf uns nieder.

»Das ist natürlich kein anderer als Olaf ›Klorolle‹ Andrésen«, sagte er. »Der berühmte Kabarettist.«

»Kann nicht behaupten, je von ihm gehört zu haben«, sagte ich.

»Es gibt nicht mehr viele, die sich noch an ihn erinnern«, sagte Munk.

Ich betrachtete das Foto noch einmal.

»Warum Klorolle?« fragte ich.

Munks Gesicht nahm einen sorgenschweren Ausdruck an und erinnerte an das des Mannes auf dem Foto.

»Er war aus Moss«, sagte er, »und das war in vielfacher Hinsicht das Unglück seines Lebens. Moss ist ja bekannt für seinen Sumpfgeruch. Wahrscheinlich ist das die Verbindung zur Klorolle. Die Sache ist die, daß Andrésen, ein großes Talent aus der Provinz, von den arroganten und flachstirnigen Kabarettelite-Schwänzen in Oslo nie ganz akzeptiert wurde. Hinter seinem Rücken lachten sie über ihn und äfften seinen Østfold-Dialekt nach, den er im übrigen schnell ablegte. Aber das half nicht. Für die urbanen Oslosäcke war er nie etwas anderes als ein Bauerntölpel.«

»Wieso interessierst du dich plötzlich für diesen ehemaligen Kabarettisten?« sagte ich.

Munk blätterte in seinen Papieren.

»Ihr erinnert euch, daß ich zusätzlich zu einer großen Geldsumme einen Karton Papiere von meinem Onkel geerbt habe. Unter diesen Papieren fand ich eine Anzahl von Dokumenten, die diesem Klorolle Andrésen gehört hatten. Es zeigte sich, daß er ein älterer Vetter des erwähnten Onkels war, was natürlich bedeutet, daß er und ich ebenfalls verwandt sind, wenn auch um ein paar Ecken. Ich fand sowohl seine Tagebücher als auch eine Reihe von Briefen und Fotos. Aus ihnen geht deutlich hervor, daß er sich die gegen ihn gerichteten Schikanen sehr zu Herzen nahm, und er endete als unglücklicher und alkoholisierter Mensch und als irgend etwas Infernalisches im Riksmålsforbund.«

»Ein gräßliches Schicksal«, sagte ich.

»Das ist nicht übertrieben. Aber als ich anfing, seine Tagebücher zu lesen, ging aus ihnen auch hervor, daß er an einem großen Projekt arbeitete, von dem er hoffte, daß es ihn rehabilitieren und den Kabarettdirektoren in der Hauptstadt und dem breiten Publikum die Augen öffnen würde: eine Revue – oder eine Vorstellung – von nahezu Wagnerschen Proportionen, die das Ganze zusammenfassen, das Wesentliche über das moderne Norwegen sagen sollte, über das geistige und kulturelle Niveau hierzulande und, wenn ich ihn recht verstanden habe, über die Bedingungen für die Liebe und das Gute in einem Zeitalter der Dummheit. Doch der ganze Widerstand und der Alkohol bewirkten, daß er es nie schaffte, sein Vorhaben zu verwirklichen, und es erübrigt sich wohl zu sagen, daß er als verbitterter und gebrochener Mann endete, verlassen von allen, und ohne je echte Liebe oder echten Erfolg erfahren zu haben.«

»Verdammt tragisch«, sagte Waglen und hustete.

»Und das ist bestimmt auch nicht übertrieben«, sagte Munk. »Aber während ich das alles las, ging mir auf, daß seine Gedanken ja heute ebenso gültig sind. Und wem sollte es mehr obliegen als mir, seinem Verwandten, zu versuchen, die gleichen Ideen in einer leicht modernisierten Form zu realisieren.«

»Also dabei sollen wir mitmachen«, sagte ich.

»Mucho gracias«, sagte Waglen. »Ich kotze nur.«

Munk legte die Hände auf Waglens und meine Schultern.

»Und dabei kam ich darauf, daß wir ja einmal ein in vieler Hinsicht gutes Projekt hatten, Saba de luxe, wo wir unbewußt einige der Gedanken realisiert haben, mit denen Olaf Klorolle Andrésen sich getragen hat. Wenn wir jetzt das Konzept ein wenig ändern und erweitern, so glaube ich, daß wir etwas Schockierendes zustande bringen könnten, eine Vorstellung, die die meisten kränken und zum Kern dessen vordringen könnte, worum sich die norwegische Gesellschaft heute dreht. Es würde eine Mischung aus musikalischen und verbalen Nummern werden, und wir würden die gleichen Instrumente spielen wie damals. Außerdem glaube ich, daß unser Genosse Waglen hier sich als Stand-up-Komiker eignen würde, der alle anderen beschissenen Stand-up-Komiker alt aussehen lassen und dazu bringen würde, von der Bildfläche zu verschwinden. Kurz gesagt: Wir würden einen relevanten Kommentar zu unserer kulturellen und geistigen Situation liefern, der die Leute so aufrüttelt, daß sie zu Kreuze kriechen und einsehen würden, wie sehr sie auf dem Holzweg sind.«

Waglen und ich bewegten diese Worte in unseren Herzen.

»Ich habe seit damals im Nygårdsparken nicht mehr Baß gespielt«, wandte ich ein. »Und da war ich schon nicht besonders gut.«

»Warst du auch nicht«, sagte Munk. »Aber du bekommst Zeit zum Üben.«

»Ich habe auch nicht mehr am Schlagzeug gesessen«, sagte Waglen. »Aber darauf kommt es wohl nicht so genau an. Ich werde auf jeden Fall nicht üben. Entweder hast du es in dir, oder du hast es nicht.«

»Ganz meine Worte«, sagte Munk mit einem Blick auf mich.

Ich fühlte, daß der Abend anfing, im Nebel zu verschwimmen.

»Eins fällt mir auf«, sagte ich. »Daß wir hier sitzen und reden, als wäre dies alles schon beschlossene Sache. Aber das ist es ja noch gar nicht.«

»Nein, verdammich, das ist es nicht«, sagte Waglen.

»Wir sind zum Beispiel Familienväter und Lohnempfänger, die ihrer ehrlichen Arbeit nachgehen«, fuhr ich fort.

»Ihr bekommt Bedenkzeit«, sagte Munk. »Bis morgen. Dann lege ich die Dinge detaillierter dar.«

»Ich könnte vielleicht Klavier spielen statt Baß«, sagte ich. »Das kann ich ein bißchen.«

»Wer kann das nicht?« sagte Munk. »Klavier spielen ist keine Kunst.«

Waglen sah aus, als denke er gründlich nach.

»Darf ich Witze erzählen?« fragte er.

»Keine gewöhnlichen Witze«, sagte Munk.

»Ich kann nur gewöhnliche Witze«, sagte Waglen. »Wenn ich überhaupt welche kann.«

»Es kommt alles auf die Einrahmung an«, sagte Munk, »und aufs Taiming.«

»Dann ist es kein Problem«, sagte Waglen. »Taiming ist meine Stärke.«

Der Mond schien durchs Fenster, beleuchtete meine Zehen und gab ihnen einen fast unwirklichen Glanz.

»Ich bin nicht sicher, ob das hier eine gute Idee war«, murmelte Munk.

»Was meinst du?« sagte ich.

»Diesen Videokerl hier aufzusuchen. Ich kann irgendwie überhaupt nicht so dominieren, wie ich es gewöhnt bin.«

»Das kann dir doch nur gut tun«, sagte ich.

»Oh, halt die Klappe«, sagte Munk.

»Gute Nacht«, sagte ich.

KOMMUNALPOLITIK

Munk hatte gerade Waglen und dem Alten Hippie (der wieder zum Essen erschienen war) erzählt, daß die Gemeinde die neue Hauptstraße mitten durch sein Haus legen wollte.

»Wow«, sagte Der Alte Hippie.

Waglen stand auf und ging zum Telefon.

»Ich rufe mal unseren Gemeinderatsvorsitzenden hier an«, sagte er. »Diese Ärsche von Gemeinderatsvorsitzenden kennen sich untereinander, sie treffen sich häufig und essen Schnittchen und begrabschen Weiber.«

Jemand meldete sich am anderen Ende.

»Hallo, bist du es, alter Sack?« sagte Waglen. »Hier ist Waglen. The King of Family Entertainment. Du pichelst dir einen so am Feierabend?«

»Wow«, sagte Der Alte Hippie. »Das ist der Vorsitzende. Dieser Scheiß Malocher.«

»Nun sei mal nicht so streng«, sagte Munk. »Es muß ja auch welche geben, die malochen. Sonst würden die anderen ja nicht zu ihrem Recht kommen.«

Der Alte Hippie sah aus, als denke er gründlich hierüber nach, und betrachtete eingehend sein Bierglas, auf dem Fixer Junge stand.

»Das kann ich diggen«, sagte er schließlich.

»Klar kannst du das«, sagte Munk.

Waglen gesellte sich wieder zu uns.

»Das geht in Ordnung«, sagte er. »Der Wichser von einem Vorsitzenden sagt, er will sehen, was sich machen läßt.«

Munk sah Waglen beinah beeindruckt an.

»Und wie kommt es, daß du so ein gutes Verhältnis zu eurem Vorsitzenden hast?«

»Kein Problem«, sagte Waglen. »Ich sitze im Gemeinderat. Für die Arbeiterpartei.«

»Für die Arbeiterpartei?« sagte Munk. »Das hätte ich nicht erwartet.«

»Ich sitze nur da, um ihnen das Leben schwer zu machen«, sagte Waglen. »Das haben sie mittlerweile begriffen. Aber bis zur nächsten Wahl können sie wenig dagegen machen, verdammich. Ich war der Kandidat, der die meisten Stimmen bekommen hat. Und dann hab ich diesem Wichser von Vorsitzendem sozusagen Eierschrauben angelegt, er kommt ja dauernd her und leiht Videos aus, und ich bin mir nicht sicher, ob es ihm gefallen würde, wenn durchsickert, was für Kassetten er da mit nach Hause nimmt.«

»So spricht ein echter sozialdemokratischer Kommunalpolitiker«, sagte Munk.

Der Alte Hippie nickte.

»Yeah, man.«

»Ich weiß nicht«, sagte ich. »Es gibt doch auch viele gute Sozialdemokraten. Es ist zu simpel, nur die Sozialdemokratie zu kritisieren, ohne zu … ich meine, wir sind doch im Herzen alle Sozialdemokraten.«

»Sind wir?« fragte Munk.

»Ich nicht«, antwortete Der Alte Hippie.

»Das bin ich verdammt noch mal auch nicht«, sagte Munk.

Waglen lächelte.

»Ich schon«, sagte er. »Ich komme dem typischen Sozialdemokraten wohl ungefähr so nahe, wie du ihm kommen kannst.«

»Darauf bildest du dir wohl auch noch was ein«, sagte Munk.

»Die Sozialdemokratie deckt das Meiste ab«, sagte Waglen. »Das ist das Gute an ihr.«

»Warum geht es denn dann so verdammt bergab mit ihr?« fragte Munk. »Mit dem Weinmonopol, der Inneren Mission, dem Geschlechtsleben und den ganzen anderen sozialdemokratischen Institutionen.«

»Sie hätten Hanf in den Läden verkaufen sollen«, sagte Der Alte Hippie. »Über den Ladentisch.«

»Hör du bloß auf mit deinem Blödsinn«, sagte Waglen.

Munk sah den Alten Hippie an.

»Genau«, sagte er. »Dann hätten sie bei Kommunal- und Stortingswahlen sicher große Erfolge gehabt.«

»Aber jetzt wollen wir ein bißchen mehr über dein Projekt erfahren«, sagte ich. »Zum Beispiel, was die finanzielle Seite anbelangt.«

Munk warf mir einen resignierten Blick zu.

»Ich dachte, das sei längst geklärt. Ich habe eine Zusage, daß wir zwei Wochen vor vollem Haus in Oslo spielen werden, danach gehen wir eine Zeitlang auf Tournee. Wenn das vorbei ist, fahrt ihr mit mir nach Heidelberg, trefft meinen Sohn, und wir holen ihn nach Hause.«

»Und was ist, wenn er gar nicht nach Hause will?« sagte ich.

»Schnauze! Dies ist einfach ein Teil meines erweiterten Projekts, und ich habe keine Lust zu erklären, warum das so ist. Ich bezahle euch während der ganzen Zeit vollen Lohn plus Reisekosten, und ihr bekommt Spesen nach den staatlichen Sätzen.«

»Wie hoch liegen die jetzt?« fragte Waglen.

»Das finden wir schon raus, zum Teufel!«

»Ich hoffe, sie liegen hoch«, sagte Waglen.

»Viel zu hoch für dich, nehme ich an«, sagte Munk.

Ich dachte darüber nach, wo Waglens Frau wohl war, und was sie gerade tat. Sie war wahrscheinlich im Café, dachte ich, hielt den Laden in Schwung und nahm sich hungriger Kunden an.

»Das sollen wir also tun«, sagte Waglen. »Also doch ein bißchen mehr, als nur auf ein Schlagzeug einzudreschen.«

»Allerdings«, sagte Munk. »Ihr sollt euch äußern. Sagen, was Sache ist, aber auf eine unterhaltende Art und Weise.«

»Ich kann so verdammt wenig Witze«, sagte Waglen.

»Ich kann gar keine«, sagte ich.

»Ich kann einen«, sagte Waglen. »Den habe ich Ende der sechziger Jahre in einer alten Nummer von Aktuell gelesen. Aber der handelt von einem Samen, und dann kann ich ihn wohl nicht auf der Bühne bringen.«

»Klar kannst du das«, sagte Munk. »Laß hören.«

»Ja, also da war ein Same, der einer schicken Frau begegnete und sich vorstellen wollte, also. ›Matte Möse‹, sagte er. Und da errötete die Frau und sagte: ›Aber nein. Nur ein bißchen weich in den Knien‹.«

Waglen sah Munk fragend an, der keine Miene verzog.

»Der ist vielleicht ein bißchen diskriminierend«, sagte Waglen.

»Das macht nichts«, sagte Munk. »So etwas brauchen wir.«

»Da fällt mir übrigens noch ein Witz aus der gleichen Nummer von Aktuell ein«, sagte Waglen. »Was haben ein verbrannter Kuchen und eine schwangere Frau gemeinsam? Es wäre nicht passiert, wenn du ihn rechtzeitig rausgeholt hättest. Aber der ist vielleicht nicht so toll.«

»Nein«, sagte Munk. Er sah Waglen ernst an. »Eins ist wichtig«, sagte er. »Du darfst nie über deine eigenen Witze lachen.«

»Keine Sorge. Ich hab bisher noch nie gelacht.«

»Lachst du über deine eigenen Witze?« fragte Munk mich.

»Keine Sorge«, sagte ich. »Ich kann wie gesagt gar keine Witze.«

»Du kannst doch den von dem Krokodilbändiger«, sagte Waglen.

»Nein, den kann ich nicht.«

»Ich aber«, sagte Der Alte Hippie. »Soll ich ihn erzählen?«

»Du sollst dein dämliches Hippiemaul halten«, sagte Waglen.

EIN ABEND AUF DEM SOGNEFJORD

Manchmal ist es so im Leben: Man hat für eine Weile genug davon zu reden und zu trinken und sieht ein, daß es vielleicht an der Zeit ist, fischen zu gehen. Da liegt der stille Sognefjord, voller Fische mit verträumten Blicken, auf der dunklen Wasseroberfläche zittert ein Streifen Mondlicht wie ein Traum, den der Alltag nicht ganz auslöschen konnte.

Wir standen auf Waglens Balkon und ließen den Zigarrenrauch zu den weißen Sternen aufsteigen und fühlten, daß dieser Fjord und dieser Abend vielleicht das Wichtigste waren, was wir jemals erlebt hatten. Wichtiger als die erste Liebe. Wichtiger als Buster Keaton. Wichtiger als Saties Klavierstücke. Wichtiger als ein verregneter Septembertag.

»Jetzt haben wir geflucht und gesumpft und gesoffen und uns aufgeführt wie die Deppen«, sagte Waglen. »Jetzt ist es an der Zeit, hinauszufahren und ein bißchen zu fischen. Ich suche die Pilkleinen raus, und dann werfen wir die alte ›Duddei‹ an.«

»›Duddei‹?« fragte ich.

»Mein Boot«, sagte Waglen. »Ich habe es von dem alten Ehrenmann Nikolai gekauft.«

Ich fragte nicht, wer der alte Ehrenmann Nikolai war. Es schien überflüssig zu sein.

Frau Waglen saß in der Wohnstube vor dem Fernseher und blickte auf, als wir auf Zehenspitzen vorbeischlichen.

»Wohin woll ihr?« fragte sie.

»Raus und fischen«, antwortete Waglen.

»Im Mondschein«, ergänzte Munk. »Die Dame des Hauses möchte nicht mitkommen?«

Sie lächelte, und es war, als lächelte uns ein Engel zu und bäte uns, nicht über den Rand des Abgrunds hinauszutreten.

»Nein, ich glaube kaum«, sagte sie. »Fallt aber nicht in den Fjord.«

»Sollten wir in den Fjord fallen, steht die Vorsehung dahinter«, sagte Waglen. »Das weißt du doch.«

Waglen holte die Pilkleinen, und wir gingen hinunter auf den winzigen Steg, an dem die alte ›Duddei‹ vertäut lag und langsam vom Mond geschaukelt wurde.

»Pilkleinen?« sagte Munk. »Ich wußte nicht, daß man damit so spät am Abend was fängt.«

»Hier schon«, sagte Waglen. »Hier kriegst du mit allem Fisch. Ich denke, daß die Fische uns auf den Schoß springen und in den Pimmel beißen, noch bevor wir richtig draußen sind.«

Wir stiegen an Bord, ohne ins Wasser zu fallen.

»Und ganz davon abgesehen«, sagte Munk, »ist der Fisch wohl nicht so wichtig. Das Wichtige ist das Fischen.«

Ich glaubte, dazu etwas zu sagen zu haben, aber es war wieder verflogen, bevor ich es sagen konnte.

»Das kommt darauf an, wie man es sieht«, sagte Waglen. »Oder was sagst du dazu, alte ›Duddei‹?« Er kurbelte den Motor an. Ich löste mit geübten Bewegungen die Leinen, und wir folgten dem Mondstreifen aufs Wasser hinaus.

»Ich liebe das hier«, sagte Munk. »Noch bevor ich die Pilkleine über die Bordkante gelassen habe, muß ich sagen, daß ich das hier liebe. Den Sognefjord, den besten Fjord in der Welt. Den Mond, den besten Mond in der Welt.«

»Das beste Boot«, sagte Waglen.

Waglen stellte den Motor ab, und Munk ließ die Pilkleine ins Wasser.

»Gott segne dich, Pilk«, sagte er. Er sah uns an. »Nennt mich ruhig einen sentimentalen alten Sack, aber es gibt Dinge, die man einfach lieben muß, ohne darüber zu diskutieren. Den Sognefjord. Greta Garbo. Das alte Osteuropa. Billie Holiday. Weihnachten in alten amerikanischen Filmen. Englische

Dörfer. Kirchenlieder … und noch ein paar. Ich danke dir, Genosse Waglen, daß du mir Gelegenheit gibst, dies zu erleben.«

Waglen stand über die Bordkante gebeugt und sah hinunter in das mondhelle Wasser.

»Ich glaube, bei mir hat einer angebissen«, sagte er. »Da unten ist etwas. Als hätte der Teufel persönlich angebissen.«

Er zog kräftig an der Leine.

»Oder war es vielleicht nur ein Traum, ein Traumfisch.«

Eine einsame weiße Laterne glitt in der Mitte des Fjords vorüber. Waglen schaute auf.

»Das ist der Großvater von meiner Alten«, sagte er. »Auch der Fliegende Hyllestadinger genannt. Am Karfreitag vor zwanzig Jahren trat er einfach aus der Tür seines Hauses, nahm das Boot und fuhr hinaus auf den Fjord. Seitdem ist er nicht mehr zu Hause gewesen. Und kein Mensch hat ihn gesehen. Man sieht nur nachts seine Laterne. Niemand weiß, ob er noch lebt oder ob er tot ist. Aber das ist in seinem Fall vielleicht auch nicht so wichtig. Jetzt beißt wieder einer an.«

Wir sahen zu, wie Waglen im Mondlicht die Leine einholte.

»Warum hat er das getan?« fragte ich und wandte den Blick der weißen Laterne zu, die sich entfernte.

»Frag mich nicht«, sagte Waglen. »Warum tun die Leute überhaupt irgendwas? Sie tun's einfach, und nur die anderen fragen, warum. Ich glaube, das ist die falsche Frage. Guckt, hier haben wir den Teufel.«

Er zog einen dunklen Fisch über die Kante und brach ihm das Genick.

»Er muß aber doch ab und zu an Land und sich was Eßbares besorgen«, sagte ich.

»Nicht unbedingt«, meinte Waglen. »Nicht, wenn er tot ist. Außerdem hat er schon früher wenig gegessen, heißt es. Und getrunken hat er auch nicht.«

Ich spürte, daß ein Fisch anbiß, und fing an einzuholen.

»Ich bin auch noch hier«, sagte Munk. »Auch wenn ich nichts sage.«

Irgendwo über uns hörte ich eine Meereule schreien, und ein dunkler Schatten legte sich vor den Mond. Plötzlich kam mir der Gedanke, daß ich vielleicht schon alles erlebt hatte, was ich in diesem Leben erleben sollte, und dabei eigentlich mehr gute Stunden verlebt hatte als die meisten, und sollte dies auch der letzte Abend meines Lebens sein, würde ich doch nicht sagen, daß es vergeudet gewesen wäre und ich nicht ein reiches Leben gehabt hätte. Ich fragte mich, wie lange Alfred sich an seinen Vater erinnern würde, falls ich nie mehr nach Hause käme. Hatte er mich schon vergessen?

Etwas kam zappelnd an die Wasseroberfläche, und ich zog ihn mit einem Ruck ins Boot. Es war einer von der stoischen Sorte, der begriff, daß es das gewesen war, und mich ruhig anblickte, als ich ihn hochnahm und ihm die Kiemen durchschnitt. Ein Musterfisch.

»Der ist ja nicht besonders groß«, sagte Waglen.

»Groß genug«, sagte ich. »Mit einer guten Soße dazu.«

»Soße muß sein«, sagte Waglen. »Und die Kartoffeln dürfen nicht zu lange kochen. Mußt du ab und zu mit der Gabel anpieken.«

Wir sahen Munk an. Er saß ganz still da und schien kein Glück zu haben.

»Habe ich schon erzählt, wie ich einmal mit Marianne Faithful zum Angeln war?« sagte Munk.

»Nicht, daß ich wüßte«, sagte ich.

»Da gibt's auch nicht viel zu erzählen«, sagte Munk. »Sie fing massenhaft Fische und ich fast keine. Als wir an Land kamen, schickte sie das Ganze an Mick Jagger, nur so als Joke. Hätte gern sein dummes Gesicht gesehen, als er einen Karton mit verfaultem Fisch geliefert bekam. Damals war er noch mit Bianca verheiratet, also hat sie das Paket wahrscheinlich angenommen.«

Waglen zog wieder einen ins Boot.

»Sie werden größer und größer«, sagte er. »Jetzt wird meine Alte sich freuen. Sie liebt Fisch.«

Munk zog an seiner schlaffen Schnur und seufzte.

»Ich möchte wissen, was meine Schafe jetzt machen«, sagte er. »Sie fühlen sich bestimmt einsam und haben Sehnsucht nach ihrem Vater. Frage mich, ob diese Cecilie daran denkt, sie zu füttern.«

»Tut sie bestimmt«, sagte ich.

»Man weiß nie bei so jungen Mädchen«, sagte Munk. »Sie meinen es nicht böse, aber plötzlich denken sie an etwas anderes, einen Jungen oder irgend etwas, und dann sind Schafe und alles vergessen.«

»Das wird schon klappen«, sagte ich.

»Vielleicht denken sie gerade jetzt an mich und fragen sich, wie es mir heute abend geht.«

Ich spürte, wie es ruckte.

»Ich hab einen dran.«

»Die armen Schafe«, sagte Munk.

Ich sah dahin, wo Waglen sein sollte.

»Wo ist Waglen?« fragte ich.

»Woher soll ich das wissen?« sagte Munk. »Soll ich meines Bruders Hüter sein?«

»Er kann doch nicht reingefallen sein«, sagte ich.

»Kann er schon«, meinte Munk. »Aber dann müßten wir etwas gehört haben.«

Das klang logisch.

»Waglen?« rief ich leise.

Der Abend wurde noch stiller.

»Waglen!« rief Munk.

Eine Meereule schrie irgendwo hinter uns.

»Meint ihr mich?« sagte eine wohlbekannte Stimme.

Wir starrten über das Wasser.

Mitten in dem schmalen Streifen Mondlicht sahen wir eine Erscheinung. Waglen kam über das Wasser gehend auf uns zu, in jeder Hand einen dunklen Fisch.

»Herr, sei uns gnädig«, murmelte Munk.

»Fürchtet euch nicht, ihr Kleingläubigen«, sagte Waglen. »Ich mußte es einfach versuchen. Und zwei Fische habe ich auch noch abgestaubt.«

Er krabbelte ins Boot.

»Es wäre schön, wenn ihr meiner Alten nichts von der Sache erzählen würdet«, sagte er. »Ich bin mir nicht sicher, ob sie wüßte, wie sie damit umgehen soll.«

»Okay, ihr Halunken und Banditen«, sagte ich zu meinen Schülern. »Jetzt könnt ihr Feierabend machen.«

Die 28 Schüler (eigentlich sind es 30, aber sie schwänzen, was das Zeug hält) der Klasse 1B des allgemeinbildenden Zweigs der Weiterführenden Schule nickten, um zu zeigen, daß sie schon wußten, was sie mit ihrer Freizeit anfangen würden.

Ich ging zur Rektorin Dagny Albrektsen.

»Ich nehme mir ein halbes Jahr frei, um mal zur Ruhe zu kommen«, sagte ich. »Ich glaube, ich habe es nötig. Du mußt dir einen tüchtigen Vertreter besorgen.«

»Tu das«, sagte Dagny Albrektsen, ohne aufzublicken. »Ja, tu das.«

Wir hatten uns an der Schule einen kameradschaftlichen Ton zugelegt.

Dagny Albrektsen war außerdem eine hochgestellte Lokalpolitikerin in der Arbeiterpartei, und wie alle sozialdemokratischen Politiker auf einem gewissen Niveau konnte sie eine ganze Nacht lang dasitzen und Aquavit trinken, ohne daß man es ihr anmerkte. Aber das gehört nicht zur Sache.

Im Auto auf dem Heimweg umfaßte ich das Lenkrad und hatte das Gefühl zu schweben. Ja, ich fand kein besseres Wort. Es war ein Gefühl, das ich viele Jahre lang nicht gehabt hatte, jetzt aber so lange wie möglich festzuhalten gedachte. Ich nahm die Kurven auf zwei Rädern und sah die Sonne hinter einer weißen Wolke herauskommen.

Aslaug bekam schmale Augen. Es tat mir leid, daß ich die Ursache war, aber jetzt konnte ich nicht mehr klein beigeben.

»Beurlauben lassen«, sagte sie.

Zwei Wörter können sich manchmal nach viel mehr anhören. Diese zwei waren von der Sorte.

»Nur ein paar Monate«, sagte ich. »Ich fühle mich ausgelaugt.«

Ich fühlte mich nicht im geringsten ausgelaugt, aber ich mußte versuchen, eine Sprache zu benutzen, mit der die Empfängerin etwas anfangen konnte.

»Ausgelaugt?« sagte Aslaug. »Da bist du nicht der einzige.«

Ich wußte, daß sie recht hatte, aber wie gesagt, ich konnte jetzt nicht mehr klein beigeben. Um mein Gewissen würde ich mich kümmern, wenn ich erst einmal losgekommen war.

»Ich muß das einfach ausprobieren«, sagte ich.

»Du *mußt*«, sagte Aslaug. »Du mußt, du mußt. Und was hast du dir vorgestellt, Alfred zu sagen?«

Ja, was *hatte* ich mir vorgestellt, Alfred zu sagen. Ich hatte mir gar nichts vorgestellt. Noch nicht. Außerdem war er beim Handballtraining.

»Nächstes Mal kannst du dich ja beurlauben lassen«, sagte ich. »Du kannst verreisen, weit weg. Nur du. Dich wieder aufbauen.«

»Mich wieder aufbauen? Das kriege ich schon hin. Die Frage ist eher, ob ich *dich* noch wieder *ein*baue. Daran hast du vielleicht nicht gedacht. Aber vielleicht bedeutet dir das gar nichts?«

»Nun nimm das doch nicht so«, sagte ich.

»Nimm das nicht so?«

Mußte sie unbedingt alles wiederholen, was ich sagte? Es war schlimm genug, es *einmal* zu hören, aus meinem eigenen Mund.

»Aber so bist du eben«, sagte Aslaug. »Man soll allein in die Welt hinaus und ›sich wieder aufbauen‹. Es würde dir nie in den Sinn kommen, daß man auch mal was gemeinsam tun könnte, daß das in einer Ehe vielleicht das Natürliche wäre.«

»Doch«, sagte ich.

»Was doch?«

»Wir haben was zusammen gemacht. Viel sogar.«

»Zum Beispiel?«

Ich hätte sagen können: Wir haben ein Kind zusammen bekommen. Aber ich sagte es nicht. Sogar ich begriff, daß das hieße, den Bogen zu überspannen.

»Das weißt du ganz genau«, sagte ich. »Jetzt geht es doch nur noch um Rhetorik. Rhetorische Fragen.«

Aslaug kehrte mir den Rücken zu und ging in ihr Zimmer. Ich stand eine Weile an der Tür und lauschte, hörte aber nichts.

Alfred ähnelte Aslaug. Es war sonderbar, daß ich es erst heute so deutlich sah, aber jetzt war es nicht zu übersehen. Er ähnelte Aslaug und wahrscheinlich nicht mir. Oder vielleicht ein bißchen, nur war ich nicht imstande, es zu sehen.

»Ich komme ja bald wieder«, sagte ich.

Alfred sagte nichts. Ich mußte an seinen Namensvetter denken, den Schriftsteller Alfred Jarry, der u.a. dafür bekannt war, ausgesprochen schlagfertig zu sein, stets eine treffende Bemerkung auf Lager. Nicht so mein Sohn Alfred. Er war nicht schlagfertig, hatte jedenfalls bisher keine Anzeichen dafür erkennen lassen, daß er es war. Er war ein stiller und ernster Junge, der nie lachte. Er lächelte manchmal, auf eine etwas abwesende und seltsame Weise, als sehe er etwas in weiter Ferne, das niemand außer ihm sehen konnte, und das er amüsant fand.

Ich weiß nicht. Es gab mir einen Stich, und ich wußte auf einmal nicht mehr, was ich sagen sollte.

»Gehst du gern zum Handball?« fragte ich.

Er sah mich an.

»Wenn du nicht in die Schule gehen müßtest, hättest du mitkommen können«, log ich.

Er sagte noch immer nichts. Ich schwitzte. Er war ein patenter Junge, der nichts an der Tür gab.

»Ich schicke dir jede Menge Karten. Aus Oslo und anderen Städten.«

Alfred zuckte die Achseln.

»Du mußt tun, was du tun mußt«, sagte er.

Ich traute meinen Ohren nicht.

»Was hast du gesagt, Alfred?«

Er wandte sich halb um.

»Schick ruhig Karten«, sagte er. »Die Adresse kennst du ja.«

Draußen wurde scharf gebremst, und dann hörten wir einen Bums gegen die Hauswand. Danach wurde eine Autotür geöffnet und zugeschlagen, und es klopfte an die Tür.

»It's me it's me it's me, oh Lord«, sagte Waglen. »Ich bin wie der Teufel den Weg von Sogn heruntergebrettert und habe unterwegs zwei flotte Stallmägde ein Stück mitgenommen.«

Munk betrachtete ihn mißbilligend.

»Hast du mein Haus angefahren, du Scheißkerl?«

»Es war arschglatt«, sagte Waglen. »Und wie jedermann weiß, fahre ich immer mit Sommerreifen. Das ist sozusagen mein Stil. Es mag so glatt sein, wie es will, hier kommt Waglen höchstpersönlich mit seinen abgefahrenen Sommerreifen. Das war das Letzte, was meine Alte sagte, als ich losfuhr, hast du daran gedacht, Winterreifen aufzuziehen, aber meine Antwort ging im Dröhnen des Motors unter.«

»Tja, wer bin ich, um mit den Leuten Stil- und Prinzipienfragen zu diskutieren«, sagte Munk. »Da nimmt man ja wohl eher ein ramponiertes Haus in Kauf.«

Waglen sah sich kritisch um und knöpfte seine Jacke auf.

Munks Hund Cerberos saß in einer Ecke und betrachtete ihn mißtrauisch. Es wunderte mich ein bißchen, daß er nicht gleich hinging und ihn im Schritt beschnüffelte.

»Was willst du mit diesen ganzen Couchtischen, verdammich?« sagte Waglen. »Das sieht ja total bescheuert aus. Hat das was Besonderes zu bedeuten?«

»Das sind einfach nur Couchtische«, erwiderte Munk. »Man weiß nie, wann man sie mal braucht.«

»Nein, das glaub ich dir aufs Wort.«

Sein Blick fiel auf einen großen Stapel Papier auf einem der Couchtische. »*Hasta la vista*, ein Schaumspiel. Was ist denn das für ein Scheiß, ein Schaumspiel?«

»Da steht ja wohl *Schauspiel*«, sagte Munk.

Waglen guckte noch einmal hin.

»Ich dachte, da stände Schaumspiel. Das hätte doch mal ein bißchen mehr Pfiff. Ein Schaumspiel in vier Akten. Das wäre wirklich innovativ...«

Er warf seine Jacke auf einen Stuhl.

»Einen Computer hast du auch. Ich hätte nie geglaubt, daß du über das Schreibmaschinenstadium hinauskommen würdest. Du hättest dich mit einer von den alten Klimpermaschinen begnügen sollen. Über die ließ sich manch Gutes sagen.«

Er warf einen Blick zur Küche.

»Und kein Schwein denkt daran, daß hier jemand von weither auf vereisten Straßen angeschlittert kommt. Ein bißchen Bier und Kaffee wären ja wohl angebracht.«

Munk schüttelte den Kopf.

»Bier und Kaffee? Das ist aber eine schlechte Kombination. Davon muß man ja dauernd pissen.«

»So what?« sagte Waglen. »Ich pisse gern. Ich liebe es, mit dem Pimmel an der frischen Luft dazustehen und zu spüren, wie es läuft. Es ist vielleicht kindisch, aber so bin ich nun mal. Eine Orgel hast du auch, sehe ich. Spielst du darauf?«

Munk holte ein paar Flaschen Bier aus der Küche.

»Das ist die Südseeorgel, die ich von meinem Großvater geerbt habe«, sagte er. »Ich bin dabei, eine Sinfonie zu schreiben. In d-Moll. Es ist verflucht schwer, eine Sinfonie zu schreiben, das hätte ich echt nicht gedacht.«

»Ich wußte nicht, daß du Ahnung davon hast, wie man Sinfonien schreibt«, sagte ich.

»Ich auch nicht«, sagte Waglen. »Da liegen wir verdammich auf einer Linie.«

»Ich bin immerhin einen ganzen Tag in die Kompositionsklasse von Finn Mortensen gegangen«, sagte Munk. »Und habe mich ausgezeichnet, wie ich wohl sagen darf. Also das Handwerk beherrsche ich. Ich hatte vor, *Walk Don't Run* als Thema im ersten Satz zu verwenden, aber dann ging es irgendwie nicht weiter.«

»Du könntest ja einfach *Tie a yellow ribbon round the old oak tree* als Thema im zweiten Satz verwenden«, sagte Waglen. »Dann ist die Sinfonie fast fertig. Ja ja, ist vielleicht doch schwieriger, als ein Schaumspiel zu schreiben. Verdammt schlechtes Bier, übrigens. Hast du das selbst gebraut? Es schmeckt ungefähr wie das Hausbräu vom Satan.«

»Bisher hat sich noch niemand darüber beklagt«, sagte Munk.

»Du bekommst eben auch nicht jeden Tag Feinschmecker zu Besuch«, sagte Waglen. »Aber wenn ich ein bißchen Kaffee dazu bekomme, wird es schon gehen.«

»Der ist aufgesetzt«, sagte Munk. »Im Laufe der nächsten Stunde sollte er kochen.«

Waglen setzte sich und zog einen Stiefel aus.

»Hier riecht es angenehm nach Schaf, da fühl ich mich innerlich so richtig wohl. Übrigens, ein Geruch ist noch besser, das ist die Mischung aus Frau und Schaf.«

Munk nickte.

»Und du bist gut weggekommen von zu Hause? Deine Alte führt die Geschäfte?«

Waglen rollte sich eine Zigarette.

»Das glaubst du. Das Café, okay. Aber die Videos will sie nicht einmal mit der Feuerzange anfassen.«

»Verständlich«, sagte Munk.

»Also laß ich den Alten Hippie den Laden machen. Tut ihm gut, wenn ihm mal jemand was zutraut. Und der Junge hilft ihm bei der Buchführung.«

Waglen zündete die Zigarette an und zog den anderen Stiefel aus.

»Und wo wir gerade von meiner Alten sprechen, sie war etwas pikiert wegen dem ganzen Fotzengequatsche neulich, als ihr bei mir wart. Sie war echt gekränkt. Ich versuchte, ihr klarzumachen, daß ihr zwei kultivierte Kerle wärt, die nie das Wort ›Fotze‹ in den Mund nehmen würden, ohne ihn hinterher mit Stahlwolle zu schrubben, aber es hat nichts genützt, verdammich. Die Wände da oben in Sogn sind so dünn, daß man verdammich alles hört. Besonders das, was man nicht hören soll. Also schlage ich vor, ihr haltet euch ein bißchen zurück, wenn ihr mich das nächste Mal besucht. Wenn es ein nächstes Mal geben sollte. Meine Alte würde das verdammich zu schätzen wissen. Jetzt dagegen haben wir ja wohl freie Bahn.«

Munk schüttelte den Kopf.

»Ich glaube, wir sollten ganz allgemein ein bißchen mehr

darauf achten, was wir sagen, und uns als gebildete und kultivierte Menschen zeigen.«

Waglen bekam einen Hustenanfall.

»Ich dachte, ein bißchen Fotzengequatsche am Abend wäre jetzt gerade das Richtige«, sagte er. »Wo der Kaffee bald kocht und so.«

Munk schüttelte erneut den Kopf.

»Ich kann dir ein Beispiel geben, wohin so was führen kann. Ihr kennt doch meinen Verwandten, nein, natürlich nicht, also den Rikvald. Er war immer ein frommer und feiner Mann, Küster und Kantor, der nie ein unschönes Wort in den Mund nahm. Dann auf seine alten Tage wurde er ein wenig wirr im Kopf, und am Schluß brachte er nur noch ein einziges Wort heraus. Das sagte er dafür die ganze Zeit, so daß es für die Haushilfe ganz einfach ekelhaft war, zu ihm zu kommen. Kann einer von euch raten, was das für ein Wort war?«

Waglen schüttelte den Kopf.

»Und wenn ich es hundert Jahre versuchte.«

»Fotze«, sagte ich.

»Yesss«, sagte Munk. »Und das zeigt uns …«

»… daß es gefährlich ist, das Fotzengequatsche in sich reinzufressen«, sagte Waglen. »Und da sollten wir doch auf dem richtigen Weg sein. Wenn wir dann mal wirr im Kopf werden, sagen wir nur so Sachen wie ›Jesus‹ und ›Rosenflor‹.«

Munk betrachtete uns ernst.

»Ich empfehle trotzdem, daß wir Bildung beweisen und Konversation auf einem hohen Niveau pflegen. Wenn wir durchführen wollen, was ich mir vorgestellt habe, werden wir das nötig haben.«

»Alle reden von Fotze, aber keiner tut was«, sagte Waglen.

Er schnupperte nachdenklich in seine Stiefel hinein, dann nickte er.

»Ich hatte noch nie was dagegen, mich an niveauvollen Konversationen zu beteiligen, das will ich nur mal gesagt haben. Und jetzt glaub ich verdammich, ich hör den Kaffee.«

»Du hast recht«, sagte Munk. »Wie unser Herrgott einmal so treffend sagte: Es werde Kaffee. Und es ward Kaffee.«

Ich fühlte, auch, wenn ich nicht gerade oft zu Wort kam,

würde meine Zeit doch kommen, ja es würde eine Zeit kommen, wo meine Anwesenheit ausgesprochen notwendig sein würde. Im Moment aber fühlte ich mich angenehm schläfrig und wußte, daß dies alles richtig sein mußte. Mir fehlte meine Familie, und ich fragte mich, was Alfred wohl gerade tat, ob er im Bett lag und nicht in den Schlaf fand und seinen Vater vermißte. Aber er würde schon damit zurechtkommen. Ich kam ja wieder. Und ich würde Karten schicken, um zu zeigen, daß ich an sie dachte. Ich wußte nicht, was vor mir lag, doch das war auch nicht so wichtig. Ich war ein einfacher Schullehrer, aber ich war mit den Männern zusammen, mit denen ich im Augenblick zusammensein wollte. Gemeinsam würden wir Großes vollbringen, und ich war Teil eines größeren Zusammenhangs, in dem ich nicht nur dazu beitragen würde, diese Welt zu einer besseren Welt zu machen, sondern auch selbst ein besserer Mensch werden würde. Mehr konnte kein Mensch von mir verlangen.

»Wer ist denn die da?« fragte Waglen. Er zeigte auf einen Zeitungsausschnitt, der halb verdeckt auf dem Tisch lag, mit dem Bild einer lächelnden jungen Frau mit Sonnenbrille.

»Miss Fotze 87«, sagte Munk.

Waglen verschluckte sich an etwas.

»Hää?« sagte er. »Was hast du gesagt?«

»Miss Fotze 87«, sagte Munk. »Das war in dem Jahr, als ich hier in der Gemeinde Doktor Munks Fotzenshow organisiert habe.«

Ich versuchte, mir darüber klar zu werden, ob er es ernst meinte oder nicht.

»Das kann nicht dein Ernst sein«, sagte ich.

»Klar ist das mein Ernst. Ist was nicht in Ordnung damit?«

Ich schüttelte den Kopf.

»Das ist das Schockierendste und Frauenfeindlichste, was ich je gehört habe«, sagte ich.

»So spricht ein beschränkter Lehrer vom Lande«, entgegnete Munk.

»Das ist doch verflucht noch mal nicht frauenfeindlich. Im Gegenteil. Es ist nichts anderes als mein aktueller Kommentar zum allgemeinen Zustand unserer Gesellschaft. Eine Form von Verarschung … nein, soviel begreifst du selbst. Es ist eine Art und Weise, ganz konsequent zu sein. Die Frauenorganisationen haben das gut verstanden. Die gaben mir grünes Licht. Yess, Doktor Munks Fotzenshow, ja. Ich lancierte die Idee auf kommunaler Ebene, und die waren total begeistert. So würden neue Arbeitsplätze entstehen. Und sie kurbelten alles an. Es kamen verdammt gute Kandidatinnen, und die hier hat gewonnen. Anne Malene Hjalteland. Miss Fotze 87 persönlich. Sie wurde in der Lokalpresse zu ihren Ansichten über Gott und die Welt interviewt und hat danach eine glänzende Karriere gemacht. Ich hatte sie z. B. als Backgroundsängerin auf meiner Platte dabei. Sie ist das, die sagt, daß Paul McCartney tot ist, wenn du die Platte rückwärts abspielst.«

WARTBURG DE LUXE

»Das ist ein Wartburg de luxe, Modell 1966«, sagte Munk. »Das wird unser Bandwagen. Ein Wagen, wie geschaffen für drei doctores in showbusiness.«

»Vier Türen«, sagte ich, um etwas zu sagen.

»Viersitzer«, sagte Munk. »Typischer ostdeutscher Dreizylinder. Fünfzig PS. Wiegt 920 Kilo und schafft 125 Reisegeschwindigkeit.«

»Verdammt wenig«, sagte Waglen.

»Mehr als genug«, erwiderte Munk. »Hat neu 15 000 gekostet, und ich habe ihn jetzt für das gleiche bekommen. Ich hatte die Wahl zwischen diesem und einem Trabant 601, aber der hier sah fitter aus.«

»Er sieht aus, als hätte der Teufel ihn gefahren und richtig zur Sau gemacht«, sagte Waglen. »Was für ein Scheißwrack.«

»Schicke Farbe«, sagte ich. »Beige, sozusagen.«

»Ich will verdammt noch mal keine Stänkereien über mein Auto hören«, sagte Munk.

Ein eiskalter Regenschauer stürzte sich von den Bergen, wo schon Schnee lag, auf uns herab. Es ließ sich nicht mehr verheimlichen, daß es Herbst geworden war.

»Vielleicht hält er ja eine Weile«, sagte ich.

»Der überlebt uns alle«, sagte Munk.

Der eiskalte Regen trieb uns ins Haus, und wir setzten uns mit einem Glas Grog um Munks Jøtul-Kamin. Ich hatte schon lange keinen Grog mehr getrunken, und jetzt merkte ich, daß er mir gefehlt hatte. Schon nach dem ersten Schluck fühlte ich mich betrunken.

»Das meiste ist dann wohl klar«, meinte Munk.

»Klar und klar«, sagte Waglen. »Abgesehen davon, was wir eigentlich machen wollen.«

Munks Gesicht zeigte einen Anflug von Irritation.

»Ich habe euch schon zigmal gesagt, daß die Musik das Ganze trägt. Sie muß auf Topniveau sein. *Walk Don't Run* wird eine Schlüsselrolle spielen. Und dann ein paar Sex-Pistols-Stücke.«

»Sind die nicht ein bißchen passé?« sagte ich.

»Nein«, meinte Munk. »Eher bist du passé.«

»Da hast du dein Fett weg«, sagte Waglen. »Verdientermaßen, würde ich sagen.«

Munk nahm einen tiefen Schluck aus dem Grogglas.

»Und der Stil ist mit das Wichtigste.«

Waglen nickte.

»Selbstredend.«

»Wir kaufen uns schwarze Anzüge«, sagte Munk. »Das heißt, ich kaufe uns schwarze Anzüge, mit weißem Hemd und Schlips. Und wir rauchen nichts anderes als teure Zigarren und sind ein bißchen wählerisch, was die Getränke angeht, die wir in uns reinschütten.«

»Das hört sich ja alles ganz gut an«, sagte Waglen, »aber was zum Teufel soll ich sagen, wenn ich auf die Bühne komme? Ich seh mich schon da stehen wie der letzte Trottel.«

»Du sollst improvisieren«, sagte Munk. »Sag, was Sache ist, aber auf unterhaltende Art und Weise. Dann kann nichts mehr schiefgehen«

Waglen nickte.

»Wenn's weiter nichts ist. Jetzt bin ich wirklich erleichtert.«

PFERDESCHWANZ UND JOGGINGSCHUHE

Es klingelte, und der Hund fing gleich an zu wedeln. Ich begriff, daß er zwischen Leuten und Leuten unterschied.

»Das ist meine Vertreterin«, sagte Munk.

Ich konnte mir nicht recht vorstellen, daß jemand Munk vertreten könnte.

»Hei«, sagte das Mädchen in der Türöffnung. Sie hatte einen Pferdeschwanz und trug Joggingschuhe und konnte nicht älter als sechzehn sein.

»Hallo, Cecilie«, sagte Munk. »Du hast den Weg also gefunden.«

»Hei, Cerberos«, sagte Cecilie. »Braver Hund.«

Cerberos schnurrte wie eine Katze und ließ sich hinter den Ohren kraulen. Cecilie erblickte Waglen und mich.

»Hei«, lächelte sie.

»Das ist Cecilie«, sagte Munk. »Sie paßt auf meine Schafe und den Hund auf und übernimmt das Radio, während ich weg bin.«

»Ich freue mich so«, sagte Cecilie. »Ich habe immer davon geträumt, mal Radio zu machen.«

»Das ist normal«, sagte Munk. »Davon träumen alle Mädchen.«

»Vielleicht nicht alle«, sagte Cecilie. »Ist das Studio da drin? Meine Eltern sind total dagegen. Sie glauben, du machst mir als erstes ein Kind.«

Munk betrachtete sie betroffen.

»Bist du schwanger?« fragte er.

»Natürlich nicht. Sie machen sich nur Sorgen und sind dumm. Laß sie doch. Ist das Studio da drin?«

»Ja«, sagte Munk. »Es ist ganz einfach.«

Er öffnete die Tür und machte das Licht an.

»Ich habe mir schon viele Sendungen ausgedacht, die ich machen will«, sagte Cecilie. »Ich werde ein paar Ratespiele machen, mit Gewinnen.«

»Hm«, sagte Munk. »Ich fürchte, für viele Gewinne ist kein Geld da.«

»Das macht nichts«, sagte Cecilie. »Ich sage nur, daß es Gewinne gibt. Fotoapparate und Toaster und einen Walkman. Nein, einen Fernseher. Es merkt ja doch keiner, wenn nie jemand gewinnt.«

Munk nickte.

»Hört sich an, als hättest du alles genau geplant.«

»Ja klar. Sind das hier die Knöpfe?«

»Richtig. Und du mußt mit dem Sprechen warten, bis das rote Licht aufleuchtet.«

»Kein Problem. Aber geht das rote Licht einfach so an, von selbst?«

Ich ließ sie allein da drinnen, sie brauchten wohl ein wenig Zeit für sich selbst. Cecilie probierte die Kopfhörer und Mikrophone aus und sagte ›hallo‹.

»Ich muß wohl auch eine Menge Musik spielen«, sagte Cecilie.

»Musik macht sich immer gut«, sagte Munk. »Und dann habe ich gute Erfahrungen mit Studiogästen. Den Fischmann kann ich empfehlen.«

»Nicht nötig«, sagte Cecilie. »Ich habe zwei Freundinnen, Anne und Camilla. Die können über alles mögliche reden.«

»Dann wäre ja alles in bester Ordnung«, sagte Munk.

Sie kamen wieder ins Zimmer. Munk zuckte die Schultern. Cecilie schüttelte ihren Pferdeschwanz und sah Waglen und mich an.

»Macht ihr auch Radio?« fragte sie. »Ich bin in Seenot gewesen. Ich habe oben am Sunnfjord Ferien gemacht. Wenn du da ein paar Tage gewesen bist, siehst du aus wie eine Käfigeule de luxe. War heilfroh, wieder nach Hause zu kommen. Meine Eltern sind furchtbar dagegen, daß ich das hier mache. Sie glauben, ich werde so eine, die flüstert und romantische Nachtprogramme macht, wie Siv Stubsveen, aber das hab ich ja gar nicht vor.«

Sie sah Munk an.

»Kann man im Radio *ficken* sagen?«

Munk warf mir einen schnellen Blick zu.

»Ich würde es nicht empfehlen«, sagte er. »Besonders, wenn deine Eltern zuhören.«

»Ich habe auch nicht vor, es zu sagen«, meinte Cecilie. »Ich möchte nur wissen, was so geht.«

»Das meiste geht«, sagte Munk. »Es kommt nur darauf an, wie du es machst.«

Cecilie nickte.

»Ich freue mich so«, sagte sie. »Kriegt man viele Briefe und so was?«

»Das kommt vor«, sagte Munk. »Jetzt zeige ich dir den Schafstall. Weißt du noch, wie man sie füttert?«

Er öffnete die Tür und zog sich die Gummistiefel an.

»Ich habe über viertausend Sportfragen«, sagte Cecilie.

»Du darfst aber nicht vergessen, daß vor allem viele Hausfrauen zuhören«, sagte Munk.

»Ich habe auch eine Menge Fragen über Tiere und Vögel.«

»Tiere und Vögel sind gut«, sagte Munk. »Jetzt zeige ich dir die Schafe.«

HAUPTSTADT, WIR KOMMEN

Der Platz reichte gerade für unsere drei Koffer, Munks alte Gitarre und den Verstärker. Ein Schlagzeug würden wir billig in Oslo kaufen können, meinte Munk, und für ein passendes Keyboard waren die Veranstalter zuständig, soviel konnte man erwarten. Um letzteres sollte hauptsächlich ich mich kümmern, nachdem es mir gelungen war, Munk davon zu überzeugen, daß meine Fähigkeiten am Baß in den vergangenen fünfzehn Jahren stark nachgelassen hatten. Außerdem hatte ich eine Theorie, derzufolge der Baß ein überschätztes Instrument war – man denke nur an The Cramps und The Chieftains, um zwei Extreme zu nehmen, beide hatten keinen Baß, von den alten Tamla-Motown-Platten abgesehen –, aber darüber sprach ich nicht laut, für den Fall, daß Munk ganz anderer Meinung wäre.

Es hatte aufgeklart, und ich hoffte, wir würden uns über die Hardangervidda gequält haben, bevor mehr Schnee fiel, was angesichts der abgefahrenen Sommerreifen des Wartburgs durchaus von Vorteil sein würde.

Munk fuhr zügig und sicher und hupte, wenn er dann und wann ein hübsches Mädchen oben am Hang erblickte. Er war guter Laune und summte das eine oder andere selbstkomponierte Lied.

Auf der Fähre tranken wir Kaffee, und Waglen geriet in eine lautstarke Unterhaltung mit einem Kerl, der behauptete, Waglen schulde ihm Geld, was dieser auf das energischste bestritt und von Munk und mir bestätigt haben wollte.

Als wir auf der anderen Seite an Land fuhren, sahen wir zu unserer Genugtuung, daß der Wagen des Typen auf dem Kai stehenblieb, mit leerem Tank.

»Das kam wirklich zur rechten Zeit«, sagte Waglen.

Munk sah ihn an.

»Schuldest du ihm Geld?«

»Kann schon sein«, sagte Waglen. »Aber wenn, dann ist es so lange her, daß seine Forderung verjährt ist.«

Munk nickte finster, während wir die Steigung hinter Øvre Eidfjord in Angriff nahmen.

»Es kann unangenehm sein, so von der Vergangenheit eingeholt zu werden«, sagte Munk.

»Denkst du an deinen Sohn?« fragte ich.

»Nicht in erster Linie«, erwiderte Munk. »Aber mir kommt gerade in den Sinn, daß einmal behauptet wurde, ich hätte den bekannten Zeitschriftenredakteur Knut Haavik auf offener Straße mit dem Messer niedergestochen. Danach hatte er mich auf dem Kieker, obwohl ich beteuerte, daß ich es nicht getan und er die Geschichte nur erfunden habe, um sich interessant zu machen. Auf jeden Fall machte er mich in mehreren Nummern seines Blattes runter wie nichts Gutes. Man kann nie wissen, ob er sich nicht rächen will, wenn er mitkriegt, daß ich nach Oslo gekommen bin.«

»Scheiß auf ihn«, sagte ich.

»Ja, scheiß auf ihn«, sagte Waglen. »Aber er schreibt verdammt gute Leitartikel. Aus denen kann man echt noch was lernen, als normaler Sterblicher. Ich klebe sie immer in eine Mappe.«

Die Straßen waren weitgehend trocken und gut befahrbar, und die Herbstsonne schien auf die schneebedeckten Gipfel.

Die fünfzig Pferde des Wartburgs rackerten schwer, aber es ging definitiv vorwärts.

Es war früher Abend, als wir in die Straßen der Hauptstadt rollten und zum Hotel Bauernheim fuhren. Ich fand, es sei vielleicht ein wenig zu vorhersehbar, daß wir uns gerade da einquartierten, doch Munk behauptete, daß es zuweilen durchaus angebracht sei, vorhersehbar zu sein, um genau dadurch dem Unvorhersehbaren mehr Raum zu geben, und ich war zu diesem Zeitpunkt zu müde, ihm zu widersprechen.

»Jetzt haben wir genug Zeit, uns ein paar Tage zu akklimatisieren«, sagte Munk, »und für die Vorstellung zu proben. Wir dürfen auch nicht vergessen, uns Anzüge zu kaufen, oder richtiger gesagt: *Ich* kaufe uns Anzüge.«

»Wollen wir wirklich proben?« fragte Waglen. »Ich dachte, wir würden improvisieren und einfach loslegen.«

Munk würdigte ihn keiner Antwort, sondern lächelte blaß dem rotgesichtigen Mädchen an der Rezeption zu und erklärte, daß wir nun endlich gekommen seien und die Hauptstadt hinfort nie mehr dieselbe sein würde, und das Mädchen lächelte zurück und sagte, es freue sie, das zu hören.

CYRANO DE BERGERAC

»Dein Fehler ist«, sagte Munk, »daß du aussiehst, als würdest du Cilla Blacks Version von *You've Lost That Lovin' Feelin'* vorziehen.«

»Ich hab anscheinend eine Menge Fehler«, sagte ich.

Waglen legte mir den Arm um die Schultern.

»Nimm dir das nicht so zu Herzen«, sagte er. »Er muß immer auf anständigen Leuten herumhacken. Wenn es dich tröstet, ich ziehe die Version auch vor. Cilla Black, mon amour.«

»Das ist allerdings kein großer Trost«, sagte ich. »Aber scheiß drauf.«

Munk sah zufrieden aus und bekam einen Gesichtsausdruck, der nichts Gutes verhieß.

»Du«, sagte er, und ich begriff, daß er wieder mich meinte. »Wo wir hier so auf überwachsenen Pfaden wandern…«

»Hamsun, der Arsch«, sagte Waglen.

»… fällt mir ein, daß du damals eine Freundin hattest. Ich weiß noch, daß sie viel zu gut für dich war, und es hat mich sehr gewundert, daß sie es so lange mit dir aushielt, und entsprechend weniger gewundert, als sie eines Tages genug hatte und dich sitzenließ, aber solltest du sie nicht einmal besuchen? Wie hieß sie noch gleich?«

»Ingeborg«, sagte Waglen.

»Halt du dich da raus, verdammt«, sagte Munk. »Sie hieß ganz anders, und aus irgendeinem Grund verbinde ich ihren Namen mit Walt Disney.«

»Man verbindet das meiste mit Walt Disney«, sagte ich. »Und wenn man wirklich das größte Genie in diesem Jahrhundert sucht, dann ist er es.«

»Sandra«, sagte Munk.

Ich spürte, daß ich rot wurde. Ich, der gut vierzigjährige Studienrat und Doktor in Showbusineß, wurde rot wie ein Teenager, wenn seine Mutter verdächtige Flecken am Schlafanzug entdeckt.

»Ja klar«, sagte Munk. »Sandra hieß sie, weißt du. Und falls du erwartest, daß ich dir eine angemessene Antwort auf das mit Walt Disney gebe, dann irrst du dich. Das greifen wir ein andermal auf, und da werde ich einiges zu sagen haben.«

»Ich auch«, sagte Waglen. »In jeder Hinsicht.«

»Solltest du sie nicht besuchen?« sagte Munk. »Jetzt, wo du in der Hauptstadt bist. Es wird ihr bestimmt gefallen, daß du wieder aus der Versenkung auftauchst. Vielleicht kann sie sich sogar vorstellen, gewisse Erinnerungen wiederzubeleben. Die besten. Bei Frauen weiß man nie.«

Ich schüttelte das Rot ab und merkte, daß ich ärgerlich wurde.

»Ich habe sie fast zwanzig Jahre nicht gesehen«, sagte ich.

»Fünfzehn, wenn ich mich nicht ganz irre«, korrigierte Munk.

»Und wer sagt, daß sie in Oslo wohnt?«

»Noch keiner«, sagte Munk. »Aber ich sage es jetzt. Heutzutage wohnt man in Oslo.«

»Vergiß es«, sagte ich. »Sie ist wahrscheinlich verheiratet und hat einen Haufen Kinder, und das sei ihr vergönnt. Ich habe kein Bedürfnis, die Vergangenheit wiederzubeleben.«

»Dann bist du wirklich der Einzige, der nicht dieses Bedürfnis hat«, sagte Munk. »Ich habe verdammt noch mal nicht gewußt, daß du so einzigartig bist.«

Sandra stand plötzlich vor mir, und ich wünschte, sie würde das sein lassen. Bleib, wo du bist, sagte ich.

»Was meinst du, Waglefant?« sagte Munk.

Waglen musterte mich eingehend.

»Ich weiß, was ich täte«, sagte er. »Ich würde sie besuchen.«

»Und wenn sie verheiratet ist«, sagte Munk, »dann ist sie sicher in dem Alter und in dem Stadium der Ehe, wo die Leute gern anfangen, an Scheidung zu denken.«

»Hört sich an, als wüßtest du alles über die Ehe«, sagte ich. »Ich jedenfalls denke nicht an Scheidung.«

»Noch ist nicht aller Tage Abend«, sagte Munk.

Sandra wurde noch deutlicher. Es war, als öffne sie den Mund, um mir etwas zu sagen, und ich strengte mich an, um zu hören, was es war.

»Ich weiß nicht, was ich ihr sagen soll.«

Munk zwinkerte Waglen zu.

»Kein Problem«, sagte er.

»Kein Problem«, sagte Waglen.

»Wir kommen mit«, sagte Munk.

»Zwei wortgewaltige Männer«, sagte Waglen.

»Zwei weithin bekannte Rhetoriker, die ihren Cicero gelesen haben«, sagte Munk.

»Hört schon auf mit dem Scheiß«, sagte ich.

Sandra stand am Rand eines dunklen Waldes und winkte mir zu.

»Nach dem Muster des bekannten Werks Cyrano de Bergerac«, sagte Munk.

»Nein«, sagte Waglen. »Das hab ich nicht gelesen. So verdammt bekannt kann es nicht sein.«

»Laßt bloß den Scheiß«, sagte ich.

Sandra stand noch immer da, direkt am Waldrand, in einem grünlichen Kleid.

»Roxane – ich meine Sandra – tritt auf den Balkon«, sagte Munk.

»Wieso denn das?« fragte Waglen.

»Sie will eine rauchen«, sagte Munk. »Drinnen darf sie nicht, wegen der Kinder… Nein, warte mal, unser Mann hier, der in den Büschen versteckt liegt, hat einen Stein an ihr Fenster geworfen, und deshalb kommt sie natürlich heraus, um nachzusehen, was los ist.«

»Jetzt begreif ich«, sagte Waglen.

»Da liegt er also in den Büschen und erblickt Sandra, und sie ist noch immer genauso schön.«

»Vielleicht sogar noch schöner«, sagte Waglen. »Die Jahre haben ihr das gewisse Extra gegeben.«

»Richtig«, fuhr Munk fort, »eine zusätzliche Dimension. Unserem Freund hier verschlägt es die Sprache, und er weiß nicht, was er ihr sagen soll.«

»Sie steht da und schaut hinaus«, sagte Waglen. »Und fragt sich, was zum Teufel das war.«

»Da kommen wir ins Spiel«, sagte Munk.

»Geben ihm einen Schluck aus dem Flachmann«, schlug Waglen vor.

»Nein«, sagte Munk. »Ja, vielleicht auch das. Aber wir liegen hinter ihm in den Büschen.«

»Yess«, sagte Waglen.

»Wir liegen hinter ihm in den Büschen wie gute Kameraden und flüstern ihm zu, was er sagen soll. Er gibt sich zu erkennen, wagt aber noch nicht, sich zu zeigen.«

»Und wir flüstern seine Repliken.«

»Die er dann zu ihr sagt.«

»Und sie bereut auf der Stelle, daß sie diesen Schlappschwanz geheiratet hat und die Mutter seiner Kinder geworden ist«, sagte Waglen.

»Er erklärt ihr seine Liebe«, sagt Munk. »Und die ist gegenseitig. In ihrem tiefsten Inneren haben sie sich ihre Liebe durch all die Jahre bewahrt.«

»Und das ist verdammich 'ne Leistung«, sagte Waglen.

Sandra verschwand im Wald, und das Grün schloß sich hinter ihr.

»Nun hört schon auf, verdammt«, sagte ich.

SANDRA

»Ich sehe, daß du zwei graue Haare bekommen hast«, sagte Sandra. »Hast du die gezüchtet? Sie sind ja verhältnismäßig süß.«

Ich faßte mir an den Kopf.

»Das machen die Sorgen.«

»Tatsächlich?« sagte Sandra. »Ich dachte, du würdest versuchten, distinguiert auszusehen. Das sähe dir ähnlich.«

»Woher willst du wissen, was mir ähnlich sieht?« sagte ich. Nein, das sagte ich natürlich nicht. Ich sah Sandra nur an.

Sandra war einmal meine große Liebe gewesen. Vielleicht die größte, wenn ich zurückdachte und dazu noch ehrlich war. Es war in jener Zeit in meiner Jugend, als ich Munk kannte. Dann lief irgend etwas schief, ich hatte den größten Liebeskummer meines Lebens und war drauf und dran, vor die Hunde zu gehen, und ich mußte wohl zugeben, daß Munk mich in gewisser Weise rettete, indem er mich nach Paris schickte. Aber das ist eine andere Geschichte. Ich versuchte nachzurechnen, wie viele Jahre es her war, daß ich Sandra gesehen hatte, aber davon wurde mir nur schwindelig.

»Du siehst gut aus«, sagte ich.

»Ja, so etwas muß man wahrscheinlich sagen.«

Sie sah wirklich gut aus. Die Jahre hatten nur wenige Spuren hinterlassen. Die Brille mit der dünnen Fassung stand ihr. Ihr Haar war kaum verändert, nur ein wenig kürzer. Die wenigen Falten erzählten davon, daß sie anscheinend mehr gelächelt hatte als ich. Natürlich kleidete sie sich anders. Das dunkle Kostüm und die grüne Bluse standen ihr perfekt. Sie war meine große Liebe, und ich begriff, daß sie das vermutlich immer bleiben würde. Sie war nur viel klüger gewesen als ich, und sie hatte soviel mehr erwartet. Und jetzt? Hatte sie all das bekommen, was sie wollte?

»Du hattest so eine Ähnlichkeit mit einem Cocker Spaniel«, sagte Sandra. »Die hast du nicht mehr.«

»Danke.«

»Ich habe nichts gegen Cocker Spaniels.«

Sie zog ein Päckchen Prince Light hervor.

»Ich habe eigentlich aufgehört, aber ich nutze jede Gelegenheit, um in Gesellschaft mitzurauchen.«

»Ich hab gerade angefangen«, sagte ich.

Sie lachte.

»Das hätte ich mir denken können.«

»Zigarren«, ergänzte ich ein wenig beschämt.

»Ja, ist klar. Nimm nur eine Zigarre. Dann sehe ich dir zu.«

Sie zündete die Prince an und inhalierte kräftig.

»Ich kann ja nicht rauchen, wenn die Kinder es sehen.«

»Wie viele hast du?«

»Es reicht. Drei. Und du?«

»Eins. Er heißt Alfred.«

Sie sah mich prüfend an.

»Alfred ... Hitchcock. Nein, Jarry?«

Ich wurde rot. Sie lächelte und blies mir Rauch ins Gesicht.

»Wenn du glaubst, ich wollte den Eindruck erwecken, daß du vorhersehbar bist, dann ist das nicht meine Absicht. Ich glaube nicht, daß du vorhersehbar bist. Jedenfalls nicht nur. Wollen wir Kaffee trinken?«

»Ja, denke schon.«

»Ja, denke ich auch.«

Ich konnte sie nur ansehen. Ich konnte mich nicht erinnern, die letzten zehn Jahre überhaupt einmal an sie gedacht zu haben. Jetzt schien es mir unvorstellbar, daß es möglich war, nicht an sie zu denken.

»Wenn du vorhast, von alten Zeiten zu reden, dann weiß ich nicht, ob ich was Besonderes zu sagen habe.«

»Ich auch nicht.«

»Dann ist es ja gut. Wollen wir davon reden, wie es uns geht?«

»Laß uns erst mal den Kaffee bekommen.«

Wir bekamen unseren Kaffee, genauso, wie wir ihn haben wollten. Schwarz und bitter.

Einmal mußte ich mich trotz allem gefragt haben, wie mein Leben sich gestaltet hätte, falls es was geworden wäre mit Sandra und mir. Wenn ich sie jetzt ansah, war ich mir nicht sicher, ob der Unterschied so groß gewesen wäre.

»Hat es einen besonderen Grund, daß du gerade jetzt Kontakt aufgenommen hast. Ich meine, es sind ja ein paar Jahre vergangen, und ich denke mir, daß du wohl vorher schon mal in Oslo gewesen bist.«

»Ja«, sagte ich. »Ich bin vorher in Oslo gewesen. Aber ich habe keinen Kontakt aufgenommen. Ich wußte ja nicht einmal, ob du hier wohnst.«

»Aber jetzt hast du dir also die Mühe gemacht, es herauszufinden.«

Ich überlegte blitzschnell. Ich konnte ja nicht sagen, daß Munk und Waglen mich dazu gebracht hatten, sie anzurufen. Das würde alles verderben.

»Diesmal ist es anders«, sagte ich.

»Du bist älter geworden, meinst du.«

»Ja...«

Sandra blies mir Rauch ins Gesicht.

»Scheiße, verdammte.«

Ich blies Rauch an die Decke.

»Was meinst du damit?«

»Nichts. Ich habe nur gerade Lust, ein bißchen zu fluchen, um zu hören, wie es klingt. Ich kann ja auch nicht fluchen, wenn die Kinder es hören.«

»Nein, da hast du recht.«

»Das will ich auch meinen.«

Ich merkte, daß es schwieriger war, als ich mir vorgestellt hatte, und war es überhaupt eine gute Idee? Ich war drauf und dran, ihr von dem Vorschlag zu erzählen, daß ich draußen im Garten liegen und zu ihr auf dem Balkon sprechen sollte, während Munk und Waglen mir soufflierten, aber ich ließ es bleiben.

»Und Munk? Hast du noch Kontakt zu ihm?«

»Tja. Neuerdings habe ich wieder ein bißchen Kontakt zu ihm. In gewisser Weise ist das der Grund, warum ich jetzt in Oslo bin.«

Sandra nickte.

»Das hätte ich mir fast denken können.«

Ich spürte, daß ich beinah gekränkt war.

»Es gibt keinen Grund, sich das zu denken. Ich habe fünfzehn Jahre keinen Kontakt zu ihm gehabt. Erst jetzt.«

Sandra strich mir leicht über die Hand.

»Nicht übelnehmen. War ein Scherz.«

»Ich bin ab und zu ein bißchen empfindlich.«

»Wer ist das nicht?«

Sie sah mir in die Augen.

»Und du? Weinst du ab und zu über dein Leben?«

Mir wurde heiß, und ich versteckte mich hinter der Kaffeetasse.

»Das tu ich nicht. Ich weiß, daß ich es tun sollte, aber ich tu es nicht. Und du?«

Sandra schüttelte den Kopf.

»Ich habe drei Kinder. Und einen Mann. Warum sollte ich deswegen weinen?«

»Nicht deswegen«, sagte ich. »Aber wegen des anderen.«

Sandra lächelte.

»Was das nun sein mag? Ist da etwas?«

»Ich weiß nicht richtig. Ich bin nur davon ausgegangen, daß da etwas ist.«

»Ich habe aufgehört zu versuchen, mir extra Probleme zu schaffen. Ich will ein einfacher Mensch sein.«

Jetzt war es an mir zu lächeln, was ich bekanntlich sonst selten tue.

»Wer will das nicht? Aber sind wir es?«

Mir fiel etwas ein.

»Was arbeitest du eigentlich?«

»Das wird dich sehr überraschen. Ich bin Grundschullehrerin. Das hättest du wohl nie gedacht? Während du wahrscheinlich Lehrer in der Weiterführenden bist?«

Ich wurde ein wenig rot.

»War«, sagte ich. »Ich habe mich beurlauben lassen.«

»Um was zu machen?«

Ich wurde noch etwas röter.

»So eine Sache, die Munk da laufen hat. Er soll hier in Oslo eine Art Vorstellung geben. Und nachher reisen wir ein bißchen herum.«

»Vorstellung«, sagte Sandra. »Ich erinnere mich, daß ihr damals spielen solltet. Im Nygårdsparken in Bergen. Ich hatte vor, es mir anzuhören.«

»Aber du bist nicht gekommen.«

»Nein.«

»Und das war das letzte Mal, daß ich dich nicht gesehen habe. Ich meine, das letzte Mal, daß ich glaubte, ich würde dich sehen.«

Sandra zündete sich eine neue Zigarette an und sah mich ganz offen an.

»Das muß die letzte sein. Was hattest du dir eigentlich vorgestellt, was dir das hier bringen würde? Mich in ein Hotelzimmer mitnehmen und unaussprechliche Dinge mit mir tun?«

»Nein.«

»Kann sein, daß ich ja gesagt hätte.«

»Kann aber genausogut sein, daß du nein gesagt hättest, und das Risiko gehe ich nicht ein.«

»Schade.«

»Vielleicht. Vielleicht auch nicht.«

Ich trank den letzten Rest des Kaffees, der inzwischen kalt geworden war.

»Ich weiß nicht, was ich mir vorgestellt habe, oder was es bringen sollte«, sagte ich. »Vielleicht ist es ein Ersatz dafür, daß ich nicht über mein Leben weine. Eine Art Gleichgewicht herzustellen. Ein Puzzleteil an seinen Platz zu bekommen.«

»Und ist das Teil jetzt an seinem Platz?«

»Ich glaube nicht.«

Sie lächelte.

»Vielleicht komme ich und sehe mir die Vorstellung an.«

Ich zuckte die Achseln.

»Und vielleicht kommst du nicht.«

Wir standen gleichzeitig auf.

»Vielleicht komme ich.«

Ich nickte.

»Ich kann dich ja auf jeden Fall auf die Gästeliste setzen.«

DRESSMANN

Die Zeit war gekommen, sich Anzüge zu kaufen. Wie Munk so treffend bemerkt hatte, kann ein Doktor in Showbusineß mit Lederjacke es schon ein Stück weit bringen, oder mit Anzugjacke und Jeans, aber ganz nach oben kommt man nur mit schwarzem Anzug, weißem Hemd und einem geschmackvollen, schwarzen Schlips. Wie der Name schon sagt, ist der Laden Dressmann der Ort, wo man so etwas in Oslo kauft. Und dort kreuzten wir auf, Munk, Waglen und ich, an einem strahlenden Mittwochmorgen, als sie gerade die Türen öffneten. Wir traten ein, und Munk musterte den Verkäufer.

»Wir haben die Absicht, uns Anzüge zu kaufen«, sagte er. »Schwarze Anzüge. Und wir würden gern mit Herrn Dressmann persönlich sprechen.«

»So haben wir es am liebsten«, fügte Waglen hinzu.

»Und wir nehmen gern auch gleich ein paar weiße Hemden und ein paar geschmackvolle schwarze Schlipse mit«, sagte Munk.

Der Verkäufer sah uns der Reihe nach an, bis sein Blick schließlich an mir hängenblieb, da ich noch eine Bemerkung gut hatte.

»Herr Dressmann?« fragte er.

»Wenn es nicht zuviel Umstände macht«, sagte Waglen.

»Ich weiß nicht recht…«

Ich begriff, daß es an der Zeit war, einzugreifen.

»Er ist vielleicht noch nicht aufgestanden?« fragte ich.

Der Verkäufer ließ jetzt alle Hoffnung fahren und sah mich enttäuscht an.

»Doch, schon, aber…«

»Wir warten gern ein bißchen«, sagte Munk. »Der Tag ist noch jung. Wir haben für heute keine weiteren Pläne.«

»Außer zu Hause bei der Alten anzurufen und zu fragen, wie es läuft«, sagte Waglen. »Ist das guter Stoff hier?«

Er griff nach einem dunkelblauen Anzug, der ihm am nächsten hing, und rieb den Stoff zwischen Daumen und Zeigefinger.

»Ich weiß nicht, ich hatte doch eine etwas andere Qualität erwartet. Da bekommst du im Supermarkt in Rysjedalsvika bessere Anzüge.«

Der Verkäufer hatte sich in den hinteren Teil des Ladens verzogen und verschwand hinter einem Vorhang.

»Er hat begriffen, daß er es mit seriösen Leuten zu tun hat«, sagte Munk. »Jetzt holt er den Chef.«

»Das wurde auch höchste Zeit«, sagte Waglen. »Die müssen doch verdammich bessere Anzüge haben als den hier. Ich jedenfalls will echtes Terylene, wenn ich schon was kaufe. Ich habe nicht vor, wie der letzte Kannibale herumzulaufen.«

Der Verkäufer kam mit einem älteren, grauhaarigen Mann zurück.

»Nun, meine Herren?« sagte der ältere.

Munk streckte ihm die Hand entgegen.

»Herr Dressmann?«

Der Mann blickte den Verkäufer an, der die Schultern zuckte.

»Ja, könnte man sagen.«

»Wir sind drei Doctores«, sagte Munk. »Wir sind in Verlegenheit und brauchen Anzüge.«

»Da sind Sie bei uns goldrichtig.«

»Das meinten wir auch«, sagte Munk. »Es sollen schwarze Anzüge sein.«

»Von guter Qualität«, ergänzte Waglen.

Dressmann nickte.

»Und Sie sind eigens dafür aus dem Westland herübergekommen, nehme ich an?«

»Ganz so würde ich es nicht sagen«, gab Munk zurück. »Ganz so würde ich es nicht sagen. Aber Anzüge wollen wir. Und schwarz sollen sie sein. Ein bißchen in dem Stil wie der Prophet Jeremias auf seinem Hochzeitsbild.«

»Ich verstehe,… also einreihig? Wie bei Tarantino?«

Munk musterte Waglen und mich von oben bis unten, als solle er persönlich unsere Anzüge zuschneiden.

»Ich glaube nicht, daß es darauf ankommt. Einreihig oder zweireihig, das ist doch bei Licht betrachtet Jacke wie Hose. Wichtig sind gutes Material und ein guter Schnitt. Daß man sich vorstellen kann, ihn für den Rest seines Lebens täglich zu tragen.«

Herr Dressmann wirkte ein wenig unschlüssig.

»Da würde ich doch zwei Anzüge empfehlen«, sagte er. »Damit Sie den einen ab und zu in die Reinigung geben können. Vielleicht einen Einreiher und einen Zweireiher? So machen es jetzt viele. Besonders Herren vom Westland lieben es, ein wenig zu variieren.«

Munk schüttelte den Kopf.

»Wir kaufen jetzt jeder einen. Sollten sie uns gefallen, kommen wir wieder und nehmen noch einen, wenn wir sie in die Reinigung geben müssen. Aber wir legen verhältnismäßig großen Wert auf persönliche Hygiene, das kann also ein Weilchen dauern.«

Herr Dressmann nickte.

»Hier haben wir etwas aus Baumwolle. Vielleicht wollen Sie lieber etwas in Wolle?«

»Was ist mit Terylene?« fragte Waglen. »Ich frage mich, ob nicht Terylene das Ding ist.«

Herr Dressmann betrachtete ihn eingehend.

»Ich würde Baumwolle empfehlen. Oder reine Wolle.«

»Reine Wolle?« sagte Munk. »Das würde mich an meine Schafe erinnern. Das ist vielleicht gar nicht so dumm.«

»Sie treiben Schafzucht?« sagte Herr Dressmann.

»Bis vor kurzem«, sagte Munk. »Jetzt paßt ein junges Mädchen für mich auf sie auf. Sie ist erst sechzehn, deshalb bin ich ein wenig besorgt. Vor allem, weil sie nebenher noch das Radio betreiben soll.«

»Das kann man verstehen«, sagte Dressmann. »Hier sind ein paar Anzüge, die wir praktisch gerade erst hereinbekommen haben, erste Qualität.«

»Hauptsache, Terylene, dann bin ich zufrieden«, sagte Waglen.

IM THEATERCAFÉ

Wir gingen die dunkle Rådhusgata in Oslo hinauf und hörten unsere Schritte zwischen den Betonwänden widerhallen. An einer Ecke stand ein verwahrlostes Mädchen in einer weißen Lederjacke. Sie kam schwankend auf Waglen zu.

»Ej du, soll ich dir einen blasen?«

»Blas dir selbst einen«, sagte Waglen. »Wenn ich's nötig habe, schaff ich das auch allein.«

Das Mädchen schwankte ein paar Schritte auf die Straße.

»Du ... Scheiß ... Westlandheini! Un schwul bisse auch noch.«

Waglen schüttelte den Kopf.

»Die gehen hier auf Heroin und so Sachen, und eh du dich versiehst, hängen sie dir am Schwanz und saugen wie die Teufel.«

Munk sah ihn an.

»Ich weiß nicht, ob ich das unbedingt wohlgewählte Worte nennen würde.«

»Oder Worte zur rechten Zeit«, sagte ich.

»Ich bin ein Mann aus dem Volk«, sagte Waglen. »Und ich sage es, wie es ist. Ich bin ja schon in Oslo gewesen, aber ich kann mich verdammich nicht erinnern, daß es so zuging.«

»So geht es mit einer Stadt, in der Banditen das Sagen haben«, sagte Munk.

»In den meisten Orten haben Banditen das Sagen«, erwiderte Waglen, »aber deshalb kommen sie noch lange nicht an und sagen, daß sie dir einen blasen wollen.«

»Wir sind gleich im Theatercafé«, sagte Munk. »Da sagen sie so etwas nicht.«

»Wer weiß«, erwiderte Waglen.

»Da haben wir den Stammtisch unseres Mannes, Olaf ›Klorolle‹ Andrésen, reserviert und essen was Gutes.«

»Mir ist der Appetit vergangen«, sagte Waglen. »Verdammt, die können doch ihre Mädchen nicht so rumlaufen lassen. Scheiße!«

Wir schwenkten in Richtung Wessels Plass und sahen in der Ferne schon die Lichter des Theatercafés. Ich war froh, daß wir die neuen Anzüge trugen. Jetzt mußte sich erweisen, ob wir wirklich so aussahen, als kämen wir direkt aus einem Tarantino-Film.

Der Kellner katzbuckelte uns zu unserem Tisch, direkt vor einer Wand, an der Porträts bekannter Personen hingen.

»Hier saß der alte Klorolle auf seine alten Tage zusammen mit Leuten wie Carsten Byhring und Willie Hoel«, sagte Munk. »Schlechte Gesellschaft, keine Frage, aber so alkoholisiert, wie er war, merkte er wohl kaum, wer sie waren. Da seht ihr sein Bild.«

Wir sahen einen Mann mit Brille und Bart und einem melancholischen Blick, den Hut ein wenig schräg.

Waglen studierte die Speisekarte.

»Was nehmen wir denn hier?«

»Pfeffersteak«, sagte Munk. Er winkte dem Kellner.

»Dreimal Pfeffersteak, medium, Señor Kellner.«

Ich sah Waglen an.

»Und den Wein, den ich so verdammt mag, du weißt schon. Drei Flaschen.«

»Drei Flaschen, Herr Munk.«

»Für den Anfang.«

Der Kellner nickte und zog sich zurück.

Munk sah uns zufrieden an.

»Da oben«, zeigte er, »pflegte Reidar Thommesen zu sitzen und zu spielen. Aber jetzt nicht mehr. Er ist tot.«

»Wer hat ihn denn umgebracht?« sagte Waglen.

»Er ist steinalt geworden«, sagte Munk.

»Na und?« sagte Waglen. »Ist das ein Grund, Leute umzubringen? Und wer hat gesagt, daß ich ein scheiß Pfeffersteak will?«

»Das diskutieren wir jetzt nicht«, sagte Munk. »Du kannst das Dessert selbst aussuchen.«

Waglen stöhnte.

»Pfui Teufel. Erst kommt eine verdammte bekiffte Hure und will mir einen blasen, und jetzt das!«

»Du hättest dich doch nicht entscheiden können«, sagte Munk.

»Ach, leck mich«, sagte Waglen. »Pfeffersteak und Klorolle Andrésen. In was für einer Welt leben wir eigentlich?«

»Du kannst froh sein, daß du überhaupt lebst«, sagte Munk. »Und jetzt kosten wir den Wein, wenn ich richtig sehe.«

Der Kellner stellte drei Flaschen auf den Tisch und sah Munk gespannt an.

»Drei Chateau Maldoror 1983?«

»Ohne Zweifel«, sagte Munk. »Und am besten koste ich sie alle drei. Ich glaube nicht, daß wir dem Urteil dieser anderen Wichte allzu viel Vertrauen schenken sollten.«

Der Kellner buckelte. Er zog die Flaschen auf und goß in drei Gläser ein, die Munk der Reihe nach kostete.

Er schmatzte.

»Nicht schlecht, nicht schlecht. Kein auffälliger Korkengeschmack.«

Der Kellner buckelte und entfernte sich.

»Ihr könnt unbesorgt trinken, Jungs«, sagte Munk. Er puffte Waglen an. »Siehst du den, der da kommt, zusammen mit all den Damen? Das ist Kjell Bækkelund, der bekannte Pianist und Literat.«

»Ist mir doch scheißegal«, sagte Waglen.

»Hallo, Kjell«, sagte Munk.

Kjell Bækkelund nickte und führte sein Gefolge zu einem Ecktisch.

»Hier kann man noch was erleben«, sagte Munk. »Das ist was anderes als oben in Sogn.«

Waglen verdrehte die Augen gen Himmel und leerte sein Weinglas. Der Kellner kam wieder zu uns.

»Herr Munk, Telefon für Sie.«

Munk erhob sich.

»Ich gehe gleich dran. Du bist wohl so freundlich und wartest mit dem Servieren des Hauptgerichts, bis ich wieder da bin.«

Der Kellner buckelte.

»Pfui Teufel«, sagte Waglen.

»Ja«, sagte ich.

»Nicht, daß ich so verdammt dagegen bin«, sagte Waglen,

»aber es ist einfach beknackt. Pfeffersteak. Ich hab verdammich keinen Bock auf Pfeffersteak.«

»Das ist bestimmt schon okay«, sagte ich.

»Schon okay und schon okay. Und warum müssen wir hier in diesem Scheißladen hocken, wenn wir in einer normalen Kneipe sitzen und uns besaufen könnten? Glaubst du etwa, es wäre der Traum meines Lebens, Kjell Bækkelund zu sehen?«

»Nein. Aber es gehört wohl dazu, wenn wir jetzt etwas mehr Stil entwickeln wollen.«

»Und vorher hatten wir keinen Stil? Meinst du das?«

Ich überlegte.

»Nein, meine ich nicht. Aber jetzt ist es ein anderer Stil.«

»Pfeffersteak und dir einen blasen lassen, ist das so verdammt stilvoll?«

»Als Kombination vielleicht nicht direkt.«

Waglen steckte sich eine Zigarre an.

»Das einzige, was mir gefällt, sind diese Zigarren. Die sind verdammt gut. Muß man sie eigentlich so anlecken, bevor man sie raucht?«

»Ich glaube nicht.«

»Nein, ich begreife verdammich auch nicht, wozu das gut sein soll.«

»Wir können ja Munk fragen, wenn wir ganz sicher sein wollen.«

»Bloß nicht, verdammt. Ist schon bescheuert genug mit dieser Pfeffersteakscheiße.«

Munk kam zurück.

»Das war eine von ihnen«, sagte er.

»Eine von welchen?« fragte ich.

»Eine von den Schauspielerinnen am Nationaltheater. Eine von denen, die vielleicht die Mutter meines Sohns sind. Sie hat gehört, daß ich in der Stadt bin, und will mich gern später am Abend treffen. Sie kommt nach der Vorstellung her.«

»Was spielt sie denn?« fragte Waglen und blies Munk Rauch ins Gesicht.

»Im Augenblick spielt sie die Grüngekleidete.«

»Robin Hood?«

Munk tat, als habe er nicht gehört.

»Aaah«, sagte er. »Ich glaube, ich sehe drei Pfeffersteaks heranschweben.«

Waglen und ich sahen auch drei Pfeffersteaks heranschweben.

»Das sieht ja nicht schlecht aus«, sagte Waglen.

»Na, siehst du.«

Ein Schatten fiel über unseren Tisch.

»Bist du Munk?«

Munk nickte gnädig. Der Mann, der sich leicht über unseren Tisch beugte, erinnerte mich an eine Figur namens Herbrand aus einem Kinderbuch, das ich einmal sehr geliebt hatte. Es mochte an den schütteren langen Haaren liegen, oder an der karierten Jacke.

»Ich habe dich 1983 in Lilleström spielen hören. *Walk Don't Run.*«

»Ich habe auch anderes gespielt«, sagte Munk.

»Ja, schon, aber besonders das. Irre gut. Hast du neue Projekte am Laufen?«

Munk betrachtete ihn prüfend.

»Projekte? Projekte hat man wohl immer.«

»Und du besonders, denk ich mal. Total super, dich zu sehen. Machst du was hier in Oslo, oder wie?«

Munk zog die Schultern hoch.

»Wird sich zeigen«, sagte er.

»Na klar, denk ich mal. Ist das dein neues Projekt?«

Munk ließ die Schultern wieder fallen. Der Mann in der karierten Jacke bemerkte jetzt Waglen und mich.

»Hallo«, sagte er. »Ist das deine neue Band?«

»Das wäre wohl ein bißchen übertrieben«, sagte Munk, dessen Gesicht jetzt einen Ausdruck von Irritation annahm.

»Immer neue Projekte im Ärmel, was? Naja, ich bleibe am Ball. Echt stark, dich zu treffen. Und dann auch noch im Theatercafé. Wir sehen uns sicher mal wieder.«

Der Mann in dem karierten Sakko und mit dem hellen, spärlichen Haar, der mich wie gesagt an einen gewissen Herbrand aus einem halb vergessenen Kinderbuch erinnerte, entfernte sich, indem er ständig über die Schulter zurückblickte und abwechselnd das V-Zeichen machte oder den Daumen in die Höhe hob.

Waglen räusperte sich und tat einen tiefen Schnitt in sein Pfeffersteak, das ein Seufzen von sich gab.

»Kommt das oft vor?« fragte er.

»Kommt was oft vor?«

»Daß solche schmierigen Typen ankommen und auf Kumpel machen wollen?«

»Ab und zu kommt es vor.«

Waglen studierte das Innere seines Pfeffersteaks, als müsse er sich vergewissern, daß es auch wirklich medium sei.

»Und wird es in der nächsten Zukunft öfter vorkommen?«

»Woher soll ich das wissen, verdammt! Ich hoffe nicht.«

»Das hoffe ich verdammich auch nicht«, sagte Waglen.

»Ich kann nicht behaupten, daß ich ihn mochte«, sagte ich.

»Da bist du verdammich nicht der einzige«, sagte Waglen.

»Oh, haltet die Klappe«, sagte Munk. »Eßt jetzt euer Pfeffersteak und seid froh über das, was ihr habt. Dann dürft ihr nachher vielleicht Trine begrüßen.«

»Trine?« fragte Waglen.

»Die Schauspielerin«, erklärte ich.

»Oh«, sagte Waglen. »Ja, verdammt, darauf freue ich mich. Aber diesen Arsch mit Ohren eben, den konnte ich nicht ab. Er sah aus wie ein verdammter Schaumspieler. Ich habe so eine Ahnung, als würden wir den nochmal wiedersehen.«

»Haltet jetzt mal die Klappe«, sagte Munk.

Wir hielten die Klappe, aber wir dachten uns unser Teil.

Ich sah Kjell Bækkelund vorbeischwänzeln und merkte, daß ich anfing, nicht mehr ganz klar zu sehen.

»Na, Munk«, sagte Kjell Bækkelund. »Auch mal wieder im Lande?«

»Auch mal wieder im Lande, du alter Knaller«, sagte Munk. »Hast du in letzter Zeit irgendwelche Abschiedskonzerte gegeben?«

»Es war schon so einiges. Es war schon so einiges.«

Munk wandte sich Waglen und mir zu.

»So ist das, wenn du im Showbiz bist. Da mußt du ab und zu mit Kollegen Fachgespräche führen... aber da haben wir ja...«

Eine blonde Frau mit sehr spitzer Nase und einem sehr unnatürlichen Fuchs um den Hals war auf dem Weg an unseren Tisch.

»Trine«, rief Munk. »Hier sitzen wir! Wir haben gerade Wein zum Dessert bestellt.«

Trine umarmte Munk und lächelte uns zu. Sie war offensichtlich eine Frau, die sich in jedem Restaurant mit ein bißchen Stil heimisch fühlte.

»Ich dachte, du würdest immer Whisky zum Dessert trinken«, sagte Trine. »Oder war es Whisky zum Hauptgericht und Kognak zum Dessert?«

»So in etwa«, sagte Munk. »Und hinterher nach Hause und vögeln.«

Trine sah Waglen und mich an, und wir stellten uns in höflicher Form vor.

»Dies sind zwei Doctores in Showbusineß«, sagte Munk. »Und sie werden Großes vollbringen. Dem Aussehen nach könnten sie auch ein Schullehrer und ein Videohändler sein, aber das ist nur äußerlich.«

Trine zerzauste Munk das Haar.

»Ich sage besser nicht, was du dem äußeren Anschein nach sein könntest.«

Munk blickte uns begeistert an.

»Trine kommt eigentlich aus Sunnmøre«, sagte er. »Aber das würde niemand glauben. Sie spricht reines Riksmål, wie alle Schauspieler. Keiner von ihnen weiß mehr, wer er ist.«

Trine lächelte uns zu.

»Habt ihr Wein?« sagte sie auf echt sunnmørisch.

Waglen verdrehte die Augen zum Himmel.

»Setz dich, Trine«, sagte Munk. »Was willst du haben?«

Trine lächelte mich an.

»Habt ihr Wein?«

Munk winkte dem Kellner.

»Señor, wir nehmen noch eine Flasche Wein zum Dessert.«

Der Kellner nickte.

»Vier Flaschen Rotwein, Herr Munk?«
»Ganz richtig.«
Trine setzte sich und lächelte mich wieder an.
»Jetzt erzähl mal«, sagte Munk.
»Was soll ich erzählen?«
»Na, von ihm. Er ist also in Heidelberg?«
Trine lächelte den Weinflaschen zu, die gerade auf den Tisch kamen, und danach mir. Ich versuchte, vorsichtig zurückzulächeln.
»Soweit ich weiß.«
Der Kellner sah Munk fragend an.
»Wollen Sie sie alle kosten?«
Munk warf ihm einen herablassenden Blick zu.
»Das ist doch wohl selbstverständlich?«
Der Kellner nickte schnell.
»Selbstverständlich. Selbstverständlich.«
Trine lächelte mich an. Munk kostete die Weinflaschen und wandte sich wieder Trine zu.
»Hör auf, den da anzulächeln. Er ist verheiratet und hat Kinder. Wo waren wir? Ja, Heidelberg. Wie heißt er?«
»Johann.«
Trine lächelte mich an.
»Johann?« sagte Munk. »Herrgott. Als erstes werde ich seinen Namen ändern. Johann wie in was?«
»Wie in Faust.«
Waglen verdrehte die Augen und goß unsere Gläser randvoll, in echter Sogn-Gentleman-Manier.
»Ja, was sonst auch«, sagte Munk. »Und du bist sicher, daß du seine Mutter bist?«
Trine schlug mit einer Serviette nach ihm.
»Genauso sicher wie, daß du der Vater bist.«
»Ja, ich muß dir wohl glauben. Und wie alt ist er jetzt?«
Trine sah auf die Uhr.
»Zweiundzwanzig.«
»Zweiundzwanzig? Teufel auch, dann ist er ja alt genug, selbst Vater zu werden. Als nächstes erfahre ich dann wohl, daß ich Großvater geworden bin. Das würde mir verflucht schlecht passen.«

Waglen nickte.
»Es wäre noch schlimmer, wenn ich plötzlich erfahren würde, daß ich Großvater bin. Es wäre außerdem ein Wunder.«
»Diese Sache hat ein paar wirklich unangenehme Seiten«, sagte Munk. »Zum Beispiel, daß ich nichts darüber weiß, wie seine Kindheit verlaufen ist. Was ist, wenn sie ihn in der Schule gemobbt haben.«
»Er ist nicht gemobbt worden«, sagte Trine und streichelte leicht meine Hand.
»Stell dir vor, er wäre gemobbt worden, und ich, sein Vater, war nicht da, um die Mobber plus Eltern umzubringen.«
Waglen nickte.
»Du hast recht«, sagte er. »Wenn mein Junior in der Schule gemobbt wird, werde ich alle, die so was tun, umbringen. Das ist das einzige, was hilft. Kleine Teufel. Die verdienen nicht zu leben. Da kann er sich auf seinen Vater verlassen.«
Ein nachdenkliches Funkeln trat in Waglens Augen.
»Und dann die Schweine, die ihre Kinder mißbrauchen«, sagte er.
»Ja«, sagte Munk.
»Die sollte man nicht nur erschlagen«, fuhr Waglen fort. »Man sollte ihnen auch noch den Schwanz abschneiden und sie zwingen, ihn in kleinen Portionen zu essen.«
»Just my words«, stimmte Munk zu.
»Pfui Teufel«, sagte Waglen. »Woraus sind solche Leute gemacht?«
Trine nahm meine Hand.
»Was redet ihr denn da«, sagte sie. »Vergeßt nicht, daß ihr an einem öffentlichen Ort seid.«
Sie drückte meine Hand. Ich räusperte mich und trank einen großen Schluck Wein.
Trine sah mich an.
»Gehen wir?« fragte sie.
Ich räusperte mich und schaute Munk an.
Munk war eifrig mit seinem Karamelpudding beschäftigt. Waglen hob den rechten Daumen und spitzte die Lippen.
Ich nahm einen Mundvoll von meinem Karamelpudding und scharrte mit dem Löffel.

»Wir können den Rest vom Wein mitnehmen«, sagte Trine. »Das geht völlig in Ordnung. Gehen wir?«

Ich sah Munk an. Er blickte nicht auf.

»Ich esse nur noch meinen Karamelpudding auf«, sagte ich.

Munk sah erst mich an und dann Trine.

»Nun geh schon mit ihr«, sagte er. »Sie läßt nicht locker. Und wo das Unglück schon einmal geschehen ist, ist sie nicht die Schlechteste, an der du dich versuchen kannst.«

»Hört sich an, als sprächest du aus Erfahrung«, sagte Trine.

»Laß mich in Ruhe mein Dessert essen«, sagte Munk.

IM DUNKELN

»Bist du wirklich aus Sunnmøre?« fragte ich.

Sie warf mir einen raschen Blick zu.

»Ja, bin ich. Warum nicht? Macht das was?«

Ich schüttelte den Kopf.

»Nichts«, sagte ich.

Trine wühlte im Schrank. Sie hatte noch immer den unnatürlichen Fuchs um den Hals, ohne daß dies jetzt irgend etwas ausmachte.

»Ich hatte doch hier ein paar Gläser. Hoffentlich hat sie keiner nach dem letzten Fest mitgenommen... Nein, hier sind sie. Es wäre ein bißchen blöd, den Wein aus der Flasche zu trinken.«

Ich nickte.

»Es ist zweifelsohne stilvoller, aus Gläsern zu trinken.«

Ich wußte nicht, wo ich war. Doch, ich wußte, daß ich in der Wohnung einer gewissen Trine war, die zur Zeit gerade Die Grüngekleidete in irgendeiner Inszenierung am Nationaltheater spielte und außerdem die Mutter von Munks Sohn war, der dies oder jenes in Heidelberg studierte, aber ansonsten wußte ich wenig darüber, wo ich war, außer irgendwo im Dunkeln.

»Skål dann«, sagte Trine. »Das ist typisch Munk, schweren Rotwein zum Dessert zu bestellen.«

Ich ließ den Wein distinguiert auf der Zunge rollen.

»Das war allerdings nicht Munk«, sagte ich.

»Was?«

»Der den Rotwein zum Dessert bestellt hat. Das war der andere Herr. Der mit den markanten Eckzähnen.«

»Naja. Das ändert nichts. Tatsache ist, daß er gern seine eigenen Regeln macht.«

»Das kann man wohl sagen«, sagte ich.

»Und sich an sie hält.«

Trine setzte sich neben mir aufs Sofa.

Ich bin nicht so betrunken, sagte ich zu mir selbst, und versuchte, mir einzuprägen, wie das Zimmer aussah. In einer dunklen Ecke glaubte ich etwas zu sehen, das an einen ausgestopften Leoparden erinnerte. Eine große Wanduhr. Kannibalen. Nein, Kandelaber. Teppiche an den Wänden.

Musik von irgendwoher. Musik, die etwas mit mir anstellte, aber ich wußte nicht genau, was.

»Denk daran, daß es freiwillig ist«, sagte Trine.

»Ja«, sagte ich.

Sie küßte mich auf die Backe.

Mir kam plötzlich der Gedanke, daß sie das hier tat, um sich an Munk für irgend etwas zu rächen. Mein nächster Gedanke war, daß es mir nichts ausmachte, wenn es so wäre. Ich würde gern das Werkzeug ihrer Rache sein.

»Skål«, sagte ich.

Ich spürte eine leichte Übelkeit und betete zu Gott, daß er sie entfernen möge, was er unverzüglich tat.

»Soll ich ein bißchen Musik auflegen?« fragte Trine.

»Meinetwegen nicht«, sagte ich und war von meiner eigenen Antwort überrascht. Normalerweise hätte ich ja gesagt.

»Wir kommen auch ohne aus«, sagte Trine.

Plötzlich umschlang sie mich mit beiden Armen und küßte mich. Ich leistete keinen Widerstand, sondern erwiderte den Kuß und gab sogar noch ein wenig auf eigene Rechnung dazu. Ich spürte, daß ihre Zunge sehr spitz war, genau wie ihre Nase, ohne daß ich dem etwas Besonderes beimaß.

Trine riß sich los.

»Ich lege doch ein bißchen Musik auf.«

Sie ging zum CD-Spieler und legte etwas mit Panflöten auf. Ich war froh, daß Munk nicht hier war und es hörte.

»Wir haben die Wahl«, sagte Trine. »Wollen wir zuerst den Wein austrinken oder vögeln?«

Ein idiotischer Gedanke schoß mir durch den Kopf. Stell dir vor, Vater und Mutter, dachte ich, stell dir vor, Vater und Mutter wären Zeugen, wie ich, ihr einziger Sohn und ein verheirateter Mann mit Kind, hier saß und eine schon etwas in die Jahre gekommene Schauspielerin küßte, die mich fragte, ob wir zuerst den Wein austrinken oder gleich vögeln wollten. Und ich dachte, daß es für Eltern von Vorteil sein kann, wenn sie nicht mehr von ihren Kindern wissen, als sie es normalerweise tun.

»Ich habe einen Kompromißvorschlag«, sagte ich.

»Das dachte ich mir fast.«

Dachte sie sich das? Was für einen Eindruck mache ich auf die Leute, daß sie so leicht zu der Ansicht kommen, ich sei ein beschissener Kompromißler?

»Wir trinken noch ein bißchen Wein...«, sagte ich.

»Und dann vögeln wir.«

»Und *dann* trinken wir den Rest.«

Sie knöpfte einen Knopf an meinem Hemd auf.

»Das ist eine gute Idee. Ein bißchen Wein hinterher ist bestimmt schön.«

Ich goß mehr Wein in die Gläser und war jetzt ganz sicher, daß es ein Leopard war, den ich dort hinten in der Ecke sah.

Trine knöpfte mein Hemd ganz auf und fing an, mir die Brust zu küssen und meine Brustwarzen zu lecken. Es ließ sich nicht leugnen, daß es angenehm war. Als sie mir die Hose herunterzog und sich auf mich setzte, und ich spürte, wie leicht ich in sie hineinglitt, war mir, als käme der Leopard langsam näher. Als ich meine Arme um Trines Rücken schloß und ihre Brüste leckte und in mich hineinsaugte, war mir, als tippe mir der Leopard auf die Schulter, um zu fragen, wo dieser Kerl herkäme.

Als es mir kam, war der Leopard verschwunden, ich hörte,

daß ich laut schrie, und mich durchströmte ein starkes Gefühl von Wehmut darüber, daß Trine mir eigentlich nichts bedeutete, sie konnte beinahe irgend jemand sein, und trotzdem hatte es mir noch mit niemand so gutgetan.

Als das Licht begann, durchs Fenster hereinzusickern, merkte ich erst, wo ich war, und daß ich mit meiner Wange auf Trines nacktem Hintern lag. Sie war wach und hielt meinen Schwanz in einem festen Griff.

»Guten Morgen«, sagte Trine.

»Ja«, sagte ich.

Sie richtete sich halb auf und beugte sich über mein Gesicht.

»War das gut?«

»Mm«, sagte ich.

»War es gut, als ich dich gelutscht habe?«

»Alles mit dir war gut«, sagte ich. »Das ist so ungerecht dabei.«

»Was meinst du damit?«

Wo ich schon soviel gesagt hatte, konnte ich auch gleich den Rest sagen.

»Ich meine, daß wir uns ja nicht lieben. Wir sind nicht einmal ineinander verliebt. Es war eher eine zufällige Begegnung. Und trotzdem hat es mir noch mit niemand so gutgetan wie mit dir.«

Sie wurde still. Ich konnte den ausgestopften Leoparden atmen hören.

Auf einmal spürte ich etwas. Es tropfte auf mich.

»Weinst du?« fragte ich.

Die Frage war überflüssig.

»Warum muß ich ... immer so etwas hören. Das ist nicht... fair.«

»Das meine ich ja«, sagte ich.

»Kannst du mich nicht einfach küssen?«

»Doch«, sagte ich.

Ich nahm ihren Kopf zwischen meine Hände und küßte ihr Gesicht, bis alle Tränen fort waren.

DER MORGEN DANACH

Als ich kam, saßen Munk und Waglen in der Eingangshalle, in weichen Sesseln und waren jeder in seine Zeitung vertieft.

»Da kommt einer, der viel Taschentennis gespielt hat«, sagte Waglen.

»Viel Taschentennis auf fremdem Platz«, sagte Munk.

»Sehr witzig«, sagte ich. »Habt ihr schon gefrühstückt?«

»*Wir*?« sagte Munk. »Wir haben bekommen, was wir brauchten. Hier dieser Ausreißer vom Planet der Affen hat sogar zwei Eier in sich reingestopft, wenn man einmal von dem absieht, was auf seinem Schlips gelandet ist. Aber was du bekommen hast, das zu fragen verbietet uns die Diskretion.«

Waglen knüllte seine Zeitung zu einem Ball zusammen und zog sich einen mißbilligenden Blick des Mannes an der Rezeption zu.

»Dazu haben wir zuviel Respekt«, sagte er. »Wir haben uns gemerkt, daß du uns mit einer Frau verlassen hast, aber haben zuviel Respekt, um zu fragen, was weiter geschah.«

Ich fragte mich, ob es zu spät sei, um noch Frühstück zu bekommen.

»Es ist zu spät, um noch Frühstück zu bekommen, falls du dich das fragst«, sagte Waglen. »Wir haben den Rest aufgegessen.«

»Wir waren hungrig«, sagte Munk. »Und falls du dich bangenden Herzens fragst, wie ich darauf reagiere, daß du die Nacht mit der Mutter meines Sohns, des bekannten Studenten aus Heidelberg, verbracht hast, so kann ich nur sagen, das trage ich mit Fassung. Ich will nur, daß du sie anständig behandelst ...«

»Mit Respekt«, sagte Waglen.

» ... mit Respekt, denn sie ist ein gutes Mädchen. Es ist wohl keine Überraschung, daß das, was zwischen ihr und mir gewesen ist, der Vergangenheit angehört. Also da mischen wir uns nicht ein.«

Waglen schüttelte den Kopf.

»Das ist es nicht«, sagte er. »Solche Typen sind wir nicht.«

»*Aber*«, begann Munk.

»Jetzt hör zu«, sagte Waglen.

»Aber«, sagte Munk, »was wir, die wir hier sitzen, eventuell kommentieren könnten, ist der moralisch überaus fragwürdige Aspekt des Ganzen, daß du als verheirateter Studienrat und Vater mit der erstbesten Frau, die du siehst, losziehst, sobald sie dich nur aufmunternd anlächelt. In unserer Gesellschaft ist Untreue kein Grund zur Aufregung mehr, aber hier bei uns ist sie das!«

Waglen nickte.

»Wir sprechen von Respekt«, sagte er.

»Genau«, pflichtete Munk bei. »Respekt gegenüber der Frau, die zu Hause sitzt und die du lieben und ehren und der du treu sein sollst bis ans Ende deiner Tage. Davon reden wir, bei allen schwarzen Teufeln der Hölle.«

»Wir sind enttäuscht von dir«, sagte Waglen. »Es hat nicht viel gefehlt, und wir hätten uns hingesetzt und einen Brief an sie geschrieben, wie du hier in der Hauptstadt herumvögelst, aber dann haben wir beschlossen, dir noch eine Chance zu geben.«

»*Eine*«, sagte Munk. »Wir würden nicht für jeden soviel Nachsicht aufbringen.«

Ich hörte nur halb zu, fühlte aber daß, auch wenn es nur diese beiden waren, die da redeten, doch etwas Wahres daran war. Einerseits wünschte ich, ich könnte das Ganze ungeschehen machen. Andererseits...

»Haltet die Klappe«, sagte ich. »Ich glaube nicht, daß ihr die Richtigen seid, große Töne zu spucken. Außerdem bin ich müde und könnte mir vorstellen, mich ein paar Stunden auszuruhen.«

»Müde?« sagte Waglen. »Das hört sich verdammt merkwürdig an. Wovon solltest du denn müde geworden sein?«

Ich konnte sehen, daß der Mann an der Rezeption genau zuhörte, was wir sagten. Wo er verkehrte, hatten die Gespräche wohl nicht jeden Tag ein solches Niveau.

»Wir sollten nicht die Richtigen sein?« sagte Munk. »Selbstverständlich sind wir das. Wenn jemand das Recht haben soll, sich mit Nachdruck zu moralischen Fragen zu äußern, dann muß er zuerst die gleichen Fragen ganz konkret durchlebt und sie am eigenen Leib erfahren haben. Das solltest du doch wissen. Lies mal Augustins Confessiones. Da kannst du noch etwas lernen. Aber weil du dieses ausgezeichnete Werk vermutlich nicht zur Hand hast, kannst du von Augustins Stellvertreter lernen, will sagen von mir.«

»Und mir«, fügte Waglen hinzu.

»Du!« sagte Munk. »Du hast selbst noch manches zu lernen. Aber wenn du ab und zu die Schnauze hältst und ein bißchen an dein Taiming denkst, würde ich sagen, daß für dich noch Hoffnung besteht.«

WIR MACHEN UNS BEREIT

Waglen saß mit gespreizten Beinen in einem Sessel, das Hemd aufgeknöpft bis zum Pimmel. Seine Halsmedaillons klirrten. Munk saß im Anzug vor dem Spiegel und schnitt verzweifelte Gesichter. Ich saß auf einem Stuhl und fühlte, daß meine Handflächen feucht waren und ich aufs Klo mußte.

Munk drehte sich langsam zu uns um.

»In einer halben Stunde treten wir auf«, sagte er. »Gibt es noch etwas, das gesagt werden muß?«

Waglen richtete sich im Sessel auf.

»Was sollte das sein?« sagte er. »Abgesehen davon, daß ich ganz woanders sein sollte, mit ganz anderen Leuten. Herrjeh, was soll ich den Scheißern da draußen bloß sagen?«

Munk schüttelte den Kopf.

»Ich dachte, über das Stadium wären wir hinaus. Und du hast also allen Ernstes die Absicht, so aufzutreten?«

Er zeigte auf das aufgeknöpfte Hemd.

»Ich glaube, eins sollten wir mal klarstellen«, sagte Waglen. »Was Hemden angeht, werden du und ich nie den gleichen Geschmack haben.«

Munk spuckte ins Waschbecken.

»Von Geschmack ist hier nicht die Rede. Hier ist die Rede davon, ob man sich wie ein bescheuerter Idiot oder wie ein Gentleman zeigt.«

Waglen streckte sich nach einer Bierdose.

»Wenn du dich ein bißchen abregst«, sagte er, »knöpfe ich vielleicht einen Knopf zu und zeige mich als echter Sogn-Gentleman. Aber jetzt ist es eine verdammich viel größere Frage, was ich den Scheißern da draußen erzählen soll. Was, wenn sie nun nicht lachen!«

»Natürlich lachen sie«, sagte Munk. »Wenn du dich nur zeigst, lachen sie schon wie bescheuert. Aber knöpf verdammt noch mal dein Hemd zu. Hier ist keiner daran interessiert, deinen Pimmel zu sehen.«

Natürlich war dies alles vollkommen unwirklich. Hier saß ich, ein schon etwas angejahrter Studienrat an der Weiterführenden Schule, zur Zeit Doktor in Showbusineß, und sollte dabei mitwirken, zusammen mit zwei äußerst unzuverlässigen und unberechenbaren Männern einem verwöhnten Hauptstadtpublikum etwas vorzuführen, wovon ich keine klare Vorstellung hatte. Ich war froh, daß ich wenigstens nicht der Hauptverantwortliche war, wenn die Sache eine astreine Bauchlandung wurde, was mir sehr wahrscheinlich schien. Naja, in einer guten Stunde war alles vorüber, und wir konnten im Hotel sitzen und trinken, falls wir nicht von einem wütenden Publikum in Stücke gerissen wurden.

»Ich habe mir das Publikum angesehen«, sagte Munk. »Es sind viele Jugendliche da.«

»Jugendliche!?« sagte Waglen.

»Jugendliche!?« sagte ich.

»Gutgekleidete Jugendliche. Mit verwöhntem Geschmack.«

Waglen knöpfte noch zwei Knöpfe am Hemd zu und sah uns mit wildem Blick an.

»Ich krieg einen totalen Blackout.«

»Kriegst du nicht, verdammt!«

»Krieg ich doch, verdammich!«

Munk griff nach einer Bierdose.

»Wenn du heute abend einen Blackout kriegst, dann geht es auf der Stelle zurück nach Sogn und zu den Kannibalenvideos. Schluß mit Showbiz.«

»Was für eine Drohung«, sagte Waglen.

Mir fiel ein, daß ich einmal einen Kurs in transzendentaler Meditation belegt hatte, wie viele damals. Ich erinnerte mich daran, daß es angenehm gewesen war, doch wie so viele andere fand ich nach und nach, daß ich nicht die Zeit hatte, mich damit zu beschäftigen. Jetzt hatte ich das Gefühl, eine kleine Meditation, bevor ich die Bühne betrat, könne hilfreich sein, und ich wrang mein Gehirn aus, um mein Mantra wiederzufinden.

»Guten Abend«, knurrte Munk zur Begrüßung. »Wir sind Doktor Munk und die Kannibalen. Es ist unser Abend. Nehmt ihn gut auf.«

Er hängte sich die Gitarre um und nickte mir zu. Ich plazierte die Finger ungefähr da, wo der erste Akkord liegen mußte. Waglen schlug mit einem Stock an die Trommel. Das starke rote Licht hinderte uns daran, das Publikum zu sehen, wir ahnten nur die Umrisse von etwas.

»Gut, Munk«, hörte ich jemand rufen. »Fangt an!«

Es durchfuhr mich kalt. Ich hätte mein Seelenheil darauf verwettet, daß es Herbrand war!

Ich fragte mich einen Augenblick, ob Sandra wirklich irgendwo da draußen war, vielleicht mit ihrem Mann und einer Flasche Rotwein, fand mich aber damit ab, daß die Geschichte an die Hand gab, daß sie nicht da war.

Munk nickte noch einmal, und wir legten los mit *Walk Don't Run*.

Ich weiß nicht, was es mit dieser Melodie auf sich hat, oder warum Munk gerade auf sie so fixiert war, aber ich hatte seinerzeit die Version der Ventures sehr gemocht (das muß ungefähr zu der Zeit gewesen sein, als Nils und ich für Helen Shapiro schwärmten), und die Götter mochten wissen, ob ich nicht auch die Version von John Barry Seven gut gefunden hatte. Ganz zu schweigen von der, die das Penguin Cafe Orchestra viele Jahre später einspielte, und die dem Stück in gewisser Weise einen neuen Inhalt gab.

Doch an diesem Abend spürte ich, wie gut es tat, diese Melodie zu spielen, die etwas ausdrückte, das ich zwar lange in mir gefühlt hatte, dem ich aber erst jetzt Ausdruck verleihen konnte, und ich fand es ein bißchen schade, daß ich nicht ein kleines Solo spielen durfte.

Waglen erhob sich. Er knöpfte das Hemd ganz auf und blinzelte ins Publikum.

»Sind Samen im Saal?«

Ich sah Munk an. Er schüttelte nur den Kopf.

»Sind Samen im Saal?« wiederholte Waglen.

Es blieb still.

»Nicht ein einziger Same?« sagte Waglen. »Das ist nicht gerade viel. Wo verbringen die Samen einen Abend wie diesen, frage ich mich. Im The Scotsman?«

Munk machte den Eindruck, als wolle er das Ganze abbrechen, hielt sich dann aber doch zurück.

»Aber vielleicht ist das ein Vorteil«, fuhr Waglen fort. »Da kann ich mich hier ein wenig sicherer fühlen. Es war nämlich mal ein Same, der begegnete einer Frau, und als er sich ihr vorstellen wollte, sagte er: ›Matte Möse‹. Da wurde die Frau rot und sagte: ›Nein, nur ein bißchen weich in den Knien‹.«

Waglen hickste.

»Das war der ganze Witz, also ihr dürft ruhig ein Lachen vom Stapel lassen. Aber habt ihr schon mal von Frau Asmundsen gehört? Wirklich nicht? Also: Frau Asmundsen nämlich verkehrt mit Männern, in jüngster Zeit doch vermehrt mit Kennern, und deshalb wird sie böse meist, wenn man sie in die Möse beißt.«

Er blickte wie träumend über das Publikum.

»Es heißt immer, ein bißchen Humor wäre so verdammich gut, aber verflucht, ich weiß nicht. Wenn ich es mir jetzt so überlege, gibt es viele Dinge, die besser sind. Oh nein, jetzt habe ich an Karamelpudding gedacht ... Scheiße, ich nehm den vom Krokodilbändiger.«

Er machte einen nervösen Schritt zur Seite.

»Der Krokodilbändiger? Ja, also da war mal ein Krokodilbändiger, der zog herum und führte in Jugendheimen und Kneipen im ganzen Land sein zahmes Krokodil vor. Wenn er dem Krokodil einmal mit seinem Stock auf den Kopf schlug, öffnete das Krokodil sein Maul, und dann steckte der Krokodilbändiger ihm seinen Pimmel in den Rachen, und das Krokodil klappte das Maul zu, und dann ging immer ein Schaudern durchs Publikum. Danach schlug er dem Krokodil noch einmal mit dem Stock auf den Kopf, und dann zog er den Pimmel wieder heraus, heil und unversehrt. Ja, und dann fragte er, ob jemand im Publikum wäre, der das auch einmal versuchen wollte. Sie bekämen gutes Geld dafür. Zehntausend Kronen? Keine Antwort. Zwanzigtausend? Vollkommene Stille. Dreißigtausend? Man hätte eine Stecknadel fallen hören können. Vierzigtausend? Nichts. Fünfzigtausend? Schweigen wie im Grab. Sechzigtausend? Kein Mucks. Siebzigtausend? Da reckte eine alte Frau ganz hinten im Saal die Hand hoch und sagte: Ja, für siebzigtausend kann ich es mal versuchen, wenn du mir versprichst, mir nicht so fest auf den Kopf zu schlagen…«

Waglen hustete kräftig und wischte sich mit dem Hemdärmel den Schweiß aus der Stirn.

»Der ist doch alt!« rief eine Stimme aus dem Saal. Das klang nicht nach Herbrand.

»Alt? Das bist eher du, der hier alt ist, du Heini. Übrigens sollte hier besser der Teufel stehen und Witze erzählen. Ich nehme lieber eine Geschichte aus meiner Kindheit… ich war noch verdammt klein, das war, als ich noch im Bauch meiner Mutter lag… nein, es war, als ich noch im Pimmel meines Vaters lag. Es war verdammt eng und langweilig, wie ihr euch vorstellen könnt. Und ich fühlte, daß eine Veränderung vonnöten war. Eine neue Zeit dämmerte herauf, wie man so sagt… Verdammich… Es ist so verflucht lange her, daß ich mich nicht mehr an alles so gut erinnern kann… Was andererseits auch ein Vorteil sein kann. Aber eines Tages also, die Sonne schien, die Kühe muhten am Hang, und das Fischauto bog gerade auf den Hof ein.«

Waglen stieß ans Klavier, und mein Rotweinglas fiel um.

»Scheiße«, sagte Waglen. »Hier fange ich an, meine ganze Lebensgeschichte zu erzählen. Habt ihr das überhaupt verdient?«

»Ja«, kam es aus dem Saal. »Jetzt komm schon zu Potte!«

»Schnauze«, rief Waglen. »Also, wie gesagt, das Fischauto bog gerade auf den Hof ein, und da saß der Leibhaftige persönlich am Steuer. ›Ist deine Mutter zu Hause?‹ fragte er. ›Was geht dich das denn an?‹ erwiderte ich.«

Waglen wischte sich aufs neue den Schweiß von der Stirn und sah aus, als kämpfe er einen schweren seelischen Kampf.

»Wie gesagt, es ist lange her, und ich erinnere mich nicht mehr so genau an alle Einzelheiten. Aber auf jeden Fall ging der Leibhaftige ins Haus und blieb dort ziemlich lange.«

Waglen schien einen Augenblick zu überlegen, und ich sah Munk an. Auf seinem Gesicht lag ein träumerischer Zug, und er schien ganz woanders zu sein.

»Und neun Monate später wurde ich geboren«, sagte Waglen. »Denkt mal darüber nach, während wir ein bißchen Musik machen. Hier kommt der bekannte Schmalztenor Munk mit einer eigenen Komposition, *Ophelia*. Bestellt ruhig mehr Wein, während ihr zuhört, das wäre sicher im Sinne des Komponisten.«

MANÖVERKRITIK

»Ich muß sagen, daß meine Zufriedenheit sich in Grenzen hält«, begann Munk. »Die Vorstellung hat noch keine klare Linie, aber wir haben Zeit genug, das noch hinzubiegen.«

Ich war so kaputt wie noch nie.

»Ich dachte, der Mangel an klarer Linie sei gerade der Clou«, wandte ich ein.

»Schon«, sagte Munk. »Aber es gibt Mangel an klarer Linie und Mangel an klarer Linie. Wir müssen ein bißchen mehr daran denken, was unser Mann Klorolle Andrésen getan hätte.«

»Kloroll mich am Arsch«, sagte Waglen. »Wie ich ihn kenne, hätte er in seiner Garderobe gesessen und gesoffen und sich verkannt gefühlt, und danach wäre er rausgegangen und hätte irgendeine Bissigkeit in purem Riksmål gesagt.«

»Du kennst ihn eben nicht richtig«, sagte Munk.

»Kein Wunder, daß er nie Erfolg hatte«, entgegnete Waglen.

»Halt bloß die Klappe«, sagte Munk. »Du bist mir gerade der Richtige, um von Erfolglosigkeit zu sprechen.«

Waglen stand drohend auf.

»Ich kann ja wieder nach Hause fahren«, meinte er. »Dann sehen wir mal, wieviel von der Vorstellung übrigbleibt.«

Munk machte eine beschwichtigende Handbewegung.

»Reg dich ab«, sagte er.

»Reg dich selbst ab, du Saftheini.«

Es klopfte dreimal an die Garderobentür.

»Ich wette, da kommt die Sittenpolizei«, sagte Waglen. »Herein in Gottes Namen.«

Ich traute meinen Augen nicht. Das heißt, nachdem ich ein zweites Mal hingesehen hatte, traute ich ihnen.

Es war der Mann in der karierten Jacke.

»Glückwunsch zu der tollen Vorstellung, Munk« sagte er.

Munks Gesicht verfinsterte sich.

»Danke«, sagte er. »Aber es ist ja nicht nur meine Vorstellung.«

»Glaub schon, daß das ankommen wird«, sagte Herbrand. »Vielleicht sitzt noch nicht alles so, wie es soll, aber das ist schnell hingebogen. Ich weiß nicht, ob ich den mit dem Mann, der im Fischauto kam, ganz verstanden habe, aber auf jeden Fall habe ich Anregung zum Nachdenken bekommen. Das ist mal sicher.«

Munks Gesicht wurde noch finsterer.

»Ich werd' die Vorstellung allen meinen Bekannten empfehlen«, sagte Herbrand. »Ich werde sagen, daß sie echt gut ist. Also, ich komm morgen wieder.«

»Du bist willkommen«, sagte Munk zähneknirschend.

»Ja, also ich wollte nur eben Hallo und Danke sagen. Dein Gitarrensolo da drinnen, total irre.«

Munks Gesicht hellte sich etwas auf.

»Naja…«, sagte er.

»Ja, wie gesagt, ich wollte nur eben Hallo sagen.«

»Sehr freundlich von dir«, sagte Munk.

Die Garderobentür schloß sich hinter Herbrand, dem Mann, der mich noch immer an einen Kerl erinnerte, von dem ich in einem Kinderbuch gelesen hatte.

Ich atmete kräftig aus.

»Wo waren wir?« sagte ich.

Waglen hatte etwas Wildes in den Augen.

»Pfui Teufel«, sagte er. »Wenn mir dieser Schleimscheißer noch einmal über den Weg läuft, bring ich ihn um.«

»Na komm«, sagte Munk. »Ich gebe zu, daß er auf Anhieb kein einnehmendes Wesen hat, aber das läßt sich wahrscheinlich von einigen von uns auch sagen.«

Er sah Waglen an.

»Das ist mein Ernst«, sagte Waglen. »Ich bring den Kerl um, verdammich.«

ZWEI WÜRFELAUGEN

Unsere Vorstellung für ein verwöhntes Hauptstadtpublikum, Romantischer Abend mit Doktor Munk und den Kannibalen, bekam von den Kritikern in Dagbladet und in VG, den zwei großen Boulevardblättern der Hauptstadt, jeweils zwei Würfelaugen. In Dagbladet schrieb die Kritikerin Dinge wie ›die Vorstellung hat ein Potential‹, aber ›wen interessieren eigentlich die primitiven und spätpubertären, total pointenlosen Unflätigkeiten von drei mittelalten und alles andere als nüchternen Männern?‹ Außerdem hieß es:

›Musikalisch gesehen ist wenig auszusetzen, und Doktor Munk hat zweifellos eine gewisse Ausstrahlung, aber der Tiefpunkt wird von einem sogenannten ›Stand-öp-Komiker‹ (ja, so heißt es wohl im Westland) erreicht, der eher an einen Videohändler erinnert und sich allenfalls durch einen totalen Mangel an Gefühl für Timing und gute Pointen auszeichnet. (Doch vielleicht sagt dies etwas über das Niveau norwegischer Stand-up-Komiker.) Auf jeden Fall kein Grund, hierfür einen Hunderter zu verschwenden.‹ In der VG hieß die Überschrift ›Pointenlose Pubertätspossen‹, doch auch hier fand der Kritiker positive Worte für die Musik und besonders das Gitarrensolo in *Walk Don't Run.*

Waglen und ich lasen über Munks Schulter hinweg. Es war ein kalter Herbsttag auf der Carl Johans gate, doch für uns, die wir im Showbiz waren, stellte so ein bißchen Kälte nicht das Hauptproblem dar.

»Das ist gut«, sagte Munk. »Zwei Augen sind doch besser als erwartet.«

»Besser als ein Auge jedenfalls«, sagte ich.

»Gut?« sagte Waglen. »Ich krieg ja das meiste ab. Scheiße, ›der eher an einen Videohändler erinnert‹, wie kann man so etwas schreiben. Glaubt sie, daß ich Videos *verkaufe*, verdammich? Ich bring die Tante um.«

Munk faltete die Zeitung zusammen.

»Wir gehen in die Kaffeestube«, sagte er. »Da diskutieren wir weiter. Vielleicht können wir das Ganze ein bißchen straffen.«

Wir gingen in die Kaffeestube. Einerseits erinnerte sie an alle anderen Kaffeestuben im Land, andererseits hatte sie etwas Urbanes und leicht Dekadentes an sich, so daß sie ohne weiteres als die Marlene Dietrich der Kaffeestuben durchgehen konnte. Es hingen keine Bilder bekannter Repräsentanten des Norwegertums an den Wänden, man erwartete auch nicht, Kjell Bækkelund mit Damen hier sitzen zu sehen, aber es war trotzdem mehr als eine gewöhnliche Kaffeestube.

»Genau hier draußen habe ich Knut Haavik niedergestochen«, sagte Munk.

»Hast du nicht gesagt, du hättest es nicht getan?« fragte ich.

»Ich sage so vieles. Das muß man nicht alles auf die Goldwaage legen.«

»Ich habe noch nie jemand niedergestochen«, sagte Waglen. »Ich habe zwar eine Menge anderer Sünden auf dem Kerbholz, aber niedergestochen habe ich eigentlich noch niemand. Jetzt aber hätte ich verdammich Lust dazu.«

»Nimm's nicht so schwer«, sagte Munk. »Dem Publikum hat es gefallen.«

»Dem Publikum? Die haben ja nicht einmal gelacht, verdammt.«

»Man muß nicht über alles lachen. Sie haben begriffen, daß es eine durch und durch ehrliche künstlerische Äußerung war, die das meiste andere dieser Art in den Schatten stellt. Und da ist nicht notwendigerweise das Lachen die Hauptsache.«

Wir holten uns Kaffee und Kuchen, und ich schaute mich nach Bekannten um. Es waren bestimmt welche da, nur waren es nicht meine Bekannten.

»Ich weiß nicht, verdammich«, sagte Waglen. »Ich glaube, diese Stand-up-Sachen sind nichts für mich. Ich könnte es statt dessen mit Imitationen versuchen. Zum Beispiel kann ich meinen Vater imitieren.«

Er schnitt ein paar gräßliche Grimassen und sabberte Kaffee über das Kaffeestubentischtuch.

»Glänzende Idee«, sagte Munk. »Glänzende Idee. Jetzt haben wir bald ein Konzept, glaube ich.«

Waglen rülpste.

»Dieser Knut Haavik«, sagte er.

»Was ist mit dem?« fragte Munk.

»Ist er gestorben?«

»Damals nicht«, sagte Munk. »Bedauerlicherweise. Aber vielleicht stirbt er an den Langzeitfolgen.«

Waglen nickte.

»Das kann sein.«

Eine Frau ging vorüber. Sie war der Typ, in den ich mich wohl einmal hätte verlieben können, aber jetzt merkte ich, daß es nicht passieren würde. I said goodbye to love.

»Und jetzt?« sagte Waglen. »Wenn wir eine Woche hier gespielt und uns noch mehr blamiert haben. Wohin geht dann die Reise?«

»Auf die Landstraßen«, fragte Munk. »Ich verhandle noch wegen ein paar Deals, die fast unter Dach und Fach sind. Ich hab mir gedacht, daß wir bis Weihnachten machen und dann im neuen Jahr irgendwann wieder anfangen. Die Vorstellung sollte dem ganzen Land zugute kommen.«

»Ich hoffe verdammich nicht, daß wir nach Sogn kommen!«

»Wir werden sehen«, sagte Munk.

»Es wäre wirklich bescheuert, wenn die zu Hause mich sehen würden. Ich glaube, dann würde der Videoverleih total in den Keller gehen.«

Munk warf ihm einen strengen Blick zu.

»Arbeite du lieber ein bißchen mit deinem Text. Und denk

an das mit dem Taiming. In dem Punkt hat die Tante da recht, glaube ich.«

Waglen bekam einen Hustenanfall und zog sein Taschentuch heraus. Ein kleiner roter Fleck kam darauf.

»Scheiße, ich huste Blut. Guckt mal! Das sollte meine Alte sehen. Dann würde sie glauben, daß sie einen tragischen Helden geheiratet hat.«

Auf Munks Stirn erschien eine Sorgenfalte.

»Vielleicht solltest du mal zum Arzt gehen?«

»Nein«, sagte Waglen und zeigte stolz sein Taschentuch. »Es ist nur ganz wenig Blut. Das wird der Vorstellung – wie sagt man – eine zusätzliche Dimension geben. Denkt an Doc Holliday und Jimmie Rogers.«

»Genau an die denke ich«, sagte Munk, »und der Gedanke gefällt mir gar nicht. Für alle Fälle kann ich dir die Adresse des Handauflegers in Østfold geben.«

Waglen faltete das Taschentuch hübsch zusammen und steckte es wieder ein.

»Scheiß drauf. Ich könnte natürlich aufhören, die verdammten Zigarren zu rauchen, aber das will ich auch nicht. Sie schmecken so gut. Nein, aber es ist gut für die Show. Da betritt der todkranke Per Waglen die Bühne, jeder Abend kann sein letzter sein. Fest steht nur, daß er bei der Ausübung seines Jobs den Tod erleiden wird. So ein Einsatz hat Klasse, verdammich.«

Munk schüttelte skeptisch den Kopf.

»Ich habe dich auf jeden Fall gewarnt und gesagt, daß du zum Arzt gehen sollst.«

»Das hast du, und ich habe es in den Wind geschlagen. Ich war stur wie nichts Gutes. Was essen wir zum Nachtisch?«

Munk brummte etwas, das sich anhörte wie, Waglen könne verdammt noch mal zum Nachtisch essen, was er wolle.

Waglen langte tief in seine Tasche und legte etwas auf den Tisch.

»Guckt mal«, sagte er stolz. »Kaliber 38. Smith & Wesson.«

»Was zum Henker willst du mit einer Pistole?« fragte Munk. »Und wo hast du die her?«

»Tja, meine Kontakte in der Unterwelt«, sagte Waglen. »Ich hab doch gesagt, daß ich diesen Idioten erschieße, wenn ich ihn noch einmal sehe.«

EIN KAPITEL, IN DEM ICH EIN KLEINES RESÜMEE ZIEHE, WAS DURCHAUS ANGEBRACHT SCHEINT

Waglen trat an die Bühnenrampe.

»Sind hier Samen anwesend?« fragte er.

Schweigen im Saal.

»Sind hier Samen anwesend?« wiederholte er.

»Das geht dich einen Scheißdreck an«, sagte eine Stimme drüben an der Bar.

Ich guckte Waglen an. Er bekam einen sonderbaren Gesichtsausdruck, und es war, als sacke er in sich zusammen. Es war furchtbar, es mit anzusehen. Ich begriff, daß wir an einem Wendepunkt im Leben angekommen waren und es höchste Zeit war, der Hauptstadt den Rücken zu kehren.

Waglen stürzte von der Bühne und kam nicht mehr zurück, und Munk und ich mußten das Ganze zu Ende bringen, so gut es eben ging.

Wir verließen Oslo an einem Tag auf der Grenze zwischen Herbst und Winter, Schnee lag in der Luft. Tags zuvor hatten wir Munk geholfen, Winterreifen zu montieren, obwohl Waglen behauptet hatte, dies verstoße gegen sein Prinzip.

»Sommerreifen sind die besten Reifen«, sagte er.

Waglen war noch immer niedergeschlagen und saß zusammengekauert auf der Rückbank, während Munk und ich in der uns eigenen Weise versuchten, die Stimmung hochzuhalten.

Unser Plan war, bis Weihnachten auf Tournee durchs Land zu reisen. Danach würde jeder mit den Seinen Weihnachten feiern und den ›Akku aufladen‹, wie Munk es ausdrückte, um im neuen Jahr noch einmal für einige Zeit auf Tournee zu gehen.

Wenn ich ganz ehrlich war, wußte ich nicht, wie sinnvoll mir dies alles erschien. Ich setzte mein Familienleben aufs Spiel, ohne wirklich das Gefühl zu haben, etwas dafür zu bekommen, was den Verlust aufwiegen konnte. Mir ging auf, daß es auch früher schon so gewesen war, in jener Zeit, als ich mehr oder weniger gegen meinen Willen in Munks ›Projekte‹ hineingezogen worden war.

Es herrschte mit anderen Worten eine etwas gedrückte Stimmung im Wagen, und Munk schaute abwechselnd Waglen und mich an.

»Es geht immer auf und ab«, sagte er.

»Wenn du meinst«, gab ich zurück.

»Die Depressionen von heute sind die Freudenräusche von morgen.«

»Hast du dir das gerade ausgedacht?« fragte ich.

»Nein«, sagte Munk. »Außerdem liebe ich es, deprimiert zu sein. Es hat etwas zutiefst Menschliches und gibt neue Kraft. Wartet nur, bis wir zu unserem Hotel kommen, dann spendiere ich euch ein bißchen Wein.«

»Ich bin mir nicht sicher, ob ein Glas Wein die Antwort auf alles ist«, sagte ich.

»Es ist ja auch von mehr als einem Glas die Rede«, erwiderte Munk.

Und Munk bekam recht. Während die Tage vergingen und das norwegische Volk in unsere Vorstellungen strömte (ich glaube, sie waren eher neugierig darauf, Munk zu sehen, als daß sie so hohe Erwartungen an unsere Darbietungen hatten), fühlte ich mich immer gelöster und sah, daß auch Waglen seine Bedrücktheit überwand und nach und nach wieder der alte wurde. Er stand stets mit einem flirtenden Lächeln auf der Bühne und gab nach der Vorstellung den jungen Mädchen bereitwillig Autogramme. Er ging sogar so weit, ihnen Dinge zu erklären, von denen sie behaupteten, sie nicht ganz verstanden zu haben. Daß er dann häufig mit einer kleinen Schar derselben jungen Mädchen in seinem Hotelzimmer verschwand, versuchten Munk und ich zu übersehen, so lange wir konnten.

Alles in allem aber stellte ich fest, daß das Leben auf der Straße mir zusagte, ich fühlte, daß man mich achtete und ich eine sinnvolle Aufgabe zu erfüllen hatte.

Trotzdem war ich auch froh, als Weihnachten näherrückte und es Zeit war, nach Hause zu fahren. Es war gut einen Monat her, seit ich Aslaug und Alfred zuletzt gesehen hatte, und bei dem Gedanken, sie wiederzusehen und mit ihnen zusammen Weihnachten zu feiern wie in alten Tagen, fühlte ich mein Herz heftig pochen.

Aslaug wirkte allerdings etwas verbissen und reserviert, als ich sie in der Tür küßte, und auch Alfred war am ersten Tag ein wenig distanziert, doch als Heiligabend kam, schien nichts Böses oder Ungesagtes zwischen uns zu stehen, und alles war anscheinend wie früher.

Wir gingen in die Kirche und hörten Alfred die Weihnachtslieder mitspielen, und ich klopfte ihm hinterher auf den Rücken und sagte, daß er das prima gemacht habe, und ich merkte, wie er strahlte. Ich sagte nicht, daß es am Ende von *Schön ist die Erde* ein wenig falsch geklungen hatte.

Alfred bekam die Knieschützer und die CDs, die er sich gewünscht hatte (eine mit schottischer Dudelsackmusik und eine mit Glenn Millers Orchester), und Aslaug bekam einen schönen Halsschmuck, den ich von einer früheren Schulfreundin gekauft hatte, Signe, der ich zufällig nach einer gelungenen Vorstellung begegnet war. Sie hatte sich inzwischen das Haar rot gefärbt und lebte in einem kleinen Tal als Kunsthandwerkerin. Sie gab mir etwas Wein und ein Bett für eine Nacht, und ihr hatte ich also diesen Schmuck abgekauft, bevor ich wieder fuhr.

Ich selbst bekam einen warmen, weichen Pullover, der mir gute Dienste leisten würde, wenn wir wieder auf die winterlichen Straßen hinaus sollten.

Am ersten Weihnachtstag kamen meine Eltern zu Besuch und brachten Geschenke und Weihnachtsgebäck mit. Ich hatte sie lange nicht gesehen und nahm mir vor, bis zum nächsten Mal nicht so lange zu warten.

Aslaug und ich fanden selten Zeit, länger miteinander zu reden, und ich dachte, daß dies eigentlich nichts machte. Vieles war ungelöst, doch ich fand, daß es nichts bringen würde, sich allzu tief in schwierige Fragen zu verbeißen. Es wäre besser, dies bis zum Sommer aufzuschieben, wenn wir beide mehr Zeit hätten für dergleichen.

In der ersten Januarwoche, ein paar Tage, nachdem die Schule wieder begonnen hatte, fuhr ich wieder los, um Munk und Waglen zu treffen. Aslaug sagte nichts, als ich abfahren wollte, und ich sagte nur, daß ich anrufen würde und bald wiederkäme, und dann für immer. Da war Aslaug schon gegangen, und ich hörte, wie sie das Auto startete.

ON THE ROAD AGAIN

»Da drüben irgendwo liegt Dale i Sunnfjord«, sagte Munk und zeigte über Berge und blaue Horizonte. »Ein Ort, der um so einen Fabrikverkauf von Schuhen herum entstanden ist.«

»Wirklich«, sagte ich.

Wir hatten uns eine Weile in der Nähe von Waglens heimatlichen Gefilden bewegt, ohne die Grenze zu überschreiten. Aus dem einen oder anderen Grund fanden wir, ihm soviel Rücksichtnahme schuldig zu sein. Wie er selbst sagte: Der Profi gilt nichts in seinen heimischen Gefilden.

Ich konnte nicht gerade behaupten, daß in der Natur und in unseren Gemütern der Frühling eingekehrt war, aber es war auch nicht mehr so winterlich, daß man daraus eine große Nummer hätte machen müssen.

Wieder waren wir unterwegs zu einem gottverlassenen Nest, um unsere Vorstellung zu geben, und ich sah dem Abend weder mit großer Freude noch mit dem Gegenteil entgegen.

»Eins frage ich mich«, sagte Waglen.

»Da bin ich aber wirklich gespannt«, sagte Munk.

»Wie gut war Sixten Järnberg wirklich?«

»Das kann dir doch scheißegal sein«, sagte Munk.

»Ich meine, verglichen mit Bjørn Dæhlie und anderen, die heute gut sind. Das werden wir nie wissen.«

»Oh, mein Gott«, sagte Munk.

»Vielleicht ist es wirklich egal«, fuhr Waglen fort. »Aber ab und zu frage ich mich das einfach.«

Wir fuhren ein Stück am Fjord entlang, und in mir regte sich ein Gefühl, das ich nicht ganz erklären konnte. Es hatte etwas mit dem Fjord zu tun, aber das allein war es nicht. Es hatte vermutlich auch mit meinem Leben zu tun, und meinen Eltern, damit, daß sie alt geworden waren, ohne daß ich es gemerkt hatte. Und es hatte, soweit ich sehen konnte, auch mit Sixten Järnberg zu tun, einem Skiläufer, den ich vergessen, an den Waglen mich aber jetzt wieder erinnert hatte. Und ich ertappte mich bei der Überlegung, ob er noch lebte, und wenn ja, was er so trieb. Wahrscheinlich saß er in seiner Küche und tunkte bestrichene Weizensemmeln in seinen Kaffee.

Munk hielt bei etwas an, das nach einem Restaurant aussah und sich auch als solches erwies. Sie hatten eine Lizenz für Bier- und Weinausschank, und wir waren die einzigen Gäste. Wir bestellten das Beste und Teuerste auf der Speisekarte, und Munk kostete den Wein und erklärte, es handle sich um einen ordentlichen Land- und Tischwein.

Wir aßen und tranken und unterhielten uns, und Waglen erzählte eine Geschichte: wie er Vorsitzender des örtlichen Jugendvereins gewesen war, ganze drei Tage, bevor er, wie er sich ausdrückte, durch einen Putsch abgesetzt wurde.

Munk klopfte sich auf den Bauch und sah sich um.

»Das tut gut«, sagte er. »Hier sind sie höflich. Der Steinbeißer ist so ruhig, wie man es von einem Steinbeißer nur erwarten kann, und die Kartoffeln haben einen schwachen Menstruationsgeschmack.«

»Kann nicht sagen, daß ich das gemerkt hätte«, sagte ich.

Munk sah mich an.

»Das wundert wohl niemanden«, sagte er. »Was merkst du denn überhaupt?«

Ich starrte zurück.

»Willst du wirklich, daß ich alles aufliste, was ich merke?«

»Nein«, sagte Munk. »Um Gottes willen. Ich frage mich

allerdings, woran es wohl liegt, daß wir alles so wahnsinnig wörtlich nehmen müssen.«

»Das solltest du doch wissen, und wenn du es nicht weißt, weiß ich wahrlich nicht, wer es wissen sollte.«

Munk sah mich anerkennend an.

»Da sprichst du ein wahres Wort«, sagte er.

WAGLEN ZIEHT SEINE PISTOLE

»Habt ihr den von dem Alten oben in Stryn gehört, der die Mädchen reingelegt hat?« fragte Waglen. »Er war über neunzig Jahre alt, aber er sah um einiges älter aus. Sugar Ray Myklebust hieß er und war der Onkel von diesem Typ hier.«

Er zeigte auf Munk.

Das Publikum amüsierte sich offensichtlich. Es wäre vielleicht übertrieben zu behaupten, daß sie lachten, aber es rief auch niemand Beleidigungen, und nicht mehr als drei waren während der Vorstellung gegangen, und der eine von ihnen kam später zurück und starrte mich an. Ich fragte mich, ob es eventuell einer meiner alten Lehrer war.

Aber die Vorstellung war auch um einiges besser und vor allem straffer geworden im Verlauf der Monate, die wir mit ihr unterwegs waren, und alles andere wäre auch komisch gewesen.

»Und da sagte er: Was soll das heißen, daß du mir so die Hose vom Leib reißt?«

Das war das Signal für unsere Schlußnummer. Waglen stürzte an sein Schlagzeug, und wir gaben eine annehmbare Version von *No Fun* zum besten, in der ich ein drei Sekunden langes Orgelsolo hatte.

Wir wischten uns den Schweiß ab und nahmen den Applaus entgegen.

Als wir nachher hinter der Bühne saßen und der Vorsitzende des örtlichen Jugendvereins uns mit Handschlag dafür gedankt hatte, daß wir dem Publikum etwas zu denken gegeben hatten, und nachdem wir jeder einen Schluck aus Waglens

Flachmann genommen hatten, kam mir wieder in den Sinn, daß ich zu Hause anrufen sollte. Also machte ich mich auf, um ein Telefon zu suchen und fand auch rasch eins, einen alten Münzapparat von der Sorte, die nur Kronenstücke annahmen und aussahen, als fänden sie selbst das reichlich happig. Ich hörte es am anderen Ende klingeln und klingeln, doch niemand nahm ab, und ich war im Grunde erleichtert, daß niemand zu Hause war. Immerhin hatte ich versucht anzurufen, wirklich einen Versuch gemacht, so daß mein Gewissen mich nicht mehr plagte.

Ich hörte erregte Stimmen hinter der Bühne und fragte mich, was da los war.

Ich trat ein und sah direkt in Herbrands Gesicht.

»Kein Grund, sich aufzuregen«, sagte Herbrand. »Ich wollte nur sagen, daß ich die Vorstellung klasse fand, und daß ich zufällig vorbeigefahren bin und fand, ich sollte sie mir ansehen. Es war verdammt gut.«

Munk machte ein gequältes Gesicht.

»Okay, okay«, sagte er.

Es blitzte in Waglens Faust. Er hatte seine Pistole gezogen und richtete sie auf Herbrands Bauch.

»Laß den Scheiß«, sagte Munk.

»Raus mit dir«, fauchte Waglen. »Es macht mir nicht für fünf Öre was aus, abzudrücken.«

Herbrand ging ruhig ein paar Schritte rückwärts.

»Kein Grund, sich nicht normal aufzuführen«, sagte er.

»Ist schon in Ordnung«, sagte Munk. »Aber es ist vielleicht das Beste, du gehst jetzt.«

»Ja doch, aber das hier hatte ich nicht erwartet.«

Er sah Waglen ruhig an, anschließend Munk.

»Wie gesagt, es war verdammt gut«, sagte Herbrand und ging zur Tür. »Aber es wäre bestimmt noch besser, wenn du dich mit besserer Gesellschaft umgeben hättest.«

Er nickte in Waglens Richtung.

Waglens Hand begann zu zittern.

»Schon gut, schon gut«, sagte Herbrand.

Er war fort. Ich blickte noch einmal auf den Fleck, an dem er gestanden hatte, aber er war definitiv fort.

Munk schlug nach Waglens Hand.

»Du bist verdammt noch mal der größte Idiot, der mir je über den Weg gelaufen ist! Hast du vor, alles kaputtzumachen, was ich mühsam aufgebaut habe!«

Waglen steckte die Pistole in die Innentasche seiner Jacke und ging grummelnd hinaus.

Ich sah Munk an.

»Es war vielleicht nicht besonders clever«, sagte ich. »Aber verstehen kann ich ihn schon.«

Munk starrte mich finster an.

»Weiche von mir, Satanas«, sagte er.

Ich nahm mir auch dies nicht zu Herzen, sondern ging hinaus, um Waglen zu suchen. Als ich wieder am Telefon vorbeikam, überlegte ich einen Augenblick, ob ich es noch einmal versuchen sollte, kam aber zu dem Schluß, daß zwei Anrufe an einem Tag doch etwas übertrieben waren.

MUNK LÄSST SICH ZU UNERWARTET HARTEN ANGRIFFEN GEGEN EVERT TAUBE HINREISSEN

Es war unser freier Abend, und wir saßen vor dem Fernseher, wie moderne und aufgeklärte Menschen unserer Generation es zu tun pflegen. Es war noch zu früh, zum Abendessen zu gehen, und wir hatten uns in Munks Zimmer versammelt und seine Minibar geleert. Es gab nicht allzu viele Kanäle in diesem Provinzhotel, und wir hielten uns an das NRK. Das war in der Regel das Sicherste. Wir hatten aufmerksam die Nachrichten verfolgt und nur gelegentlich flapsige oder auch sinnvolle Kommentare abgegeben, je nachdem, und jetzt sahen wir den Wetterbericht. Es sah nicht schlecht aus, wo wir fuhren, aber in Nordnorwegen war es wie üblich das reinste Trauerspiel.

»Herrgott«, sagte ich. »Wie halten die das aus da oben? Die ganze Zeit Regen und nichts als Regen.«

»Scheiß doch auf die Säcke«, sagte Waglen. »Die kriegen das Wetter, das sie verdient haben. Und jetzt hab ich Lust auf

Abendessen. Und ich will verdammich kein Pfeffersteak. Ich will nicht einmal Wein. Ich trinke Bier. Bier und Kaffee.«

»Es ist noch zu früh fürs Abendessen«, sagte Munk.

»Ist es nicht«, sagte Waglen und stand auf.

Munk sah mich scharf an.

»Es ist nicht zu früh«, sagte ich. »Und ich will auch kein Pfeffersteak.«

»Macht doch, was ihr wollt«, sagte Munk. »Ich fand, hier war bis gerade eben eine gute Stimmung. Aber das bedeutet offensichtlich nicht allen gleichviel.«

Waglen und ich banden unsere Schlipse und wanderten hinunter in den Speisesaal. Er war voller festlich gekleideter Menschen, Männern in gestreiften Anzügen und Frauen in ausgeschnittenen Kleidern.

»Hier muß ein Seminar stattfinden«, sagte Waglen. »Wir sind in einem verdammten Seminarhotel gelandet. Voll mit Leuten, die so geil sind, daß es ihnen runterläuft.«

»Da wäre ich mir nicht so sicher«, sagte ich.

»Nicht so sicher? Sieh dir mal die Frau da in dem schwarzen Kleid an, wie die mich anguckt. Wenn die nicht aussieht, als wollte sie mit mir vögeln, dann weiß ich verdammich auch nicht.«

Der Kellner brachte die Speisekarten, und wir entschieden uns für gebratenen Steinbutt mit gekochtem Gemüse und reichlich Bier.

Waglen klappte die Speisekarte mit einem Knall zu, und die Frau, von der er behauptete, sie sähe ihn an, warf einen eindeutig prüfenden Blick zu ihm herüber.

»Ich bin dabei, einen Blues zu machen«, sagte Waglen. »Ich will ihn in der Show bringen.«

»Laß mal hören«, sagte ich.

»Es ist erst eine Zeile, aber die wird ja wiederholt, so daß die erste halbe Strophe eigentlich fertig ist.«

Waglen schlug mit der Gabel einen leichten Bluesrhythmus auf dem Tischtuch.

»›Ich erwache eines Morgens, und die Blase ist prall von Pisse…‹«

Ich sah, daß die Frau in dem schwarzen Kleid jetzt von

Waglen zu mir und danach wieder zu Waglen schaute. Sie hatte ihre Wahl getroffen. Jetzt vertiefte sie sich eifrig in eine Unterhaltung mit ihren Tischkavalieren, die nicht den Eindruck machten, als hätten sie zum großen Gespräch des Universums viel beizutragen.

»Sieht sie mich an, oder sieht sie mich nicht an?« fragte Waglen.

»Sie sieht dich an.«

»Yess. Nun, was hältst du davon?«

»Von der Frau?«

»Von dem Blues, verdammich.«

»Soweit ganz gut. Und auch ein bißchen innovativ, weil er im Präsens ist. Du brauchst nur noch ein gutes Reimwort.«

»Hast du einen Vorschlag?«

Munk tauchte drüben an der Bar auf. Wir konnten sehen, daß er sich anstrengte, nicht hungrig auszusehen.

»So auf Anhieb nicht«, sagte ich. »Prämisse, vielleicht.«

»Kompromisse«, sagte Waglen. »Da haben wir Munk. Wir tun, als ob wir ihn nicht kennen, mal sehen, ob er sauer wird.«

Munk setzte sich und schaute sich nach dem Kellner um.

»Mir ist klar geworden, daß wir Banjo lernen müssen«, sagte er. »Ich habe so eine Ahnung, daß das Banjo wieder auf dem Vormarsch ist.«

Waglen fuhr mit einem Schrei auf.

»Herrgott«, sagte er. »Ich denk mich trifft der Schlag. Hier sitzen wir und unterhalten uns friedlich, und plötzlich sitzt da so ein Arschloch und spricht uns an. Du mußt aufhören, uns so zu erschrecken.«

»Sehr witzig«, sagte Munk. »Ich werde Banjos für uns kaufen. Was habt ihr bestellt?«

Waglen zwinkerte mir zu.

»Das verraten wir nicht.«

Munk sah uns höhnisch an, winkte dem Kellner und flüsterte ihm seine Bestellung ist Ohr.

Die ungarische Tanzcombo Los Paraguayos begann zu spielen. Sie fingen mit *Una Paloma Blanca* an, hier wurde also wirklich kein Pardon gegeben, und sie hatten eine vollbusige Sängerin in einem Matadorkleid dabei, die mich an einen Traum erinnerte, den ich einmal in meiner Jugend gehabt hatte, und aus dem ich am ganzen Körper klebrig aufgewacht war.

Ich betrachtete Munk gespannt.

Er aß anscheinend unbeirrt weiter an seinem Pfeffersteak und spülte dann und wann mit einem Schluck Rotwein nach. Ich machte einen Vorstoß.

»Gute Musik«, sagte ich und sah Waglen an, der augenblicklich zusammenbrach, so daß der Steinbutt den Kopf aus seinem Rachen heraussteckte.

Munk sah uns an.

»Ihr seid nicht nur kindisch«, sagte er. »Mit euch stimmt auch sonst was nicht, und wenn ich darauf komme, bekommt ihr klaren Bescheid von mir.«

Er schaute zu der Tanzband hinauf.

»Kérjük, olvassa el a hasznaláti utasítást!« rief er.

Die Musiker sahen einander an, und danach Munk. Die Frau in dem schwarzen Kleid sah Waglen an. Daß er mit Leuten zusammensaß, die fließend Ungarisch sprachen, verminderte nicht gerade seine Chancen.

Der Gitarrist hörte auf zu spielen und lächelte. Er zeigte auf Munk.

»Ladies and gentlemen, il dottore Munk!«

Munk hob nur leicht die Hand.

»Spielt *Walk Don't Run*«, rief er.

»Okay«, rief der Gitarrist und lächelte noch mehr. »Okay, dottore Munk!«

Wir hatten jetzt einen gewissen Eindruck auf das Publikum gemacht, und während die Band die ersten Akkorde anschlug, konnte Waglen konstatieren, daß alles geritzt war.

Munk sah uns an.

»In Dreiteufelsnamen«, sagte er. »Das sind ehrliche Musiker, die für ihren Lebensunterhalt spielen. Wenn man dasselbe von euch sagen könnte, würde die Welt ein ganzes Stück erträglicher sein.«

Waglen faltete die Serviette zusammen und ging hinüber zu dem Tisch, an dem die Frau in dem schwarzen Kleid saß.

Er verneigte sich leicht, entblößte den einen Eckzahn, und sie glitt in seine Arme und hinaus auf die Tanzfläche.

»Vergiß dein Dessert nicht, verflucht!« rief Munk.

»Du kannst es haben«, rief Waglen, das heißt, er rief es nicht, sondern machte Zeichen mit den Händen.

»Laß ihn«, sagte ich. »Das hat schon den ganzen Abend in der Luft gelegen.«

»Mag sein«, sagte Munk. »Ich bin ja nicht blöd. Aber das Lotterleben nimmt überhand auf so einer Tournee, und das paßt mir nicht.«

Ich zog Waglens Karamelpudding zu mir herüber. Er schmeckte komischerweise besser als meiner.

»Werd mal ein bißchen lockerer«, sagte ich. »Wir wissen ja, wo wir dich haben in moralischen Fragen.«

Ich sah, daß Waglen und die Frau in dem schwarzen Kleid sich küßten, und beeilte mich, den Rest seines Desserts aufzuessen. Ich war in Dessertlaune.

Es war Nacht geworden, als Munk das Orchester von der Bühne jagte, wofür sie dankbar zu sein schienen, und sich selbst an den weißen Flügel setzte und die Finger über die Tasten gleiten ließ. Waglen und ich sammelten uns um ihn, auf bekannte Art, und sangen mit, wenn Zeilen kamen, die wir kannten, oder wenn es den Anschein hatte, als brauche Munk Hilfe. Ein Teil der Seminarteilnehmer, besonders die weiblichen, waren noch im Saal. Sie hatten sich müde getanzt, und Munk dachte wohl, was sie jetzt brauchten, sei Klaviermusik und mehrstimmiger Männergesang. Es dauerte auch nicht lange, bis einige von ihnen, mit Waglens schwarzgekleideter Kavalierin an der Spitze, sich um den Flügel sammelten und teilweise darüber lehnten. Die muntersten von ihnen versuchten auch mitzusingen. Wir arbeiteten uns problemlos durch *Pretty Vacant* und *God save the Queen* und waren gerade mitten in *Holidays in the Sun*, als zwei Neuankömmlinge mit Weingläsern in der Hand hereinplatzten.

»Hei«, rief die eine. »Wir wollen was singen.«

»Wir wollen was singen«, rief die andere. »Spiel doch mal *Dansen på Sunnanö*.«

»Spiel *Fridtjof och Carmencita.* Evert Taube.«

Im Unterschied zu diesen festlich gekleideten Frauen wußte ich, was jetzt passieren würde. Ich beobachtete Munk genau.

Er schloß den Klavierdeckel mit einem Knall, stand abrupt auf und warf den Klavierschemel um.

»Scheiße!« brüllte er. »Jedesmal«, brüllte er weiter, »es ist doch jedesmal dasgleiche. Wenn wir es uns mit Sex-Pistols-Songs so richtig gemütlich machen, kommen irgendwelche Weiber und wollen Evert Taube singen. Es ist nicht auszuhalten!«

Die Frauen um den Flügel sahen einander ein wenig erschrocken an und begannen, sich kopfschüttelnd zu zerstreuen.

»Dieser Scheiß Evert Taube!« brüllte Munk. »Kastriert ihn! Kastriert ihn! Kastriert ihn!«

Ein Gefühl sagte mir, daß der Abend damit gelaufen war.

Waglen nahm die Schwarzgekleidete an die Hand und bohrte seine Nase in ihr Haar.

Er sah mich an.

»Ist wohl Zeit, Feierabend zu machen.«

»Denk ich auch.«

»Morgen ist wieder ein Tag.«

»Recht hast du«, sagte ich.

»Da ist es besser, man ist ausgeschlafen.«

Das letzte, was ich sah, bevor ich den Saal verließ, war Munk, der auf dem Flügel stand und lautstark verkündete, was man mit Evert Taube machen sollte, und mit Leuten, denen nichts Besseres einfiel, als anzukommen und Evert-Taube-Lieder hören zu wollen.

MORGEN IN NORWEGEN

Der alte Wartburg hatte eine Art Mißtrauensverhältnis zu den norwegischen Straßen entwickelt. Er quälte sich und ab und zu gab er ein schrilles Geräusch von sich, als wolle er etwas wesentliches über die frühere DDR zum Ausdruck bringen, vielleicht eine Sehnsucht nach etwas Vergangenem, rostigen Maschinenhallen, farbenfrohem Holzspielzeug, dem Berliner Ensemble, was weiß ich, und der Gedanke daran, daß er uns in Kürze auf die deutsche Autobahn führen würde, wo das Recht des Stärkeren herrscht, verursachte mir beinah Schüttelfrost.

Munk trat das Gaspedal durch, ohne damit nachhaltige Wirkung zu erzielen. Ich saß neben ihm und fröstelte, und Waglen lag halb auf der Rückbank und aß eine Tüte Kartoffelchips. Der Schnee war fast überall geschmolzen, wo wir langfuhren, doch von wirklichem Frühling konnte noch keine Rede sein.

»Wir sind in eine Krise geraten«, sagte Munk. »Ich kann nicht genau definieren, worin sie besteht, aber sie ist sowohl geistig-moralischer als auch künstlerischer Natur, soviel steht verdammt noch mal fest.«

Auf der Rückbank knirschten die Kartoffelchips.

»Ich habe mich lange nicht so leergefickt gefühlt«, sagte Waglen.

Munk nickte zur Rückbank hin.

»Immer ein Mann mit dem rechten Wort zur rechten Zeit.«

»Ich hatte nicht geglaubt, daß es so gut sein würde«, fuhr Waglen fort. »Aber solche Frauen in schwarzen Kleidern auf Seminaren, die sind verdammich … ja, mir fehlt das passende Wort. Es fällt mir schon noch ein, wenn ihr mir nur Zeit gebt.«

Munk drehte sich um.

»Du brauchst dich nicht verpflichtet zu fühlen, uns haarklein alle Schweinereien auszulegen, die du getrieben hast.«

»Das weiß ich«, sagte Waglen. »Aber ich weiß auch, daß ihr darauf brennt, zu wissen, wie es war, aber zu schüchtern seid, um zu fragen. Deshalb helfe ich euch auf die Sprünge, als der Sogn-Gentleman, der ich bin. Sie war vollkommen wild. Das einzige, was ich an ihr auszusetzen habe, ist, daß sie mir die ganze Zeit Sachen erzählen wollte, während sie meinen Schwanz im Mund hatte. Das sollten sie lernen, daß sich so etwas nicht schickt.«

Munk stöhnte.

»Aber ansonsten«, fuhr Waglen fort, »muß ich sagen, daß sie gleich nach meiner Alten die beste war, die mir je untergekommen ist. Wenn ich nicht schon verheiratet wäre, würde ich sie auf der Stelle heiraten. Aber wir wollen uns schreiben.«

Munk lachte lautlos. »Schreiben?« sagte er. »Ich seh dich schon vor mir, wie du einen Brief schreibst.«

»Vielleicht keine Briefe«, meinte Waglen. »Aber Karten. Ansichtskarten von interessanten Orten, an die wir kommen. Verflucht, wenn ich nur an sie denke, bekomme ich Lust zu...«

Er knüllte die Chipstüte zusammen.

»Das ist ein verdammt langweiliger Wald, durch den wir hier fahren. Pfui Teufel, was für ein langweiliger Wald. Sie hätten den ganzen Scheiß abholzen sollen.«

»Wir sind dir dankbar für diesen tiefschürfenden Kommentar«, sagte Munk.

Waglen wandte den Blick zum Fenster und sah hinaus auf den endlosen Wald.

»Übrigens hieß sie Åshild«, sagte er. »Sie ist verheiratet und hat drei Kinder. Ihr Mann ist Anwalt. Ich würde wahrscheinlich alt aussehen, wenn ich ihn vor Gericht gegen mich hätte. Åshild. Im Grunde ein schöner Name. Rein, sozusagen. Es ist schon ein kleiner Kontrast zwischen diesem Namen und dem, was ihre Zunge mit meinem Schwanz angestellt hat.«

Ich sah Munk an, der aussah, als hielte er sich seine inneren Ohren zu.

»Wo ich Waglen jetzt so höre«, sagte ich, »begreife ich ja das mit der geistig-moralischen Krise. Aber das mit der künstlerischen könntest du vielleicht ein bißchen vertiefen.«

»Ich glaube, das ist ziemlich eindeutig«, sagte Munk. »Guck mal da, ein Hase.«

»So ein feines Fell«, sagte Waglen. »Das erinnert mich an...«

»Wir wissen, woran es dich erinnert«, fiel Munk ihm ins Wort. »Ich glaube, wir kommen nicht mehr darum herum, einfach einzusehen, daß das Ganze ein Fehlgriff war. Keiner von den großen Fehlgriffen, aber trotz allem ein Fehlgriff. Und es quält mich, daß ich dafür verantwortlich bin.«

»Wir waren ja wohl auch mit dabei«, sagte ich.

»Ja, aber von euch erwartet auch niemand etwas Besseres.«

»Vielen Dank.«

»Ich habe geglaubt, wir hätten ein tragfähiges Konzept. Daß wir in der Lage wären, etwas Sinnvolles über Norwegen am Ende der neunziger Jahre und unseren Platz in diesem Zusammenhang zu sagen. Aber jetzt fange ich an, daran zu zweifeln, ob das überhaupt möglich ist. Es liegt vielleicht teilweise daran, daß ich älter geworden bin und es schwieriger wird, optimistisch zu bleiben. Außerdem fahren wir durch einen total sinnlosen Wald! Vielleicht war das Ganze ein Anflug von Hybris meinerseits, von reinem Größenwahn. Ich glaube beinah, daß die etwas volkstümlichen Äußerungen des Genossen auf der Rückbank genausoviel Gültigkeit besitzen wie irgend etwas anderes, das wir uns einfallen lassen könnten.«

»Es kann aber auch sein, daß du die Dinge wieder ganz anders siehst, wenn wir erst wieder auf der Bühne stehen«, sagte ich.

»Kann sein, aber es würde mich sehr überraschen. Ich glaube, wir lassen bald die ganze Chose sausen und tun das, was ich sofort hätte tun sollen: nach Heidelberg fahren und meinen Sohn suchen, den Johann. Ich glaube, das ist das einzig Sinnvolle. Auf das Nächstliegende setzen. Die Familie. Die kleinen Einheiten. So eine Vermutung habe ich eigentlich schon seit langem.«

Ich spürte, daß mir wieder warm wurde, was daran liegen mochte, daß die Heizung auf Touren kam.

»Was hast du eigentlich vor, ihm zu sagen, wenn du ihn triffst?« sagte ich. »Dir ist noch nicht der Gedanke gekommen, daß du vielleicht zu hohe Erwartungen hast? Daß es eine Enttäuschung wird. Er hat immerhin sein ganzes Leben ohne dich gelebt und ist vermutlich gut zurechtgekommen.«

»Mir sind alle möglichen Gedanken gekommen«, erwiderte Munk. »Das ist ja wohl beinah die Definition eines denkenden Menschen. Natürlich kann es schiefgehen, aber dann habe ich wenigstens getan, was ich tun konnte. Ist es meine Schuld, daß seine Mutter (Munk warf mir einen schiefen Blick zu), daß seine Mutter es erst jetzt für angebracht hielt, mich darüber aufzuklären, daß der Kerl existiert und so verdammt intellektuell ist, daß er in Heidelberg studieren muß?«

»Vielleicht nicht.«

»Vielleicht nicht vielleicht nicht vielleicht nicht. Das ist verdammt noch mal alles, was dir dazu einfällt.«

Waglen machte eine neue Tüte Kartoffelchips auf und bot uns daraus an. Wir lehnten ab, obwohl ich durchaus Lust auf eine Handvoll hatte.

»Laß uns zusehen, daß wir nach Deutschland kommen«, meinte Waglen. »Damit ich der Åshild eine Karte schreiben kann. Und wenn ihr euch unterwegs anständig benehmt, dürft ihr auch unterschreiben.«

Ich glaube, ich muß es so sagen: Mitten im Leben fuhren wir in einem dunklen, dichten, nassen und total sinnlosen Wald in die Irre.

DREI GEISTESGRÖSSEN ZIEHEN NACH EUROPA

Der Wartburg holperte auf die Kielfähre, wurde von einem Mann im blauen Overall eingewiesen und setzte sich hinter einem grünen Mercedes zur Ruhe.

»Verdammt großes Schiff«, sagte Waglen. »Aber auf dem Sognefjord haben wir schon größere gesehen. Wenn Kaiser Wilhelm und Idi Amin und diese Kerle vorüberfahren. Dann stehen die Sognbauern an den Ufern mit der Mütze in der Hand, scheißvoll, und katzbuckeln.«

Wir rafften unser Gepäck zusammen und nahmen den Aufzug zu den oberen Decks.

»Wir suchen zuerst unsere Kabinen und stellen die Sachen ab«, sagte Munk, »und ruhen uns ein bißchen aus. Danach können wir ein bißchen herumtrödeln und uns orientieren.

Wir haben eine lange Nacht auf dem Meer vor uns und tun gut daran, das gleich einzusehen.«

»Kronprins Harald?« sagte Waglen. »Heißt das Schiff etwa so? Wissen diese Trottel nicht, daß der Kerl inzwischen König ist? Wir fahren verdammich mit einem total veralteten Kahn.«

Wir gingen an der Information mit den blassen Frauen darin vorbei zu unseren Kabinen auf Deck sieben.

»Ich hatte zuerst gedacht, wir könnten uns eine Kabine teilen, um Geld zu sparen«, sagte Munk. »Doch dann habe ich mir gesagt, nein verflucht, an dem Ende spare ich nicht. Die Vorstellung, eine ganze Nacht mit euch Tölpeln eingeschlossen zu sein, hat mich irgendwie nicht angesprochen. Da spare ich lieber am Wein zum Essen. Den könnt ihr verdammt noch mal selbst bezahlen.«

»Hier wohne ich«, sagte Waglen. »6166. Das wirkt fast ein wenig satanisch. Ich habe schon beinah das Bedürfnis, Kirchen niederzubrennen. Nun denn, sagt den Damen Bescheid, daß sie mich hier finden.«

Er steckte die Schlüsselkarte in die Tür.

»Na, seht mal. Wer, glaubt ihr, hat eine Aussicht direkt aufs Meer? Wer, glaubt ihr, wird dasitzen und den Mondsatan im Meer untergehen sehen? Mais oui, das ist der alte Per Waglen.«

Ich sah, daß auch ich Aussicht auf das Meer haben würde. Auch ich konnte, wenn ich wollte, mit einer kleinen Flasche deutschem Sekt aus dem Duty-Free-Shop dasitzen und an meine Familie denken und den Mond im Meer versinken sehen.

Munk hatte gerade entdeckt, daß er keine Aussicht hatte.

»Das soll mir auch verdammt noch mal egal sein«, sagte er. »Auf langen Schiffsreisen passiert es mir im allgemeinen, daß ich entweder im Lauf der Nacht Christ werde oder geisteskrank. Und da ist Aussicht aufs Meer nicht unbedingt das, was dir am meisten nottut.«

»Das versteht sich«, sagte ich. »Was glaubst du, wirst du diesmal?«

»Das geht dich einen feuchten Kehricht an«, sagte Munk. Waglen stand mit offenem Hemd in der Tür seiner Kabine und winkte mir zu.

»Komm und nimm noch einen zur Brust, bevor wir in die Bar gehen.«

Ich setzte mich auf sein Sofa. Der Kerl hatte sowohl ein Sofa als auch ein Bett, war also bestens versorgt.

»Hast du Schnaps mit?« fragte ich. »Ich dachte eigentlich, das wär nicht nötig, wo es hier an allen Ecken und Kanten Duty-Free-Shops gibt.«

»Das mag schon sein«, gab Waglen zurück. »Aber wenn wir unser Leben danach einrichten würden, was nötig ist, dann kämen wir verdammich nicht weit.«

»Du hörst dich schon fast an wie Munk«, sagte ich.

Waglen schenkte in zwei Plastikbecher ein.

»Ich weiß«, sagte er. »Und das macht mir Sorgen. Es ist, als würde seine Seele mich okkupieren. Du kennst doch diese Body-snatcher-Filme, in denen irgendwelche teuflischen Wesen aus dem Weltraum kommen und in die Körper gewöhnlicher Menschen auf der Erde schlüpfen. So ungefähr fühle ich mich. Als müßte ich ständig pissen.«

»Das geht vorüber.«

»Vielleicht. Vielleicht auch nicht. So ein Schnaps tut jetzt verdammich gut. Geradezu ein Genuß.«

»Was ist das?« fragte ich.

»Sechsundneunzigprozentiger mit Champagnerlimo. Sechsundneunziger ist verdammich der beste Schnaps.«

Ich nickte. Mein Blick fiel auf ein Papier in Waglens offenem Koffer, das mir vorher schon aufgefallen war, zwischen den Stapel weißer Hemden geschoben.

»Was ist das?« fragte ich und zeigte.

»Nichts Besonderes«, sagte Waglen. »Nur mein Realschulzeugnis.«

»Nimmst du das mit nach Deutschland?«

Waglen nickte.

»Falls die Deutschmänner Ärger machen. Dann kann ich ihnen beweisen, daß ich es im Leben zu etwas gebracht habe. Realschulabschluß und so. Aber du darfst verdammich Munk nichts davon sagen. Sonst kastriere ich dich.«

»Du weißt doch, daß mein Mund stets mit sieben Siegeln verschlossen ist.«

»Hast du denn nichts mit?«

»Nichts Besonderes«, sagte ich. »Nur das Übliche.«

»Ja, verdammt. Und was ist das Übliche, deiner Meinung nach?«

»Die Bibel und meine Mundharmonika«, antwortete ich. »Ohne die fahre ich nie irgendwohin.«

»Ja ja. Jedem das Seine. Das ist so sicher wie das Amen in der Kirche.«

Er schaute hinaus.

»Das Schiff liegt ja noch immer am Kai. So kommen wir bestimmt nicht nach Deutschland.«

»Bald legen wir ab«, sagte ich. »Bald sind wir im launischen Drøbakksund und haben nur noch offenes Meer vor uns.«

Waglen schmatzte.

»Champagnerlimo ist verdammich die beste Limo«, sagte er. »Ich frage mich, wie der Videomarkt in Deutschland aussieht.«

»Groß, denk ich mal.«

»Die haben bestimmt verdammt viele Videos. Das wird spannend. Ich muß mich ja ein bißchen orientieren. Ich kann nicht mehr so viel von meinem Realschuldeutsch, aber es wird schon gehen.«

»Das wird schon klappen.«

Waglen sah mich an.

»Das mag ich an dir«, sagte er. »Du hast immer ein paar aufmunternde Worte auf Lager. Wenn andere auch so wären, würde die Welt ganz anders aussehen.«

»Danke«, sagte ich.

»Ganz anders«, sagte Waglen. »Skål, alter Sack.«

Wir fühlten, daß das Schiff erzitterte.

»Es passiert etwas«, sagte ich, »große Kräfte sind in Bewegung.«

»Fragt sich nur, ob sie gut oder bös sind« sagte Waglen.

»Gut«, sagte ich. »Wollen wir Munk abholen und uns ein bißchen orientieren?«

»Verdammt gute Idee. Auch wenn ich betonen möchte, daß wir nicht von Munk abhängig sind, um uns im Dasein zu orientieren.«

Wir hämmerten an Munks Tür und hörten drinnen jemanden herumwuseln.

»Ich schnall mir nur noch den Schwanz fest«, rief Munk. »Dann komme ich.«

»Das hört sich nach ihm an«, sagte Waglen. »Aber sicher ist man nie.«

Munk öffnete die Tür und schnupperte.

»Hier riecht es nach Schnaps«, sagte er mißbilligend.

»Und Champagnerlimo«, sagte Waglen. »Wir haben ein klitzekleines Projekt am Laufen, nämlich, daß wir in die Bar hochgehen wollen. Ich frage mich, ob es dem Herrn beliebt, sich uns anzuschließen.«

»Das muß ich mir noch gut überlegen«, sagte Munk, »so wie es hier schon nach Schnaps riecht. Hier wollen wir sozusagen als drei Geistesgrößen auf dem Weg nach Europa gelten, und dann riecht es schon nach Schnaps, bevor das Schiff vom Kai abgelegt hat.«

»Du mußt versuchen, das Positive darin zu sehen«, sagte Waglen. »Das tut jedenfalls unser junger Freund hier.«

Munk sah mich bissig an.

»Unser junger Freund hier hat nicht die Gewohnheit, das Positive in irgend etwas zu sehen. Seine Aufgabe auf dieser Reise ist aufzupassen, daß wir nicht zu weit gehen. Damit sollte er vollständig ausgelastet sein.«

»Gerade passend, würde ich sagen.«

»Im Grunde bist du ein langweiliger Mensch«, sagte Munk zu mir. »Deshalb nehmen wir dich mit.«

»Dafür danke ich euch«, sagte ich.

Ich nahm mir das nicht zu Herzen. Früher hätte ich es wohl getan, aber inzwischen war schon zuviel Wasser ins Meer geflossen. Die Leute hatten schon so ziemlich alles zu mir gesagt, und es prallte im großen und ganzen an mir ab.

»Hier gibt es Spielautomaten«, sagte Waglen. »Es dürfte wohl angesagt sein, ein bißchen Geld zu verspielen, bevor wir in diesen Drøbakksund kommen, von dem du geredet hast.«

»Geld ist dazu da, verspielt zu werden«, sagte ich.

Munk schüttelte sich wie ein Hund.

»Wenn ich noch mehr alltagsphilosophische Äußerungen von eurer Seite zu hören bekomme, springe ich über Bord, glaube ich.«

»Warte aber damit, bis wir auf dem offenen Meer sind«, sagte ich.

»Und den Drøbakksund hinter uns haben«, ergänzte Waglen.

»Dann ist der Effekt größer«, fuhr ich fort.

Wir warfen einen scharfen Blick in den sogenannten Harmony Salon mit dem bekannten altrosa Interieur.

»Hier sieht es ja schauderhaft aus«, sagte Munk. »Aber soweit ich sehe, haben wir nicht allzu viele Alternativen.«

»Kellner, drei Bloody Mary!« rief Munk.

»Bloody Mary?« fragte ich.

»Bloody Mary?« fragte Waglen.

»Wißt ihr nicht, daß man auf der Kiel-Fähre immer einen Bloody Mary trinkt? Ihr wißt so verdammt wenig.«

Waglen studierte die sogenannte Barliste.

»Sie haben auch eine Menge anderes hier«, sagte er. »Zum Beispiel etwas, das Green Frog heißt. Ich wette, ihr wißt nicht, was sie da reintun.«

»Wodka, Pisang Ambon und Lime Juice«, sagte Munk. »Das weiß doch jeder.«

»Du hast geguckt«, sagte Waglen. »Immer nur Pfusch und Schwindel bei dir … guckt mal hier! Sie haben einen Drink, der Kronprins Harald Spezial heißt! Wißt ihr, was sie da reintun? Wodka und Aprikosensaft ›abgerundet mit Zucchini‹. Pfui Teufel! Glaubt ihr, der Harald weiß überhaupt, was für bescheuerte Drinks sie nach ihm benennen? Er muß die doch genehmigen, nehme ich an. Daß er als König nicht einen besseren Geschmack hat.«

»Das ist bestimmt der schlechte Einfluß von Sonja«, sagte ich.

Der Kellner stellte drei Gläser mit roter Flüssigkeit und Trinkhalmen auf unseren Tisch.

Waglen nickte.

»Drinks mit Saugrohr«, sagte er. »Wenn sie zu Hause wüßten, daß ich auf dem Dänenschiff sitze…«

»Der Kiel-Fähre«, fiel ich ein.

» … auf der Kiel-Fähre sitze und Drinks mit Saugrohr trinke, dann würden sie sich totlachen, die Säcke.«

Munk zahlte und probierte das Getränk.

»Schmeckt gut.«

»Richtig köstlich«, sagte Waglen und fischte etwas aus seinem Glas. Er studierte es genau. »Nicht, daß ich nicht schon früher Bloody Mary getrunken hätte, aber es ist das erste Mal, daß ich Makrele in der Tomatensoße serviert bekomme. Gut, daß sie sich nicht im Saugrohr festgesetzt hat, sonst sähe ich wirklich alt aus.«

»Ich bin der Meinung, wir sollten bald ein bißchen ernsthafter werden«, sagte Munk. »Wir sind trotz allem in einer ernsten Angelegenheit unterwegs.«

Waglen nickte und fischte noch ein Stück Makrele heraus.

»Erzähl uns ein bißchen darüber«, sagte er. »Erzähl uns etwas über die ernste Angelegenheit, in der wir unterwegs sind.«

»Halt die Klappe«, sagte Munk. »Ich werde in nicht allzu ferner Zukunft Auge in Auge meinem Sohn gegenüberstehen. Macht ihr euch eigentlich klar, was das bedeutet?«

»Eigentlich machen wir das nicht«, sagte Waglen.

»Wir haben alle Söhne«, sagte ich.

»Und du hältst auch die Klappe«, sagte Munk. »Darum geht es doch überhaupt nicht.«

»Das müßtest du doch kapiert haben, du Pfeife«, sagte Waglen. »Daß es nicht reicht, hier einfach anzukommen und Söhne zu haben.«

Er wandte sich an Munk.

»Du redest eine ganze Menge Scheiße, aber ich nehme an, du bist dir darüber im klaren.«

»Das bin ich.«

»Dann ist es ja gut. Laß uns mal hören, was du zu sagen hast.«

Munk räusperte sich und sah fast ein wenig gekränkt aus.

»Wie ihr vielleicht mitgekriegt habt, habe ich erst kürzlich erfahren, daß ich Vater eines Sohns bin, der Johann heißt und den ich also aus leicht einsehbaren Gründen nicht kenne.«

»Das ist doch wohl auch nicht so ungewöhnlich«, sagte ich. »Wir kennen unsere Söhne vielleicht auch nicht.«

»Könntest du die Freundlichkeit haben, die Klappe zu halten, damit man ausreden kann?« fuhr Munk mich an. »Er studiert also, soweit ich weiß, in Heidelberg, um Ingenieur zu werden, und das macht mir Sorgen. Nicht, daß er Ingenieur werden will, von mir aus dürfen die Leute werden, was immer sie wollen, solange sie nicht mit Videos handeln.«

Waglen gähnte demonstrativ.

»Aber«, fuhr Munk fort, »die Universität in Heidelberg ist nicht in erster Linie für das Ingenieurstudium bekannt. Deshalb habe ich das Gefühl, daß hier irgend etwas nicht stimmt, daß etwas anderes dahintersteckt. Ingenieur kann man doch in Norwegen werden, man geht einfach nach Trondheim, vorausgesetzt man ist in der Lage, zwei bis drei Jahre lang die Trönder auszuhalten.«

»Das sollte wohl zu schaffen sein«, sagte ich.

Munk betrachtete mich skeptisch.

»Vielleicht«, sagte er. »Also warum macht Johann nicht ein gewöhnliches Ingenieurstudium in Trondheim, statt sich in Europa herumzutreiben?«

»Er will wahrscheinlich seinen Horizont erweitern«, schlug ich vor.

»Immer eine gute Antwort auf Lager?« zischte Munk. »Herrgott. Aber das ist nicht das Hauptproblem. Ich weiß verflucht noch mal nicht, was ich ihm sagen soll! Ich habe so lange allein gelebt, daß ich keine Ahnung habe, was von mir als Vater erwartet wird. Er wird wohl gewisse Ansprüche stellen…«

»Es wird nicht reichen, ihn einfach zum Handballtraining zu schicken«, sagte ich. »Jedenfalls nicht am ersten Tag.«

»Hör dir an, was für Interessen er hat«, sagte Waglen. »Er hat sicher was für Frauen übrig, da habt ihr doch was, worüber ihr reden könnt. Vielleicht interessiert er sich auch für Videos.«

»Wohl kaum«, sagte Munk.

»Sag das nicht«, entgegnete Waglen. »Sag das nicht, verdammich.«

»Vielleicht will er bei mir einziehen«, sagte Munk. »Ertrage ich das? Ich, der ich gewohnt bin, allein mit meinen Schafen zu leben?«

»Er könnte vielleicht Dauergast in deinem Radio sein«, sagte ich. »Dann könntest du den Fischmann ein wenig schonen. Außerdem glaube ich nicht, daß ein eben ausgebildeter Ingenieur in seinem Alter in erster Linie daran denkt, bei seinem Vater auf einem halbverfallenen Kleinbauernhof einzuziehen. Er hat bestimmt größere Ambitionen.«

»Du hast gut reden«, erwiderte Munk. »Es ist doch eher zu erwarten, daß er, wo er so lange ohne seinen Vater gelebt hat, das Versäumte nachholen will.«

»Gib ihm eine Tüte Chips, ein Bier und ein Video zum Angucken«, sagte Waglen. »Damit amüsiert er sich schon. Dann hast du es nicht mehr nötig, dir Gedanken über seine Erziehung zu machen.«

EINE NACHT AUF DEM MEER

»Ich saß da zusammen mit der Pimmel-Severina«, sagte Waglen. »Sie hatte den Namen bekommen, weil sie so wild auf Pimmel war. Sie hatte eine so wunderschöne Stimme, daß man glauben konnte, sie würde nur Weizenmehl essen. Und bevor ich mich versah, klatschte sie mir mit einer biblischen Geschichte auf den Kopf.«

Munk schlug mit der Faust auf den Tisch, daß die Bloody-Mary-Gläser hüpften.

»Jetzt ist verdammt noch mal Schluß!«

Waglen schüttelte den Kopf.

»Ich kann ja ins Bett gehen«, sagte er. »Ich betrinke mich und dann geh ich ins Bett, und morgen früh bin ich wieder fit wie eh und je. Ich begreife auch nicht, woher ich das habe. Tja, die Pimmel-Severina. Die hatte ich praktisch vergessen. Jetzt ist sie mir wieder eingefallen.«

Wir waren in den Windjammer Pub umgezogen, nachdem wir ein gehobenes Fischgericht im Scarlet à la carte Restaurant verzehrt hatten, wo Waglen und ich den Wein selbst bezahlen mußten und folglich den billigsten wählten. Unmittelbar neben uns saß ein schlapper Typ am Klavier und hämmerte Songs vom Typ *Mississippi* von Pussycat herunter.

Waglen wischte sich die Hose ab und stand auf.

»Was hast du vor?« fragte Munk.

»Die Spielautomaten locken«, sagte Waglen. »Ich habe vor, sowohl Cherry Casino als auch Royal Flush auszuprobieren, wenn ihr nichts dagegen habt.«

Wir sahen zu, wie Waglen, unser Freund und Kollege, sich entfernte. Es wurde still an unserem Tisch. Der Pianist begann, *It never rains in southern California* des einstigen Stars Albert Hammond zu spielen. Munk gähnte.

»Ich glaube, ich sollte mich hinlegen«, sagte er. »Wir haben morgen einen langen Tag auf der Autobahn vor uns.«

»Du hast wohl recht«, sagte ich. »Ich glaube, ich bleibe noch eine Weile auf.«

Munk blickte in eine weite Ferne.

»Ich habe solches Heimweh nach meinen Schafen«, sagte er. »Möchte wissen, was sie gerade treiben.«

»Bestimmt die schrecklichsten Dinge«, sagte ich. »Nein, ich mach nur Quatsch. Denen geht es sicher gut. Sie schlafen friedlich in ihren Betten, nachdem Cecilie ihnen etwas vorgesungen hat.«

Munk stand auf.

»Du leistest mir vielleicht Gesellschaft bei einem kleinen Glas in der Kabine, bevor ich wegsacke. Ich glaube nicht, daß es hier für mich noch viel zu tun gibt. Ich habe nicht die Absicht, irgendwelche Frauen anzumachen, und trinke nur noch ein Glas, und zwar in der Kabine. Dann vertraue ich darauf, daß dieses Schiff mich sicher zum europäischen Kontinent bringt, den ich anschließend erforschen und dem ich meinen Stempel aufdrücken werde.«

»Geht in Ordnung«, sagte ich. »Ich trinke noch ein Glas mit dir in der Kabine.«

Wir sahen Waglens Rücken, als wir vorübergingen.

»Um den brauchen wir uns keine Gedanken zu machen«,

sagte ich. »Der schläft nie. Er hat übrigens in der letzten Zeit weniger gehustet. Vielleicht tut die Seeluft ihm gut.«

Wir hörten das Rasseln von Geld und ein zufriedenes Murmeln im Sogndialekt.

»Was wirklich guttut, ist Geld zu gewinnen«, sagte ich.

»Halten wir das fest«, sagte Munk.

Er schloß uns seine Kabine auf und zog das Zigarrenetui hervor.

»Es ist Zeit für Zigarren«, sagte er. »Ich liebe es, in einem richtig verrauchten Zimmer einzuschlafen.«

»Ja, das ist herrlich«, sagte ich und nahm eine dicke Havanna entgegen. Munk wühlte in seinem Koffer, vermutlich nach einer passenden Flasche.

»Was ist denn das da?« fragte ich und zeigte auf etwas Braungesprenkeltes zwischen den weißen Hemden.

»Was denn?«

»Das sieht mir nach einem Pullover mit Rentiermuster aus.«

»Das *ist* ein Pullover mit Rentiermuster, du kleiner Naseweis.«

Ich sog den Zigarrenrauch ein und verteilte ihn ordentlich in der ganzen Kabine.

»Das ist nicht gerade die Art Kleidungsstück, die ich mit dir verbinde.«

»Das ist auch nicht die Art von Kleidungsstück, die ich selbst mit mir verbinde«, entgegnete Munk. »Aber meine Mutter hat ihn mir einmal gestrickt. Und auf der Autobahn kann es immer kalt werden.«

»Bestimmt. Wenn wir erst unsere Reisegeschwindigkeit erreicht haben.«

»Aber davon sagst du Waglen nichts. Sonst bring ich dich um.«

»Du weißt doch, daß mein Mund mit sieben Siegeln verschlossen ist«, sagte ich. »Ich dachte, das wüßten alle.«

Munk hatte gefunden, wonach er suchte. Eine kleine Flasche Jameson.

»Jameson, Lake and Palmer«, sagte er. »Die bekannten irischen Whiskeys.«

»Yess«, sagte ich. »Ein Dank dem Spender.«

Munk setzte sich aufs Bett und probierte einen Schluck. Er sah mich an.

»Du und ich«, sagte er. »Wir haben schon so einiges hinter uns, wenn wir mal ganz ehrlich sind.«

»Das haben wir wohl.«

»Skål«, sagte Munk.

»Skål«, sagte ich.

»Weißt du«, fuhr er fort, »wenn wir etwas Seriöses sagen wollen, dann müssen wir es jetzt tun, während unser volkstümliches Alibi da oben steht und sich von den Spielautomaten verführen läßt.«

»Ich weiß.«

»Ich habe so eine Ahnung, daß es eine ganz besondere Nacht wird«, sagte Munk. »Die Zeichen sind schon jetzt deutlich. Niemand weiß, in welcher Verfassung wir sein werden, wenn der morgige Tag kommt, oder ob wir ihn überhaupt erleben.«

»Nein.«

»Ich hatte mir vorgestellt, daß dies eine Reise werden sollte, auf der jeder sagt, was er meint, und dafür einstehen muß. Das schien mir richtig so.«

»Ja«, sagte ich.

»Aber jetzt weiß ich nicht mehr. Sagen, was man meint, und was dann?«

Munk blickte nachdenklich auf das nicht vorhandene Fenster.

»Männer des Wortes wie wir«, sagte er, »brauchen viel Liebe.«

»Schon wahr«, sagte ich.

»Und woher bekommen wir die?«

»Liebe gibt es wohl genug«, sagte ich. »Man muß sie nur finden.«

»Da wären wir wieder in der philosophischen Ecke. Aber egal. Doch, doch, man muß sie nur finden. Wie wahr, wie wahr. So einfach ist es. Skål, du verkommener Gabardinehosenperforierer!«

Ich wand mich ein wenig.

»Ich bin trotzdem froh, daß ich diese Reise mitmache«, sagte ich.

»Klar bist du das.«

»Selbst wenn ich den Sinn nicht ganz sehe und nicht weiß, ob irgend etwas jemals wieder so sein wird wie vorher.«

»Wird es nicht. Das kann ich dir gleich sagen.«

Er blickte wieder auf das nicht vorhandene Kabinenfenster.

»Manchmal frage ich mich, was ich eigentlich tue. Warum mache ich weiter? Warum habe ich das Gefühl, daß mir im Grunde nichts Schlimmes passieren kann?«

»Ich weiß es nicht«, sagte ich. »Ich weiß es wirklich nicht.«

»Eigentlich hat unser Freund recht«, sagte Munk. »Wir sitzen im großen und ganzen da und reden Scheiße. Selten bedurfte wohl jemand der Gnade so wie wir.«

»Der Gnade?«

»Des Lichts der Gnade«, sagte Munk. »Denk mal ein wenig darüber nach. Aber jetzt muß ich mich hinlegen. Ich habe über vieles nachzugrübeln, und außerdem brauche ich Schlaf.«

Ich dachte ein wenig über die Gnade nach, während ich die Treppe zum Restaurantdeck wieder hinaufstieg. Ich dachte so intensiv an die Gnade, daß ich mich verirrte und draußen auf Deck landete, wo ich den Vollmond fast unbeweglich über dem glänzenden Meer stehen sah. Nur wenn ich mich sehr anstrengte, konnte ich ein Rudel Rentiere ausmachen, die über die gelbe Oberfläche des Monds liefen (lag es an Munks Pullover, daß ich darauf aufmerksam wurde?), und ich dachte, daß es schön wäre, wenn Alfred dies sehen könnte. Ich würde ihm den Mond und die Rentiere zeigen, und er könnte in der Schule und beim Handballtraining am Tag danach erzählen, was er zusammen mit seinem Vater gesehen hatte.

Ich dachte, daß vielleicht auch Aslaug Freude daran hätte, dies zu sehen, hier zusammen mit mir an der Reling zu stehen, und ich würde an ihrem Haar schnuppern.

Die Gnade, dachte ich. Auch ich bedarf der Gnade, ich behaupte nichts Gegenteiliges. Ich hielt mich nicht für einen größeren Sünder als die meisten Leute. Im Gegenteil, ich hielt mich, wenn ich ehrlich sein sollte, für einen kleineren Sünder als z. B. Munk und Waglen, obwohl ich das nicht restlos begründen konnte. Doch das tat nichts zur Sache. Hier und jetzt, unter dem Vollmond und von Meer umgeben, fühlte ich, daß ich jemanden nötig hatte, der meine Sünden von mir nahm und sie auf sich nehmen konnte und mir sagte, daß ich nicht so schlecht war, wie die Leute mich machen wollten. Ich versuchte eigentlich, so gut ich konnte, ein aufrechtes, verantwortungsbewußtes Leben zu führen. Wenn ich schon nicht gerade bis zum Rand vom Guten erfüllt war, so hatte andererseits das Böse mich auch nicht ganz in seiner Gewalt. Ich wollte außerdem das Beste für alle, die es verdienten, und das waren, fand ich, eine ganze Menge, mit Aslaug und Alfred und meinen Eltern an der Spitze.

Ich zündete mir eine Zigarre an, blieb an der Reling stehen und wunderte mich darüber, daß ich wirklich hier war, daß es wirklich ich war (was das nun bedeuten mochte), und darüber, daß das Schiff so leise fuhr. Ich dachte an Munk, der jetzt wahrscheinlich schlief, und an Waglen, der sein ganzes Geld an einem banalen Spielautomaten verjubelte. Drei Männer auf dem Meer, auf dem Weg zum europäischen Kontinent, wie das gern genannt wurde, am äußersten Ende des zwanzigsten Jahrhunderts, dieses Jahrhunderts, das eigentlich mit dem Untergang der Titanic, dem ersten Weltkrieg und dem Surrealismus begann, und damit enden würde, daß wir drei zusammenfaßten, worum es in diesem Jahrhundert gegangen war, und zugleich das nächste Jahrhundert, wenn nicht Jahrtausend definierten. Eine große Aufgabe für einen gewöhnlichen Mann, und wir waren entschieden davon abhängig, in der Gnade zu leben.

Etwas Großes und Schwarzes kam plötzlich ein paar hundert Meter (meinte ich) vom Schiff entfernt aus dem Meer, am äußeren Rand des Mondstreifens. Es bewegte sich und gab ein unbestimmbares Geräusch von sich (wie ein Zwischending von einem Fagott und einem Staubsauger), bevor es wieder in der Tiefe verschwand. Ich wußte nicht, was es sein konnte, zweifelte aber nicht daran, daß es ein Kommentar meiner selbst, meiner Situation und meiner Gedanken in diesem Augenblick war.

Ich ließ den Rest der Zigarre im Meer verschwinden und drehte mich um. Eine dunkle Gestalt mit einer Zigarre zwischen den Zähnen stand vor mir.

»Merkwürdig«, sagte Waglen. »Gerade als ich im Begriff war, alles zu verlieren, fing ich an zu gewinnen. Ich gewann und gewann. Das Geld lief nur so heraus, als hätte jemand dem Automaten ein Abführzäpfchen verabreicht. Schließlich hatte ich soviel gewonnen, daß ich es nicht mehr mit meinem Gewissen vereinbaren konnte, dazustehen und weiter zu gewinnen. Alles hat seine Grenzen, auch wie lange man es aushält, dazustehen und sich von besoffenen und verdammt unsympathischen Norwegern gehässig angaffen zu lassen, ohne sie zusammenzuschlagen. Ich kann mir verdammich kein Volk vorstellen, das unsympathischer ist als Norweger, wenn sie erst einmal so drauf sind. Es müßten dann schon Exilkubaner sein. Jetzt habe ich mir vorgenommen, das Geld für Flitter und Firlefanz auszugeben, wenn wir an Land kommen. Es muß ja in den Kramläden der Deutschmänner alles mögliche zu kaufen geben.«

»Davon kann man wohl ausgehen«, sagte ich.

Waglen blies Rauch über das Meer.

»Ich habe der Åshild eine Karte geschrieben«, sagte er. »Ich habe von euch gegrüßt, dann braucht ihr nicht mehr unterschreiben. Ich habe geschrieben, daß soweit alles gut gegangen ist, aber daß man nie weiß, wenn wir erst an Land kommen und die Leute anfangen, eine verdammte Masse Deutsch mit uns zu sprechen. Aber ich weiß nicht, wo ich sie einstecken soll. Hier gibt es zwar einen Briefkasten, aber man weiß ja nie, wie sie das mit der Leerung machen. Vielleicht leeren sie einfach die ganze Post direkt ins Meer und hoffen das Beste, und dann bekommt die Åshild nie eine Karte und wird glauben, ich hätte sie vergessen. Vielleicht ist es am besten, damit zu warten, bis wir an Land sind. Das deutsche Postwesen ist ja wohl eine zuverlässige Sache.«

»Es wird gern dafür gehalten«, sagte ich.

»Anders als das norwegische«, fuhr Waglen fort. »Das ist

verdammich nicht besonders zuverlässig. Da muß man froh und dankbar sein, wenn die Post überhaupt irgendwann einmal ankommt. Ich habe mal von einem Brief gehört, der von Rysjedalsvika bis Vadheim zwei Monate gebraucht hat. Das ist verdammt lange.«

»Ja.«

Waglen lehnte sich über die Reling und spuckte ins Meer.

»Auf dieser Tour wird es wohl auch wieder nicht viel mit Schlafen. Also kann ich genausogut aufbleiben. Da im Pub saß eine Frau, die verdammt interessiert war, mit mir über Dostojewski zu diskutieren. Sie hat gesagt, sie hätte ganz neue Gesichtspunkte in bezug auf den ältesten der Brüder Karamasow. Das möchte ich mir wirklich anhören, auch wenn sie den Ausschank geschlossen haben.«

»Mm«, sagte ich.

»Ich habe auch lange nicht mehr gehustet«, sagte Waglen. »Ich glaube, die Seeluft tut mir gut. Vielleicht sollte ich umsatteln und ein Seemann und Kavalier des Meeres werden.«

»Hört sich gar nicht so dumm an«, sagte ich.

»Nein. Eigentlich nicht.«

Er spuckte wieder ins Meer und schnippte den Zigarrenstummel hinterher.

»Ist ein gutes Gefühl, so zur Abwechslung mal ohne Munk zu quatschen«, sagte er.

»Ja«, sagte ich.

»Nicht, daß ich etwas gegen ihn habe, vor allem nicht, wo er die Reise bezahlt und wir Tagegeld bekommen, aber es ist verdammich nicht immer einfach, mit ihm zu kommunizieren.«

»Nein«, sagte ich.

»Aber er hat ja eine schwierige Kindheit und Jugend gehabt. Und eine Alte hat er auch nicht. Ich habe meiner Alten übrigens auch eine Karte geschrieben. Ich habe von euch gegrüßt und ihr geschrieben, daß ihr seit dem letzten Mal ein viel gepflegteres Mundwerk bekommen habt.«

»Vielen Dank.«

»Oh, keine Ursache. Soviel muß ich für meine Kumpel schon tun können.«

Ich sah, daß der Mond der Meeresoberfläche inzwischen nähergekommen war, und hatte so ein Gefühl von etwas, das mir nicht ganz klar war, doch es erinnerte mich an das, was Munk mir einmal erzählt hatte, als er eines Abends an Rysjedalsvika vorüberfuhr. Es hatte u.a. damit zu tun, daß das Leben verdammt kurz war, und jetzt hatte ich allen Wahrscheinlichkeitsrechnungen zufolge die Hälfte davon hinter mir, und was würde ich tun, wenn die andere Hälfte auch zu Ende war, und würde ich jemals allen wiederbegegnen, in die ich einmal verliebt gewesen war. Ich dachte auch daran, ob ich eigentlich ein Mensch geworden war, zu dem ich als Kind aufgesehen hätte, und kam zu dem Ergebnis, daß das keineswegs sicher war. Waglen dagegen war ganz eindeutig ein Mensch geworden, zu dem ich als Kind aufgesehen hätte, aber das sagte ich ihm nicht.

»Pfui Teufel«, sagte Waglen. »Mir wird immer ein bißchen übel davon, zu lange den Mond anzusehen. Verstehst du, warum?«

»Nein.«

»Ist wohl einfach so. Manchen geht es eben so.«

Er starrte auf den Mond.

»Wenn ich es nicht besser wüßte«, sagte er, »würde ich sagen, daß ich eine Herde verdammter Rentiere sehe, die wie bescheuert über die Mondoberfläche rennen.«

»Ja.«

»Ja genau. Es ist nicht nur eins.«

»Stimmt genau«, sagte ich. »Und man muß froh sein über das, was man hat.«

»Ein wahres Wort«, sagte Waglen, »das man nicht oft genug wiederholen kann.«

Er starrte wieder grübelnd auf den Mond.

»Ich weiß nicht, ob du schon einmal daran gedacht hast«, sagte er nach einer Weile, »woran es liegt, daß wir so verdammich rastlos geworden sind. Ist es, weil wir zu viele Bücher gelesen oder zu viele Filme gesehen haben?«

»Es ist vielleicht eine Kombination«, sagte ich.

»Ja, kann sein. Ich weiß auch gar nicht, ob ich es so schlecht finde. Nur, wenn ich eines Tages daliege und sterben soll, dann werde ich schimpfen und fluchen über all das, was ich nicht getan habe, und all die Orte, an die ich nicht gekommen bin, und all die Weiber, mit denen ich nicht gevögelt habe, und dann stehen meine Chancen, in den Himmel zu kommen, verdammich schlecht.«

»Das ist nicht sicher«, sagte ich. »Das weiß niemand.«

»Meinst du? Ja ja, ich sage jedenfalls, wie es ist.«

Er sah mich prüfend an.

»Mit wem würdest du am liebsten vögeln, also von bekannten Personen, wenn du die freie Wahl hättest?«

Ich dachte nach. Das war keine Frage, die einem alle Tage gestellt wurde.

»Julie Harris«, sagte ich. »Mit einer Einschränkung. Wenn sie dreißig Jahre jünger wäre.«

»Wer ist das denn, verdammt?«

»Die mit James Dean in *Jenseits von Eden* gespielt hat. Sie war das Wunderbarste, das ich mir denken konnte. Aber jetzt ist sie fast siebzig.«

Waglen nickte.

»Siebzig Jahre ist doch eigentlich kein Alter«, sagte er.

»Doch«, sagte ich. »Und du?«

»Scheiße, ich weiß nicht. Vielleicht diese Frau in dem einen James-Bond-Film mit Timothy Dalton.

»Die dunklere von den zweien?«

»Nein, so dunkel war sie nicht. Kurzes Haar.«

»Ich weiß, wen du meinst«, sagte ich. »Doch, doch.«

»Aber das Ganze ist ja nur Quatsch«, sagte Waglen. »Quatsch und Sauerei. Ich bin doch Familienvater und alles.«

»Man darf doch mal träumen«, sagte ich.

»Schon, aber es ist so vorhersagbar. Eine verdammte James-Bond-Mieze. Mußte ja sowas sein für den alten Waglen. Es könnte genausogut irgendein Pin up Girl aus dem Playboy sein, oder? Ich würde mir wünschen, ich hätte am meisten Lust auf siebzig Jahre alte Frauen, von denen niemand je was gehört hat, und die mit James Dean gespielt haben und wunderbar gewesen sind.«

»Sie hat auch in *Gorillas im Nebel* gespielt«, sagte ich. »Aber bei dem erinnert man sich ja nur an Sigourney Weaver.«

»Naja, scheiß drauf. Ich geh jetzt rein und rede ein bißchen über Dostojewski. Ganz neue Gesichtspunkte über den ältesten der Brüder Karamasow. Das paßt ja wie die Faust aufs Auge.«

Er blieb in der Türöffnung stehen.

»Glaubst du, daß wir noch mal wieder nach Hause kommen?« fragte er.

»Warum sollten wir nicht?«

»Nur so ein Gefühl, das ich habe.«

»Gib nichts darauf«, sagte ich. »Geh rein und diskutier' Dostojewski.«

»Dann tu ich das, aber ich habe so ein ungutes Gefühl.«

»Das geht vorüber.«

»Wir werden's ja sehen.«

Ich blieb an der Reling stehen und fragte mich einen Augenblick, was ich täte, wenn die junge Julie Harris plötzlich vor mir auftauchte und mich fragte, ob ich mit ihr über den jüngsten der Brüder Karamasow diskutieren wolle.

LAND IN SICHT

»Hast du Munk gesehen?« fragte ich Waglen, der allein mit einer Tasse Kaffee und einer Zigarre in der Cafeteria saß und den Kopf in die Hand stützte.

Waglen blickte auf.

»Ich weiß, was du erwartest«, sagte er. »Daß ich antworte ›Ja, schon oft‹ und sozusagen versuche, mich lustig zu machen. Aber das tu ich nicht. Ich verstehe, daß du meinst, ob ich ihn heute gesehen habe, und das habe ich nicht. Ich bin irgendwie auch noch nicht dazu gekommen, ihn oder dich zu vermissen. Aber setz dich. Hol dir einen Kaffee und was zu essen. Ich sehe schon seit langem Land, und es würde mich nicht direkt überraschen, wenn das Deutschland wäre.«

Ich holte mir eine Tasse schwarzen Kaffee und ein Salamibrötchen und erklärte das zum Frühstück.

»Ich habe nicht gerade geschlafen«, sagte Waglen. »Ich hatte mich eben gerade hingelegt, um mich ein wenig auszuruhen, als eine Stimme aus der Hölle ertönte und sagte, es sei sieben Uhr und Zeit aufzustehen und wie ein Blöder im Duty-Free-Shop einzukaufen. Willst du auch noch?«

»Nein.«

»Dumm von dir.«

Waglen streckte die Füße aus und sah in meine Kaffeetasse.

»Pfui Teufel«, sagte er. »Du weißt doch, die Frau, von der ich dir erzählt habe?«

»Die Karamasow-Expertin?«

»Expertin? Das kannst du vergessen. Sie wollte zwar über Dostojewski diskutieren, aber das war keine Offenbarung. Dostojewski hatte sie überhaupt nicht gelesen, nehme ich an. Sie hatte verflixt wenig zu sagen, die Tussi. Ich glaube, sie hat das nur als Vorwand benutzt, um mich ins Bett zu locken. Es waren ziemlich langweilige Sachen. Ich habe sie total festgenagelt, war wirklich eine Kleinigkeit. Schließlich fragte sie mich direkt heraus, ob ich mit in ihre Kabine käme, aber ich sagte ihr, wenn sie glaubte, daß es so einfach sei, mir in die Hose zu kommen, dann hätte sie sich getäuscht. So ein Weibsbild.«

»Ja ja«, sagte ich. »Es hat dir doch bloß gutgetan, dich ein bißchen obenauf zu fühlen.«

Waglen blies mir Rauch ins Gesicht.

»Komm mir nicht damit. Aber nachher schlenderte ich ein wenig draußen an Deck herum und atmete die Seeluft ein und dachte an die Åshild. Dabei habe ich mir überlegt, daß es totaler Blödsinn ist, an sie zu denken. Daraus wird ja nie etwas. Ich habe eine prima Alte, und das zählt.«

Ich nickte.

»Also schicke ich nur die eine Karte, lasse es dabei bewenden und vergesse sie.«

»So etwas ist nicht unbedingt leicht zu vergessen«, sagte ich.

»Für mich schon.«

Ich sparte mir eine Antwort. Etwas tauchte in unserem Blickfeld auf, das unsere volle Aufmerksamkeit erforderte.

Munk war irgendwie verändert. Nicht äußerlich, man

konnte deutlich sehen, daß er es war, aber trotzdem – er war anders. Ein bißchen blasser und mit einem eigenartigen Leuchten in den Augen.

»Guten Morgen, du Satansbraten«, sagte Waglen. »Du siehst seekrank aus.«

Munk starrte uns an, schien aber gleichzeitig an uns vorbei oder durch uns hindurch zu starren.

»Guten Morgen, meine jungen Freunde«, sagte er, und mit einem Blick auf Waglen fuhr er fort: »Ich würde es sehr begrüßen, wenn du nicht solche Worte gebrauchten würdest.«

»Was ist denn mit dir los?« fragte ich. »Hast du etwas geträumt?«

Munk sah mich scharf, aber zugleich merkwürdig mild an.

»Nicht dieser Ton«, sagte er. »Ich bin im Verlauf der Nacht Christ geworden, wie ich das auf langen Seereisen zu tun pflege, und ich würde es zu schätzen wissen, wenn ihr das respektieren könntet und nicht so gottlos flucht.«

Waglen und ich tauschten Blicke aus.

»Trink ein Glas Bier«, sagte Waglen, »dann geht das schon vorüber.«

Munk schüttelte den Kopf.

»Ich bin auch Abstinenzler geworden und habe als erstes, nachdem ich erwachte, alle alkoholischen Getränke in meiner Kabine ins Waschbecken geleert.«

Waglen sah mich an.

»Setz dich erst einmal«, sagte ich. »Wie ist das denn passiert?«

Munk setzte sich und nahm einen Schluck aus meiner Kaffeetasse.

»Ich erwarte nicht, daß ihr hierfür Verständnis aufbringt«, sagte er, »daß ihr das Mysterium in allen seinen Schattierungen ganz begreift, aber andererseits kann es lehrreich für euch sein, die Geschichte meiner Bekehrung zu hören.«

»Wir hören«, sagte ich und zog meine Kaffeetasse wieder zu mir her.

»Wie ihr wißt«, begann Munk, »bin ich nie direkt irreligiös gewesen. Wie alle rechtdenkenden Menschen spreche ich immer ein Tischgebet, falls ich es nicht vergesse, und im übrigen bete ich zu Gott, wenn ich in Schwierigkeiten bin, und ab und zu auch sonst, damit Gott nicht glaubt, daß ich ihn als reine Serviceinstitution betrachte. Aber ein guter Christ bin ich andererseits selten gewesen.«

Ich trank meinen Kaffee aus.

»Vielleicht überspringst du die Vorgeschichte«, sagte ich, »und erzählst nur, was heute nacht eigentlich passiert ist.«

Munk sah mich von oben herab an.

»Ihr könnt das Ganze nicht wirklich verstehen, wenn ihr nicht den Hintergrund kennt, aber okay. Wie alle modernen, säkularisierten Menschen tragt ihr selbstverständlich die Ungeduld und Rastlosigkeit des modernen Menschen mit euch herum.«

»Das ist gar keine Frage«, sagte ich.

Munk seufzte.

»Nun gut, nun gut. Ich ging, wie ihr wißt, früh zu Bett und schlief ziemlich schnell ein, nachdem ich meiner Mutter und meinen Schafen zu Hause ein paar Gedanken gesandt hatte.«

»So weit, so gut«, sagte ich.

»Plötzlich erwachte ich davon, daß die ganze Kabine von einem himmlischen Licht erfüllt war.«

»Unglaublich«, sagte ich.

»Da erblickte ich einen Engel des Herrn, der an meinem Bett stand und mich anstarrte und sagte: ›Doktor Munk, du hast viel gesündigt, aber der Herr hat dich in Gnade angesehen, und wie allen großen Sündern soll auch dir viel vergeben werden, gehe du nun deshalb hinaus und mache alle, die du siehst, zu Jüngern, und sei eingedenk, daß der Herr Diener braucht, die nicht nur wohlgefällig lehren, sondern auch wohlgefällig leben.‹ Damit verschwand er, aber ich fühlte, wie ich von einer großen Kraft erfüllt wurde, es fiel mir wie Schuppen von den Augen, und ich begriff, daß jetzt Schluß sein mußte mit der Zerstörung des eigenen Körpers, dieser großartigen Gottesgabe, durch Alkohol und Zigarren, also leerte ich meinen ganzen Schnaps ins Waschbecken, warf die Zigarren in den Papierkorb und schlief wieder ein.«

»Bist du ganz sicher, daß es nicht nur ein Traum war?« fragte ich.

Munk sah mich mild und nachsichtig an und antwortete nicht. Dann blickte er aus dem Fenster, auf die Einfahrt nach Kiel.

»Bald sind wir da«, sagte er. »Im Land Martin Luthers. Dort werden große Dinge geschehen, das sage ich euch wahrlich und wahrhaftig. Eine Erweckung wird über das Land gehen.«

»Wenn du meinst«, sagte ich und blickte hinüber zu Waglen, aber er saß nicht mehr da.

»Fürchtet euch nicht«, sagte Munk. »Ich werde euch gegenüber nicht übertrieben missionarisch tätig werden. Bei euch will ich nicht beginnen. Ich will nur, daß ihr meine Taten anseht und mich danach beurteilt, dann werdet ihr schon selbst auf den rechten Weg finden.«

»Das ist natürlich denkbar«, sagte ich. »Du möchtest nicht ein bißchen Kaffee?«

»Das wäre gut«, sagte Munk. »Ich hatte eine Tasse, aber die ist verschwunden.«

»Das war gewissermaßen meine«, sagte ich. »Aber ich kann dir gern eine Tasse holen.«

»Das ist freundlich von dir. Wie unser Erlöser einmal sprach: Was ihr getan habt einem unter diesen meinen geringsten Brüdern, das habt ihr mir getan.«

Ich fand zwar, daß Munk jetzt ein bißchen übertrieben tiefstapelte, indem er sich als einen der Geringsten bezeichnete, doch da wollte ich mich nicht einmischen. Ich holte eine Tasse Kaffee, füllte meine eigene noch einmal auf und beschloß, daß ich auch dies noch aushalten würde. Und wer wußte, ob es nicht bald vorüberging.

»Ich gehe mal davon aus«, sagte ich, »daß dies nichts an unseren Plänen ändert, nach Heidelberg zu fahren und deinen Sohn zu besuchen?«

Munk lächelte ein fast überirdisches Lächeln.

»In keiner Weise«, sagte er. »Es wird eine schöne Begegnung zwischen Vater und Sohn werden, ich werde ihm von meiner Sicht der Welt und des Menschenlebens erzählen, die sich jetzt in vielfältiger Weise von meiner früheren Sicht unterscheidet, und dann werde ich ihn eigenhändig taufen.«

»Was, wenn er schon getauft ist?«

Munk schüttelte lächelnd den Kopf.

»Wie ich seine Mutter kenne, ist er es nicht. Aber all das wird jetzt anders werden.«

Waglen tauchte wieder auf, sah mich an und schüttelte den Kopf.

»Wir sind gleich da«, sagte er. »Wir sollten zusehen, daß wir runterkommen auf das scheiß Autodeck.«

»Ich hoffe, ihr habt Verständnis dafür, daß ich jetzt nicht Auto fahren kann«, sagte Munk. »Mir gehen so viele Gedanken durch den Kopf, daß es sich auf eine verantwortliche Fahrweise leicht störend auswirken könnte.«

AUTOBAHN

Der Wartburg rollte mit einem zufriedenen Grunzen auf den Kai, als sei er dankbar dafür, daß wir ihn in heimatliche Gefilde zurückbrachten. Ich hatte nicht das Herz, ihm zu sagen, daß die alte DDR jetzt nur noch eine Mär aus alten Zeiten war. Ich stellte fest, daß ich selbst am Steuer saß, Waglen saß neben mir, und Munk saß mit einem törichten Lächeln um den Mund auf der Rückbank. So fuhren wir an einem Mittwochvormittag in die norddeutsche Stadt Kiel ein. Jetzt ging es nur noch darum, den kürzesten Weg nach Heidelberg zu finden und zu sehen, daß wir hinkamen. Wir sollten wohl Manns genug sein, das zu schaffen.

»Stopp!« kam es plötzlich von der Rückbank. »Fahr hier an den Bürgersteig.«

Ich sah Munk im Rückspiegel an. Es war klar ersichtlich, daß er etwas wollte. Hatte er vergessen zu pinkeln?

»Ich will hier einmal kurz rein«, sagte Munk.

Waglen und ich betrachteten das Haus, neben dem wir hielten. Hätte ich es nicht besser gewußt, hätte ich gesagt, daß es ein Bordell wäre. Aber ich wollte Munk nicht offen verdächtigen, unter den gegenwärtigen Umständen eine solche Örtlichkeit zu besuchen.

»Das sieht exakt wie ein Bordell aus«, sagte ich.

»Es *ist* ein Bordell«, erwiderte Munk. »Ich muß nur eben etwas aus dem Kofferraum holen.«

Er stieg aus und öffnete den Kofferraum.

Ich sah Waglen an.

»Es gibt zwei Möglichkeiten«, sagte ich.

»Mindestens«, erwiderte Waglen.

»Entweder«, sagte ich, »will er zeigen, daß er einer von den Christen ist, die meinen, daß es falsch ist, so großes Gewicht auf die Sexualmoral zu legen, oder er will rein und die Huren bekehren.«

»Besser hätte ich es selbst nicht formulieren können«, sagte Waglen.

Munk knallte den Kofferraumdeckel zu und stand mit einem Packen Papier in den Armen da.

»Was ist das?« fragte ich.

»*Der Weg zum Himmel*«, antwortete Munk. »Ein paar bescheidene Traktate, die ich in einigen Mußestunden in der Erwartung verfaßt habe, daß geschehen würde, was jetzt geschehen ist. Hier in der deutschen Übersetzung von Luton P. Schwarz und meiner Wenigkeit. Ich habe also meine Vorkehrungen getroffen. Ich gehe jetzt zu diesen armen, in die Irre gegangenen Schafen, reiche ihnen etwas Lesestoff und rede ein wenig mit ihnen.«

»Wenn es nur nicht zu lange dauert«, sagte ich.

»Ihr könnt solange etwas anderes machen«, sagte Munk. »Ich werde wiederkommen, wenn meine Stunde geschlagen hat.«

Waglen kurbelte das Fenster auf seiner Seite herunter und blickte Munk nach, der durch die Tür verschwand.

»Wollen wir abhauen und ihn sitzenlassen?« fragte er.

»Das könnten wir natürlich tun«, erwiderte ich. »Aber damit wäre ja der Sinn der Reise futsch.«

»Wir könnten doch Urlaub machen. Durch ganz Deutschland rasen, nach Italien. Nein, übrigens, nicht Italien. Die Italiener sind Halunken. Pfui Teufel, was für ein Volk.«

»Ich glaube, wir warten auf Munk«, sagte ich. »Das geht vorbei mit ihm. Er hat schon früher solche Anfälle gehabt.«

»Wenn er erst ein paar Huren sieht, kommt er wahrscheinlich auf andere Gedanken«, meinte Waglen.

»Ich bin mir nicht sicher, ob es so einfach ist«, sagte ich.

»Das bin ich auch nicht«, sagte Waglen. »Aber ein armer Schlucker aus Sogn darf doch mal träumen.«

»Wir gehen ein Bier trinken«, sagte ich. »Hier unten nehmen sie es mit den Promille schon nicht so genau.«

»Man kriegt doch keine Promille von einem Bier«, sagte Waglen. »Auch nicht von zwei. Jedenfalls ich nicht.«

Wir gingen in die Kneipe neben dem Bordell, und ich bestellte uns zwei Bier, weil ich aus irgendeinem Grund davon ausging, der Sprache mächtiger zu sein als Waglen, und die Kellnerin servierte uns mit dem Bier ein warmes Lächeln.

»Hast du das gesehen?« fragte Waglen. »Sie mag uns.«

»Man kommt gar nicht umhin, uns zu mögen«, sagte ich.

»Naja. So heftig würde ich nicht auf die Pauke hauen. Ich glaube, die Anzüge spielen eine gewisse Rolle.«

»Und daß wir Gentlemen sind«, ergänzte ich. »Wir würden nie mit ungehobelten Bemerkungen kommen oder die Damen in den Hintern kneifen oder im Suff die Sau rauslassen.«

Waglen schien ein wenig darüber nachzudenken.

»Na«, sagte er. »Möchte mal wissen, wie es drüben im Bordell läuft. Eine Schar frommer Huren ist nicht gerade das, was ich mir so ohne weiteres vorstellen kann.«

»Du darfst nicht vergessen, daß so was auf manche erregend wirken kann.«

»Ha. Jetzt hast du dich verraten.«

»Du kannst ruhig glauben, was du willst.«

Waglen nahm einen tiefen Zug aus dem Bierglas.

»Ich dachte, deutsches Bier wäre so gut«, sagte er. »Und das ist es verdammich auch. Das muß dieses Reinheitsgebot sein, was immer das nun ist.«

»Ja«, sagte ich.

Waglen nickte.

»Hier sitzen wir und trinken Bier, während unser geistiger Führer Huren bekehrt.«

»So ist es«, sagte ich. »Das zeigt nur, das so gut wie alles passieren kann.«

Waglen schüttelte den Kopf.

»Nicht so gut wie alles. Es kann vielleicht ab und zu so aussehen, aber ich glaube, daß es verdammt klare Regeln dafür gibt, was passieren kann und was nicht.«

Ich sah ihn überrascht an. Das mußte Munks Einfluß sein.

Waglen summte etwas:

»Der Onkel Doktor hat gesagt,
ich darf nicht küssen...«

Er blickte mich an.

»Ich konnte einmal eine Menge deutscher Schlager. Jetzt habe ich das meiste vergessen. Aber viele davon waren wirklich gut. Caterina Valente hat verdammich gut gesungen. Und dieser andere Satan. Ich habe vergessen, wie er heißt.«

»Roy Black«, sagte ich.

»Nein, jetzt hör bloß auf. Ich komm noch drauf.«

»Das denke ich auch. Guck mal da.«

»Was ist denn?«

»Munk.«

Waglen reckte sich über mich, um sehen zu können.

»Er sieht verdammt zufrieden mit sich aus.«

»Dann wird es wohl Zeit zu fahren.«

»Immer mit der Ruhe«, sagte Waglen. »Erst trinken wir unser Bier aus. Da kann er sich ein bißchen wundern, wo wir abgeblieben sind. Das tut ihm gut.«

Munk stand neben dem Wagen und lächelte uns zu.

»Wie ist es gegangen?« fragte ich.

»Sie waren sehr interessiert. Sehr interessiert. Ich habe ihnen erzählt, daß auch sie Kinder Gottes sind, und das haben sie gern gehört. Sie haben versprochen, die Broschüren gründlich zu lesen, sobald sie eine freie Stunde hätten.«

Ich schloß den Wartburg auf.

»Dann fahren wir wohl.«

Wir setzten uns so, wie wir vorher gesessen hatten, und ich bugsierte den Wagen weiter durch die sonnenhellen Straßen Kiels. Glücklicherweise war Rechtsverkehr, genau wie zu Hause.

»Ich sehe nirgendwo ein Schild mit Heidelberg«, sagte Waglen.

»Das kommt auch noch nicht«, sagte ich. »Du mußt nach einem Schild mit Autobahn suchen.«

»Da geht ein Schwarzer«, sagte Waglen. »Den fragen wir.«

Es war tatsächlich ein Schwarzer, in weißem Leinenanzug und mit einem grünen Seidenschlips, und Waglen kurbelte das Fenster herunter.

»Hallo, schwarzer Mann«, rief er. »Der Weg nach Heidelberg, bitte.«

Der Schwarze sah Waglen an und zuckte mit den Schultern.

»Kein besonders informativer Typ«, sagte Waglen. »Das muß ich schon sagen.«

»Ist nicht so schlimm«, sagte ich. »Da ist ein Schild mit Autobahn. Dann geht es immer geradeaus. Wir müssen Richtung Hamburg.«

»Heidelberg«, sagte Waglen.

»Ja, ja. Aber zuerst kommt Hamburg.«

Waglen nickte.

»Hamburg ist gut«, sagte er. »Da können wir stoppen und bunkern und einen draufmachen.«

Ich blickte Munk im Rückspiegel an. Ein kleines Lächeln spielte um seinen Mund, und er schaute gerade vor sich hin.

»Geht's dir gut?« fragte ich.

»Gut«, antwortete Munk. »Allerbestens, meine jungen Freunde.«

Waglen fing wieder an zu singen.

Wir waren jetzt, wo wir sein sollten, auf der Autobahn, und ich versuchte, den Wartburg ein bißchen zu scheuchen. Er kroch hoch bis 120, um dann zu resignieren, und alle anderen Autos rasten an uns vorbei.

»120 schafft er«, sagte ich. »Aber kaum mehr.«

Wir wurden gerade von einem metallicgrünen Ford Camembert überholt.

»Zwei kleine Italiener«, sang Waglen, »sie träumen von Napoli. Da ra ra rara ra ra… Connie Froboess. Sie sang sehr gut.«

»Ganz bestimmt«, sagte ich. »Ganz bestimmt.«

MUNK ERZÄHLT EINE GESCHICHTE DARÜBER, WIE MAN SEINEN PATENPFLICHTEN NACHKOMMT

»Das ist verdammich prima hier auf der Autobahn«, sagte Waglen. »So etwas fehlt uns in Sogn. Es ist angenehm, einfach geradeaus zu rasen wie ein Idiot.«

»Rasen ist gut«, sagte ich. »120.«

»Das ist schnell genug«, meinte Waglen. »Der Hitler hat wirklich etwas Gutes getan, als er diese Straßen gebaut hat.«

»Ja, das sagen sie immer«, sagte ich.

»Ja, der Hitler«, sagte Waglen. »Bei uns zu Hause gab es einen, der hat davon erzählt, wie Hitler auf Kreuzfahrt im Sognefjord war. Damals wußten sie ja nicht, wer er war, daß er später so ein Scheißkerl würde. Damals war er jedenfalls ganz in Ordnung. Gab den Sognbauern ordentlich Trinkgeld. Er war mit seinen beiden Brüdern unterwegs. Und mit dieser Eva Braun. Die Sogninger fanden, daß sie ein verdammt schickes Frauenzimmer war.«

»Ich wußte gar nicht, daß Hitler Brüder hatte«, wandte ich ein.

»Doch, hatte er. Peder und Olav Hitler. Sie sahen ganz ähnlich aus, mit dem gleichen Stirnhaar und diesem Hitler-Bart.«

»Peder und Olav Hitler?« fragte ich.

»Sie konnten verdammt prima singen«, fuhr Waglen fort. »Meistens Soldatenlieder. Sie wußten ja nicht, wer er war damals, glaubten, er wäre ein ganz normaler Straßenbauingenieur.«

»Kein Wort von Straßenbauingenieuren.«

Wir wandten uns überrascht zu Munk um.

»Alles, was mit Straßen und Ingenieuren zu tun hat, rührt bei mir an einen etwas wunden Punkt«, sagte Munk.

Wir sahen ihn immer noch an.

»Du kannst also noch reden«, stellte Waglen fest.

Munk schüttelte sich wie ein Hund.

»Ich spüre, daß es anfängt, vorüberzugehen«, sagte er. »Ich fühle mich schon nicht mehr ganz so christlich. Ich merke, daß ich Lust bekomme zu fluchen und nicht mehr so verdammt darauf brenne, Leute zu bekehren.«

»Umso besser«, sagte ich. »In Anbetracht der Reise, die wir vor uns haben. Es kann ja nicht schaden, wenn wir kommunikationsmäßig einigermaßen auf einer Linie liegen.«

Munk schüttelte den Kopf.

»Du redest nach deinem Verstand, du Ochse. Du solltest lieber auf die Straße achten, meinen Wagen keinen Gefahren aussetzen und dich nicht an ihm vergehen und wegen unzüchtigen Fahrens geschnappt werden.«

Waglen grinste und zeigte seine Eckzähne.

»So ein Idiot«, murmelte er. Dann sah er etwas.

»Guckt euch nur all die Krähen an«, sagte er. »Ich frage mich, warum es hier an der Autobahn so viele Krähen gibt.«

»Das ist immer so«, sagte ich. »Es muß ihnen hier aus dem einen oder anderen Grund gefallen.«

Munk beugte sich vor.

»Vergeßt nicht, daß Krähen Aasfresser sind. Sie warten auf eine ordentliche Massenkarambolage bei Tempo 180.«

»Mit so was macht man keine Scherze«, sagte ich.

Waglen wandte sich zu Munk um.

»Also dann bist du jetzt nicht mehr so christlich?«

Munks Gesicht nahm einen irritierten Zug an.

»Das ist es nicht«, sagte er. »Selbstverständlich bin ich Christ. Ich müßte ja ein Idiot sein, wenn ich das nicht wäre. Ich kann wohl von mir sagen, wie der alte Samuel Johnson, daß ich mich während einer Periode der vorübergehenden Gleichgültigkeit gegenüber der Religion schuldig gemacht habe, nicht als Ergebnis irgendeiner Argumentation, sondern lediglich aufgrund mangelnden Denkens. Aber es gibt ja Gradunterschiede. Jetzt bin ich wieder mehr ich selbst. Mein Verhältnis zu unserem Herrn ist normalerweise unproblematisch und entspannt, wir beschimpfen einander, nennen uns gegenseitig Idioten und werden wieder Freunde. So muß es wohl sein. Aber ab und zu spielt er mir verrückte Streiche, um mich auf die Probe zu stellen. Schickt mir Krankheiten und Unglücke und so etwas auf den Hals.«

Er machte eine Pause, um sich am Ohr zu kratzen.

»Dabei habe ich viele gute Jobs für ihn gemacht. Nicht zuletzt bei dem Kerl, dessen Pate ich war.«

»Was war denn das für ein Kerl?« fragte ich.

»Er hieß Edvin. Ein prächtiger Bursche. Der reinste Charmeur. Als seine Eltern ihn taufen lassen wollten, war es schlecht bestellt um potentielle Paten in ihrer Nachbarschaft, aber sie hatten von mir gehört und fragten bei mir an, ob ich mir vorstellen könnte, Pate zu werden. Klar konnte ich. Also versprach ich, diesen Edvin in Entsagung und im Glauben zu erziehen, was ich auch tat. Las ihm viel aus der Indrebø-Bibel vor, besonders aus dem Prediger – oder Verkünder, wie er neuerdings genannt wird – und aus der Offenbarung. Es dauerte eine Weile, bis er kapierte, daß der Prediger derselbe Kerl war wie König Salomo, aber als er das begriffen hatte, ging es wie geschmiert. Also hatten wir seine ganze Kindheit und Jugend hindurch ein gutes und vertrauensvolles Verhältnis. Aber dann, weißt du, als die Zeit näherkam, daß Edvin konfirmiert werden sollte, da waren seine Eltern schon lange in eine beschissene Kleinstadt gezogen und Kulturradikale geworden, wie das so geht.«

»Hört sich nicht gut an«, warf ich ein.

»Und da«, sagte Munk, »da hatten sie sich also in den Kopf gesetzt, daß Edvin sich dieser Teufelei unterziehen sollte, die sie ›bürgerliche Konfirmation‹ nennen.«

»Oh, verfluchte Kacke«, sagte ich.

»Fluchst du, du Arsch?« fragte Waglen.

»Und da«, fuhr Munk fort, »sah ich einfach keine andere Möglichkeit, als einzugreifen. In meiner tiefen Besorgnis versuchte ich, die Eltern zur Vernunft zu bringen, aber sie kamen nur mit idiotischen Allerweltsargumenten, die sie auch noch für verdammt radikal hielten, und ich saß drei Stunden da und vergeudete sinnlos meine rhetorischen Tricks. Nachher nahm ich mir den Edvin vor, der natürlich von seinen schwachsinnigen Eltern beeinflußt war. Aber ihm war alles scheißegal, wenn er nur Geschenke bekam, und fand genau genommen beide Alternativen gleich beknackt und wollte nur konfirmiert werden, damit er auf Feste gehen und sich besaufen und mit Weibern vögeln konnte.«

»Klingt sehr vernünftig«, sagte Waglen.

»Halt die Klappe, du Kulturradikaler«, fuhr Munk ihn an. »Also ging ich nach Hause und holte meine abgesägte Schrotflinte, die ich für eventuelle Fälle geladen bei mir liegen habe...«

»Eine abgesägte Schrotflinte gehört immmer ins Haus«, sagte Waglen.

»Hast du nicht gehört, daß du die Klappe halten sollst? Also ich nahm die Flinte, ging in das Haus der Eltern und drückte dem Arsch von Vater den Lauf in die Fresse und sagte, entweder bekäme Edvin eine kirchliche Konfirmation mit Choralgesang oder ich würde dem Scheißkerl den Kopf wegblasen und seiner Alten gleich hinterher. Da wurde er ein bißchen kleinlaut, verständlicherweise, und es gab eine Konfirmation, wie es sich gehört, und Edvin hat sich gut geschlagen, besonders bei der Beantwortung einiger kniffliger Fragen aus der Offenbarung und dem Prediger. Und viele Jahre später hat er mir geschrieben und erzählt, wie dankbar er mir sei, daß ich damals eingegriffen und ihn wieder auf den rechten Weg gebracht hätte.«

Ich nickte.

»So etwas wärmt ein Patenherz«, sagte ich.

»Darauf kannst du Gift nehmen, du x-beiniger Hedonist.«

Munk atmete tief durch.

»Es ist gut, wieder man selbst zu sein«, sagte er. »Und jetzt bin ich froh, daß ich nicht geisteskrank geworden bin, das wäre nämlich die Alternative gewesen.«

»Und wie äußert sich das?« fragte ich.

»Unterschiedlich. Beim letzten Mal habe ich eine endlose Reihe langer Glossen für Dagbladet geschrieben.«

Wir schwiegen alle drei und begnügten uns damit, auf die Fahrbahn hinauszuschauen. Da gab es mehr als genug zu sehen, Krähen und anderes, aber ich hatte das Gefühl, daß irgendetwas nicht stimmte, daß etwas anders war, und plötzlich kam ich darauf: keiner von uns trank. Ich wollte es erst erwähnen, ließ es aber sein. Es konnte uns nur guttun, uns eine Weile zu mäßigen.

»Ja, ich hoffe nur, daß Johann nicht bürgerlich konfirmiert ist«, sagte Munk. »Sonst muß ich ihn auf der Stelle rekonfirmieren.«

»Du bekommst sicher so einiges zu tun«, sagte ich.

WIR STELLEN EINE ÜBERSICHTLICHE RANGLISTE DER VÖLKER AUF

Ich konnte an den Schildern sehen, daß wir uns Hamburg näherten, und die Sonne schien auf die Autobahn und auf uns. Waglen setzte seine Sonnenbrille auf und sah zum Straßenrand.

»Pfui Teufel«, sagte er. »Das Gras wird verdammt grün durch diese Sonnenbrille. Man könnte meinen, daß wir Hochsommer haben.«

»Oh Menopause, oh Sommerzeit!« sagte Munk. »Wie der Dichter sagen würde.«

Ich bog Richtung Hamburg Zentrum ab, da ich das Gefühl hatte, daß wir dahin wollten. Es war auch Zeit, etwas zu essen.

»Ich glaube, wir bleiben ein paar Tage in Hamburg«, sagte Munk. »Wir können uns das Kulturleben ansehen und ein bißchen mit den Deutschen reden. Sie sind im großen und ganzen in Ordnung.«

»Nicht wie die Italiener«, sagte Waglen.

»Oder wie die Norweger«, ergänzte ich.

Waglen kratzte sich am Kinn.

»Ich frage mich, welches Volk am schlimmsten ist. Die größten Arschlöcher.«

»Ich dachte, du meintest, das wären die Italiener«, sagte ich.

»Gegen die Exilkubaner kommen sie verdammich nicht an.«

»Nein«, sagte ich.

Munk beugte sich vor.

»Ihr wollt also eine kleine Rangliste? Wenn wir uns an Europa halten, dann sind wir uns wohl einig, daß die Deutschen im großen und ganzen in Ordnung sind.«

»Verglichen mit den meisten anderen«, sagte ich. »Den Franzosen zum Beispiel.«

»Ganz klar«, sagte Munk. »Und die Dänen sind auch nicht so schlecht.«

»Auf jeden Fall weit über Norwegern und Schweden«, sagte ich.

»Norweger sind aber doch besser als Schweden«, wandte Waglen ein.

»Ungefähr die gleiche Wichse«, sagte ich. »Die Finnen sind gut.«

»Ja«, sagte Munk. »Die Finnen sind ordentliche Leute. Und die Isländer sind total überbewertet.«

Ich überlegte.

»Die Spanier?« fragte ich.

»Ungefähr in der Mitte. Besser als die Italiener, aber weit hinter den Portugiesen.«

»Und die Griechen?«

»Die hatten Sokrates«, sagte Munk. »Das muß man ihnen zugutehalten.«

»Und Anthony Quinn«, sagte Waglen.

»Hör auf«, sagte Munk. »Der ist in Mexiko geboren.«

»Aber er war Grieche«, widersprach Waglen. »Ich habe doch verdammich Alexis Sorbas gesehen.«

Ich fuhr weiter Richtung Zentrum und spürte rund um mich her auf allen Seiten den guten Dunst von Zivilisation.

»Die Iren«, sagte ich.

»Liegen relativ weit oben«, sagte Munk. »Allerdings muß man mit den Iren ein bißchen vorsichtig sein. Aber sie liegen auf jeden Fall weit über den Engländern.«

»Ja«, sagte ich. »Die Engländer liegen wohl ungefähr gleichauf mit den Franzosen.«

»Ein bißchen darüber«, sagte Munk.

»Die Holländer«, sagte Waglen. »Verdammt gute Eisschnelläufer.«

»Die Holländer sind gut«, sagte Munk. »Über die gibt es viel Gutes zu sagen. Gute Maler, eine vernünftige Drogenpolitik und gut in Englisch.«

»Und Belgien?« fragte ich.

»Belgien können wir nicht mitzählen. Belgien und Luxemburg und die Schweiz und dergleichen. Winzländer. Und in Österreich gibt es im großen und ganzen nur Nazis und fundamentalistische Katholiken. Ungefähr so wie bei den Norwegern.«

»Das ist aber ein bißchen gemein«, sagte ich.

»Belgien nicht mitzählen?« meldete sich Waglen. »Was ist mit unserem Mann Jean-Claude van Damme? Ich habe einmal mit einer Belgierin mit Brille gevögelt, die in Sogn Urlaub machte, um zu lernen, wie man Ziegen melkt, und das war nicht das Schlechteste, was mir untergekommen ist.«

»Der van-Damme-Arsch ist nicht unser Mann«, sagte Munk. »Ich will wissen, wer das Schlechteste ist, das dir untergekommen ist.«

»Das kann ich euch gern verraten, aber ich weiß nicht, ob ihr das hören wollt.«

»Luxemburg hat einen guten Radiosender«, sagte ich. »Radio Luxemburg.«

»Stillgelegt«, sagte Munk. »Weißt du das nicht einmal? Und in den letzten Jahren haben sie hauptsächlich Mist gespielt.«

»Aber wer *sind* die Schlechtesten?« fragte ich. »Was ist mit den Völkern aus dem früheren Osteuropa?«

»Oh, Scheiße«, sagte Munk. »Da hast du es. Das sind unsere Exilkubaner. Kannst du dir schlimmere Leute vorstellen? Nur Mafia und Teufeleien. Das sind Leute, die ertragen es einfach nicht, ohne den Kommunismus zu leben. Wir brauchen einen neuen Breschnew.«

Ich dachte nach.

»Da haben wir also ungefähr die Übersicht. Die Dänen liegen weit oben. Und die Finnen noch darüber. Und Deutsche und Iren auf einem Platz irgendwo dahinter.«

»Die Iren liegen über den Deutschen«, sagte Munk.

»Ja ja. Und die Norweger und die Schweden liegen weit unten. Aber vor den Italienern.«

»Auch vor den Franzosen«, sagte Munk.

»Mit Fragezeichen. Und ganz unten liegen die Osteuropäer.«

»Das haben sie sich selbst zuzuschreiben«, sagte Munk.

»Scheiß auf die Ärsche«, sagte Waglen.

Wir waren jetzt im Zentrum von Hamburg, und Munk dirigierte uns zum Hotel Oper, das für die nächsten Tage unser Zuhause werden sollte.

MONDNACHT AUF DER ALSTER, ODER: HERBRAND ZEIGT SICH UNS VON NEUEM

»Herein in Gottes Namen«, sagte Waglen, nachdem ich dreimal an seine Tür geklopft hatte.

Er lag mit den Stiefeln auf dem Bett, guckte Pay-TV und trank deutschen Sekt aus einem Plastikglas.

»Ich dachte, ich gehe in die Stadt und esse ein bißchen was zu Mittag«, sagte ich.

»Keine dumme Idee«, sagte Waglen und rülpste. »Ich muß ja auch die Karte an die Åshild abschicken.«

Er beugte sich ein wenig vor.

»Pfui Teufel«, sagte er und zeigte auf den Bildschirm. »Glaubst du, daß die wirklich so große Schwänze haben?«

Ich schaute auf den Bildschirm, wo unsägliche Dinge in verschiedenen Varianten abliefen.

»Was glaubst du denn? Daß sie sich die angeleimt haben? Um normalen Menschen Komplexe einzujagen?«

Waglen schüttelte den Kopf.

»Aber wo kriegen sie verdammich Leute mit solchen Wahnsinnsschwänzen her? Annoncieren sie? Männer mit großem Schwanz für Pay-TV gesucht?«

»Sie haben wahrscheinlich eine Kartei«, meinte ich. »Es sind bestimmt im großen und ganzen die gleichen Leute, die in immer neuen Filmen wieder auftauchen.«

Waglen nickte und lehnte sich wieder zurück.

»Nicht, daß es wirklich so verdammt spannend wäre«, sagte er. »Aber ich fand, ich sollte mich ein bißchen informieren, wo ich schon in der Branche tätig bin. Aber es ist alles andere als spannend. Rein, raus, rein raus. Nicht besonders aufregend.«

»Nein«, sagte ich. »Du hast nicht auch ein Glas Sekt für mich?«

»Bedien dich nur, in Gottes Namen. Aber das ist schon reichlich heftig, daß sie hier im Hotel harte Pornos zeigen. Stell dir vor, das sehen Kinder. Du brauchst ja nur ein bißchen rumzuzappen, und da siehst du plötzlich einen Kerl, der eine Frau in den Arsch fickt. Also richtig. In Großaufnahme. Das formt doch ein kindliches Gemüt, denke ich. Ich fang verdammich an, mich zu fragen, ob die Deutschen wirklich so gut sind.«

»Das gibt es in den meisten Ländern«, sagte ich. »Nur wir in Norwegen sind so moralisch.«

Waglen schüttelte den Kopf.

»Ich glaube verdammich, ich fange auch an, moralisch zu werden. Ich würde es wirklich nicht gut finden, wenn mein Junge sich so was anguckt. Und meine Alte auch nicht.«

»Ich verstehe, was du meinst«, sagte ich.

Waglen schaltete den Fernseher aus.

»Hattest du nicht was von Mittagessen gesagt?« fragte er. »Wollen wir den Munkenbold mitnehmen?«

»Mal sehen, ob er auf ist«, sagte ich. »Er hat nach seinen religiösen Anfechtungen eine Zeitlang im Koma gelegen.«

»Dazu sage ich nichts«, meinte Waglen.

Wir klopften eine Weile an Munks Tür, und endlich kam ein Geräusch, das sich wie eine Art von Antwort anhörte. Wir warteten noch ein paar Minuten, und gerade, als wir ohne ihn gehen wollten, ging die Tür auf, und der Mann steckte den Kopf heraus.

»Seid ihr es?« sagte Munk. »Herrgott, ich fühle mich so schwach, als wäre jemand in meinem Zimmer gewesen und hätte mich kastriert. Ich habe mich nicht so zerschlagen gefühlt, seit ich an der Ecke Rue de Rivoli und Rue St. Denis von einer Horde wilder Wim-Wenders-Fans überfallen worden bin.«

»Wir wollen raus und Mittag essen«, sagte ich. »Und wollten nur hören, ob du mitwillst?«

Munk sah uns begriffsstutzig an.

»Will ich das?«

»Das genau fragen wir uns auch«, sagte ich.

»Ich denke mal darüber nach. Wartet noch einen Moment, bis ich auf dem Klo gewesen bin und mir das Arschloch poliert habe.«

Waglen schüttelte den Kopf.

»Was für eine Sprache«, sagte er. »Und so etwas nennt sich Geistesgröße.«

Wir rauchten eine Zigarre und warteten. Schließlich kam Munk heraus, frischgekämmt, mit zugeknöpftem Anzug und einer Zigarre zwischen den Zähnen.

»Es steht nicht schlechter um mich, als daß ich eine Idee für einen Fernkurs bekommen habe, den ich lancieren will, wenn ich wieder nach Hause komme.«

»Und in was?« fragte ich.

»In der Kunst, scharf zu sein wie eine Haubitze und sich dabei nichts anmerken zu lassen.«

Waglen nickte.

»Der hat Pay-TV geguckt. Das hätte ich nicht von ihm erwartet.«

»Das habe ich mitnichten, mein Freund«, erwiderte Munk. »Aber ich habe einen Artikel über ein besonders feuriges Volk unten auf dem Balkan gelesen, das über fünfzig verschiedene Wörter für Ständer hat.«

Sonne und weiße Wolken über Hamburg.

Wir liefen auf dem Jungfernstieg an der Binnenalster entlang. Beim Alsterpavillon saßen die Leute im Freien in der Sonne, tranken Bier und winkten uns zu. Einige riefen sogar Munk etwas zu.

»Hamburg ist eine verdammt feine Stadt«, sagte Waglen.

»Eine Perle unter den Städten«, sagte Munk.

»Da kann Oslo glatt einpacken«, meinte Waglen. »Aber jetzt brauche ich ein Bier.«

Munk zeigte auf das Wasser.

»Die Alster«, sagte er. »Einer der bekanntesten Seen der Welt. Ich habe immer an diesen See gedacht. Mein Vater hatte eine alte 78er Platte, die er dauernd spielte. *Mondnacht auf der Alster*. Er hatte schon ein bißchen Sinn für gute Musik, das muß man ihm lassen, dem Säufer.«

»Mein Vater hatte die auch«, sagte ich. »Ich glaube, die Platte hatten sie damals alle.«

Munk sah mich scharf an.

»Du bist doch nicht ganz bei Trost, du Teerbesen. Es waren verdammt nicht viele, die die Platte damals hatten.«

»Mein Vater hatte sie nicht«, sagte Waglen. »Er hörte nur die Fischer-Chöre. Aber er war auch nicht unbedingt dafür bekannt, einen besonders musikalischen Geschmack zu haben.«

»Was du nicht sagst«, sagte Munk.

»Wo essen wir?« fragte ich.

Munk zeigte.

»Wir gehen da hinüber in die Straßen zwischen dem Hauptbahnhof und dem Rathaus. Da gibt es Lokale en masse. Das Möwenpick zum Beispiel.«

»Möwenpick?« fragte ich. »Ist das denn was?«

»Besser, als du denkst«, sagte Munk.

»Klar wollen wir ins Möwenpick«, sagte Waglen. »Das war immer mein Traum. Und vielleicht finden wir unterwegs eine Post.«

»Die Hauptpost liegt gleich unterhalb der Bahngleise«, sagte Munk.

»Da muß ich hin«, sagte Waglen. »Unter einem Hauptpostamt mach ich es nicht. Und dann werde ich verlangen, mit dem Chef sprechen zu können.«

Ich schwitzte stark, wußte aber nicht, ob es sich ziemte, die Anzugjacke auszuziehen. Ich würde aufpassen, was Munk tat.

»Dem alten Klorolle Andrésen hätte es hier gefallen«, meinte Munk.

»Kloroll mich hier und Kloroll mich da«, sagte Waglen.

»Wir könnten vielleicht unser Kabarett hier irgendwo aufführen«, überlegte Munk laut. »Hier gibt es einen Markt für so etwas. Für alles mögliche«.

»Es ist ja wohl eher eine Niederlage, an einem Ort zu spielen, wo es 'nen Markt für alles mögliche gibt«, sagte ich.

»Sag das nicht«, meinte Munk. »Sag das bloß nicht. Es ist jetzt nicht der richtige Zeitpunkt, großspurig zu werden.«

Er zog seine Anzugjacke aus, während ich ein wenig damit wartete, meine auszuziehen, damit er nicht glaubte, ich sei nur ein simpler Nachäffer.

»Yess«, sagte Munk. »Jetzt wird es guttun, ins Möwenpick zu kommen und was zu essen.«

»Und Bier zu trinken«, fügte Waglen hinzu. »Im guten alten Möwenfick.«

Man hörte Musik und Spiel, und eine heisere Stimme sang Karl-Valentin-Lieder. Waglen entdeckte einen Zigarrenladen, und wir gingen hinein, um zu bunkern.

Europäische Großstädte, dachte ich. So ein Leben konnte mir gefallen. Gerade genug Geld haben und in einem Straßencafé sitzen und zuschauen, wie das Leben leichtfüßig vorüberging. Aber, aber, ich konnte auch nicht darüber klagen, wie es mir im Augenblick ging. Das Leben hatte mir Wunden geschlagen, aber sie gingen nicht so tief, daß sie alles überschatteten. Es handelte sich eher um ein konstantes Murren.

Ich beschloß, zu Hause anzurufen, sobald ich ins Hotel zurückkäme. Es war eine Schande, daß ich das nicht längst getan hatte, und ich fühlte, daß ich noch stärker schwitzte, und beeilte mich, an etwas anderes zu denken.

Im Möwenpick wurden wir von einem Kellner in Livree herzlich willkommen geheißen, der uns sogleich zu einem Tisch führte, von dem Munk behauptete, es sei sein Stammtisch.

»Ihr Stammtisch, Herr Doktor Munk.«

»Ich danke Ihnen. Und ich bestelle gleich drei Flaschen von Ihrem besten Rotwein. Aber dalli!«

»Jawohl, Herr Doktor. Sofort.«

Munk nickte dem Kellner anerkennend nach.

»Ein aufgeweckter Bursche«, sagte er. »Er kennt seine Kunden.«

»Offensichtlich«, sagte ich.

»Habe ich richtig verstanden, daß du Rotwein bestellt hast«, sagte Waglen.

»Du hast recht gehört, mein Freund. An deinen Deutschkenntnissen ist nichts auszusetzen.«

Waglens Gesicht verfinsterte sich.

»Ich wollte Bier trinken. Deutsches Bier.«

»Das kannst du nachher trinken. Dieses Sprichwort mit Bier auf Wein, das laß sein, darauf brauchst du nichts zu geben.«

»Das tu ich auch nicht«, sagte Waglen. »Aber ich habe jetzt Lust auf Bier.«

»Jetzt ist es zu spät«, sagte Munk zufrieden. »Jetzt mußt du den Wein trinken und verdammt zufrieden aussehen.«

Ich bemerkte etwas. Ich meine, ich bemerke dauernd alles mögliche, das ist es nicht. Niemand hat mir je vorgeworfen, ich wuselte bewußtlos durch dieses Jammertal. Doch das, was ich gerade bemerkte, abgesehen von dem Kellner, der mit roten Backen und drei Flaschen Rotwein auf uns zukam, gab mir einen inneren Kälteschock: eine karierte Jacke. Und nicht irgendeine karierte Jacke. Herbrands Blick begegnete meinem, als er von dem Tisch, an dem er gesessen hatte, aufstand und zur Tür ging. Ich warf einen Blick auf Munk und Waglen. Keiner von beiden hatte etwas bemerkt.

»Der Wein«, sagte der Kellner und hielt die Flaschen so, daß Munk lesen konnte: Chateau Maldoror 1983 stand darauf.

»Prima«, sagte Munk. »Ich probiere alle drei.«

Etwas ließ den Kellner zum Ausgang blicken, wo gerade der Rücken einer karierten Jacke verschwand.

»Warte!« rief er. »Der hat nicht bezahlt!«

Er lief zur Tür.

»Was war denn?« fragte Waglen.

»Nur einer, der nicht bezahlt hat«, sagte ich.

NACHT IN HAMBURG

Wir streiften eine Weile im Hurenbockviertel von Hamburg umher (es war natürlich Waglen, der sich umsehen wollte), bis die Dunkelheit hereinbrach und wir in eine Kneipe gingen, die den Eindruck machte, als passe sie zu uns: Zum alten Ferkel. An der Wand hing eine Fotografie des berühmten argentinischen Revolutionärs Gaucho Marx, und Munk nickte anerkennend.

»Der alte Gaucho Marx. Wir sind uns einmal in Paris begegnet und haben *Jules und Jim* zusammen gesehen. Das war in der Zeit, als ich mich mit französischer Metrophysik beschäftigte. Ich weiß noch, daß er eine etwas abgewetzte, aber dennoch elegante Hugo-Ball-Hose trug. Wir hatten damals wohl beide eine gewisse Schwäche für Jeanne Moreau.«

Wir setzten uns an einen etwas schäbigen Tisch und bestellten reichlich Bier.

»Manch einer würde vielleicht behaupten, daß wir ziemlich viel trinken«, sagte Munk. »Aber ich weiß nicht recht.«

»Ich auch nicht«, sagte Waglen.

»Ich habe ganz einfach keine Veranlagung zum Alkoholiker«, sagte Munk. »Wahrscheinlich kann ich deshalb auch soviel trinken. Außerdem hat das Trinken für uns ja in erster Linie einen Symbolwert, es betont unsere Freundschaft und Maskulinität und ist ein wesentliches Element, wenn wichtige Entscheidungen getroffen werden sollen. Und bekanntlich treffen wir ja die ganze Zeit wichtige Entscheidungen.«

»Daran kann wohl niemand zweifeln«, sagte ich.

»Eigentlich finde ich, daß diese Reise gelungen ist«, sagte Munk. »Ich hatte eher erwartet, daß wir uns gegenseitig umbringen würden, noch bevor wir den Drøbakksund hinter uns gelassen hätten, aber so ist es nicht gekommen. Wir sind keine Arschlöcher, das soll uns niemand nachsagen. Es ist entschieden besser, mit dem Wagen zu fahren, als eine von diesen billigen Charterreisen mit Übernachtung im Rinnstein zu buchen.«

»Zweifellos«, sagte ich.

Waglen zeigte.

»Habt ihr gesehen, daß an einem Tisch da drüben drei Frauen sitzen? Wollen wir hingehen und uns vorstellen, oder warten wir ab, ob sie hierherkommen?«

Munk nahm einen tiefen Schluck von seinem Bier.

»Wir warten ab, ganz klar«, sagte er. »Wenn es bestimmt ist, daß wir uns begegnen, werden sie hierherkommen.«

»Das hört sich verdammt logisch an«, sagte Waglen. »Wir

warten und trinken uns Mut an und überlegen, worüber wir mit ihnen reden können … Peter Kraus!«

»Wo ist er?« fragte ich.

»Nein, das war nur der, auf den ich nicht gekommen bin. Der Schlagersänger. Peter Kraus. Er hat verdammt gut gesungen. Glaube ich.«

Munk schaute Waglen an und danach mich. Dann sah er wieder Waglen an.

»Manchmal wundere ich mich«, sagte er. »Nicht sehr, vielleicht, aber ich wundere mich. Was wir eigentlich so daherquatschen. Wie wir unser Gesprächsniveau rechtfertigen können.«

»Ich habe nur Peter Kraus erwähnt«, sagte Waglen.

»Danke, das ist mir nicht entgangen.«

»Er hat auf jeden Fall ein ganz anderes Niveau als Roy Black«, sagte Waglen.

»Das ist mir scheißegal«, erwiderte Munk.

»Wir haben auch über Caterina Valente geredet«, brachte ich zu unserer Verteidigung vor.

Munks Gesicht hellte sich ein wenig auf, und er fischte etwas Schwarzes aus seinem Bierglas.

»Da reden wir natürlich von etwas ganz anderem«, sagte er.

Ich konnte sehen, daß die drei Damen an dem anderen Tisch angefangen hatten, die Köpfe zusammenzustecken und zu uns herüberzusehen.

Waglen bekam einen Hustenanfall, und ich sah ihn besorgt an.

»Hier liegt irgend etwas in der Luft«, sagte er. »Etwas Ungesundes. Irgendeine Teufelei.«

Munk wischte das Schwarze, das er aus seinem Bierglas gefischt hatte, an seiner Hose ab.

»Ich bin mir nicht sicher, ob tatsächlich etwas in der Luft liegt, aber es ist durchaus denkbar, daß wir zusehen sollten, in unser Hotel zurückzukommen.«

»Ein bißchen Pay-TV jetzt wäre nicht das Schlechteste«, sagte Waglen.

Er bekam einen neuen Hustenanfall, und es hörte sich an, als müsse er kotzen.

Aber ich sah schon, daß es zu spät war, noch daran zu denken, zum Hotel zurückzukommen. Die drei Damen waren von ihrem Tisch aufgestanden und auf dem Weg zu uns herüber.

»Scheiße«, stöhnte Waglen und wischte sich Blut vom Mund. »Nicht gerade der richtige Zeitpunkt für Damenbesuch.«

Sie blieben höflich ungefähr einen Meter von unserem Tisch entfernt stehen, und die dunkelste von ihnen fragte:

»Entschuldigung, aber ist hier frei?«

Ich sah Munk an, der zu meiner Überraschung halb unverbindlich zu den Stühlen auf der anderen Seite des Tisches hinübernickte.

Waglen steckte rasch das blutige Taschentuch ein und versuchte, für seine Verhältnisse normal auszusehen. Er bot keinen schönen Anblick, doch es war das Beste, was man von ihm erwarten konnte.

Ich betrachtete die drei Frauen diskret. Sie waren alle schwarz gekleidet, hatten aber unterschiedliche Haarfarben, ganz dunkel, rötlich und blond. Sie bestellten Bier für sich selbst und für uns – unsere schwachen Proteste kamen zu spät – und stellten sich als Marthe, Morgana und Mimsy vor. Aus irgendeinem Grund wurde keiner von uns stutzig angesichts der Tatsache, daß ihre Namen sämtlich mit M anfingen, wahrscheinlich dachten wir, wenn wir überhaupt dachten, dies sei eine der vielen wunderlichen Fügungen des Lebens, und außerdem waren wir alle drei fasziniert von den drei Schwarzgekleideten und bestrebt, einen guten Eindruck auf sie zu machen.

Ich weiß nicht. Es war einer dieser Abende. Mehr Bier kam auf den Tisch, auch andere Getränke. Ich sah nicht mehr so genau alles, was um mich her vor sich ging, ich hatte auch angefangen, unsicher zu werden, wer ich eigentlich war, bestand jedoch nachdrücklich auf meinem Recht, es zu sein.

Ich entdeckte, daß ich neben der Blonden saß, und daß wir uns locker und entspannt unterhielten. Sie sagte, sie heiße Mimsy Borogov, was mir wie ein ziemlich ungewöhnlicher Name vorkam, und ich fragte, ob er osteuropäisch sei (ich hatte unsere Rangliste der europäischen Völker noch nicht ganz vergessen), doch sie meinte, er sei mehr literarisch, eine Antwort, die ich ohne weiteres akzeptierte.

Sie sagte, sie habe schon von Norwegen gehört, von dem ganzen billigen Schnaps dort, und ich erklärte ihr, daß sie sich verhört haben mußte.

Danach sprachen wir mehr über persönliche Dinge. Ich ließ mich über mein etwas ambivalentes Verhältnis sowohl zu Munk als auch zu Waglen aus und erzählte, daß wir auf dem Weg nach Heidelberg seien, um Munks Sohn, den Ingenieurstudenten Johann, zu treffen, und ich fügte hinzu – nicht ohne eine gewisse Schadenfreude, stellte ich fest –, daß ich glaubte, diese Begegnung würde ein starker Antiklimax sein im Verhältnis zu den Erwartungen, die der Vater an sie knüpfte. Weiter erzählte ich von meiner Familie, von Aslaug und Alfred, und erwähnte, daß es nicht ganz unproblematisch für mich sei, so lange von ihnen fort zu sein. Wäre ich nicht überzeugt davon, eine wichtige Aufgabe erfüllen zu müssen, wäre ich sicher schon längst zu meiner Familie und meinen Schülern zurückgefahren.

Sie nickte und berührte meine Hand, und als ich die Hand nicht wegzog, legte sie ihre Hand auf meine, um danach meine Hand umzudrehen und die Handfläche genau zu studieren. Sie sagte, ich solle es nicht so schwer nehmen, sie sehe, daß ich eine glänzende Zukunft vor mir und noch ziemlich interessante Erlebnisse zu erwarten habe. Auch in Liebesdingen sehe es erfreulich aus.

Danach erzählte sie von sich selbst, wobei sie weiter meine Hand zwischen den ihren hielt. Ich entnahm ihrer Erzählung, daß sie in Schottland als Kind von Eltern mit zweifelhaftem Ruf geboren und in der Schweiz und in Belgien aufgewachsen war. Sie hatte in Berlin studiert, aber es war schwer herauszuhören, was sie eigentlich studiert hatte. Sie war mit einem Arzt verheiratet gewesen, doch das hatte nicht lange gehalten, da sich herausstellte, daß er ein typischer Schulmediziner und Hurenbock war, der, wie die meisten Ärzte, stur an eigenen Positionen festhielt und nur Verachtung übrig hatte für neue Theorien und nicht zuletzt alternative Medizin, an der Mimsy Borogov ihrerseits sehr interessiert war, und die sie, wie sie sagte, auch selbst praktiziert hatte, bis sie, aus Gründen, die mir nicht ganz klar wurden, ihre Lizenz verloren hatte. Jetzt betrieb sie gemeinsam mit ihren zwei Freundinnen eine Art Praxis.

Ich blickte zu den beiden Freundinnen hinüber, stellte aber fest, daß sie nicht mehr da saßen. Das taten übrigens auch Munk und Waglen nicht, und eine kurze Sekunde lang wurde ich von Panik ergriffen.

»Kein Grund, sich zu ängstigen«, sagte Mimsy Borogov und drückte meine Hand. »Sie sind vor kurzem gegangen. Ich glaube, sie wollten ins Hotel und dort weiterreden.«

»Ohne mich!« sagte ich empört.

Aber ich beruhigte mich schnell.

»Vielleicht könnten wir das gleiche machen«, sagte ich. »Das heißt, wenn ich das Hotel wiederfinde!«

Ich hörte mich laut lachen, was mich überraschte, weil ich immer geglaubt hatte, ich sei jemand, der nie lachte.

»Das findest du bestimmt«, sagte Mimsy Borogov. »Wir nehmen einfach ein Taxi. Diese Stadt ist voller Taxis.«

»Wunderbar«, sagte ich. »Wir haben ganz bestimmt noch was zu diskutieren.«

DIE NACHT GEHT WEITER

»Hier ist es gemütlich«, sagte Mimsy Borogov. Ich sah jetzt zum erstenmal, daß sie ein schwarzes Muttermal mit drei starren Haaren auf der linken Wange hatte, was sie indessen nicht weniger anziehend machte, und ich gestand mir jetzt endlich ein, daß ich von ihrem Blick und ihren Worten gefesselt war.

»Ich weiß nicht, ob noch was zu trinken da ist«, sagte ich.

Sie schaute sich in meinem Hotelzimmer um.

»Das macht nichts«, sagte sie. »Ich glaube, wir haben genug getrunken.«

»Das glaube ich eigentlich auch.«

Sie nickte zum Bad hin.

»Hast du eine Badewanne?«

Ich überlegte. Hatte ich eine Badewanne?

»Ich glaube schon.«

»Wollen wir baden?«

Sie öffnete die Badezimmertür, um nachzusehen, ob ich wirklich eine Badewanne hatte.

»Ich habe ein Spezialschaumbad in meiner Tasche.«

Also mußte eine Badewanne da sein.

»Spezialschaumbad hört sich gut an«, sagte ich. »Aber ist es nicht ein bißchen spät zum Baden?«

Sie ließ ein etwas heiseres und fast gackerndes Lachen hören, das ich gerade jetzt ziemlich erotisch fand.

»Ich habe noch nie gehört, daß es zu spät sein sollte, zu baden. Oder zu früh. Du hast anscheinend noch einiges zu lernen.«

Sie ließ Wasser einlaufen. Ich hatte den Eindruck, daß es im ganzen Hotel widerhallte und erwartete jeden Moment, daß jemand an die Wand klopfen und schreien und sich anstellen würde, aber nichts geschah.

»Es ist ein wohltuendes Schaumbad, das meine Freundinnen und ich selbst entwickelt haben. Du mußt es einfach probieren.«

»Ja«, sagte ich. »Und auf welche Art ist es wohltuend?«

»Auf die meisten.«

Sie entledigte sich mit einem einfachen Handgriff ihres Kleides. Darunter hatte sie einen schwarzen Fantomas-Schlüpfer und eine Tätowierung von einer schwarzen Katze auf der linken Schulter.

Ich stand mit offenem Mund da (merkte ich nach einer Weile) und starrte sie an.

»Ich geh schon rein«, sagte sie. »Komm, wenn du fertig bist.«

»Ja«, sagte ich ein wenig unsicher.

Ich wußte, wohin dies führen würde, und daß dies meine letzte Chance war, umzukehren. Als ich merkte, daß ich mich auszog, begriff ich, daß ich meine letzte Chance hatte sausen lassen. Ich hatte wirklich die Absicht, mit dieser Frau zu baden, die ich heute abend zum erstenmal getroffen hatte. Ich versuchte, meine Erektion zu unterdrücken, bevor ich ins Bad ging, doch es gelang mir nur in Maßen.

Mimsy Borogov saß zurückgelehnt in der Wanne, mit Schaum bis zu den Brustwarzen. Sie hatte ziemlich kleine Brüste, aber nicht zu kleine (wie klein war eigentlich zu klein, was Brüste anging?), und es erfüllte mich mit einem guten Gefühl, sie anzusehen. Sie erinnerten mich zwar nicht an meine Kindheit, aber an einen Septembertag im Garten, mit Wind in den Zweigen des Apfelbaums und Fahrrädern, die vorüberfuhren.

Ich stieg schnell in die Wanne und ließ mich vom Schaum bedecken. Das Wasser hatte genau die richtige Temperatur. Ich fühlte ihre warmen und nassen Beine an meinen, und im Nu steckte mein Schwanz den Kopf aus dem Schaum. Sie ließ sich nichts anmerken, sondern schloß die Augen und lehnte sich noch weiter zurück.

»Ich kann dir eine Geschichte erzählen«, sagte sie und drehte mit der linken Hand den Wasserhahn zu.

Ich wollte mich gerade fragen, wo sie die rechte gelassen hatte, als die Frage mit einem Mal irrelevant wurde. Ich fühlte, wie ihre Finger sich unter dem Schaum um meinen Schwanz schlossen, und er wurde fürchterlich und unanständig steif. Sie öffnete die Augen, beugte sich rasch vor und leckte leicht über die Spitze, um sich dann wieder zurückzulehnen und aufs neue die Augen zu schließen.

»Ich werde dir eine Geschichte erzählen«, wiederholte sie.

»Was für eine Geschichte?«

»Eine wahre Geschichte.« Ich merkte wie in einem Traum, wie sie meinen Schwanz unter Wasser zu sich zog und mich einführte. Sie rollte leicht gegen mich, und ich stieß vorsichtig nach.

»Ich spüre dich in mir«, sagte sie. »Ist das gut?«

Es war unbeschreiblich.

»Es ist unbe... schreiblich«, sagte ich.

»So soll es sein«, sagte sie. »Ich werde dir eine Geschichte erzählen.«

»Tu ... tu das.«

Ich schloß ebenfalls die Augen, und sie rollte weiter gegen mich, langsam und rhythmisch, wie ein Dampfschiff.

»Es war einmal ein Mädchen«, begann sie.

»Ähnelte sie dir?« fragte ich mit geschlossenen Augen und Schaum bis ans Kinn.

»Vielleicht ein bißchen. Sie wohnte mit ihren Eltern in einem Haus in einem kleinen Dorf, wo alle Häuser rote Dächer mit Storchennestern hatten und Rosen in allen Gärten standen und der Zug abends einsam pfiff.«

»Das hört sich schön an.«

»Ja, aber die Idylle war trügerisch. Das Mädchen war nicht glücklich. Die Eltern verstanden nicht, wonach sie sich sehnte, und sie wußte, daß sie fort mußte. Sobald sie fühlte, daß sie alt genug war, packte sie ihren Koffer und nahm den Zug, der abends einsam pfiff.«

»Und dann?« fragte ich.

Ich hoffte, dies würde weitergehen und weitergehen.

»Sie kam an einen anderen Ort, in eine Stadt, wo niemand sie kannte und sie niemand kannte. Aber sie lernte rasch Menschen kennen, denn sie hatte ein gewinnendes Wesen, war aber auch treuherzig und leicht zu täuschen.«

Jetzt kam es mir auch so vor, als hörte ich das Geräusch eines Dampfschiffs, das sich dem Kai näherte.

»Da begegnete sie eines Tages einem Mann. Er nahm ihre Hand und führte sie fort und sagte, er verstehe, wie sie sich fühle. Und eine Zeitlang hatte es auch den Anschein.«

»Aber eigentlich tat er das nicht?« fragte ich.

»Nein. Aber er war klug und hatte ein großes Wissen, und sie lernte viel von ihm. Sie war nicht mehr so treuherzig...«

Es kam mir vor, als schmerze es sie, gerade dies zu erzählen.

»Aber dann fing er an, ihr Fesseln anzulegen. Sie fühlte sich überwacht und eingesperrt und begann wieder, nach Zügen zu lauschen, die in der Nacht pfiffen, aber es war kein Zug da.«

Sie schwieg eine Weile und setzte sich besser zurecht auf mir, bevor sie langsam weiterrollte. Ich sah die Passagiere des Dampfschiffs vor mir. Sie waren bleich und hohläugig nach vielen Tagen auf unruhiger See und vielen Flaschen Champagner in langen Nächten und hofften nur, daß kein Eisberg auf ihrem Kurs triebe.

»Eines Tages, als der Mann nicht zu Hause war, sprang sie mit ihrem Koffer und allem Geld, das sie finden konnte, aus dem Fenster und ging ihres Weges. Sie hatte jetzt vieles gelernt, wollte aber noch mehr wissen. Nachdem sie sich einige Monate in vielen Städten herumgetrieben hatte, fand sie, wonach sie gesucht hatte. Einen Mann, der ihr das geben konnte, was sie suchte. Er sah dunkel und gefährlich aus, doch sie wußte, daß er der Richtige war. Er nützte sie nicht aus, sondern sagte klar und deutlich, was er zusätzlich verlangte.«

»Ihre Seele«, sagte ich.

»So kann man es ausdrücken. Und ihren Körper auch. Aber das Opfer brachte sie gern. Jetzt hatte sie erreicht, was sie wollte. Sie sah, was sie vorher nicht gesehen hatte, und wußte, was sie vorher nicht gewußt hatte. Der Mann reiste fort von ihr, als er sie alles gelehrt hatte, aber er sagte, er würde wiederkommen, wenn die Zeit reif sei.«

»Und wann ist das?« fragte ich.

»Wer weiß.«

Ich sah ein gewaltiges, beinah himmlisches Licht, ein Feuerwagen raste durch meinen Körper, ich stieß gegen Mimsy Borogov, meine Liebe, und rief aus:

»OH, GOTT!«

Später merkte ich, wie in einem Traum, daß ich im Bett lag und sie neben mich kroch und ein Lied summte, das mir bekannt vorkam, an das ich mich aber zugleich in wachem Zustand nie wieder erinnern würde. Ich spürte, daß jemand meinen Körper küßte, und hörte schwere Wellen an Land schlagen, und jemand, der heiser lachte. Danach war mir, als hörte ich Flügelschlagen.

Als der Morgen kam, und ich die Augen aufschlug, lag ich allein im Bett, und es gab keine andere Spur von Mimsy Borogov als den schwachen Duft eines Schaumbads, das mir noch nie untergekommen war.

AUFBRUCH

Beim Frühstück sahen wir einander kaum an, was ich als ein Zeichen deutete, daß wir alle drei im Laufe der Nacht Dinge erlebt hatten, die wir den anderen nicht ohne weiteres im Detail erzählen wollten. Aber ich merkte, daß das Frühstück mir schmeckte, und tröstete mich damit, daß meine Begegnung mit der rätselhaften Mimsy Borogov zu jenen Dingen im Leben gehörte, die nur einmal geschehen, und an die man sich den Rest seines Lebens erinnert.

Wenn es denn überhaupt geschehen war. Wäre nicht der Geruch von Schaumbad gewesen, der noch im Hotelzimmer hing, hätte ich das Ganze schon jetzt als einen erotischen Traum betrachtet.

»Nun«, sagte Munk schließlich, nachdem er sich den letzten Rest aus der Kaffeekanne eingegossen hatte. »Es ist eindeutig Zeit, daß wir weiterkommen. Schwer zu sagen, was mit uns geschehen würde, wenn wir auch nur eine Nacht länger blieben.«

Waglen und ich konnten nicht anders als zustimmend zu nicken. Er hatte uns die Worte aus dem Mund genommen.

Munk blickte prüfend vom einen zum anderen.

»Ich weiß nicht genau, was ihr heute nacht getrieben habt, und ich will es auch gar nicht wissen, aber ich persönlich hatte ein überaus ergiebiges Gespräch mit einer Frau, die sich Morgana nannte und mir einen ganzen Roman erzählt hat – sollte ich wider Erwarten einmal Zeit haben, werde ich ihn aus der Erinnerung aufschreiben –, aber das Wichtigste ist, daß ich einen Deal mit ihr gemacht habe. Wenn wir jetzt schnell weiterfahren nach Heidelberg, halten wir unterwegs in einem Dorf, das Schierke heißt. Diese Morgana hat dort gewisse Kontakte, und wir spielen unser inzwischen allseits bekanntes Kabarett heute abend im Wirtshaus dieses Dorfes, und morgen geht es dann endlich nach Heidelberg.«

Waglen und ich sahen Munk und danach einander an.

»Da gibt es aber eine ganze Reihe von Fragezeichen«, sagte ich. »Erstens: Woher kannst du wissen, welche Art von Kontakten diese Morgana hat?«

»Die besten«, entgegnete Munk.

»Und zweitens: Was für ein Kabarett soll das denn sein? Sollen wir auf Deutsch spielen? Vor einer Versammlung uninteressierter und besoffener Deutscher?«

Munk erhob sich vom Tisch.

»Geht und packt eure Sachen«, sagte er. »Dieses Fräulein Morgana hat versprochen, alles zu regeln, und wir werden sie alle drei heute abend wiedersehen.«

Waglen und ich standen ebenfalls auf.

»Traust du der Sache?« fragte ich.

»Man muß den Menschen ein bißchen Vertrauen entgegenbringen«, sagte Munk. »Und das ist unsere Chance, vor einem internationalen und verwöhnten Publikum aufzutreten.«

»Oh, scheiß die Wand an«, sagte Waglen.

Wir checkten aus, Munk bezahlte für uns, sogar für Waglens hohe Pay-TV-Rechnung, und verließen die Stadt Hamburg auf dem europäischen Kontinent, diese Stadt, die uns so viele reichhaltige Erlebnisse beschert hatte.

Ohne nennenswerte Probleme fanden wir unsere alte Bekannte, die Autobahn, und hielten Kurs nach Süden.

Waglen war stiller als gewöhnlich, und ich sah, daß er auf der Rückbank saß und sich wand. Schließlich beugte er sich vor.

»Ich weiß nicht, wie es mit euch ist«, sagte er, »aber ich habe ein infernalisches Jucken am Schwanz.«

Munks Gesicht nahm einen irritierten Ausdruck an.

»Das ist eine höllische Reisebegleitung«, sagte er. »Wenn wir eins auf dieser Reise absolut nicht gebrauchen können, dann ein infernalisches Jucken am Schwanz.«

Er wandte sich mir zu.

»Und wie steht es mit diesem Herrn? Auch ein infernalisches Jucken?«

»Ich bin völlig normal.«

»Völlig normal würde dich wohl niemand auf Anhieb nennen«, sagte Munk. »Aber das Wichtigste ist, daß du dich juckfrei hältst, auf jeden Fall, bis wir wieder zu Hause sind.«

»Das läßt sich machen«, sagte ich.

Waglen klemmte die Schenkel zusammen.

»Ich kaufe mir eine Salbe«, sagte er. »Sie müssen doch Salben haben in diesem Land. Gegen alles mögliche, würde ich meinen. Oh Scheiße!«

»Was ist denn jetzt schon wieder?« fragte ich. »Noch mehr Jucken?«

»Ratet mal, was ich gefunden habe. Pfui Teufel und alle seine Großmütter auf dem Meeresgrund!«

»Die Karte an diese Åshild«, sagte ich.

»Wie konntest du das raten? Ich habe vergessen, sie einzuwerfen. Jetzt ist sie völlig zerknautscht und zerknittert. Sie sieht aus wie ein Tampon vom Teufel seiner Großmutter. Was mach ich denn jetzt?«

»Du mußt versuchen, sie zu glätten«, sagte ich. »Dann kannst du sie einwerfen, wenn wir anhalten, um Salbe zu kaufen.«

»So etwas kann ich doch nicht mehr einwerfen«, meinte Waglen. »Das sieht doch jeder. Ich muß eine neue schreiben.«

»Ich würde erstmal versuchen, sie zu glätten«, sagte ich.

Waglen durchsuchte alle seine Taschen.

»Und dann die Karte an meine Alte. Die habe ich ja auch nicht eingeworfen. Und jetzt finde ich sie nicht mehr. Wenn nur dieses Frauenzimmer, das ich heute nacht bei mir hatte, sie nicht mitgenommen hat, um damit irgendeine Gemeinheit anzustellen.«

Waglen machte einen sehr deprimierten Eindruck, und ich hielt es für angebracht, ihn eine Weile nicht anzusprechen.

Auch Munk sah ziemlich finster aus, und ich nahm an, daß es der Gesundheitszustand des einen seiner Passagiere war, der ihm Sorge bereitete. Doch da irrte ich mich.

»Morgen ist der 1. Mai«, sagte er.

Ich sah ihn an.

»Meinst du, wir sollen auf eine Demonstration?« fragte ich.

»Das bedeutet, daß heute nacht Walpurgisnacht ist.«

»Valborg-Nacht«, sagte ich.

»Walpurgisnacht«, sagte Munk.

»Herborg-Nacht«, sagte Waglen gequält.

»Die Walpurgisnacht«, brüllte Munk. »Und das gefällt mir nicht. Da kann alles mögliche passieren.«

»Du bist doch ein moderner und aufgeklärter Mensch«, sagte ich.

»Willst du mir vorschreiben, was ich bin?« knurrte Munk. »Kümmere dich um deinen eigenen Kram.«

Er wurde nachdenklich und nahm den Fuß ein wenig vom Gas.

»Da war etwas mit diesen Frauen«, sagte er.

»Kann man wohl sagen«, meinte ich.

»Schnauze«, sagte Munk. »Ich meine nicht so.«

Ich fragte nicht, wie er es denn meinte, sondern schaute hinaus in die frühlingshafte, flache Landschaft mit kleinen Dörfern und Krähen und der einen oder anderen Kuh. Hier und da lagen auch Haufen von Autoreifen, und ich überlegte eine Weile, wozu die gut sein sollten. Aber ich wollte nicht danach fragen. Die Atmosphäre im Wagen lud nicht dazu ein. Ich mußte versuchen, es selbst herauszufinden.

Kurze Zeit, nachdem wir das Schild mit Hannover passiert hatten, bog Munk auf eine ziemlich schmale Landstraße ab, die uns seiner Ansicht nach zu dem Dorf Schierke bringen würde.

Ich studierte die Karte gründlich, fand aber in der Richtung, in die wir fuhren, kein Dorf dieses Namens. Aber das sagte ich Munk nicht.

Wir hielten in einem anderen Dorf und aßen eine deutsche Wurst, und Waglen kaufte sich eine Salbe und ging auf die Toilette, um sie draufzuschmieren.

Als er wieder herauskam, strahlte er über das ganze Gesicht.

»Au weia, hat das auf einmal gebrannt«, sagte er. »Aber jetzt bin ich ein ganz neuer Mensch.«

»Was für eine Salbe war das denn?« fragte ich.

»Woher soll ich das wissen, verdammich. Ich habe nur gesagt, daß ich etwas haben wollte, das gegen Schwanzjucken hilft, und da kamen sie hiermit und sagten, sie wollten acht Mark. Verdammt billig für etwas so Effektives.«

Munk studierte die Karte und sah alles andere als zufrieden aus.

»Nun?« fragte ich.

»Nun was?«

»Findest du das Dorf?«

»Das kann dir doch scheißegal sein. Selbstverständlich finde ich es.«

»Gut«, sagte ich. »Dann können wir ja fahren.«

Es wurde Nachmittag, und Munk fand ständig neue und ständig schmalere Straßen, in die er einbog, und nach einiger Zeit war es unmöglich, auf der Karte herauszufinden, wo wir waren. Ich hatte schließlich das Gefühl, daß wir uns nicht mehr auf der Karte befanden, sondern in eine andere Dimension vorgestoßen waren. Die Abstände zwischen den Dörfern wurden größer, und die wenigen, durch die wir fuhren, wirkten völlig ausgestorben und hatten wunderliche Namen, die wir vergaßen, kaum daß wir sie hinter uns gelassen hatten.

Was mich betraf (und vermutlich auch Waglen), war dies kein großes Unglück. Ich war ganz und gar nicht versessen darauf, vor Deutschen Kabarett zu spielen, ich war im Grunde fertig damit, und es war mir gleichgültig, ob wir das Dorf fanden oder nicht. Aber ich sah, daß Munk die Sache hart ankam, und außerdem sah ich, daß der Benzintank fast leer war, und ich konnte mich nicht erinnern, wann wir zuletzt eine Tankstelle gesehen hatten.

Die Dunkelheit begann gerade hereinzubrechen, als Munk zwischen ein paar hohen Eichen anhielt, an etwas, das sich als ein See herausstellte, ein See, der ebensowenig auf der Karte zu finden war.

»Ist es hier?« fragte ich albern, und Munk würdigte mich keiner Antwort, sondern stieg aus dem Wagen und ging hinunter zum See. Wir sahen, daß er sich auf einen Stein setzte.

»Was will er denn?« sagte Waglen.

»Das weiß nur er selbst«, sagte ich. »Aber er ist nicht gerade bester Stimmung.«

»Wir haben uns mit anderen Worten verirrt«, sagte Waglen.

»Nicht nur das. Wir haben auch fast kein Benzin mehr. Und die Valborg-Nacht nähert sich.«

»Die Walpurgisnacht«, sagte Waglen.

Er öffnete zwei Bierdosen und gab mir die eine. Wir blieben sitzen und tranken, während wir ab und zu nachschauten, ob Munk noch dasaß. Es schien so. Es wurde immer dunkler, verständlicherweise, und ich konnte ein paar Fledermäuse über der Wasseroberfläche schwirren sehen.

»Also«, sagte ich und drückte die Bierdose in der Hand zusammen wie Clint Eastwood, wenn er einen ganzen Abend ferngesehen hat. »Jetzt hat er lange genug da gesessen.«

Ich öffnete die Wagentür und ging zum Wasser hinunter. Es war ein milder Abend, und das einzige, was man hörte, war das Schwirren der Fledermäuse.

»Nun?« fragte ich. »Was treibt dieser Mann denn hier?«

Munk hob nur andeutungsweise den Kopf.

»Ich sitze auf diesem Stein am Wasser und bekämpfe den Künstlermythos.«

»Ich hätte mir fast denken können, daß es etwas in der Richtung war«, sagte ich. »Unser Genosse da oben und ich fragen uns, ob es nicht eine gute Idee wäre, weiterzufahren.«

Munk schaute zu den Fledermäusen auf und folgte ihnen mit dem Blick.

»Oh Flattermösen!« sagte er. »Euer Flug über das Wasser erinnert mich an etwas, aber ich weiß nicht was.«

Er stand auf und wischte sich die Hose ab.

»Dann laßt uns fahren«, sagte er. »Ich habe so ein Gefühl, daß es nicht mehr weit ist.«

Ich sagte nichts dazu, sondern setzte mich neben ihn. Waglen war offenbar eingeschlafen, denn von der Rückbank kamen ein paar gräßliche Geräusche.

Munk ließ den Wagen an und schaltete das Licht ein. Er wirkte jetzt zielbewußter, als wisse er genau, wo wir hinmußten.

Als die Benzinanzeige schon eine Zeitlang auf leer gestanden hatte, sahen wir hinter einer Kurve plötzlich die Lichter einer Tankstelle.

Ein Mann mit einem sonderbaren gelben Leuchten in den Augen kam heraus, um unseren Tank aufzufüllen.

Munk fragte, ob es noch weit sei bis Schierke, und der Mann erwiderte, das sei es seines Wissens nicht.

Es dauerte auch nicht länger als eine Viertelstunde, bis wir das gelbe Schild mit Schierke darauf sahen, und wir fuhren bis zu einem Haus, das aussah wie ein Wirtshaus. Es war, in auffallendem Gegensatz zu den übrigen, verdunkelten Häusern im Dorf, hell erleuchtet, und es hatte den Anschein, als sei es voll von Menschen, die nur auf uns warteten.

WALPURGISNACHT

Unsre Freunde erreichten also am Abend
ein Wirtshaus, fast war schon Nacht.
Sie hatten die Hoffnung beinah begraben,
aber endlich war's doch noch vollbracht.
Sie fragten sich, was sie wohl fänden
hier in diesem merkwürdigen Haus,
keck traten sie ein und hörten, wie
verstummte der Stimmen Gebraus
von vielen Männern und Frauen, die
an den Tischen saßen beim Trunk.
Flüstern sie hörten, verstanden doch nicht,
da sprach unser Mann namens Munk
in seinem allerbesten Deutsch:
Wir sind gekommen, zu spielen für euch!
Doch jemand antwortet' ziemlich kraß:
Wer sagt, daß wir brauchen Spiel und Gesang?
Aber ein Bier könnt ihr haben vom Faß.
Wißt ihr nicht, daß die Walpurgisnacht
uns bevorsteht, wird euch nicht bang?
Die Nacht, wo des Bösen Geisterheer
uns heimsucht, um uns zu plagen,
wo Wölfe heulen und Raben schrein
und alle reinen Seelen verzagen,
und Satan persönlich wird unter uns sein,

gekleidet wie du und wie ich,
und seine Frauen warten bereits,
so schamlos, es ist fürchterlich.
Da redete Munk: Alles gut und schön,
doch dergleichen schreckt nicht mich,
noch hier meine beiden Freunde,
das garantiere ich.
Wir hatten einen Deal mit einer Dame,
Morgana, mein' ich, war ihr Name.
Ein Engagement sie uns hier im Saal
versprach, wenn ichs recht gecheckt.
Stille ward da mit einem Mal,
Kruzifixe wurden hochgereckt.
Jemand rief: Sie sprachen den Namen aus!
Eine Schand' ist das, werft sie hinaus!
Und jetzt woll'n sie hier ihre Höllenmusik
spielen und uns mit Liedern verderben.
Bloß raus mit ihnen, den Satanserben,
bevor es zu spät, und gebt keinen Pardon!
Doch Munk winkte mild mit den Händen
und sagte: Nun mal Ruhe im Karton.
Wir sind doch erwachsene Menschen hier,
die nicht Blut sehen woll'n, sondern diskutier'n.
Hier liegt wohl ein Mißverständnis zugrund,
das wird mir jetzt gänzlich klar.
Wir glaubten, wir sollten hier spielen und
wir wurden genarrt, das ist wahr.
Wir sind nicht Söldner in Satans Heer,
sondern simple westnorweg'sche Mannen,
und sind wir nicht willkommen bei euch,
so reisen wir wieder von dannen.
Doch wir sind ziemlich geschafft für heute,
haben lange im Auto gesessen,
wir brauchen ein Bett zum Schlafen, Leute,
und wenn möglich, einen Happen zu essen.
Und falls diese Nacht nun so Übles bringt,
wie hier von euch verkündet,
so seid ihr doch besser ein paar Männer mehr,

wenn ihr euch mit uns verbündet.
Da ging ein Murmeln von Tisch zu Tisch,
es entstand eine heiße Debatte.
Was wissen wir denn von diesem Mann,
vielleicht hat er ’ne Vorstrafenlatte?
Und guckt euch mal seine Kumpane an,
diese Eckzähne sollte man nicht ignorieren.
Ob wir es nicht hinterher noch bereun,
wenn wir mit ihnen fraternisieren?
Aber andere sagten: Die sind doch okay,
drei nordische Burschen, freundlich und frisch,
laßt sie Bier bekommen und Schinken dazu
und macht Platz für sie an einem Tisch!
So kam es dann auch, diese Meinung obsiegte,
sie durften sitzen und essen und trinken.
Und die Stimmung stieg, man lachte und sang,
bis Waglen plötzlich das Hicksen kriegte.
Er hustete Blut, ließ den Mut doch nicht sinken,
es war nicht so schlimm, wie es klang.
Die Unruhe schwand, eitel Freud war und Wonne,
und niemand bemerkte den nächtlichen Gast,
der leise hereinkam, unsichtbar fast,
ein Pudel, kohlschwarz und nicht geheuer,
mit spitzen Krallen an den Pfoten
und Augen, die glühten wie Feuer.
Tückisch umkreiste er unsere Freunde,
kam näher, als würd’ er sie kennen.
Da rief jemand: Seht euch den Hund an,
seht, wie seine Augen brennen!
Ja, guckt nur, der Satansköter,
wie sonderbar der sich verhält!
Plötzlich ein schrecklich Gezeter,
und ein Schuß durch die Gaststube bellt:

MUNK HÄLT EINE GEDENKREDE AUF WAGLEN

»Knallt ihn ab!« rief Waglen. »Schießt ihm die Eier ab!«

Es war vollkommen unwirklich, Waglen blutend auf dem Fußboden liegen zu sehen. Er hatte seine Pistole aus der Jackentasche gezerrt und warf sie Munk zu.

Munk nahm sie, blieb aber stehen.

Unsere neuen Freunde im Wirtshaus waren nicht untätig geblieben, nachdem die erste Panik und der Tumult sich gelegt hatten. Ich selbst stand noch unter Schock und hatte nur einen vagen Eindruck von dem, was geschehen war: Das Vorüberhuschen einer karierten Jacke und das plötzliche Gefühl von Katastrophe und daß alles zu spät war. Eine Hand, die eine Pistole auf Munk richtete, Waglen, der plötzlich aus irgendeinem Grund zwischen Munk und der Pistole stand, und der Schuß.

Ich glaube, ich muß selbst für einen Moment weggetreten gewesen sein, denn das nächste, woran ich mich erinnerte, war, daß ein paar besorgte Wirtshausgäste mich fragten, wie es mir ginge. Da war die Polizei schon an Ort und Stelle und führte Herbrand ab, und der Krankenwagen war auf dem Weg.

Die Kugel hatte Waglen in die Brust getroffen, und jemand hatte versucht, ihn zu verbinden. Er war sehr blaß, aber seine Augen waren offen.

»Das ist verdammich das erste Mal, daß jemand auf mich geschossen hat«, flüsterte er. »Tut verdammt weh.«

»Gleich kommt der Krankenwagen«, sagte ich.

»Komisch, daß sie hier draußen in der Wildnis Krankenwagen haben«, sagte Waglen.

Ich sah, daß er Angst hatte. In seinen Augen stand ganz einfach Todesangst.

»Glaubst du, ich sterbe?« fragte er.

»N ... nein«, sagte ich. Ich spürte etwas hinter meinen Augen pressen. »Klar, daß du nicht stirbst.«

»Wir werden's ja sehen«, sagte Waglen. »Aber mir war, als sähe ich meine tote Mutter da stehen und mir mit offenen Armen zulächeln.«

Ich schluckte.

»Es wird alles wieder gut«, sagte ich.

Waglen sah mir in die Augen.

»Weißt du, woran ich denke?«

»Nein.«

»Daß ich die Postkarte an die Åshild nicht abgeschickt habe. Und auch die an meine Alte nicht.«

»Ja, ja«, sagte ich. »Das ist jetzt nicht so wichtig.«

Munk kam hereingelaufen.

»Der Krankenwagen ist da«, sagte er. »Wir fahren mit und leisten ihm Gesellschaft. So, Wagleteufel, ich denke, jetzt machen wir eine kleine Spritztour ins Krankenhaus.«

Zwei weißgekleidete Männer legten Waglen auf eine Trage und brachten ihn hinaus. Munk und ich folgten ihnen und setzten uns zu Waglen nach hinten in den Krankenwagen. Die Walpurgisnacht, dachte ich.

»Hab ich es nicht gesagt«, ächzte Waglen. »Ich hatte recht mit dem Typen. Und jetzt muß ich verdammich dafür leiden.«

»Spar dir deinen Atem«, sagte Munk. »Und hör lieber zu. Ich habe vor, eine Gedenkrede auf dich zu halten.«

»Hör auf mit dem Scheiß«, sagte Waglen.

»Das finde ich aber auch«, sagte ich.

»Ihr haltet die Klappe«, entgegnete Munk. »Wo wir sowieso hier sitzen, kann ich genausogut etwas Nützliches tun. Verdammt, diese Kiste schaukelt so, daß meine Seele sich mit den Eingeweiden vermischt.«

Waglen stöhnte.

»Was meinst du, wie ich mich fühle?« sagte er.

»Mir fehlt die Erfahrungsgrundlage, das zu beurteilen«, sagte Munk. »Wie du vielleicht verstehen wirst. Hier, nimm einen Schluck.«

Er hatte tatsächlich eine offene Flasche Wein aus dem Wirtshaus mitgehen lassen.

»Köstlich«, sagte Waglen. »Geradezu ein Jammer, daß ich sterbe.«

»Du stirbst nicht«, sagte ich.

Munk nahm ihm die Flasche ab und trank einen ordentlichen Schluck.

»Ich möchte gern eine Gedenkrede auf diesen Mann halten«, sagte er. »Per Waglen ist sein Name. Ich muß zugeben, daß es etwas einfacher wäre, wenn er tot wäre...«

»Jetzt hör aber auf!« rief ich.

»Ich will es gern hören«, sagte Waglen. »Gib mir noch ein bißchen Wein.«

»...aber ich werde mein Bestes tun. Dieser Mann hat heute nacht, in der Walpurgisnacht, wahrscheinlich mein Leben gerettet, indem er sich unerschrocken zwischen mich, dem die Kugel galt, und den Pistolenlauf geworfen hat. Eine größere Selbstaufopferung kann man von einem Menschen nicht erwarten.«

Munk räusperte sich, und es sah aus, als glänzte es in seinen Augen.

»Per Waglen kommt aus bescheidenen Verhältnissen. Er ist immer ein Mann des Volkes gewesen und hat die Interessen des Volkes im In- und Ausland verteidigt. Darüber hinaus hat er stets eine große und innige Liebe zu der Landschaft Sogn gehegt, in der er aufgewachsen ist. Daß es im Leben abwärts ging mit ihm, sei nicht verschwiegen. Er machte seine Fehler und hat dafür bezahlt. Aber das hat ihn nicht daran gehindert, sich durchzuschlagen, als hoch angesehener Videohändler und Kommunalpolitiker.«

Munk räusperte sich, und wieder schien es, als glänzte etwas in seinen Augen, auch wenn dies in dem dunklen Krankenwagen kaum zu erkennen war.

»Aber daß er ein Talent als volkstümlicher Entertainer hatte, wußten nur wenige. Um dieses Talent hervorzulocken, bedurfte es dann auch eines Mannes wie mir, Munk.«

Waglen versuchte, etwas zu sagen.

»Was hast du gesagt?« fragte ich.

»Ich könnte nicht vielleicht eine Zigarre bekommen?«

»Bist du sicher, daß das jetzt das Richtige ist?« fragte ich.

»Das... ist jetzt... gar nicht die Frage«, flüsterte Waglen. »Aber ich bin so verdammich scharf auf 'ne Zigarre.«

»Gib ihm eine Zigarre«, sagte Munk. »Sei nicht knickerig in einer Stunde wie dieser.«

Ich öffnete die Zigarrendose und gab Waglen die letzte

Zigarre. Munk zündete sie für ihn an, und Waglen sog gierig den Rauch ein und bekam einen fürchterlichen Hustenanfall.

»Das tat schrecklich weh!«

»Das wird besser mit der Zeit«, sagte Munk. »Wo war ich? Ach ja. Dieser Mann, Waglen. Er hat zweifellos seine schlechten und seine guten Seiten. Zuweilen habe ich gedacht, er sei ein ziemliches Arschloch, aber ich habe meine Meinung ständig revidieren müssen. Ist es nicht eher so, daß wir es hier mit einem ganzen Menschen zu tun haben, habe ich mich in solchen Momenten gefragt. Mit seinen guten und seinen schlechten Seiten, und noch dazu mit einem Menschen, der sich nicht scheut, beides auszuleben?«

Er räusperte sich.

»Aber ganz besonders«, fuhr Munk fort, »habe ich seine rhetorischen Fähigkeiten schätzen gelernt. Da schwingt er sich dann und wann zu wahren Spitzenleistungen auf und kann in seinen besten Augenblicken mit dem Meister persönlich verglichen werden, mir selbst. Dies will ich nur gesagt haben, da wir ihn nun verlassen werden, ihn allein mit seinen Schmerzen und seinem Seelenkampf in einem fremden Krankenhaus zurücklassen.«

Er hielt inne und nahm einen kräftigen Schluck aus der Weinflasche.

»Ja«, sagte er. »Das war es, was ich zu sagen hatte.«

Waglen stöhnte.

»Ich bin verdammich froh«, sagte er, »daß ich so lange leben durfte, das noch zu erleben.«

HEIDELBERG, ADE

Ich weiß nicht, ob es richtig ist zu sagen, daß wir selbstverständlich nie nach Heidelberg kamen. Das hieße wohl doch, uns selbst und unseren eigenen Einsatz herabzusetzen, wie wenn man sagte, daß wir uns übernommen hätten, und habe ich es nicht gleich gesagt.

Aber klar ist natürlich auch, daß nach dem, was uns geschehen war, nichts mehr sein konnte wie früher.

Waglen überlebte, doch die Ärzte sagten, daß er noch eine Weile im Krankenhaus bleiben müsse. Zusätzlich zu der Schußwunde sei auch noch etwas in der einen Lunge, das sie sich ansehen wollten.

Munk und ich nahmen uns ein billiges Hotel und blieben ein paar Tage. Wir benachrichtigten Waglens Frau und beruhigten sie damit, daß seine Aussichten relativ gut seien.

Munk führte zudem ein paar Telefongespräche mit der Universität in Heidelberg und stellte dort Nachforschungen an. Das Resultat teilte er mir eines Abends in der Dorfkneipe mit, nachdem wir Waglen besucht und ihm ein paar Zigarren und eine halbe Flasche Rotwein mitgebracht hatten.

»Er ist nicht da«, sagte Munk.

»Wer?«

»Mein Sohn, der Johann. Sie sagen, er hätte sein Studium schon lange abgeschlossen, und soweit sie wüßten, sei er wieder nach Norwegen zurückgegangen.«

»So«, sagte ich.

»Yess«, sagte Munk.

Genau dazu ließ sich natürlich eine ganze Menge sagen, aber ich verzichtete darauf, es zu tun. Es war irgendwie nicht der geeignete Augenblick, um zu sagen, daß Waglen mit einer Schußverletzung dalag, weil er mitgekommen war auf eine Reise, die absolut sinnlos war.

»Tja«, sagte ich.

»Yess«, sagte Munk.

DER MANN IN DER TÜR

Es ging auf den 17. Mai zu, als wir die Räder wieder auf heimischen Boden rollen ließen. Überall war es grün, die Luft war vogelmild. Falls wir ein schlechtes Gewissen deswegen hatten, unseren Freund Waglen in einem fremden Land zurückzulassen, so verbargen wir das gut. Es machte auch wenig Sinn, dazubleiben und ihn zu betüddeln. Er hatte sehr guten Kontakt zu einer Krankenschwester aus Bayern gefunden, die sich dieser Aufgabe annahm.

»Wir sehen uns in Sogn!« rief Waglen zum Abschied. »Da fahren wir auf den Fjord und fischen! Und besaufen uns nach Strich und Faden. Grüßt meine Alte und sagt ihr, daß ich mich freue wie ein Untier, sie wiederzusehen. Und ratet mal, womit ich an die Tür klopfen werde, wenn ich nach Hause komme!«

Munk behauptete, er habe eh nichts Besonderes vor, also könne er mich ebenso gut nach Hause fahren.

»Das brauchst du nicht«, sagte ich.

»Das weiß ich verdammt noch mal selbst, aber zufällig tu ich es trotzdem.«

Ich war unruhig, ich hatte nicht zu Hause angerufen, seit – ja, wie lange war es eigentlich her –, und war nervös, wie ich wohl empfangen würde. In der Zwischenzeit konnte ja alles mögliche passiert sein.

In der letzten Kurve, bevor mein Haus in Sicht kam, überlegte ich, ob ich einfach aussteigen und das letzte Stück zu Fuß gehen sollte, nur um mich aufzupsychen, aber ich ließ es sein.

»Da ist es«, sagte ich und zeigte.

»Ein normales Studienratshaus, wie ich sehe«, sagte Munk.

Er hielt auf dem Parkplatz.

»Du kommst selbstverständlich mit rein«, sagte ich. »Aber wenn du nichts dagegen hast, würde ich gern sozusagen erst einmal das Terrain sondieren.«

»Kein Problem«, sagte Munk. »Ich bleibe hier sitzen und rauche eine Zigarre.«

Ich weiß nicht, warum ich klingelte. Es war ja trotz allem das Haus, in dem ich wohnte, aber ich wollte Aslaug wohl Zeit geben, sich zu sammeln.

Zuerst glaubte ich, aus Schusseligkeit an der falschen Tür im falschen Haus geklingelt zu haben, aber im Innersten wußte ich, daß es das richtige Haus war, Aslaugs, Alfreds und mein Zuhause.

Den Mann, der in aufgeknöpftem Flanellhemd und Jeans in der Tür stand, hatten meine Augen noch nie gesehen.

»Ja?« sagte er.

»Hm«, sagte ich. »Wer bist du?«

Ich fand, dies war eine natürliche Frage.

»Birger«, sagte er. »Und wer bist du?«

Ich sah ihm in die Augen. Aha, du, Birger, dachte ich.

»Ich bin sozusagen der, der hier wohnt.«

Ihm ging eine Art Licht auf.

»Oh…«

Er wandte sich um und rief ins Haus.

»Aslaug!«

Aslaug kam an die Tür. Ihre Augen sagten alles. Mehr brauchte ich nicht zu wissen.

»Da bist du also«, sagte sie. »Birger wohnt jetzt hier.«

Ich spürte, daß sich mir alles drehte und ich nichts mehr begriff.

»Alfred?« fragte ich. »Ist er nicht zu Hause?«

»Er ist beim Handballtraining«, sagte Aslaug. »Du willst vielleicht ein paar Sachen mitnehmen? Du findest sicher was, wo du wohnen kannst, bis wir alles geklärt haben.«

»Aber…« sagte ich.

»Ich will jetzt nicht reden«, sagte Aslaug. »Nimm mit, was du brauchst, dann können wir morgen telefonieren. Du solltest dich übrigens mal rasieren.«

Ich ging ins Haus und stieß zufällig heftig gegen Birger, als ich an ihm vorüberging.

»Oh, Entschuldigung«, sagte ich.

WENN DU IN DER HÖLLE LIEGST

Ich glaube, es war Munk, der einmal gesagt hat: Wenn du in der Hölle liegst, und die Flammen schlagen um dich hoch und dir geht es ziemlich heavy, dann tut es gut, einen Kumpel zu treffen.

Und da ist natürlich was dran.

Ich fühlte dennoch, daß es noch nicht an der Zeit war, sich an der Schulter eines Kumpels auszuweinen. Zuerst brauchte ich Zeit für mich selbst. Ich erzählte Munk, daß er leider doch nicht hereinkommen und das Haus ansehen könne, und ich glaube, er roch den Braten. Auf jeden Fall verabschiedeten wir uns und dankten einander für gute Freundschaft auf der Reise, und Munk fuhr nach Hause zu seinen Schafen, die sich vermutlich in Sehnsucht nach ihrem Herrn und Meister verzehrten.

Ich selbst besorgte mir noch am selben Tag eine Wohnung, die näher an der Schule lag, und zog mit meinen nötigsten Dingen dort ein. Ich war immer noch beurlaubt, und das Schuljahr war sowieso so gut wie beendet. Ich wußte, es war die Zeit, in der die Schüler nur noch herumhingen und Unsinn im Kopf hatten. Ich wartete drei Tage, bevor ich Aslaug anrief, und dann besprachen wir die fürs erste wichtigsten Dinge. Am gleichen Tag machte ich mit Alfred eine Autotour, aber ich merkte sofort, daß auch er nicht mehr der gleiche, ja daß er ganz einfach ein Fremder geworden war. Alle meine Versuche, ein Gespräch in Gang zu bringen, scheiterten.

Eine Woche später, nachdem ich ein eigenes Telefon bekommen hatte, rief ich bei Munk an, um mich bei ihm zu einem kleinen Besuch einzuladen, nur um ein bißchen auf andere Gedanken zu kommen, doch ich bekam nur zu hören, daß unter dieser Nummer kein Anschluß mehr sei.

Ich rief also die junge Cecilie an, an deren Nachnamen ich mich zum Glück erinnerte, und meine Überraschung war groß, als Munk ans Telefon kam.

»Na also«, sagte Munk. »Ich wußte doch, daß ich das Telefon gehört habe. Ich hätte mir vor Schreck fast in die Hose gemacht. Du bist es, ja? Der Mann, der zum Trottel geboren war.«

»Laß gut sein«, sagte ich. »Bist du umgezogen?«

»Das kann man so sagen«, sagte Munk. »Das kann man so sagen. Es geschieht so manches, wenn man einmal eine Weile fort ist.«

»Was du nicht sagst.«

»Sie haben mir mein Haus genommen«, sagte Munk.

»Wer?«

»Die Gemeinde. Sie haben die Gelegenheit ausgenutzt, während ich weg war, und das Haus einfach niedergewalzt. Jetzt führt die Hauptstraße über meine alte Hofstelle, und die Autos fahren direkt durch mein Klo. Ich prozessiere jetzt.

Aber ich habe keine großen Hoffnungen, den Prozeß zu gewinnen. Mein Anwalt, Luton P. Schwarz, gilt nicht gerade als großes Licht. Aber das Beste von allem: Weißt du, wer der Projektleiter für diese wichtige Straße war?«

»Nein.«

»Der bekannte Straßenbauingenieur Johann! Mein eigener Sohn!«

Ich fand keine Worte und mir war klar, daß es auch keine Worte gab, die genau dies angemessen abdeckten.

»Oh, Herrgott!« sagte ich.

Am anderen Ende war es still.

»Aber deine Sachen«, sagte ich. »Die Schafe.«

»Eben«, sagte Munk. »Aber Cecilie war großartig. Sie hat nicht nur meine Radioausrüstung und das meiste andere gerettet, was mir am Herzen lag, sondern sich auch zusammen mit Cerberos am Haus festgekettet, als die Bagger kamen. Hinterher hat sie sich der Schafe und des Hundes angenommen und die Radiosendungen in anderen Räumlichkeiten weitergeführt. Zum Dank habe ich sie das ganze Radio übernehmen lassen. Die Hörerstatistik zeigt auch steil nach oben, seit sie übernommen hat.«

Ich dachte ein wenig über all dies nach. Es war ein bißchen viel auf einmal.

»Bist du bei ihr eingezogen?« fragte ich. »Sie ist doch erst sechzehn.«

»Sie wird jetzt im Juni siebzehn«, sagte Munk. »Und ich bin nicht eingezogen, so wie du glaubst. Ihre Eltern sind auf unbestimmte Zeit verreist, und sie haben ein kleines Haus im Garten stehen, eine Art Altsitz. Das ist mein vorübergehendes Zuhause. Ja, was ist?«

Ich hörte eine Stimme im Hintergrund.

»Cecilie sagt, ich soll dich grüßen. Du mußt einmal auf Besuch kommen. Ich werde übrigens demnächst eine Reise nach Sogn machen.«

»Ist Waglen nach Hause gekommen?«

»Nicht, soweit ich weiß. Na, wir telefonieren wieder einmal. Cecilie und ich müssen jetzt einen kleinen Drohbrief an den Gemeinderatsvorsitzenden schreiben, und danach wollen wir die Radiosendung von morgen planen. Ich werde morgen Studiogast sein und habe vor, von unserer Deutschlandreise zu erzählen. Möchtest du, daß ich irgend etwas Bestimmtes erwähne?«

WAGLENS WIDEO

»Ja, ja, du Sack«, sagte Waglen fröhlich. »Du verdrehst die Augen genauso bescheuert wie eh und je, sehe ich. Mir wird direkt schwindelig davon, dich anzusehen.«

Wir saßen auf dem Steg, an dem die alte ›Duddei‹ vertäut lag, und blickten auf den Sognefjord hinaus, der aus diesem Anlaß in Sonne gebadet dalag. ›In Sonne gebadet‹, dachte ich. Konnte man das eigentlich sagen?

Waglen war ein wenig blasser und etwas schlanker nach seinem Krankenhausaufenthalt, aber seine gute Laune hatte er schon wieder.

»Die sind wirklich tüchtig, diese Deutschmänner«, sagte er und machte eine Flasche Bier auf. »Sie haben nicht nur die Kugel wegoperiert, sondern die Tuberkulose gleich mit herausgenommen, wo sie einmal dabei waren.«

»War es Tuberkulose?« fragte ich.

»Etwas war es. Etwas war es.«

Er öffnete noch eine Flasche und reichte sie mir.

»Wir sollten eigentlich ein paar Krabben dazuhaben, aber es geht auch gut ohne.«

Ich sah auf das Etikett.

»Deutsches Bier«, sagte ich.

»Ja, ja, ja, ich bin da unten ein bißchen auf den Geschmack gekommen, und da habe ich mir ein kleines Lager mit nach Hause gebracht. Meine Frau war begeistert, sie hat an diesen Sachen wirklich Geschmack gefunden. Sie hat sich übrigens gefreut, mich wiederzusehen, das muß ich sagen. Und den Jungen habe ich fast nicht wiedererkannt, so ein großer Bengel ist er geworden. Jetzt hat er den ganzen Tolstoi durch.«

Genau dies war mein wunder Punkt, also sagte ich nichts dazu.

»Also bist du jetzt wieder ganz gesund?« fragte ich.

»Mir geht es von Tag zu Tag besser«, sagte Waglen. »Nur mit den Scheißzigarren mußte ich Schluß machen. Ich habe eine Karte an die Krankenschwester geschickt, Adelheid. Das war eine tolle Frau.«

Er grinste und zeigte seine Eckzähne.

»Du erinnerst dich an die Karte, die ich an die Åshild geschrieben und nie abgeschickt habe. Ich mache Fortschritte, schicke Karten ab.«

Er sah mich an.

»Hast du denn eine neue Frau gefunden?«

Es versetzte mir einen Stich. Ich hätte wissen müssen, daß Waglen nicht gerade einer der Feinfühligsten war.

»Nein. Ich habe auch keine im Visier.«

»Das kommt schon«, sagte Waglen. »Du mußt dir nur Zeit lassen und nicht gleich auf die erstbeste fliegen.«

»Im Moment geht es mir vor allem darum, den Kontakt mit Alfred nicht ganz zu verlieren.«

Waglen nickte.

»Das ist wichtig«, sagte er. »Das ist verdammt wichtig.«

Er blickte über den sonnenglänzenden Sognefjord.

»Es ist gut, wieder nach Hause zu kommen. Sie wollten, daß ich runterkomme und gegen diesen Scheißkerl aussage, der auf mich geschossen hat, aber ich hatte verdammich keinen Bock. Das war doch nur ein gestörter Satan.«

»Es war das gleiche Muster wie bei dem Lennon-Mörder«, sagte ich. »Er bewunderte Munk hemmungslos und hatte ein riesiges Bedürfnis, bemerkt zu werden. Also dachte er, indem er Munk erschießt …«

»Ja ja ja, das weiß ich alles.«

Er grinste wieder.

»Also Munk läuft noch immer herum und glaubt, daß ich so verdammt heldenmutig war und sein Leben gerettet habe?«

»Warst du das nicht?« fragte ich.

»Ich? Ich war besoffen, verdammich. Ich war dabei, aus den Latschen zu kippen, und kam zufällig in die Schußlinie. Aber sag Munk nichts davon. Laß ihn ruhig denken, daß er mir Dank schuldet.«

Waglen spritzte den Rest seiner Bierflasche nach einer Möwe.

»Dann laß uns mal Schluß machen«, sagte er. »Ich muß nach Hause und meine Frau vögeln.«

DOKTOR MUNKS VERMÄCHTNIS

»Hallo, Cecilie«, sagte ich. »Wie läuft's mit dem Radio?«

»Prima«, sagte Cecilie. »Willst du vielleicht einmal in einer Sendung mitmachen?«

»Vielleicht ein andermal.«

Munk sah etwas bedrückt aus, obwohl die Sonne schien, wie sie es nur an einem warmen Sommertag im Westland tut.

Wir setzten uns in den Schatten hinter Munks neuem Heim. Ich konnte weit entfernt Schafglöckchen bimmeln hören.

»Du hast also schließlich doch noch deinen Sohn getroffen?« fragte ich.

»Getroffen und getroffen«, antwortete Munk finster. »Es war wohl nicht direkt die Art von Begegnung, von der einer von uns geträumt hatte. Ich konfrontierte ihn damit, daß er das Haus seines Vaters zerstört hatte, aber es schien nicht, als mäße er der Tatsache, einen Vater zu haben, besonders großes Gewicht bei. Ich mußte mich wirklich beherrschen, um ihm nicht auf der Stelle eine zu verpassen.«

»Aber du hast dich beherrscht.«

»Klar. Es muß gewisse Grenzen geben. Aber ich habe kein großes Bedürfnis nach engerem Kontakt, soviel steht fest. Und das ist wahrscheinlich beiderseitig.«

Die Tournee und unsere Deutschlandreise kamen mir jetzt schrecklich weit weg vor. Ein ganzes Leben weit.

Cecilie lief leicht wie ein Hirtenhund den Weg hinunter. Ich sah ihr nach.

»Schläfst du mit ihr?«

Munk wirkte bedrückt.

»Es ist vorgekommen«, sagte er. »Aber ich habe so ein Gefühl, daß sie mich zu alt findet. Wenn sie ganz ehrlich sein soll. Nicht, daß es bei mir sexuell nicht mehr funktioniert, aber…«

»Der gute Mensch von Sexual«, sagte ich.

»Was hast du gesagt?«

»Ach, nichts.«

Munk sah den Weg hinunter, wo Cecilie verschwunden war.

»Am meisten quält mich«, sagte er, »daß sie angefangen hat, ein auffallendes Interesse für meinen Sohn an den Tag zu legen. Fragt ganz zufällig, wo er wohnt und so etwas.«

»Das hört sich ja nicht so gut an«, sagte ich.

Munk sah mich an.

»Und du hast Waglen besucht?« fragte er.

»Ja. Er hat übrigens seine Videoauswahl vielseitiger gestaltet. Es ist, als hätte der Krankenhausaufenthalt ihn irgendwie milder gemacht.«

Munk blickte in die Luft.

»Eine Sache bedrückt mich ein bißchen«, sagte er. »Ich will nicht behaupten, daß sie mich sehr bedrückt, aber ein bißchen bedrückt sie mich schon.«

»Das wäre.«

»Ich war ja oben in Sogn. Und da habe ich Frau Waglen besucht. Ich fand, ich schuldete ihr ein wenig Mitgefühl. Da passierte dann dies und das, wir fühlten uns wohl beide ein bißchen einsam. Und da sind wir zusammen im Bett gelandet.«

»Nein!« sagte ich. Ich war zutiefst schockiert.

»Nur eine Nacht«, sagte Munk. »Mehr als das war nicht.«

Ich war noch immer schockiert. Ich hätte vielleicht von dem gleichen träumen können, aber ich würde es nie zugegeben haben. Am wenigsten mir selbst.

Ich sah Munk streng an.

»Während ihr Mann im Krankenhaus lag. Nachdem er dir das Leben gerettet hatte.«

Munk sackte leicht zusammen.

»Ja, ja«, sagte er. »Aber man ist nicht immer in allem und jedem Herr seiner selbst.«

»Damit machst du es dir zu einfach.«

Wir saßen eine Weile schweigend da, aber es gelang mir nicht, es zu unterdrücken.

»War es wenigstens gut?« fragte ich.

»Was?«

»Das.«

Munk sah noch gequälter aus.

»Das war es wohl, aber nicht so märchenhaft, wie man hätte erwarten können.«

Ich ließ es dabei bewenden. Es wäre viel schlimmer gewesen, wenn es wirklich so märchenhaft gewesen wäre, wie man hätte erwarten können.

Wir blickten in den Hitzedunst, der die Landschaft verschwimmen ließ. Ich konnte die Schafglöckchen hören und Cecilie, die irgendwo in der Ferne sang.

»Jetzt haben wir bald ein neues Jahrtausend«, sagte ich.

»Da hast du wahrlich recht«, sagte Munk. »Und vielleicht muß man einfach einsehen, daß unsere Zeit vorbei ist und andere an die Reihe kommen und das Ganze definieren. Die Zukunft gehört meinem lieben Sohn und den anderen Banditen.«

»Es ist vielleicht ein bißchen zu früh, es so zu betrachten«, sagte ich.

»Ich betrachte es überhaupt nicht«, sagte Munk. »Was soll man sonst machen?«

»Nein, was soll man sonst machen?«

Cecilie kam singend wieder den Weg herauf. Wahrscheinlich hatte sie die Post geholt. Vielleicht war ein Brief dabei, der alles verändern würde.

»Wenn ich mich nur erst wieder ein bißchen gefaßt habe«, sagte Munk, »werde ich eine ganz andere Perspektive wählen. Ich kann immer noch aus meinen Fehlern lernen und ätzende Selbstkritik üben. Ich werde durch das Fegefeuer gehen und als neuer und gereinigter Mensch wieder herauskommen. Verdammt, was für ein Idiot ich gewesen bin. Zu versuchen, den Feind mit seinen eigenen Mitteln zu schlagen oder mit Mitteln, die er nicht imstande ist zu begreifen. Kannst du dir etwas so wenig Durchdachtes vorstellen?«

»Ich weiß nicht.«

»Wer läßt sich denn heute noch durch Ironie provozieren, zum Beispiel?« fuhr Munk fort. »Entweder verstehen sie sie nicht, oder sie müssen selbst so verdammt ironisch sein, daß sie ihre eigene Alte in Anführungszeichen setzen.«

Cecilie ging vorbei und lächelte uns an.

»Wenn man sich umsieht«, fuhr Munk fort, »überkommt einen entweder dermaßen die Wut, daß man kein Wort herausbringt, oder eine solche Mutlosigkeit, daß man zur Flasche greift und sie in einem Zug ausleert und mit offenem Hosenschlitz einschläft.«

»Ja«, sagte ich.

Munk nickte zu Cecilie hin.

»Jugendliche Unschuld«, meinte er. »Das sehe ich. Kann man sich etwas Schöneres vorstellen?«

»Wahrscheinlich nicht«, sagte ich.

»Es ist das gleiche mit dir«, sagte Munk. »Oder mit dem einfältigen Videokerl oben in Sogn. Oder mit mir selbst.«

»Was ist mit uns?« fragte ich.

»Wir verfügen über eine unausrottbare Unschuld. Wir sind nicht total verdorben. Was uns auch geschieht, wir können nie total verdorben werden. Wir sind wirklich Kinder Gottes.«

»Wenn du meinst«, sagte ich.

»Klar, verdammt meine ich das. In einer amoralischen Welt sind wir grundlegend moralische Menschen. Wie ich schon einmal gesagt habe, wir sind keine Arschlöcher und werden es nie werden. Nach unserer Reise und unseren Niederlagen könnte es leicht so aussehen, als ob alles im Nichts und in vollkommener Sinnlosigkeit enden würde. Während es ja genau umgekehrt ist.«

»Man kann es zumindest hoffen…«, sagte ich.

»Klar, verdammt.«

Cecilie kam wieder auf uns zu.

»Noch gestern«, sagte Munk, »dachte ich, ich kaufe mir ein chinesisches Restaurant und ziehe mich zurück. Aber jetzt sehe ich das schon wieder ganz anders.«

»Wovon redet ihr?« fragte Cecilie.

»Das erzähle ich dir ein andermal«, antwortete Munk.

Sie schnitt ihm eine Grimasse.

»Ich wollte dir etwas zeigen«, sagte sie.

»Ich hoffe, es ist etwas Schönes«, sagte Munk.

»Das ist es.«

Sie streckte die Hand aus, er stand auf und wischte sich die Anzughose ab.

»Bis bald mal«, sagte er.

Ich blieb sitzen und sah ihnen nach, wie sie den Weg hinuntergingen und verschwanden.

Plötzlich hörte ich irgendwoher Musik, es war *Walk Don't Run*, kein Zweifel, in einer Version, die ich nicht kannte, und ich begann, zunächst zögernd, mitzusummen, bis ich auch die Musik nicht mehr hörte.

Anmerkungen des Übersetzers

S. 22 *Der Bauernstudent* ist ein in der norwegischen Literatur häufig behandeltes Motiv. Arne Garborg (1851–1924) hat ihm in *Bondestudentar* (1883; dt. Bauerstudenten, 1888) einen ganzen Roman gewidmet und ihm seine klassische Ausprägung gegeben. Das Motiv veranschaulicht den in der norwegischen Gesellschaft im 19. und 20. Jahrhundert – bis in die Volksabstimmung über den Beitritt zur EU 1994 – immer wieder aktuellen, sozialen und kulturellen Gegensatz von Stadt und Land, von traditionsgebundener ländlicher und urbaner Lebensweise und Weltsicht. Ein wichtiger Aspekt dieses Gegensatzes, vor allem in Westnorwegen, wo Ragnar Hovlands Romane spielen, ist die Sprachenfrage, das Nebeneinander von Nynorsk und Riksmål (heute: Bokmål), auch dies ein häufig auftauchendes Motiv in Hovlands Romanen. Vgl. hierzu die Anmerkungen zu S. 127 und 164.

S. 23 *lefser* ist eine typisch ländliche Speise; getrocknete Fladen, oft mit einer Beimischung von Kartoffelmehl, die in Wasser aufgeweicht und mit Zucker und Zimt bestreut werden.

S. 24 *Pol*: umgangssprachliche Abkürzung für *Vinmonopolet*. Nur in den Läden des staatlichen Weinmonopols werden in Norwegen alkoholische Getränke verkauft.

S. 107 *Ja wir lieben* sind die ersten Worte der norwegischen Nationalhymne *Ja vi elsker dette landet* von Bjørnstjerne Bjørnson (1832 bis 1910).

S. 127 *Riksmålbewegung*: Organisation zur Pflege des Riksmål. Von den vorwiegend Nynorsk sprechenden Bewohnern Westnorwegens – wie den Personen in Ragnar Hovlands Romanen – gern mit einer gewissen Ironie bedacht. S. auch Anm. zu S. 164.

S. 139 *Brann Bergen*: Fußballclub in Bergen.

S. 164 *Ivar Aasen*: (1813–1896) ist der Begründer des Landsmaal (heute Nynorsk). Im Zuge der national(romantisch)en Neuorientierung nach dem Ende der vierhundertjährigen Dänenzeit (1814) sammelte er die dem Altnorwegischen noch nahestehenden westnorwegischen Dialekte und schuf daraus durch Normalisierung das Landsmaal, das zur zweiten norwegischen Schriftsprache neben dem dänisch geprägten Riksmål und diesem 1885 gleichgestellt wurde.

S. 268 *Kåre Willoch*: Politiker der Rechten (Høyre), norwegischer Ministerpräsident von Okt. 1981 bis Mai 1986; *Kåre Kristiansen*: christdemokratischer Politiker, Vorsitzender der *Kristelig Folkeparti* 1975–77 und 1979–83; *Oddvar Nordli*: sozialdemokratischer Politiker (*Arbeiderpartiet*), norwegischer Ministerpräsident von Jan. 1976 bis Feb. 1981.

S. 276 *Die gemeinsame politische Linie von 72*: Zusammenschluß linker Gruppierungen im Kampf gegen den Beitritt Norwegens zur EWG (Volksabstimmung 1972). *SV: Sosialistisk Venstreparti; AKP: Arbeidernes Kommunistparti.*

S. 372 *Arne Garborg*: norwegischer Schriftsteller, schrieb hauptsächlich in Nynorsk. S. auch Anm. zu S. 22.

S. 448 *Evert Taube*: (1890–1976), in ganz Skandinavien beliebter schwedischer Liederdichter und Sänger; schrieb populäre Seemanslieder und Balladen und volksliedhaft stimmungsvolle Naturlyrik.

Dieses Buch wurde gedruckt auf Recyclingpapier,
das zu 75% aus echtem Altpapier besteht.

Das Vorsatzpapier besteht aus 100% nichtdeinkten
Postconsumer-Abfällen, der Überzug wurde auf
100% Recyclingpapier gedruckt.
Der Karton des Einbandes ist aus 100% Altpapier.
Das Kapitalband und das Leseband sind
aus 100% ungefärbter und ungebleichter Baumwolle.